"十二五"国家重点图书出版规划项目

"十一五"国家科技支撑计划重点项目

综合风险防范关键技术研究与示范丛书

综合风险防范

中国综合生态与食物安全风险

王仰麟 蒙吉军 刘黎明 许学工
彭　建 许月卿 安萍莉 赵昕奕　等　著

科学出版社

北京

内 容 简 介

　　本书是"十一五"国家科技支撑计划重点项目"综合风险防范关键技术研究与示范"的部分研究成果，丛书之一。本书基于中国生态环境和食物安全面临的风险状况，建立了综合生态与食物安全风险评价的指标体系，构建了区域生态和食物安全风险的综合评价模型，首次编制了中国综合生态和食物安全风险地图，并选择内蒙古鄂尔多斯市和湖南洞庭湖流域分别进行了生态风险和食物安全风险的识别、评价和制图，提出了生态和食物安全风险防范的策略。

　　本书可供灾害科学、风险管理、应急技术、防灾减灾、保险、生态、能源、农业等领域的政府公务人员、科研和工程技术人员、企业管理人员以及高等院校的师生等参考，也可作为高等院校相关专业研究生的参考教材。

图书在版编目（CIP）数据

综合风险防范：中国综合生态与食物安全风险/王仰麟等著：—北京：科学出版社，2011

　（综合风险防范关键技术研究与示范丛书）

　ISBN 978-7-03-030732-3

　Ⅰ. 综⋯ Ⅱ. 王⋯ Ⅲ. ①生态环境－环境管理：安全管理：风险管理－研究－中国②食品安全－风险管理－研究－中国 Ⅳ. X4

　中国版本图书馆 CIP 数据核字（2011）第 060162 号

责任编辑：王　倩　张月鸿　李　敏　王晓光　李娅婷／责任校对：陈玉凤
责任印制：钱玉芬／封面设计：王　浩

科 学 出 版 社 出版

北京东黄城根北街 16 号
邮政编码：100717
http://www.sciencep.com

中国科学院印刷厂 印刷

科学出版社发行　各地新华书店经销

*

2011 年 5 月第 一 版　　开本：787×1092 1/16
2011 年 5 月第一次印刷　　印张：28　插页：2
印数：1—2 000　　　　　字数：680 000

定价：120.00 元

如有印装质量问题，我社负责调换

总　　序

综合风险防范（integrated risk governance）的研究源于 21 世纪初。2003 年国际风险管理理事会（International Risk Governance Council，IRGC）在瑞士日内瓦成立。我作为这一国际组织的理事，代表中国政府参加了该组织成立以来的一些重要活动，从中了解了这一领域最为突出的特色：一是强调从风险管理（risk management）转移到风险防范（risk governance）；二是强调"综合"分析和对策的制定，从而实现对可能出现的全球风险提出防范措施，为决策者特别是政府的决策者提供防范新风险的对策。中国的综合风险防范研究起步于 2005 年，这一年国际全球环境变化人文因素计划中国国家委员会（Chinese National Committee for the International Human Dimensions Programme on Global Environmental Change，CNC-IHDP）成立，在这一委员会中，我们设立了一个综合风险工作组（Integrated Risk Working Group，CNC-IHDP-IR）。自此，中国综合风险防范科技工作逐渐开展起来。

CNC-IHDP-IR 成立以来，积极组织国内相关领域的专家，充分论证并提出了开展综合风险防范科技项目的建议书。2006 年下半年，科学技术部经过组织专家广泛论证，在农村科技领域，设置了"十一五"国家科技支撑计划重点项目"综合风险防范关键技术研究与示范"（2006～2010 年）（2006BAD20B00）。该项目由教育部科学技术司牵头组织执行，北京师范大学、中国科学院地理科学与资源研究所、民政部国家减灾中心、中国保险行业协会、北京大学、中国农业大学、武汉大学等单位通过负责 7 个课题，承担了中国第一个综合风险防范领域的重要科技支撑计划项目。北京师范大学地表过程与资源生态国家重点实验室主任史培军教授被教育部科学技术司聘为这一项目专家组的组长，承担了组织和协调这一项目实施的工作。与此同时，CNC-IHDP-IR 借 2006 年在中国召开国际全球环境变化人文因素计划（IHDP）北京区域会议和地球系统科学联盟（Earth System Science Partnership，ESSP）北京会议之际，通过 CNC-IHDP 向 IHDP 科学委员会主席 Oran Young 教授提出，在 IHDP 设立的核心科学计划中，设置全球环境变化下的"综合风险防范"研究领域。经过近 4 年的艰苦努力，关于这一科学计划的建议于 2007 年被纳入 IHDP 新 10 年（2005～2015 年）战略框架内容；于 2008 年被设为 IHDP 新 10 年战略行动计划的一个研究主题；于 2009 年被设为 IHDP 新 10 年核心科学计划之开拓者计划开始执行；于 2010 年 9 月被正式设为 IHDP 新 10 年核心科学计划，其核心科学计划报告——《综合风险防范报告》（*Integrated Risk Governance Project*）在 IHDP 总部德国波恩正式公开出版。它是中国科学家参加全球变化研究 20 多年来，首次在全球变化四大科学计划［国际地圈生物圈计划（International Geosphere-Biosphere Program，IGBP）、世界气候研究计划（World Climate Research Programme，WCRP）、国际全球环境变化人文因素计划（IHDP）、生物多样性计划（Biological Diversity Plan，DIVERSITAS）］中起主导作用的科学计划，亦是全球第一个综合风险防范的科学计划。它与 2010 年启动的由国际科学理事会、国际社会科学理事会和联合国国际减灾战略秘书处联合主导的"综合灾害风险研究"（Integrated Research on Disaster Risk，IRDR）计划共同构成了当今世界开展综合风险防范研究的两大国际化平台。

　　《综合风险防范关键技术研究与示范丛书》是前述相关单位承担"十一五"国家科技支撑计划重点项目——"综合风险防范关键技术研究与示范"所取得的部分成果。丛书包括《综合风险防范——科学、技术与示范》、《综合风险防范——标准、模型与应用》、《综合风险防范——搜索、模拟与制图》、《综合风险防范——数据库、风险地图与网络平台》、《综合风险防范——中国综合自然灾害救助保障体系》、《综合风险防范——中国综合自然灾害风险转移体系》、《综合风险防范——中国综合气候变化风险》、《综合风险防范——中国综合能源与水资源保障风险》、《综合风险防范——中国综合生态与食物安全风险》与《中国自然灾害风险地图集》10 个分册，较为全面地展示了中国综合风险防范研究领域所取得的最新成果（特别指出，本研究内容及数据的提取只涉及中国内地 31 个省、自治区、直辖市，暂未包括香港、澳门和台湾地区）。丛书的内容主要包括综合风险分析与评价模型体系、信息搜索与网络信息管理技术、模拟与仿真技术、自动制图技术、信息集成技术、综合能源与水资源保障风险防范、综合食物与生态安全风险防范、综合全球贸易与全球环境变化风险防范、综合自然灾害风险救助与保险体系和中国综合风险防范模式。这些研究成果初步奠定了中国综合风险防范研究的基础，为进一步开展该领域的研究提供了较为丰富的信息、理论和技术。然而，正是由于这一领域的研究才刚刚起步，这套丛书中阐述的理论、方法和开发的技术，还有许多不完善之处，诚请广大同行和读者给予批评指正。在此，对参与这项研究并取得丰硕成果的广大科技工作者表示热烈的祝贺，并期盼中国综合风险防范研究能取得更多的创新成就，为提高中国及全世界的综合风险防范水平和能力作出更大的贡献！

国务院参事、科技部原副部长

刘燕华

2011 年 2 月

目　　录

第1章 绪 论[*]

　　社会经济的快速发展及对自然资源的过度利用，引起环境污染、植被退化、水土流失、土地荒漠化等生态风险不断加剧，直接威胁到人类赖以生存的生态系统的安全。中国是世界上生态脆弱区分布面积最大、脆弱生态类型最多、生态脆弱性表现最明显的国家之一。构建综合生态风险防范体系，成为实现区域可持续发展的重要途径。食物安全与人类生存、国家安危、社会发展休戚相关。中国是农业大国，也是世界上人口最多的发展中国家，食物安全问题举世瞩目。识别中国食物安全风险源，进行综合食物安全风险评估和预警防范，构建综合食物安全风险防范技术体系，可为实现中国农业可持续发展及构建和谐社会奠定基础。

1.1 研究背景及意义

1.1.1 研究背景

　　风险管理（risk governance）是一门发展很快的学科，受到世界各国的高度重视。风险管理，就是在对风险进行识别、预测、评价的基础之上，优化各种风险处理技术，以一定的风险处理成本有效控制和处理风险的过程。风险管理一般包括风险预防、风险评价、风险应对、灾后恢复等多个环节。人口膨胀、资源紧缺、环境恶化、自然灾害是当今人类面临的最重大的全球性问题，这些问题互为因果、相互制约，它们正在影响社会和经济的可持续发展，严重威胁人类的生存。人类面临的风险层出不穷，可持续发展和公众对于增加安全感的更高要求使风险管理越来越为世界各国所重视，并得到逐步推广。政府是公众的最终依赖对象，在防范和应对风险方面承担着不可推卸的责任。目前，西方发达国家政府已经提出并践行了政府风险管理的理念，美国政府大多数部门的主要职责都与风险管理有关。

　　在全球变化背景下，环境污染、植被退化、水土流失、土地荒漠化等生态风险不断加剧，直接威胁到了人类赖以生存的生态系统的安全。自20世纪40年代以来，生态系统服务功能维护日益受到国际社会的广泛关注。通过控制、减轻和适应风险等多种综合生态风险管理技术，建设高风险地区的综合风险防范体系，成为实现区域可持续发展的重要途径。在全球化和国际贸易迅速发展的背景下，食物安全也受到了国际社会的普遍关注。

---

　　[*] 本章执笔人：北京大学的蒙吉军、周婷；中国农业大学的刘黎明。

中国是农业大国，近年来食物安全风险逐渐凸显，全球化和国际贸易对中国食物安全也产生重要影响。以中国食物安全风险为基础，突出国际食物贸易对中国食物安全的影响，构建综合食物安全风险防范技术体系，为实现中国农业可持续发展及构建和谐社会奠定基础。

1. 综合生态风险评价及防范的研究背景

随着社会经济的发展及人类对自然资源的过度利用，许多生态系统出现退化，继而引发了一系列的生态环境问题，如水资源和能源短缺、水土流失、森林减少、环境污染、生物多样性丧失、土地荒漠化等。尤其是在生态环境脆弱的区域，沙化、盐碱化、水土流失、肥力下降、干旱化、植被退化、土地适宜性降低、灾害频度和强度增加等问题更是日渐凸出。目前，随着全民环境意识的提高，中国生态环境问题已逐渐得到各方面的重视，生态保护已被提到经济和社会能否持续发展的高度来认识。尤其是 2005 年松花江水污染事件、2008 年的中国南方雪灾和汶川地震、2010 年中国西南旱灾及青海玉树地震等一系列突发灾害事件使得人们对区域生态风险的关注度越来越高。

生态风险评价产生于 20 世纪 80 年代，主要目的是为生态系统管理与可持续发展提供科学依据和技术支持。目前，生态风险评价在欧美环境管理中的地位越来越突出，已经成为发现、解决环境问题的决策基础，并在法律上得到确认。作为一门年轻的、不断发展的实用技术，生态风险研究工作在中国还处于起步阶段，理论技术研究薄弱，缺乏生态风险评价、预警及防范的有效手段。中国现行的生态环境管理体制中对污染物的生态风险控制还没有具体的、可操作的规定，生态风险评价在建设项目环境保护管理中的应用也还是个例。2005 年松花江水污染事件暴露了中国生态风险管理存在的问题。为贯彻《国务院关于落实科学发展观加强环境保护的决定》，国家环境保护总局发出《关于防范环境风险加强环境影响评价管理的通知》，从源头防范环境风险，防止重大环境污染事件造成的危害和损失。在《国家中长期科学和技术发展规划纲要》中，明确把生态脆弱区域生态系统功能的恢复重建、突发公共事件防范与快速处置以及重大自然灾害监测与防御作为重点领域的优先主题。《国家环境保护"十一五"科技发展规划》中也指出，中国生态与环境问题变得更加复杂、风险更加巨大，明确提出要展开对农药、化学药品和土壤污染的生态风险评价和管理研究。国家"十一五"规划指出要建设环境友好型社会，提出生态保护和建设的重点要从事后治理向事前保护转变，从源头上扭转生态恶化的趋势。近年来，国家陆续实施了天然林保护工程、三江源自然保护区生态保护和建设工程等多项重大生态保护及生态建设项目，反映了国家对生态保护、生态灾害预防的高度重视和迫切需求。另外，西部大开发对加强生态环境保护尤其是生态风险评估与防范技术也提出了更高、更现实的要求。

基于此，对生态环境的管理和研究要从损失造成后的恢复和治理转向损失造成之前对生态风险具有前瞻性的预警和防范能力，最大限度减少损失。因此，加强生态风险评价的基础理论和技术方法的研究，建立适合中国生态环境的生态风险评价的标准方法和技术指南，制定相应的技术规范，开发应用各种模型，完善生态风险预警、防范和应急体系，成为当前保障中国生态安全、提高生态环境管理能力的当务之急。

2. 综合食物安全风险评价及防范的研究背景

食物短缺一直是困扰人类可持续发展的全球性问题。随着人口数量不断增长、可耕地面积逐年减少以及地区发展差距日益拉大，世界食物安全形势更加严峻。据统计，目前全球缺乏足够食物的人约8.5亿，占总人口的1/7，其中绝大多数集中在发展中国家和地区。联合国粮食及农业组织（后简称粮农组织）发出警告，2007年世界粮食储备已降至1976年以来的最低点，36个国家面临食物短缺，全球大米库存也降至7210万t，为1984年以来的最低点。库存吃紧的消息使世界主要大米出口国更加重视本国的粮食安全。泰国、越南、印度、埃及和柬埔寨等世界主要稻米生产国为保证内需、稳定粮价，纷纷颁布大米出口限令，使国际市场上的大米数量骤减约1/3，更加剧了人们对世界粮食供应吃紧的担忧，国际食物安全问题日益严峻。

中国的食物安全是一个举世瞩目的问题，中国人能不能自己养活自己一直是引人关注的研究课题。尽管中国目前已经解决了13亿人口的吃饭问题，但粮食供应的现实仍然严峻，中国农业面临着巨大的挑战。

其一，中国是一个受灾严重的国家，几乎每年都有不同类型的灾害同时出现。近年来受全球气候变化等影响，灾害性天气日益频繁，加之农业基础设施老化失修，导致农业灾害日益加剧。近10年中国年均受灾面积达7.27亿亩①，农业成灾率居高不下，2004年中国因自然灾害损失粮食610亿斤②，2005年损失达690亿斤，2006年损失增加到894亿斤。

其二，中国耕地资源的数量和质量逐渐下降，直接影响到粮食的产量和品质。1996年，中国耕地总面积为19.51亿亩，2006年年底降为18.27亿亩，10年净减少1.24亿亩。从长远看，随着工业化、城镇化进程的加快，耕地减少的趋势仍难以扭转。同时中国人均水资源仅为世界人均水平的1/4，而且分布不均，水土资源不匹配，农业生产受水土资源的制约明显。2006年，全国耕地中有较完善灌溉设施的水浇地为8.25亿亩，仅占耕地总面积的45%。

其三，近年来粮食产区老人和妇女成为主要劳动力，劳动力结构不合理，劳动力素质低，直接影响了农业科技接受能力，限制了新品种、新技术在粮食生产中的推广应用。虽然近几年，国家加大了农业补贴力度，全面推进农村税费改革，种粮效益明显提高，但由于化肥、农药、农业机械等农用生产资料价格不断上涨，劳动力成本不断提高，在一定程度上制约了粮食生产投入。

其四，中国在粮食生产上没有比较优势，未来持续的粮食进口是不可避免的（向颖佳，2008），且中国粮食贸易的稳定性较差，大起大落的状况经常出现，在总量稳定性较差的同时，结构问题同样突出（张吉祥，2007）。近年来，国际粮食贸易格局演变和国际粮食市场行情发生了较大变化。国际市场粮食价格大幅波动。农业贸易自由化令发达国家不断强化技术壁垒和环境壁垒，使发展中国家的贸易仍然处于不利地位，扩大了收入差

---

① 1亩≈666.7 m²，后同。

② 1斤=500 g，后同。

距，恶化了发展中国家的粮食安全状况（李晓俐，2007）。

其五，中国幅员辽阔、人口众多，不同地区受经济发展、饮食消费习惯的影响，居民的食物消费结构存在很大的差异；加之中国是传统的农业大国，农村人口占有很大比例，长期实行二元结构造成城乡居民在食物消费水平及结构上也存在很大的差距，这都使得中国居民食物消费特点错综复杂。到 21 世纪二三十年代，人口的持续增长将达到高峰期，中国粮食等食物的发展将随之进入一个重要的历史时期。根据中国人口信息研究中心的预测，到 2050 年，中国总人口将达 15.22 亿。人口的刚性增长，势必增加食物的消费需求；且生活水平的提高，居民收入的增加也刺激了居民对粮食以外的其他农产品消费需求，近年来城乡居民对于动物性食品消费的需求不断加大。人民生活水平的提高和食物消费需求的不断增长，都会对中国食物安全形成巨大的压力，造成食物消费风险。

因此，中国未来的食物安全仍面临许多不利因素，存在许多不确定性风险。

1.1.2　研究意义

1. 综合生态风险评价及防范的研究意义

可持续发展只是一种理念，是人们追求的目标，要如何实现这一目标，人们还十分迷惘。如何才能判断周围的生态系统是否健康？区域生态系统可能面临多大的风险？区域生态系统抵抗灾害的能力到底有多强？危害区域可持续发展的人类活动的限度到底在哪里？区域生态风险评价能回答这些问题，能为区域可持续发展道路提供有预见性的建议。区域生态风险评价通过评估区域生态系统遭受风险的可能性及受到生态危害的大小为风险管理提供科学依据和技术支持，从而协助人类在生产和生活时不断调整自身行为，为人类活动对生态系统的影响提供预测，进行适时的区域生态风险管理，减少生态风险损失，为区域生态环境质量改善、生态系统结构和功能维护提供理论基础。另外，区域生态系统作为区域自然因子、生物因子和社会因子的复合系统，是区域各种生物有机体的载体，是物质和能量的供应者，也是人类赖以生存和社会发展的基础。保持生态系统健康、维护生态系统良性循环是区域可持续的核心，正确及时地对生态系统中存在的风险进行预测、评价和管理，对维护区域自然、社会、经济等的和谐，实现可持续发展提供更具有实际意义的指导作用。

20 世纪 80 年代以来，生态风险评价在欧美等国环境管理中的地位越来越突出，已经成为解决环境问题的决策基础，并在法律上得到了确认。中国尚未普遍开展区域生态风险评价，相关的理论与实践也处于起步阶段。由于环境中各种风险因子往往对整个区域产生危害，所以对受体单元的选取就不能局限于某一个体或物种，而应扩展到更高的区域层次。因此，区域生态风险评价是生态风险评价的补充和拓展，研究生态风险评价时应拓宽生态风险评价的研究领域，从区域生态风险评价及生态风险管理研究角度充实其理论体系和研究方法。

根据 2008 年发布的《全国生态脆弱区保护规划纲要》，中国区域空间差异显著，生态系统类型多样。同时，中国也是世界上生态脆弱区分布面积最大、脆弱生态类型最多、生态脆弱性表现最明显的国家之一。生态脆弱区大多位于生态过渡区和植被交错区，处于农牧、林牧、农林等复合交错带，主要有东北林草交错生态脆弱区、北方农牧交错生态脆弱区、西北荒漠绿洲交接生态脆弱区、南方红壤丘陵山地生态脆弱区、西南岩溶山地石漠化生态脆弱区、西南山地农牧交错生态脆弱区、青藏高原复合侵蚀生态脆弱区和沿海水陆交接带生态脆弱区。生态脆弱区是中国目前生态问题突出、经济相对落后和人民生活贫困的区域，加强生态脆弱区的保护，增强生态管理与防范意识，有利于实现区域的可持续发展。

北方农牧交错带是中国典型的生态脆弱区，由于自然环境的复杂性、脆弱性和人为干扰的敏感性，成为长期以来研究的热点和重点区域。本书选择内蒙古鄂尔多斯作为示范区，该区位于北方农牧交错带，自然条件和人文要素，尤其是土地利用方面都表现出过渡性和波动性的特点，抗干扰能力弱，对气候变化敏感，时空波动性明显、空间分异性高，土地退化趋势明显，面临多方面的风险，基于此进行区域生态风险综合评价，建立该区综合生态风险防范体系，对该区的生态系统管理和区域发展都具有重大的实践意义，对全国综合生态风险防范也具有重要的示范意义。

2. 综合食物安全风险评价及防范的研究意义

"民以食为天"。食物是人类赖以生存和发展的物质基础，食物安全不仅与个人生活密切相关，更是事关国民经济发展、社会稳定和国家自立的全局性重大战略问题。从人类发展史来看，食物安全问题由来已久，随着社会的发展，人们对食物安全的关注程度越来越高，食物安全的内涵也由基本的数量安全扩展到数量、质量和可持续发展等多方面的综合安全。1972 年的世界粮食危机，引发了学术界在全世界范围内对食物安全的关注和讨论，食物安全这一概念随之提出，此后，食物安全成为一门具有自己特定研究体系的、内涵丰富而复杂的研究学科，为保障全球食物安全提供了科学的参考价值。

中国是人口大国，无论在食物安全的哪个环节发生问题，都将产生严重后果。从食物的需求方面而言，目前中国的人口已经达到 13 亿，由于人口年龄的结构特点以及过大的人口基数，即使在严格的计划生育政策执行下，21 世纪前 30 年中国人口总量还将持续较大幅度增长，食物的需求也会呈现增长态势。而且随着中国经济的发展，居民收入提高，人们的食物结构也会相应发生变化，居民膳食结构会逐渐提升，对食物的需求仍将继续增加；从食物的供给而言，科技进步是食物增产的有利条件，但同时人口的增长和经济的发展使得耕地减少、水资源短缺、生态环境恶化、自然灾害频繁，这些硬条件都严重限制中国食物供给量增长的速度和幅度；从食物贸易方面而言，国际食物贸易受到自然灾害、战争、政治等因素的左右，存在着供给风险。中国这样一个人口大国的食物安全不可能完全依赖国际市场，而中国食物安全同样会引发世界性的食物安全危机。因此，用发展、战略的眼光，客观、正确地认识中国食物安全状况及其演变趋势，了解和分析未来食物安全将要面临的有利和不利因素，并从国家战略的高度，提前对食物安全风险进行评价和预警防范，及早确定风险水平并采取有力措施扬长避短，防范食物安全风险的发生，实现食物可持续供给安全，从而为国民经济的可持续发展奠定坚实的基础。

本书对完善、深化综合风险领域的理论具有重要的意义，尤其是对构建国家安全体系，提高国家综合风险的防范能力具有重要现实意义。

1.2 综合生态与食物安全风险评价的基本内涵

1.2.1 综合生态风险评价的基本内涵

1. 生态风险评价的内涵

"生态风险"（ecological risk）是生态系统及其组分所承受的风险，主要关注一定区域内，具有不确定性的事故或灾害对生态系统及其组分可能产生的不利作用，即一个种群、生态系统或整个景观的正常功能受外界胁迫，因而在目前和将来该系统健康、生产力、遗传结构、经济价值和美学价值减小的一种状况。生态风险评价（ecological risk assessment，ERA）就是评价发生不利生态效应可能性的过程（USEPA，1992），是根据有限的已知资料预测未知后果的过程，其关键是调查生态系统及其组分的风险源，预测风险出现的概率及其可能的负面效果，并据此提出响应的舒缓措施（毛小苓和倪晋仁，2005）。生态风险评价是风险论与生态学、环境科学、地学等多学科相互交叉的新兴边缘学科，也是现代生态学研究的一个前沿性问题。它利用上述多学科的综合知识，采用数学、概率论等量化分析技术手段来预测、分析和评价具有不确定性的灾害或事件对生态系统及其组分可能造成的损伤。目前，生态风险评价对单风险源、单受体的评价研究较多，相应的模型也较为成熟，选择的评价单元多为某一物种或个体水平，较少选择生态系统或景观水平。

生态风险评价是对生态系统的组分受到外界某种危害因素的影响，在一定程度和概率上产生变化作出的评判。因此，为了能够确切描述受体在风险源的影响下达到的生态终点，必须明确以下几个概念。

（1）风险源（stressors）。又称为压力或干扰，是指可能对生态系统产生不利影响的一种或多种化学的、物理的或生物的风险来源，包括自然、社会经济与人们生产实践等诸种因素。例如，气象、水文、地质等方面的自然灾害（如干旱、台风、洪水、地震、滑坡）、污染物、生境破坏、物种入侵以及严重干扰生态系统的人为活动（如火灾、核泄漏、土地沙漠化、盐渍化）等。

（2）受体（receptors）。即风险承受者，是指风险评价中生态系统可能受到来自风险源不利作用的组成部分，它可能是生物体，也可能是非生物体；可以指生物体的组织、器官，也可以指种群、群落、生态系统等不同生命组建层次。生态风险评价中，受体往往包括多个类型的生态系统，如农田生态系统、森林生态系统、草原生态系统、水域生态系统以及城市生态系统等，而不同的生态系统在区域整体的生态功能方面所发挥的作用亦存在差异。

（3）生态终点（ecological end points）。指在具有不确定性的风险源作用下，风险受体可能受到的损害，以及由此而发生的区域生态系统结构和功能的损伤。生态学中，从个体、种群、群落到生态系统水平，不同组织尺度的生态终点可能不同。对于生态风险评价，生态终点应具有现实的生态学意义或社会意义，具有清晰的、可操作的定义，且易于观测和度量。除了反应生态系统的结构终点、功能终点和群落终点等要素外，更要从系统的功能出发，选择那些具有重要生态意义的受胁迫的生态过程（如流域中的水文过程）。

2. 生态风险的特点

生态风险具有不确定性、危害性、客观性、复杂性和动态性等特点。

（1）不确定性。生态系统具有哪种风险和造成这种风险的风险源是不确定的。人们事先难以准确预料危害性事件是否会发生以及发生的时间、地点、强度和范围，最多拥有这些事件先前发生的概率信息，从而根据这些信息去推断和预测生态系统所具有的风险类型和大小。

（2）危害性。生态风险评价所关注的事件是灾害性事件，危害性是指这些事件发生后的作用效果对风险承受者具有的负面影响。

（3）客观性。生态风险评价的目的是评价具有危害和不确定性的事件对生态系统及其组分可能造成的影响，在分析和表征生态风险时应体现生态系统自身的价值和功能。这一点与通常经济学上的风险评价以及自然灾害风险评价不同，前者主要分析风险造成的经济损失，而生态风险评价以生态系统的内在价值为依据，不仅考虑经济损失更着重于风险对生态系统自身结构和功能的影响。

（4）复杂性。生态风险的最终受体包括生命系统的各个组建水平（包括个体、种群、群落、生态系统、景观乃至区域），且要考虑生物之间的相互作用以及不同组建水平的相互联系，因此生态风险相对于一切的环境风险和人类健康风险而言，复杂性显著提高。

（5）动态性。任何生态系统都不可能是封闭的和静止不变的，它必然会受诸多具有不确定性和危害性因素的影响，影响生态风险的各因素是动态的，也使生态风险存在动态性。

3. 区域生态风险评价的内涵

由于环境中各种风险因子往往对整个区域产生危害，因此对受体单元的选取就不能局限于某一个体或物种，而应扩展到更高层次，这样对区域研究更有现实意义和指导作用。区域生态系统作为区域内自然因子、生物因子和社会因子的复合系统，是区域内各种生物有机体的载体，是物质和能量的供应者，也是人类赖以生存和社会发展的基础，保持生态系统健康、维护生态系统良性循环是区域可持续的核心。因此，正确及时地对生态系统中存在的风险进行预测、评价和管理，维护生态系统功能、保障区域经济可持续发展都具有重要的现实意义。

区域生态风险评价（regional ecological risk assessment）强调综合分析区域生态风险在大尺度范围内可能产生的影响，在区域尺度上描述和评估环境污染、人为活动或自然灾害对生态系统及其组分产生不利作用的可能性和大小的过程（付在毅和许学工，2001）。相对于单一地点的生态风险评价，区域生态风险涉及的因子多，存在相互作用和叠加效应，过程较复杂，在评价过程中必须考虑空间异质性。区域生态风险评价能为区域生态环境质量改善、区域生态系统结构和功能维护以及区域发展提供更具有实际意义的指导。人们可以在生态风险评价基础上作出适应生态系统自我调节机制的风险管理决策，为区域可持续发展之路提供指导，从而在维护生态系统健康发展的基础上促进区域经济与社会的发展。

区域生态风险评价是生态风险评价的组成部分，与生态风险评价原理基本相同，因此，生态风险评价已有研究成果包括概念框架、物理数学计算机方法、暴露－响应模型都对区域生态风险评价有很大的借鉴意义。但由于区域生态风险评价综合了空间信息、多种风险或多种生态终点，所涉及的风险源以及评价受体等都在区域内具有异质性，因而比一般生态风险评价更复杂，也更能解决区域发展的环境效应、区域自然灾害与污染防治以及可持续发展等问题。

1.2.2　综合食物安全风险评估的基本内涵

1. 综合食物安全的内涵

1974 年 11 月，联合国粮农组织在世界粮食大会上通过了《世界粮食安全国际约定》，第一次提出了食物安全的概念："保证任何人在任何时候都能得到为了生存和健康需要的足够食品。"国内对食物安全的研究，最早都是由 "food security" 翻译而来，由于当时中国经济落后，吃饭问题没有得到很好的解决，最早把 "food" 翻译为粮食，因此国内的研究大多数采用的是 "粮食安全" 的说法，重点研究稻谷、小麦、玉米、大豆等粮食的安全状况。但是随着中国经济的发展，人民生活水平的提高，更多的学者发现 "food" 一词的含义非常丰富，翻译为食物更为恰当，所以现在已经有学者提出要转变单一化粮食安全的观念，树立新的食物安全观念（卢良恕，2008）。

20 世纪末，中国农业发展进入 "粮食产量供需基本平衡、丰年有余" 的新阶段，2003 年，以人均 GDP 超过 1000 美元为标志，中国进入食物发展与营养改善的战略机遇期，以营养平衡为核心的膳食结构改善工作凸显出其重要性、紧迫性。肉、蛋、奶、果、菜和水产品等粮食以外的食物得到快速发展，食物发展呈现多样化态势。从食物安全的高度关注人类的温饱与营养健康，更有利于缓解资源与环境压力，是现实的需要和未来的必然趋势（卢良恕等，2003）。

2003 年卢良恕院士提出食物安全的含义包括了几个大的方面：从数量的角度，要求基本食品人们既能买得到、又能买得起需要的；从质量的角度，要求食物的营养全面、结构合理、卫生健康；从发展的角度，要求食物的获取注重生态环境的保护和资源利用的可持续性。食物安全是一个由食物数量安全、食物质量安全与食物持续性安全组成的整体性概念。2006 年丁声俊指出，迄今，已经形成共识的食物安全内涵包括食物数量安全、食物质量安全、食物可持续安全。由这些实质性的基本内涵出发，学术界和国际组织又从不同角度出发，提出食物安全包括食物生产安全、食物加工安全、食物储备安全、食物流通安全、食物消费安全和食物卫生安全等内容。还有的专家从不同层面出发把食物安全划分为国家食物安全、家庭食物安全、食物营养安全，以及最近提出的食物可持续安全等内容。这些不同层次的食物安全的内涵是相互联系、相互统一的，当然也有不同的侧重点。2008 年丁声俊提出，中国应该创新国家食物安全战略，适时把 "单一化粮食安全" 观念拓展为 "以粮食为重点的综合化食物安全" 新战略。从多年的实践来看，衡量中国粮食安全不可继续采用单项指标，需要采取内容完整、更能反映客观实际情况的指标体系。

综上所述，综合食物安全包括食物数量安全、食物质量安全、食物可持续供给安全。在数量上要求人们既能买得到、又能买得起维持正常生活所需要的基本食物，保障人们正常积极、健康生命活动的能量需要；在质量上要求人们所获取的食物营养全面、结构合理、卫生健康，保障食物的营养安全和卫生安全；在保障食物的可持续供给上要求食物的获取必须注重生态环境的保护和资源利用的可持续性，在保障满足当代人食物需求的同时，不影响后代人对食物的需求。

2. 综合食物安全风险的内涵

综合食物安全风险（integrated food security risk，IFSR）是指一定区域内，在可预见的未来，具有不确定性的自然、社会、经济等因素可能造成的食物供需失衡的程度。综合的含义既指食物来源的广泛性和多样性，又指风险源或风险因子的复杂性和综合性。综合食物安全风险较传统风险（如气象灾害风险、地质灾害风险等）更为复杂，除受到自然因素的影响外，还受社会、经济等非自然因素的影响，并且在经济全球化的背景下，随着国际食物贸易发展，一国的食物安全开始面临国际贸易的挑战。因此，综合食物安全风险不仅具有一般的风险特征，同时还表现出多因素性和综合性。

总之，未来的食物安全问题必定是一个综合性的问题，尤其要强调不同风险源和风险因子对食物安全的影响机制和防范的综合研究，制定综合性的风险管理体制和风险防范预案。

3. 区域综合食物安全风险评价的内涵

区域综合食物安全风险评价（regional integrated food security risk assessment，RIFSRA）是在全国尺度的综合食物安全风险评价基础上的深入研究。由于区域综合食物安全风险评价的风险信息更为具体，因此通过区域综合食物安全风险评价可以对一定区域特别是影响全国食物安全风险的重点区域进行研究，为风险预警和风险防范提供支持。

区域综合食物安全风险评价是以评价未来食物供需安全、食物卫生与营养安全以及食物可持续供给安全风险为目标，以综合食物安全风险识别—食物安全单风险源评价—食物安全综合风险评价为主线的风险评价研究。根据风险评价目标可以确定区域食物安全风险评价包括食物数量安全风险评价、食物质量安全风险评价和食物可持续供给能力安全风险评价三部分内容，这三个方面反映了食物安全风险评价的三个层次。食物数量安全风险评价指对未来一定范围内食物供需平衡风险的评价，食物数量安全风险评价是食物安全风险评价的基本目标。食物质量安全风险评价指对未来一定范围内食物卫生、营养安全水平风险的评价，食物质量安全风险评价是食物安全风险评价更深层次，需要以食物能够充足供给为前提。食物可持续供给能力安全风险评价指对未来一定范围内人类活动影响下的食物生产可持续发展环境状况进行的风险评价，食物可持续供给能力安全风险评价是食物安全风险评价基本目标的外延。

1.3 国内外生态与食物安全风险研究进展

1.3.1 国内外区域生态风险评价研究进展

20多年来，生态风险评价研究经历了从最初的环境风险评价到生态风险评价，再到区域生态风险评价的发展历程，风险源由单一风险源扩展到多风险源，风险受体由单一受体发展到多受体，评价范围由局地扩展到区域景观水平。区域生态风险评价主要研究较大范围的区域中各生态系统所承受的风险，根据其概念和特点，在已有的评价流程基础上也发展了相应的概念模型。

1. 国外区域生态风险评价方法

1) 区域生态风险评价的概念模型

1990年，Hunsaker等（1990）提出了如何将生态风险评价应用到区域和景观水平，并阐述区域生态风险评价的基本概念和未来发展方向，构建了区域生态风险评价的概念模型，主要包括5个环节：选取终点；风险源的定性和定量描述；确定和描述可能受影响的区域；运用恰当的环境管理模型估计暴露的时空分布，定量确定区域环境中暴露与生物反应之间的相互关系；综合上述步骤的评价结果得出最终风险评价。

2) PETAR 方法

PETAR方法（procedure for ecological tiered assessment of risks）是在缺乏大量野外观察数据的情况下进行风险评价的有效方法，适合复合生态系统的生态风险评价（Rosana and Sverker，2004）。该框架将风险评价分为三个部分进行，也称为"三级风险评价"（图1-1）：①初级评价，首先根据对风险源和受体的认识，初步划定受影响区域，然后判断风险源对受影响区域的危害是否有差异，如没有差异则受影响区域整体为生态风险区；如有差异则根据具体影响因素进行危险度分区，对不同等级区域赋以不同危险度值。此阶段为初级评价，属定性评价，主要回答风险源是否会对受体有影响、概率高低这一问题。对于受体受影响区域内没有差异的风险源，进行此级评价即可；对于受体受影响区域内有差异风险源的风险评价，需进入下一阶段继续分析。②区域评价级别的半定量评价，通过对整个区域内可能风险源、风险压力因子及可能受到影响的区域进行计算。根据第一阶段危险度评价的结果，结合区域受体易损性进行风险大小的评价。对于区域同时受到多风险源影响的综合风险评价，综合危险度采取各风险源危险度加权求和的方式算得。此阶段属半定量评价，主要回答受体是否会有损失、损失的可能性大小的问题。对于区域综合风险源的风险评价，评价到此步骤即可；对具体某一风险源，如需了解具体风险损失值，可继续进行下一阶段风险损失的评价。③局地定量评价，是在更小范围内建立起风险源、风险因子和与生态、社会相关的评价端点之间建立起数学关系。通过建立关于风险度以及受体生态社会经济指标的损失评估模型，评估区域不同位置风险损失大小，根据受体损失高低划分区域风险等级。此阶段为定量评价，主要回答受体损失大小这一问题。通过了解具体风险源在区域不同位置的损失高低，决策者可权衡风险管理对策，有效调动有限救助资源。

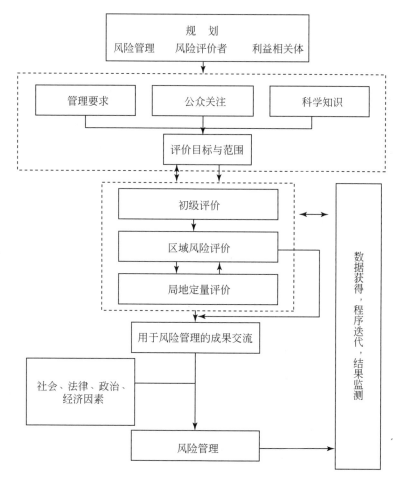

图 1-1　生态风险分层评价框架（PETAR）

3）相对风险评价模型

Landis（2005）构建了针对区域的相对风险评价模型（relative risk model，RRM），包括：①确定区域风险管理的目标；②对与区域风险管理相关的潜在风险源和生境进行制图；③根据风险管理目标、风险源和生境对区域进行进一步划分；④建立连接风险源、受体以及评价终点的概念模型；⑤根据评价终点，确定相对风险计算的等级系统；⑥计算相对风险值；⑦对风险等级进行不确定性和敏感性评价；⑧为将来样地和实验室的调查建立可检验的风险假设，目的是减少风险评价的不确定性和确定风险的等级；⑨检验步骤⑧中的风险假设，对相对风险和不确定性进行表达以便与区域风险管理目标相对应。

在应用方面，Wallack 和 Hope（2002）根据土地利用方式、营养物浓度与杀虫剂浓度之间的相关关系，以土地利用方式等数据代替杀虫剂浓度，通过分区的方法对杀虫剂对水域可能影响进行了评价；Hayes 和 Landis（2002）分析评价了海滨区域生态风险的主要原因；Hooper 和 Duggin（1996）建立了基于生态特性的洪水风险区划模型，并在此基础上提出限制土地利用的政策；Walker 等（2001）评价了农业土地利用和居住用地的扩大对区域生态系统所产生的可能风险。

2. 国内区域生态风险评价

国内学者主要是在引入国外生态风险评价理论和方法的基础上进行研究和应用。殷浩文（1995）为国内开展生态风险评价最早、最有影响的人，通过综合国外的研究成果将水环境生态风险评价程序分为源分析、受体分析、暴露分析、危害分析、风险表征。许学工等（2001）通过讨论区域生态风险评价的特点和方法论基础，将区域生态风险评价的步骤概括为研究区的界定与分析、受体分析、风险源分析、暴露与危害分析以及风险综合评价等几个部分。从具体案例的风险评价步骤和计算来看，国内区域生态风险研究主要有以下两种类型。

1）基于概念模型的区域生态风险评价

大致按照区域生态风险评价的风险源分析、受体分析、暴露危害分析、风险表征等步骤进行区域生态风险评价与分析，如辽河和黄河三角洲湿地、洞庭湖流域、干旱区内陆湖等的生态风险评价研究（卢宏玮等，2003；付在毅和许学工，2001）。选择的风险源包括自然风险源如各种灾害和人为风险源如各种工业、农业污染及环境问题，根据研究区内风险源的频度、强度、危害程度等进行筛选和评定；受体则包括各种生态系统类型、景观类型、关键物种及其生境等；区域生态风险计算遵循基本的风险度量方法，用风险源发生概率和可能造成损失的乘积来表征；最后结果多将区域生态风险进行分级、评价、分析和管理。

2）基于景观格局/土地利用的区域生态风险评价

一般直接利用遥感影像解译后区域的土地利用或景观结构数据，构建生态风险指数，通过系统空间采样方法对综合生态风险指数进行变量空间化，最后通过对生态风险指数采样结果进行半变异函数分析和空间插值，运用 GIS 进行空间化后分级，分析解释不同区域的空间生态特征和内在形成机制。例如，曾辉和刘国军（1999）利用多时段的景观结构信息，借助空间统计方法半定量化地描述深圳市龙华镇选定区域内不同区块的相对生态风险程度；陈鹏和潘晓玲（2003）基于景观格局构造了景观损失指数和综合风险指数作为区域景观生态风险评价指标进行评价。

3. 区域生态风险评价研究进展

纵观国内外的应用研究，发现多是针对多样化的具体风险源类型、风险受体类型和评价数据源类型的不同而进行案例研究，同时推进了评价方法和技术的进步。其中，评价的风险源包括自然风险源（如各种灾害）和人为风险源（如各种工业、农业污染及环境问题），根据研究区内风险源的频度、强度、危害程度等进行筛选和评定；风险受体则包括各种生态系统类型、景观类型、关键物种及其生境等；评价数据源的选择也日渐丰富，除了调查统计数据和试验数据外，土地利用数据和遥感数据也广泛应用于区域生态风险评价中。

区域生态风险评价的任务是综合单项活动的效应，在系统或区域水平上评估生态风险，对受体单元的选取不能局限于某一个体或物种，而应扩展到更高层次，这样对区域研究更有现实意义和指导作用，从而为实施减轻或规避风险的调整和补救措施提供有价值的参考。区域尺度的风险评价模型框架已经构建，用于区域尺度生态风险评价的各种数学、物理、计算机方法也在研究和完善之中。但区域生态风险评价仍然面临很多问题。

（1）评价阈值的确定问题。区域生态风险评价研究是多学科交叉、应用统计学等风险分析手段与"3S"等先进空间分析技术相结合，建立基于区域生态系统与生态风险之间的经验关系，其本质是评价生态系统的完整性。但目前尚无一个合适的可以准确描述生态系统健康状况的指标体系，即便给出了生态系统风险的定量数据也无法准确评判区域风险程度。因此，开发区域生态风险评价的指标体系，建立风险评价标准，发展各种定量评价方法和技术是区域生态风险评价的难题和方向。

（2）暴露与危害分析问题。区域生态风险涉及的受体有不同层次和不同种类，由于暴露系统的复杂性，目前还没有一个暴露描述能适用所有的生态风险评价。多风险源对不同层次生命系统的生态效应表征和评价，目前还处于探索阶段。风险压力的多样性和风险受体的复杂性导致对压力-响应规律的认识不足，加之实验室结果外推到野外不同时空范围存在困难，生态效应评价还有待加强基础应用研究。

（3）定量表征问题。区域生态风险评价中，对区域生态风险形成机理，各种与不确定性有关的因素及其贡献，它们之间的相关性，时空变换规律，耦合作用等问题，在定量的水平上还缺乏系统研究。在各种生态效应的生态过程和作用机理尚不清楚的情况下，很难构建合适的数学或物理模型，其定量研究相对少，目前大部分研究停留在区域生态风险分级评价阶段。

（4）不确定性处理问题。在生态系统中，每一种风险均有其不确定性来源。生态系统本身存在的固有随机性和对风险评估的受体、端点、暴露等分析过程的复杂性构成了生态风险评价的误差，对所使用数据和信息的可靠程度也缺乏系统的检验，影响了生态风险评价的结果。

1.3.2 国内外综合食物安全风险研究进展

1. 国外研究进展

1）综合食物安全的风险识别研究

从检索到的文献资料来看，国外学者对食物安全风险因子的识别和分类研究不多。而且就已经研究的内容来看，国外学者更倾向于对食物的质量安全进行风险因子识别，这与国内研究侧重点有所不同。

Brown（1995）指出水资源短缺将是人类实现食物安全最大的障碍，并且他还指出中国农用水源的急剧减少已日益威胁到世界食物安全。Meade 和 Rosen（2002）从自然因素和人为因素两个层次来分析，自然因素包括全球变暖、水资源严重短缺、耕地退化和大量被占用、农作物病虫害；人为因素包括人口迅速增加使得食物需求量猛增、营养水平低、营养结构不合理，收入水平低等，是影响综合食物安全的主要风险因子。Maxwell 等（2008）从微观的家庭食物安全的角度研究，以反映个人食物需求是否得到满足的指标为基础，通过对 14 个案例区的对比分析，得出个人农业生产行为、食物消费行为对食物微观安全的影响程度，是否能导致食物不安全的发生。Cordell 等（2009）从食物需求方面分析，认为在即将到来的 2030 年人口高峰期，包括食物在内的能源需求将增加，而耕地数量、土壤肥力、农业科技水平的发展、人类对土地的利用等是影响食物安全的主要因子，同时，合理的食物需求及消费方式对食物安全的影响作用也较大。

2）综合食物安全的风险评估研究

由于食物安全系统的复杂性，目前国际上尚没有公认的综合食物安全风险评估的方法。联合国粮农组织（FAO）于 20 世纪 70 年代提出，一个国家的粮食储备占当年粮食消费量的 14% 为食物安全警戒线，一个国家的粮食储备占当年粮食消费量的 17%～18% 为食物安全线（其中，周转储备粮占 12%，后备储备粮占 5%～6%）。FAO（1983）还提出运用一个国家或地区中营养不良人口所占的比例来评价一个国家和地区的食物安全与否，将人均每日摄入热量少于 2100cal[①] 视为营养不良，如果一个国家营养不良的人口比例达到或超过 15%，则该国为食物不安全国。

世界食物安全委员会（国家发展和改革委员会产业经济研究所课题组，2006）研究和制定了食物安全指标体系，综合考虑供应量、市场、国际关系、流通、运输等因素，形成 7 个衡量食物安全的指标：①营养不足的人口发生率；②人均膳食热能供应；③谷物和根茎类食物热量占人均膳食热能供应的比例；④出生时预期寿命；⑤5 岁以下儿童死亡率；⑥5 岁以下体重不足儿童所占比例；⑦体重指数 ＜18.5 的成人所占比例。该指标体系于 2000 年 9 月举行的第二十六届世界食物安全委员会上得到批准。

美国农业部经济研究局采用调查问卷的方法来评估食物安全与否。问卷分为三类，分别针对住户、成年人、儿童提出问题，通过问卷是或否的回答，统计计算出粮食不安全状况。

国外一些学者也提出了食物安全的度量方法，Chung 等（1997）、Haddad 等（1994）、Bouis（1993）、Maxwell 和 Frankerberger（1992）等提出用食物消费量、贫困、营养不良、财产、收入指标衡量粮食安全与否，Rose 和 Oliveira（1997）、Hamilton 等（1997）通过考察特定人群在出现粮食不足时采取的对策行为方式及其频率来衡量安全程度，如借钱、出卖生产性资产购粮、减少用餐次数、减少承认用餐数量等。

3）综合食物安全的风险预警与防范研究

综合食物安全风险预警和防范研究具有代表性意义的成果是联合国粮农组织（FAO）1975 年建立了一个全球食物和农业信息及预警系统（GIEWS），该系统通过收集和分析各区域食物供求信息，预测各洲的谷物收成状况及世界粮食储备的变化情况，进行定期和不定期发布，但具体到每个国家都是非常粗略的，它是模型预警方法和定性预警方法的结合，适合于对全球粮食供给进行预警预报，不宜成为任何一个国家粮食供给的预警预报（FAO，1999）。FAO 还曾于 1991 年 7 月召开了"加强亚太地区国家早期预警和食物信息系统"工作会议。

美国 Manetsch（1984）提出了一种粮食短缺预警的方法，美国拥有完善的食物信息采

---

① 1cal＝4.187J，后同。

inctᜌᜌ

集系统，通过卫星监测、航空航天与定位观测等技术手段以及驻各国使领馆和组织机构，广泛地收集各国粮食贸易、期货市场、粮食价格、粮食库存、自然灾害等信息，通过农业部对信息的决策分析来监测食物生产和贸易状况。日本 Maeda 等（2005）建立了粮食危机预警支持系统，主要是利用期货市场的预警功能来发挥作用。1985 年美国国际开发署出资帮助非洲建立了一个饥饿预警网，应用遥感影像对作物估产，对食物短缺情况提前预警。

2. 国内研究进展

1）综合食物安全的风险识别研究

　　郭玮和赵益平（2003）、屈宝香（2004）等认为粮食减产是导致粮食不安全的直接原因，他们主要对引起粮食减产的因素进行分析，指出耕地面积减少、粮食价格水平低、农业物质投入低、自然灾害频繁是引起粮食减产的主要风险因素；姚学慧和尚爱军（2005）在对粮食安全研究现状分析的基础上，探讨了影响粮食安全的几个因素，包括人口快速增长、农业资源的退化与短缺、自然灾害频繁发生、粮食生产的经济效果弱化、区域不稳定因素的影响、城市扩张和修路等占用耕地、物质投入与科技投入不足、粮食单产水平不高、人均粮食的需求量增加、政府管理不力和粮食浪费等；马红波和褚庆全（2007）认为研究粮食产量波动对研究粮食安全问题具有重要的意义，如果稳定了粮食产量，就能保障粮食安全，经过研究，得出物质投入（包括化肥、农药、农业机械、耕地、劳动力、资金等）增长是中国粮食总产稳定增长的主要因素，农业宏观政策是影响中国粮食生产波动的决定性因素之一，而农业自然灾害是造成中国粮食产量下降的主要因素。

　　此外，李道亮和傅泽田（1998）指出地下水超采、荒漠化威胁、水体污染、森林退化等一系列事实表明中国的粮食生产存在着资源、生态危机，要实现粮食的可持续供给需付出巨大的努力；韩纯儒（2001）在对中国食物安全进行全国范围的研究后指出：水资源耗竭、水土资源分布不均是中国要实现食物可持续安全的最大障碍。朱桂英等（2005）通过计量经济模型对全国影响粮食产量的因素进行分析，发现单位有效种植面积化肥施用量和有效种植面积是影响粮食产量的主要因素，而农机动力和农业劳力对粮食产量的影响不大。高帆（2005）在研究对粮食安全现有测度方法基础上，指出威胁中国粮食安全的不是单一领域的因素，生产、消费、流通、贸易等领域都可能引起粮食安全风险，因此在这四个领域选取指标进行统计分析后得到，影响粮食安全的因素主要是价格波动、生产波动和储备率。黄黎慧和黄群（2005）综合生产、流通、消费各个环节研究粮食安全，指出耕地面积锐减和种粮面积大幅缩小、农业生态环境恶化、旱灾发生频繁、种粮收益低，严重影响了农民的生产积极性，粮食消费需求呈刚性增长并多样化，储备粮调节粮食市场的能力有所下降是粮食安全的主要风险因子。

2）综合食物安全的风险评估研究

　　目前，中国在综合性的食物安全风险评价领域的研究大致可以归纳为四个方面：一是以中国农业科学院卢良恕院士为带头人的，从宏观上分析中国食物安全问题、食物安全态势、提出食物安全目标及其对策的研究（卢良恕，2004；许世卫，2003；傅泽强等，2001）；二是对食物安全状况进行的实证研究、定量评估及可持续食物安全的综合评判研究（王丽平等，2006；吕爱清等，2007；李道亮和傅泽田，1998；傅泽强等，2001）；三是结合中国农业资源的综合生产能力,对未来的食物需求进行的食物安全预测(臧淑英和毕雪梅,2006;高帆,2005);四是加强国际贸易与食物安全之间关系的食物安全评价研究(黄季焜和杨军,2006;史培军等,1999)。在食物安全评价方面的研究正面临着由传统的"粮食安全"向综合性的食物安全转变的关键时期,即由数量安全的单一评价目标向数量安全、质量安全和可持续安全三者并重的方向转变,已经有越来越多的学者开始关注未来食物安全风险这一命题。

从对食物安全进行评价的历程来看,主要存在三种研究思路:

第一种思路,是在食物数量安全的思想下构建定量评估体系。其中有傅泽强等(2001)的研究认为,食物安全水平受粮食生产和供给能力、食物结构的多样化以及居民的收入水平等因素的影响,因此选取粮食自给率、食物消费水平和消费能力三个指标构建了食物安全综合指数模型,对中国的食物安全进行定量评估;李道亮和傅泽田(1998)认为食物安全调控要以实现国家食物供求平衡、稳定价格、优化资源配置、转移生产风险、提高居民生活水平等为目标,它包括自然调节、市场调节和政府干预三个方面,研究中虽然把自然调节作为调控食物安全的手段之一,但自然调节仍然是为数量可持续服务的。这一种思路主要是围绕着食物的数量安全即常说的"粮食安全"来进行的,评价目标为满足食物数量安全。

第二种思路,是综合数量、质量以及资源环境可持续发展等指标的综合评价方法。如卢良恕院士所提倡的,食物安全评价指标体系既需要有粮食安全的评价指标,更要有非粮食类食物的评价指标,还要增加各种食物的营养卫生、区域资源环境压力、可持续发展等方面的许多指标,第一次较为权威地提出了对综合食物安全进行评价的框架,即包含数量安全、质量安全和资源环境可持续发展安全三个主要部分;《新时期中国食物安全发展战略研究总报告》中比较系统地给出了食物安全评价的指标,包括五大方面的指标,即食物生产安全程度指标、食物供给安全程度指标、食物消费安全程度指标、食物贸易安全程度指标和食物供需平衡安全指标,在每一个大的指标下又分出了2~6个分项指标,这个指标体系涵盖了食物的数量安全、质量安全和可持续安全,较为系统和全面,可作为评价区域综合食物安全的参考,也为今后从资源环境角度评价综合食物安全奠定了一定的体系基础。

第三种思路,国际贸易与中国食物安全的影响关系研究。多数学者认为国际贸易与经济全球化在中国食物安全方面有积极的影响,机遇大于挑战(丁力,2000;唐忠,2000;杨明洪,2000;史培军等,1999)。其原因是:随着市场开放程度的进一步加深,中国可以充分享受国际分工带来的利益。贸易的多元化使得中国可以更少地顾忌政治上某些大国利用粮食贸易作为威胁,中国在开放的国际市场中可以充分利用外国资源,从而减轻国内粮食生产给资源环境带来的压力。中国经济发展迅速,外汇储备充足,在国内发生食物短缺时,可以通过国际贸易手段来解决,从而不存在食物安全问题(张远和樊瑞莉,2006)。黄季焜和杨军(2006)利用经济计量模型对中国未来经济增长与中国食物安全的关系进行了讨论。研究表明,未来中国油料作物、糖、棉花和玉米将会增大进口,而其他农产品将保持较高的自给率。虽然中国经济增长会提高中国对于国际粮食市场的依赖度,但是不会给中国本身和国际粮食安全带来威胁。也有少数学者持不同观点,认为加入 WTO 对中国农业和食物安全的冲击较大,弊大于利(谭向勇和辛贤,2000),主要表现在:①过多地进口粮食,将会冲击国内粮食生产;②存在着疯牛病等危害人体健康的食物进入中国的风险;③经济全球化将意味着中国巨大的农产品市场成为跨国公司争夺的对象,一旦食物安全的重要环节被跨国公司操控,将会造成食物安全风险。此外,由于中国农业作为传统的弱势产业,加入 WTO 将会导致农民失业率增大。

3) 综合食物安全风险的预警与防范研究

顾海兵和刘明(1994)提出了粮食趋势产量增长率模型,警情指标选择粮食趋势产量增长率,警度采用系统化方法确定。该方法采用单一指标评价,具有很强的可操作性,综合考虑了与粮食生产密切相关的主要影响因素,研究结果具有较强的实践意义,但是该方法反映的只是单一的粮食生产方面,没有涉及粮食安全的其他方面,如粮食的流通、消费等,所以实际上它只是一个单一的粮食生产预警指标。

李志强和赵忠萍(1998)提出了景气分析预警模型,将警兆指标分为七个扩张指标和七个一致指标,利用扩散指标计算公式分别计算先行扩散指数和同步扩散指数,分别画出同步扩散指数和先行扩散指数的景气循环曲线图。利用同步扩散指数反映粮食生产周期的景气判断和峰谷位置,利用先行扩散指标预测未来粮食变动的景气状态。这种方法综合考虑多种因素,重点分析粮食市场供给与需求,能够预测粮食发展变动趋势,判断粮食生产和消费的景气状况,对粮食生产作出形象直观的刻画。但该种方法预警能力有限,没有考虑上年粮食储备率这个重要的警情指标,有可能造成谎报警情。

吕新业等(2005)提出选择粮食产量波动率、国际贸易依存度系数、粮食价格波动率、粮食储备率四个警情指标来进行粮食安全预警,应用多维自回归模型(VAR)进行预测。警限的确定采用多数原则,用综合指数法进行预警。马九杰等(2001)设计了粮食安全综合预警模型,构建了包括数据系统、预测模拟子系统、警示信号预报子系统在内的预警体系,该方法综合了前五种方法的指标,还充分考虑了食物及膳食能量供应平衡状况,但是构建的指标体系太复杂,造成计算不方便、不直观,容易形成系统误差,另外各指标权重及综合安全指数的警限确定依据不太充分。

梅方权等(2006),在国家自然科学基金重点项目支持下,构建了五个各具特色的粮食与食物安全预警模型,可以进行中长期和短期预测预警,重点加强短期预测模型研制,注重气象因素和政策因素的影响。这五个模型分别为食物供需预测与政策分析模型、粮食生产波动与短期预测模型、食物供需平衡预测模型、主要粮食分品种短期产量气象预测模型、粮食安全预警的系统动力学模型。

综上所述,目前,中国食物安全评价主要基于国家层面,从数量角度,对食物安全状况进行评估和判断。在国家层面上,多数学者主要选取粮食自给率、人均粮食占有量、粮食总供给量、粮食贸易依存度、粮食供求关系、贫困人口比例、食物消费水平及居民消费水平等指标,采用定性与定量相结合的方法,对全国食物安全现状进行评价。结果表明:中国食物安全水平较高,但随着人口的增长和消费结构的变化,粮食的间接消费量会增加,食物安全水平将下降。较国家层面的食物安全评价,目前区域层面的食物安全评价研究还较少,通常是从影响食物安全的生产因素(如耕地面积、水资源等)、气候因素(如年降雨量、年日照时数等)、投入因素(如资金投入、化肥用量等)以及人均食物占有量等角度出发，选取若干评价指标，对区域食物安全状况进行评价。当然，各地区自然经济状况迥异，所选评价指标也不尽相同。

国内食物安全预警的研究已经有了长足发展，但是分析现有的预警模型及其机理，还存在以下不足：①食物安全预警系统不健全，截至目前，国内并没有一个完整的食物安全预警系统，食物安全的指标体系和模型都有待完善。②现有研究大多数是从传统粮食安全出发的，没有充分考虑到新时期综合食物安全的内涵。如有学者提出了食物生态安全、食物可持续安全的内涵，但是在预警研究中并没有得到阐述或者还只停留在提出指标阶段。③大多数研究都是采用定性分析或者定性分析和定量分析结合的方法，只有少数学者尝试提出科学的定量分析模型，所以食物安全预警系统中的定量分析方法的使用有待深入研究。④食物安全系统是一个复杂的系统，预警中必须做到将时间尺度和空间尺度有机结合，才能使预警指标灵敏、结果准确，使风险防范更具有针对性和实用性。

1.4 研究目的、内容与方法

1.4.1 研究目的

（1）综合生态与食物安全风险识别与分类体系。建立综合生态与食物安全风险识别的关键要素集和风险分类体系，为确定风险的水平和类型提供标准。

（2）综合生态与食物安全风险评估技术。构建综合生态与食物安全风险评价指标与标准体系，建立综合生态与食物安全风险评价模型，为进行综合生态与食物安全风险的定性与定量评价提供方法和标准体系。

（3）全国综合生态与食物安全风险评估与制图。应用综合生态与食物安全风险评估技术，对全国综合生态与食物安全风险进行评价，并根据评价结果完成全国综合生态与食物安全风险制图。

（4）综合生态与食物安全风险防范技术体系构建。根据全国综合生态与食物安全风险评估结果，建立综合生态与食物安全风险预警机制与防范技术体系，针对不同风险类型和等级确定相应的防范措施，尽可能减少风险转变为灾害的概率。

（5）高风险区综合生态与食物安全风险防范技术示范与制图。根据综合生态与食物安全风险评价结果识别出的高风险区，选择典型区域建立综合生态与食物安全风险防范关键技术示范基地，将综合生态与食物安全风险识别、分类、评价、防范等一系列技术进行实地应用，并用大比例尺风险图直观反映风险特征。

1.4.2 研究内容

本书分别从综合生态风险防范和食物安全风险防范两个方面进行研究。

1. 综合生态风险防范关键技术研究与示范内容

从影响中国生态安全的风险因素出发，识别各种风险源，制定适宜的综合生态安全风险识别与分类技术；评估生态安全保障所面临风险的属性、强度，构建风险评价指标体系和综合评价方法；对中国综合生态安全风险进行评价，完成中国综合生态安全风险制图，建立中国综合生态安全风险防范技术体系；并对鄂尔多斯市进行综合生态安全风险的识别、评价、模拟预警及防范关键技术的示范与应用。具体内容分解如下。

(1) 中国综合生态安全风险识别与分类标准。基于国内外对综合生态安全风险识别研究的现状，综合各种信息源、技术与管理手段，确定综合生态安全风险的来源、风险产生的条件，分析风险特征，确定哪些风险事件有可能产生较大影响及其影响方式。重点研究综合生态安全风险的识别理论和方法，给出多风险源、多环节系统的综合风险识别流程。综合研究中国主要综合生态安全风险因素的各种属性，参考国际风险分类标准，结合中国国情，提出中国综合生态安全风险分类标准，形成中国生态风险分类体系。

(2) 综合生态安全风险评估技术。针对主要综合生态安全风险类型，特别是涉及社会经济可持续发展的关键风险因素，辨识评价风险的主要指标，建立各类风险评价的指标体系；考察各项评价指标的取值范围及其所反映的自然生态与社会经济意义，参考国内外相关成果及专家经验，根据社会经济系统预期与可接受程度，确定综合生态安全风险不同等级的阈值，制定相应的风险评价技术规范和技术标准；构建多层次、多指标、多技术的综合生态安全风险评价模型；形成中国综合生态安全风险评估技术体系。具体包括：综合生态安全风险评估指标体系；综合生态安全风险评估标准体系；综合生态安全风险评价模型。

(3) 综合生态安全风险评估与制图。在综合生态安全风险评估技术研究的基础上，提出综合生态安全风险数据库建库标准与原则，采用现代数据库建库技术构建中国综合生态安全风险数据库，对全国综合生态安全风险进行评估；根据评估结果，采用现代信息技术与现代制图技术，确定综合生态安全风险制图标准和内容，完成全国综合生态安全风险制图（1∶100万）。

(4) 国家综合生态安全风险防范技术体系构建。全面考虑综合生态安全风险的各种风险源，在综合生态安全风险分类和评估标准的支持下，研究国家综合生态安全风险防范技术的体系，建立综合生态安全风险的过程防范、分级防范、高风险地区防范、预警及预案系统，形成服务于区域、行业部门与公众的开放型综合生态安全风险防范技术体系。

(5) 高风险区综合生态安全风险识别与防范技术示范。在上述综合生态安全风险评估与防范技术体系框架下，以内蒙古鄂尔多斯市为例建立综合生态安全风险识别与防范技术示范基地，进行综合生态安全风险识别和评估，完成综合生态安全风险制图，构建示范区生态风险防范的综合技术体系，并结合国家正在实施的生态恢复和建设工程，研究区域综合生态安全风险适应性管理的措施与途径。

2. 综合食物安全风险防范关键技术研究与示范内容

从影响中国综合食物安全风险的传统影响因素和国际贸易视角出发，识别食物安全面临的传统风险源和新型风险源，建立适宜的风险分类方法；建立综合食物安全风险评价指标体系和综合评价方法，完成全国综合食物安全风险制图和高风险地区制图；构建综合食物安全风险防范技术体系；选择洞庭湖流域进行综合食物安全风险评价技术研究，为全国综合食物安全风险防范提供示范基础。具体内容分解如下。

（1）综合食物安全风险识别与分类。考虑到中国食物安全与国际食物贸易的紧密联系，中国综合食物安全风险评估主要是在国际贸易影响下从量的角度出发的综合评估；在此基础上识别中国综合食物安全风险的风险源，包括影响食物安全质量的风险源和食物安全总量的风险源；参考 IRGC（International Risk Governance Council）提出的综合风险因素分类标准，提出既与国际接轨又具有中国特色的综合食物安全风险分类标准，确定综合食物安全风险分类。主要内容包括传统食物安全风险源识别；全球贸易引致的中国食物安全风险源识别；中国综合食物安全风险评估；综合食物安全风险分类。

（2）综合食物安全风险评估技术。选择影响中国食物产品供应的主要品种，基于食物产品生产中风险的不同来源、条件及其对生产稳定性影响关系方面的研究，综合考虑食物安全中食物生产基础资源风险、农业自然灾害风险、气候变化风险、农业环境污染风险、农产品市场风险、食物健康风险及综合食物安全风险等方面因素，构建综合食物安全风险评价指标体系；建立多层次、多指标、多技术的综合食物安全风险评价模型；建立综合食物安全风险评价标准。通过上述三方面内容构建综合食物安全风险评估技术。主要内容包括综合食物安全风险评价指标体系；综合食物安全风险评价模型构建；中国综合食物安全风险评估；综合食物安全风险与中国协调发展分析。

（3）国际贸易对综合食物安全风险评估。国际贸易对中国综合食物安全风险的影响主要是食物保障在量的方面的风险。中国加入 WTO 后中国食物安全与国际食物贸易关系更为密切，在开放市场条件下开展国际食物产品贸易仍面临着许多新的问题，故现阶段对国际食物产品贸易综合风险的认识仍有待深入，尤其在国际贸易对中国综合食物安全风险的影响及中国的风险防范措施方面亟须研究。此外，中国科技进步在一定程度上降低了中国对国际市场的依赖程度，但这在多大程度上降低了食物安全风险需要进一步研究。主要内容包括国际贸易对中国食物安全影响综合分析；国际食物贸易背景下中国食物安全风险评价指标体系；国际食物贸易背景下中国食物安全风险评价模型；中国应对国际食物贸易风险预警指标体系；技术进步对中国食物安全影响综合评估。

（4）综合食物安全风险制图。基于综合食物安全风险识别与评估，采用现代数据库建库技术，提出综合食物安全风险数据库建库标准与原则，构建综合食物安全风险数据库；综合考虑食物生产、流通、消费、国际贸易等食物生产与消费环节，采用现代信息技术与现代制图技术，确定综合食物安全风险制图内容、制图标准，完成全国综合食物安全风险制图，国际贸易对中国综合食物安全影响风险制图和综合食物安全高风险地区制图。主要内容包括综合食物安全风险数据库建库；全国综合食物安全风险制图；国际贸易对中国综合食物安全影响风险制图；高风险地区综合食物安全风险制图。

（5）综合食物安全风险防范技术。综合考虑食物生产、加工、流通、国际贸易、消费等环节中存在的风险，构建食物安全生产过程风险防范技术；根据食物安全风险分级划分确定不同级别地区风险防范技术措施，构建分级防范技术体系；根据国际贸易对综合食物安全风险评估提出中国应对全球食物贸易风险技术体系；针对不同高风险地区特征提出适宜的综合食物安全风险防范技术；建设综合食物安全风险防范紧急预案系统和预警系统。综合食物安全风险防范中生产过程防范、分级防范、国际贸易风险防范、高风险地区防范、紧急预案、预警系统，凝练系列食物安全风险防范技术措施。主要内容包括食物生产环节风险防范技术；食物安全分级防范技术；应对国际贸易食物安全风险防范技术；高风险地区综合食物安全风险防范技术；综合食物安全风险紧急预案技术；综合食物安全风险预警技术。

（6）洞庭湖地区综合食物安全风险识别与防范示范。洞庭湖为中国重要的农业生产基地，对中国食物安全具有重要作用。选择洞庭湖地区作为综合食物安全风险防范技术示范基地，一方面是对上述研究内容的实际检验与完善；另一方面，从两湖地区综合食物安全风险出发，研究具有区域示范意义的综合食物安全风险识别与防范技术体系，将为该区域发展和中国和谐发展提供科学依据。主要内容包括洞庭湖地区食物安全综合评估；全球贸易对洞庭湖地区食物安全影响；洞庭湖地区综合食物安全风险评估；洞庭湖地区综合食物安全风险制图；洞庭湖地区食物综合安全风险防范技术体系。

1.4.3 研究方法

1. 综合生态风险防范关键技术研究与示范方法

（1）综合生态安全风险因素识别与分类。检索有关风险评价理论与方法的最新进展与文献资料，归纳和采集必要数据，以中国生态安全脆弱性为切入点，全面分析生态安全所面临的自然、经济和社会风险，参考国际风险分类标准，形成中国综合生态安全风险分类体系。采用的主要方法包括专家分析法、现场调查法、统计分析法和故障树分析法等。

（2）综合生态安全风险评价指标和标准。全面考察各种综合生态安全风险因子的来源和性质、分析其影响机制，建立综合生态安全风险的形成、作用机制及生态安全响应的综合模型。在综合模型的框架内，建立综合生态安全风险评估指标选取原则和方法，选取综合生态安全风险评估的指标，利用因子分析、层次分析等数理统计方法对大量评估指标进行筛选、综合及必要的变换，形成综合生态安全风险评估指标体系。根据文献综合整理和数据整合的结果、借鉴国内外相关研究成果、参考专家经验，制定综合生态安全风险评价标准体系，进而建立综合生态安全风险评估技术体系。

（3）综合生态安全风险制图。在综合生态安全风险评估的基础上，建立全国综合生态安全风险数据库，采用现代信息技术与现代制图技术，确定综合生态安全风险制图标准及内容，完成全国及高风险地区综合生态安全风险制图。

（4）综合生态安全风险防范技术体系。充分考虑综合生态安全风险评估与防范的多层次、多指标、多目标特征，以综合生态安全风险评估技术体系为基础，利用计算机技术、网络技术、空间技术以及"3S"技术，建立综合生态安全风险管理信息数据库，构建综合生态安全风险模拟模型，建立风险分级、预警、预案机制，形成综合生态安全风险预警与防范体系。

（5）综合生态安全风险防范示范。在内蒙古自治区建立面积达 10 万 km^2 左右的综合生态安全风险防范关键技术示范基地，作为生态高风险地区示范基地，进行共性与个性相结合的食物安全风险防范技术示范。

具体实施路线如图 1-2 所示。

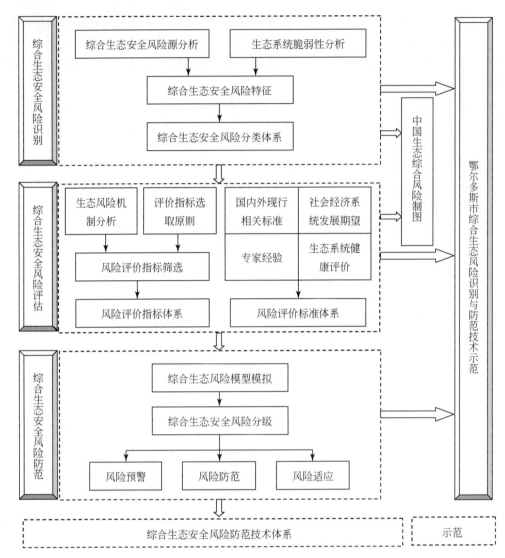

图 1-2   综合生态安全风险防范关键技术研究与示范技术路线

2. 综合食物安全风险防范关键技术研究与示范方法

（1）综合食物安全风险识别与分类。采用 IRGC 的综合风险分类框架，根据中国综合食物安全风险特点，识别引致食物安全风险的传统风险和国际贸易引致的新型风险，对综合食物安全风险类型进行划分。

（2）综合食物安全风险评估技术。综合考虑多层次、多指标、多目标，构建综合食物安全风险评价指标体系和评价模型，对中国国家尺度综合食物安全风险进行评价，确定不同风险等级标准，识别高风险地区风险特征。

（3）国际贸易对综合食物安全风险评估。从全球经济一体化角度分析全球贸易对中国食物安全在数量平衡方面存在的风险，分析全球贸易对中国综合食物安全风险的影响。

（4）综合食物安全风险制图。在综合食物安全风险评估的基础上，建立全国综合食物安全风险数据库，采用现代信息技术与现代制图技术，确定综合食物安全风险制图标准及内容，完成全国及高风险地区综合食物安全风险制图。

（5）综合食物安全风险防范技术。全面考虑综合食物安全风险中生产过程防范、分级防范、国际贸易风险防范、高风险地区防范、紧急预案、预警系统等诸多方面，构建综合食物安全风险防范体系。

（6）综合食物安全风险识别与防范示范。选择中国两湖地区，建立面积达 10 万 km^2 左右的综合食物安全风险防范关键技术示范基地，提供共性与个性相结合的综合食物安全风险防范技术示范。

具体实施路线如图 1-3 所示。

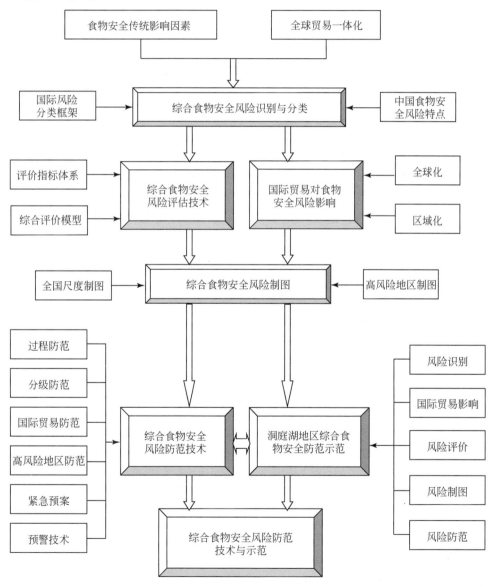

图 1-3 综合食物安全风险防范关键技术研究与示范技术路线

第2章 中国综合生态安全风险识别与分类标准[*]

本章在分析中国脆弱性生态环境基底条件的基础上，明晰脆弱性生态环境的空间分异特征和对风险源响应的一般规律。在此基础上，结合国内外生态安全风险分类的方法和途径，开展针对不同诱因和风险承灾体的风险识别。最后，提出适合风险管理的综合生态安全风险分类方案。

2.1 中国生态环境脆弱性基底分析

中国复杂的自然地理条件孕育各地迥异的生态环境特征，也包括一些对外界环境变化敏感、对干扰表现出脆弱、容易发生整体退化的脆弱的生态环境。本研究从综合自然区划和土地资源区划两个层次对中国的生态环境背景进行分析，然后从风险典型性和风险集中的角度，选取中国典型脆弱的生态环境为突破点，分析了生态环境脆弱性和生态风险的关系，探讨脆弱的生态环境与风险源的空间对应、风险指标、风险后果等，研究结果为进行全国生态风险分类和风险标准制定提供参考。

2.1.1 生态系统脆弱性与生态风险的关系

我们通常所说的脆弱性已经成为一个"概念的集合"，包括风险、易损性、边缘化、自然灾害、胁迫和冲击、敏感性、适应和响应、适应潜力或弹性等（Turner et al.，2003）。各种概念之间尤以风险和脆弱性的概念相似，各自的辅助性概念间还存在含义重叠、界线不清等问题，容易混淆。为辨明两者的区别和联系，这里筛选出一系列脆弱性研究中经常涉及的概念，按其内在联系分成三类：脆弱性、风险以及两者交叉共有的概念。再按照衍生顺序分为三级：一级是核心概念；二级概念作为一级分类的解释，明确一级概念的情景和要素，探讨什么是一级概念存在的前提；三级概念列举的是实际应用中延伸出来的一些含义易混的关键词汇（表2-1）。

表2-1 脆弱性与风险相关概念关系表

级别类别	一级概念	二级概念	三级概念
脆弱性	脆弱性 易损性	调节和适应、损害 响应和冲击	全球气候变化 贫困、人类福祉

---

* 本章执笔人：北京大学的王仰麟、刘小茜、彭建、吕晓芳、韩忆楠。

级别类别	一级概念	二级概念	三级概念
风险	风险 安全	突发事件、损失 风险承灾体	后果、崩溃
交叉/共有	风险源、暴露、敏感性、系统	适应潜力	外界扰动、阈值、弹性、恢复力

　　对脆弱性和风险的关系与差别最普遍的理解是，风险是脆弱性的功能，与风险承灾体（脆弱性对象）的性状有密切关系。风险视作脆弱性和灾害事件的共同作用结果。两者的相同点包括：研究对象都是暴露的系统，关注系统的适应能力，都与风险源有关。由于脆弱性评价相对于风险评价关注的时间更久远，更偏重全人类发展和生存中的问题，因此在进行生态风险研究之前，对中国总体的生态环境脆弱性的把握，分析生态环境基底特征，对于风险源的识别和风险的预测与分析有重要意义。

2.1.2　中国脆弱性生态环境的时空特征

1. 中国脆弱性生态环境空间分异规律

　　中国复杂的自然地理条件孕育各地迥异的生态环境特征，也包括一些对外界环境变化敏感、对干扰表现出脆弱、容易发生整体退化的脆弱的生态环境。本部分从两个区划层次来对中国的生态环境背景进行分析。根据中国地理环境中最主要的地域差异，包括纬度和海陆分布；地势轮廓和新构造运动、气候特征、自然历史演变和人类活动对自然界的影响、开发利用和改造自然的方向的差异等，将中国分成东部季风区、西北干旱区和青藏高寒区。在此基础上，将三个大区进一步划分为12个具有相似性的生态环境背景和区域发展水平的地区，并提炼出各区典型的生态环境特征和面临的主要生态风险类型。分析环境基底和风险成因的关系，为下一步生态风险源的响应规律研究和生态风险分类提供依据。

　　基于土地资源区划的脆弱性，生态环境基底概述如下。

　　（1）东北山地、平原区。近20年来，东北地区经济增长缓慢，这其中除了经济体制方面的原因以外，长期以资源消耗为主的粗放型经济增长模式所引起的严重的生态和环境问题也束缚了东北经济的发展，主要生态问题包括土地沙化、黑土区水土流失、湿地萎缩，生态功能衰退、环境污染等。

　　（2）华北平原区。主要生态问题包括水资源紧缺、土壤盐碱化、干旱和风沙危害、洪涝频发、地面沉降等。

　　（3）黄土高原区。土壤侵蚀和干旱缺水是限制该地区工农业生产的主要因素，也是中国开展水土保持和流域治理研究的重点地区，农业生产的主要自然灾害依次为旱灾、暴雨、洪水、冰雹、小麦虫害、土地沙化和盐碱化等。

　　（4）长江中下游平原区。该地区旱涝灾害多发，暴雨和洪水是影响该地区的主要农业自然灾害，此外水稻虫灾和暴雨次生的滑坡、泥石流灾害也很严重，主要生态问题还包括洪涝灾害与季节性干旱并存、水域污染和富营养化等。

（5）川陕盆地地区。主要生态问题包括陡坡垦殖和水土流失、酸雨等。

（6）江南丘陵山地区。主要生态问题包括红色荒漠化、酸雨等。

（7）云贵高原区。由于该地区降水丰沛和地表喀斯特地貌发育，地表流水侵蚀作用显著，在高原边缘和丘陵地区，地形陡峭、岩体脆弱，容易发生滑坡、泥石流等灾害，一些地区面临经济贫困和生态破坏的恶性循环的困境；酸雨和石漠化是该区的主要生态问题。

（8）东南沿海区。随着工业化、城市化进程的加快，区域经济空前发展，工矿和交通用地迅猛增加，城乡居民建设用地日益扩张，非农用地日趋扩大的势头难以逆转，主要生态问题包括台风和风暴潮、地面沉降和海水入侵、沿海湿地保护等。

（9）内蒙古高原区。位于中国东部边疆，草地面积广阔，牧草种类繁多，草质良好，是中国著名的三大牧场之一，是防风固沙的重要区域，迫切需要寻求合理的农业、牧业开发方式，防止过度放牧带来的生态和环境恶化。退耕还林（草）重要区域水资源短缺是该区农牧生产的又一大制约因素，旱作农业产量低而不稳定，交通运输也不够方便。主要生态问题包括干旱和盐渍化、土地沙化和草原退化、雪灾和虫害等。

（10）西北干旱区。人口稀少，经济欠发达，多民族聚居，光热资源丰富，降水较少，生态环境脆弱，气候条件和灌溉农业对水资源的过度开采，使得该区盐渍化比较严重，西北干旱区整体气候干旱，是典型的绿洲农业区，土壤发育贫瘠、质地不良、水分缺乏是区域的主要特征。加上风大沙多、变化剧烈的气候条件，使得地区的土地生态系统的稳定性极差，如果利用不当，极易出现沙漠化、盐渍化和植被退化等问题，且恢复难度很大。

（11）青藏高原区。该地区一直是中国和世界各领域科学家研究全球气候变化、大地构造运动等问题的关注热点，是对全球环境变化和人类活动干扰极为敏感的地区，主要生态问题包括土壤侵蚀强烈、草地退化和沙化等。

（12）藏东南－横断山区。主要生态问题包括生物多样性减少、草地退化等。

2. 中国典型生态环境脆弱地区与生态风险源的空间对应关系

生态环境脆弱的成因可以归纳为自然和人为两大类，这与生态风险的成因类型相对应。自然因素中包括地貌、地质、生物、气候等作为环境物质基础的因子，人为因素多为人类活动直接或间接引起的，包括过度垦殖土地、过度放牧、不合理的土地管理方式等方面（刘燕华，1995）。赵跃龙（1999）将中国的脆弱性地区分为北方半干旱－半湿润区、西北干旱区、华北平原区、南方丘陵区、西南山地区、西南石灰岩地区和青藏高原区（表2-2），这些地区总面积占了中国大部分的国土。这几类地区因为基础条件的不同及环境生态问题的不同而各具特点，是展开更具体的脆弱性响应规律和特征研究的思路框架。

表 2-2 典型脆弱生态环境类型、特征及典型生态风险类型

区域	生态景观类型	关键风险定量指标	风险诱因	风险表征及后果
北方半干旱－半湿润区	山地森林草原、灌丛草原、草甸草原、干草原、荒漠草原	400 mm 年降水量保证率≤75%、侵蚀强度≥2000 t/km²、草地超载≥30%	降水少而不稳定、干旱、风蚀、水蚀、过垦、过牧、矿山开发	水土流失、风蚀沙化、草地退化、土壤次生盐碱化、自然灾害频繁
西北干旱区	干草原、荒漠草原、绿洲	年降水量≤300 mm、径流散失区径流变率±50%、草地超载、周边植被覆盖度<10%、防护林网面积<10%	干旱缺水、水源保证不稳定、过牧、植被破坏、风蚀堆积	草地退化、土壤风蚀沙化和砾化、土壤次生盐碱化、土地生物量低且波动大、干旱、沙尘暴等灾害频繁
华北平原区	暖温带森林草原、灌丛草原	地下水位≥3 m、地下水矿化度≥2g/L、沙地植被覆盖度≤30%、年大风日数≥5天	排水不畅、春旱、过量灌溉、沙地耕垦、风沙风蚀	土壤次生盐碱化、内涝风蚀沙化、干旱洪涝灾害频繁
南方丘陵区	亚热带森林、灌丛草原	植被覆盖度<30%、红壤丘陵山地侵蚀强度≥1500 t/km²	过垦、过樵、暴雨侵蚀、坡地垦耕、暴雨、持续降雨	水土流失、土壤肥力下降、干旱洪水灾害加剧
西南山地区	干热灌丛草原、干暖灌丛草原、干温灌丛草原	侵蚀强度≥1500 t/km²、干燥度≥1.5、植被覆盖度<30%	流水侵蚀、干旱、过牧、过垦、过伐	水土流失、土壤肥力下降、滑坡泥石流灾害频繁
西南石灰岩地区	岩溶灌丛、亚热带森林	侵蚀强度≥1000 t/km²、冬春季节干燥度≥1.5、植被覆盖度<30%	溶蚀、水蚀、冬春干旱土层浅薄、过垦、坡地耕垦、植被破坏	水土流失、土地石漠化、塌陷和崩塌灾害多发、干旱、洪涝灾害加剧
青藏高原区	山地灌丛草原、山地森林草原	年降水量<500mm、干燥度≥1.5、4~10月霜冻日数>1天、年大风日数≥5天、植被覆盖度<30%	干旱、冷害、强风、过牧、过樵、草地超载	风蚀沙化、草地退化、土地生物量低且波动大、土壤石砾化、大风沙尘暴和冰雹等灾害频繁

资料来源：刘燕华，1995；赵跃龙，1999

3. 脆弱性生态环境对风险源的时间响应规律——以森林生态系统为例

生态环境脆弱地区大多因为独特的自然环境条件和生态问题、风险源类型多样、风险级别较高而成为风险研究的切入点。探讨脆弱性生态环境系统的响应规律对于我们把握生态系统对多风险源的响应规律尤为重要。响应规律就是指脆弱性生态系统，在外界胁迫和自身性质限制下，生态系统表现出来的可评价、可预测的变化特征。生态系统的退化是我们熟知的响应方式。当生态系统经历脆弱化过程的时候，会经历有步骤的系统退化过程，表现在景观结构破碎化、系统生产力下降、生物多样性降低等功能变化。成因和响应规律

是我们判定区域生态环境脆弱性程度和变化趋势的指标和选择依据。

如果我们把研究的脆弱性定义为一种状态，那么脆弱性这个状态是介于系统的动态稳定状态和系统退化甚至崩溃之间的一个情景，不妨也可以把脆弱性生态环境的演变简化为优势生态系统生产力的演变过程，在自然生态系统中，最主要的表现就是优势植被覆盖类型的更替过程。森林生态系统在多种生态风险暴露以及不合理的风险管理措施等综合作用下，表现出生态系统植被覆盖率降低、生物物种减少、生态系统功能下降以及生态环境脆弱化等生态系统退化特征，是逐渐向生态退化的终点——荒漠演进的过程。图 2-1 示意了自然植被为森林或草原的生态系统逐渐退化为生产力极低的荒漠生态系统的过程。

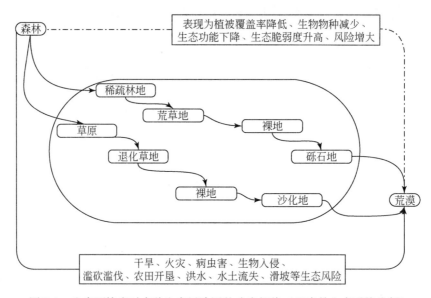

图 2-1　生态环境应对多种生态风险源的响应规律（以森林生态系统为例）

无论我们单纯地讨论生态系统的脆弱化的原因还是现状，都不能离开人类活动的正面的或负面的影响。尤其是建立在生态风险领域的脆弱性研究，人类对风险的加剧或减轻、规避或面对、防治和抵御的能力都不容忽视。即除了考虑生态和环境内在的被动的生态现状（环境基底）变化外，还要考虑到人类和生态系统的能动的响应能力。响应规律的研究的关注点包括：一是不同的生态系统类型对生态问题的响应机制不同，风险发生的阈值、过程也就迥异；二是生态环境脆弱性的脆弱化进程、速度、阶段以及对人类不利影响的程度、范围和作用时间会发生改变；三是面对各种生态风险胁迫，生态系统的自调节 - 自适应能力是否有变化、怎样变化。

2.1.3　生态系统对风险源响应研究的若干问题

1. 生态系统对风险源的响应尺度

尺度问题是生态风险研究中的核心问题之一。现代生态学研究跨越了从采样点—斑块—样地—集水区—景观水平—区域水平—大陆水平—全球水平等不同的空间尺度，也包含了从小时到百万年的不同时间尺度的生态现象。生态系统本身具有尺度特征,从由物种构成的群落,到不同群落组成的生态系统,以及多个生态系统形成的景观,不同的时空尺度之间是密切相关的,并且在不同的时间和空间尺度上占主导地位的生态学格局和过程也不同。生态风险源也具有不同的特征尺度,其影响的时空范围有所不同,对作为风险承灾体的自然生态系统的结构和功能产生的后果也就具有尺度特征,即响应尺度。生态系统对生态风险源的响应特征具有尺度依存性。例如,森林火灾从短时间来看,对局地的森林生态系统是灾难性的生态风险源,而从长期和更大的区域来看,火灾往往是维持森林景观,维持固有的林相、结构、多样性和种类组成的重要生态因子。

2. 生态系统对风险源的"响应阈值"和"响应区间"

生态系统对生态风险有一定的适应能力,通过自身的结构和过程的调节以适应生态风险,从而维持自身状态和功能的稳定,但是这种适应和调节能力是有限的。如果风险源的强度小,持续时间短,不构成对生态系统的干扰,则不能称之为风险源;如果生态风险干扰超出了生态系统本身的调节和修复能力,有可能造成生态系统发生不可逆转的演替式响应,这个临界限度,是生态风险对生态系统影响的阈值,也是生态系统对风险源的"响应阈值"。而从生态系统开始对风险源的响应到"响应阈值"之间的响应过程可以称为生态系统对风险源"响应区间",表示生态系统在风险源干扰下从一种稳定状态到另一稳定状态逐渐转换的过程,如在过度放牧风险下,草地生态系统从功能开始受损到完全退化甚至荒漠化的过程。"响应阈值"和"响应区间"的大小与生态系统自身的性质和生态风险源的强度、变率和持续时间有关。

3. 生态系统响应生态风险的时滞效应

由于生态过程中因果之间并非完全同步,因此某些生态系统对风险源的响应过程需要长时间才可完成,即生态系统对风险源的响应往往具有时滞效应。首先,某些风险源本身需要持续一定过程和时间,如干旱风险需要时间积累形成;其次,风险源在空间上的扩展,也会造成时间的延滞,如火灾风险;最重要的是,生态系统结构和功能的变化需要时间,如生物量损失积累等生物和物理的过程需要时间,物质、能量及有机体的迁移时间等;此外,由于尺度效应的存在,较小尺度的生态风险源干扰较大尺度的生态系统时,部分生态或生物量等的残余也造成响应的时滞。一般而言,研究的生态系统尺度越大,生态系统响应风险源的过程所需的时间或者其过程就会越复杂,相应的生态过程和响应时间也会加长。

4. 生态风险影响下的生态系统演化不确定性

生态系统是开放性、自组织、耗散性非平衡系统。不同风险因子对不同生态因子产生不同的影响,同时这些生态因子之间相互作用,综合作用于生态系统并产生负面影响,这些负面影响又可表现在不同方面。生态系统的复杂性、生态风险的不确定性及其两者相互作用的综合性,导致生态系统对风险源响应方式的复杂性。当风险源的干扰强度达到生态系统的响应阈值而发生演化时,由于不同层次和尺度的组分不仅有各不相同的结构,而且有各不相同的特性，同层次或同尺度的组分之间具有较强的相互作用，不同层次或不同尺度的组分之间的相互作用的规律不同。而不同组分同步发生同幅度变异的概率较小，导致生态系统演化方向的不确定性。此外，生态系统演化不仅是时间序列的过程，也表现在空间上的动态演变，包括演化的格局、范围、尺度、方向、速率、稳定性、多样性以及反馈和恢复等动态变化特征。

2.2　中国综合生态安全风险源识别

生态风险是指生态系统及其组分所承受的风险，是指在一定区域内，具有不确定性的事故或灾害对生态系统及其组分可能产生的作用，这些作用的结果可能导致生态系统结构和功能的损伤，从而危及生态系统的安全和健康。由于生态系统自身构成的特点决定了其组成的复杂性，其中包括非生物环境、生产者、消费者、分解者这四类成分，各成分之间及其内部通过物质流和能量流连接从而实现系统功能，因而各组成环节遭受的多种风险因素及其相互作用过程中衍生的间接风险使得生态系统尺度的风险更为综合和复杂。多风险源之间的复杂性及承灾体响应的滞后性也是风险源识别的难点，在涉及生态－社会－经济复杂系统的风险源识别时则还需加上社会经济方面的压力因素，如管理政策、区域经济发展驱动及人口压力等因素。确定风险源并掌握其特征/证据对于制定生态系统风险管理的策略至关重要。

综合多种有关生态风险源识别与风险评价的研究，风险研究的基本流程包括三个方面，以及问题形成、风险源分析、生态终点确定以及构建模型等阶段（图2-2）。人们开始关注风险问题，可能是因为直接认识到某一胁迫或行为的危害，也可能是见到某种生态

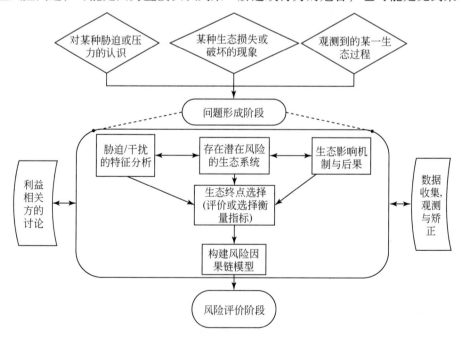

图2-2　生态风险研究问题形成阶段及其基本步骤

损失或破坏的现象，或者观测到某一种生态过程，这些都成为激发风险研究的要素。而风险研究的开展，也离不开相对应的生态终点的确定、风险源特征分析、潜在危害和影响机制分析和后果预测构成的风险识别，同时需要收集多方面的数据以及与风险利益相关者讨论等。最后在此基础上通过构建风险因果链模型即诱因-承灾体-后果模型或暴露－响应模型来确定风险的形成机制、作用机理及各部分间联系的不确定性等。本研究通过构建风险因果链模型的方法，来确定多种胁迫通过复杂而交错的生态过程如何对生态系统产生各种生态后果。这些都是进一步进行风险评价的基础（图2-3）。

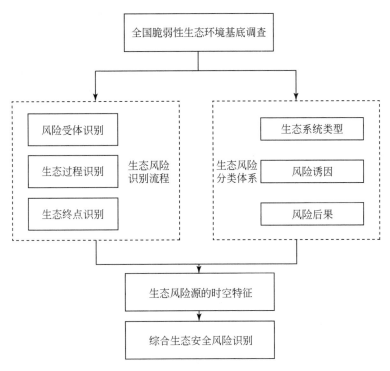

图 2-3　风险识别与分类研究思路

2.2.1　生态风险识别的基本术语

下面对风险源识别中经常涉及的术语进行界定。

（1）承灾体（receptor）。承灾体即生态风险承受者，是指生态系统中可能受到来自风险源的不利作用的组成部分，它可能是生物体，也可能是非生物体。生态系统可以分为不同的层次和等级，通常经过判断和分析，选取那些对风险因子的作用较为敏感或在生态系统中具有重要地位的关键物种、种群、群落乃至生态系统类型作为风险承灾体。

（2）生态终点（endpoint）。生态终点是风险源引起的非愿望效应，是指在一种或多种风险源作用下，风险承灾体可能受到的损害，以及由此而发生的生态系统结构和功能的损伤。

（3）暴露时间（exposure duration time）。暴露时间是指风险事件的持续时间，即胁迫或压力与风险承灾体的接触与共存的时间。

（4）风险源（hazard）。风险源是指引起风险的已有的或潜在的危害或胁迫。

（5）可容许的风险（tolerable risk）。根据组织的法律义务和职业健康安全方针，已降至组织可接受程度的风险。

（6）适应不当（maladaptation）。由于无意地增加了对外界胁迫脆弱性的系统变化强度，或不能成功地减轻脆弱性反而使脆弱性增加的适应性对策。

（7）暴露表征（exposure characterization）。胁迫或压力与生态承灾体的接触和共存中所表现出来的特征。

（8）生态风险定性识别方法（qualitative risk identification methods）。以工程判断和经验为基础，分析风险发生的概率和后果的方法，其结果依赖于分析的背景、分析人员的经验水平及目标，包括影响和危害分析，危险和操作性分析等分析方法（SY/T6653 - 2006）。

（9）生态风险定量识别方法（quantitative risk identification method）。将风险后果和其损失概率等数据与有关的描述输入共同进行风险识别和评估的方法，包括对风险的识别和描述事件的组合，估计后果以及评价每一组合事件发生的概率等。通常采用逻辑模型和物理模型来描述引起风险后果的事件和过程。逻辑模型包括故障树和事件树分析方法等（SY/T6653 - 2006）。

（10）概率分析法（likelihood analysis）。通过判定一定研究时段内风险形成并产生不利影响的可能性，来进行风险源辨识和明晰特定工作目标下工作重点的方法。

（11）指示标志法（indicator recognition method）。在生态风险发生和发展过程中，伴随着一些具有代表性的生物地球化学现象的发生，这些现象可以作为判断风险过程和风险情景的依据，指示标志法就是利用这些具有指示效果的现象来判定风险源和识别风险的过程的方法。

（12）事件树（event tree）：以逻辑和图表方式组织和描述潜在事故/胁迫的分析工具。事件树首先从识别潜在的初始事件开始，然后将初始事件引发的后来的可能时间（考虑安全措施）放在事件树的第二层，这个程序持续下去，形成从初始事件到潜在结果的路线或场景（SY/T6653 - 2006）。

（13）故障树（fault tree）：是把系统中许多可能发生或已发生的事故作为分析点，将导致事故的原因时间按照因果逻辑关系逐层列出，用树形图表示出来，构成一种逻辑模型（SY/T6653 - 2006）。

2.2.2 风险识别的途径及方法

根据风险识别与风险研究过程之间的关系将风险识别的途径分为以下三种：自上而下的、自下而上的途径以及两者相结合的综合途径，分别对应基于风险诱因和指示标志、基于事件逻辑和风险过程和基于风险后果的三类风险识别方法，每个途径的方法包括但不限于以下列出的几种（SY/T6631 - 2005；AIRMIC et al.，2002；Haimes，2004）。其中基于风险诱因和指示标志的识别方法包括：调查与研究（research and investigation）；询问、交谈（questionnaire）；查阅有关记录（investigating and documenting）；现场观察（local survey）；

获取外部信息（acquirement of external information）；工作任务分析（job assignment analysis）；安全检查（safety checking list）等。基于事件逻辑及风险过程分析方法包括事件树分析（event tree analysis）；因果链分析（cause-effect chain analysis）；SWOT 风险承灾体分析（strengths，weaknesses，opportunities，threats analysis）；PESTLE 社会经济技术与法律条件分析（political economic social technical legal environmental analysis）；数据推理方法（statistical inference）；依赖度模型（dependency modeling）；事件连续性分析（business continuity planning）；决策模型分析（real option modeling）；HAZOP 事件与可操作性分析（hazard and operational study）；BPEST 综合分析方法（business，political，economic，social，technological analysis）；决策的风险与不确定分析（decision taking under conditions of risk and uncertainty）；趋势和偏离度测定（measures of central tendency and dispersion）；压力状态响应分析（pressure-state-effect analysis）；CPM 关键路径法（capital pathway method）；FMEA 故障模式与影响分析（faults module and effects analysis）；HHM 等级全息建模（hierarchical holographic modeling）；TSS 情景构建理论（theory of scenario structuring）等。基于风险后果的识别方法包括危害分析（hazard analysis）；事故树分析（fault tree analysis）；MECA 故障模式影响与危害程度分析（failure model effect and criticality analysis）；AFD 预期故障确定（anticipatory failure determination）；适应不当或后果分析（maladaptation）等。

2.2.3　风险诱因识别的因果链模型示例

风险源识别包括两个主要内容，一是确定能够引起生态系统损失的风险源，二是为形成具有科学依据的结论提供框架。第一项内容是需要参考大量信息和数据，风险源的确定依赖于我们所确定的风险对象及研究服务目标，在不同的时间、空间尺度上所确定的风险源的类型和精度是不同的。因果链分析（cause-effect chain analysis），是一种运用故障树和事件树等逻辑分析方法，以事件组潜在的因果关系为基础，将事件的成因和后果通过链条联系起来，构建成多因多后果的分析方法。风险分析中的因果链模型包括风险源、风险过程、承灾体、适应与响应及风险后果几个部分。

通过构建因果链模型来确定风险诱因以及影响的关系和过程、分析其机理的方法，对于把握风险事件和风险本身的特征和性质很重要，同时也能将大量案例研究及论证结果融合。先翻译三个为了进行风险源识别而构建的因果链模型，包括流域森林采伐（人类活动引起通过自然过程形成的，如图 2-4 所示），环境污染类（通过生物地球化学循环过程的，如图 2-5 所示）和区域生态风险类（多用风险诱因，如图 2-6 所示），并在此基础上以草原生态系统为例作了尝试。

图 2-7 以较为熟悉的草原生态系统为例，确定了干旱半干旱地区草地退化与区域各类风险诱因的相互作用关系，明确在风险源识别中哪些地方需要更多的信息/数据支持。可见，通过生态过程的联系，胁迫/压力作用于风险承灾体，产生风险后果。有些生态后果是多种风险因素共同作用的结果，而有些风险表征则与多种生态压力相关。如图中所示，每条连接线的通畅，表明风险发生的"成立"，而在整个因果链条中，某条逻辑线连接的失败，也就意味着风险的"不成立"，成立和不成立之间的矛盾形成了风险的本质——不确定性。

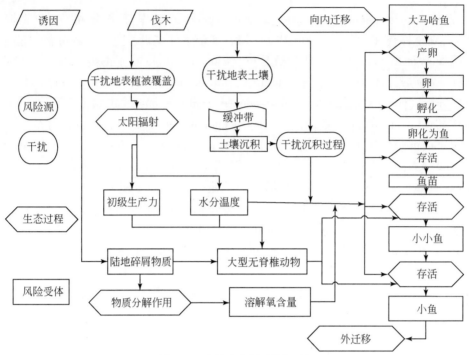

图 2-4　流域生态风险源识别

注：通过构建风险因果链模型，分析上游流域森林采伐活动对大马哈鱼生存繁衍生态影响的风险源识别方法

资料来源：USEPA，2000

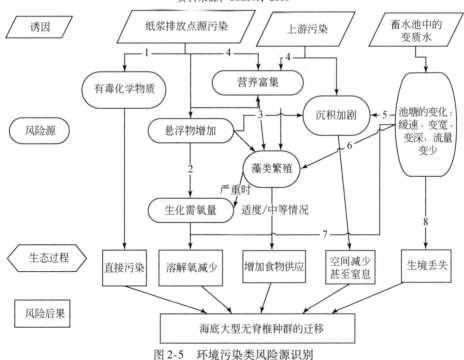

图 2-5　环境污染类风险源识别

注：图中对流域水污染对下游海洋生物的生态风险形成的过程进行因果链图示，

图中用阿拉伯数字标示出了风险源作用的不同途径

资料来源：USEPA，2000

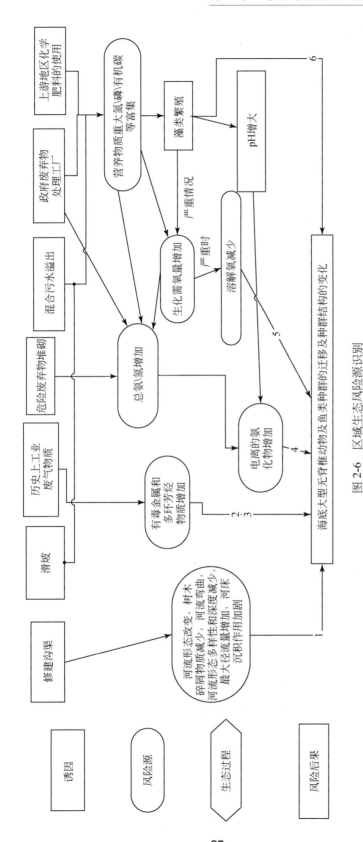

图 2-6　区域生态风险源识别

注：风险源往往是一种或多种风险诱因胁迫引起的，有些是多个诱因叠加表现出来的，包括如图中所示的6种来源途径：
1. 生境改变；2. 多环芳烃；3. 金属有毒物质污染；4. 氧化有毒物质；5. 溶解氧的耗尽；6. 富养化。
资料来源：USEPA，2000

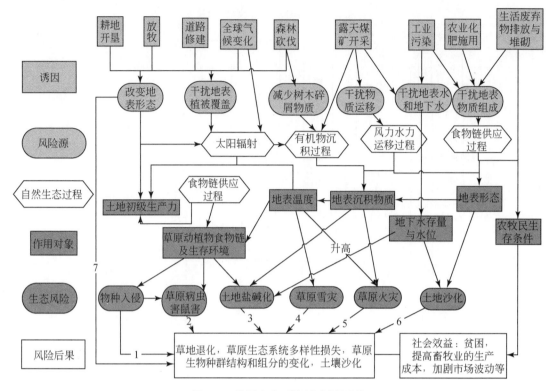

图 2-7　草原生态系统风险源识别

注：图中以干旱半干旱地区草原生态系统为例，列出风险源识别中构建的风险因果链模型的图示，并用阿拉伯数字标示出了风险源作用的不同途径。内容参考内蒙古自治区鄂尔多斯市伊金霍洛旗生态风险现状

总之，因果链模型在风险源识别中是面对存在多重风险途径与多种生态过程时提出来的一种分析问题的方法。构建因果链模型的优势在于：构建有关风险源及其风险后果的假设与其产生后果的过程和原因之间的关系；确定不同诱因之间的相互作用关系；明确在风险源识别中哪些地方需要更多的信息/数据支持等。

2.2.4　基于不同风险承灾体的风险源识别

生态系统在风险中既是风险的源地也是风险的作用对象，因此在综合生态风险研究中，我们称生态系统为风险载体。生态系统风险源的识别是以中国典型生态系统类型为风险分析载体，分别列出各生态系统面临风险源时的风险表征、风险诱因和后果等风险要素的过程。其风险源主要来自两个方面：一是直接或间接由人类生产、生活方式引起的风险，包括人的风险因素、管理类风险因素和社会类风险因素等；二是自然生态系统自身带有的，非人为因素的风险，如热带气旋、风暴潮、极端降水、河流洪水、热浪与寒潮、干旱，即自然风险因素中的气候变化风险。生态风险的后果复杂多样，包括经济损失，生命威胁，各种系统的产出、特性以及系统本身的变化等。本研究以森林、草地、农田、湿地、河流、湖泊和海洋 7 种不同自然生态系统类型和一种人工生态系统即城市生态系统作为风险载体，对综合生态安全的风险源识别和风险后果进行如下系统的归纳和总结（表 2-3）。

表2-3　生态系统风险源的识别

生态风险载体类型	生态风险表征	风险源（综合生态安全）	可能风险后期效果
森林生态系统	森林生产力下降，物种多样性减少，森林生态功能下降或丧失，成片森林死亡导致的区域林地的消失，用材林中的成、过熟林蓄积量持续减少等	自然风险源包括森林火灾、生物灾害、森林病虫害、酸雨为主要自然风险源；人为风险源包括人口增长过快、人为过度采伐、林区管理措施不当、区域经济趋向、市场价格驱动及林区居民保险水平较低等	区域气温升高，二氧化碳吸收减缓，水土流失问题加剧，涵养水源减少等
草地生态系统	草原的退化、沙化、盐渍化，水土流失、生物多样性减少、群落结构单一且脆弱、可利用草场面积减少等	自然风险源包括雪灾、旱灾、外来物种入侵、病虫鼠害等；人为风险源包括草地的过度放牧、草场管理不力、区域经济基础及期望、市场价格驱动及草原区居民科技文化水平较低、不适宜的耕作传统等	草场沙化加剧，更加干旱，提高畜牧业的生产成本，加剧市场波动等
农田生态系统	农田生产力下降、沙化、废弃、盐渍化、粮食毒性过大、被占用作建设用地等	自然风险源包括水灾、旱灾、雪灾、外来物种入侵、病虫鼠害等；人为风险源包括陡坡开垦、文化水平低、经济技术投入不足、灌溉方式及耕作制度不合理等	加剧农产品市场的供需矛盾，农业产出降低影响粮食安全等
湿地生态系统	湿地被侵占、数量减少、生态功能退化、物种多样性减少和消失等	自然风险源包括火灾、旱灾等；人为风险源包括围垦、城市开发建设占用、滥捕乱杀野生动物、水源污染及城市垃圾填埋等	区域环境中的水资源问题、土壤有毒物质降解矛盾加剧等
河流生态系统	河流水量减少、断流、水质下降、泥沙含量增加、河道占用、河流被污染、鱼类减少和物种灭绝、河口生态恶化等	自然风险源包括地质灾害、旱灾等；人为风险源包括人工截流建坝、城市开发建设占用河道、酷渔滥捕、水源污染及城市垃圾倾倒填埋等	威胁居民的饮用水源，渔业系统崩溃等
湖泊生态系统	湖泊水量减少、断流、水质下降、泥沙含量增加、湖面围垦、占用、湖水被污染、河口生态恶化等	自然风险源包括旱灾、鼠灾等；人为风险源是指干扰和危害湖泊生态系统生长的人为风险因素，包括人工截流建坝、城市开发建设占用湖面、酷渔滥捕、水源污染及城市垃圾倾倒填埋等	静态的湖泊生态系统的进一步瓦解，次生的区域洪涝风险加大等
海洋生态系统	海洋水质恶化、生物多样性降低、海洋生态系统崩溃、海洋野生动物濒临灭亡	自然风险源包括地质灾害如火山、地震、海啸、台风等；人为风险源包括围海造田、酷渔滥捕、远海石油污染、城市工业及生活废水排污、城市及养殖业垃圾倾倒等	海洋环境进一步恶化，海洋资源耗竭，全球性食品危机的爆发等
城镇生态系统	空气污浊、交通拥挤、河水恶臭、能源资源短缺	自然风险源包括暴雨、地震、台风等；人为风险源包括污水排放、垃圾乱堆、破坏绿化植被以及扰乱社会秩序和公共安全的行为	不适合人居，城市居民身体健康水平恶化，传染性疾病暴发等

1. 森林生态系统

威胁森林生态系统安全的风险源可分为：自然风险源和人为风险源。自然风险源也就是我们所指的森林的自然胁迫因素，包括森林火灾、生物灾害、气象灾害、污染灾害和地质灾害等；人为风险源是指干扰和危害森林生态系统的人为活动，如森林的过度采伐、林区内工程建设等。对于以上风险源，根据其发生的概率、强度、范围以及对森林生态系统的干扰和危害程度，忽略那些强度小、发生范围不大、对森林健康影响较轻的次要风险源从而确定火灾、森林病虫害、酸雨为主要自然风险源，而人口增长过快、人为过度采伐、林区管理措施不当、区域经济趋向、市场价格驱动及林区居民保险水平较低等作为社会、经济风险源。

2. 草地生态系统

目前中国草地生态系统面临的风险包括草原的"三化"，即草原的退化、沙化、盐渍化，水土流失、生物多样性减少、群落结构单一且脆弱、可利用草场面积减少等。威胁草地生态系统安全的风险源可分为：自然风险源和人为风险源。自然胁迫因素包括雪灾、旱灾、外来物种入侵、病虫鼠害等；人为风险源是指干扰和危害草地生态系统的人为活动，如草地的过度放牧、草场管理不力、区域经济基础及期望、市场价格驱动及草原区居民科技文化水平较低、不适宜的耕作传统等经济、社会风险源。

3. 农田生态系统

目前农田生态系统面临的风险包括农田的生产力下降、沙化、废弃、盐渍化，粮食毒性过大，被占用作建设用地等。威胁农田生态系统安全的风险源可分为：自然风险源和人为风险源。自然风险源即自然胁迫因素，包括水灾、旱灾、雪灾、外来物种入侵、病虫鼠害等；人为风险源是指干扰和危害农田生态系统稳定的人为风险因素，包括陡坡开垦、文化水平低、经济技术投入不足、灌溉方式及耕作制度不合理等。

4. 湿地生态系统

通常湿地被定义为一种特殊的生态系统，该系统不同于陆地生态系统，也有别于水生生态系统，它是介于两者之间的过渡生态系统。其特征有：①系统的生物多样性；②系统的生态脆弱性；③生产力高效性；④效益的综合性；⑤生态系统的易变性。

目前中国湿地生态系统面临的风险包括湿地被侵占、数量减少、生态功能退化、物种多样性减少和消失、污染、涵养水功能降低等。威胁湿地生态系统安全的风险源可分为：自然风险源和人为风险源。自然风险源即自然胁迫因素，包括火灾、旱灾等；人为风险源是指干扰和危害湿地生态系统稳定的人为风险因素，包括围垦、城市开发建设占用、滥捕乱杀野生动物、水源污染及城市垃圾填埋等。

5. 河流生态系统

河流生态系统指河流水体的生态系统，属于流水生态系统的一种，是陆地和海洋联系的纽带，在生物圈的物质循环中起着主要作用。河流生态系统面临的生态风险包括河流水量减少、断流、水质下降、泥沙含量增加、河道占用、河流污染、河口生态恶化等风险。

威胁河流生态系统安全的风险源可分为：自然风险源和人为风险源。自然风险源即自然胁迫因素，包括地质灾害、旱灾等；人为风险源是指干扰和危害河流生态系统稳定的人为风险因素，包括人工截流建坝、城市开发建设占用河道、酷渔滥捕、水源污染及城市垃圾倾倒填埋等。

6. 湖泊生态系统

根据中国湖泊的分布特点、成因和水文特征的不同，大致划分为青藏高原湖区、东部平原湖区、蒙新湖区、东北山地湖区和平原湖区、云贵高原湖区五个比较集中的湖泊区。其中青藏高原湖区、蒙新湖区和云贵湖区分布在少数民族地区。湖泊生态系统面临的生态风险包括湖泊水量减少、断流、水质下降、泥沙含量增加、湖面围垦、湖泊被占用、湖水被污染、河口生态恶化等风险。

威胁湖泊生态系统安全的风险源可分为：自然风险源和人为风险源。自然风险源即自然胁迫因素，包括旱灾、鼠灾等；人为风险源是指干扰和危害湖泊生态系统稳定的人为风险因素，包括人工截流建坝、城市开发建设占用湖面、酷渔滥捕、水源污染及城市垃圾倾倒填埋等。

7. 海洋生态系统

威胁海洋生态系统安全的风险源可分为：自然风险源和人为风险源。自然风险源，包括地质灾害如火山、地震、海啸、台风等；人为风险源是指干扰和危害海洋生态系统稳定的人为风险因素，包括围海造田、酷渔滥捕、远海石油污染、城市工业及生活废水排污、城市及养殖自身垃圾倾倒等。

8. 城镇生态系统

城镇生态系统是非自然生态系统。稠密的人口、建筑物、对外界生产资料供给的强依赖性、基础设施密集等特征是其成为一种特殊的生态系统。威胁城镇生态系统安全的风险源可分为：自然风险源和人为风险源。自然风险源包括暴雨、地震、台风等，人为风险源包括污水排放、垃圾乱堆、破坏绿化植被以及扰乱社会秩序和公共安全的行为。

2.3　综合生态安全风险分类

2.3.1　风险分类的基本术语

（1）风险矩阵（risk matrix）。通过定义各坐标轴所代表的风险属性的级别形成二维或多维的矩阵，来对风险的综合属性进行评定的方法。

（2）因果链分析（cause-effect chain analysis）。结合故障树和事件树等逻辑分析方法，以事件组潜在的因果关系为基础，将事件的成因和后果通过链条联系起来，构建多成因多后果的分析方法。风险分析中的因果链模型包括风险源、风险过程、承灾体、适应与响应及风险后果几个部分。

（3）自然生态风险（original ecological risks）。自然生态系统自身特征和演变规律故有的，主要通过自然过程而产生，在人类活动影响下可能加剧，对生态系统本身影响较小而对人类生活影响较大的生态风险类型。

（4）人为生态风险（artificial ecological risks）。非自然生态系统所固有，随着人类的出现逐渐产生并暴露的风险，由人类活动直接引起而产生暴露和危害的风险类型。

2.3.2　风险分类方法

风险分类对于我们认识、评估和控制风险，明晰不同区域、生态系统和风险事件的重点意义重大。风险分类方法多种多样，依据风险产生原因可以将生态风险分成生物工程、生物入侵和人类活动引起的生态风险。基于风险对目标的影响能力，可以分成为纯粹风险与机会风险。纯粹风险是指只能带来危害和损失的风险；机会风险指既可能带来损失又可能带来收益或有利于目标的风险。按照中国国务院发布的《国家突发公共事件总体应急预案》中的规定，根据中国范围内的风险事件的发生过程、性质和机理的差异，风险包括自然灾害、事故安全、公共卫生、社会安全和新风险事件五个类别。

国际风险管理理事会（IRGC）提出的新型风险分类体系，按照风险特性分为简单风险、复杂风险、不确定风险和模糊风险四个层次（图2-8），以现有知识的不确定性作为分类依据，对识别出的生态风险进行系统分类。简单风险是指有清晰的因果关系，风险管理措施可以直接奏效，效果是直接的且没有争议的风险类型。复杂风险是指存在多维的潜在风险源和特定风险表征，两者关系不清晰或难以描述的风险类型。不确定风险是指人类

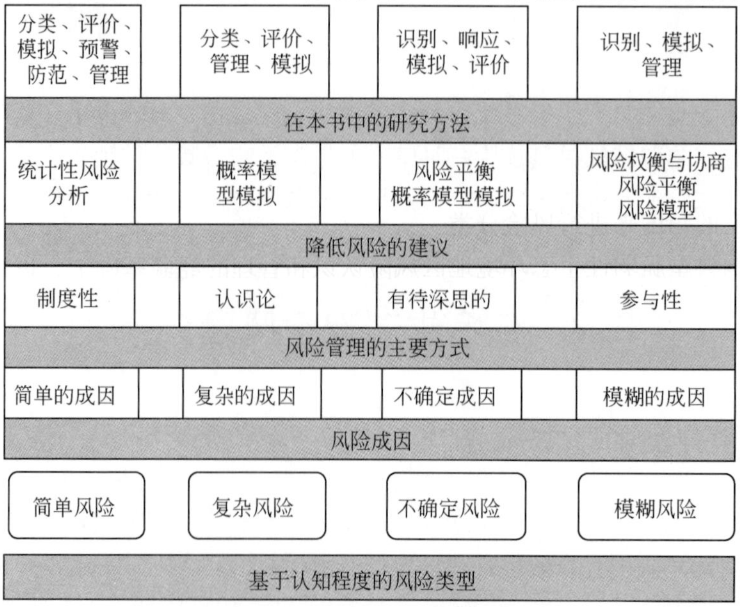

分类、评价、模拟、预警、防范、管理	分类、评价、管理、模拟	识别、响应、模拟、评价	识别、模拟、管理
在本书中的研究方法			
统计性风险分析	概率模型模拟	风险平衡概率模型模拟	风险权衡与协商风险平衡风险模型
降低风险的建议			
制度性	认识论	有待深思的	参与性
风险管理的主要方式			
简单的成因	复杂的成因	不确定成因	模糊的成因
风险成因			
简单风险	复杂风险	不确定风险	模糊风险
基于认知程度的风险类型			

图 2-8　IRGC 四类风险类型及其特征

资料来源：IRGC, 2005

现有知识还不能完全认知的、缺少科学认定技术手段和数据支持的风险类型，认识过程依赖于不确定的假设、判断和预测。例如，许多自然灾害事件、恐怖袭击事件以及长期引入基因改良物种等对生态系统造成的风险。模糊风险是指人们对这类风险的定性、危害程度和含义仍存在大量分歧和争议的风险类型。

根据风险某一方面的属性，常用的其他单标准分类指标还包括，按照引起生态风险的自然灾害类型分类，包括气象、水旱、地震、地质、生物、森林/草原火灾、海洋七类；按作为生态风险承灾体的自然和近自然生态系统类型分类，包括河流、海洋、湿地、森林、草地、农田和城镇生态系统；按风险源的专属性分类，包括共有风险和专有风险两类；按导致事故和危害的直接原因进行分类，将生产过程中的危害因素分为物理性危害因素、化学性危害因素、生物性危害因素、心理性和生理性危害因素、行为性危害因素、其他危害因素六类。

不同风险类型的成因和性质的差异，使对其的研究方法和风险管理措施等不尽相同。随着风险研究的深入和人们对风险认知的要求加深，出现了综合风险多种属性的分类方法，通常在这种分类中需要考虑的风险属性包括不可察觉性（undetectability）、不可控性（uncontrollability）、多种故障方式（multiple paths to failure）、影响持续时间（duration of effects）、不可逆转性（irreversibility）、传播不利影响的级联响应（cascading effects）、运作环境的脆弱性（operating environment）、系统交界面敏感性（interfaces）、系统损耗程度（wear and tear）、复杂性和紧急性程度（complexity/emergent behaviors）、工程设计的不成熟度（design immaturity）等。

2.3.3　基于风险认知程度与生态载体的综合分类方案

风险的形式多种多样，风险类型相互交叉和交融，同时随着人们对风险的认识水平提高和风险作用机制的日益复杂，风险的形式也在逐年递增，可以说很难将哪一种风险定为绝对的某种类型。即随着人们科学技术的发展，对风险的认识会逐渐提高，而这个过程中，人们对各种风险的认识过程是不同步的，IRGC 的风险分类方法的不足之处就在于，这种基于当前认知水平的风险分类方案的时间有效性往往很短而且很难确定，我们需要找到一个相对稳定的角度来进行风险分类。

在总结中国典型脆弱性生态环境地区风险认识和管理的经验基础上，以 8 个生态系统类型为风险载体，综合考虑 IRGC 风险分类标准和管理策略及科技支撑项目分类标准组的讨论结果，进行综合生态风险分类（图 2-9）。综合风险分类首先是要抓住风险的本质，同时有利于推动正确的认识和风险管理措施的优化。因此分类原则有二：首先，多诱因的风险取主要诱因的主要方面，其次，风险分类应为风险管理服务。

生态系统是生态风险的载体，然而大多数生态风险并不是针对某一种生态系统特有的，而是在多种生态系统中都存在，在某类生态系统中风险发生概率更大或破坏更加严重。综合多种风险分类方法和以上分析，我们依据其与风险载体的关系将综合生态风险分为特有风险和共有风险两类，再将特有风险按照其对应的生态系统类型分类，将共有风险按照风险诱因进行二级分类。所有风险都依据 IRGC 的新型风险分类方法分成四个层次。

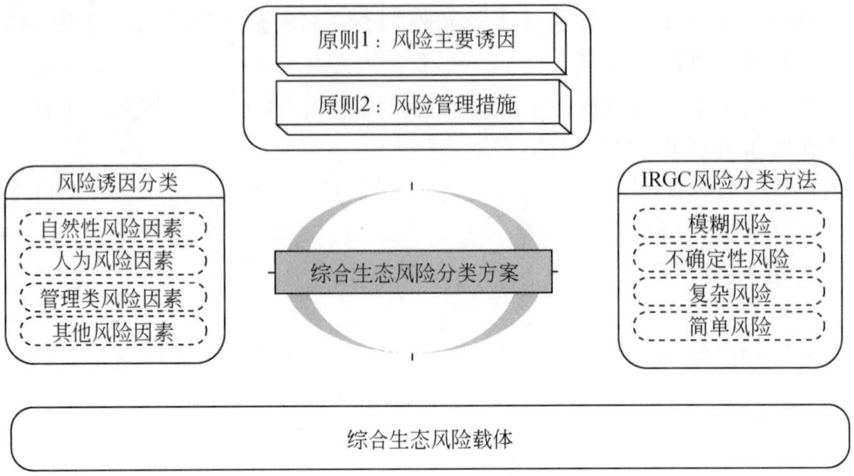

图 2-9　综合生态风险分类方法与原则

初步分类方案如表 2-4 所示。

表 2-4　综合生态风险的分类矩阵

风险分类		风险类型			
		A 简单风险	B 复杂风险	C 不确定性风险	D 模糊风险
特有风险	森林生态系统	A 森林病虫害、A 森林鼠害、A 森林火灾、A 雪灾、A 雹害、B 过度采伐、B 酸雨			
	草地生态系统	A 雪灾、A 雹害、A 草地病虫害、A 鼠害、A 草原火灾、B 酸雨、B 沙漠化和盐碱化、C 沙尘暴			
	农田生态系统	A 风害、A 冷害、A 冻害、A 雪灾、A 雹害、A 病虫害、A 草害、A 鼠害、B 草场荒漠化、B 盐碱化、B 过牧、B 乱垦、C 土壤污染			
	湿地生态系统	A 洪水、A 地下水位下降、A 土壤沙化盐碱化			
	湖泊生态系统	B 水产养殖污染、C 风暴潮			
	河流生态系统	A 河水污染、A 海水倒灌、A 洪水、A 河岸建设与开发、B 富营养化、C 大型水利工程风险			
	海洋生态系统	A 海岸侵蚀、A 风暴潮、A 海啸、A 灾害性海浪、A 海冰、A 赤潮、C 全球变暖、C 围海造田、C 洋流循环变化、D 热带气旋			
共有风险	自然性风险因素	A 暴雨、A 洪涝、A 干旱、A 干热风、A 龙卷风、A 滑坡、A 泥石流、A 地震、A 崩塌、A 地裂缝、A 火山爆发、A 海啸和台风、C 空气污染和水污染、C 沙尘暴、C 动物疫情、D 厄尔尼诺、D 拉尼娜			
	人为风险因素	A 滥垦滥伐、A 城市化、A 道路、A 开采地下水、C 旅游业风险			
	新风险因素	C 全球气候变化、C 海平面上升、C 冰川融化、D 能源需求风险、D 城市热岛效应			

2.3.4　基于风险诱因及承灾体的综合分类方案

多标准分类根据不同标准的并联和串联关系可以有两种基本思路，一个是在多种标准下根据其各标准约束下的打分以及标准权重得到的综合分类结果，另外一个是在不同分类级别或阶段选择不同的主导标准的综合分类方法。综合风险诱因、风险生态承灾体、风险源和风险后果的特征进行风险分类，图 2-10 展示了两大类风险的因果关系链，其中 1 代表原始生态风险，2 代表人为活动生态风险。

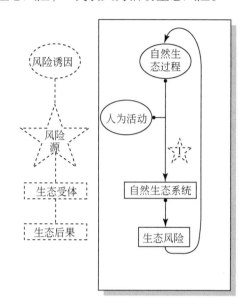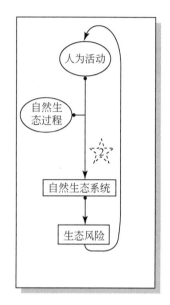

图 2-10　两大类风险的因果关系链

该分类包含三级分类，各类所包含的风险及其代码见表 2-5，分类体系如下。

表 2-5　综合生态安全风险分类及代码

一级类	二级分类	三级类型及代码
O 自然生态风险	OP 生态过程类（无亚类）	OP001 全球气候变化，OP002 海平面上升，OP003 冰川消融，OP004 火山爆发，OP005 干旱，OP006 厄尔尼诺和拉尼娜，OP007 沙漠化和盐碱化，OP008 荒漠化，OP009 盐碱化
	OS 生态现象类（含五亚类）	C 气象气候亚类： OSC01 冷害，OSC02 冻害，OSC03 干热风，OSC04 龙卷风，OSC05 风害，OSC06 沙尘暴，OSC07 雹害
		W 水文亚类： OSW01 暴雨，OSW02 洪涝
		G 地质地貌亚类： OSG01 滑坡，OSG02 地震，OSG03 崩塌，OSG04 地裂缝，OSG05 地面沉降，OSG06 泥石流
		L 森林草原农田亚类： OSL01 农田病虫害，OSL02 农业草害，OSL03 森林火灾，OSL04 草原火灾，OSL05 森林病虫害，OSL06 草原鼠害，OSL07 草原病虫害，OSL08 酸雨
		O 海洋系统亚类： OSO001 灾害性海浪，OSO002 海冰，OSO003 台风，OSO004 风暴潮，OSO005 海啸，OSO006 热带气旋

续表

一级类	二级分类	三级类型及代码
A 人类活动的风险	AM 适应不当（无亚类）	AM001 过牧，AM002 乱垦，AM003 过度采伐，AM004 河水污染，AM005 空气污染和水污染，AM006 水体富营养化，AM007 动物疫情，AM008 能源需求风险，AM009 土壤污染，AM010 物种入侵
	AP 工程修建（无亚类）	AP001 河岸建设与开发，AP002 大型水利工程，AP003 城市化，AP004 道路修建，AP005 开采地下水，AP006 旅游业风险，AP007 围海造田，AP008 赤潮，AP009 工农业生产水体污染，AP010 工农业生产的土壤污染，AP011 废气污染，AP012 核辐射

（1）O 自然生态风险大类（original ecological risks）。自然生态系统自身特征和演变规律故有的，主要通过自然过程而产生，在人类活动影响下可能加剧，对生态系统本身影响较小而对人类生活影响较大的生态风险类型。根据生物地球化学循环的过程和现象可分为两类。

OP 自然生态过程类：自然过程类是指通过破坏生态系统的生态平衡过程而发生问题，与自然中的生物地球化学循环过程偶合很难区分其生态终点的风险，这类风险发生周期是渐进的，风险源地与承灾体往往不同。

OS 自然生态现象类：含五个亚类。这类风险既有风险过程的特征也有后果的特征，多为瞬时型风险，在风险承灾体上存在一定的专有或聚集特征。亚类的划分与自然灾害分类相似。

（2）A 人类活动类生态风险大类（artificial ecological risks）。非自然生态系统所固有，随着人类的出现逐渐产生并暴露的风险，由人类活动直接引起而产生暴露和危害的风险类型。范围一般较为聚集，作用剧烈。

AM 适应不当（maladaptation）：是指由于人类对生态系统规律认识的局限性和人类活动的不合理性，增加了系统对外界胁迫的脆弱性，或采取的适应性对策反而使系统脆弱性增加等，由此对生态系统产生不利影响的风险类型。

AP 工程修建（project building）：是指人类为满足自己生产和生活需要，通过修建各种工程设施对自然地表进行改造和破坏，直接或间接诱发的对生态系统的结构和功能产生不确定的不利影响的风险类型。

2.3.5　风险的分类管理

虽然我们对于大多数风险的认识程度不同、发生机理也有待深入，但就人类而言，生态风险问题由提出到发展深入的历史中，首先是认识到自然生态系统本身存在的由自然力控制的风险，之后随着人们对于人－地系统可持续发展的渴求，如何将人类活动更加理性化成为人们思考的问题，人类活动引起的生态风险才逐渐成为风险研究关注的热点。人类活动引起的风险与自然风险形成原因和机理以及可以采取的风险干预/管理方法都不同。两者在生态系统的平衡与发展中通过生物地球化学循环过程交织在一起，形成成因和表征都更加多元化的风险，即本分类所说的生物地球化学循环类风险。

风险分类可为风险管理提供依据，当前，风险管理的主要措施包括适应、控制、接受、规避和风险转移几种管理方式。适应风险是根据风险发生的诱因和机制，调整作业方式使其合理化能够适应风险。控制风险是指选择控制措施控制风险，降低其发生可能性和损害程度。接受风险是指在风险可容忍范围内，有意识地、客观地接受风险。规避风险是指在具备可回避能力下，降低其直接损失。风险转移是指将风险转嫁他方。

针对不同类型的生态风险，我们采取风险规避或管理等重点也有所不同（表 2-6，表 2-7）。例如，自然生态风险大多属于原始风险，即自然界本身存在的生态现象，可能因为人类活动的影响加剧或变异的风险。而人为的生态风险则多为次生风险，是由人类活动的不合理性和不适应性引起的，对生态系统产生不确定性不利影响的风险类型。原始风险和次生风险的性质不同，其管理对策也不尽相同。

表 2-6　生态风险大类划分与风险管理依据

风险根源	类型	人类活动对其影响	不确定性来源	适应对策
原始风险	O	不能使风险消失，能够改变其时空范围、概率和强度	自然生态过程	适应，规避和抵抗。提高意识，提高生态系统抵抗力
次生风险	A	依存于人类活动，因其消失而消失	人类活动的方式及影响	调整方式，避免。改变人类活动方式和过程，避免

表 2-7　生态风险类划分与风险管理依据

生态风险类型	时空特征	影响形式特征	适应对策
OP 生态过程类	暴露时间长，影响范围大	作用缓慢，不易察觉，难规避，成因和表现多	适应与阻断循环，加强认识
OS 生态现象类	暴露时间较短，影响范围较大	易察觉，易辨识	控制与适应，加强预防
AM 适应不当	暴露时间短，影响范围很小	有时滞，可发生逆转	调整方式，修复与治理
AP 工程修建	暴露时间较短，影响范围小	易辨识，作用聚集	风险规避与转移，控制风险

第3章 综合生态风险评估技术[*]

从环境风险评价到生态风险评价,再到区域生态风险评价,风险源由单一风险源扩展到多风险源,风险受体由单一受体发展到多受体,评价范围由局地扩展到区域水平,评价过程中需综合空间信息、多种风险或多种生态终点,所涉及的风险源以及承灾体等都在区域内具有异质性,且存在相互作用和叠加效应,因而比一般生态风险评价更复杂,也是目前研究的难点与热点。综合生态风险评价的准则、指标、模型和方法是综合生态风险评估的核心内容。本章在文献综述的基础上,建立了区域生态风险评价的概念模型,包括区域生态风险管理目标确定、风险源分析、风险度量方法、风险计算及风险管理几个步骤,并基于客观性、区域整体性、层次性和可比性原则构建了区域生态风险评价的指标体系。

3.1 综合生态风险评价的指标体系

合适的指标在监测和评价环境变化和经济社会发展方面的作用举足轻重。在区域生态风险评价中,针对不同类型的生态系统特征,选取合适的方法和评价指标尤为重要。由于生态系统较为复杂,目前尚无一个合适的可以准确描述其健康状况的指标体系。因此,构建生态系统以上层次的风险评价指标体系,确立风险评价标准,发展各种定量评价方法和技术是生态风险评价的发展趋势。

评价指标系统的研究与建立是生态风险评价的基础性工作,它以全国生态功能区划的结果为分区前提,探讨在不同区域、不同类型生态系统的综合风险评价。由于目前尚缺少公认的准则、模型和标准方法,所以建立生态风险评价指标体系及指标数据库在探索标准化、应用化的评价指标体系中,将发挥重要的推动作用。

3.1.1 区域生态风险评价指标体系的内涵

区域生态风险评价包含多种风险源、多种风险受体和多种评价终点,相应的指标体系包含风险源指标和风险受体指标。

1. 风险源指标体系

与单一风险源造成的生态风险评价不同,区域生态风险评价的风险源通常作用的区域较大,影响的时间也较长。风险源指标体系是对可能造成风险的风险来源进行危害级别评

---

[*] 本章执笔人:北京大学的蒙吉军、刘明达、周婷、赵春红、朱利凯等。

价的指标。一般由各个风险源的可能发生频率、危害面积、人员伤亡、经济损失等指标构成。

2. 风险受体指标体系

风险受体指标是从生态系统的结构和功能出发选取能够表征生态系统生态环境质量和脆弱性的指标。常见的有生态指数、脆弱度指数等。

3.1.2　指标体系的评价对象和范围

区域生态风险评价的对象主要是区域生态系统。区域内的各种生态因子相互联系、相互制约，形成多样的生态系统类型和复杂的生态过程，构成区域生态系统综合体。从生态系统的角度出发，评价区域内各风险源可能对区域生态系统综合结构和功能造成的损害。评价范围是全国各个尺度的区域，评价过程基于区域内各种风险源等级评价和各种类型的生态系统生态风险评价展开。为促成管理和监督的有效性，达到"零风险"管理的目标，进行区域生态风险评价时，一般在行政区划的行政单元范围内进行。

3.1.3　区域生态风险评价指标体系构建中存在的问题

首先，指标的主观性较强。当多种风险源共同作用于生态系统时，评价指标的确定与研究者的知识背景和关注问题有很大关系，尤其在确定指标权重时，多采用专家打分法，不能从根本上排除人为因素的干扰。相比之下，采用主成分分析或者人工神经网络等方法，提取能够确切描述生态风险水平和级别的重要因素，并根据因子载荷来确定影响权重，或根据人工神经网络进行模拟和预测，在很大程度上降低了人为因素造成的误差。

其次，指标的可比性较差。由于区域间差异较大，不同生态系统的组分各不相同，导致区域生态风险评价指标体系的差异较大，造成区域之间的风险等级具有不可比性，只能进行区域内部相对风险等级的评定，而不能对多个区域进行横向比较。

最后，指标的可理解性较差。已有的区域生态风险评价研究中还未建立一致的、通用的评价指标，大多指标采用综合计算的指数来衡量，忽略了对生态系统结构和功能的最基本构成元素的探讨，或者针对某一特定系统建立的评价体系过于专业化，除专业人员外很少有人能够理解，在各个管理部门的应用受到很大限制。

3.1.4　区域生态风险评价指标体系构建的原则

区域生态风险评价为管理部门进行及时的预警和有效的预防，并最终为实现预定的管理目标提供科学依据，因而构建指标时应当遵循以下四个原则：

（1）客观性原则。指标选取时主要是评价者的主观判断，难免受到个人经验和观点的局限，为了保证客观性和科学性，应尽量采取主观判断和客观验证相结合的方式构建指标体系。

（2）整体性原则。根据生态系统中整体大于部分之和的原理，生态风险评价不能简单加和，所以在选取评价指标时应优先考虑各生态系统主导评价指标，对区域尺度的指标体系进行整体衡量。

（3）层次性原则。由于生态风险评价的过程较为复杂，在建立指标体系时应在不同层次上各有侧重，如在第二层次上选用反映生态系统结构和功能的抽象指标，以增强不同生态系统或区域之间的可比性，在第三层次上对各抽象指标进行具体描述，通过逐级细化完成指标体系的构建，这样可以反映不同生态系统之间的差异性。

（4）可比性原则。评价尺度是决定评价指标的关键因素，在区域范围内或多个区域的更大空间范围，要实现区域生态风险评价结果的可比性，需充分考虑各生态系统差异性的前提下构建具有可比性、统一性的指标。

3.1.5　区域生态风险评价指标体系的构建

区域生态风险评价指标体系包含三个层次（图3-1）。某尺度空间单元的生态风险指数由综合生态损失度指数和综合风险概率来表征（第一层次）。生态损失度指数反映生态系统自身的结构和功能状况以及受到外界干扰所表现出来的脆弱性，因而可以延伸出次一级的指标，即生态指数和生态脆弱度指数，这两个指标可以对各种生态系统进行表征，因而具有通用性。综合风险概率可以进一步用风险强度来表达（第二层次）。同时为了确保区域内部和区域之间的评价结果实现客观性和可比性，必须建立必选指标（如生物多样性指数、自然度指数等）和可选指标（如流域生态系统中可选择干旱程度、城市生态系统中可选择廊道、森林和草原生态系统中可选择生产力变化等）（第三层次）。

将单个生态系统的风险评价扩展到区域内多个生态系统时，体现生态风险整体性的一个环节就是将各生态系统的风险对区域风险的贡献率进行权重赋值，即脆弱度指数。脆弱度指数亦可以构建指标体系利用层次分析法来求出，但是由于生态指数中所选用的指标也是影响脆弱性程度的重要因素，为了避免重复并有所区别，脆弱度指数更多地侧重于相对性度量，对生态指数进行修正。确定方法可首先根据水热条件、地理位置及相关研究成果进行人为判断，将每两个生态系统之间的相对损失度进行量化，量化结果排列成矩阵，计算矩阵的特征向量，即可得到不同区域内不同生态系统的脆弱度指数。

总之，区域生态风险评价由起初的单因子风险评价、多因子单风险评价正逐步向多因子多风险评价演化，并通过 RS 和 GIS 空间分析工具，将评价范围扩展到更大尺度。在构建区域生态风险评价指标时，应当考虑到以下方面。

（1）构建指标统一、体系健全的区域生态风险评价指标体系。也就是说，针对不同生态系统建立的评价指标体系应当具有统一性，这样才能保证不同区域和生态系统之间生态风险的比较。

（2）将宏观的量化指标与微观的量化指标结合起来。区域尺度的评价指标既要利用 RS 和 GIS 技术对空间数据进行量化处理，又要关注通过实地观测和试验获得的生物量指标以及物种、种群及生态系统等尺度的指标。

（3）增加评价指标对风险防范的指导意义。区域生态风险评价的目的在于其结果可以

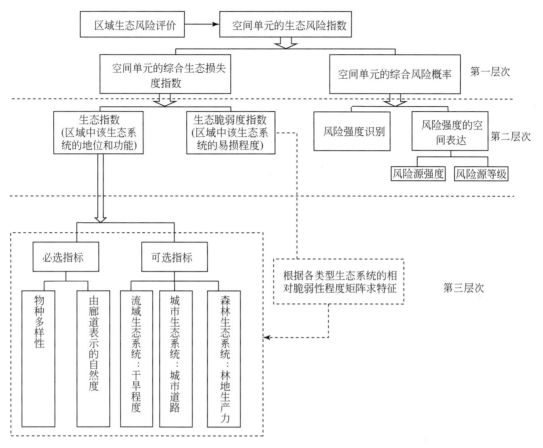

图 3-1 区域生态风险评价指标体系

为区域风险管理提供合理的科学依据。在指标选取的过程中，应以区域生态风险评价的目的为导向，将评价指标的选取与风险防范的对策相结合，针对指标反映的问题作出及时回应、积极应对，从而避免风险损失的发生。

1. 风险源指标体系

风险源可能威胁生态系统结构和功能，在建立风险源的评价指标体系时，可根据风险源的产生方式将其分成自然风险源和人为风险源两类。其中自然风险源主要包括 8 类，分别是气象灾害、洪水、地震、地质灾害、海洋风暴、农林牧生物灾害、森林火灾和草原火灾以及其他灾害（表 3-1）。自然灾害的灾变等级通常根据描述灾害的物理和化学过程的统计结果来确定，而灾害等级则由灾害所造成的死亡人数、直接经济损失来确定。人为风险源指人类的生产生活对生态系统结构和功能造成可能威胁的行为及结果，包括油气管道泄露，一般由污染面积来确定；引进入侵生物物种，由数量、面积、占有资源比例来确定；廊道斑块比例，由道路面积、道路长度来确定；工业污染，由污染面积、某种离子含量来确定；矿业开采，由开采面积来确定。

表 3-1 中国主要的自然灾害及其等级

自然灾害		灾变指标	灾变等级
气象灾害	雪灾（白灾）	降雪量、积雪深度、积雪天数、积雪面积	4级：轻微雪灾、中等雪灾、严重雪灾、极严重雪灾
	干热风	最高气温、风速、相对湿度	3级：弱干热风、中等干热风、强干热风
	龙卷风	风速、直径、移动路径	5级：弱龙卷风、中龙卷风、较强龙卷风、强龙卷风、特强龙卷风
	沙尘暴、雷暴、连阴雨、酸雨、雾害等	因灾而异	雾灾分为3级：轻雾、中雾、重雾，其他暂不分等级
洪水		重现期	5级：一般洪水、较大洪水、大洪水、特大洪水、罕见的特大洪水
地震		地震能量 地震影响（烈度）	5级：超微震、微震、小震、中震、大地震
地质灾害	崩塌	体积	4级：小型崩塌、中型崩塌、大型崩塌、特大型崩塌
	滑坡	体积	4级：小型崩坡、中型滑坡、大型滑坡、特大型滑坡
	泥石流	冲出固体物质体积	4级：小型泥石流、中型泥石流、大型泥石流、特大型泥石流
	地面塌陷	塌陷数量及影响面积	4级：小型塌陷、中型塌陷、大型塌陷、特大型塌陷
	地裂缝	累计长度和影响范围	3级：小规模地裂缝、中等规模地裂缝、大规模地裂缝
	海水入侵	氯离子含量	4级：非入侵区、轻微入侵区、严重入侵区、极严重入侵区
海洋风暴	风暴潮	增水值	4级：风暴增水、弱风暴潮、强风暴潮、特强风暴潮
	海浪	波高	3级：狂浪、狂涛、怒涛
	海啸	波幅	4级：1级海啸、2级海啸、3级海啸、4级海啸
	海冰	结冰范围和厚度	5级：冰情最轻、冰情偏轻、冰情常年、冰情严重、冰情偏重
	赤潮	发生范围	4级：轻赤潮、中等赤潮、严重赤潮、极严重赤潮
农林牧生物灾害	农作物生物灾害	成灾面积	4级：轻害、中害、重害、特重害
	森林生物灾害	发病率	4级：轻害、中害、重害、特重害
	畜牧业生物灾害	发病率	4级：轻害、中害、重害、特重害
森林火灾与草原火灾		燃烧面积	4级：火警、一般火灾、重大火灾、特大火灾
其他灾害		因灾而异	视具体情况而定

注：可能存在的其他气象灾害，干旱和洪涝灾害、台风、寒潮和强冷空气、低温冷害、风雹灾害、龙卷风、沙尘暴、高温热浪

对于同一个区域内的各类生态系统, 对其可能造成风险的自然因素和人为因素不尽相同。此处, 将生态系统类型按照陆地生态系统、水域生态系统和人工生态系统三大类, 森林、草原、湿地、荒漠、流域、海洋、农田、城市八个小类进行划分, 首先对共性的胁迫因素进行指标分析量化, 再分别对各个生态系统的特有风险源指标进行归纳, 构建风险源评价指标体系。

1) 共同风险源指标

滑坡泥石流造成的经济损失和伤亡人数。滑坡泥石流是较大的自然灾害的次生灾害, 统计其经济损失和死亡人数能够反映滑坡泥石流的相对大小以及对发生地生态系统的干扰程度。评价中, 指标按照统计中滑坡泥石流所造成的经济损失和伤亡人数计算。

酸雨面积。中国是世界第三大酸沉降区, 酸雨主要分布在长江以南地区, 降水年均 pH 小于 5.6 的地区覆盖了全国大约 40% 的土地。长江以南绝大部分地区降雨 pH 低于 4.5, 成为中国酸雨重污染区。酸雨对森林的影响可分为直接影响和间接影响。直接影响包括酸雨对植物的叶片表层结构和膜结构的伤害, 干扰植物的正常代谢过程; 间接影响是通过改变土壤性质而造成的, 包括土壤酸化引起盐基离子的淋溶造成养分的缺乏, 土壤的滤毒作用等。按照调查统计的酸雨受灾面积作为评价指标。

气象灾害 (风灾、雪灾和冻灾) 面积。按照同一时段中遭受气象灾害的面积大小计算。

2) 各生态系统特有的风险源指标

a. 森林生态系统

(1) 森林病虫害。中国森林的主要风险源。由于针叶林占中国森林面积的近 1/2, 因此松毛虫在中国森林的危害很大。对中国杨树危害最严重的害虫主要是光肩星天牛和黄斑星天牛。1995 年, 三北防护林地区有 $4.7 \times 10^6 \, hm^2$ 的新植防护林受杨树害虫的严重危害, 受害面积占三北新造防护林的 77%。按统计时段的平均森林病虫害面积进行统计。

(2) 森林鼠害面积。指统计时段的平均森林鼠害面积。

(3) 森林火灾面积。森林火灾是威胁中国森林健康和安全的主要因素之一, 受森林类型、森林的发展演替阶段、气候和人类活动等诸多因素的影响。按照统计时段的平均森林火灾受灾面积计算。

(4) 重金属污染面积。按照受到汞等重金属污染的测定面积大小计算。

(5) 人为开荒面积。由于人工砍伐森林、开垦土地而导致的荒地面积。

b. 草原生态系统

(1) 草原火灾面积。指统计时段的平均草原火灾受灾面积。

(2) 虫灾面积。指统计时段的平均草原遭受虫灾的受灾面积。

(3) 草原鼠害草地面积。指统计时段的平均草地鼠害面积。

(4) 年末牲畜存栏总数。分种类统计, 以当地成年绵羊为样本, 按一只羊全年 (或一个利用季节) 的日平均采食量为日食量标准折算成羊单位。各牲畜与羊单位的折合比例如下: 1 峰骆驼折合 7 个羊单位; 1 匹马折合 6 个羊单位 (南方为 5 个); 1 匹骡折合 5 个羊单位; 1 头黄牛 (北方型) 折合 5 个羊单位; 1 头黄牛 (南方型) 折合 4 个羊单位; 1 头水牛折合 5.2 个羊单位; 1 头牦牛折合 4 个羊单位; 1 头驴折合 3 个羊单位; 1 只山羊折合 0.8 个羊单位；1 只兔折合 0.14 个羊单位；哺乳仔畜日食量为成年畜的 1/3；断乳的当年幼畜日食量为成年畜的 1/2；青年畜日食量为成年畜的 3/4。

（5）可利用草场理论载畜量。经理论计算，在一年或某放牧季节，每单位草地可以养活多少标准单位的家畜。

（6）草地实际载畜量。实际放牧的各类家畜，转化为羊单位数。

（7）草地超载率。（实际载畜量 - 理论载畜量）/理论载畜量×100%。

（8）工矿交通等占用和破坏草地累计面积。

c. 湿地生态系统

湿地是介于陆地和水体之间、兼有水陆特征的一类生态系统，广泛分布于世界各地。中国目前使用《湿地公约》中的定义，即湿地是指天然或人工、长久或暂时之沼泽地、湿原、泥炭地或水域地带，带有或静止或流动，或淡、或半咸、或咸的水体，包括低潮时水深不超过 6 m 的水域。按《全国湿地资源调查与监测技术规程》的分类标准，可将全国湿地划分为四大类，分别是近海及海岸湿地、河流湿地、湖泊湿地及沼泽和沼泽化草甸湿地。

（1）干旱。干旱灾害会严重阻碍湿地植被发育和生长，同时危及湿地内各种软体动物、浮游生物以及鱼类的繁衍，从而影响珍稀鸟类的食物来源；严重干旱会使湿地生态系统的物质循环和能量循环中断，阻碍湿地的自然演替。以干旱等级、面积作为指标计算。

（2）洪涝。洪涝灾害对受灾湿地产生严重破坏。它会淹没湿地内鸟类的隐蔽物、食物和巢位，同时还会造成或加重受灾区的土壤盐渍化，将茂盛的植被荡涤为一片裸地，改变原有的生态系统类型。以洪涝灾害的等级、面积作为指标计算。

（3）风暴潮。风暴潮灾害的作用类似于洪涝灾害，同时可能造成土壤的盐渍化，改变生态系统类型。以风暴潮等级、面积进行计算。

（4）天然湿地围垦累计面积。城市化、工业化、路基建设、农业开发及废物处理等造成湿地面积的缩小与水状况的改变。以天然湿地中累计被围垦的面积总和计算。

（5）对湿地的过度开发。指对陆地、水体生态系统的过度收获、过度捕鱼、狩猎、放牧、矿物开采造成湿地产品的不可持续利用。主要后果是物种的消失、生态系统失衡、功能的减弱甚至消失。以湿地生物量减少计算。

（6）污染面积。含有多种有毒污染物和过量养分的工业废水和生活污水任意排放，农业营养物径流，杀虫剂、除草剂径流造成的生物多样性降低、水质下降、有毒物质增加。以生活、工业、农业造成的污染面积计算。

d. 荒漠生态系统

荒漠生态系统是干旱和半干旱区形成的以荒漠植物为主组成的生态系统，其植被主要由耐旱和超旱生的乔木、灌木和草本植物组成，地带性土壤为灰漠土、灰棕漠土和棕漠土。作为干旱气候区典型生态系统类型和脆弱生态系统，荒漠生态系统是荒漠区人类社会发展的基本自然保障。荒漠生态系统一方面直接影响荒漠区环境和社会经济发展，另一方面又与荒漠化和沙尘暴等环境问题和绿洲发展密切相关。

（1）病虫害。以病虫害发生的面积计算。

（2）人为破坏植被。以破坏植被的面积计算。

（3）水源污染。由于人为活动造成的地面及地下水源污染。以受到污染的水体总量计算。

e. 农田生态系统

农田生态系统是人类为满足生存需要，干预自然生态系统，依靠土地资源，利用农作物的生长繁殖来获得物质产品而形成的人工生态系统。物种往往单一，在抵御外界的突发灾害时表现出较强的脆弱性，自我恢复能力较弱。同时，在人类的干扰中，为了追求产量的提高，往往忽视了农田生态系统中土地的天然营养组分，过多的施加化肥、农药，造成了土地自身板结以及面源污染。总体而言，从自然和人为的角度，农田生态系统的潜在风险源包括以下几个方面：

（1）过度施用化肥农药。以化肥农药土壤残留浓度计算。

（2）干旱灾害。以干旱等级、面积作为指标计算。

（3）洪涝灾害。洪涝灾害将对受灾农田产生严重破坏。造成受灾地区的土壤盐渍化，使农作物颗粒无收。以洪涝灾害的等级、面积作为指标计算。

（4）病虫害。由于农作物的物种单一，病虫害一旦发生，如不及时防治，极易扩散传播，造成大面积损失。以病虫害等级、平均面积作为指标计算。

（5）冰雹灾害。冰雹会对农作物造成毁灭性打击。以冰雹强度、面积作为指标计算。

（6）霜冻。霜期提前会扰乱农作物的成熟期生产，造成减产甚至绝产。以霜冻灾害等级、面积进行计算。

f. 城市生态系统

城市生态环境系统是一个时空复合体，城市环境问题的产生和发展具有固有的空间动力学背景和机制原理。空气污染、水污染、固体废弃物污染耳熟能详，而城市道路建设、建筑密度过大所造成的绿地不足、动物廊道破坏，严重影响了城市生态系统的群落及物种组成，同时，城市绿化需要而引入的外来物种正在将本地物种人为挤出生态系统，破坏了城市生态系统的物种多样性。特大自然灾害的侵袭也使得这个人工生态系统陷入混乱，短时间难于恢复。根据城市生态系统的特点，其主要风险源指标包括空气污染程度、水污染程度、固体废弃物污染程度、外来物种入侵频率及强度、台风频率及强度、洪水频率及程度、雪灾频率及强度、地震频率及烈度等。

还有两种较为特殊的区域复合生态系统类型，近年来也成为研究的热点。

g. 流域生态系统

流域生态系统是一个社会—经济—自然复合生态系统，具有生态完整性。当生态系统受各种自然或人为因素干扰，超过本身的适应能力时，必然会在某些方面出现不可逆转的损伤或者退化，具有脆弱性。由于人类对流域生态环境的破坏和对流域资源的过度开发和利用，流域水体受到的污染已越来越严重，从河流水库中超量引水使得河流本身水量无法满足生态用水的最低需求，水利工程导致自然河流的渠道化和非连续化，植被破坏、水土流失加剧、泥石流和洪水频度加大及程度的加剧，已严重影响流域生态系统的健康。其主要风险源及量化指标包括洪涝频率、干旱频率、风暴潮灾害频率、泥石流频率、油田污染、农田灌溉用水量比率、工业生活污染水域面积（重度、中度、轻度）和水利工程面积等。

h. 海洋生态系统

海岸带生态系统是人类最主要的自然资源提供者，每年提供的财富价值约为 126 000 亿美元。全球海岸带的面积仅占陆地面积的 10%，但生活在该区域的人口却占世界总人口的 60%。随着人口的增长与经济的发展，人类不断加大对海洋资源的开发强度，同时又大量向海洋排放污染物。全球范围内的海岸带生态系统正遭受着前所未有的强烈扰动（养殖、捕捞、排污、港口、航运、疏浚等），并且已经呈现出生产力下降、生物多样性降低以及水质富营养化等严重的生态和环境问题。《千年生态环境评估报告》指出，过去 50 年中，由于人口急剧增长，人类过度开发和使用地球资源，一些生态系统所遭受的破坏已经无法得到逆转，在评估的 24 个生态系统中有 15 个（包括海岸带生态系统）正在持续恶化。

造成海洋生态系统潜在的风险源指标包括海啸频率及强度、赤潮面积、过度捕捞、滨海旅游、填海面积、海中建筑面积、近海营养物浓度等。

2. 风险受体指标体系

在区域综合生态风险评价中，生态指数反映区域中各个生态系统的地位和功能，是对区域内各种生态系统结构、功能、稳定性、可持续性和抵御干扰能力的量化和比照。在全国尺度下构建综合生态风险评价指标体系，要兼顾不同区域的生态系统差异性，评价中采用反映生态系统活力、组织结构、恢复力、生态系统功能维持四个方面要素的构建指标体系。活力是指生态系统的能量输入和营养循环容量，具体指标为生态系统的初级生产力和物质循环。组织结构是指系统的物种组成结构及其物种间的相互关系，反映生态系统结构的复杂性。恢复力是指胁迫消失时，系统克服压力及反弹回复的容量。生态系统功能维持是指生态系统提供并维持其功能的能力。

1）陆地生态系统

a. 森林生态系统

中国第五次森林资源清查结果显示，截至 2000 年，森林的空间分布差异很大，主要分布在东南地区、西南地区、内蒙古东部地区和东北三省。仅黑龙江、吉林、内蒙古、四川、云南五省（自治区）的森林面积和蓄积量就占全国的 41.27% 和 52.44%。森林覆盖率有所增长，与第四次清查结果相比，郁闭度在 0.2 以上的森林覆盖率由 15.12% 增长到 16.55%，但郁闭度 0.3 以上的有林地覆盖率却由 13.92% 下降到 13.22%，郁闭度为 0.2～0.3 的林分面积占林分总面积的 20.1%。另外，中国林地出材率低，人工林经营效益差，大部分森林经营粗放，幼龄林、中龄林面积分别占森林总面积的 36.83%、34.29%。

森林生态风险评价是描述和评价人为活动、自然灾害和环境污染等胁迫因子对森林生态系统结构和功能、森林生态系统的健康状况产生不利影响的可能性和危害程度的评估。其主要的评价指标考虑自然和人为两个风险源因素，以及反映森林生态系统组织结构和功能的主要指标。从构建生态风险评价指标体系的角度出发，从以下四个方面进行描述（表 3-2）。

表 3-2　森林生态系统生态指数评价指标

评价要素	评价指标	初级指标	指标说明
活力	生理要素	呼吸速率/[mg(μl)/(h·g)]	呼吸速率可通过测量获得
		光合速率/[mg(μl)/(h·g)]	光合速率可通过测量获得
		生物量/t	生物量可通过测量获得
组织结构	生态结构	生物多样性	森林群落物种的多度
		植被结构	森林群落中物种的丰富度
		植被类型	根据自然地理位置和植被特点判断其植被类型,如温带落叶阔叶林
		林龄结构	不同林龄面积百分比。分幼、中、近、成、过熟林五种不同林龄的森林面积。森林经营工作中,按一定的主伐年龄,对龄级比主伐年龄高一个龄级的林分为成熟林;更高的林分为过熟林;主伐年龄以下的林分为近熟林;剩下的龄级,一半为中龄林,一半为幼龄林。幼龄林为造林开始到开始郁闭的时期及其后面的两个龄级的林分
		死亡率/%	
		郁闭度/%	森林中乔木树冠遮蔽地面程度
	自然结构	森林覆盖率/%	森林面积占土地面积的百分比
		水土流失量/km²	不同侵蚀模数的水土流失面积
	社会结构	人类活动强度/(人/km²)	以人口密度来表示
	经济结构	森林旅游收入/万元	森林接待游客收入单位面积的森林旅游收入
恢复力	环保投入	环保专项资金投入/万元	单位面积环保专项资金投入
	自然度	廊道密度/(km/km²)	单位面积的廊道长度
		天然林比例/%	郁闭度 0.2 以上的天然起源的林分占森林总面积的比例
生态系统功能维持	生产能力	活立木蓄积量/%	目前林区活立木蓄积量
		林区采伐量/t	20 世纪 70 年代、80 年代、90 年代林区采伐量的平均值
	生存质量	土壤营养含量/%	土壤中各种营养元素的含量比率

（1）活力。选择呼吸速率、光合速率和净初级生产力（NPP）对生态系统的能量输入和营养循环容量进行量化。

（2）组织结构。从自然结构、社会结构、生态结构和经济结构四个方面综合衡量系统的复杂性。其中生物多样性、植被结构、植被类型、林龄结构、郁闭度、森林覆盖率等均作为初级指标量化森林生态系统的综合特征。

（3）恢复力。选择环保投入和自然度作为量化系统恢复力的标准。

（4）生态系统功能维持。选择能够反映生态系统为人类提供的生产能力的指标,即活立木蓄积量和林区采伐量,同时,反映生态系统自身生存状态的土壤营养含量也列入其中。

b. 草原生态系统

截至 2007 年年底,中国草原面积共 400 万 km²,比 2000 年的 300.27 万 km² 增加了近

100万 km²。但在2000年以前，草地面积大幅锐减，这也是实行禁牧和轮牧政策的主要原因。但中国草地可利用面积比例较低，优良草地面积小，草地品质偏低；天然草地的面积逐步减少；草地载畜量下降，普遍超载放牧，草地"三化"（退化、沙化、盐渍化）面积不断扩展。草地质量也在不断下降，表现在草地等级下降，优良牧草的组成比例和生物产量减少，不可食草和毒草比例和数量增加等方面，也由此导致草地承载力持续下降。

草原生态系统状态指标是指其内在的生态系统的稳定潜力恢复指标。在进行草原生态系统风险评价时，除了要考虑草原生态系统特殊的自然地理条件、植被类型以及敏感因素，还应考虑草原对于人类的多种服务功能，包括草地生态系统涵蓄水源、保持水土、抵御诸如沙尘暴等自然灾害、减少 CO_2 等温室气体和维持养分循环等环境公益价值以及维持草原文化、草原生态旅游与休闲娱乐、草地生物多样性或基因库和科学研究等社会公益价值。

在选择指标时依然从活力、组织结构、恢复力和生态系统功能维持四个方面进行度量。其具体内容和测量方法如表3-3所示。

表3-3 草原生态系统生态指数评价指标

评价要素	评价指标	初级指标	指标说明
活力	生理要素	草原初级生产力	直接测量获得
组织结构	生态结构	物种多样性	生物多样性指数
		覆盖度/%	草地面积占土地面积的百分比
		植被结构	群落中物种的丰度
		死亡率/%	死亡株树比率
	自然结构	草地退化面积/km²	草地生物量下降的退化草地面积
		草地沙化面积/km²	在天然草地利用状况统计中，一般可将发生退化的草地分为轻度退化草地、中轻度退化草地、中度退化草地以及重度退化草地，利用以上四种不同程度的草地沙化面积比例作为评价指标
		水土流失面积/km²	草地上由于水利侵蚀造成水土流失的土地面积
	社会结构	人类活动强度/（人/km²）	以人口密度来表示
恢复力	天然度	天然草地面积比例/%	天然草地以天然草本植物为主，未经改良，用于放牧或割草的草地，包括以牧为主的疏林、灌木草地
		人工草地面积/km²	人工方式种植的草地面积
		廊道密度/（km/km²）	单位面积草地上道路长度
	环保投入	治沙、种草投入/（万元/km²）	单位面积草地环保投入
		草地灌溉率/%	灌溉能够充分满足的草地面积比例
		轮牧草地面积/km²	进行轮牧的草地面积
生态系统功能维持	生产能力	可利用草场面积/km²	草地总面积乘以草地可利用系数所得面积
		枯草期保存量/t	近5年内，在枯草期时，草场保有的平均草量
		牧草生产旺季产草量/t	近5年来，草地在生长旺季时的平均产草量
	生存状态	土壤含水量/（kg/m³）	土壤中水分含量能够满足草类生长需要的程度

（1）活力。代表草原的功能。草地生产力越高，新陈代谢和物质循环越快，活力就越高。一般可以用草原初级生产力来表示，通过直接测量获得。

（2）组织结构。草地的结构。草地的组织结构越优化，就越健康。组织结构指生态系统复杂性，通常随物种数量、种类及相互作用（如共生，竞争）的复杂性增加而增大。而受放牧和割草等严重干扰的草原生态系统通常会出现物种丰富度降低，共生关系减弱以及外来种的入侵机会增加等症状。定量测定组织结构的难度很大，应在系统的野外调查和长期的定位监测的基础上，通过网络分析和模型研究，系统分析草原生态系统多样性组成及各组分间的相互作用和依从关系，而且还包括它们与无机环境的相互作用。

（3）恢复力。草原生态系统对胁迫的抗御能力或反弹能力，包括生产力和结构（物种组成）的恢复。可以代表典型草原生态系统恢复程度的大针茅、羊草物种数量和地上生物量与表示一般退化程度的冷蒿、糙隐子草物种数量和地上生物量之间的比例来衡量处于不同演替阶段草原生态系统群落的恢复能力。

（4）生态系统功能维持。是指草原本身为人类提供的服务功能及为群落提供的生存环境，包括产草量、土壤水分等指标。

c. 湿地生态系统

近年来，中国大面积的天然湿地被人工湿地所替代，天然湿地大面积消亡，主要表现为农业耕地代替天然湿地、人工渠道代替天然河流，人工水库代替天然湖泊。1949～1998年，三江平原实地面积从 53 400 km^2 减少到 11 300 km^2，锐减了 79%。石油开发和填海造陆等人为活动导致中国滨海湿地丧失严重。据初步估算，中国累计丧失滨海湿地面积约 21 900 km^2，占滨海湿地总面积的 50%。湿地面积减少，导致湿地功能不断下降。主要表现为水源涵养和调节能力下降，使得旱涝灾害加剧。

湿地生态系统是一个复杂的非线性动态过程系统，处在不断发展变化中，影响因素众多，且其内部各组成要素之间以及各要素与外部环境之间存在相互制约、相互作用的复杂关系，每一个系统均有一定的变化容量来吸收人类造成的压力，保持它自身必要的生态过程和功能。

亦可以从活力、组织结构、恢复力、生态系统服务功能维持四个方面建立指标体系（表3-4）。

表 3-4   湿地生态系统生态指数评价指标

评价要素	评价指标	初级指标	指标说明
活力	生理要素	河岸及河床边缘植被	主要研究植被受干扰状态及丰度变化，定性与定量相结合
		生物量/t	以植物年均地上生物量来计算，求其历史时段内的变化程度
组织结构	生态结构	动物个体尺度	以鱼类个体的平均尺度或大小同原始资料记录相比较的变化率衡量
		植物个体尺度	以优势植物的平均高度同历史资料记录的数据相比较的变化率衡量
		物种多样性	湿地动植物物种多样性指数，某类湿地生态系统物种数量占所有生物地理区（如评价三江平原上的湿地，生物地理区就指三江平原）湿地植物种数的百分比表示

续表

评价要素	评价指标	初级指标	指标说明
组织结构	自然结构	湿地退化面积/km²	以现有湿地面积内退化湿地面积的百分比表示
	社会结构	周边人口素质/%	以初中以上文化程度人口数量占周边人口数量的百分比来表示
		人类活动强度/(人/km²)	以人口密度来表示
		农业生产污染指数	化肥、农药使用强度和利用率，以每平方米的化肥、农药使用量来计算
	经济结构	物质生活指数	以人均收入水平统计
恢复力	自然度	河道及湖泊水质	以《地面水环境质量标准》中Ⅲ类水质标准评定
		人工湿地面积/km²	主要是指水田、水库等面积
		天然湿地面积/km²	主要是指沼泽地、湖泊、滩涂（包括海涂）等面积
		天然湿地面积减少率/%	因围垦、泥沙淤积等因素而造成的天然湿地消失面积占原有天然湿地总面积的百分比
		廊道密度/(km/km²)	单位面积草地上道路长度
	环保投入	环保专项资金投入/(万元/km²)	单位湿地面积上的环保投入资金
		湿地恢复面积/km²	天然湿地遭受破坏后，经人工的或天然的过程而得以恢复原有类型和功能的湿地面积
	废物处理	废物处理或净化率/%	以废物处理率或净化率的变化表示
生态系统功能维持	生产能力	洪水调蓄/%	防洪附加费的增加率表示
		物质生产功能/%	包括渔业资源、芦苇等，以年收获量变化率表示
	生存状态	遗传资源	以濒危野生动植物的数量表示
		栖息地/%	野生动物栖息地和育雏地，以破坏或退化率表示
		提供灌溉用水/km²	以灌溉面积表示

d. 荒漠生态系统

中国的荒漠生态系统所在区域经济发展较为落后。由于受自然条件的制约，大多数居民集中分布于绿洲、河谷、山前平原等地带，广大的荒漠、戈壁和草原地区人烟稀少，而不少绿洲农耕区人口密度超过全国平均水平，有的高达 500 人/km²，超过了干旱和半干旱地区人口的理论承载极限。荒漠生态系统因发育在降水稀少、高强度蒸发、极端干旱环境下，属植物群落稀疏的生态系统类型。其特点是水热因子极度不平衡，以干旱、风沙、盐碱、粗瘠、风沙剧烈为显著特征，形成由内陆河、湖泊、山地、绿洲和荒漠组成的区域景观特征。荒漠生态系统的主要功能包括保留养分、维持水分循环和生物多样性。

依据综合生态风险评价的指标体系标准，从生态系统活力、组织结构、恢复力和生态系统功能维持四个方面构建荒漠生态系统综合生态风险评价状态指标（表3-5）。

表 3-5　荒漠生态系统生态指数评价指标

评价要素	评价指标	初级指标	指标说明
活力	生理因素	生物量/t	荒漠生态系统的生物量，直接测量获得
组织结构	生态结构	群落指标	动植物优势种优势度
		种群指标	种群的年龄结构
		生物多样性	生物多样性指数
		植被覆盖度/%	荒漠生态系统中植被面积占土地面积的百分比
	自然结构	裸露地表/%	裸露地表占土地面积的百分比
	社会结构	人口活动强度/(人/km^2)	以人口密度来表示
恢复力	自然度	植被更新能力	种子及繁殖体的数量
	环保投入	治沙投入/(万元/km^2)	单位面积上的治沙投入
生态系统功能维持	生产能力	药材、薪柴、食物/(万元/km^2)	单位面积的产值
	生存状态	土壤水分含量/t	土壤为植被生长提供所需的水分支持的能力

2）水域生态系统

a. 流域生态系统

据《全国生态现状调查与评估》，截至 2001 年，全国各大水系中上游水土流失严重，致使下游河流泥沙含量普遍较高，泥沙淤积，河床升高，过水断面减小。黄河、长江、淮河和海河流域均已出现了地上悬河现象。且主要江河水污染严重。2001 年，包括淮河、海河、辽河、长江、黄河、松花江和珠江在内的七大水系 449 个国控断面中，31.4% 断面满足 I～III 类水质要求，30.7% 断面为 IV 类、V 类水质，35.2% 的断面为劣 V 类水质。与2000 年相比，I～III 类水质断面比例下降 23.6%，而 V 类和劣 V 类水质断面比例增加23.2%。因此，对于流域生态系统进行综合生态风险的研究势在必行。

在进行流域生态系统状态评价时，选择活力、组织结构、恢复力和生态系统功能维持四个生态系统度量来反映生态系统自身的结构和功能。其中以初级净生产力 NPP 表征活力，组织结构依然采用生态结构、自然结构和社会结构的指标，包括生物多样性、群落和种群特征、径流量等。而恢复力的指标则采用自然度和环保投入中的富营养化、污水治理投入等指标，体现其恢复能力的强弱。生态系统功能维持中也将生产能力和生存状态纳入到考虑的框架体系中（表 3-6）。

表 3-6　流域生态系统生态指数评价指标

评价要素	评价指标	初级指标	指标说明
活力	生理因素	生物量/t	净初级生产力（NPP）
组织结构	生态结构	生物多样性	生物多样性指数
		群落指标	优势种的种群优势度波动
		种群指标	动、植物个体尺度
		岸边植被结构指标	上层林木、下层林木、地被植物的密度与自然状态的比较

续表

评价要素	评价指标	初级指标	指标说明
组织结构	自然结构	年径流量/%	年径流变化率
		岸边植被宽度/km	岸边植被宽度与自然状态的比较
		河床淤积/t	河床淤泥量
		岸坡稳定性/t	岸坡下滑、塌陷的土石量
		湿地面积/%	湿地面积变化率
	社会结构	人均供水量/t	为人类提供的人均淡水资源量
		城市化比率/%	流域内的城市化比率
		工业、生活污水排放量/t	工业、生活污水排放量
		人口活动强度/（人/km²）	以人口密度来表示
恢复力	自然度	岸边植被乡土种覆盖比例/%	岸边植被中乡土种占总种数的比例
		富营养化程度/t	富营养水生生物的生物量
	环保投入	污水治理投入/（万元/km²）	单位面积的污水治理投入
生态系统功能维持	生产能力	提供原材料的食品生产量/万元	提供的食品生产量的经济收入
	生存状态	水质类别	以水质类别标准进行判定
		栖息地/%	栖息的动物物种减少率
		土壤有机质/t	流域中土壤的有机质含量

b. 海洋生态系统

由于城市建设不断逼近海洋以及海防工程的修建，人工占用海岸带长度和宽度不断增加，海岸带的自然属性正在消失。以山东省为例，与1986年相比，2000年沿海7个城市海岸工程占用海岸线长度增加了54%，如青岛增加了82%，其中水产、港口运输、盐业、经济开发区四项占用了海岸线的86.5%，只有13.5%处于天然和半天然状态。由此导致一系列问题。由于输沙量的减少，人工滥采海滩沙以及海平面上升等原因造成海岸蚀退现象明显，环境影响严重。海岸侵蚀常常破坏沿海防护林带、滨海公路、桥梁等工程及海岸带生态，造成海水倒灌、农田受淹、土地盐碱化，加剧港口淤积及沿海风沙。海岸带资源破坏严重，滩涂面积急剧缩小。中国红树林主要分布在广西、海南、广东和福建等沿海。历史上，中国红树林面积达2500 km²，近40年来，人工围垦已导致中国50%滨海滩涂消失。近海养殖及陆源污染导致入海河口及近岸海域水质下降，赤潮发生频率增大。

影响海洋生态的因子很多，也很复杂。在确定评价因子时，着重考虑了与海洋生态系统程度关系密切的因子。

（1）活力因素中，主要考虑三个因子：单位养殖容量、单位渔获量和初级生产力，目的是判断系统的活力特征。

（2）组织结构因素则将生态结构、自然结构、社会结构、经济结构的因素均作考虑，其中具体指标由物种多样性指数、化学耗氧量、人口密度、近海旅游收入等构成。

（3）恢复力则主要将污染治理投入作重点分析。

（4）在生态系统功能维持方面的影响因素亦从生产能力和生存状态进行描述，具体指标包括水质、近海鱼类理论产量等五个指标（表 3-7）。

表 3-7　海洋生态系统生态指数评价指标

评价要素	评价指标	初级指标	指标说明
活力	生理因素	单位渔获量/(t/km²)	单位水体渔业产量
		单位养殖容量/(t/km²)	单位水体的理论养殖产量
		初级生产力/(t/km²)	单位水体中海底植物的生物量
组织结构	生态结构	浮游植物物种多样性指数	
		浮游动物物种多样性指数	
		底栖生物物种多样性指数	
	自然结构	化学耗氧量/(mg/L)	
		溶解氧/(mg/L)	
	社会结构	人口活动强度/(人/km²)	以人口密度来表示
	经济结构	近海旅游收入/万元	旅游收入产值
恢复力	环保投入	污染治理投入/(万元/km²)	
生态系统功能维持	生产能力	近海鱼类理论产量/(t/km²)	
	生存状态	COD 环境容量	
		无机氮环境容量	
		无机磷环境容量	
		水质	
		有毒物浓度的空间分布/km²	

3）人工生态系统

a. 农田生态系统

中国耕地的特点是人均占有量小，利用强度大，复种指数高。近年来，耕地面积急剧减少，耕地质量不高、退化严重，一度威胁粮食安全。截至 2007 年，中国耕地面积 1 217 800km²，比 2000 年的 1 282 400 km² 减少了 64 600 km²，减少幅度达到 5.03%。这对于中国人多地少的局面无疑是雪上加霜。生态退耕、农业产业结构调整、建设占用、自然灾害损毁、环境污染等是导致中国耕地面积锐减的直接原因，这已成为大家的共识。同时耕地的频繁转入转出也加速了耕地的退化。

农田生态系统是由农作物及其周围环境构成的物质转化和能量流动系统，是在自然生态系统的基础之上，叠加了人类的经济活动而形成的更高层次的自然与经济的统一体，具有自然和社会的双重属性。农田生态系统与自然生态系统的本质区别在于自然演替的进程被人为截断，人为干预是为了获得更多有益于人类自身的净产出。评价农田生态系统状态从活力、组织结构、恢复力和生态系统功能维持四个方面构建指标体系（表 3-8）。

表 3-8　农田生态系统生态指数评价指标

评价要素	评价指标	初级指标	指标说明
活力	生理要素	生物量/t	以植物年均地上生物量来计算，求其历史时段内的变化程度
		光热水效率/%	光热水的利用效率
组织结构	生态结构	生物多样性	生物多样性指数
		品种结构	品种构成
		株高/m	测量的植株平均高度
		幅宽/m	作物的种植单元宽度
		农田景观格局	农田景观的格局指数
	自然结构	土壤退化度/%	退化土地占农田比率
		土壤有机质含量/%	土壤中有机质含量变化率
		土壤重金属含量/%	土壤中重金属浓度与正常浓度比较
		农药残留/%	农药残留浓度
		水土流失面积/%	水土流失面积占农田总面积比率
	社会结构	劳动力素质/%	初中以上教育水平的劳动力比率
		科技进步贡献率/万元	科技进步的投入资金
		人类活动强度/(人/km²)	以人口密度表示
恢复力	环保投入	治沙、治水的投入/万元	环保投入中的治沙、治水投入
生态系统功能维持	生产能力	土地生产率/%	土地产出投入比
		劳动生产率/(万元/人)	单位劳动力的产出
	生存状态	土壤水分含量/%	土壤中水分含量变化率
		水体质量	灌溉水源水质类别

b. 城市生态系统

随着中国进入快速城市化阶段，城市占地面积不断扩大，但理论上与建设同步进行的自然系统配套工程却是差强人意，主要存在以下五个方面问题：①目前城市人均公共绿地面积有所增长，但城市化和小城镇建设过程中，城镇自然生态系统面积减少，人工生态系统自我调节能力差、功能低，维持费用高；②大部分城市空气质量处于较重污染水平，重点地区酸雨污染严重，部分城市酸雨污染呈加重趋势；③城市道路交通噪声及区域环境噪声污染不容忽视，城市噪声扰民现象较为普遍；④城镇化环保基础设施滞后，生活污染物处理量低于产生量，直排量有增无减；⑤大中城市气温不断上升，热岛面积不断扩大。

城市生态系统由城市化地区、郊区农业区和自然景观区组成，是一个社会-经济-自然的复合生态系统，与自然生态系统有着许多差别。广义地说，城市社会、经济发展水平的各种指标都可看做城市生态子系统的指标，但反映一个城市的生态化水平，主要体现在社会、经济子系统和自然子系统的协调，以及对社会经济发展的可持续支持能力，将人类活动对自然的破坏程度降低到最低，保持资源的可持续利用，以及物质、能量、信息流动的合理、高效，以及资源的可持续利用。

考虑到城市生态系统受到的人为干扰最大，其评价指标体系亦十分复杂，基于城市规划和设计中的生态风险问题，在生态受体指标中从活力、结构功能、恢复力和生态系统功能维持四个基本方面进行设定（表3-9）。

表 3-9　城市生态系统生态指数评价指标

评价要素	评价指标	初级指标	指标说明
活力	经济生产力	人均 GDP/万元	
		人均财政收入/元	
		GDP 平均增长率/%	
		居民人均年收入/元	
	能耗效率	单位 GDP 能耗/t	每万元 GDP 所消耗掉的能源
	物耗效率	单位 GDP 水耗/t	每万元 GDP 所消耗掉的水资源量
组织结构	生态结构	物种多样性/%	
	自然结构	森林覆盖率/%	
		建成区绿化覆盖率/%	
		自然保护区覆盖率/%	
恢复力	环境废物处理指数	城市生活污水处理率/%	
		工业废水排放达标率/%	
		城市生活垃圾无害化处理率/%	
	物质循环利用情况	工业固废综合利用率/%	
	环保投资指数	环保投入占 GDP 比例/%	
生态系统功能维持	环境质量状况	水环境质量指数	反映水体污染现状和主要污染因子
		空气污染指数	将常规监测的污染物浓度简化为单一指数值
		环境质量综合指数	依据某种环境标准求出的环境质量的数值
		城市绿地人均面积/m²	
	生活便利程度	人均住房面积/m²	
		人均道路面积/m²	
	人群健康	恩格尔系数/%	食品支出总额占个人消费支出总额的比例
		老龄人口比例/%	60 岁以上的老年人口占总人口的比例

3.2　综合生态风险评价技术标准

由于不同强度和频率的风险源作用于同一生态系统造成不同的不利影响；相同强度和频率的风险源作用于不同的生态系统，由于系统本身抗逆能力的差异，亦会产生不同的生态效应。因此有必要对风险源、生态现状及其风险源干扰下生态响应进行量化分级，建立综合生态风险评价技术规范和技术标准体系。

3.2.1 综合生态风险评价技术标准构建的内容

根据文献综合和数据整理的结果，参考相关研究成果和专家经验，借鉴国内外实行的行业规范，运用适当的阈值确定方法，制定综合生态风险评价的技术规范和技术标准，进而建立评价的标准体系。

综合风险评价标准体系的构建主要包含三个方面的内容：风险源标准体系、生态现状评价和生态效应标准体系。

1. 风险源标准体系

风险源标准体系往往与表征风险源强度和发生概率的指标体系相对应，其实质是对反映风险源特征的不同指标进行量化分级。主要根据现行的国家、行业和地方颁布的标准以及运用调查、试验和数理统计等方法，对各种自然和人为风险源的作用强度和频率进行等级划分，构建全面的、相对通用的各类风险源等级划分标准。

2. 生态现状评价和生态效应标准体系

生态现状评价和生态效应标准体系与上述指标体系构建中生态指数和生态脆弱度是相对应的，其实质是对两者进行计算、量化和分级。生态现状评价侧重于反映生态环境本身的质量；而生态效应标准体系实际上是风险源对生态系统结构和功能损害的一种度量和等级划分。

风险源对生态系统的作用过程与压力－状态－响应模型是吻合的，因此，可以将生态风险评价的过程整合到这一框架。区域生态风险评价将生态现状评价、生态脆弱性评价结合起来（图3-2）。

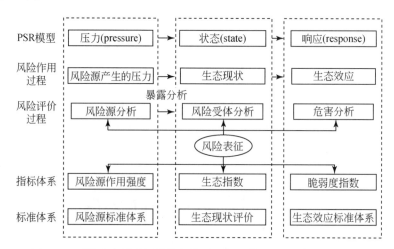

图 3-2 区域生态风险评价指标体系、标准体系和过程之间的关系

3.2.2　综合生态风险评价标准的确定方法

1. 指标标准的主要来源

指标的等级确定是生态安全风险研究中非常重要的环节，其确定是否科学合理，直接影响到评价结果的正确性。目前，评价标准的来源主要有：

（1）国家、行业和地方颁布的标准。国家标准是指国家已经发布的生态、环境质量标准，如农药安全使用标准、粮食卫生标准等。行业标准是行业发布的环境规范、规定、设计要求等。

（2）世界平均值、国家平均值或者国际公认值等。

（3）以未受人类活动干扰的相似的生态环境或者以相似自然条件的原生自然系统作为类比标准。

（4）相似条件下科学研究已经判定的保障生态安全的标准。

（5）著名出版物中被广泛引用的等级划分标准。

2. 指标阈值的确定方法

生态风险评价指标的阈值是判断该项指标是否存在风险以及风险大小的重要参数，指标的特性不同阈值也有所不同，阈值可以是一个确定的值，也可以是一个区间。在确定指标阈值时，除了借鉴其他学科，如环境科学、土壤科学、经济学等学科的研究成果外，目前可以参考的确定阈值的方法主要有以下几种。

1）经验法

各学科的工作者在长期的研究过程中，积累了大量的经验，在确定生态风险评价指标阈值时，部分指标可以通过参考相关学科或部门的专家对多年研究成果的总结，从而对生态风险评价的某些指标进行科学的判断，得出阈值。在采用经验确定阈值时，要根据不同专家的特点对不同方面的指标进行科学的判断。一般情况下，一个阈值的确定需要调查多个该领域的专家，最终通过一定的综合分析方法来确定该指标的阈值。但是，在特殊情况下，某领域最具权威的专家只有 1 或 2 个，在这种情况下，可以采用某位最具权威的专家的判断作为阈值。

2）调查法

生态风险评价各种指标阈值的确定需要通过对公众的调查才能得到，他们是生态风险的受体，生态风险作用的结果直接影响到他们的生产和生活。通过实地的调查，了解他们对于各种风险源的脆弱性以及环境方面定性和定量的判断，在分析总结的基础上确定这些指标的阈值。

3）统计法

统计分析也是确定生态风险评价指标阈值的重要手段。分析评价指标的历史数据，通过寻找趋势线的转折点、概率统计、聚类等数学分析方法确定评价指标的阈值。数据的可获取性和准确性是限制统计分析法使用的重要因素。

4）试验法

通过进行物理、化学、生物等试验可以直接确定某些指标的阈值，这方面可以借鉴其他学科的研究成果。

生态风险评价指标有很强的针对性，不同的生态系统有不同的评价指标，而不同区域的同一类型生态风险评价指标阈值也可能不同，因此在确定评价指标阈值时，要根据指标的特点同时采用多种方法综合确定。

3. 指标的量化分级方法

一般来说，指标的量化分级方法有商值法、专家咨询法、社会调查法等。

1）商值法

一般情况下，风险水平量度的指标可划分为正向指标和逆向指标等。正向指标的数值越大，风险越大。相反，逆向指标的数值越大，风险越小。对两种指标的规范化处理方法有所不同，如下所示。

正向指标，标准值为"安全值"：

$$r_i = \begin{cases} \dfrac{x_i \times 100}{z_i} & x_i < z_i \\ 1 & x_i \geqslant z_i \end{cases} \tag{3-1}$$

式中，r_i 为第 i 个指标的标准值；x_i 为第 i 个指标的实际值；z_i 为第 i 个指标的基准值。

逆向指标，标准值为"安全值"：

$$r_i = \begin{cases} 1 & x_i \leqslant z_i \\ \dfrac{z_i \times 100}{x_i} & x_i > z_i \end{cases} \tag{3-2}$$

式中，r_i 为第 i 个指标的标准值；x_i 为第 i 个指标的实际值；z_i 为第 i 个指标的基准值。

2）专家咨询法

在缺乏统计数据和原始资料的情况下，征询有关专家的意见，对专家的意见进行统计、处理、分析和归纳，客观地综合多位专家经验与主观判断，对大量难以采用技术方法进行定量分析的因素作出合理的估算。

3）社会调查法

社会调查法可以分为两大类，一类是所谓的传统调查方法，即通过选取若干典型或个案，采用座谈会、交流会、讨论会、访问等方法搜集资料，通过综合被调查者的回答，主观地对各种指标进行量化分级；另一类是所谓的现代调查方法，主要为问卷调查方法，即通过问卷来收集第一手的数据资料，并利用基本的数理统计分析来对指标进行分级评价。

除了上述方法以外，还可以借鉴其他学科，如环境科学、经济学等学科的研究成果和管理层访谈，数理统计法、概率统计法、试验法等。

3.2.3　综合生态风险评价标准体系

1. 风险源标准体系

风险源是指对生态系统产生不利影响的一种或多种化学的、物理的和生物的风险来源，包括自然风险源和人为风险源。自然风险源是自然界中物质运动变化的结果，如气象灾害、水灾害和地质灾害。人为风险源是由于人类活动造成的危害人类生命、财产、社会功能以及资源环境的事件或现象，如环境污染、开采等。

1）自然风险源

自然风险源主要是各种自然灾害（图3-3）。各个灾害管理部门和专家已经依据灾变指标对灾变等级进行划分，并制订了详细的标准。本研究描述了各种风险源的定义，定性分析了各种风险源对生态系统结构和功能的危害，整理了气象灾害、水灾害、地质灾害和生态环境灾害等灾变指标、灾变等级和灾变标准。各种自然风险源等级划分标准主要来源于国家、行业和地方颁布的标准。量化方法多采用概率统计法。

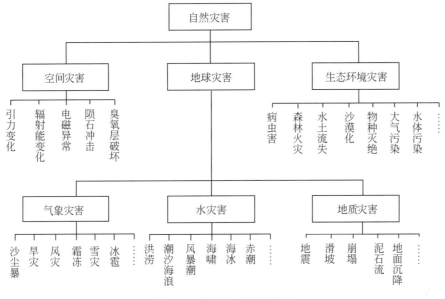

图 3-3　自然灾害分类体系

2）人为风险源

人为风险源主要是环境污染和资源开发诱发的各种灾害。研究过程中整理了水、大气、土壤等环境质量标准，作为单指标对生态系统影响的等级划分依据。等级划分方法主要有专家咨询法、公众问卷调查法等。资源开发主要诱发各种地质灾害，包括了地表岩土赋存环境变异引起的地质灾害；地质结构变异诱发的地质灾害；载荷超压引发的地质灾害。与自然因素诱发的地质灾害相比，虽然诱发动力不同，但可以用相同的标准予以衡量。

2. 生态现状评价和生态效应标准体系

生态现状主要包含了生物多样性、矿产资源开发状况、经济状况等，通过构建一系列可量化的指标来综合反映生态现状，如生物多样性指数、物种保护指数、自然度等。生态效应评价是要弄清评价单元的特点，全面准确反映生态环境现状、存在的主要环境问题以及生态响应等。生态效应标准是对各种风险源胁迫下的生态系统表现出来的易损性进行的量化和分级，如生态系统结构的变化，生态系统提供产品和服务能力变化等。生态现状评价与生态效应标准体系建立实质上就是对区域综合生态风险的受体进行标准体系的构建。

1）生态现状评价

相同强度和频率的风险源作用于不同的生态区，对该区的生态结构和功能产生不同强度的危害。除受风险源特点的影响外，还受到生态区自身特点的影响。不同的生态区域在维护生物多样性、保护物种、完善整体结构和功能、促进景观结构自演替等方面的作用是有差别的。有的生态功能区较为脆弱，对外界干扰比较敏感，在风险源作用下极易受到损害，而另一些功能区抗逆能力较强，在相同的风险源作用下仍能保持其基本的功能。因此，认识某一生态区的生态现状，对于区域生态风险评价是重要的，也是必要的。其常见的评价方法有以下几种。

a. 景观生态学方法

景观生态学从空间结构分析和功能稳定性来评价生态现状及脆弱程度。基质、斑块和廊道之间的组合构成了景观格局，格局和过程相互作用，可以通过分析景观格局和过程的变化来揭示组成景观的生态系统的抵抗力、恢复力等。这种分析方法常用景观格局指数及其所表示的生态意义来表征生态现状和脆弱性大小。

景观格局指标可分为三大类：斑块级别（patch level）指标、斑块类型级别（class level）指标和景观级别（landscape level）指标。斑块级别指标反映景观中单个斑块的结构特征，也是计算其他景观级别指标的基础。斑块类型级别指标反映景观中不同斑块类型各自的结构特征。景观级别指标反映景观格局的整体特征。主要的景观格局指数包括斑块类型面积（CA）、斑块数目（NP）、斑块所占景观面积比例（PLAND）、景观多样性指数（SHDI）、景观优势度指数（D_o）等。

b. 模糊综合评价法

模糊评价的基本思路是由监测数据建立各因子指标对各级标准的隶属度集，形成隶属度矩阵，再把因子权重集与隶属度矩阵相乘得到模糊集，获得一个综合评判集，从而得到生态现状或脆弱性对于各级标准的隶属程度，实现对评价单元进行量化分级。模糊综合评价法的方法与步骤如下。

（1）设定两个有限论域

$$U = \{u1, u2, \cdots, un\} \tag{3-3}$$
$$V = \{v1, v2, \cdots, vn\} \tag{3-4}$$

式中，U 为综合评判所涉及的因素集合，即参加生态现状评价所选定的因素；V 为最终评语所组成的集合。

取 U 上的模糊子集 A 和 V 上的模糊子集 B，通过模糊关系矩阵 R，则有如下模糊变换

$$B = AR \tag{3-5}$$

式中，A 为各生态环境指标的权重；R 为各生态环境指标实测值对于各级生态环境质量的隶属度。

（2）确定 R。将模糊数学应用于生态现状评价时，以隶属度来描述生态环境质量的模糊界限，各生态指标的单项指标（Xi）对各生态环境质量级别（Ci）的隶属度所构成的矩阵，即为模糊关系矩阵 R，隶属度可用隶属函数来表示。求函数的方法很多，如中值法和按函数分布形态曲线求隶属函数法（如降半梯形分布法）。

（3）权重因子 A 的确定。在综合评价中，考虑到各单项指标高低差别，影响生态环境质量的程度是不一样的，因此对各单项指标要给予一定的权重值。

（4）模糊矩阵的复合计算。有两个矩阵 R（评判矩阵）和 A（权值矩阵），可得到模糊子集 B（$B = AR$），即可进行判定。模糊矩阵的复合运算类似于普通矩阵乘法，只是将普通矩阵乘法中的"×"改变为"∧"，将加号改为"∨"即可，"∧"意为两数之中取小的，"∨"意为两数之中取大的。

c. 综合指数评价法

对影响生态现状或生态脆弱性的多个因素通过某种数学方法进行集合，计算生态指数或者生态脆弱度指数。主要包括指标权重的确定，指标归一化，计算生态指数或生态脆弱度指数，划分生态现状质量或脆弱性等级，如可将脆弱性分为严重脆弱区、高度脆弱区、中度脆弱区、低度脆弱区和一般区域。

此外，生态现状和生态脆弱性的分级评价也可借助社会调查法和专家咨询法来实现。

2）生态效应标准体系

在不确定风险源的作用下，可能会对区域生态系统结构和功能产生损害。生态效应等级是风险源对生态系统结构和功能损害的一种度量。生态效应出现在不同组织水平上，如个体水平上，死亡率和存活率的变化；种群水平上，种群密度和年龄结构等的变化；群落水平上，生物多样性的变化；生态系统和景观水平上，生态系统服务功能等的变化。生态效应既包含了在目前科学技术水平下可以检测的各种变化，也包括了目前条件下无法理解的一些过程。在区域生态风险评价时，考虑到数据的可获取性，生态效应评价主要集中在可识别的生态效应上。同时考虑到生态风险评价是为管理服务的目标，生态效应的选取应该考虑到各方的利益以及涉及人类福利的生态系统服务功能。

生态风险评价要对各种风险源胁迫下的生态系统可能的响应进行分析和预测，如生态系统提供产品和服务的能力变化，生态系统的敏感性和恢复力变化等，实质上是对生态环境进行脆弱性评价。生态环境脆弱性评价就是指在区域层次上，对生态环境的脆弱程度做出定量或者半定量的分析、描绘和鉴定，将评价的结果作为生态效应在区域尺度上分级度量的标准。

在评价过程中，评价方法的选择也十分关键，应根据指标的不同特征和数据的特点来选择能够表现系统特征的评价方法。生态环境脆弱性评价方法很多，评价区域涉及干旱地区、岩溶区域、江河流域、山区、湖泊、湿地等，但目前尚未形成一种大家一致认可的评价方法。无论评价采用何种方法，都必须经过三个步骤：①选择建立评价标准体系；②确定指标体系中各因子权重；③利用数学原理分析计算。一般来说，数学统计法包括层次分析法（AHP）、关联评价法、模糊分析法、主成分分析法等。

a. 层次分析法（AHP）

AHP 计算过程简单，在系统评价及宏观决策方面应用广泛，此方法可根据脆弱生态环境的特点选择不同的环境影响因子、权重及评分等级，可用于脆弱生态环境脆弱度比较。生态环境脆弱性评价过程中指标系统的各个因子权重的确定采用层次分析法，即在一个复杂的系统中，通过构造判断矩阵求最大特征值的方法，将因素之间的关系条理化，以区别各因素的地位及重要性，最后将各因子实际脆弱值与权重值加权，得到生态环境脆弱性综合评价值。该方法计算过程简单，可以根据脆弱生态环境的特点选择不同的环境影响因子、权重及评价等级，应用范围广阔。

b. 关联评价法

生态环境脆弱度关联评价法是将牛文元计算生态环境脆弱性所用的集合论法、信息度量法进行修改得到的一种方法。不仅适用于一个生态系统中系统内部各自区域之间脆弱性的比较，而且适用于相邻生态系统之间的脆弱性程度的比较。

c. 模糊评价 – 隶属函数法

脆弱生态环境是一个多因素偶合的复杂生态系统，生态环境脆弱度的高低同时具有精确和模糊、确定与不确定的特征，有时可用精确的语言来表述，有时则需要用模糊的语言来表述。模糊评价可以用于省、区大范围脆弱性评价，也可以用于县、镇小范围的脆弱性生态环境评价，计算方法简单易行。缺点是采用均匀函数进行各指标的脆弱隶属度计算，对指标的脆弱性反应不敏感。具体步骤在生态现状评价方法中已经详细阐述。

3.3　区域生态风险评价模型

区域生态风险评价主要研究较大范围的区域中各生态系统所承受的风险，是生态风险评价的组成部分，与其他的生态风险评价原理相同，都是研究风险产生不利效应的可能性。与生态风险评价相比，两者在研究单元和方法等方面存在差异。已有生态风险评价对单风险源、单受体的评价研究较多，相应的模型也较为成熟，选择的评价单元多为某一物种或个体水平。区域生态风险的受体单元为更高层次的生态系统或景观单元，其结果对区域管理更具有现实的指导意义。近年来，出现了许多区域生态风险评价模型。概括而言，一个完整的模型包括评价的技术路线和具体技术方法两部分。

3.3.1　区域生态风险评价的技术路线

区域生态风险评价是在区域尺度上描述和评估环境污染、人为活动或自然灾害对生态系统及其组分产生的不利作用的可能性及其大小的过程。在区域生态风险评价中，研究的风险源为多个，局地接受的多个压力在一个区域内可综合成为严重的环境问题，从而在区域尺度上形成大的效应，决定了区域生态风险评价的重要性和复杂性。区域生态风险评价的任务是综合单项活动的效应，在系统或区域水平上评估生态风险，为实施减轻或规避风险的调整和补救措施提供参考。通过研究分析国内外具有代表性的生态风险评价的方法，构建了相对完善的区域生态风险评价的技术路线（图3-4）。

1. 区域生态风险管理目标的确定

区域生态风险评价需要一个要求明确的总目标和评价计划，以确定评价目标、范围和复杂性，生态风险管理者和评价者必须就以下方面达成一致：建立统一、清晰的管理目标，便于风险评价者将其转化成可度量或估计的生态值；确定评价目标的必要性、范围、时间；考虑达到目的的资源有效性，包括所需信息和数据，可投入的人力、物力，可采用

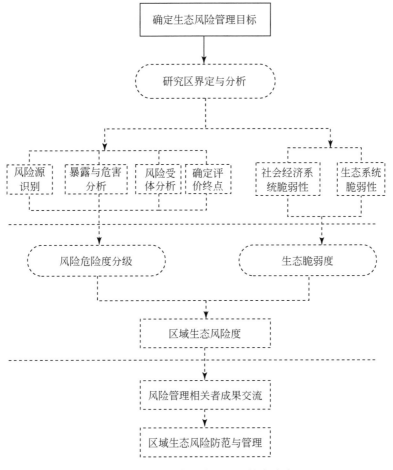

图 3-4　区域生态风险评价的技术路线

的技术方法等；综合生态系统特点、法律法规要求来解释评价目标。

2. 研究区的界定与分析

区域生态风险评价必须基于对区域的充分认识。区域是指在空间上伸展的非同质性的地理区。依据管理目标和要求，根据评价目的和可能的风险及终点，恰当而准确地界定研究区的边界和时间范围，根据可获取的数据图形文字资料，加上野外调查，对研究区自然、人文、社会、经济条件形成全面认识，避免风险评价重要信息的遗漏，减少评价结果的不确定性。只有熟知评价区域的这些基本情况，生态风险评价才能顺利进行，评价结果也才更具有可信性。

3. 风险分析

风险分析包括风险源识别、暴露与危害分析、确定评价终点与风险受体分析四个部分。

1）风险源识别

与局地生态风险评价相比，区域生态风险评价涉及风险源数量多、作用区域广、影响的时间尺度也较长，既包括各种自然或人为灾害，也包括各种经济、政治和文化因素，增加了区域生态风险评价的复杂性。其中风险源识别应当遵循以下原则：

（1）全面性和层次性原则。由于区域生态风险评价所涉及的风险源是多样的，因此识别风险源时，一方面应该全面反映各项影响因素，另一方面要弄清楚各种风险源的相互作用关系，使其具有明确的代表性，能全面、客观地反映区域生态风险来源。

（2）可操作性原则。必须结合研究区的实际情况，考虑数据的可得性，尽可能对风险源进行定量化表征。对目前尚难以量化但又不宜舍弃的重要风险源，也必须借助专家咨询法、问卷调查法等社会学方法定性描述其作用范围、作用强度等指标。

2）风险受体分析

受体是风险承受者，在生态风险评价中指生态系统中可能受到来自风险源的不利作用的组成部分，它可能是生物体，也可能是非生物体。区域生态风险评价的对象是区域内的生态系统，可选取研究区生态系统中具有重要地位的关键物种、种群、群落乃至生态系统类型、生境作为风险受体，用受体的风险来推断、分析或代替整个区域的生态风险。这一过程主要包括以下方面：

（1）评价范围的确定。涉及研究对象边界范围的确定，实际工作中尽可能按自然属性进行划分如盆地、湖泊等，也可根据需要按行政区划分。

（2）生态系统调查。了解生态系统结构和功能特征，包括生物和非生物组分。可以借助定点观测、田野实验、问卷调查、实地访谈、部门走访等方式开展。力争获取研究区域生态系统一定时段内的状况资料，以便开展研究。

（3）选择和确定评价受体。对区域内的自然和人文要素进行研究和甄别，选择有关风险能够影响的客体，对其特征、生命过程和所需环境条件进行分析，确定为评价受体。

3）确定评价终点

评价终点或生态终点是与受体相关联的一个概念，是指生态系统受危害性和不确定性因素的作用而导致的结果。生态终点是管理目标和具体评价对象之间的转换。专家的判断及对生态系统功能和特征的了解，是将管理目标转化为有用的评价终点的关键。评价终点选择原则：

（1）生态相关性。必须反映系统的重要特性，与目标生物和生态系统有关。

（2）对已知和潜在压力的敏感性。须与实际存在的各种压力具有敏感的联系。

（3）社会相关性。能反映社会和人类的利益和关心程度。

（4）可测定性和可预测性。选择的评价终点须能够被度量和预测。

4）暴露与危害分析

暴露分析是研究各种风险源在区域中的分布、流动及其与风险受体之间的接触暴露关系。生态风险涉及的受体有不同层次和不同种类，它们所处的环境差异很大，如水生环境、陆生环境和其他特定环境等。由于暴露系统的复杂性，目前还没有一个暴露描述能适用所有的生态风险评价。危害分析是与暴露分析相关联的，它是区域生态风险评价的核心部分，其目的是确定风险源对风险受体的损害程度。区域生态风险评价中的暴露和危害分析是一个难点和重点。在进行暴露和危害分析时要尽可能地利用相关的信息和数据资料，弄清各种干扰对风险受体的作用机理，提高评价的准确性。

4. 风险度量

风险度量可分解为风险危险度分级与生态脆弱度分析两部分工作。

1）风险危险度分级

不同风险源在整个区域内的风险强度范围是不同的，区域内不同地点所受到的综合风险也有差别，结合研究区域生境特征，根据各风险源的强度和概率，对各潜在风险源进行分级，并做定性、定量分析和空间作用范围的确定。

2）生态脆弱度分析

生态脆弱性分析是对区域自然、社会、经济整体环境的综合概括，从压力和响应两方面开展评价工作。一方面考虑人类活动对环境的压力、社会经济发展对生态系统资源的需求压力，即社会经济脆弱度；另一方面分析生态系统自身的结构功能、抗干扰能力、人类采取的保护生态环境的积极措施、社会经济对损失的接受能力以及灾后反应能力，即生态系统脆弱度。

（1）社会经济系统脆弱性。社会经济系统脆弱性取决于区域发展的资源压力以及区域的防灾、救灾能力。区域社会经济条件越差，发展要求越大，对资源的需求量就越大，对资源的依赖性就越大，相对而言，就增大了生态风险；良好和谐的社会、经济、生产与生活秩序，不仅是生态安全的重要保障，还将减少风险发生后损失，同时可提高决策者的生态环境与发展综合决策能力和公众参与和监督的积极性。因此社会经济脆弱度是影响生态环境脆弱性的一个重要方面。

（2）生态系统脆弱性。生态系统脆弱性是关于生态系统的不利状态、人类活动对生态系统的破坏及压力和生态系统及人类对风险的控制响应能力的函数。对于未受人类活动影响的生态系统，其脆弱性取决于生态系统本身的结构功能和系统的恢复力。对于受人类活动影响的生态系统，其脆弱性还受到人类活动的影响，并且人类的干预对其脆弱度的高低起着很重要的作用。

5. 生态风险计算与制图

计算出区域的生态风险值，并针对其在区域的空间分布进行制图，作为风险防范与管理的依据。目前，从生态风险的不同角度分析，有不同的风险度表达式：

$$风险度 = 危险度 + 易损度 \tag{3-6}$$

$$风险度 = 概率 \times 损失 \tag{3-7}$$

$$风险度 = 风险度 \times 结果 \tag{3-8}$$

$$风险度 = 概率 + 易损度 \tag{3-9}$$

$$风险度 = 危险度 \times 易损度 \tag{3-10}$$

$$风险值 = 概率 \times 生态指数 \times 生态脆弱度 \tag{3-11}$$

$$风险度 = (危险性 \times 土地系统 \times 社会生态经济/抗灾能力)/2 \tag{3-12}$$

在生态风险评价过程中，综合运用遥感、地理信息系统等技术手段，将基于像元的数据与社会经济统计数据结合起来，实现评价结果的定性、定量和可视化表达。

6. 生态风险防范与管理

参考生态风险评价的结果，依据适当的法规条例，选用有效的控制技术，进行消减风险的费用和分析，确定可接受风险和可接受的损害水平，并进行政策分析及考虑社会经济和政治因素，决定适当的管理措施并付诸实施，以降低或消除事故风险度，保护人群健康与生态系统安全。

3.3.2　生态风险评价的技术方法

1. 环境毒理学方法

目前，生态风险评价采用的环境毒理学方法主要包括商值法和暴露-反应法，这两种方法也是环境风险评价和人体健康评价中常用的模型。

1）商值法

商值法是为保护某一特殊受体而设立参照浓度指标，然后与估测的环境浓度相比较，如果污染物浓度超过了参照浓度，则认为存在潜在风险。例如，Hakanson 指数，通过试验分析不同区域环境中污染物含量来评价风险大小（Hakanson，1980）。该方法试验简单、费用低，能简要解释风险，在规模较小的项目风险评价中较为适用，其缺点是仅回答了风险的有或无，不能确定风险等级及危害概率。

2）暴露-反应法

暴露-反应法用于估测某种污染物的暴露浓度产生某种效应的程度与数量，暴露 – 反应曲线可以估测风险，方便地确定在不同条件下排放污染的生态效应的可能性及影响范围。目前，暴露 – 反应法多被运用于针对单风险源，尤其是污染物排放风险的评价工作。

2. 数学方法

近年来，数学方法被越来越深入地应用于区域生态风险评价中。其优点是能够更好地模拟多种风险长时段内在区域内发生的不确定性和随机性。大致可分为模糊数学法、灰色系统法、马尔可夫预测法、概率分析法、机理模型法等。

1）模糊数学方法

生态风险评价中，风险本身就是一个模糊概念。用模糊数学的语言来描述，风险就是对安全的隶属度。模糊评价之前被用于环境风险评价（Mario and Giuseppe，2001），随着环境风险评价向生态风险评价的发展，此方法也被扩展应用到了生态风险评价的领域。Heuvelink 和 Burrough（1993）基于模糊集合论的模糊分类法，通过建立模糊包络模型（fuzzy envelope model）来预测物种的潜在分布区，判断生境被外来物种入侵的风险程度。胡庆和等（2007）利用改进的非线性模糊综合评价模型对流域水资源冲突风险进行了评价，弥补了线性加权模糊综合评价模型的不足，使评价结果更可靠。另外，由于自然灾害是生态风险评价中重要的风险源，模糊数学方法在灾害风险评价中也得到了应用（杨思全和陈亚宁，1999；白海玲和黄崇福，2000）。

2）灰色系统方法

由于生态系统的复杂性以及人们认识水平的局限性，生态风险评价中许多因素之间的关系是灰色的，灰色系统理论是解决该问题行之有效的方法。李自珍等（2002）在绿洲盐渍化农田生态系统研究中，通过建立基于灰色关联度的生态风险评价模型，将作物产量与各类盐分含量分布之间的关联度映射为具体数值，并据此求出了样区的相对生态风险大小。吴泽宁等（2002）针对水资源系统的灰色不确定性特征将灰色系统理论和风险分析理论结合，提出了水资源系统灰色风险率和灰色风险度的概念，并给出了相应的计算公式。对于风险源参数的区间性，风险评价结果也采用了区间参数来表示，使数据信息利用更充分，计算结果更可靠。衷平等（2003）遵循全面性和独立性结合、系统性和层次性结合、可操作性强的原则，建立起石羊河流域生态风险层次结构，列出相关的指标体系，并采用灰色关联度法和主成分法进行因子筛选。

3）马尔可夫预测法

马尔可夫预测法是对地理事件进行预测的基本方法，是地理预测中常用的重要方法之一。由于生态环境和风险源都具有一定范围的随机变动性，可用该方法进行风险预测。郑文瑞等（2003）用马尔可夫链理论研究水环境质量状态变化，然后预测了变化趋势带来的风险。

4）概率分析法

概率分布是风险估计中常用的方法。对于同一个风险事件在不同条件下所形成的概率可以用概率分布描述。与利用简单阈值或指数的风险分析相比，概率分析更接近真实情况。石璇等（2004）根据浓度-响应定量关系的基本形式，推导出基于等效系数概念的对多种污染物生态危害的概率评价方法，并对天津地表水中8种多环芳烃对水生生态系统的危害进行了评价。

5）机理模型法

机理模型是根据事物变化或运动的内在机理建立起来的数学模型，用于定量研究随时间发展、变化的过程、规律和后果。区域生态系统十分复杂，建立机理模型，需要进行一些简化、抽象和假设，这样必然引起误差，但机理模型对生态风险评价仍然非常有用，因为它能够综合不同时空的复杂现象、过程和关系，可从比较容易测量的变量预测难于或不可能测的变量，如用于预测污染物的环境浓度分布与转归的暴露分析模型等。

3.　计算机模拟方法

由于生态系统中生境和物种的多样性，加上生物、物理、化学的相互作用，区域生态风险评价成为了一个复杂的程序。常规的数理方法在面对这种多风险源-多风险受体-多种暴露反应方式及随之产生的不确定性问题时，往往表现出一定的局限性。计算机模拟在处理这类复杂性问题中具有明显的优势，日益成为区域生态风险评价中不可或缺的工具。目前，常用的方法有人工神经网络模型和蒙特－卡罗模型模拟法。

1）人工神经网络模型

人工神经网络（artificial neural network，ANN）是一个具有高度非线性的超大规模连续时间动力系统，由大量的处理单元（神经元）广泛互联形成网络。目前，应用最为广泛的是 BP 网络模型。具有输入层、隐含层和输出层三层的 BP 网络模型能够实现任意的连续映射。通过训练不断反馈网络的实际输出与理想输出之间的差距，用误差逆传播的方法修正权值进行调整，直至样本集总误差小于预先给定的精度要求为止。区域生态风险评价是一个典型的模式识别问题，ANN 在模式识别方面已经表现出了很好的特性（李双成和郑度，2003；郭宗楼和刘肇，1997）。陈辉等（2005）以 ANN 技术代替传统的统计学方法对青藏公路铁路沿线生态系统进行了生态风险评价。

2）蒙特-卡罗模拟法（Monte-Carlo simulation）

当系统的可靠性过于复杂，难以建立可靠性预计的精确数学模型或模型太复杂而不便应用时，可用蒙特－卡罗随机模拟法近似计算出系统可靠性的预计值。蒙特－卡罗模拟法研究不确定性问题的基本原理建立在概率密度函数的基础上，概率密度函数用于描述一种变量出现可能性的大小。对于不确定性的变量而言，决策者只能比较客观地确定出变量变化的范围和形态，而非数值。因此可以用一定数值范围内的密度函数值作为输入变量取代单一的数值输入，通过计算机多次随机的迭代模拟过程，综合得出最科学的输出模式。这种方法最大的优点是把专家积累的经验和观测到的有限数据有机结合，从而减少单纯主观经验判断或单纯依靠不完整的数据带来的决策误差。蒙特－卡罗模拟方法应用的前提是要求决策者根据各种影响变动的数据，确定影响因素变动的范围及其概率密度函数，利用计算机编写程序得到输出结果。在区域生态风险评价的不确定性分析方面，蒙特－卡罗模拟是目前应用最为广泛的分析方法（Chow et al.，2005；Fan et al.，2005；Hunsaker et al.，2001）。

3.3.3 区域生态风险评价的趋势

区域生态风险评价是一种重要的生态环境管理手段，能够为区域生态安全保障建设提供决策依据。在区域尺度上，对风险信息进行综合分析，并将生态系统宏观风险特征表征出来，是综合生态风险评价真正得以实现和应用的关键。未来区域生态风险评价应着重在以下方面进行深化：

（1）评价的综合化。一方面未来区域生态风险评价需要加强在不同空间尺度下的评价结果整合，从而实现不同尺度生态风险评价的协调与对接，进一步完善其方法体系和加强指导作用；另一方面，区域生态风险评价应着重围绕区域多重风险压力-多重承灾体-多重生态效应之间的关系展开，并考虑决策者与群众的风险交流。

（2）评价的不确定性。由于受到研究人员知识水平、数据可靠性、模型精度、研究尺度等因素的制约，导致区域生态风险评价难免受到不确定性因素的制约。为了减小这种不确定性，应当在深刻理解生态系统及其区域特征的基础上，改进实验和评价检验模型，并对评价指标进行敏感性分析，完善风险评价结果不确定性分析的手段。

第4章　中国综合生态安全风险评估与制图[*]

中国生态风险评价研究旨在探讨大尺度的区域生态风险评价方法，并实施评价，为生态系统的风险识别和风险防范提供科技支持。选择 10 种自然灾害作为生态风险源，12 类 22 种生态系统作为风险受体即承灾体，并考虑生态—环境脆弱性的影响。在各单项生态风险评价的基础上，完成了中国综合生态风险评价与制图。评价结果显示，从诸种风险源叠加的综合风险来看，生态系统高、中风险等级的比例占全国的 45%，中国生态保护、风险防范任重而道远。建立适应性的风险防范机制，合理利用和保育森林、草地、农田、湿地等生态系统势在必行。最后，运用蒙特—卡洛方法进行了风险评价的不确定性分析，可以认为评价结果是可信的。

4.1　研究意义与研究框架

4.1.1　研究意义

生态风险评价发端于 20 世纪 70 年代的美国，其概念的出现和评价方法的兴起有着深刻的时代背景。工业革命以来，地球系统的许多物理特征，如人口增长、粮食生产、工业生产、资源消耗以及污染都呈现出指数型增长（Miller，2004）。这种增长使人类赖以生存的自然环境发生了诸多显著改变，如生物多样性减少、热带雨林遭砍伐、北半球森林退化以及全球气候变化。一些科学家指出：地球生态系统由人类所支配，因为自工业革命以来，1/2 的地表已被人类改造，大气中的 CO_2 增加了 30%，人类固氮量已超过陆地自然固氮量的总和，半数以上的淡水为人类所使用，1/4 的鸟类已经灭绝，2/3 的渔业资源被过度开发……（Vitousek et al.，1997）。在此意义上，人和环境的交互作用越发紧密，已成为一个偶合的人 – 环境系统（Liu et al.，2007）。我们未来的环境将大部分由人类支配的生态系统构成，人们将有意识或无意识地对这些生态系统进行管理（Palmer et al.，2005）。如今，全球变化及所带来的环境效应已使环境研究成为当代最重要的全球性研究主题（Lubchenco，1998）。在这样的背景下，作为保护生态环境、保障人类健康、有效进行环境管理的科学手段，环境健康评价、环境影响评价、生态风险评价等相继出现，这些研究的成果已被不断地应用到全球可持续发展的实际政策中（Ehlers，1999）。

风险（risk）是由能够导致伤亡、疾病、经济损失或环境破坏的灾害所带来的可能受

---

[*] 本章执笔人：北京大学的许学工、赵昕奕、颜磊、徐丽芬、卢亚灵、孙小明、马禄义。

损程度（Miller，2004）。相对于环境影响、环境健康这种具有确定性的评价方法而言，生态风险评价充分注意到环境变化的不确定性，从独特的不确定性分析和潜在的高成本视角入手（Suter，1993），考虑不同的环境管理决策所产生的潜在负面影响（USEPA，1998），更能适应处于不断变化中的自然和社会环境，因而在环境政策制定中扮演着越来越重要的角色。自20世纪80年代以来，美国国家科学院和美国国家环境保护局已主持开展了许多生态风险评估工作，后者还主导出版了一系列风险评价文献（Preuss et al.，2007）。美国国家环境保护局将生态风险评价定义为"评估暴露于一种或多种压力因子后，可能出现或正在出现的负面生态效应的可能性过程"（USEPA，1992）。传统的生态风险评价起源于人体健康毒理学，风险源（如重金属汞）往往是单一的，风险受体也多集中在"人"身上。后来人们逐渐认识到：在现实生活中，仅考虑一种风险源是不够的，仅将"人"作为风险受体进行风险分析也有很大的局限性，因为这样的风险评价无助于从根本上解决当前的全球环境问题。目前，越来越多的学者开始考虑多风险压力源，风险受体也从"人"发展到了物种、种群、栖息地、流域和生态系统等多风险受体，这使得生态风险评价工作不断拓展其时空尺度（Landis，2003；USEPA，1997），已从单一压力源对单一受体的风险评价走向区域生态风险评价（颜磊和许学工，2010）。

"中国综合生态风险评估和制图"研究就是在上述背景下，在中国科技部科技支撑计划项目支持下开展起来的，该项工作的实施具有重要的理论意义：第一，中国综合生态风险评估和制图极大拓展了区域生态风险评估的空间尺度，将立足于全国，探讨如何进行生态风险评估；第二，中国综合生态风险评估和制图将研究视角集中在生态系统及其生态服务功能上，研究如何将其作为生态风险受体进行评估；第三，中国综合生态风险评估和制图工作充分考虑多风险源，旨在探讨如何确定和识别重要的生态风险源，如何界定和表达综合风险。另外，从现实角度来看，由于中国幅员辽阔，地理气候条件复杂，一直是世界上自然灾害多发的国家。近年来，受全球气候变化影响，突发性灾害更加频繁。许多自然灾害，特别是等级高、强度大的自然灾害发生以后，又常常通过灾害链诱发出一系列其他灾害，不仅使人民生命财产蒙受巨大损失，也使生态系统遭受巨大破坏。例如，2008年冬春南方罕见的冰雪灾害以及随后发生的5.12汶川大地震。在这个意义上，全国生态风险评价将有助于风险识别和风险防范，为环境管理提供科技支撑。

4.1.2 研究内容

本章认为，综合生态风险是生态系统暴露于一种或多种压力因子后，可能出现或正在出现的负面生态效应及损失。在此基础上确定了如下核心研究内容：

确定和表征生态风险源；

确定参评的生态系统（风险受体），其价值及可能损失表达方式；

确定评价模型；

单风险源的生态风险评价及中国综合生态风险评价；

专题研究及区域综合生态风险评价制图；

风险评价的不确定性分析。

4.1.3 研究方法

1. 技术路线

中国综合生态风险评估从根本上讲属于区域生态风险评价。目前，国内外已有一些相对成熟的区域生态风险评价的方法。例如，Landis 和 Wiegers（1997）建立的相对风险模型（relative risk model，RRM），经过十多年的发展，RRM 已被成功地运用到北美、南美和大洋洲的许多区域中（Landis and Wiegers，2007）。Moraes 和 Molander（2004）所设计的 PETAR 方法（procedure for ecological tiered assessment of risk，PETAR），包括初级评价，区域评价和局地评价三个层次，每个层次针对不同的区域尺度，其所依赖的数据和方法也各异。Martin 等（2003）总结的 3MR 方法，即多媒介、多路径、多受体（multimedia，multipathway and multireceptor）风险评估方法。该方法由风险分析和不确定性分析两大模块构成，前者融入了相关暴露和累积数学模型，后者则采用两阶段蒙特－卡罗法分析。此外，区域生态风险评价中最具有挑战性的工作是如何通过有限的观测数据来研究对生态系统的影响。证据权衡法或因子权重法（weight-of-evidence，WOE）被广泛运用。Burton 等（2002）系统总结了各种 WOE 方法，将其分为定性分析、专家排序法、民意排序法、沉积特性三合一指标法（sediment quality triad）等八类，并从方法的鲁棒性（robustness）、易用性、敏感性、适用性、透明性五个方面对这些方法进行了系统分析和比较。他认为，WOE 需要朝定量化、透明化、多方参与化（广泛的包括各种专家和利益相关者）方面发展。付在毅和许学工（2001）从辽河、黄河三角洲的研究案例中总结出一套评估方法。陈辉等（2006）、阳文锐等（2007）、颜磊和许学工（2010）从不同的角度对生态风险的评价方法和技术进行过较为详细的综述。

在总结前人研究的基础上，我们借鉴了 RRM 风险评估方法的思路，将生态风险视为风险源（H）、脆弱性（V）及风险受体（E）三大因子的函数式（4-1），以此为基本原理进行综合生态风险评价。

$$R = f(H, V, E) \tag{4-1}$$

研究所采用的技术路线如图 4-1 所示。

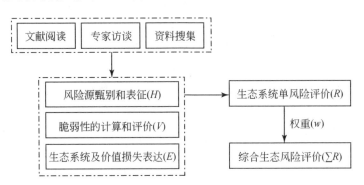

图 4-1 中国综合生态风险评价技术路线

在文献阅读、专家访谈和资料搜集的基础上，分别对风险源进行甄别，建立风险数据库；确定脆弱性的影响指标，并进行评价；确定参评生态系统及其价值损失。在风险源表征、脆弱性评估、生态系统及其价值确定的基础上，首先进行生态系统单风险评价，然后再加权评价综合生态风险。

2. 评价因子界定

1）风险源

鉴于作全国尺度的生态风险评价，要考虑数据的可得性和统一性，本次研究选择突发性的自然风险源——自然灾害参与评价。因为自然灾害的发生不仅对生态系统具有重大影响并带来风险，而且多年来有详尽的监测资料，便于计算发生概率。对那些更多地由人为活动引起的风险源和缓变性的胁迫因子，如环境污染、人为引发的火灾、土地变化等，由于其空间影响范围难以确定，历史记录不统一或地方性人为因素影响大，在此次中国生态风险评价中未予以考虑。最终，我们确定了 10 项重要生态风险源，即干旱、洪涝、台风、风暴潮、暴雪、低温冷冻、冰雹、沙尘暴、地震、滑坡泥石流参与评价，风险源的强度以近 50 年来其发生的概率表达。

2）风险受体——承灾体

即生态系统。本次研究将全球土地覆被数据 GLC2000 合并为 12 类 22 种生态系统参与评价，分别是：针叶林（落叶针叶林、常绿针叶林），阔叶林（常绿阔叶林、落叶阔叶林），灌丛和疏林（灌丛、稀疏林地），草甸（高山草甸、草甸），草原和荒漠草原（平原草地、荒漠草地），高山亚高山草地（高山草地、坡面草地），沼泽/湿地（海滨湿地、沼泽）、农业植被（耕地）、沙漠（沙漠）、冰川/裸岩石（冰川、裸岩、砾石），河流/湖泊（河流、湖泊），城市（城市）。生态系统的价值以综合了生态系统实物型生态产品和非实物型生态服务功能的生态资产来表达。

3）脆弱性

本次研究指生态-环境的脆弱性。从理论上讲，各种生态系统暴露于某一风险源下的受损程度即脆弱性是不同的，在小区域范围或对少量生态系统，可以寻求各种生态系统对应不同风险源的脆弱性差异，并以暴露系数来表达；但本研究在全国范围内，众多风险源和众多生态系统参与评价，这种脆弱性差异的确定目前缺乏足够的植物生理依据和试验基础。因此假定，某一风险源在一定强度下对不同生态系统的作用是一致的，但环境的脆弱性会影响生态系统的受损程度，如生长在东部平原的作物与生长在农牧交错带的同种作物相比，在同一强度的灾害下，后者更易受损，这是生态-环境的脆弱性所致。生态-环境脆弱性的评价考虑地貌、地表、气候、人类活动影响四大因素，其中地貌选取高程、坡度、起伏度三项指标，地表因子以年均植被覆盖度指标为代表，气象因子以干燥度指标表示，人类活动影响以人口密度指标表示，并参考中国国家环境保护部所确定的中国重点生态脆弱区，进行全国的生态环境脆弱性评价。

生态系统的价值与脆弱性的乘积为可能的损失，再乘以风险源发生概率得到生态风险值。

在进行全国生态风险评价和制图时，以 1 km^2 栅格为评价和制图单元。

本次研究主要针对中国陆地 960 万 km^2 的国土展开。

3. 评价模型

（1）生态－环境脆弱性评价模型

$$V = \sum_{m=1}^{t} w_{vm} f_m \tag{4-2}$$

式中，V 为脆弱度；f_m 为环境脆弱性各影响指标；w_{vm} 为指标 f_m 的权重；t 为脆弱性指标总数，且 $0 < m < t + 1$。

（2）单风险源的生态风险评价模型

$$R_{kij} = \mathrm{Hr}_i \times V_k \times E_j \tag{4-3}$$

式中，R_{kij} 为 k 网格对应的生态系统 E_j 暴露于风险源 H_i 的生态风险；Hr_i 为 k 网格对应的风险源 H_i 的概率分级，$1 < i < n + 1$，n 为风险源种类总数；V_k 为 k 网格的环境脆弱性，全国共 960 万网格；E_j 为 k 网格对应第 j 种生态系统的生态资产，$1 < j < g + 1$，g 为生态系统的总数。

（3）综合生态风险评价模型

$$R_{kj} = \sum_{i=1}^{n} w_{hi} R_{kij} \tag{4-4}$$

式中，R_{kj} 表示 k 网格的第 j 种生态系统所承受的综合生态风险；w_{hi} 为风险源 H_i 的权重。

式（4-2）、式（4-4）的权重获取通过基于专家打分的层次分析法（AHP）。

4.2 评价因子的数据准备和相关评价

4.2.1 风险源（H）

干旱、洪涝、台风、风暴潮、暴雪、低温冷冻、冰雹、沙尘暴、地震、滑坡泥石流这十大自然灾害风险源数据来源于：《中国重大自然灾害及减灾对策》（年表）（马宗晋，1995）、《中国自然灾害系统地图集》（史培军，2003）、《中国重大自然灾害与社会图集》（科技部国家计委国家经贸委灾害综合研究组，2004）、《中国气象灾害大典》（温克刚，2008）、中国地震网[①]。上述各灾害除地震为近 60 年的数据以外，其他时间尺度均为近 50 年，空间尺度均覆盖全国。数据处理方式为：在 ArcGIS 9.2 的支持下，将各自然灾害以县域为统计单元，计算各灾害发生的概率，然后将其栅格化到 1 km²。概率越大，表明风险源的作用强度越大。

4.2.2 承灾体——生态系统（E）

参评生态系统基于 GLC2000 数据，数据来源于中国西部环境与生态科学数据中心[②]，

---

① 中国地震台网：http://www.ceic.ac.cn。

② 中国西部环境与生态科学数据中心：http://westdc.westgis.ac.cn。

是基于 SPOT4 遥感数据的全球土地覆盖数据中国子集。制图所用的中国行政边界来源于国家基础地理信息中心。通过 GLC2000 数据提取中国境内参评的 12 类 22 种典型生态系统，见图 4-2。因书本比例尺小，只显示 12 类，数据计算按 22 种生态系统进行。

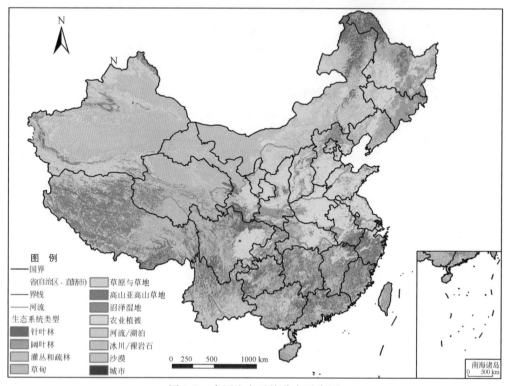

图例
- 国界
- 省(自治区、直辖市)
- 界线
- 河流

生态系统类型
- 针叶林
- 阔叶林
- 灌丛和疏林
- 草甸
- 草原与草地
- 高山亚高山草地
- 沼泽湿地
- 农业植被
- 河流/湖泊
- 冰川/裸岩石
- 沙漠
- 城市

0 250 500 1000 km

南海诸岛
0 500 km

图 4-2 中国生态系统分布示意图

生态系统除了给人类提供实物型生态产品（食物、原材料、药品等）外，同时还向人类提供更多类型的非实物型生态服务（净化空气、水土保持、涵养水源等）。这些非实物型的生态服务为人类带来了巨大的福利，有着巨大的经济价值。朱文泉等（2007）将生态系统实物型生态产品和非实物型生态服务的价值合计为生态资产。我们认为，生态资产的高低反映了生态系统服务功能的高低，在遭受灾害时，生态资产的损失可以代表生态系统整体服务功能的损失。因此，利用已有研究成果（朱文泉等，2007）对各生态系统进行生态资产赋值，得到中国生态资产图（图 4-3）。

我们同样将中国生态系统图和中国生态资产图栅格化到 1 km^2。

4.2.3 脆弱性评估

生态风险评价中的生态－环境脆弱性需要先期评估得到。生态－环境脆弱性评价指标体系包括地形、地表、气候、人类活动对原生态影响四大因素，其中地形选取高程、坡度、起伏度三项指标。所需要的数据包括：全国 1 km^2 栅格的数字地型模型（DEM）、人口密度、气候干燥度等资料来源于中国科学院地理科学与资源研究所，以及《中国自然地理图集》（刘明光，1998）。计算植被覆盖所需的遥感资料为 SPOT VGT 数据，资料来源于

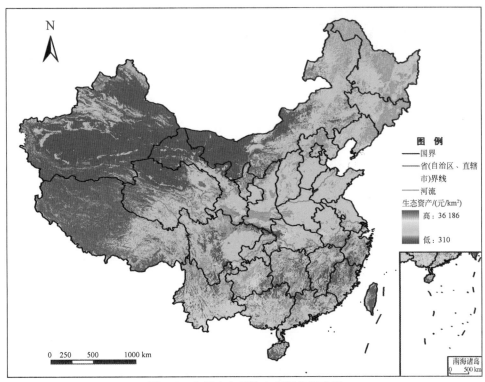

图 4-3　中国生态系统生态资产示意图

中国西部环境与生态科学数据中心的植被指数 NDVI。环境保护部的全国重点生态脆弱区采用数字化方式落实到统一的中国地图上。

1. 指标体系与分级

由于以上数据量纲不一致，根据相对风险模型（RRM）分级排序的思路，建立环境脆弱性评估指标体系如表 4-1 所示。各项指标按其地理意义分为 5 级。

表 4-1　全国生态 – 环境脆弱性指标分级标准

影响因子	指标	分级标准	分级赋值	分级依据
地貌因子	高程/m	<200	1	平原
		200 ~ 500	2	丘陵
		500 ~ 3 000	3	中低山
		3 000 ~ 5 000	4	高山
		>5 000	5	极高山
	相对高度/m	<100	1	平原、丘陵
		100 ~ 200	2	丘陵
		200 ~ 500	3	浅切割
		500 ~ 1 000	4	中切割
		>1 000	5	深切割

影响因子	指标	分级标准	分级赋值	分级依据
地貌因子	坡度/(°)	<15	1	农田，安全
		15 ~ 25	2	农田尚可
		25 ~ 35	3	需退耕，易发生泥石流
		35 ~ 45	4	易崩塌，易发生泥石流
		>45	5	高危
地貌因子	植被覆盖度/%	>80	1	高植被覆盖
		60 ~ 80	2	较高植被覆盖
		30 ~ 60	3	中植被覆盖
		10 ~ 30	4	低植被覆盖
		<10	5	极低植被覆盖
气候因子	干燥度/%	<1	1	湿润区
		1 ~ 1.5	2	半湿润区
		1.5 ~ 4	3	半干旱区
		4 ~ 10	4	干旱区
		>10	5	极端干旱区
人口因子	人口密度/(人/km²)	<20	1	极低密度
		20 ~ 1 000	2	低密度
		1 000 ~ 3 000	3	中密度
		3 000 ~ 10 000	4	较高密度
		>10 000	5	高密度
修正因子	生态脆弱区	是（Y）	1	重点脆弱区
		否（N）	0	一般地区

2. 地貌环境脆弱性评价

采用上述生态 – 环境脆弱性评价模型式（4-2）对评价指标进行两次合成，首先将高程（图4-4）、坡度（图4-5）、相对高度（图4-6）进行加权叠加，得到地貌环境脆弱性（图4-7）。各因子情况及评价结果如下。

从图4-4中可以看出中国地貌的分布。以昆仑山、阿尔金山、祁连山和横断山脉为界，第一阶梯青藏高原区内的海拔最高（西南棕色部分）；以大兴安岭、太行山、巫山、雪峰山为界，以西的高原、山地、盆地（浅蓝色的部分）海拔处于第二阶梯；东部和东南部的广大地区（蓝色部分）海拔相对比较低，处于第三阶梯。

从图4-5中国地貌坡度可以看出，研究区内坡度大的地方主要分布在第三阶梯与第二

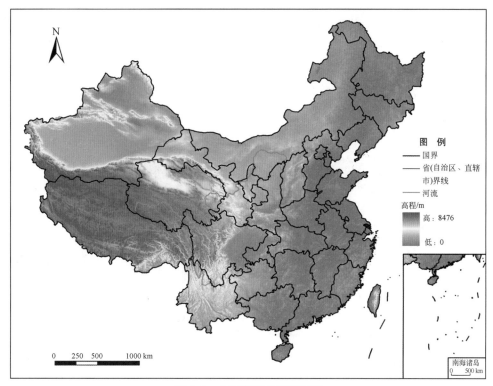

图 4-4　中国高程分布示意图

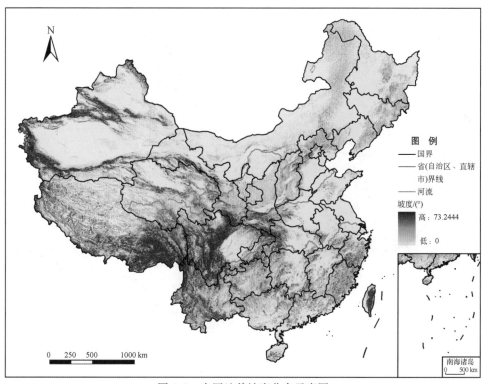

图 4-5　中国地貌坡度分布示意图

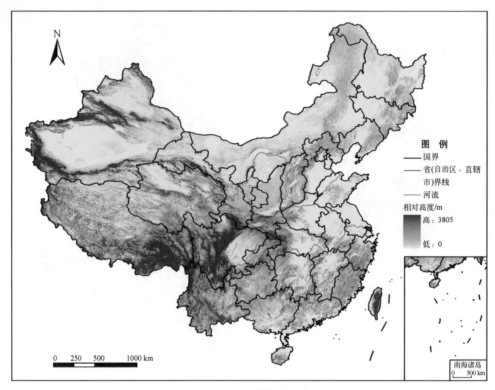

图 4-6　中国相对高度示意图

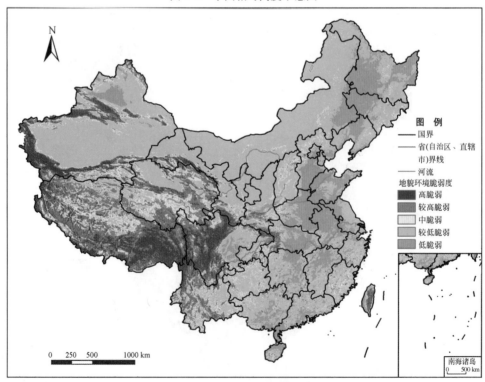

图 4-7　中国地貌环境脆弱性评价示意图

阶梯、第二阶梯与第一阶梯过渡地带。坡度最大的地方分布在横断山脉、昆仑山、祁连山、天山等山脉；其次是太行山、巫山、雪峰山附近；东南部的丘陵地区坡度也比较明显；面积比较大的平原、盆地内部坡度比较小。而研究区内的相对高度反映的起伏度分布规律与坡度大致一致（图4-6）。

把高程、坡度、起伏度（相对高度）三层地形因子进行加权叠加（权重分别为0.3、0.4、0.3），得到地貌环境脆弱度评价图，如图4-7所示。

从图4-7中可以看出，地貌环境高脆弱区分布在青藏高原周围，天山山地也属于高脆弱区；较高脆弱区分布在青藏高原内部地势较为平坦的地区、第二阶梯与第一阶梯过渡地带、东南部山地丘陵地区；中脆弱区分布在这些地区的外围；较低脆弱区分布在第二阶梯高原、盆地内部地势变化不大的地区，以及第三阶梯的东北地区东部、华南地区东南部；低脆弱区主要分布在三大平原地区，准噶尔盆地有一部分地区也属于低脆弱区。

3. 生态-环境脆弱性评价

再将地貌、地表、气候、人类影响因子进行加权叠加，得到环境脆弱性评价结果。除上述地貌因子外，其他因子的特点（图4-8～图4-10）及脆弱性评价结果如下。

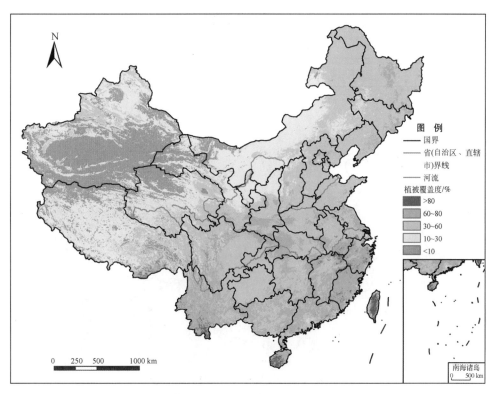

图4-8　中国植被覆盖度示意图

图4-8显示了中国植被覆盖状况好的地区除了台湾岛和海南岛外，其他主要分布在中国东部和南部部分地区，包括武夷山、南岭、横断山、秦岭所在地；另外，东北部的小兴安岭和长白山所在地也有部分地区植被覆盖状况比较好。西北部的山地和沙漠所在的盆地

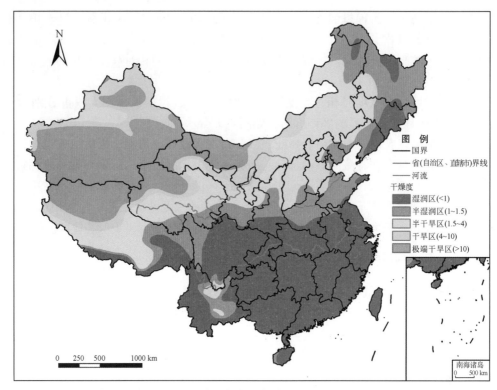

图 4-9　中国气候干燥度分级示意图

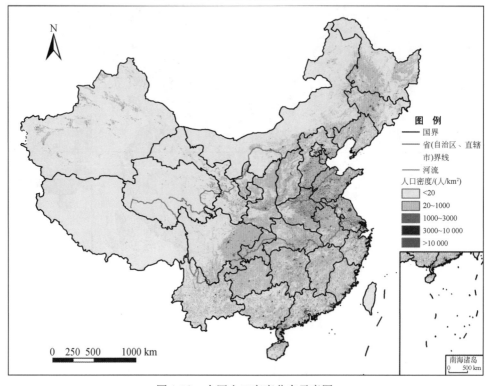

图 4-10　中国人口密度分布示意图

植被覆盖状况最差。

　　从图4-9中可以看出，中国主要依据干燥度划分干湿区，湿润区主要分布在东南部及东部靠海比较近的地区，干旱区主要分布在西北部的山地、盆地地区，这些地区远离海洋，降雨少而蒸发强，是中国沙漠的主要分布区。湿润区与干旱区之间存在着半湿润区和半干旱区。

　　从图4-10中可以看出，人口密度以胡焕庸线为界，东南部人口密度大，尤以北京、上海、天津等大城市市区所在地人口密度最大。

　　将地貌环境脆弱性、植被覆盖度、气候干燥度、人口密度四层因子进行加权合成（权重分别为0.3、0.35、0.2、0.15），可得到生态-环境脆弱性评价结果。由于以上只考虑了脆弱性的主要影响因子和代表性指标，有些脆弱性要素的影响（如交错带）反映不足，故采用中华人民共和国环境保护部的重点生态脆弱区进行修正，叠加图层后，对重点脆弱区的脆弱性量级提高一个等级。由此得到了覆盖全国的生态－环境脆弱性评价图，如图4-11所示。

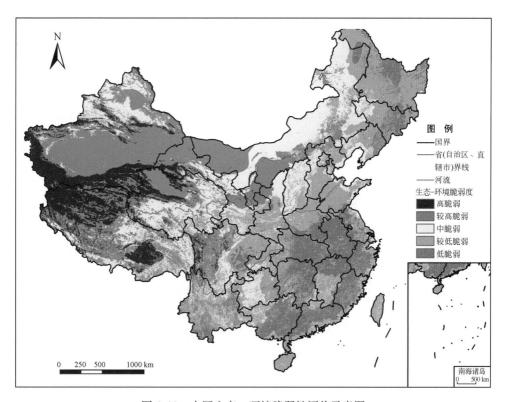

图4-11　中国生态－环境脆弱性评价示意图

　　图4-11表明，高脆弱区分布在西部藏北高原、藏东川西山地高原、昆仑山地、阿尔金山、祁连山等，塔里木盆地北部的天山附近也属于高脆弱性，这些地区都属于中国高山所在地，虽然人类活动不多，但是地势高、气候恶劣、植被覆盖度很低。较高脆弱区主要分布在青藏高原南部和东部、西北塔里木盆地、天山山脉东段、准噶尔盆地部分地区，这些地区除了青藏高原南部的喜马拉雅山所在地外，其余地区地势没有高脆弱区变化大，但

是植被覆盖度低，而且基本上都属于极端干旱区。中脆弱区主要分布在第二阶梯，包括大兴安岭、太行山、巫山、雪峰山以西的广大地区。这些地区的植被覆盖状况比前两个区要好，特别是横断山区，而且气候基本上属于半干旱和半湿润地区，南方是湿润地区。但在第二阶梯上自东北到西南有一个较高脆弱带，包括北方草原垦殖沙化脆弱区、西南山地复合生态脆弱区、西南喀斯特山地水蚀生态脆弱区。较低脆弱区主要分布在东北平原、华北平原和长江中游一些地区，这些地区地势比较平坦，大部分属于半湿润区，植被覆盖状况也比较好，也包括南方红壤丘陵生态脆弱区。低脆弱区主要分布在东南部的华南地区，东北、西南部分地区，这些地区地势比较平坦，植被覆盖度高，基本上都属于湿润区。沿海地带脆弱性提高，属于较低脆弱和中脆弱等级。

同样将中国生态 – 环境脆弱性评价图栅格化到 $1\ km^2$。

4.2.4　建立数据库

为了便于计算机制图，我们对上述三大体系都构建了数据库。其中数据库元数据为：数据库编号 701；代码用数据库名称为：China_ Risk；显示用数据库名称为全国综合生态风险数据库；数据库描述为：精度为 1 km × 1 km 的全国综合生态风险数据；数据库关键词：生态风险，全国；数据质量描述：表示现有条件下生态系统存在风险概率下而损失的生态资产；数据处理过程描述为：采用坐标系统 WGS_ 1984，Albers 等面积投影，根据中国地貌、地表、各种灾害等数据计算得到；数据库语言：中文；数据库字符集：GB2312（表4-2）。

表 4-2　数据库字段部分元数据

字段编号	所属数据表	代码用字段名称	显示用字段名	字段描述	数据类型	宽度
7010101	70101	Cnty	县	各县县名	字符型	40
7010102	70101	ADCODE	地理编码	各县的行政编码	字符型	6
7010103	70101	AREA	面积	各县面积	长浮点型	33
7010104	70101	risk_ hail	冰雹	冰雹概率等级	数值型	10
7010105	70101	risk_ earthquake	地震	地震概率等级	数值型	10
7010106	70101	risk_ stormsurges	风暴潮	风暴潮概率等级	数值型	10
7010107	70101	risk_ drought	干旱	干旱概率等级	数值型	10
7010108	70101	risk_ landside	滑坡泥石流	滑坡泥石流概率等级	数值型	10
7010109	70101	risk_ cryogenic	低温冷冻	低温冷冻概率等级	数值型	10
7010110	70101	risk_ sandstorm	沙尘暴	沙尘暴概率等级	数值型	10
7010111	70101	risk_ flood	洪水	洪水概率等级	数值型	10
7010112	70101	risk_ typhoon	台风	台风概率等级	数值型	10

续表

字段编号	所属数据表	代码用字段名称	显示用字段名	字段描述	数据类型	宽度
7010113	70101	risk_ snowdisaster	雪灾	雪灾概率等级	数值型	10
7010201	70102	vaule	代码值	生态系统类型代码	短浮点型	4
7010202	70102	money	生态资产	生态系统生态资产	短浮点型	4
7010203	70102	vaulecount	统计数	同一类型生态系统的统计数	短浮点型	10
7010301	70303	Lat.	高程	海拔值	长浮点型	20
7010302	70303	Slope	坡度	坡度值	长浮点型	20
7010303	70303	Relief	起伏度	起伏度	长浮点型	20
7010304	70303	Vegcover	植被覆盖度	植被覆盖度	长浮点型	20
7010305	70303	Pop	人口	人口	长浮点型	20
7010306	70303	aridity	干燥度	干燥度	长浮点型	20
7010307	70303	Ifvulnerability	重点脆弱区	是否为国家重点脆弱区	短浮点型	4
7010308	70303	vulnerability	脆弱性	脆弱性计算值	长浮点型	20

4.3 单风险源的生态风险评价

采用单风险源的生态风险评价模型式（4-3），调动相关数据库，可以进行中国生态系统的单风险评价。例如，在 GIS 平台上，将"中国洪涝概率图"［图 4-12（a）］、"中国生态 - 环境脆弱性综合评价图"［图 4-12（b）］、"中国生态系统生态资产分布图"［图 4-12（c）］对应网格的数据相乘，采用 ArcGIS 中的自然断点法分为 4 级，可以得到一幅新的"中国生态系统洪涝风险评价图"［图 4-12（d）］。依风险程度由高到低分别表示为高风险（红）—中风险（橙）—轻风险（黄）—低风险（绿），如无风险，则以灰色表示。

图 4-12（d）是中国生态系统洪涝风险分布示意图，由图可知高风险区主要分布在我国东部和中部，包括长江中下游流域、黄河下游流域，我国东南部广大地区，东北松嫩平原的松花江、嫩江流域，辽河平原的辽河下游；在西北部的伊犁河附近、西南横断山脉和喜马拉雅山南侧也有高风险区存在。中风险区主要分布在以上地区的外围及黄河、长江等几大流域的中间地带。较低风险区主要分布在大兴安岭、太行山南侧、四川盆地、青藏高原周围。低风险区主要分布在西北内陆地区和青藏高原中部和西部地区。

同理，得到中国生态系统其他单项风险源的风险评价示意图，见图 4-13 ~ 图 4-21。

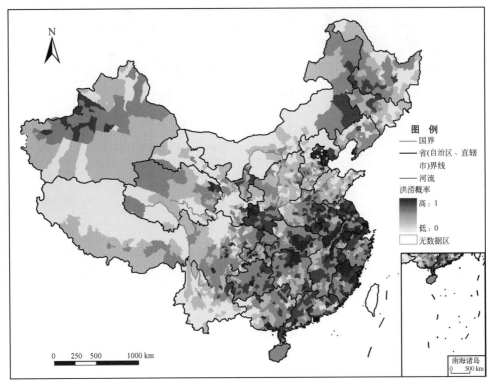

(a) 中国生态风险源洪涝概率示意图

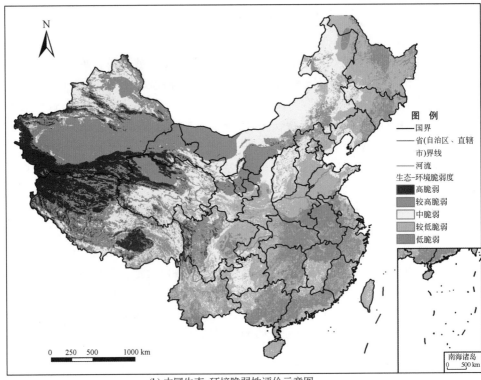

(b) 中国生态-环境脆弱性评价示意图

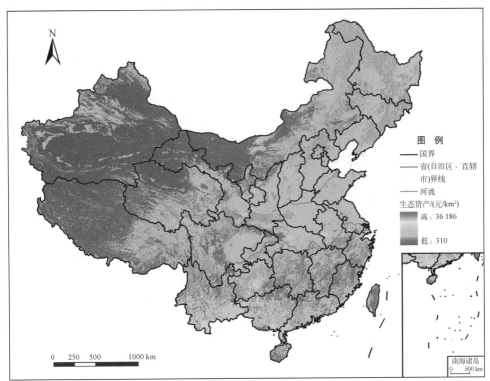

(c) 中国生态系统生态资产分布示意图

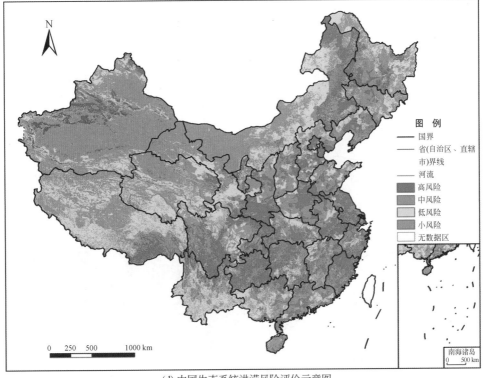

(d) 中国生态系统洪涝风险评价示意图

图 4-12 中国生态系统洪涝风险评价过程

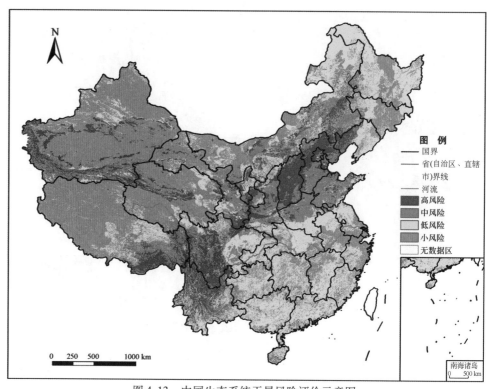

图 4-13 中国生态系统干旱风险评价示意图

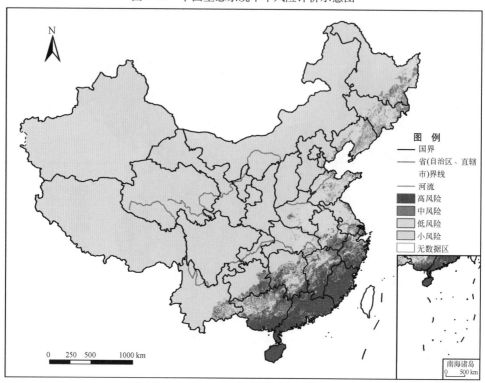

图 4-14 中国生态系统台风风险评价示意图

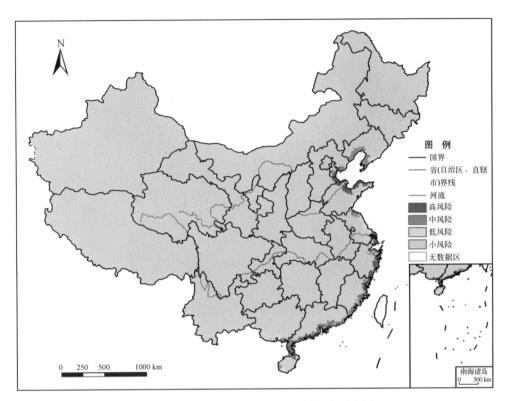

图 4-15　中国生态系统风暴潮风险评价示意图

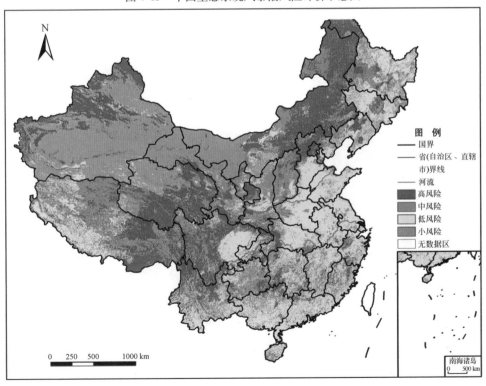

图 4-16　中国生态系统暴雪风险评价示意图

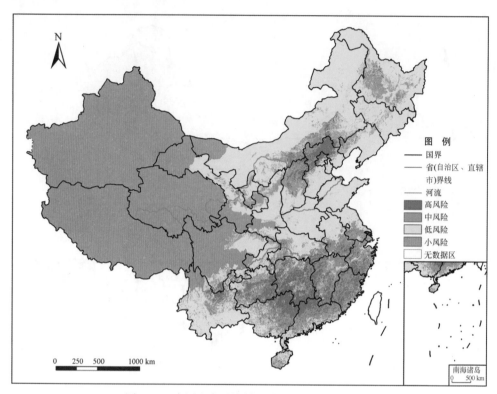

图 4-17　中国生态系统低温冷冻风险评价示意图

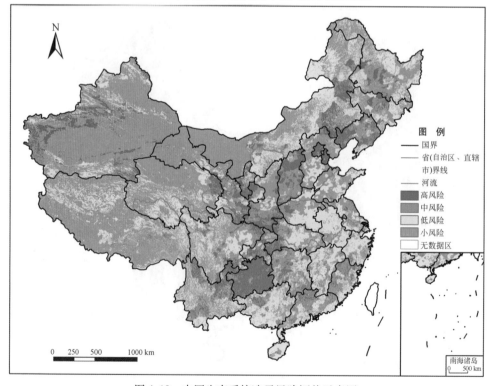

图 4-18　中国生态系统冰雹风险评价示意图

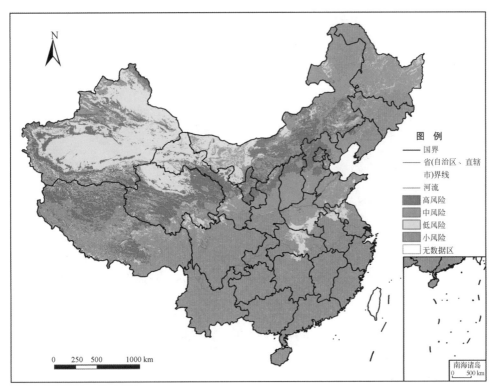

图 4-19　中国生态系统沙尘暴风险评价示意图

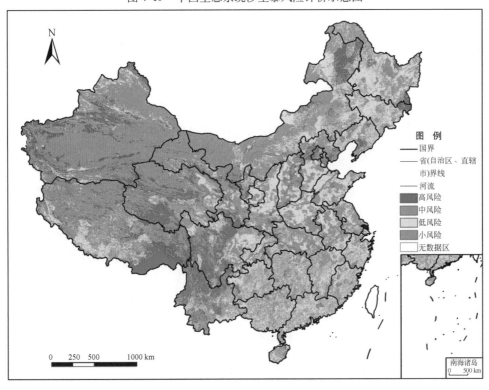

图 4-20　中国生态系统地震风险评价示意图

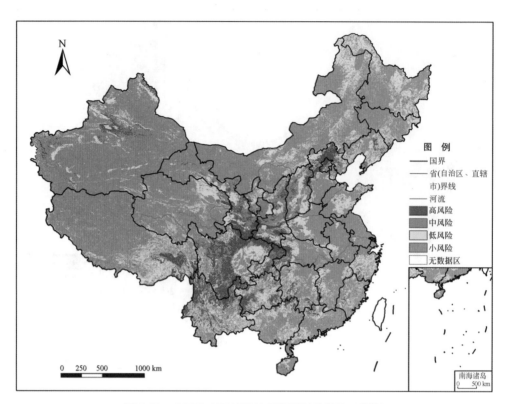

图4-21 中国生态系统滑坡泥石流风险评价示意图

图4-13所示为中国生态系统干旱风险分布示意图。从图中可以看出：高风险区主要有两条线，分别为东北－西南一线，主要是华北平原、西南地区有大片分布；以及昆仑山、祁连山一线，另外在塔里木盆地的周围也有明显分布；中风险区在华北地区有大面积分布，云贵高原、横断山区、青藏高原东南部也有分布；轻风险区有两个面积比较大的分布区，分别是东北地区和华南地区，另外，四川盆地周围、东南地区、青藏高原东北也有小面积分布；低风险区主要分布在西北和青藏高原中西部地区、东北小兴安岭和长白山区以及长江中下游地区。

从图4-14中可知，台风风险存在地区主要分布在东部沿海和东南台风影响范围内，内陆地区为零风险区。高风险区分布在东海和南海沿岸的浙江、福建、广东、广西、海南一带；中风险区分布在高风险区的西北方向及渤海、黄海沿岸部分地带；低风险区主要分布在东北三省东部、渤海和黄海附近内陆地区，以及东海、南海沿岸各省的西部、北部地区。

图4-15是中国风暴潮生态风险分布示意图，由图可知，风暴潮风险主要分布在南海、东海、黄海和渤海沿岸各地。其中，琼州海峡周围、台湾海峡周围、渤海湾的天津一直到莱州湾附近都是高风险区；辽东湾、杭州湾、珠江入海附近的港澳地区都属于中风险区；其他沿岸地区属于低风险区；内陆地区则是零风险区。

图4-16显示，中国生态系统暴雪高风险区有三块比较大的分布，一块是东北地区的西部一直到内蒙古高原，一块是在青藏高原中东部一直到四川盆地的外围，还有一块是在

新疆西北部天山及阿尔泰山附近；中风险区分布在以上地区的两侧，另外在长江中下游的南侧也有比较大面积的斑点状分布；较低风险区也有三块面积比较大的分布，一块是在东北地区的东部小兴安岭和长白山区，一块是在中国东部和南部，还有一块分布在青藏高原西南和西部地区；低风险区主要分布在西北内陆的广大地区。

从图 4-17 可以看出，低温冷冻风险主要分布在中国中东部地区，西部都为低风险区。风险高的地区主要是在中国长江以南的华南地区，在华北平原也有分布；中风险区除了分布在以上两个地区外，在东北地区也有少量分布；轻风险区主要分布在长江以北、青藏高原和阿拉善高原以东的广大地区。

中国生态系统冰雹风险评价图 4-18 显示，高风险区主要分布在东北地区的中部、黄河和长江中游地区、贵州高原、西北天山山脉附近；中风险区主要分布在东北大部分地区，黄河和长江上中游地区，在东南沿海地区也有比较明显的分布；轻风险区除了在东北、长江黄河下游有比较多的分布外，在青藏高原也有分布；低风险区分布在青藏高原西部和内陆干旱地区。

由图 4-19 可知，沙尘暴风险主要分布在中国西部和西北部地区。高风险区分布在青藏高原北侧，黄土高原中部和东部，塔里木和准噶尔盆地边缘也有少量分布；中风险区主要分布在以上高风险区的南部和东部地区，包括青藏高原大部分地区、东北和华北大部分地区；轻风险区主要分布在西北准噶尔、塔里木盆地和天山山脉附近，黄河和长江下游之间有少量分布；低风险区主要分布在中国南方及东北东部和北部。

从图 4-20 中可以看出，除台湾地区外，中国生态系统地震高风险区主要分布在青藏高原地震区，主要是青藏高原东南的喜马拉雅山脉南侧、横断山区，四川龙门山地震带也基本属于生态高风险区，华北地震区有少部分属于生态高风险区，西北天山附近也有比较明显的高风险区；生态中风险区主要分布在青藏高原地震区，在华北地震区和东北地区也有大片分布；轻风险区主要分布在东北和华北地区，在中国东南部沿海地区也有比较零散的分布；低风险区分布在西北塔里木和准噶尔盆地一直到内蒙古高原中西部，以及长江下游地区。

如图 4-21 所示，中国生态系统滑坡泥石流高风险区主要分布在第三阶梯与第二阶梯、第二阶梯与第一阶梯过渡地带，其中横断山区、四川盆地周围最明显；中风险区除了在以上地区有分布外，在云贵高原，小兴安岭、长白山地和辽东半岛，燕山、太行山区、鲁中南丘陵地区，东南丘陵地区也有分布；轻风险区主要分布在以上地区的外围；低风险区分布在平原、盆地和高原中部地势较平坦的地区。

4.4　全国综合生态风险评价

4.4.1　全国风险源区域划分

根据综合生态风险评价模型式（4-4），要对单风险源的生态风险评价结果进行加权合成。然而，中国地域广阔，10 种主要自然灾害生态风险源在空间分布上的作用强度是不一样的。例如，在华北干旱影响大，在华南洪涝影响大，要在全国范围内确定统一的权重进行合成，不仅难度很大，而且不尽合理。于是我们首先进行全国生态风险源区域划分，即自然灾害分区。通过分区，能从总体上保证每一个区有着大致相同的风险源，且每种风险源对该区的作用和影响大致相当。参考张兰生等（1995）的《中国自然灾害区划》方案和傅伯杰等（2001）的《中国生态区划方案》，以及赵松桥（1983）的《中国综合自然地理区划的一个新方案》，将中国划分为四大区，即北方灾害区、南方灾害区、西北灾害区和青藏灾害区（图4-22）。与自然区划相比，大体上北方灾害区相当于东北地区和华北地区，南方灾害区相当于华中地区和华南地区，西北灾害区相当于内蒙古地区和西北地区，青藏灾害区相当于青藏高原地区，如图4-22所示。

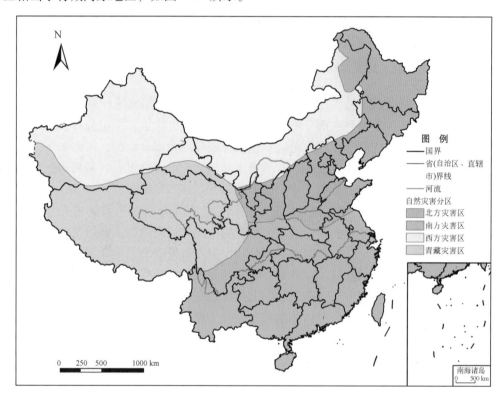

图4-22　中国自然灾害分区示意图

然后，采用特尔斐法和层次分析法得到各分区生态风险源的权重（表4-3）。

表4-3　各灾害区的生态风险源影响权重

风险源	北方区权重	南方区权重	西北区权重	青藏区权重
旱灾	0.277	0.135	0.165	0.111
洪水	0.168	0.292	0.039	0.053
低温冷冻	0.098	0.090	0.105	0.022
雪灾	0.071	0.015	0.131	0.201
地震	0.100	0.106	0.179	0.210

续表

风险源	北方区权重	南方区权重	西北区权重	青藏区权重
风暴潮	0.078	0.090		
冰雹	0.065	0.049	0.068	0.099
沙尘暴	0.063	0.013	0.154	0.071
台风	0.035	0.189		
滑坡泥石流	0.045	0.021	0.159	0.233

注：权重计算结果通过 RI 一致性检验，即 CI < 0.1

4.4.2　全国综合生态风险评价结果及分析

按照综合生态风险评价模型式（4-4），通过分区加权合成后再统一分级的方法，得到中国综合生态风险评价图（图4-23）。

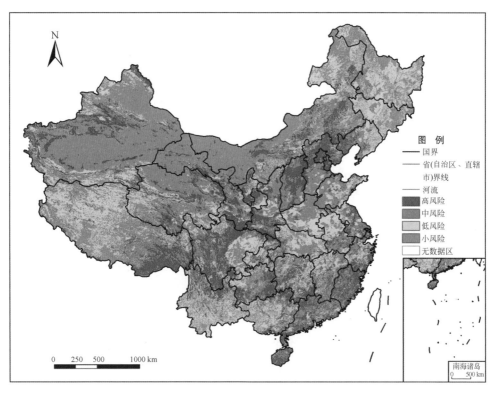

图 4-23　中国综合生态风险评价示意图

1. 分布规律分析

由图4-23可以看出，高风险区最明显的一个条带是从大兴安岭中段开始，沿着第二级阶梯东缘的太行山，经黄土高原、秦巴山地、四川盆地边缘到第三级阶梯青藏高原东南部边缘和横断山脉；还有一块高风险区是中国东南部的低山丘陵地区；另外，河西走廊、天山、阿尔泰山及塔里木盆地的周围环带也是高风险区比较集中的地方。中风险区主要分布在华北平原、内蒙古高原、长江中下游平原、贵州高原及青藏高原东部等地。轻风险区主要分布在东北地区，山东半岛部分丘陵地区，华北平原南部、江南丘陵、广西、云南、四川部分地区，以及青藏高原中西部。低风险区分布范围比较小，主要有东北东部斑状分布、成都平原、南阳盆地、贺兰山以西的荒漠地带，以及青藏高原中西部有斑状分布。总的规律是，沿中国东北－西南向环境脆弱带及其以东的生态资产较高的地区，一旦遇到自然灾害，生态资产的损失即生态服务功能的破坏就会较大，故生态风险较大；在多种灾害叠加的地方，是生态风险的高值区。西部地区环境脆弱，但生态资产不高，总体损失不大，多为生态风险较低地区，沙漠地区尤其是低值区；但在生态资产相对较高的绿洲和山坡林地牧场，环境本底脆弱度高，遇到自然灾害生态系统的服务功能损失特别严重，所以是生态风险的高值区。

2. 数据统计分析

（1）根据评价结果，将各生态风险等级的面积及所占比例统计，如表4-4所示。

表4-4　全国综合生态风险各等级面积及所占比例

项目	高风险	中风险	轻风险	低风险
面积/km^2	1 560 641	2 649 538	2 634 056	2 478 381
所占比例/%	16.74	28.42	28.25	26.58

（2）统计主要生态系统各风险等级的面积和比例。将落叶针叶林、常绿针叶林、常绿阔叶林、落叶阔叶林、灌丛、稀疏林地合并为森林生态系统；高山草甸、坡面草地、平原草地、荒漠草地、草甸、高山草地合并为草地生态系统；将耕地视为农田生态系统。分别统计森林、草地、农田三大生态系统各风险等级的比例（表4-5）。

表4-5　全国森林、草地、农田各生态风险等级面积及所占比例

生态系统		高风险	中风险	轻风险	低风险
森林	面积/km^2	990 256	919 129	470 076	71 145
	占森林面积比例/%	40.41	37.51	19.18	2.90
	占全国面积比例/%	10.62	9.86	5.04	0.76
草地	面积/km^2	340 695	958 562	1 390 795	570 621
	占草地面积比例/%	10.45	29.40	42.65	17.50
	占全国面积比例/%	3.65	10.28	14.92	6.12
农田	面积/km^2	216 521	716 558	662 017	111 356
	占农田面积比例/%	12.69	41.99	38.79	6.53
	占全国面积比例/%	2.32	7.69	7.10	1.19

以上统计数据显示，各种生态系统总计，高生态风险等级占全国总面积的 16.59%，高、中等级合计占 44.42%，生态风险防范的任务非常艰巨。森林生态系统共占全国面积的 26.28%，其中高风险区占 40.41%，必须高度关注森林的保护和培育，改善森林结构，建立完善的风险预警、防范、救险、恢复系统。草地生态系统占全国面积的 34.97%，以中风险和轻风险为主，合计占 72.05%，除防范自然灾害外，要关注人为因素引起的草地退化等缓变风险；占 10.45% 的高风险草地主要为高山草甸、坡面草地、草甸和分布在沙漠边缘的草地，受气候变化和人类活动影响大。农田生态系统也以中风险和轻风险为主，合计占 80.78%，要加强田间管理和基础设施建设，提高抵御自然灾害的能力；占 12.69% 的高风险农田主要分布在农牧交错带、沙漠绿洲和沿海地带，这部分高风险农田要加强防灾和保护力度。

4.5　专题研究与区域生态风险评价制图

4.5.1　中国气候风险研究

中国是世界上受气候灾害影响较严重的国家之一，主要的气候灾害类型包括水灾、旱灾、雪灾和热带气旋灾害等。本研究的目标是评价中国气象异常造成的气候风险的时空特征。

研究数据：中国 748 个地面气象站 1951~2008 年各年逐日气温、降水量、风、日照、水汽压数据；中国 1 度格点气温（1951~2008 年）、降水量（1951~2008 年）、水汽压数据（1951~2008 年）；中国 500 年旱涝指数数据和图件；中国 300 个气象站的 1951~2008 年积雪深度资料。

1. 水灾时空格局

水灾是对中国东部影响较大的气候灾害类型之一，哈尔滨 – 呼和浩特 – 成都 – 广州一线以东是中国大涝级灾害的高发区。辽河平原、晋中、陕南、黄河下游鲁东南、洞庭湖地区、鄱阳湖地区、闽南地区和华北平原是八个高值中心，其中以华北平原的大涝级灾害频率最高。

中国水灾重灾区成团块状分布，主要与地貌格局相对应，最为典型的是华北平原、长江中下游平原、东北平原以及四川盆地等；与暴雨中心对应最为明显的有青藏高原东缘的陕甘青接壤地区。从历史发展的角度来看，水灾范围总体上有向南方扩展、向东北扩展和向西北扩展的趋势，这与人类开垦土地的进程关系密切。1949~1965 年，中国水灾格局东西分异性十分明显，水灾县主要分布在胡焕庸线以东，而且二级阶梯以东为水灾严重区。1978~2000 年，中国水灾格局呈现东北 – 西南走向、东南 – 西北更替的四个梯度区分异：胡焕庸线以东较重，半干旱地带次重，北疆严重，寒、旱区轻的格局。1978~2000 年的水灾格局与 1949~1965 年的水灾格局对比，水灾县分布范围和水灾程度都较大，水灾高值中心由华北平原特别是以河南为中心的区域向南、向北、向西南扩展。华北平原重灾中心的消失与黄河、淮河的防洪筑堤直接相关，防洪工程极大地减轻了洪水泛滥。可以看出，中国水灾格局的变化主要受土地利用类型变化的制约，一方面，平原地区人类活动向低湿地进入，特别是东北低湿地开垦和长江中下游围湖造田建圩，降低了湿地的蓄洪功能；另一方面，大力开垦丘陵和砍伐林地造成生态环境恶化、水土流失，尤其是大兴安岭 - 青藏高原东缘一线的水源地的植被破坏，直接加剧了山洪强度，并扩大了其影响范围。

1949～1965 年和 1978～1998 年的水灾县分布格局分析显示，中国东部地区是水灾高发区，水灾县分布于东部地区的比例占到 53.2%。这说明，水灾的区域分布与东部平原人口密集区是重合的，这既符合中国东部地势较低，季风活动频繁的自然条件，又与东部经济发达、人口密集区的承灾体特征有密切关系，所以东部平原的人口密集区是防治水灾最为重要的区域。

持续时间是以县为统计单元的洪涝灾害过程的天数，每年的总持续时间即是本年度内各个受灾县受灾天数的总和（县·天）。平均持续时间是指平均一次灾害的持续时间，计算如下：

$$平均持续时间 = 总持续时间/发生灾害的次数 \qquad (4-5)$$

洪涝灾害总持续时间最长的地区主要在长江流域和黄河流域，而且黄河流域洪涝灾害总持续天数比长江流域长。其中，渭河、汾河和黄河三角洲是黄河流域的重灾区；洞庭湖地区、鄱阳湖地区、太湖地区是长江流域的重灾区。其他流域的洪涝灾害总持续天数从长到短依次是：海滦河流域、淮河流域、珠江流域、嫩江流域、松花江中游、辽河中下游。云南滇池地区也有很重的洪涝灾害，西北地区的洪涝灾害主要分布在新疆的吐鲁番盆地。中国洪涝灾害总持续时间分布与降水量分布有一定的关系，因为洪涝灾害持续时间较长的地区基本上分布在中国的东南部，与中国东南部降水多的特点吻合。但是，位于东南部的闽浙台地区，降水虽然多，而洪涝灾害的持续时间却比降水相对较少的黄河流域要短，这可能与下垫面有一定的关系，因为闽浙台地区多低山丘陵，并且植被状况比黄河流域好。

1736～1948 年，洪涝灾害持续时间的周期大约为 60 年，洪涝灾害平均持续时间有略微增大的趋势，而 1949～1998 年，周期基本上为 30 年。洪涝灾害的平均持续时间是在波动中逐渐减少。对于前一时期的平均持续时间增大，主要是与人类土地利用向高风险区扩展有关；对于后一时期的时间减少，则与新中国成立以来国家大力投入防洪排涝工程有关。

选取全国 1961～2007 年日降水数据质量好的 462 个站点，计算暴雨量、降水变率和不同等级暴雨的重现期，建立暴雨风险评价指标体系（表 4-6）。

表 4-6　暴雨风险评价指标体系

类型	评价指标
雨量	暴雨大于 50 mm 部分雨量（x_1）
重现期	暴雨重现期（x_2）
	大暴雨重现期（x_3）
	特大暴雨重现期（x_4）
变率	降水变率均值（x_5）

以暴雨风险评价指标为输入变量,利用自组织特征映射 (self-organizing feature mapping,SOFM) 神经网络模型训练和模拟,对中国暴雨风险等级进行类别划分,然后通过分析各个类别的指标均值,评价每一个类别的暴雨风险等级。绘制暴雨风险等级分布图,展示暴雨风险的空间格局。

依据《中国气象灾害年鉴》2004～2006 年各地区洪涝和热带风暴灾害损失计算各地区单位面积灾害损失。综合各风险等级分布区域的暴雨风险特征和损失特征定性分析该暴雨风险等级区的气候风险和损失风险特征。

研究表明:①中国暴雨风险最高的区域分布在东部和南部沿海地区、环渤海沿海地区以及大别山迎风坡地区。一级暴雨风险区暴雨量大,暴雨、大暴雨和特大暴雨重现期短,暴雨的气候风险最高,同时经济损失也最严重。②山东、河南、河北交界地区属于二级暴雨风险区,该区域暴雨量远小于一级暴雨风险区,特大暴雨重现期大于 500 年,极少发生,但是该区域降水变率大,风险较高。该区域暴雨气候风险高,经济损失风险低。③湖北北部、湖南东部、重庆、四川地区,降水变率较大,大暴雨和特大暴雨发生概率低,暴雨气候风险为中度,但是此地区的经济损失风险高。④甘肃南部、青海、四川西部、新疆西北部边疆地区暴雨风险最低,损失风险也低 (图 4-24)。

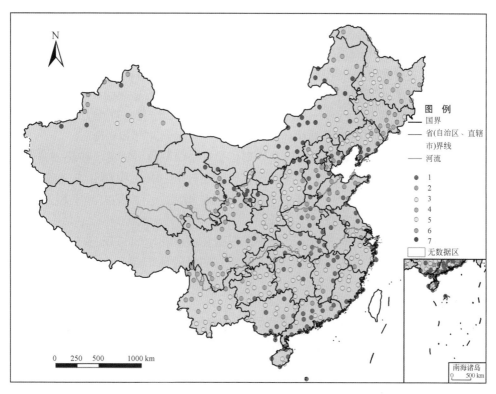

图 4-24　中国暴雨风险等级分布示意图

2. 旱灾时空格局

旱灾是对中国农业生产影响最大的灾害类型之一,因此旱灾的时空格局研究历来受到政府和学术界的重视。旱灾主要由降水系统的异常及其发生相对异常的位置导致，旱灾的严重程度也受到承灾体脆弱性的影响。

根据历史文献记载的旱灾资料，黄淮、华北、环渤海湾地区易发生旱灾，其中以黄淮最甚，山西、河北、山东、河南、陕西等省是特大旱灾的频发省。从宏观上看，中国历史上北方的旱灾比南方频繁且严重。中国旱灾在空间上的扩展，与中国农业开发区域的扩展格局相对应，显示出中国旱灾时空格局深受中国农业空间布局的影响。

1990～2003年，中国旱灾格局呈现出西部旱灾少、东部旱灾多、中部旱灾重、北方重于南方的空间分异格局。全国旱灾频率超过30%的高值县域有225个，约占全国总县数的9.5%；旱灾频率超过20%的县域有1024个，约占全国总县数的43%。中国旱灾频次高值中心分别是东北中西部地区、黄土高原及内蒙古中部地区、湖南及其周边地区；旱灾频次为10%～30%的中值和次高值区基本连接成片，遍布中国的第二、第三级阶梯的广大地区，北方总体上频次值高于南方。

根据报刊记载旱灾资料，中国旱灾总体空间格局的年分布型为东西分异，72.5%的旱灾发生在东部，这与东部农业承灾体集中以及温带草原牧业承灾体载畜量高和生产力不稳定的特征相符合。东部的旱灾中60%发生区分散，与旱灾致灾因子影响的广泛性和频发性相关，也与县域承灾体的脆弱性差异相对应。其他一些旱灾发生的时间具有相对集中性，直接由当年降水系统的异常和发生异常的相对位置决定。

1949～1965年，旱灾的频次格局总体呈东西分异，从西到东有四个梯度带，分别为西部低旱灾频率带、中西部较高旱灾频率带、中东部高旱灾频率带和东部沿海较低旱灾频率带。其中旱灾频率超过20%的高值县有115个，约占全国县域总数的5%。这些高值县在北方相对集中分布在黑龙江西部、内蒙古中部、河北北部和宁夏；在南方主要分布在中部五省（安徽、湖北、湖南、江西和河南）和四川东部、贵州北部和云南。

1978～2000年，中国县域的旱灾频次格局仍呈现东西分异，重灾区在北方分布的高值区不变，其中华北平原有所减少；在南方重灾区变化较大，其中中部五省（安徽、湖北、湖南、江西和河南）整体旱灾频率减少，贵州则明显增大。全国旱灾频率超过20%的高值县有64个，约占全国县域总数的2.8%。

对比这两个时段的中国旱灾格局，第一，全国县域旱灾空间格局总体上呈东西分异，在后一时段，北方发生频率高于南方。旱灾灾频有明显的地带性变化，可能是阶梯地势、降水带空间摆动和承灾体综合作用的结果。另外，北方旱灾高值区的分布可能与东南季风影响和农牧交错带生态环境退化直接相关。第二，后一时段与前一时段相比，全国发生旱灾的范围整体扩大，前一时段中国发生旱灾的县数占总县数的83%，后一时段约为94%；旱灾区向西扩展，重旱灾区域向东北和西南推进，主要表现了人类活动，特别是旱地开垦的扩展方向。第三，从承灾体土地利用类型来看，旱灾高值中心在牧区较稳定，大体都在内蒙古中东部附近，在农区变化较大；高值中心大体由南向北转移，由单中心向双中心发展。特别需要强调的是，中国中部五省（安徽、湖北、湖南、江西和河南）为产粮大省，其旱灾格局在不同时段有所不同。从空间尺度来看，前一时段，中部五省是旱灾的高值区，省内的县域间旱灾频次差异大，说明县域间的抗旱能力和脆弱性差别很大；后一时段，中部五省不再是全国旱灾的高值区，而且省内县域间旱灾频率差异减小，说明一些县域的承灾能力在增强。

1949～2000 年，中国旱灾动态变化趋势为南北区域分异：第一，全国有 77.4% 的地区旱灾增加；第二，长江以北的各地区大多为旱灾增加区，这与北部旱作农业发展迅速有关，长江以南的各地区为普遍旱灾减少区或变化不明显区；第三，长江以北地区旱灾增加幅度存在地区差异，北部黑龙江、内蒙古和新疆增加幅度小，向东南增大，增加幅度最大的区域在长江北岸的四川、湖北和安徽，以及东部沿海的辽宁和山东，前者位于北亚热带，随着气候变暖和农业承灾体面积的增大，受春夏旱和伏旱的双重影响，成灾概率加大，后者为华北工农业用水矛盾尖锐地区，缺水日益严重，旱灾加剧；第四，长江以南地区除广东和海南为旱灾增加区外，其余都为减少区或不变区，其中云南、湖南和江西减幅最大。

3. 雪灾时空格局

1949～2000 年，中国雪灾空间分布格局的基本特征是：第一，雪灾分布比较集中，全国有 399 个雪灾县，集中分布在内蒙古、新疆、青海和西藏四个省（自治区）。地域上形成三个雪灾多发区，即内蒙古大兴安岭以西、阴山以北的广大地区和新疆天山以北地区、青藏高原地区；第二，全国存在着三个雪灾高频中心，即内蒙古锡林郭勒盟东乌珠穆沁旗、西乌珠穆沁旗、西苏旗、阿巴嘎等地区，新疆天山以北塔城、富蕴、阿勒泰和布克赛尔、伊宁等地，青藏高原东北部巴颜喀拉山脉附近玉树、称多、囊谦、达日、甘德、玛沁一带。

1949～1965 年，中国雪灾年均灾次高值区主要分布在新疆天山以北和内蒙古中部地区；1978～1990 年，雪灾年均灾次高值区主要分布在新疆天山西北部和内蒙古中东部及青藏高原东北部一带，新疆高值区西移，内蒙古高值区向东南方向农牧交错带扩展，另外青藏高原东北部巴颜喀拉山脉两侧也为高值区；1991～2000 年，高值区分布范围与 1978～1990 年类似，但高值区、次高值区范围都有扩大趋势，值得注意的是，前一时段为高值区的农牧交错带在这一时段大部分变为次高值区，这可能与当地生态环境建设及舍饲畜牧业有关。对比三个时段的雪灾分布，高值县数、次高值县数明显增加，高值区、次高值区范围扩展速度加快，这是全球变暖导致的雪量变化和承灾体脆弱性加剧，尤其是草原退化加剧的双重影响的结果。

1949～2000 年，全国有 90% 以上的年份都有不同程度的雪灾发生，且雪灾年灾次年际变化比较大，雪灾有增多的趋势。特别是 1976 年以后，无论是雪灾年灾次还是雪灾年灾县都在波动中增加，20 世纪 90 年代后上升幅度加大，值得注意的是 20 世纪五六十年代雪灾年灾次和雪灾年灾县的变化基本同步，而到了 20 世纪八九十年代后，雪灾年灾县变化幅度明显低于雪灾年灾次的变化幅度，这从一个侧面反映出近年来承灾体抗雪灾能力加强，即草业和棚圈设施建设得到提高。雪灾年灾次年际波动幅度大，并呈增加趋势，揭示了雪灾波动主要受气候变化的影响，而人类活动增强特别是单位草场载畜量持续增加导致草地退化是雪灾持续增长的主要原因。

4. 热带气旋灾害时空格局

源自西太平洋的热带气旋引起的台风是对中国东部沿海地区影响最大的气候灾害。有的热带气旋未达到形成台风的强度，只是形成热带风暴，但是热带风暴的登陆对登陆地的自然和人为生态系统也会产生负面影响，因此在本书中将热带风暴和台风对自然系统和人为生态系统的损害统称为热带气旋灾害。

中国是世界上几个遭受热带气旋影响最严重的国家之一，不仅南起广东和广西、北至辽宁的漫长沿海地带时常受到热带风暴或者台风袭击，而且大多数内陆地区也直接或者间接受到台风的影响。中国沿海地区不但人口稠密、经济最发达、社会财富密度最高，而且濒临太平洋，受台风的直接影响危险性最高。

1949～2000年，西北太平洋共发生热带气旋1416次，平均每年27.76次。不同年代的热带气旋发生次数存在着周期性起伏变化。热带气旋的异常与热带大尺度环流存在着紧密联系，特别是厄尔尼诺对热带气旋的影响明显，厄尔尼诺年热带气旋活动减少，而反厄尔尼诺年热带气旋活动增加。

从热带气旋登陆的地区上看，几乎遍及中国沿海地区，但主要是集中在浙江省以南沿海一带。据粗略估计，在华南（广东、广西、福建、海南、台湾）沿海登陆约占登陆总数的89%，其中又以登陆广东的为最多，约占登陆总数的1/3，其次为台湾省，约占总数的1/5。从时间上看，5～6月仅登陆华南诸省沿海；7～8月登陆地点南起广东和广西、海南，北至辽宁的广大沿海地区；9～10月登陆地点在长江口以南沿海一带；11月范围继续缩小，仅广东、海南、台湾三省沿海有热带风暴或者台风登陆；12月，只广东偶有登陆。虽然热带风暴或者台风只在沿海绝大多数地区登陆，但登陆后出现风力大于或等于8级的地区则可达15个。

热带气旋集中发生在7～10月4个月，占到了总数的68.6%，其月际变化与海温的高低有密切关系。

1949～2000年，西北太平洋热带气旋路径遍布从赤道到60°N的广大地区。台风路径频数最为密集的地区集中在中国的南海地区、菲律宾群岛以及马里亚纳群岛附近，这三个地区是热带气旋生成的主要源地。中国台风路径频数最高的地区集中在海南、台湾两省，大陆上受其影响最重的地区在广东、广西、福建沿海，向内陆进入长江中游地区、黄河中游地区，另外东北的大部分地区也受热带气旋的一定影响。总体上，在中国，热带气旋频数从东南向西北逐渐减少。

热带气旋的路径频数有着明显的季节变化规律。冬季热带气旋路径频数最少，中国受热带气旋的影响最小。春季也是热带气旋的休眠期。夏季和秋季是热带气旋活动的频发期，最高达到50次左右。夏秋两季的热带气旋路径频数高值区向北、向西转移，活动面积扩大，南海的路径高频区明显靠近大陆。夏季热带气旋的强度大于秋季，深入内地范围更大。台风登陆的地点从春季到夏季，逐渐北移，夏季达到最北，秋季开始逐渐南移。

4.5.2 北京幅综合生态安全风险评价与制图

1. 研究区概况

北京幅（J50，1:100万）位于114°～120°E和36°～40°N。图幅包括北京、天津、河北、山东的部分地区及山西、河南的局部，跨越华北平原、太行山地、鲁中低山丘陵及渤海西部，是中国北方的工农业生产基地及战略要地。按照《中国生态区划方案》（傅伯杰等，2001），该区有5种不同的生态区（图3-25），分别是华北山地落叶阔叶林生态区、环渤海城镇及城郊农业生态区、胶东半岛落叶阔叶林生态区、鲁中南山地丘陵落叶阔叶林生态区、黄淮海平原农业生态区。较大的河流有黄河、海河（漳河、卫河、滏阳河、子牙河、滹沱河、永定河、潮白河）、滦河和大汶河等。气候类型属于半湿润向半干旱过渡，冬春季节有风沙天气，降水变率大，旱涝灾害较为突出。

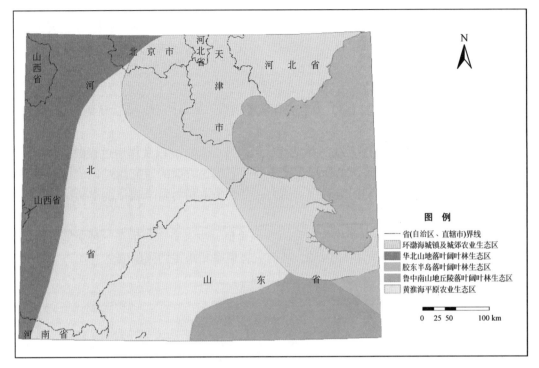

图4-25　北京幅范围及其生态区划

资料来源：傅伯杰等，2001

2. 评价过程

1）评价因子与评价方法

原理与方法同全国生态风险评价，结合区域特点，做了限定和适当修订。

（1）风险源识别。该区域研究仍以主要自然灾害为风险源，区域内主要有8种：干旱、洪涝、地震、风暴潮、暴雪、冰雹、低温冷冻、沙尘暴。

（2）承灾体。生态风险评价的承灾体为生态系统。根据中国1:100万植被图（张新时等，2009）[①]，提取其中的植被亚类作为针叶林、阔叶林、灌丛、沼泽/湿地、草原/草丛、草甸、耕地生态系统；再据中国土地利用/覆被图（刘纪远等，2000）[①]，结合2008年Landsat/TM遥感影像，提取出城镇、河流、湖泊生态系统。综合得到城市、湖泊、河流、针叶林、阔叶林、灌丛、沼泽/湿地、草原/草丛、草甸、耕地10种生态系统作为风险受体。

[①]　北京师范大学环境演变与自然灾害教育部重点实验室提供。

（3）脆弱性分析。地形的脆弱性考虑高程、坡度、起伏度 3 个指标，加权综合得到地形脆弱性。即

$$V1 = 0.3D + 0.4S + 0.3Q \qquad (4\text{-}6)$$

式中，$V1$ 为地貌环境脆弱性；D 为高程；S 为坡度；Q 为起伏度。

生态-环境脆弱性，考虑地貌因子、地表因子、气候因子、人文因子，相应地用植被覆盖度表征地表因子，干燥度表征气候因子。人文因子中，考虑到 GDP 有两方面特征，一方面体现经济发展对生态环境的压力，另一方面也体现环境投入和抵御自然灾害的能力，而目前这两方面的比例难以分割，故而只用人口密度表征人文因子。以上 4 个环境因子加权得到环境脆弱性。即

$$V2 = 0.3V1 + 0.35T + 0.2M + 0.15P \qquad (4\text{-}7)$$

式中，$V2$ 为生态–环境脆弱性；$V1$ 为地貌环境脆弱性；T 为地表因子；M 为气象因子；P 为人口因子。

（4）暴露分析。由于生态系统的复杂性、风险源的多样性以及作用过程的综合性，不同的生态系统暴露于各种灾害时的受损程度不一。目前这方面的研究尚难以确定各生态系统暴露于自然灾害后受损差别的绝对量，因此，往往采取相对量来表征，本研究采用专家打分法，求得暴露系数。

（5）损失分析。以生态资产作为生态系统的价值，生态资产与生态–环境脆弱性和暴露系数的乘积作为遭受灾害的可能损失，再与灾害概率相乘得到风险值。

（6）评价模型

单风险源的生态风险评价模型

$$R_{kij} = \mathrm{Hr}_i \times V2_k \times \partial_{ij} E_j \qquad (4\text{-}8)$$

式中，R_{kij} 为 k 网格对应的生态系统 E_j 暴露于风险源 H_i 的生态风险；Hr_i 为 k 网格对应的风险源 H_i 的概率分级，$1 < i < n+1$，n 为风险源种类总数；$V2_k$ 为 k 网格的环境脆弱性；E_j 为 k 网格对应第 j 种生态系统的生态资产；∂_{ij} 为 H_i 与 E_j 之间的暴露系数。

综合生态风险评价模型如式（4-4）所示。

2）基础数据及数据处理

评价所用基础数据主要包括：1∶100 万中国植被图、1∶100 万土地利用现状图、TM 遥感影像、数字高程模型（DEM）、干燥度分布图、植被指数（NDVI）、人口密度图、中国重点脆弱区分布图（国家环境保护部）以及 8 种自然灾害频率分布图（沙尘暴、雨涝、旱灾、低温冷冻、地震、风暴潮、雪灾、冰雹）、陆地生态系统生态资产分布图（朱文泉等，2007）、中国自然致灾因子相对强度图、国家基础地理信息。

数据处理说明如下：

（1）根据国家基础地理信息中的省界及研究区范围 114°～120°E，36°～40°N，对所有数据通过掩膜提取，以保证数据空间范围的一致性。

（2）对所有源数据进行栅格化为 1 km×1 km，突破人为划定的行政界线和纯自然的地理单元的限制，以保证数据空间分辨率的一致性。

（3）空间分析都基于 ArcGIS 9.2 软件平台上，各数据都统一到 WGS_ 1984_ Lambert _ Conformal_ Conic 投影下，相关参数 Central_ Meridian：105；Standard_ Parallel_ 1：27；

Standard_ Parallel_ 2：45；Latitude_ Of_ Origin：0。以保证在栅格运算过程中数据的可运算性及准确性。

（4）由于各数据量纲不统一，在进行空间分析之前应对数据进行标准化。本研究根据相关地理意义，采取分级赋值的方式来统一量纲，赋值方式见表 3-1。

3）层次分析法确定指标权重

评价过程中涉及指标权重的确定，此研究采用层次分析法（Saaty，1980）。由专家打分构造两两对比的判断矩阵来计算权重，且必须通过一致性检验。各层次指标权重系数如表 4-7 所示。

表 4-7　AHP 法确定指标权重系数结果

目标层	准则层	因子层 1	权重系数	因子层 2	权重系数
生态风险	风险源	洪涝	0.205		
		干旱	0.307		
		暴雪	0.071		
		冰雹	0.065		
		地震	0.102		
		沙尘暴	0.063		
		风暴潮	0.078		
		低温冷冻	0.108		
	脆弱性	地形因子	0.3	高程	0.3
				坡度	0.4
				相对高度	0.3
		地表因子	0.35	（植被覆盖度）	
		气象因子	0.2	（干燥度）	
		人文因子	0.15	（人口密度）	

注：全部权重计算结果都通过 RI 一致性检验，即 CI < 0.1

以上述权重参与运算，得出综合评价结果。

3. 制图规程与评价图

1）图幅内容

《北京幅综合生态风险评价图（1∶100 万）》的核心内容为生态风险分级，按风险值的高低分为低风险、较低风险、中风险和高风险。图幅的底图信息有省（自治区、直辖市）级行政界线、省会或直辖市所在地、一级公路、三级以上河流湖泊；相关的制图要素有图名、图例、公里网（方位）、比例尺。

2）图例系统

颜色：代表生态风险等级。以颜色的色相表示生态风险等级的高低，每种颜色代表一个风险等级，颜色红、橙、黄、绿分别对应于风险等级的高风险、中风险、轻风险、低风险。形态符号：是底色的重要补充。依照标准图例符号形式，可分为点状、线状、面状。

3）北京幅生态风险评价图

按照上述评价方法和制图规程，得到北京幅生态风险评价图（图4-26）。

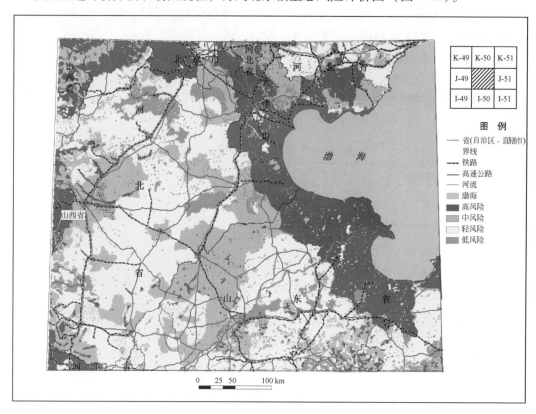

图 4-26　北京幅生态风险评价图（J-50）

需要说明的是，此图显示的是图幅范围内生态风险评价的相对分级。

从评价结果图可以看出各等级风险区的分布态势：高风险区主要为该区环渤海湾沿岸，包括天津市与河北唐山、沧州，山东滨州、东营、潍坊等地的沿海地带，以及该图幅西部、北部的太行山地，包括河北省、北京市及图幅西部的山西、河南部分地区；低风险区零星分布于河北、山东两省。轻风险区和中风险区相间分布，主要在河北省中部、山东省北部，在图4-25的生态区划中，轻风险区和中风险区大部分分布于黄淮海平原农业生态区。

4.6　生态风险评价的不确定性分析

4.6.1　不确定性分析的必要性

不确定性的存在具有普遍性，但多数不确定性的原因都集中在一点——是由信息不完整而引起的。在使用数据进行计算的过程中，不确定性是不可避免的，导致不确定性的因素有很多，如随机误差、语言表达准确性、不可预知性等（Morgan et al.，1990）。在使用量化模型时（Stuart，2003），还会遇到封闭性不确定性（如系统边界的确定）、结构不确定性（概念模型的选取）、参数不确定性（参数选择和设置）等。

生态风险是具有不确定性的事件对生态系统可能产生的损伤，不确定性是它的特点。生态风险的评价也存在着不确定性。对于生态风险评价中的不确定性，其来源可以有以下几方面（USEPA，1992）。

（1）概念模型的建立。概念模型既是问题形成阶段的成果，也是分析阶段的基础。模型中关于风险源潜在威胁、环境效应以及生境等问题的假设如果出现问题，最终的评价就会有缺陷，或源于我们对生态系统的功能缺乏了解、不能明确生态系统中时空因子的相互关系、忽略了压力源以及二次影响。这类不确定性可能是最难以鉴定、量化和减少的。

（2）信息和数据。信息和数据的不完备，如缺失，如分类技术得到的各类生境的面积、空间尺度和空间异质性都具有一定的不确定性，都可能在信息和数据处理的过程中引入。

（3）自然多样性。自然的多样性是风险源和生态实体的基本性质，有可能认识不足或信息不完备，这可以利用蒙特－卡洛模拟法等方法来进行分析。

（4）误差。误差的来源范围很广，如测量中的误差等操作性的内容可以通过良好的操作练习来降低，而模型应用中的误差可以通过敏感性分析、模型的比较等来降低。

总之，对问题认识的不深透，信息和数据的不完备，计算和操作性的误差等，都会造成评价的不确定性。不确定性分析可以为风险管理者提供对风险评价优缺点的洞察，进而通过改进更加准确地评估和预测风险危害程度的高低，并作出抵御风险的准备（Helton et al.，2005）。

此处对中国综合生态风险评价进行不确定性分析。

4.6.2　不确定性分析方法

针对全国综合生态风险评价的特点，本节选用了蒙特－卡洛模拟的方法对评价过程中可能存在的不确定性进行分析。其具体方法如下所述。

1. 风险评价计算值

将所有数据重采样到 10 km×10 km 的分辨率，对于每个栅格的综合生态风险进行计算，结合式（4-3）和式（4-4），采用计算公式为

$$R_{kj} = \sum_{i=1}^{n} \omega_{hi} \times \mathrm{Hr}_i \times V_k \times E_j \tag{4-9}$$

式中，R_{kj} 表示 k 网格的第 j 种生态系统所承受的综合生态风险；Hr_i 为 k 网格对应的风险源 H_i 的概率分级，$1<i<n+1$，n 为风险源种类总数；V_k 为 k 网格的环境脆弱性，全国共 960 万网格；E_j 为 k 网格对应第 j 种生态系统的生态资产，$1<j<g+1$，g 为生态系统类型的总数；ω_{hi} 为风险源 H_i 的权重。

2. 确定风险源随机模拟的概率分布

进行蒙特-卡洛模拟，需要对每个栅格的各个风险源等级按照一定的概率随机模拟。

首先设定不确定性为 U，即原数据中可能有 $U \times 100\%$ 的数据存在不确定性因素。在第 k 个栅格上，对于风险源 H_i 的 l 个风险等级 $(\text{Hr}_{iq})_{1 \times l}$ $(0 < q < l+1)$，设 Hr_{iq} 在全国范围内对应的概率分布值为 P_{iq}，同时设模拟次数为 T，则 Hr_{iq} 模拟值序列 $(\text{Hr}'_{iqs})_{1 \times T}$ $(0 < s < T+1)$ 的概率分布为

（1）如果 $q = 1$，则

$$\begin{cases} P\left[\text{Hr}'_{iqs} = \text{Hr}_{i(q+1)}\right] = U \times P_{i(q+1)} / \left[P_{iq} + P_{i(q+1)}\right]; \\ P\left(\text{Hr}'_{iqs} = \text{Hr}_{iq}\right) = 1 - P\left[\text{Hr}'_{iqs} = \text{Hr}_{i(q+1)}\right] \end{cases} \tag{4-10}$$

（2）如果 $j = 1$，则

$$\begin{cases} P\left[\text{Hr}'_{iqs} = \text{Hr}_{i(q-1)}\right] = U \times P_{i(q-1)} / \left[P_{iq} + P_{i(q-1)}\right]; \\ P\left(\text{Hr}'_{iqs} = \text{Hr}_{iq}\right) = 1 - P\left[\text{Hr}'_{iqs} = \text{Hr}_{i(q-1)}\right] \end{cases} \tag{4-11}$$

（3）其他，则

$$\begin{cases} P\left[\text{Hr}'_{iqs} = \text{Hr}_{i(q-1)}\right] = U \times P_{i(q-1)} / \left[P_{i(q-1)} + P_{iq} + P_{i(q+1)}\right] \\ P\left[\text{Hr}'_{iqs} = \text{Hr}_{i(q+1)}\right] = U \times P_{i(q+1)} / \left[P_{i(q-1)} + P_{iq} + P_{i(q+1)}\right] \\ P\left(\text{Hr}'_{iqs} = \text{Hr}_{iq}\right) = 1 - P\left[\left(\text{Hr}'_{iqs} = \text{Hr}_{i(q+1)}\right) - P\left(\text{Hr}'_{iqs} = \text{Hr}_{i(q-1)}\right)\right] \end{cases} \tag{4-12}$$

3. 计算模拟风险值

对模拟出的序列值 $(\text{RS}'_{kjs})_{1 \times T}$，利用综合风险计算公式进行计算，并求均值，得到模拟的平均综合生态风险值，其计算公式为

$$\text{RS}_{kj} = \sum_{s=1}^{T} \text{RS}'_{kjs} / T = \sum_{s=1}^{T} \sum_{i=1}^{n} w_{ki} \times \text{Hr}'_{iqs} \times V_k \times E_j / T \tag{4-13}$$

利用模拟风险值与计算值相减，可以求出两者的差距，对风险计算的可靠性提供一定的依据。同时，为了排除随机模拟中异常值的出现，在计算过程中，还设定了 95% 置信度的平均值计算，即排除了最大和最小各 2.5% 的值后，求解模拟风险值的平均值。

4. 敏感性分析

主要为衡量风险计算结果对每个风险源的敏感性，此处选用了 Spearman 秩相关系数作为指标，通过计算模拟的风险源序列值与模拟风险值之间的秩相关系数，表现风险值对不同风险源的敏感性，其计算公式为（Helton et al.，2006；Helton and Davis，2002）：

$$\text{Rc}_{kij}(\text{Hr}'_{iq}, \text{RS}'_{kj}) = \frac{\sum\limits_{s=1}^{T} \left[\text{rank}(\text{Hr}'_{iqs}) - (T+1)/2\right]\left[\text{rank}(\text{RS}'_{kjs}) - (T+1)/2\right]}{\sqrt{\sum\limits_{s=1}^{T}\left[\text{rank}(\text{Hr}'_{iqs}) - (T+1)/2\right]^2} \sqrt{\sum\limits_{s=1}^{T}\left[\text{rank}(\text{RS}'_{kjs}) - (T+1)/2\right]^2}}$$

$$\tag{4-14}$$

式中，$\text{rank}(\text{Hr}'_{iqs})$ 和 $\text{rank}(\text{RS}'_{kjs})$ 分别为 RH'_{iqs} 和 RS'_{kjs} 在各自模拟序列中的秩。

同时，为比较每个栅格点上的风险敏感性结构，还需要求解出各个风险敏感度的相对比例，最终用每个风险源对风险计算值的方差贡献统一描述敏感性结构，风险源 H_i 对最终风险的方差贡献定义为

$$\mathrm{Varc}_{ki} = \frac{\mathrm{Rc}_{kij}(\mathrm{Hr}'_{iq},\mathrm{RS}'_{kj})^2}{\displaystyle\sum_{i=1}^{n}\mathrm{Rc}_{kij}(\mathrm{Hr}'_{iq},\mathrm{RS}'_{kj})^2} \tag{4-15}$$

4.6.3　不确定性分析结果

设定模拟次数为 10 000 次，分别设定 0.25 和 0.50 的不确定性，对全国综合生态风险评价的计算进行不确定性分析。图 4-27 是全国综合生态风险的计算原始值，是分析的基础。

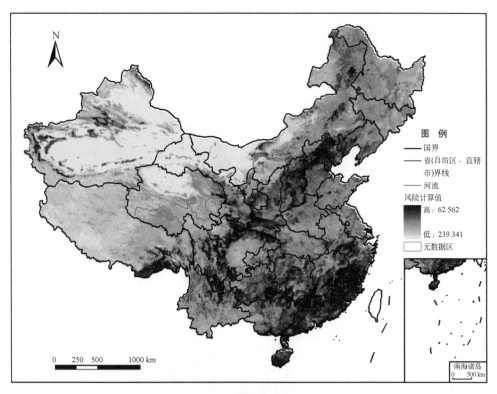

图 4-27　中国综合生态风险值

采用蒙特-卡洛模拟，得到低不确定性情况下(0.25) 模拟风险值的平均值 （图4-28）和高不确定性情况下(0.50) 的模拟平均值 （图4-29）。

将生态风险模拟图与计算图比较，可以看出综合生态风险的强弱格局是一致的。在此基础上，进一步求出风险模拟平均值与计算值的比值 （RS_{kj}/R_{kj}），以分析可能的偏差情况。同时，计算出模拟风险最大值与计算值的比值 （$\mathrm{RS}_{kj-\max}/R_{kj}$），以分析潜在最大风险的分布状况。将上述两种不确定性分析的结果列入表 4-8。

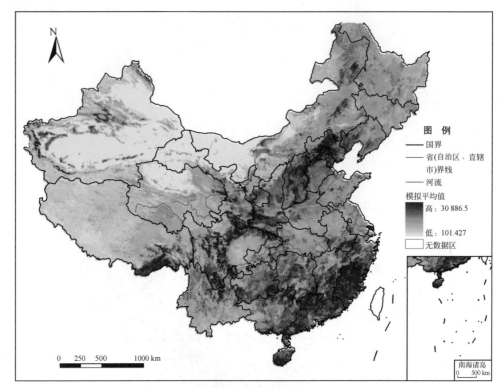

图4-28　低不确定性情况下中国综合生态风险模拟平均值

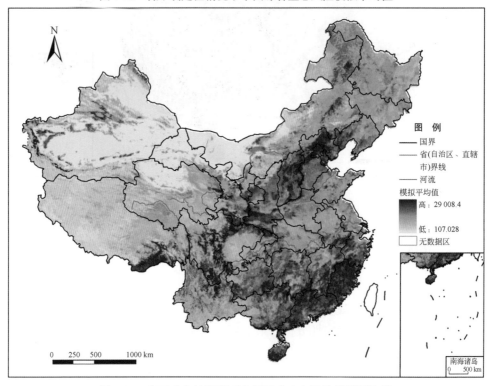

图4-29　高不确定性情况下中国综合生态风险模拟平均值

表 4-8　不确定性分析结果

指标	低不确定性		高不确定性	
	分级范围	所占比例/%	分级范围	所占比例/%
模拟平均值/计算 风险值（RS_{kj}/R_{kj}）	0.80~0.95	0.44	0.80~0.95	17.03
	0.95~1.05	98.53	0.95~1.05	77.35
	1.05~1.20	1.03	1.05~1.20	5.52
	1.20~1.40	0.00	1.20~1.40	0.11
模拟最大值/计算 风险值（$RS_{kj-\max}/R_{kj}$）	1.00~1.50	84.32	1.00~1.50	76.05
	1.50~2.00	15.36	1.50~2.00	23.00
	2.00~2.50	0.28	2.00~2.50	0.85
	2.50~3.00	0.04	2.50~3.00	0.10

　　由图表可见，低不确定性和高不确定性情况下模拟结果与计算结果趋势一致。两种不确定性情况下的模拟平均值与计算值都比较接近。在低不确定性下，偏差 0.05 内占了 98.97%，且没有超过偏差 0.20；在高不确定性下，偏差 0.05 内占了 77.35%，偏差 0.20 内占了 99.89%。求解两种情况下的模拟值的比值，结果为 0.88~1.08，说明不确定性的变化对模拟值的影响较小。从模拟最大值与计算值的比较来看，低不确定性和高不确定性情况下，比值在 1.5 倍以下的分别占 84.32% 和 76.05%；比值在 2 倍以上的分别占 0.32% 和 0.95%，不确定性对此结果的影响不大。可以看出风险计算值在表征潜在大风险时的性质比较稳定，结果可信。潜在最大风险超过 1 倍的（比值＞2）主要在青藏地区的阿坝等地，对这些地方要加强关注。

　　为更加准确地描述风险计算值偏差的可能性及其比例，本项研究设定了 5%~95% 每隔 5% 的不确定性序列，对风险值进行各个不确定性情景下的模拟，并求出其平均值与风险计算值的比值，得出了全国不同分级范围内 RS_{kj}/R_{kj} 值的变化情况，如图 4-30 所示。

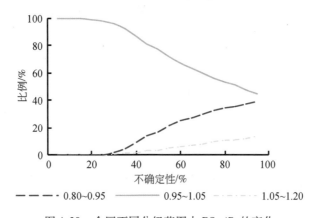

图 4-30　全国不同分级范围内 RS_{kj}/R_{kj} 的变化

　　据所得结果，全国范围内，当不确定性小于 30% 时，计算值与模拟平均值基本相同。当不确定性超过 30% 后，随着不确定性增大，偏差 0.05 的情况减少，偏差 0.20 的情况增加，且计算值可能偏大的比例逐渐增加，最大可达到40%，而计算值可能偏小的比例最大不足20%。可以认为，不确定性小于30%的情况下，评价计算值是相当可靠的。

敏感性分析表明，0.25和0.50两种不确定性情况下，最敏感风险源的分布大体相似，在北方地区为干旱，其中东北部分地区为洪涝；在南方地区为洪涝，低不确定性下东南沿海有台风；在西北和青藏地区为暴雪、滑坡泥石流、地震，低不确定性下还有沙尘暴。最敏感风险源多是按区成片分布，体现出该区域风险的最主要特征，同时应该与权重有关。

4.7　结论与讨论

（1）中国综合生态风险评价的结果显示，中国生态保护、风险防范任重而道远。从诸种风险源叠加的综合风险来看，生态系统高风险、中风险等级的比例占全国45%。森林生态系统高风险区比例大，其保育投入和风险预警、防范、救险、恢复系统必须加强，以建立中国良好的生态屏障。草地生态系统除防范自然灾害外，还要关注气候变化和人为因素引起的草地退化等缓变风险。农田生态系统是保障食物安全的主要基地，需提高抵御自然灾害的能力，通过基本农田保护和科技投入，改善食物供给和生态服务的品质。其他生态系统如河、湖、湿地等，对气候变化和人类影响反应敏感，建立适应的风险防范机制、合理利用和保护势在必行。

（2）本项研究是以主要自然灾害为风险源，以生态系统为风险受体，以生态资产表征其价值，考虑生态－环境脆弱性对损失影响的相对生态风险评价。是面对中国大尺度范围、多风险源、多承灾体的一种综合生态风险评价探索。从以上界定中可以看出我们还有很大的研究空间。在风险源方面，可以进一步考虑缓变胁迫和人为压力；在风险受体和潜在损失方面可以细化到群落和物种以及各种单项生态服务功能的损失；在脆弱性方面可以基于生物生理特征探讨它的脆弱性和抵抗力，还可以考虑社会因素的影响。这些进一步的细化研究可以先从中尺度、小尺度区域，或单风险源或少风险受体着手进行。

（3）通过蒙特－卡洛方法进行风险评价的不确定性分析，可以认为本次中国综合生态风险评价结果可靠性较强，能够反映中国综合生态风险的强弱格局和大多数地区的潜在综合生态风险。但不确定情况下青藏高原等地的局部生态风险有可能被低估，今后在风险防范中要引起重视，对风险评价的方法还可进一步改进。此外，敏感性分析也显示出评价过程中权重设置的重要性，而权重的设置不确定性较大。本次采用的专家打分和AHP法通过了一致性检验，但十分依赖于专家的经验，如何更为定量化地确定权重还需探讨。总之，本项研究结论是可信的，同时有着极大的深入研究空间。

第5章　综合生态安全风险防范技术体系构建[*]

生态风险防范和预警对于研究区域内的社会、经济、环境的协调发展具有重要意义，与生态风险评价不同，生态风险防范和预警强调人的积极主导作用，在生态风险现状分析的基础上，针对区域内可能对生态系统产生不利影响的风险因子，从分析系统要素和功能（过程）的角度出发，探求维护系统生态安全的关键性要素和过程。通过对风险诊断指标的对比分析，划分生态风险等级，提出科学有效的防范措施，制定不同风险等级的预警标准，从而降低区域生态风险发生、发展的可能性。

5.1　综合生态风险防范研究的背景

5.1.1　生态风险防范体系构建的基本过程

生态风险防范体系的构建需要综合考虑各类生态风险类型及其相应的社会、经济与环境等属性，依托 RS 和 GIS 技术，建立生态风险预警的数据库，并对相关指标进行辨识与调整，从而为生态风险预警系统的构建奠定必要的数据基础。在此基础上，利用 GIS 技术将生态风险数据可视化，为生态风险防范与预警决策提供良好的数据平台。

生态风险预警体系的构建一般包括以下四个逻辑过程：发现警情→分析警兆→判断警度→警情排除。警情是指生态条件动态变化过程中出现的极不正常的现象，也就是已经出现或将来可能出现的问题，发现警情是预警的前提；警兆是指警情爆发之前的一种预兆，警兆可以划分为内生警兆和外生警兆，内生警兆是生态风险安全预警所能选取的指标，外生警兆与生态条件本身无关，只能作为定性分析时预测的依据；警度是对生态风险警情大小的定量描述，一般划分为无警、轻警、中警和重警（GB/T 20481—2006），不同的指标计算出的警度值可能不一样，对警度的划分和表示方法也不同。通过分析警源、警兆、警度等，对生态风险进行多方的数据挖掘与评价，建立生态风险安全动态监测体系、生态风险安全预警系统、生态风险安全保障体系，为区域生态风险安全战略选择提供建设性意见。

5.1.2　生态风险的研究现状

从研究对象来讲，生态风险研究涉及各种生态风险类型，包含生态、经济与社会安全

＊ 本章执笔人：北京大学的王仰麟、殷贺、李正国、沈虹。

等多种内涵，但现有研究大多是对单项生态风险的研究（Landis and Wiegers，1997）；在研究内容体系上，完整的研究应是针对区域主要的生态安全问题，在系统分析生态安全影响机理的基础上，建立区域生态风险评价指标体系、量化方法（殷贺等，2009；毛小苓和倪晋仁，2005），构建以区域生态风险数理评价模型和空间评价模型为基础的预警系统，确定风险等级标准，通过预警分析评价，提出综合运用行政、法律、经济等措施进行区域生态安全维护与管理的对策与措施，但现有研究大多偏重于土地资源问题与现状水平评价研究，缺少对生态风险预警的研究。

从生态风险研究的总体水平来看，目前研究仍处于起步阶段，概念性、定性的研究多（付在毅和许学工，2001），生态风险预警评价指标体系的建立特别是评价指标安全阈值的确定仍需要进一步探索（周国富，2003），评价方法上仍以数理评价、静态评价模型占主导，而空间评价、动态评价模型较少。因此，仍需要从生态风险的空间性、动态性出发，在深入探讨生态风险动态评价方法的基础上，将数理模型与 RS、GPS、GIS 技术相结合构建生态风险预警的空间评价模型，在静态评价的基础上对生态安全状态及趋势进行综合分析与评价，才能对区域生态安全水平作出科学、客观的评价（蒙吉军和赵春红，2009；周平和蒙吉军，2009）。

在研究区域上，生态风险预警研究的区域有待扩展。目前，中国生态安全研究以省级区域研究的居多，国家和区域层面上的生态风险研究偏少，尤其是对生态风险问题比较突出的经济快速发展地区的生态风险预警问题研究明显不足，而这些区域正亟须开展生态风险研究和进行预警分析，从而及时了解生态风险状态及变化趋势，以便针对生态安全问题采取必要的措施，为经济的快速发展提供必要的生态安全保障。

作为生态风险安全研究的基本内容和技术难点，生态风险安全预警的研究目前仍处于起步阶段，其理论体系、技术与方法还有待于进一步深入和完善。因此，加强风险防范技术体系的建立将有利于充分认识区域生态风险状况，有利于促进国家生态安全体系的建立，从而对保障区域可持续发展、协调区域人地关系、保证区域经济社会可持续发展产生重要意义。

5.1.3　综合生态风险防范研究的技术路线

1. 总体研究框架

生态风险防范是生态风险管理的重要手段，生态风险防范技术体系可以由两个子系统构成：生态风险防范子系统、生态风险预警及预案子系统（图 5-1）。

生态风险防范子系统主要是在当前生态风险现状分析的基础上，针对区域内可能对生态系统产生不利影响的风险因子，提出科学有效的防范措施，尽可能地降低区域生态风险发生、发展的可能性。生态风险预警及预案子系统主要对区域生态环境社会状况进行分析、评价和预测，确定主要风险发展变化的趋势、速度以及达到某一变化限度的时间等，适时地发出生态风险变化和恶化的各种警戒信息并提供相应应急预案，为区域减低风险提供决策依据。

生态风险防范体系的构建具有多尺度、多层次的特点。在宏观尺度上，构建全国不同

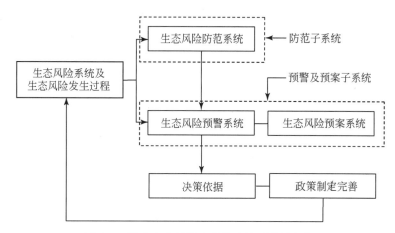

图 5-1　综合生态风险防范技术体系总体框架

类型生态安全风险防范、预警及预案系统，是在全国综合生态安全风险识别、分类及评价的基础上，针对全国不同类型的生态风险源，拟从风险源发生、发展以至转变消亡等不同层次构建全国综合生态安全风险防范系统；同时结合生态安全风险评价标准，构建全国分类型生态安全风险预警系统，并提出相应的生态安全风险应急预案。

从微观尺度上，构建高风险区域综合生态安全风险防范、预警及预案系统。在全国分类型、分级别综合生态安全风险防范、预警与预案系统的基础上，鉴于高风险区域的特殊性和重要性，分别遴选全国主要高生态安全风险区域及高生态安全风险源，并以高风险区域为单元、以高风险源为对象，构建专门的高风险区域综合生态安全风险防范、预警及预案系统。

生态风险系统及生态风险发生过程，决定了区域相应的生态风险防范系统和生态风险预警及预案系统。这两个子系统为区域生态风险评价提供了科学而重要的决策依据。区域政策的不断完善，可降低生态风险，巩固社会经济的可持续发展，产生一个良性的循环响应机制。

2. 综合生态风险防范体系的建设方案

综合生态风险防范体系的构建是实现风险管理系统可视化的必然要求，其建设方案需要综合考虑各类生态风险类型及其相应的生态、经济与社会等基础数据，依托 RS 和 GIS 技术，对相关指标进行辨识与调整，构建生态风险防范的指标体系，应用生态风险的评价和预警模型对区域的生态安全进行预测和分析，形成交互式的可视化决策支持平台，为生产者和管理者提供决策参考。

综合生态风险防范体系的建设方案至少包括五个部分（图 5-2）：两个核心模块分别为风险防范模块和风险预警/预案模块；三个支持平台分别为基础数据库平台、数据分析处理平台和决策分析平台。其中，基础数据库包括区域年鉴、气象数据、自然地理、社会经济数据等；基础数据则以地面监测和卫星遥感等为主，如气温、降水量、风速、土壤湿度等地面监测资料和 Landsat、MODIS、NOAA/AVHRR、FR 等卫星地面接收站获取的遥感影像。

分析处理平台包括数据检索查询、数据分析和预测评估等功能。通过数据分析处理平台，可以查询系统数据库中的基础空间数据、遥感数据、人口社会经济、环境和生态等资料，在此基础上，识别区域风险源的类型，运用定性分析模型、定量数学模型和计算机模拟等对生态风险进行分析预测，判别风险源的发生概率、强度及影响范围，进而确定区域生态风险的预警时间、解决的可能性和相应的预案等级，从而为管理者提供决策参考。

决策支持平台包括数据交换、人机互动、反馈调节功能等，其主要目的在于对生态风险进行有效的管理，包括风险未发生时的防范、风险来临时的应对和风险过后的恢复与重建，在此过程中，信息的交流和反馈非常重要，通过防范体系的数据交换以及反馈调节，制定科学实时的应对方针，对风险进行规避、抑制和转移。

综合生态风险防范体系是基于相关技术支撑和国家标准的基础而构建，它应当成为一个对政府和公众开放的技术体系，具有友好的人机交互界面，能够为政府机关和政策管理提供参考，同时还能促使公众参与区域生态风险防范的决策。

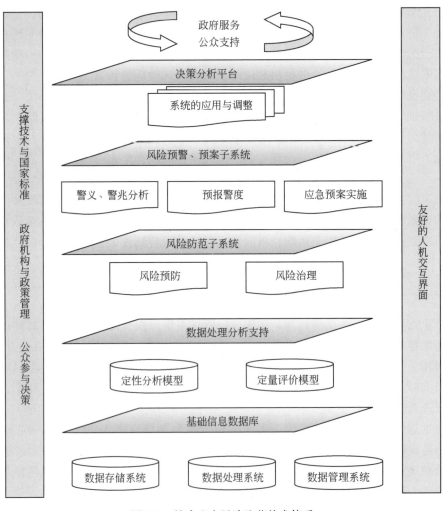

图 5-2　综合生态风险防范技术体系

5.2　全国不同类型生态风险防范体系

利用"生命周期理论"，分别从"源头防治"、"过程控制"和"末端治理"三个逐渐递进的层次，构建全国不同类型生态安全风险的防范体系。

对于"源头防治"，是在生态风险发生之前，适当调整区域内社会和个体的需求和行为方式，以减少较大风险活动的出现；在风险因子产生前，对潜在生态风险源的初级控制过程进行有效管理，以减小风险因子释放的可能性和规模。

对于"过程控制"，是在生态风险因子释放之后，采用相应的手段控制生态风险活动的形成过程，降低风险因子与受体空间重叠的可能性和程度；在生态风险危害发生后，采取应急预案最大限度地减少风险损失。

在"末端治理"时，进行生态风险危害的恢复和调整。通过布局、规划等选择过程，调整潜在生态风险源和风险受体的时空位置以及其他属性；通过对生态风险源初级控制机制的调节，以减少生态风险因子释放的可能性和规模。

生态风险预警及预案体系是基于国家标准和相关法律政策而构建的，其主要任务是将生态风险空间特性转换为对于预警有正面效益的信息与建议。本体系至少由三大部分组成：首先，预警信息的生成；其次，预警信息的发布；第三，预案系统的实施（图5-3）。生态风险预警及预案体系主要通过先进的 GIS/RS 技术，基于不完备信息条件下自然灾害风险评价理论，利用空间统计分析和人工神经网络的改进模型，建立生态风险预警的量化方法和评价指标的安全阈值，从横向和纵向两个维度验证生态风险预警模型的精确性，构建生态风险预警模型系统，并验证系统的效能性、可靠性与实用性。另外，在这个体系中，预警的时间尺度是一个非常重要的因素，因为不同类型的生态风险需要不同的时间尺度（高长波等，2006）。例如，大气污染源的生态风险和地震生态风险的预警时间尺度就有较大差别。

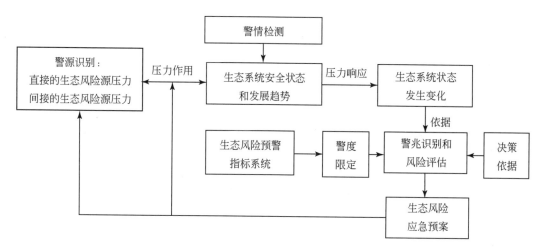

图 5-3　不同类型生态风险预警及预案体系总体框架

5.2.1　瞬时性风险防范技术

1. 地震风险

地震是多种自然灾害中对生态破坏作用最强烈的灾害类型之一，这是由地震的突发性和不可预测性所决定的，加之地震引发的系列次生灾害更加重了对生态破坏的程度。

地震风险会对生态系统造成严重破坏，对生态环境造成严重影响：① 地震灾害造成生态系统结构破坏和功能衰退，甚至会造成植被的丧失；② 地震灾害造成大量山体滑坡、崩塌、泥石流，水土流失加剧，严重威胁流域生态系统的安全；③ 地震灾害对大熊猫等珍稀野生动物的栖息地造成严重破坏，进而威胁到野生动物的生育和繁殖；④ 地震次生灾害产生的污染物最终进入到土壤生态系统中，灾后防疫过程中使用的杀虫剂在土壤中产生残留，破坏土壤生态系统；⑤ 地震灾害可能引发森林病虫害等次生灾害。

中国的地震多发生在重要的生态脆弱区，生态体系复杂，地震对生态系统及其生态功能的危害较大。以汶川震区为例，震区所属的邛崃、岷山和秦岭山系，是中国森林资源的主要分布区之一，主震区所处的龙门山区，是四川省森林资源最为丰富的地区，林地占辖区面积的比例高出四川平均水平 17%，是长江上游水源林涵养区，也是天然林保护、退耕还林等重点工程实施区，森林面积大、蓄积量高，生态区位十分重要。灾前不仅森林覆盖率高、植被类型丰富，而且保存较好。四川省地震灾区有主要以保护大熊猫、金丝猴等珍稀濒危动植物多样性及其自然生态系统为目标的自然保护区 51 个，保护着 263 个重要物种（昆虫除外），其中国家 1 级和 2 级保护动植物 60 余种，处于国际自然与自然资源保护联合会（IUCN）易危（VU）以上级别的有 80 余种。此外，灾区分布着 3 处世界遗产保护地——九寨沟黄龙自然遗产地、大熊猫栖息地自然遗产地以及都江堰青城山文化遗产地。四川卧龙、甘肃白水江、陕西佛坪 3 个国家级自然保护区，基础设施损失严重。地震使受灾区域山体大面积垮塌，森林植被毁损严重，四川省森林生态系统及珍稀野生动植物资源受到严重破坏。

2. 地震风险防范技术体系构建

根据"生命周期"理论，地震风险防范技术体系的构建如图 5-4 所示。

1）震前生态系统保护

生态系统的震前保护主要着眼于生态风险的预防和生态系统的保护。首先根据历史资料，结合地质构造带的空间分布信息，对地震的空间分布概率进行预估，确定地震风险的时空属性特征。针对具有潜在地震风险的区域进行生态系统调查，进而掌握区域内分布的关键性生态系统类型及其分布状态。在此基础之上，有针对性地对生态系统进行有效保护和生态建设。

在中国，许多活跃的地质构造带多位于生态脆弱区，物种构成丰富，并分布有许多珍稀的野生动植物。例如，四川汶川震区是中国大熊猫、金丝猴等重要物种保护区之一。瞬时发生的地震可能会对其构成重大的威胁，进而影响到生态系统的稳定和平衡。对于地震风险的防范应将其纳入区域生态风险管理的范畴中，在地震风险发生之前尽可能地对其进

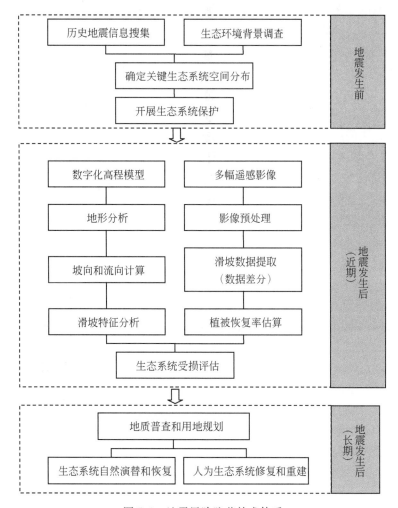

图5-4　地震风险防范技术体系

行有效保护，增强生态系统的稳定性和持续性。

2）地震发生之后的生态损失评估

地震发生之后，应当及时迅速地了解区域生态系统的受损情况，进而为下一步震后生态系统恢复与重建提供可靠依据。采用地理遥感信息系统中的空间分析方法，研究区域生态变化特征和空间分布，通过实地勘察、野外定位考察，研究地震灾区生态系统损失强度。归一化植被指数（NDVI）是植被特征的综合反映，在某种程度上可以反映整个生态系统的结构和功能特性。借助 NDVI，构建反映地震损失的植被指标 VRR（vegetation restoration and rehabitation），迅速、快捷地对生态系统的受损状况进行监测（于文金，2008；Lin et al.，2005）。VRR 的计算方法为

$$VRR(\%) = \frac{NDVI_2 - NDVI_1}{NDVI_0 - NDVI_1} \tag{5-1}$$

式中，$NDVI_0$ 为 NDVI 的初始值；$NDVI_1$ 为 NDVI 的标准化值；$NDVI_2$ 为地震后的 NDVI 值。如果 VRR 小于 0 则说明区域植被恢复条件脆弱，0～100 说明区域植被恢复能力强，

大于100则表明区域植被优于地震前的植被覆盖。

在此基础上,迅速而准确地对地震造成的整个区域生态损失进行有效评估。采用综合指标法建立生态系统损失快速评估模型,研究地震灾害生态系统和功能损失及灾害度。相关研究表明,地震的生态损失由三部分组成:区域生态直接灾害损失、受损生态系统恢复资金投入和恢复期生态系统生态服务功能的损失。鉴于生态系统服务功能和经济损失存在一定的量化难度,在研究中可以依靠综合指标分析法计算地震生态灾害度,以此来衡量经济系统受灾害损失的严重情况。

3)震后生态系统的恢复与重建

a. 以生态恢复为主,人工建设为辅

震后的生态重建,应当充分发挥生态系统的自我调节功能,使其能够自然修复,同时,也要适当地开展生态工程建设,加快生态系统的恢复。植被是生态系统的重要构成,为其他生物,尤其是野生动物提供食物、栖息等生存条件。因此,震后的生态系统重建应当着力恢复和修复当地植被。

在地震中,自然植被在地震喷发冒水、泥石流、山体滑坡后,遭到了毁灭性的破坏,植被生长的原生环境丧失,土壤退化,岩石裸露,大面积内如同采石迹地一般。在这种退化土壤上,灾后植被可能进入到原生或次生演替群落状态。因此,对于进入原生演替的自然群落,选择栽种原生植被,并结合现代生态恢复技术,可加快演替速度,较快地恢复自然景观。在生态系统重建阶段,可以进行封山育林、飞机播种原生群落植被种子或人工栽植种苗,控制植被系统演替方向,加快演替速度,减缓或阻止生态系统的退化。

b. 防止震后可能产生的污染扩散对生态系统的再次破坏

1999年土耳其的伊兹密特(Izmit)地震造成了化学污染物质的扩散,对Izmit海湾生态系统造成了严重的破坏和损伤。1976年中国唐山大地震就发生了轻油泄漏和氯气冒出事件,对农业生态系统造成了破坏。因此,需要加强对震后的污染监测,有针对性地进行污染治理,防止污染的扩展及可能产生的严重生态后果。

首先,在地震灾后各方面的重建工作开展进入一定阶段后,相关部门应开展生态系统所遭受污染现状的调查工作,获得第一手资料。对污染源、污染范围进行排查,对污染程度和可能带来的生态后果进行有效评估。尤其需要关注震区的矿山、发电站尤其是核电站、大型化工厂、石油开采加工等企业的受损及污染物质泄漏状况。

其次,规划部门根据污染的基本状况,重新进行生态规划。对于重度污染的农业系统,应采取工程与生态修复相结合的办法进行治理,土壤污染不符合现有农田标准的,应改作用材林或牧业用地;对于轻度污染的农业生态系统,可以通过抗污染植被的种植来修复,并进行多年跟踪,达到农业用地标准后,重新划归;对于城市绿地,可以根据污染程度,科学地选择园林植被来修复。

c. 加强震后监控,防止生物入侵等震后连锁生态风险

地震产生的次生灾害(包括滑坡、泥石流等)导致部分区域内的土著种和生态系统完全崩溃,成为次生裸地。伴随着区域环境中土著种的消失和生态系统的破坏,外来入侵种可能会加速进入新的生态环境,进而造成本土物种的进一步丧失。

从入侵途径进行控制,是防止震后生物入侵的重要手段。相关研究证实,国内救援物

资和救援人员携带的入侵物种，是震后生物入侵的主要途径之一（李伟等，2008）。因此，应及早开展对外来入侵种的监测工作，严密监测灾民临时安置点周围的环境、国际救灾物资及包装材料堆放处等；应该选择有代表性的地点，每间隔一定时间，对这些区域进行监测，如 3 个月监测 1 次。

对于已经在地震灾区出现的外来入侵种要及时采取防控措施，将外来入侵种对当地生态环境和社会经济的损失降低到最小限度。对不同的入侵种可以采取不同的风险应急预案（向言词等，2002）。预案一：如果外来入侵植物可以作为牲畜的饲草，鼓励当地民众刈割这些植物用作饲草，达到一举两得的目的；预案二：对那些不能作为饲草的外来入侵植物可以考虑采取生物防治的方法，引入天敌进行防治；预案三：对那些既不能牲畜食用也没有天敌的外来入侵种可以用化学的方法防除，如对外来入侵昆虫可以用杀虫剂来进行防除，对外来入侵植物可以用除草剂进行防除。

5.2.2　渐进性风险防范技术

1. 干旱风险

中国大部分地区属亚洲季风区，受地理、季风和台风等因素的影响，中国降水量的时空分布极为不均。首先，不同区域的降水分布差异很大，中国既分布有降水丰沛的热带、亚热带湿润地区，又分布有面积广阔的降水稀少的干旱、半干旱区。其次，降水的年内季节分配不均衡，年际之间变化也很大，导致干旱总是在不同地区、不同时期频繁出现。此外，从气候发展趋势来看，全球温室效应不断加重，气候变暖趋势明显，出现异常气候的概率比以往增多，发生干旱的风险进一步加大。

干旱对生态系统的影响主要集中在以下几个方面：通过抑制光合作用来降低陆地生态系统总初级生产力；降低生态系统的自养呼吸和异养呼吸；通过影响其他干扰形式来间接影响陆地生态系统生产力，如增加火干扰的发生频率和强度，增加植物的死亡率，增加病虫害的发生率等。

对干旱风险的防范有利于将此类渐进性风险的危害性降到最低限度，进而为区域生态系统稳定提供保障。由于干旱对农业生态系统此类人工生态系统的干扰程度最强，经济损失也最大，因此，针对农业生态系统干旱风险的防范是干旱生态风险防范的主要研究内容。

2. 干旱风险防范技术体系构建

干旱风险防范技术体系主要有两个子系统，干旱风险防范子系统和干旱风险预警子系统。根据生命周期理论，干旱风险防范子系统对应干旱风险来临之前的预防和干旱风险过后恢复，主要是通过分析、预测干旱发生发展规律，提前优化组合各类抗旱措施以求最大限度提高应对干旱风险能力，并在干旱风险结束后对抗旱措施进行评价的全部过程。干旱风险预警子系统则是对应风险来临后的风险管理，其主要内容是在干旱风险发生后，通过预警指标对风险的警度进行判断，然后迅速地发出警报并启动相应的风险预案（图 5-5）。

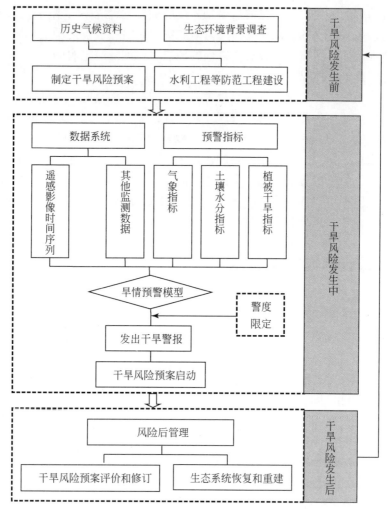

图 5-5　干旱风险防范技术体系

1）干旱风险来临前

根据当地历史气象资料，分析其波动变化周期，掌握该区的干湿变化规律，对该区未来年份可能出现的干旱风险进行预判，进而提前做好相关风险管理准备。

在干旱风险来临之前还要制定科学合理的风险防范预案制度，主动防范干旱风险。推选干旱风险预案制度是主动防御旱灾的一项重要措施。干旱风险预案就是在总结该地区干旱发生、发展规律的基础上，按照干旱风险防范目标，在分析现有水源和充分利用现有工程设施的基础上，针对不同的风险警度制定不同干旱条件下的干旱风险防范对策和措施。从本质上看，干旱风险预案是应对干旱的行动指南，在干旱风险发生后，就可以通过风险预案有序地采取行动，分阶段、分地域提出对策，采取工程和非工程措施相结合的办法，进而保证风险防范顺利地开展。

相关配套水利工程设施的建设是干旱风险预防的重要举措。水利工程的建设，能够使河流湖泊的天然水资源通过水利工程的引导和调蓄，引离天然河道进入其他渠道，从而降低因降水时空分布不均而发生干旱风险的概率。水利工程的建设也需要因时、因地而考虑，尤其应当考虑当地的生态环境背景。例如，在干旱、半干旱的绿洲生态系统中，如果过多兴建水利设施，反而会使当地脆弱的生态系统更加不稳定，容易造成荒漠化问题的产生。

2）干旱风险发生中

在干旱风险发生的过程中，应当启动干旱风险预警系统，对干旱风险的发展态势进行监测预警，实行风险预案。首先，需要事先制定干旱风险预警指标体系，研制预警模型；其次，需要对警度进行划定，为风险预案的启动提供依据。其中，预警指标的选择和预警模型的构建是关键。

在预警指标的选择上，首先要对干旱进行明确的定义。从气象学角度来看，干旱有两种定义：气候干旱和气候异常，前者是一种气候状态，如中国北方干旱、半干旱气候区，多年平均降水在 400 mm 以下，干旱是其基本特征；后者是一种气候变化态势，是指在某些年份或者一年中的某个时期，降水量低于常年，造成干旱。这种定义就是以降水量作为干旱的指标。对于植被，干旱不仅与降水量的多寡有关，还与植被的需水量有关。在一定的降水条件下，当需水多的植被受旱时，尤其是耗水多的农作物受到干旱的威胁时，其他需水量少的植被不一定受旱，而且同一种植被类型在不同生长阶段的需水量也不相同。

预警指标可以包括气象指标、土壤水分指标和植被干旱指标。气象干旱指标是最直观和简便的一类干旱指标，2006 年开始实施的国家标准《气象干旱等级》（GB/T20481—2006）以标准化降水指数、相对湿润指数和降水量为气象干旱指标的主要构成。

然而，气象指标只是反映了降水量的多寡，并不能反映区域内部土壤环境的差异对干旱程度的影响。土壤相对含水量是土壤水分指标的主要构成，它可以反映出土壤水的饱和程度、对植被的有效性及水与气的比例情况，在农业干旱监测中被广泛应用。在区域尺度上，大面积直接对土壤相对含水量的测量比较困难，目前多采用遥感技术测定大面积土壤含水量。在土壤含水量的遥感监测手段中，土壤热学特性的热红外技术是最常用也是最有前景的一种监测方法，其主要原理是通过建立土壤含水量与土壤热惯量之间的关系模型来监测一定深度的土壤含水量。

植被干旱指标和土壤水分指标有着密切联系，但又有所区别。土壤含水量的多寡影响植被的生长状态，而植被类型的差异又会进一步影响干旱程度的判别。因此，可以将植被和温度结合起来进行干旱预警分析。植被－温度干旱指标是条件植被指数和条件温度指数的加权值（Bhuiyana et al.，2006；Bayarjargala et al.，2006；Vijendra et al.，2005）。条件植被指数（VCI）和条件温度指数（TCI）的定义分别为

$$VCI = \frac{NDVI - NDVI_{min}}{NDVI_{max} - NDVI_{min}} \tag{5-2}$$

$$TCI = \frac{LST - LST_{min}}{LST_{max} - LST_{min}} \tag{5-3}$$

式中，$NDVI_{min}$ 为多年 NDVI 最小值；$NDVI_{max}$ 为多年 NDVI 最大值；LST_{min} 为卫星热波段亮度温度反演出的土地多年表面温度最低值；LST_{max} 为卫星热波段亮度温度反演出的土地多年表面温度最高值。将两指数结合起来监测干旱风险，即

$$DI = A_1 \times VCI + A_2 \times TCI \tag{5-4}$$

式中，DI 为植被－温度干旱指数；A_1 和 A_2 为权重。

3）干旱风险结束后

干旱风险的"末端治理"是干旱风险结束后风险治理过程，主要围绕着受损生态系统的进一步修复展开，其目的是恢复遭受风险破坏的生态系统稳定性，从而增强生态系统抗干扰能力。在"末端治理"过程中，要对风险预案的实施情况进行进一步的评价，为风险预案的修订和完善提供可靠依据。

5.3 高风险区综合生态风险防范、预警及预案体系

高风险区综合生态风险防范、预警及预案体系中的风险防范子系统是通过划分若干个子区，针对各个子区内不同的生态风险源类型，制定不同的生态风险防范措施，而风险预警及预案子系统则结合全国生态风险预警及预案系统，针对高风险区的风险特征，制定预警指标体系以及构建预警模型，划分预警等级，并且根据不同的预警等级制定相应的应急预案（图5-6）。然而，由于区域生态风险类型多样，风险源和生态受体具有多重性，其生态终点也多种多样，这在一定程度上对生态风险防范体系的构建造成了困难。因此高风险区生态风险防范技术体系的构建应当着眼于区域的关键生态环境问题，从结果入手，针对区域的主要生态终点，溯源寻找相应的生态风险源和生态受体，由此来构建生态风险防范体系，进而为区域生态风险管理提供科学依据。

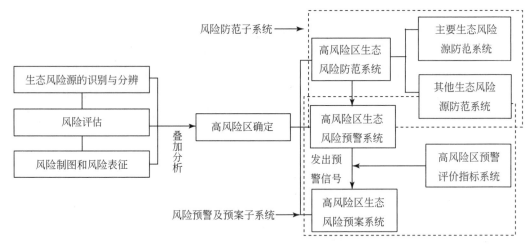

图5-6 高风险区综合生态风险防范、预警及预案体系总体框架

5.3.1 中国北方干旱、半干旱高生态风险区

中国北方干旱、半干旱区是中国生态环境最为脆弱的区域之一，多重风险因子共同作用于脆弱的生态本底，造成荒漠化、水土流失等一系列土地退化问题，是中国面积较广的高生态风险区之一。土地退化风险防范子系统是土地退化风险防范技术体系的基础，它遵循以预防为主，防治并重的原则。土地退化风险防范子系统的根本目的是，通过风险预防，降低土地退化风险发生、发展的可能性，同时也使区域资源保护利用与社会发展目标

相协调，促进区域的可持续发展。中国北方干旱、半干旱区综合生态风险防范体系包括土地退化风险防范和土地退化风险预警两个子系统。

土地退化风险防范包括两个组成部分：土地退化预防与土地退化治理。土地退化预防是大尺度的，是源头根治的措施，主要目标是在防治的土地上，以不影响植物生长和繁衍为前提，提倡科学合理的利用，保证土地退化的预防与当地社会经济的发展同步进行；土地退化治理是在土地退化预防的基础上，促进土地退化地区的植物恢复。因此，在土地退化风险防范子系统中，预防是重点，治理是补充，资源的合理利用和区域可持续发展是最终目的。

土地退化风险预警，简单而言，是对分布于干旱、半干旱和半湿润干旱地区的退化土地进行类型的划分与程度的分等定级，或者说是从退化的角度对土地退化进行质与量的界定，通过明确警义、寻找警源、分析警兆，进而预报警度，并针对不同警度提出不同应急预案。土地退化风险预案是在土地退化预警分析的基础上，根据预报的警度，提出不同的应急预案，进而排除警患，维护区域生态安全。

1. 中国北方干旱、半干旱区综合生态风险防范

1）土地退化生态风险预防

土地退化生态风险预防是土地退化生态风险防范子系统的基础，其主要目标是在土地退化初期阶段及尚未发生退化的潜在性地区进行有效地预防。预防就是全方位的生态环境保护，主要是加强植被保护与恢复工程建设。目前，中国已经实行或正在实行的措施包括：保护现有植被，大力造林种草；合理利用水资源，保障生态用水；实行生态移民，控制土地退化地区的人口数量；加强宣传教育，提高公众防治土地退化意识；转变畜牧业生产经营方式，减轻草原压力；调整能源结构，减轻植被压力；调整产业结构，实行保护性开发；优化土地利用格局，推动社会经济和生态环境可持续发展等（郭丽英等，2005）。

对于中国广大的干旱、半干旱区域而言，土地退化发生的根本原因在于草原破坏、毁林开荒等不合理的土地利用方式，而这种土地利用方式变化的根本原因在于"三农"（农村、农民、农业）问题，因此，解决好"三农"问题是预防土地退化的关键所在。针对"三农"问题，实施"三牧"（禁牧、休牧、轮牧）是有效预防干旱、半干旱地区发生土地退化的有效措施。这三种措施在中国广大农村牧区的实施有利于促进自然植被的恢复，使生态食物链良性循环，预防土地退化的发生和发展。因此，本研究以"三牧"为例，对土地退化生态风险预防进行说明，具体见表5-1。

表5-1　"三牧"的内容组成

类型	实施时间	实施内容	预防土地退化的作用
禁牧	禁牧以一个植物生长周期（一年）为最小时限。视禁牧后植被的恢复情况，禁牧措施可以延续若干年	施行一年以上禁止放牧利用。 适用区域：适用于所有（暂时的或长期的）不适宜于放牧利用的草地。永久性的禁牧等同于退牧，一般仅适用于不适宜放牧利用的特殊地区	有利于自然植被的迅速恢复，能有效地预防土地退化的发生和发展

续表

类型	实施时间	实施内容	预防土地退化的作用
休牧	休牧时间视各地的土地基本情况、气候条件等有所不同，一般为 2~4 个月。休牧时间一般选在春季植物返青以及幼苗生长期和秋季结实期	在一年内一定期间对草地施行禁止放牧利用 适用区域：适用于所有季节分明，植被生长有明显季节性差异的地区	在植物生长发育的特殊阶段解除放牧家畜对其产生的不利影响，从而促进和保证植物的生长和发育。解决了半农半牧区的放牧采青限制农作物生长的难题。有利于抑制土地退化的发生和发展
轮牧	轮牧的时间及周期长短取决于牧草再生速度	将两块以上放牧地或将大片草地划分成若干小区，按一定顺序定期轮流放牧和休闲 适用区域：牧户草场面积较小区域	划区轮牧有利于草场资源的恢复，减小牲畜对草地的压力，降低土地退化发生的可能性

2) 土地退化治理

土地退化治理是土地退化风险预防的重要补充，土地退化类型不同，其治理手段也有一定差异。采用专项研究与技术集成，结合生态工程，建立 15 个不同土地退化类型区综合治理可持续经营模式，为土地退化治理提供成熟的集成技术和示范样板。

（1）干旱区土地退化综合治理试验示范：包括干旱区不同土地退化生态经济区综合治理技术与可持续经营模式，干旱区绿洲植被综合防护体系建设技术，干旱区退化草场恢复及人工草场高产技术，干旱区土地退化实用防治技术。

（2）半干旱区土地退化综合治理试验示范：包括半干旱区不同土地退化生态经济区综合治理技术与可持续经营模式，半干旱区多功能植被防护体系建设技术，半干旱区人工绿洲开发建设技术，半干旱区土地退化实用防治技术。

（3）亚湿润干旱区土地退化综合治理试验示范：包括亚湿润干旱区不同土地退化生态经济区综合治理技术与可持续经营模式，亚湿润干旱区多功能植被防护体系建设技术，优质牧草栽培及高产饲料基地建设技术，亚湿润地区土地退化实用防治技术。

2. 中国北方干旱、半干旱区综合生态风险预警

1) 土地退化风险预警/预案的技术体系

从三个层次（空间图像、航空调查和地面观测）、两个尺度（时间尺度与空间尺度）进行土地退化危害监测，根据植被退化、风蚀、水蚀、盐渍化等土地退化过程，按潜在、轻度、中度、严重和极严重几个标准提出现状标准、速率标准和危险性标准。利用 GIS 软件作出土地退化系列图：现状图、速率图、内部危险性图、牲畜压力图、人口压力图等，反映土地退化土地现状、成因类型、土地区划、演变趋势预测，建立危害背景数据库。在此基础上，通过警度划分，发出不同等级的预警信号，并提出响应的应急预案（图 5-7）。

2) 土地退化风险预警/预案的主要内容

a. 明确警义

明确警义是预警的起点，它包括警素的分析和确定。所谓警素是指构成警情的指标，

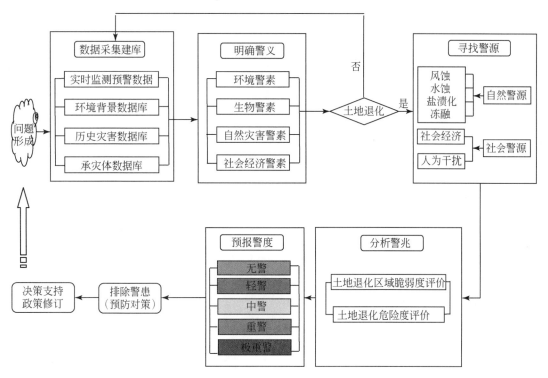

图 5-7　土地退化生态风险预警/预案技术体系

也就是出现了什么样的警情。

土地退化警情是由若干警素组成，根据联合国定义的土地退化，土地退化警素主要是气候变异和人为活动形成的土地退化，表现为土壤物质流失，土壤物理、化学和生物特性或经济特性的退化，生物多样性的减少，景观结构失稳，功能衰退等，甚至形成灾害。因此，可以将土地退化的警素划分为四种：环境警素、生物警素、自然灾害警素和社会经济警素。环境警素是一个综合性自然警素，它是自然环境背景的综合反映；生物警素是指研究地区包括多种生物在内的植被状况；自然灾害警素是指由于气候、地质等自然灾害原因引起的土地退化现象，如水土流失、沙尘暴；社会经济警素是对研究区的社会效益，生态效益和经济效益水平的辨识。

b. 寻找警源

警源是警情产生的根源。按照土地退化的发生原因，中国将土地退化划分为水蚀土地退化、风蚀土地退化、冻融侵蚀土地退化和土壤盐渍化土地退化四种土地退化类型，所以产生土地退化的因素主要是水、风、温度、化学物质等自然要素和人类活动形成的社会要素，后者是主要因素。警源的寻找是一个交互式的过程，通过不断的风险交流反馈，确定区域主要土地退化警源。

c. 分析警兆

警兆是指警情爆发前的先兆。警源到产生警情是一个过程，包含着警情的孕育、发展、扩大、爆发，警源只有经过一定的量变和质变过程，才能导致警情的爆发。而警情在爆发之前必有一定的征兆，分析警兆及其报警区间便可预测预报警情。如果说警源是警情产生的原因，则警兆就是警源演变成警情的外部形态表现。警兆分析由两部分构成：土地退化区域脆弱度评价和土地退化危险度评价。

土地退化区域脆弱度评价是对评价区域的生态环境本底进行分析，包括土地退化的现状评价、土地退化的发展强度评价以及区域恢复力评价。土地退化现状评价是指在特定时间和地域条件下，土地评价单元退化的程度。土地退化现状评价的最后结果是土地退化现状分布图，图上显示目前土地利用类型，不同评价单元（或地块）土地退化的等级（潜在、轻度、中度、严重、极严重）。土地退化发展强度评价是指土地退化向同一方向发展的速度，即反映土地退化发展的快慢程度。在实际操作中，最常用的监测方法是利用"3S"技术，选取遥感影像为数据源，通过分析土地退化转移矩阵，监测土地退化发展速率，进而在时间和空间两个维度上分析土地退化的发展强度。区域恢复力评价主要是描述生态系统对干扰的敏感程度，建立干扰与由此产生的生态系统的应变之间的函数关系，尤其适用于中小尺度土地退化危害预警评价。

土地退化区域危险度评价是对土地退化的综合评价，在土地退化目前现状和发展速率的基础上，考虑自然条件的脆弱性、环境压力等，综合反映土地退化发生、发展的危害性态势。土地退化危险性评价能够直接反映警情的发展态势，为警度的预报提供依据。危险度评价可以从自然气候条件、内在危险性、土地现状和社会经济活动四个方面来进行表征，需要设立不同的指标并进行定量化分析。

d. 预报警度

所谓警度是指警情处于什么状态，也就是它的严重程度。土地退化危害预警，就是要对土地退化灾害出现的"危险点"或"危险区"作出预测，发出警报，减少或排除灾害损失。

预报警度是预警的目的，警度是预警系统输出的结果，也是预案实施的依据。通过建立关于警素的普通模型，先作出预测，然后根据警限转化为警度。在现有的评价体系中，依据土地退化系统运行与发展的警情区位，识别其相应的警度，可以将其划分为五个警区范围：无警（以绿色表示）、轻警（蓝色）、中警（黄色）、重警（橙色）、极重警（红色）。

5.3.2　中国长江中下游高风险区

中国长江中下游地区是中国经济最发达、人口最稠密的地区之一。该地区的气候大部分属于北亚热带，小部分属于中亚热带北缘。年均温 14～18℃，最冷月均温 0～5.5℃，绝对最低气温 -10～-20℃，最热月均温 27～28℃，无霜期 210～270 天。农业一年二熟或三熟，年降水量 1000～1400 mm，集中于春、夏两季。该区土壤肥沃，是中国重要的农业生产基地之一。河汊纵横交错，湖荡星罗棋布，湖泊面积 2 万 km²，相当于平原面积的 10%，是中国湖泊最多的地方。有鄱阳湖、洞庭湖、太湖、洪泽湖、巢湖等大淡水湖，与长江相通，具有调节水量，削减洪峰的天然水库作用。

快速发展的经济对当地生态系统产生了巨大的威胁，该区的水污染事件频发，是区域生态系统所面临的最主要生态风险源。位于长江三角洲心腹之地的太湖，其水质在 20 世纪 60 年代为 I～Ⅱ类，70 年代为Ⅱ类，80 年代初为Ⅱ～Ⅲ类，80 年代末全面进入Ⅲ类，局部为Ⅳ~Ⅴ类，90 年代中期平均为Ⅳ类，1/3 湖区水质为Ⅴ类或劣Ⅴ类，蓝藻、水华频发，湖泊富营养化严重（毛新伟等，2009；陆铭锋等，2008），对当地水生态系统造成巨大的破坏，产生生物多样性降低乃至重要物种灭绝等多重生态终点。

此外，该区的生态系统还面临着台风、洪涝旱灾等自然生态风险源以及过度捕捞、城镇化等其他人为活动风险源（杨娟等，2007）（表 5-2）。多重风险源相互作用，相互影响，使得该区本来比较稳定的生态系统承受了较大的生态风险威胁，是中国高生态风险区之一。

表 5-2　长江中下游地区生态风险源

自然风险源		人为风险源	
气象风险源	洪涝灾害	污染	水污染
	旱灾		土壤污染
	台风		大气污染
	龙卷风	过度围垦	
	冰雹	过度捕捞	
	极端温度	生物入侵海平面上升	
海洋风险源	风暴潮	危险品爆炸或泄漏	
	水土流失	海水入侵	
地质风险源	地震	旅游业发展	
生物风险源	农田病虫鼠害	城镇化进程	
	禽畜疫病	流域大型工程建设	

该区的生态风险源具有多重性，然而，人为活动造成的水污染是对该区生态系统造成威胁的最主要风险源，水污染造成的水生态系统结构和功能的破坏是当前该区生态安全所面临的最大问题。因此，依据"抓主要风险源、兼顾其他风险源"的原则，构建该区水生态风险防范系统，是保障该区生态安全的重要手段。

该区生态风险防范系统包括水生态风险防范和水生态风险预警两个子系统。水生态风险防范是大尺度的，是源头根治的措施，主要目标是在防治的基础上，以不影响水生生态系统的平衡和循环为前提，提倡科学合理的利用，保证水生态的安全与当地社会经济发展的同步进行；水生态治理是在水生态安全预防的基础上，促进水生态的修复。因此，在水生态风险防范子系统中，预防是重点，治理是补充，资源的合理利用和区域可持续发展是最终目的。

水生态风险预警，简单地讲，是对水生态的质量进行类型的划分与程度的分等定级，或者说是从水生态安全的角度对水生态进行质与量的界定，通过明确警义、寻找警源、分析警兆，进而预报警度，并针对不同警度提出不同应急预案。通过确定生态系统不同的阈值水平，对生态系统各特征指标值的监测和诊断，识别出生态系统的逆向变化或可能的生态危机。水生态风险预案是在水生态预警分析的基础上，根据预报的警度，提出不同的应急预案，进而排除警患，维护区域生态水生态安全（郭怀成等，2004；何焰和由文辉，2004）。

1. 中国长江中下游综合生态风险防范

人为污染风险源对水生态安全的作用方式不同于其他风险因子，具有不确定性、流域性和阶段性、处理的阶段性和影响的长期性、应急主体的不明确性等特点。因此，在长江中下游地区，对此类风险因子的预防至关重要。

首先，要对可能突发水污染风险事件的领域进行严格管理，将风险事件发生的可能性尽量降到最低。其次，建设快速反应的流动检测车、船，便携式监测分析仪器，提高监测能力，以保证突发事件发生时迅速投入监测，提供及时、准确的污染动态数据，为决策及善后处理提供基本的科学依据。在此过程中，进行多部门的风险管理与协调至关重要。应着眼于对事件的预防跟踪，建立突发性风险事件的地理信息系统，掌握重点企业、重点敏感地带（如具有重要生态价值的自然保护区）、河段等的污染事件隐患情况，建立详细的档案，对可能造成突发风险事件的风险源进行及时追踪，提高风险预防的科学性、合理性和智能化水平。

在长江中下游地区，影响水生态安全的主要风险源是人为活动造成的污染问题，这其中包括了工业污染风险源、农业污染风险源以及城镇化进程中产生了一系列污染风险源。对于工业污染风险防范而言，可以通过工厂企业的技术改造，在提高资源和能源利用率的同时，尽可能将风险源消灭在生产环节中，可通过提倡发展无公害、无排污的运营方式，同时对已有污水进行综合利用，加强回收。对于长江中下游地区污染严重而治理无望的小工业、小企业要坚决予以关闭；对于效益较好且污染治理有望的企业，政府可给予相关政策、资金和技术的支持，尽可能提前防范风险源的产生和发展。对于农业风险源的防范，可以通过减少化肥和农药的使用、开发生态肥料和生态农药、鼓励使用有机化肥，来减少点源污染和面源污染。至于城镇化进程造成的一系列风险源的防范，可以通过科学合理的规划，尽可能地减少生活污水以及固体废弃物的排放，并通过兴建环保型的垃圾处理厂，对污染风险因子进行处理，降低风险发生的可能性。

2. 中国长江中下游综合生态风险预警

由于现今针对水污染事件展开的预警防范多是以人为考虑主体，目标是以保护人类正常的生产与生活需要为导向，缺乏对生态系统安全的考虑。因此，在长江中下游综合生态风险预警体系的构建中，需要增加生态性因子，将生态系统安全，尤其是保护生物多样性的需要增加到风险预警系统中。按照水污染事件对生态系统破坏的严重性、紧急程度和可能波及的范围，其预警可分为四级，预警级别由低到高，颜色依次为蓝色、黄色、橙色、红色。根据事态的发展情况和采取措施的效果，预警颜色可以升级、降级或解除。

应急预警机制的建立、完善和正常运行，是水生态破坏事件早发现、早报告、早处置的有力保障，而其前提是必须有强大的应急预警支持系统。根据《国家突发环境事件应急预案》，水污染事件应急预警支持系统应由技术平台系统、数据资料库系统和应急响应系统组成。

（1）技术平台系统。建立重点风险源的发生与发展状况实时监控信息系统和水空一体化重大船舶污染快速反应系统。其中，"3S"技术发挥了重要的作用。RS 与 GPS 为 GIS 提供高质量的空间数据，而 GIS 则是综合处理这些数据的理想平台，并且反过来提升 RS 与 GPS 获取信息的能力，形成一个智能化的有机整体。

（2）数据资料库系统。建立应急处置数据库系统、专家决策支持系统和应急监测评估反馈系统等。在此过程中，需要着重关注生态因子的相关数据和资料，如区域的生物多样性等。

（3）应急响应系统。风险事件应急响应坚持属地为主的原则，地方各级人民政府和流域水资源保护局按照相关规定全面负责风险事件应急处置工作，全国环境保护部际联席会议根据情况给予协调支援。根据风险事件等级分级，其应急响应也可以相应地分为Ⅰ级响应（特别重大风险事件）、Ⅱ级响应（重大风险事件）、Ⅲ级响应（较大风险事件）和Ⅳ级响应（一般风险事件）四级。对于生态系统而言，遭受风险的响应标准与以人为主体的水污染响应标准略有不同，水生态风险响应标准应着重从区域生态安全角度出发，以保障生态系统结构与功能为目标，着重考虑保护生物多样性、珍稀野生动植物等生态保护目标。

如表5-3所示，长江中下游地区水生态风险事件等级指标体系，具体分为两部分：A类理化性质指标和B类生态影响指标。

表5-3 长江中下游地区水生态风险事件分级

序号	指标				水污染事件等级			
					Ⅰ级	Ⅱ级	Ⅲ级	Ⅳ级
1	A类	A1类	无机无毒物 /（mg/L）	氨氮（NH_3-N）	2.0	1.5	1.0	0.5
2				总氮（以N计）	2.0	1.5	1.0	0.5
3				总磷（以P计）	0.2	0.1	0.05	0.025
4				汞（Hg）	0.001	0.001	0.0001	0.00005
5				镉（Cd）	0.01	0.005	0.005	0.005
6				铬（以Cr^{6+}计）	0.1	0.05	0.05	0.05
7				铅（Pb）	0.1	0.05	0.05	0.01
8				铜（Cu）	1.0	1.0	1.0	1.0
9				锌（Zn）	2.0	2.0	1.0	1.0
10				砷（As）	0.1	0.1	0.05	0.05
11				硒（Se）	0.02	0.02	0.01	0.01
12				氰化物	0.2	0.2	0.2	0.2
13				氟化物（以F计）	1.5	1.5	1.0	1.0
14				硫化物	1.0	0.5	0.1	0.05
15			无机有毒物 /（mg/L）	苯系物	0.1	0.01	0.005	0.002
16				多环芳烃（PAHs）	0.1	0.01	0.005	0.002
17				多氯联苯（PCBs）	0.1	0.01	0.005	0.002
18				有机氯农药	0.1	0.01	0.005	0.002
19		A2类	石油类/（mg/L）		1.0	0.5	0.05	0.05
20	B类	B1类	水域污染带/km		≥10	5~10	1~5	≤1
21			水域污染面积/km²		≥100	50~100	10~50	≤10
22			生物多样性降低程度/%		≥80	60~80		
23		B2类	珍稀动植物减少程度/%		≥100	50~100	3~10	≤3
24			生境指示性物种减少程度/种		≥5万	1万~5万	≤50	

（1）A类理化性质指标。在判断水生态风险事件等级分级上，其本质是一个模式识别问题。众多研究表明，人工神经网络模型（ANN）已经显示出在模式识别上的优良特性，能够自适应和自学习，具有高度的并行性、非线性以及优良的容错能力。目前，在水质评价中应用较广的ANN为径向基函数网络模型（RBFN），其能够较为准确地反映出水生态风险事件的真实情况，并能够较为有效地排除水体日常水质背景值的干扰。

（2）B类环境影响指标。在判断生态风险事件等级分级上，其具有优先决定权。凡B类指标中任何一项符合Ⅰ级时，则判断生态风险事件为特别重大风险事件，Ⅱ级、Ⅲ级、Ⅳ级以此类推。凡B类指标中任何一项都不符合Ⅰ级时，就必须综合A类指标，取A类与B类指标最小值，来判断生态风险事件等级。

风险事件应急响应是一项系统工程，涉及了各个层面的人员、设备和技术等。目前，风险事件应急响应的建设还处在起步阶段，主要问题集中于信息反馈不及时，准确程度低。这往往贻误了风险事件应急处置的最佳时机，对区域生态系统的结构和功能造成了不可逆转的损伤。

3. 中国长江中下游综合生态风险管理

中国与水环境管理相关工作中，流域沿岸的环境由环保部门负责，水域部分归水利部管辖。虽然水利部门对水量和水质都进行监测，但水利部门只对水量负责，水质由环保部门负责。水域的监测信息，由水利部从基层向上级层层汇报，同级别之间并没有信息交流渠道。只在少数大事件发生后，才在高层互通信息。而与应急时间处理行动相关的公安、卫生、交通等部门，与水利部门和环保部门，没有基本的联系途径和通报惯例制度。这些主管部门（水利部、国家环境保护总局，如图5-8Ⅰ所示）和协管部门（卫生部、交通部、公安部，如图5-8Ⅱ所示）缺乏及时有效的沟通和协调，使得处理风险事件力量分散，功能难以发挥。

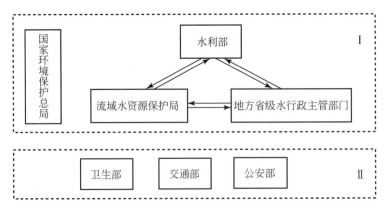

图5-8　现行水生态风险事件应急救援组织体系

根据《国家突发环境事件应急预案》，风险事件应急组织体系应由国家应急领导综合协调机构、有关类别环境专业指挥机构、应急支持保障部门、专家咨询机构、地方各级人民政府应急领导机构和应急队伍等组成。根据这些机构在水污染事件中的功能和作用，他们之间的关系如图5-9所示。

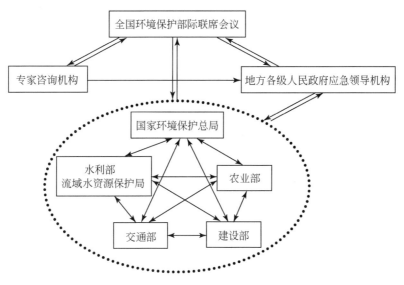

图 5-9 水生态风险事件应急组织体系

全国环境保护部际联席会议负责统一协调国家水生态风险事件应对工作。贯彻执行党中央、国务院有关应急工作的方针、政策，认真落实国务院有关水污染事件应急工作指示和要求；建立和完善水生态风险应急预警机制，组织制订（修订）风险事件应急预案；统一协调特别重大（Ⅰ级）、重大（Ⅱ级）水污染事件应急救援工作；指导地方各级人民政府应急领导机构做好一系列应急工作；统一发布水污染事件应急信息，联合多部门对受损水生态功能修复。在政府的统一领导下，各有关部门密切配合、通力合作。加强相关部委的沟通和协调，研究建立相应的工作机制，进一步加强协作和配合，做好政策的衔接和协调，共同推动水生态系统保护和修复工作取得新的进展。编制水域生态系统保护与修复规划编制技术指南、试点评估指标体系和验收办法等一系列技术文件，进而启动水域生态系统保护与修复标准体系框架建设工作。

5.3.3 中国西南喀斯特高生态风险区

喀斯特，即通常所说的岩溶，它是水对可溶性岩石进行以化学溶蚀作用为主，以流水的冲蚀、潜蚀和崩塌等机械作用为辅的地质作用，以及由这些地质作用所产生的各种现象的总称。喀斯特地貌指可溶岩（主要指分布最广的碳酸盐岩）经以溶蚀为先导的喀斯特作用，形成地面坎坷嶙峋，地下洞穴发育的特殊地貌，也称岩溶地貌。

中国仅裸露型喀斯特即有90万km²以上，是喀斯特分布最广、类型最为齐全的国家。其中，"南方喀斯特"主要分布在以云贵高原为中心的云南、贵州、广西、重庆等中国西南地区，演化至今已形成了一个完整热带、亚热带喀斯特上升发育区的结构系统和演化序列。该区是中国的第34处世界遗产，第6处自然遗产。

然而，在人类活动，尤其是不合理的土地利用方式的干扰下，中国西南喀斯特区出现了一种独特的地质生态灾害——石漠化。喀斯特石漠化是土地荒漠化的主要类型之一，它以脆弱的生态地质环境为基础，以强烈的人类活动为驱动力，以土地生产力退化为本质，以出现类似荒漠景观为标志（李生等，2009；黄秋昊等，2007；王世杰，2002；袁道先，1993），强石漠化对原本脆弱的生态系统有很大的危害性，且治理任务将更为艰巨。

喀斯特地区的石漠化问题是在多重风险因子的共同作用下形成的一种生态终点，将石漠化纳入风险评价研究中来，通过构建风险防范和预警体系，对其进行预防及风险预警，有利于石漠化问题的解决，保障生态系统安全，促进区域可持续发展。

该区生态风险防范系统包括石漠化风险防范和石漠化风险预警两个子系统。石漠化风险防范是大尺度的，是源头根治的措施，主要目标是在防治的基础上，以不影响生态系统的平衡和循环为前提，提倡科学合理的利用，保证生态系统的安全与当地社会经济发展的同步进行；石漠化治理是在石漠化风险预防的基础上，促进当地生态系统的修复。因此，在石漠化风险防范子系统中，预防是重点，治理是补充，资源的合理利用和区域可持续发展是最终目的。

1. 中国西南喀斯特地区石漠化风险防范

在西南喀斯特地区，对生态系统造成威胁的风险因子主要包括自然因子和人为因子（表5-4），因此，该地区石漠化风险防范应主要针对这两类风险源，有针对地展开风险的防范工作，进而将区域生态承受的风险降到最低，尽量避免或者降低石漠化发生的可能性。

表5-4　西南喀斯特地区生态风险源

自然风险源			人为风险源		
气象风险源		洪涝灾害	土地利用		毁林开荒
		暴雨			过度放牧、樵采
		旱灾			火烧
地质风险源		泥石流	工程建设		修路
		地震			采矿
		滑坡	旅游业发展		

对于自然风险源的预防，应主要采取保护和培育植被的方法。由于该地区生态基底比较脆弱，基岩裸露、土层薄弱，植被的覆盖状况本身就差。因此，当暴露在自然风险源，如暴雨、泥石流中时，生态系统很容易受到不可逆的损伤，进而造成结构和功能的失调与丧失。因此，对该类风险源的防范应主要着手于植被的保护和修复（王世杰和李阳兵，2007）。以封山育林、人工造林、低效林改造等手段，重点恢复森林植被。其中，封山育林主要针对岩溶地区的无林地、疏林地、郁闭度为 0.3 ~ 0.5 的低质低效的有林地和有培育前途的灌木林地。人工造林则根据生态区位，结合地貌、自然、经济、技术等条件及石漠化土地特点，因地制宜，科学营造生态公益林等。低效林改造则是对于坡度较为平缓，因各种原因造成的林分质量较差，系统功能衰退或丧失的潜在石漠化和轻度石漠化土地上的低效林，在严格的指导下逐步实施改造，以恢复其系统功能。

对于人为活动风险源的预防，应将其纳入区域综合生态管理的体系中。由于该区的人口相对稠密，经济相对落后，出于生计以及发展的需要，当地的人为活动，尤其是农业生产和基础设施建设不可避免地与生态系统的保护产生冲突。在此过程中，石漠化风险预防措施应当与社会发展和当地居民的诉求相协调，通过综合配套管理措施来实施相应的风险预防方案（胡宝清等，2005）。概括起来，可以分为以下四个方面：基本农田建设、小型水利水保工程、农村能源工程和生态移民。基本农田建设需按照坡耕地治理要求，对坡度较为平缓的轻度石漠化坡耕地和潜在石漠化坡耕地，通过种植绿肥、实施有机肥等改土培肥，提高土地生产力，实现增产增收的目的；小型水利水保工程建设则围绕林草植被恢复与重建，发展以投资少、见效快的小型微型水利水保工程，努力提高有效灌溉面积，增强抵御自然灾害的能力，形成多功能的防治体系；农村能源建设坚持"因地制宜、功能互补、综合利用、讲求效益"和"开发与节约"并重方针，将农村能源建设置于农业、农村经济的可持续发展之中，确保石漠化综合治理成效；对土地石漠化严重、水资源缺乏、耕地土壤生产力低下、生态状况明显恶化、不适于人类居住的中山区和高山区，适当安排生态移民。

2. 中国西南喀斯特地区石漠化风险预警

石漠化风险预警，简单地讲是对石漠化进行类型的划分与程度的分等定级，或者说是从区域生态安全的角度对石漠化进行质与量的界定，通过明确警义、寻找警源、分析警兆，进而预报警度，并针对不同警度提出不同应急预案。依据喀斯特石漠化系统运行与发展的警情区位，可识别其相应的警度，通常将其划分为五个警区范围，即无警（绿色）、轻警（蓝色）、中警（浅蓝色）、重警（黄色）和巨警（红色）。石漠化风险预案是在石漠化预警分析的基础上，根据预报的警度，提出不同的应急预案，进而排除警患，维护区域生态安全。

石漠化预警体系的构建包括技术平台系统、数据库支持系统以及风险预警评估系统，这三个子系统是相互联系，相互支持的。

1）技术平台系统

建立重点风险源的发生与发展状况实时监控信息系统，利用现代卫星遥感技术、全球定位技术，以及 GIS 强大的空间分析与辅助决策功能，进行石漠化风险预报与预警的快速反应系统。在这个过程中，"3S"技术发挥了重要的作用。RS 与 GPS 为 GIS 提供高质量的空间数据，而 GIS 则是综合处理这些数据的理想平台，并且反过来提升 RS 与 GPS 获取信息的能力，形成一个智能化的有机整体。

2）资料库系统

建立应急处置数据库系统、专家决策支持系统和应急监测评估反馈系统等。由于西南喀斯特地区石漠化的分布范围较广，并且其发生发展区域位置较为偏僻，而遥感数据更新较为及时，覆盖面大，能够以尽可能少的人力、物力对石漠化进程进行监测，是资料库系统的优选数据。

3）风险预警评估系统

对于喀斯特石漠化而言，基岩裸露率、植被（土被）覆盖率、植被类型退化程度和土地生产力的降低程度，不仅具有代表性和可操作性，而且是地面调查和遥感技术均较容易获得的信息，各级石漠化可根据上述四个指标的差异来确定。根据喀斯特程度指标进行石漠化强度分级，得出石漠化警情的严重程度，包括自然灾害警度和非自然灾害警度（石漠化灾害预警）。遵循统计的完整性、波动的规律性、监测的及时性、预警的敏感性等选择标准，石漠化灾害的预警指标体系分为总体目标层（警情总指标）、状态指标层（警兆指标）、变量指数层（警源指标）三个等级。总体目标层表达石漠化灾害危险度。石漠化预警系统的指标框架以状态指标层为预警单位，对指标体系的石漠化程度指标层和驱动指标进行预警分析，在此基础上进行石漠化灾害危险度综合评价，为石漠化灾害风险评估提供基础，达到石漠化预警的目的（表5-5）。

表5-5 石漠化灾害的预警指标体系

模型类型	监测内容	目标
时空监测	变化幅度	反映不同石漠化强度在总量上的变化
	变化速度	表达区域一定时间内某石漠化级别速度变化
	变化趋势	反映石漠化变化整体趋势和状态
预警分析	警源预测	反映石漠化驱动因子变化与石漠化强度变化相关性
	危险度预警	危险度针对石漠化强度与驱动因子变化，预警分析喀斯特石漠化灾害危险性
风险评估	易损性评价	表征石漠化强度引起的承灾体的破坏程度

根据科学性、合理性、可操作性和易于定量化等原则构建石漠化灾害风险评估指标体系，其中，石漠化的灾害危险性评价指标包括表征喀斯特生态环境系统脆弱性，即石漠化灾害警情的诱发及其制约因素致灾因子指标，以及石漠化灾害规模、频次和密度评价指标；易损度分析指标是指在历史上石漠化灾害所造成的社会经济损失基础上，选择物质易损度、经济易损度、环境易损度和社会易损度四类进行分析（表5-6）。

表5-6 石漠化的灾害风险评估指标体系

一级指标	二级指标	三级指标	四级指标
石漠化风险危险预警指标	石漠化程度指标	地表形态	基岩裸露率
		生态过程	植被类型退化土地生产力降低程度
	石漠化环境本底及风险源	地质－生态环境背景	地貌景观、岩性构造土壤覆盖等
		人类活动	人类社会经济活动土地利用合理性
	历史石漠化风险	石漠化分布规律	石漠化规模、频率
承载体易损性指标	区域受胁对象及价值分析综合损失及破坏损失等级	物质易损度	建筑物、基础设施
		经济易损度	经济收入
		社会易损度	人口及结构

资料来源：胡宝清等，2005；有改动

3. 中国西南喀斯特地区石漠化风险管理

中国西南喀斯特地区石漠化风险防范得以顺利实施的一个重要前提在于实施科学合理的风险管理。该区的生态环境本底比较脆弱，而不合理的人为活动是造成石漠化的主要风险源，然而，该区的人为活动风险很大程度上与当地贫困落后的经济和社会运作方式是相联系的，也就是说，西南喀斯特地区石漠化问题不仅仅是生态环境问题，还是社会和经济问题。因此，风险管理和风险交流的实施对该区风险防范体系的构建和顺利开展起着至关重要的作用。

在风险防范体系的构建中，不仅需要林业、国土、环境、农业等部门的参与，并且要有地方政府的支持。可以建立长期的部门沟通机制，成立专家咨询机构长期对当地的石漠化风险发生、发展状况提供科学分析；可以透过当地政府对石漠化"热点区域"的社会、经济状态与石漠化风险的偶合关系进行进一步评判，并反馈至当地政府；可以通过国家政策和法规的调节作用，对社会 – 经济发展中的石漠化风险因子进行约束乃至消除。

第6章　鄂尔多斯综合生态风险评价与防范技术示范*

鄂尔多斯市为中国内蒙古自治区高风险地区，境内分布有毛乌素沙地和库布齐沙漠。近年来，随着社会经济的快速发展，其生态环境也受到了很大的影响。本章选择草地、林地、农田、城镇、水域和荒漠六类生态系统为受体，针对其主要的风险源干旱、洪涝、病虫鼠害、污染、大风、沙尘暴、沙漠化和水土流失，基于遥感资料、历史记录、调查数据和统计数据，以及 RS、GIS 和 SPSS 技术，对其综合生态风险进行了评价研究，并提出了风险防范关键技术与决策方案。该研究为中国同类型地区开展综合生态安全风险防范与管理，提供了有效的理论指导与技术支撑。

6.1　示范区与数据来源

6.1.1　示范区

鄂尔多斯市地处中国内蒙古自治区的西南部，西、北、东三面为黄河环绕，地处鄂尔多斯高原腹地（图6-1）。东部、北部和西部分别与山西省，内蒙古呼和浩特市、包头市、巴彦淖尔市、阿拉善盟，宁夏回族自治区隔河相望；南部与陕西榆林市接壤①。地理位置为 $37°35'24'' \sim 40°51'40''$N，$106°42'40'' \sim 111°27'20''$E，东西长约 400 km，南北宽约 340 km，总面积约 86 752 km²。

1. 自然地理特征

1）地形地貌

鄂尔多斯地形中部高四周低（图6-2），平均海拔为 1000 ~ 1500 m，中西部地区海拔较高，平均海拔为 1400 ~ 1600 m，其余地区平均海拔为 1200 ~ 1400 m。西部为波状高原区，属典型的荒漠草原，东部为丘陵沟壑水土流失区和地球"癌症"砒砂岩裸露区，北部为黄河冲积平原，地势最低平均海拔为 1000 ~ 1200 m；中部为毛乌素沙地和库布齐沙漠，占总面积的48%（图6-3）。东胜区至杭锦旗四十里梁镇居高原中部，是一条高亢的地形分水岭和气候分界线，海拔为 850 ~ 1600 m。库布齐沙漠主要分布在杭锦旗和达拉特旗，毛乌素沙地主要分布在鄂托克旗、鄂托克前旗和乌审旗。

---

　　* 本章执笔人：北京大学的蒙吉军、刘洋、周婷、刘明达、周平、燕群、靳毅等。

　　① http：//www.ordos.gov.cn。

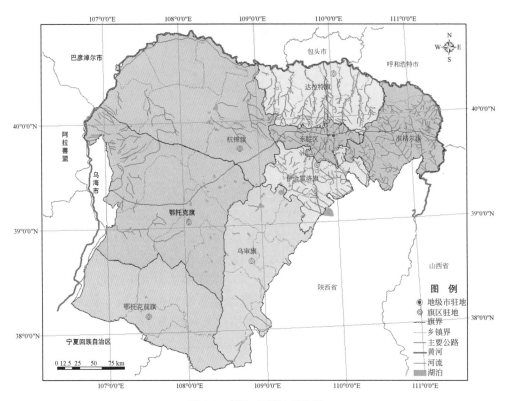

图 6-1　鄂尔多斯地理位置

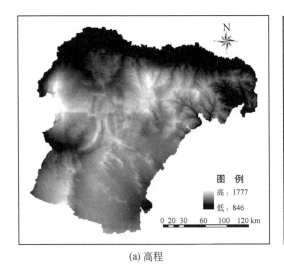

(a) 高程

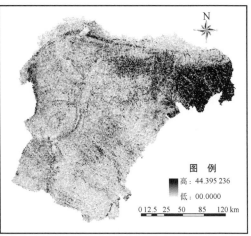

(b) 坡度

图 6-2　鄂尔多斯高程和坡度

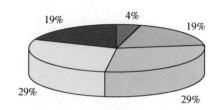

图 6-3　鄂尔多斯各地貌类型面积比例

2）气候

鄂尔多斯市属典型的温带大陆性气候，雨热同期。冬季寒冷干燥，夏季炎热，降水少且时空分布极为不均，蒸发量大，年蒸发量为 2000～3000 mm。年日照时间为 2716.4～3193.9 h。年平均气温在 5.3～8.7℃，平均月最低气温为 -10～13℃，7 月平均气温为 21～25℃，全年气温日较差为 11～15℃，年较差为 45～50℃，≥10℃ 积温为 2800～3600℃。东部地区降水量为 300～400 mm，西部地区降水量为 190～350 mm。全年降水集中在 7～9 月（图 6-4），降水量变率大，多年降水变率为 25%～30%，无霜期为 130～165 天（表 6-1）。此外，年大风日数多，分布大致从西北向东南方向逐渐递减（伊克昭盟地方志编纂委员会，1994b）。

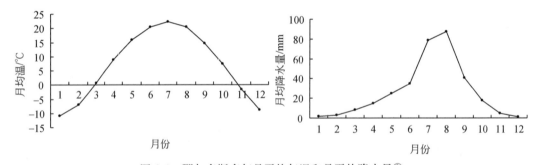

图 6-4　鄂尔多斯多年月平均气温和月平均降水量①

表 6-1　鄂尔多斯气候数据

年平均气温	7.1℃	年均日照时数	2716 h
年平均气压	87.02 kPa	年平均降水量	285 mm
年平均相对湿度	55%	年蒸发量	121.3 mm
全年 8 级以上大风天数	>40d	全年无霜期	130～165d
年平均风速	3.1 m/s	全年主导风向	WN

3）水文

鄂尔多斯市的水资源可分为地表水资源、地下水资源和过境水资源三部分。降水特征决定了该区地表水资源年内分布不均匀。水系多集中分布在东北部地区，中部和南部地区河流分布较少。黄河是该区唯一的一条过境河，由乌海市北端鄂托克旗进入该区，从西、

---

① 气象数据由国家气象局提供。

北、东三面环绕鄂尔多斯高原，在鄂尔多斯市境内全长 728 km，是鄂尔多斯市社会经济发展的重要水资源（图 6-5）。除无定河、窟野河等少数河川常年有清水流量外，其他河川均属季节性山洪沟。旱季断流无水，汛期则洪峰高，水流急，含沙量大。外流水系主要包括西部草原区的都斯图河、北部十大孔兑、东部丘陵沟壑区的皇甫川和窟野河、南部的无定河；闭流区多分布于鄂尔多斯市中西部，如摩林河、红庆河、札萨克河等①。鄂尔多斯市湖泊具有数量多、水量少、水质差、水量随着年降水量的变化而变化的特点，大多数湖水含有盐、碱、硝等。鄂尔多斯地下水主要赋存于白垩系疏松砂质岩和第四系风积、洪积岩层中（图 6-6）。鄂尔多斯高原基本为单独的水文地质区，地下水的补给主要来自于大气降水入渗和沙漠凝结水。地下水资源主要依靠高原风积沙漠和冲湖积层潜水，分布在毛乌素和库布齐两大沙区，含水面积约 15 000 km²，人称高原表层天然地下蓄水库（伊克昭盟地方志编纂委员会，1994a）。

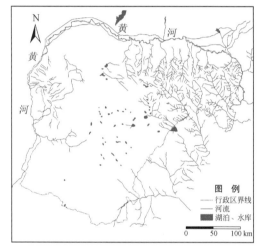

图 6-5　鄂尔多斯地表水资源分布图

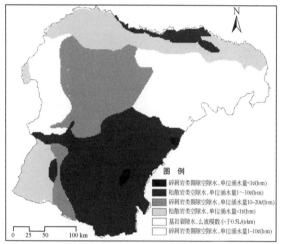

图 6-6　鄂尔多斯地下水文地质图

4）植被

鄂尔多斯的植被类型有典型草原植被、荒漠草原植被、草原化荒漠植被、沙生植被、草甸草原植被（图 6-7）（伊克昭盟地方志编纂委员会，1994b）。其中典型草原植被、沙生草原植被为主要植被类型。主要代表植物有羊草、本氏针茅、隐子草、胡枝子、冷蒿、百里香、沙生针茅、马兰、委陵菜、苦豆子、蒲公英等。此外还有人工栽培的柳、沙柳、杨树等。东部地区自然植被类型为温暖型草原带，可分为两个亚类，东部黄土丘陵区为暖温型干草原亚带，植被组成以本氏针茅群落及其变体为主，坡地上则以短花针茅片断出现，侵蚀严重的地段，通常演变为百里香群落，局部分布有芨芨草群落和麻黄群落。中部为暖温型荒漠草原亚带，植被以短花针茅、戈壁针茅、沙生针茅、沙生冰草等丛生禾草组成的群落为主，伴生以旱蒿、驼绒藜、藏锦鸡儿、猫头刺等。西部、西北部边缘自然植被类型为暖温型荒漠带，植被种类以类型多样的简单群落所组成。多数植物以强旱生、耐盐

---

① http：//www.ordossl.gov.cn。

和盐生灌木、半灌木和小灌木。特征植物有绵刺、四合木、沙冬青等。因处于几个自然地带的交接地段，所以该区内的自然植被类型表现出过渡性的特点。

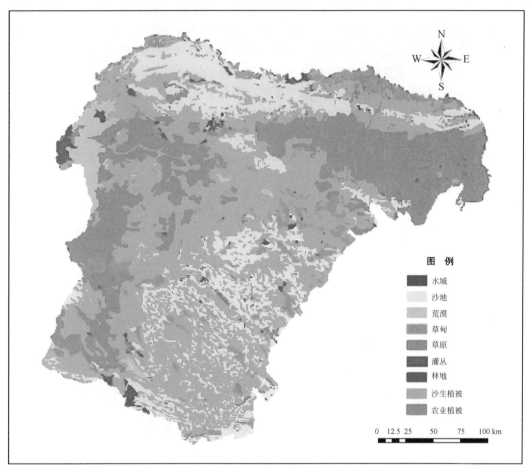

图 6-7 鄂尔多斯植被图

5）土壤

鄂尔多斯市土壤的总体特征是土壤质地疏松、颗粒粗、生物化学过程缓慢微弱、极易遭受风力、水力侵蚀（伊克昭盟土壤普查办公室，1989）。全市的土壤可以分为 9 个土类：栗钙土、棕钙土、灰钙土、灰漠土、风沙土、粗骨土、沼泽土、潮土和盐土；21 个亚类：栗钙土、淡栗钙土、草甸栗钙土、棕钙土、淡棕钙土、草甸棕钙土、淡灰钙土、草甸灰钙土、钙质灰漠土、草甸灰漠土、流动风沙土、半固定风沙土、固定风沙土、钙质粗骨土、草甸沼泽土、泥炭沼泽土、潮土、脱潮土、盐化潮土、灌淤潮土和草甸盐土。受到生物气候条件、地形、母质和水文地质等条件的影响，鄂尔多斯市土壤表现为一定的分布规律（图 6-8）。东南部的淋溶作用及腐殖质积累过程较强，向西北逐渐减弱，相应地由东南向西北分别形成了栗钙土、淡栗钙土、棕钙土、淡棕钙土、灰漠土 5 个亚地带。土壤的纬度地带性不明显，但在局部地区可以看到，如鄂托克前旗西南部有灰钙土－棕钙土的分布结构，前者属于暖温带干旱灌木草原上发育的土壤类型，后者属于温带干旱草原、荒漠草原、草原化荒漠土壤序列。由于地形、水分等的差异，也形成了隐域性土壤，如粗骨土、沼泽土、盐土等。

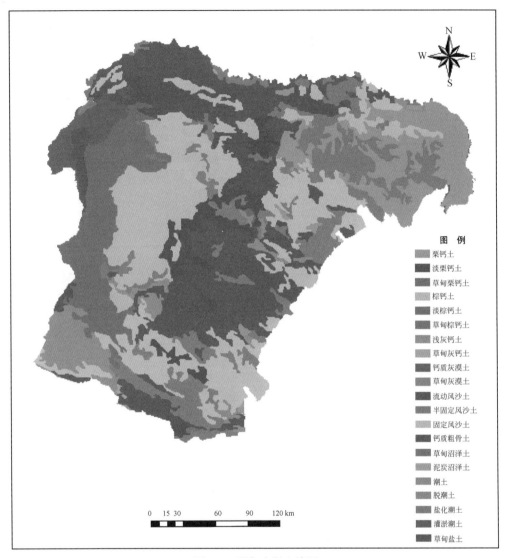

图 6-8　鄂尔多斯土壤图

6）生态环境

鄂尔多斯位于中国北方农牧交错带，地质、地貌、气候、生物、土壤等自然条件和人文要素（尤其是土地利用）都表现出过渡和波动的特点，生态系统亦具有脆弱性和敏感性。近年来，由于人类活动的影响，土地利用发生了很大的变化，尤其是新中国成立以来3 次大的开荒和煤炭资源的不合理开发，致使生态环境问题较为突出，表现出沙漠化急剧发展，可利用土地锐减；草地退化严重，承载力急剧下降；生态环境敏感，自然灾害频繁。20 世纪 70 年代以来，虽然开展了以治沙为重点的综合治理规划使得局部生态环境有所好转，但全局生态环境仍处于恶化的状态。仅库布齐沙漠和毛乌素沙地的沙漠化景观就占全区土地面积的47.95%。目前，鄂尔多斯已成为极端受损的生态系统，是中国主要的荒漠化中心，成为黄河中上游严重水土流失区和西北、华北地区主要沙源地，被国家列为对改善全国生态环境最具影响、对实现全国近期生态环境建设目标最为重要的地区之一。不同程度、形式各异的生态系统退化问题，已成为区域可持续发展的巨大障碍。随着鄂尔多斯"绿色大市、畜牧业强市、经济强市"和"国家能源重化工基地"战略的实施，其脆弱的生态系统将担负更加重要的历史使命。

面对脆弱的生态环境，近年来鄂尔多斯通过发展生态农牧业，建设绿色大市和畜牧业强市。科学合理利用草原，全面加强草原建设；根据毛乌素沙地和库布齐沙漠各自的立地条件，采取了不同的治理办法，科学治沙造林，保持水土；在生态建设上，大力扶持和培育生态建设相关的龙头企业逆向拉动生态建设；对生态恶化、已经失去基本生存条件地区的农牧民，走生态扶贫移民的道路；以重点工程为依托，加大生态建设规模，加快建设进度，加大退耕还林还草力度，生态环境保护与建设成效明显，图6-9为鄂尔多斯12个自然保护区的分布。

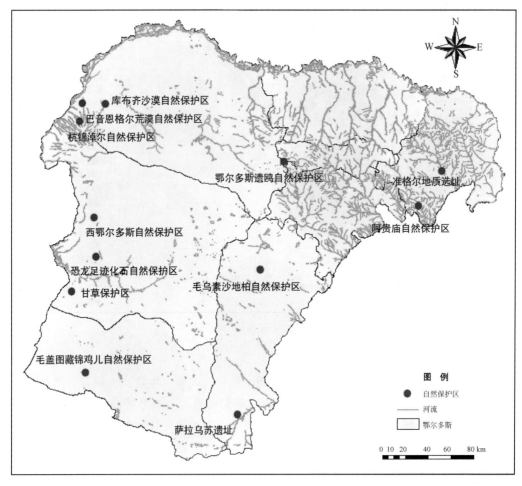

图6-9　鄂尔多斯自然保护区分布

2. 社会经济特征

1）行政区划与人口

鄂尔多斯辖 7 旗 1 区，其中杭锦旗、鄂托克旗（简称鄂旗）、鄂托克前旗（简称鄂前旗）和乌审旗为牧业县；准格尔旗（简称准旗）、达拉特旗（简称达旗）、伊金霍洛旗（简称伊旗）和东胜区为半农半牧旗区。市政府所在地康巴什新区于 2004 年 5 月开始全面动工兴建、2006 年 7 月 31 日正式投入使用，是全市政治、文化、金融、科研教育中心和技术产业基地。

鄂尔多斯属于多民族聚居地区，全市共有 15 个民族，汉族为多数，少数民族人口占全市人口的 12.4%，蒙古族是少数民族中的主体民族，其他人口较多的民族包括回族、鄂温克族、鄂伦春族、满族、朝鲜族、壮族、藏族等（伊克昭盟地方志编纂委员会，1994a）。自 1978 年以来，鄂尔多斯市人口呈现稳定增长的趋势（图 6-10）（内蒙克伊克昭盟统计局，1997）。城镇人口也呈现增长趋势，但是增长趋势存在着差异。1978~1997 年增长比较缓慢；1998~2001 年，城镇人口出现快速增长趋势，增幅较大；除 2005~2006 年增长较快外，2001 年以后呈现平稳增长的态势。截至 2007 年年底，全市总人口为 154.79 万人，占全自治区总人口的 6.44%，其中城镇人口 139.46 万人，占总人口数的 90.10%。人口密度为 18 人/km²，人口出生率 10.5‰，人口死亡率为 5.49‰，自然增长率 5.01‰[①]。

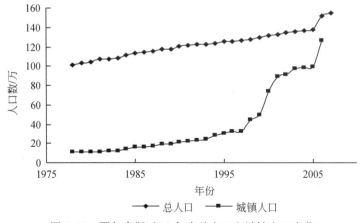

图 6-10　鄂尔多斯近 30 年来总人口和城镇人口变化

2）经济

近年来，鄂尔多斯经济发展迅猛，"十五"期间，全市累计完成财政收入 207 亿元，是前 51 年总和的 2.6 倍。1978 年，鄂尔多斯地区生产总值只有 3.46 亿元，2008 年达到 1183.45 亿元，30 年翻了八番多。"十五"以来，每 2~3 年就翻一番，2001~2008 年平均增速高达 24.8%。人均地区生产总值 1978 年仅有 344 元，2008 年国民生产总值突破 1000 美元（图 6-11）。2008 年城镇居民人均可支配收入达到 19 435 元，同比增长 19.8%；农牧民人均纯收入为 7052 元，同比增长 15.2%。其中农民人均纯收入 6075 元，增长 13.5%，牧民人

[①]　鄂尔多斯市 2007 年国民经济和社会发展统计公报。

均纯收入 6208 元，增长 18.7%。根据世界银行划分标准，鄂尔多斯市在全区第一个达到中等发达国家水平，财政收入总量跃居全区首位，在西部地级区域中排第四位。

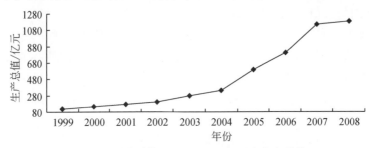

图 6-11　鄂尔多斯 1999～2008 年国内生产总值

3）产业

1995 年以前，鄂尔多斯市均以第一产业为主，第二、第三产业并行辅助，说明了农业在经济发展中占有主导地位。1995 年以后，特别是"十五"以后，第一产业产值比例逐年下降，非农产业对经济增长的贡献率逐年提高，第二产业对经济增长的贡献率最大，在经济发展中占主导作用，第三产业发展较快，并在 1998 年超过第一产业总值，全市实现了由传统农牧业为主导向现代工业为主导的成功转型（图 6-12）。在产业发展战略上，鄂尔多斯第一产业方面提出建设"绿色大市、畜牧业强市"的发展思路，在全自治区率先实行禁牧休牧轮牧，创造了生产发展、生活改善、生态恢复的多赢局面；第二产业方面重点建设国家能源工业基地，走"高起点、高科技、高效益、高产业链、高附加值、高度节能环保"的新型工业化道路，努力构筑大煤炭、大煤电、大化工、大循环的工业格局，目前，新型能源工业基地初具规模；第三产业方面，全面实施城市形象塑造、市民素质提升和民族文化建设三大工程，强力推进旅游文化事业的发展，着力构筑大旅游、大文化、大运输的新型城市化格局。

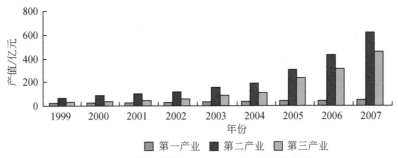

图 6-12　鄂尔多斯 1999～2007 年各产业产值

4）资源

鄂尔多斯市在地质构造上属于华北陆台边缘，基本上属于中生代形成的内陆拗陷盆地。鄂尔多斯盆地是目前发现的世界规模最大的综合矿物能源基地之一，将成为中国 21世纪大型综合能源接替基地[①]。该地区拥有石油总资源量 85.88 亿 t；天然气总资源量为

---

① 鄂尔多斯市人民政府. 2003. 鄂尔多斯市矿产资源规划（2002-2010）. 鄂尔多斯市人民政府内部编号，文本编号：第 003 号。

10.7 万亿 m^3，煤炭储量 3667.08 亿 t，煤层气资源量达 11 万亿 m^3，铀资源量约 60 万 t（表6-2）。全市已发现各类矿产 46 种，产地 372 处。鄂尔多斯煤田面积占全市土地总面积的 70%。鄂尔多斯煤田为平缓开阔的向斜构造，侏罗纪煤系地层叠加在石炭二叠纪系地层之上，为双纪复合煤田，煤层厚，储量大，分布地域广阔，其东部和西部盆地边缘出露石炭二叠纪煤系，中部广大地区为侏罗纪煤系，自东向西形成准格尔、东胜、桌子山 3 个煤田。全市共探明储量达 1520.01 亿 t，保有资源储量 1508.62 亿 t，其丰富程度占内蒙古自治区煤炭保有资源储量的一半以上。天然气是鄂尔多斯市最具发展潜力的矿产资源，已查明天然气田 5 处，查明资源储量（地质储量）5789.75 亿 m^3，剩余技术可开采储量 3254.76 亿 m^3。查明资源储量居全区首位，居全国第四位。另外，天然碱、食盐、芒硝、石膏、石灰石、高岭土等资源也极为丰富。有"纤维宝石"和"软黄金"之称的阿尔巴斯白山羊绒就产自这里，是"温暖全世界"的鄂尔多斯羊绒衫的主要原料。鄂尔多斯羊绒制品产量约占全国的 1/3，世界的 1/4，已经成为中国绒城，世界羊绒产业中心。

表6-2　鄂尔多斯市"十五"期间能源生产总量及构成

年份	能源生产总量/万 tce	构成（以能源生产总量为100）/%		
		煤炭	天然气	水电
2000	2 371	97	2.5	0.5
2001	3 670	97	2.5	0.5
2002	5 191	97.6	2.2	0.2
2003	7 089	97.7	2.2	0.1
2004	11 252	97.7	2.2	0.1
2005	13 447	96.2	3.7	0.1

6.1.2　数据来源和处理

1. 数据来源

1）自然要素数据

（1）气象要素数据集来自内蒙古自治区气象局和国家气象局信息中心气候资料室。包括了鄂尔多斯市及周边地区气象站点 1960 ~ 2007 年国家标准站点的逐日气温和降水数据。

（2）鄂尔多斯市 DEM 数据来自美国马里兰大学全球土地覆被数据库，分辨率为 90 m × 90 m，可用来提取坡度信息。

（3）鄂尔多斯市植被类型、土壤类型、土壤有机质含量、土壤侵蚀（2005 年）数据库通过手工数字化野外调研搜集的图件资料获得。

（4）水文水资源数据：鄂尔多斯市 2008 年水资源公报；鄂尔多斯市地表水系和浅层地下水文地质数据通过手工数字化水系图和水文地质图获得。

2）统计数据

《伊克昭盟志》及各旗区志；《鄂尔多斯统计年鉴》（1999 ~ 2008 年）；《内蒙古统计年鉴》（1999 ~ 2008 年）；鄂尔多斯市及其各旗区国土局、统计局、林业局、农业局、环保局的相关资料。

3）基础地理数据

来自中国科学院资源环境科学数据中心。该数据集包括行政区边界、居民点、水系（湖泊、河流、水库等）、道路和地形图，数据的比例尺为1:25万。

4）土地覆被数据

鄂尔多斯市2008年Landsat ETM影像数据来自民政部减灾中心，通过人机交互式解译获得。首先，对遥感影像的光谱特征进行识别，运用假彩色合成。其次，基于GPS定点信息，参考2000年的土地利用图，选取"感兴趣区"，运用ENVI进行6类土地覆被类型的监督分类。最后，借助野外采样点、植被类型图、地形图、2000年土地覆被矢量数据等来选择随机样点与相应的分类结果进行比较，分类精度达到标准（大于70%）。6类土地覆被为耕地、林地、水域、草地、城乡工矿居民点用地和未利用地。其中，草地又分为高覆盖度草地、中覆盖度草地、低覆盖度草地。高覆盖度草地指覆盖度大于50%的天然草地、改良草地和割草地；中覆盖度草地指覆盖度为20%～50%的天然草地和改良草地；低覆盖度草地指覆盖度为5%～20%的天然草地。未利用地包括沙地、戈壁、盐碱地、沼泽地、裸土地、裸岩石砾地和其他用地。

2. 地理投影

在本研究中，所有空间数据集的投影方式均调整为：Albers等积圆锥投影，大地基准面为Beijing1954，双标准纬线为25°N和47°N，中央经线为105°E。

3. 数据处理方法

1）数据处理工具

本研究使用的数据处理工具主要包括ARCGIS 9.2 Desktop和SPSS 13.0（表6-3）。行政单元为了满足数据精度要求，尽可能地落实到乡镇上。栅格方式采用点对点的运算可以很方便地得到尽可能小的评价单元，也很方便动态更新数据和成果。本研究将所有指标的值落到30 m×30 m的栅格单元，每一个栅格单元是信息提取的单元，也是评价结果显示的单元。

表6-3　生态风险评价数据处理工具

指标	统计单元	原始数据	处理工具	主要处理命令
气象灾害	行政单元	统计数据	ARCGIS 9.2 SPSS13.0	Reclassify Raster Calculate Data Reduction-Factor
污染	行政单元	统计数据		
沙漠化	栅格	字段属性		
水土流失	栅格	字段属性		
生态系统脆弱度	行政单元	指数计算		
社会经济脆弱度	行政单元	统计数据		

2）数据标准化与分级

对于要分级的数据运用极差标准化方法进行数据标准化后再分级。极差变换的思想是将最好的指标属性值规范化为100，最差的指标规范化为0，其余的指标用线性插值方法得到其标准值。该方法首先确定该指标的最低下限（$X_{下限}$）和最高上限（$X_{上限}$），并将这两个数值对应于指数值0或100，然后根据以下两种情况确定指数值：

（1）在上限和下限之外的数值，分别根据具体情况取0或100；

（2）在两者之间的数值，由以下公式确定

对于正向指标
$$f_i = \frac{X - X_0}{X_{100} - X_0} \tag{6-1}$$

对于逆向指标
$$f_i = \frac{X_{100} - X}{X_{100} - X_0} \tag{6-2}$$

对于本节所选择的统计指标，按照上述方法进行标准化，然后按照 0～100，以 25 为间隔划分成 4 个等级，分别依次赋值为 25、50、75、100，得分越高，风险源概率和易损性越大，分别对应风险级别低、小、中、高 4 个等级。

6.2　鄂尔多斯生态风险评价指标体系的构建

区域生态风险评价为管理部门提供科学依据，进行及时的预警和有效的预防，最终实现"零风险"管理的目标。在遵循客观性原则、区域整体性原则、层次性原则和可比性等原则下，基于"压力－状态－响应"的范式，来构建生态风险评价指标体系。

从某种意义上说，风险源代表了生态系统压力，而风险源概率的分布则代表了不同区域的状态，生态脆弱度则表明抵抗风险的能力，即生态环境和社会经济系统的对风险的响应。本节基于此思路构建了生态风险评价指标体系（图 6-13）。

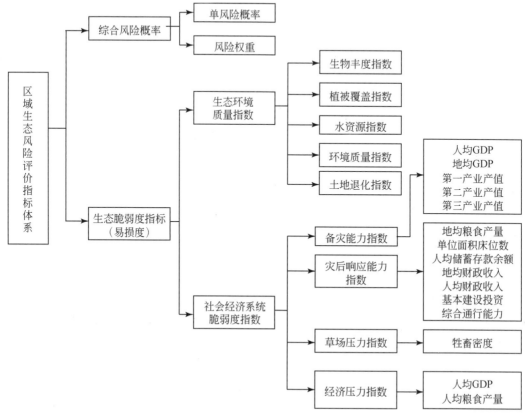

图 6-13　鄂尔多斯生态风险评价指标体系

区域生态风险评价指标体系的建立应充分体现各类风险源的现状特征，以及对生态系统的破坏及其程度，表明生态风险大小差异的原因，同时显示社会克服生态破坏与维护生态安全的能力。本次研究的指标分为两大类，一个是风险源概率指标，另一个是生态脆弱度指标。综合风险源概率中的风险权重通过构建暴露系数来实现；生态脆弱度指标包括生态环境质量指数和社会经济系统脆弱度指数。

6.2.1　生态环境质量指数

生态系统脆弱度表示一个种、生态系统或景观对外界施加胁迫或干扰的能力，不同的生态系统、不同生境类型在维护其结构和功能等方面的作用是有差别的，对干扰的抵抗能力也是不同的。目前，还没有准确、公认的脆弱度指标可借鉴应用，本研究引用生态环境质量指数[①]来衡量鄂尔多斯的生态系统脆弱度。

（1）生态环境质量指数。生态环境质量指数反映被评价区域生态环境质量状况，数值为 $0 \sim 100$。

（2）生物丰度指数。生物丰度指数是指通过单位面积上不同生态系统类型在生物物种数量上的差异，间接地反映被评价区域内生物的丰贫程度。

（3）植被覆盖指数。植被覆盖指数是指被评价区域内林地、草地、农田、建设用地和未利用地5种类型的面积占被评价区域面积的比例，用于反映被评价区域植被覆盖的程度。

（4）水网密度指数。水网密度指数是指被评价区域内河流总长度、水域面积和水资源量占被评价区域面积的比例，用于反映被评价区域水的丰富程度。

（5）土地退化指数。土地退化指数是指被评价区域内风蚀、水蚀、重力侵蚀、冻融侵蚀和工程侵蚀的面积占被评价区域面积的比例，用于反映被评价区域内土地退化程度。

（6）环境质量指数。环境质量指数是指被评价区域内受纳污染物负荷，用于反映评价区域所承受的环境污染压力。

6.2.2　社会经济系统脆弱度

社会经济脆弱度指数选择了经济压力指数、草场压力指数、备灾能力指数和灾后应急能力指数4项指标。经济压力指数反映了社会经济发展对资源的需求进而对社会经济系统脆弱性的压力；草场压力指数反映了牲畜增长带来的影响；备灾能力指数和灾后应急能力指数引入了灾害救助的指标（王静爱等，2006），反映人类活动对风险事件发生后的作用，积极的人类活动可减轻风险事件发生后的损失，降低生态脆弱性，这两个指数的下级指标被引入了灾害评价的指标进行计算。

---

① 国家环境保护总局. 2006. 生态环境状况评价技术规范. 中华人民共和国环境保护行业标准. HJ/T192—2006。

6.3 鄂尔多斯生态风险源分析

6.3.1 风险源识别

鄂尔多斯的生态风险源，按性质可以分为自然风险源、人为风险源以及自然和人为因素叠加的风险源。自然风险源是以自然变异为主因造成的危害生态系统结构与功能的事件或现象，包括洪涝、干旱、冰雹、病虫鼠害等；人为生态风险源是指危害生态系统的人为活动，如过度放牧、污染、生物入侵等；自然和人为因素叠加的风险源是指由于自然因素如气候、土壤和人为因素叠加给生态系统带来危害的活动。鄂尔多斯的风险源统计见表6-4。

表6-4 鄂尔多斯风险源

自然风险源		人为风险源	自然 + 人为风险源
气象风险源	洪涝	过度放牧	水土流失
	干旱	城镇化	沙漠化
	大风及沙尘暴	污染	
	冰雹	旅游业	
	霜冻	生物入侵	
	雪灾		
	凌汛		
地质风险源	地震		
	泥石流		
	滑坡		
生物风险源	病虫鼠害		

根据历史资料考证各类风险源发生份额概率、强度及范围，忽略那些强度小、发生范围不大、对生态系统影响较为轻微的次要风险源，确定研究区的主因生态风险源。结合数据的完整性，本次区域生态风险评价研究最终选择了八大风险源，即干旱、洪涝、大风、沙尘暴、沙漠化、水土流失、病虫鼠害和污染。

1. 干旱

鄂尔多斯地处干旱和半干旱地区，降水偏少。干旱是影响农牧业生产最主要的气象灾害（表6-5）。全市农区80%的耕地、牧区95%的草场几乎每年都受到不同程度干旱的危险。鄂尔多斯年平均湿润度仅有0.2~0.4，常年处于干旱、半干旱状态。达拉特旗、准格尔旗、伊金霍洛旗、乌审旗、东胜等均属于半干旱地区；鄂托克旗、鄂托克前旗、杭锦旗则为干旱地区，半干旱地区占全市总面积的60%，干旱地区占40%。

表 6-5 鄂尔多斯 1949~1988 年旱灾情况统计

项目	灾情
旱灾次数	23
大旱次数	8
农业减产面积/万亩	2789.49
占因灾减产粮食总数的比例/%	45.40
牲畜死亡头数/万头	346.57
占因灾牲畜死亡总数的比例/%	74.80
草场受灾面积/万亩	2569.1

资料来源：伊克昭盟地方志编纂委员会，1994b

由于地表土层薄，结构松散，保水能力差，加之春季水分储存补充不足，在植物生长期雨量缺少，伴随高温天气而发生旱灾。春季干旱的概率最大，大旱年和旱年占 62%~87%，夏旱占 31%~64%，秋旱占 37%~50%，干旱频率大大高于涝年频率。干旱的频频发生，不少地区常因春旱而不能及时下种，或即使下了种也因旱土层太厚而不能发苗出土，需要补种或毁种。夏旱、秋旱还常使大面积农田减产，甚至颗粒无收。

2. 洪涝

洪涝是鄂尔多斯常见灾害之一（表 6-6），主要发生在黄河右岸的准格尔旗、达拉特旗、杭锦旗。其中最为严重的是达拉特旗四村、昭君坟、解放滩、树林召、新民堡、白泥井、榆林子、吉格斯泰等乡。首先是黄河水暴涨时溢岸的地区，淹没农田，造成灾害。由于这一带地势低而开阔，地形平坦，当上游有暴雨发生时，洪水便从高原顶端泻下，造成良田被洪水淹没、冲毁等损害；或者洪峰冲入黄河，打沙坝，切断黄河水流，引起黄河水暴涨出岸，造成更大范围的洪涝。此外，鄂尔多斯还是每年春季黄河凌汛危及的范围。洪涝灾害在鄂托克旗、鄂托克前期、伊金霍洛旗、乌审旗也时有发生，主要分布在下湿地、沙漠丘间低地。当夏秋雨水过大、低洼地积水过多时，大量侵吞草场、农田，造成灾害。

表 6-6 1469~1980 年鄂尔多斯旱涝年数及频率

时段	旱涝年数					
	合计	大旱年数	干旱年数	正常年数	偏多雨年数	洪涝年数
1469~1500 年	31	7	11	7	4	2
1501~1600 年	100	16	26	29	18	11
1601~1700 年	96	8	23	31	23	11
1701~1800 年	100	15	24	28	23	10
1801~1900 年	100	14	28	21	25	12
1901~1980 年	80	6	29	17	19	9
合计	507	66	141	133	112	55
平均周期/年	—	7.7	3.6	3.8	4.6	9.3
占总年数/%	—	40.8		26.2	32.9	

资料来源：伊克昭盟地方志编纂委员会，1994b

3. 冰雹

鄂尔多斯的冰雹大多发源于 109°E 以西的气候干燥、气温剧烈变化地区。冰雹灾害总的分布特点是东部多于西部，丘陵地区多于平原地区，不仅降雹频繁，而且冰雹强度大。以准格尔旗最多，其次是东胜区。其中，东胜区、准格尔旗、伊金霍洛旗多降地形雹，由于所处地势高，气温日差较大，下垫面植被覆盖度小，从而有利于暖温气流对流上升而降雹；其他地区多降热成雹，主要是由于夏季午后地面受到强烈太阳光的照射而产生大量热空气的猛烈上升而形成。40 年来，鄂尔多斯境内冰雹灾害使农业受灾面积达 1096.22 万亩，粮食减产 6000 万 kg，其中雹灾偏重的年份有 12 年。

4. 霜冻

鄂尔多斯发生的霜冻现象以轻霜冻为最多，占霜冻总次数的 50%~60%；重霜冻次之，占 30%~40%；严重霜冻最少，占 0%~20%。霜冻的年际变化不稳定，或迟或早，有时相差 1 个月左右，这种变化的不稳定性，是鄂尔多斯常遭受霜冻危害的重要原因之一。霜冻对农业生产危害极大，境内初霜冻（秋霜冻）出现概率较多，终霜冻（春霜冻）出现概率较小。1949~1988 年，鄂尔多斯霜冻出现年数为 20 年，重大霜冻次数为 7 次，每年遭受霜冻面积达 20 万亩。

5. 大风及沙尘暴

鄂尔多斯出现大风最多的地区是杭锦旗、鄂托克旗北部、伊金霍洛旗，全年大风不少于 40 天。大风最少的地方是准格尔旗、乌审旗南部，一般为 20~30 天。一年中，大风以春季（3~5 月）出现最多，占全年的 40%。冬季（12 月至翌年 2 月）占全年的 20%~25%，夏秋季大风出现的机会虽然也为数不少，但那时的大风往往带有阵性特点，持续时间短，影响范围小。据气象风速记录统计，最大风速为 28 m/s。全年各地沙尘暴平均天数为 6~27 天，中部的泊尔江海子、杭锦旗、伊金霍洛旗大于 25 天。

6. 水土流失

鄂尔多斯市位于黄河上中游地区，是黄土高原风蚀沙化区与黄河中游水土流失区相重叠的地区，也是整个西部生态环境恶劣的缩影。严重水土流失面积 47 298 km²，占全市总面积的 54.5%，若加上以风力侵蚀为主的面积则水蚀沙化的面积高达 62 495 km²，占总面积的 72.0%。多年平均侵蚀模数高达 5000~18 800 t/km²，沟网密度 6~11 km/km²，年侵蚀总量 1.9 亿 t，每年入黄泥沙约 1.5 亿 t，其中粗沙约 1 亿 t，分别占黄河上中游地区入黄泥沙、粗沙总量的 10%、25%，而产粗沙量最多、危害最大、水土流失最为严重的是裸露砒砂岩区，主要分布在准旗、达旗、东胜区、伊旗四旗区的丘陵山区，涉及面积 2 万 km² 余，极为严重的达 6955 km²。被公认为"世界水土流失之最"，有"地球环境癌症"之称。

7. 沙漠化

鄂尔多斯分布有库布齐沙漠和毛乌素沙地，两大沙区总面积 3.5 万 km²，占全市总面积的40%左右。受到恶劣的自然条件的影响以及滥垦、过牧等人为因素影响,鄂尔多斯面临的沙漠化问题十分严峻,最严重时鄂尔多斯地区沙漠化土地总面积曾达 42 667 km²,占土地总面积的49%,沙化退化草场面积 4 万 km²,占可利用草场面积的80%。通过退耕还林还草以及各种治沙政策,鄂尔多斯沙漠化的趋势在部分地方得到遏制,草原建设出现了良好的势头,但生态环境还没有达到根本性的改善,部分地区土地沙化、草场退化现象依然严重,建设速度赶不上退化速度,边建设边破坏的现象还没有根本扭转,任务依然很艰巨。

8. 病虫鼠害

鄂尔多斯草原是病虫鼠害的多发区、重发区。鼠害破坏地表及啃食牧草根、茎及种子,使草场沙化,牧草返青生长严重受阻,草场更新受到影响,害虫啃食植株幼嫩枝叶,形成与牲畜争草局面,病虫鼠害造成的草场沙化、退化,使生态环境恶化的局面雪上加霜。2000 年以来,鄂尔多斯草原鼠虫害严重危害面积平均每年有 66.7 多万 hm²,"十五"期间草原虫害累计危害面积 384.1 万 hm²,其中蝗虫危害面积共计 121.8 万 hm²。

9. 污染

鄂尔多斯市主要河流水环境以有机污染为主,水源地水质基本达标,但三台基水库污染严重,工业污水中氨氮排放量增幅巨大,生活污水近年增长量大。由于城市能源结构主要以煤炭为主,给大气环境质量改善带来一定压力;城市生活污水处理设施建设严重滞后,污水处理率亟待提高;鄂尔多斯面临以煤炭资源开发利用为主的结构性环境污染问题,突发性环境事件、重点区域、重点行业的环境问题仍然严重,部分地区生态脆弱,生态环境保护的力度不能松懈。

6.3.2 受体分析

生态风险评价选择的受体为该地区的 6 类生态系统,包括草地生态系统、林地生态系统、农田生态系统、城镇生态系统、水域生态系统和荒漠生态系统(表6-7)。鄂尔多斯生态系统类型比较单一。荒漠、草地生态系统占地最广,两种生态系统共占据示范区面积的93.32%,草地又以中、低覆盖草地为主。湿地、林地、城镇生态系统零星分布,3 种生态系统类型共占据示范区面积的2.28%,林地、湿地的分布多受区域微地貌和小气候的影响。农田主要集中在东北部黄河沿岸,这与灌溉条件关系密切。

表6-7 鄂尔多斯生态系统类型

生态系统类型	特 征	分 布
草地生态系统	广布,次生演替状态较多,多为中低覆盖程度,该区主要生态系统类型之一	全区均有分布,多在畜牧区,高覆盖草地多在中部、西南部
林地生态系统	人工林为主,自然林退化,且多灌木林、疏林地	多分布在交通沿线和城镇周围

续表

生态系统类型	特征	分布
农田生态系统	为灌溉农业，占据了水分条件较好的区位	集中分布在西北部、北部、东北部等河渠沿线
城镇生态系统	包括所有人类建筑用地，该区目前城镇化速度较快，工矿区大量开发，农田与林地草地等被侵占	集中在东北部与中部东胜区
水域生态系统	湖泊生态系统为主，有退化趋势	零星分布，在水分较好的东部
荒漠生态系统	随治沙工作好坏面积有所变化，但仍是该区主要的生态系统类型	集中在北部（库布齐沙漠）和南部地区（毛乌素沙漠）

6.3.3　暴露及危害分析

暴露及危害分析是反映不同风险源对各生态系统影响的形式和程度，对此进行分析能更好地进行风险种类及其程度的确定，方便进行计算和评价。

1. 暴雨洪涝灾害

洪灾发生后，产生的不良影响是多方面的：① 经济损失，这是最明显和直接的影响，造成城镇、工矿、农田、交通、通信等被淹没或冲毁；② 社会影响，包括疾病暴发、社会安全问题等；③ 生活环境恶化，农田冲毁、土地沙化、土壤次生盐渍化、排水系统破坏、地表水及地下水污染、野生动植物被毁灭等。

2. 干旱

干旱的影响涉及面极为广泛。① 干旱对农业的影响最大，使农业减产，甚至绝产，带来严重的经济损失；② 干旱灾害对牧区经济造成的主要危害是牧草缺水不能正常生长，使草地可载畜量大幅度下降，牲畜因饲料和饮水短缺造成发育不良，质量下降，甚至死亡；③ 干旱也是带来土地沙漠化、盐碱化、地表植被破坏退化和水资源减少的因素。

3. 大风及沙尘暴

沙尘暴风蚀土壤，损坏土地，使原来比较肥沃的土壤变贫瘠，出现荒漠化；由于风沙作用，地面上散发到空中的尘埃中含有许多有毒矿物质，对人体、牲畜、农作物、林木等产生危害，并可引起眼病和呼吸道感染等疾病，影响人体健康；沙尘暴降低能见度，使人们的生产生活受到影响。

4. 病虫鼠害

病虫害除了直接影响农作物的生长发育导致粮食减产外，有些牧草的病菌还含有有毒物质，会使牲畜中毒甚至死亡；害鼠不仅采食牧草，而且为了逃避天敌，广挖洞穴，形成大小不等的土丘，从而破坏了草场，直接影响了农牧业的发展。

· 161 ·

5. 污染

随着工业经济的发展，鄂尔多斯地区不仅大气受到了污染，固体废物污染、水污染问题也在加重。大气污染和水污染危害主要表现为：① 对人体健康产生危害；② 对农业造成的经济损失；③ 对物品造成的经济损失。固体废物在一定条件下会发生化学的、物理的或生物的转化，对周围环境产生一定的负面影响。另外，固体废物堆放一方面占用大量土地，污染土壤，另一方面对水体造成污染，沿河湖的企业，长期向水体排放灰渣，严重污染下游水体、地表水和地下水，从而对农田、畜牧、人体健康等造成进一步的损失。

6. 水土流失

严重的水土流失使有效土层变薄，土壤肥力及含水量降低，导致地表植被减少，地面裸岩扩大，沙砾质含量增加，下垫面条件被破坏，地表生态环境失调，作物无法播种，草场质量下降，农牧业生产水平低下，群众生活困难，制约着区域经济的可持续发展。水土流失还切割蚕食土地和埋压农田，可利用土地面积逐年缩小。造成土壤跑水、跑土、跑肥，结构被破坏，地力不断下降。水土流失使沟壑密度不断增加，使沟壑面积占总面积的比例不断上升，一遇暴雨，泥沙随洪水猛泄，淤积河道，埋压农田，阻断交通，冲垮通信线路，直接危害人民生命财产安全。另外，水土流失常导致水利设施被洪水冲毁或淤积，轻则降低工程效益，重则缩短使用寿命，以至完全失效。

7. 沙漠化

土地沙漠化使土地生产力下降，可利用土地面积逐年缩小，禾苗植物组织严重受伤而减产甚至枯死；沙漠化使草场沙化，可利用草场面积缩小，牧业收入降低。由于草场沙化，植物生态系统不断退化，草场生产力降低，牧业经济收入也因此下降。沙漠化还危害当地居民正常生活和生产活动。流沙埋压房屋、水井、畜棚、道路、水库，严重危害人民生活、生产的正常进行。另外，由沙漠化引起的环境污染也十分严重，大风吹扬起沙漠化土地表层的细粒颗粒物中，不仅含有沙尘颗粒，还含有土壤有机质和其他多种化学类物质，造成大气环境污染，严重危害居民身体健康。

各种风险源除了直接影响受体外，还会带来次生灾害（表6-8），造成生态环境和社会经济的损失，对于这类次生灾害也必须进行了解，以保证暴露和危害分析的准确度。

表6-8　气象灾害的影响及其次生灾害

灾害类型	主要影响及危害	次生灾害
暴雨洪涝	山洪暴发、河流泛滥、内涝渍水、毁坏庄稼、建筑、物资，人畜伤亡、作物歉收或绝收，交通、通信受阻	病虫害、地质灾害、水圈灾害（洪水、内涝）
干旱	作物歉收或绝收，人畜用水难，疾病（中暑等）	农林灾害（森林、草原火灾、病虫害），饥荒、地质灾害（土壤沙化）
沙尘暴/大风	交通、通信受阻、交通事故、空难、疾病、建筑、物资腐蚀	农林灾害（庄稼、林木沙埋），土地沙化

6.3.4　综合风险源概率分布

由于区域生态风险源的复杂性，其绝对发生概率往往难以确定。环境问题和生态破坏的发生概率可以根据多年来自然灾害的发生频率统计，以及工农业发展状况和生态破坏的现状确定。本研究采用区域生态风险发生概率分级的方法，对各种生态风险在不同生态系统上的发生概率，在考虑其绝对发生概率的基础上，利用数据标准化极分析赋值的方法，进行生态风险发生概率级别划分和赋值。

考虑到生态风险受体为六大类生态系统，因此本研究引入生态系统服务功能来计算暴露系数，作为风险源概率计算过程中，各生态系统多种风险源概率的权重。

$$ER_j = E_{ij} \times R_j \tag{6-3}$$
$$(i = 1,2,\cdots,6; \ j = 1,2,\cdots,8)$$

式中，ER_j 为风险源 j 发生的风险源概率；E_{ij} 为生态系统 i 受风险源 j 影响的暴露系数；R_j 为 j 种风险源概率。这样就得到了 8 种风险源发生的风险源概率。

1. 暴露系数

生态系统服务功能是指生态系统与生态过程所形成及维持的人类赖以生存的自然环境条件与效用。Costanza 等（1997）的研究将自然生态系统服务功能归纳为 17 个方面。根据鄂尔多斯的实际情况，将其生态系统服务功能归纳为 4 个方面：生产功能、调节功能、文化娱乐功能和支持功能。谢高地等（2003）制定了中国陆地生态系统单位面积生态服务价值当量因子表，李边疆（2007）针对其普适性进行了修正（表6-9）。

表6-9　中国生态系统服务价值的当量因子表

功能	功能指标	农田	林地	草地	城镇	水域	荒漠
生产功能	食物生产	1.00	0.57	0.30	0	0.10	0.31
	原材料	0.10	3.52	0.05	0	0.01	0.07
调节功能	气候调节	0.89	4.20	0.90	0	0.46	17.10
	气体调节	0.50	5.10	0.80	0	0	1.80
	侵蚀控制	1.46	6.34	1.95	0.00	0.01	1.73
	涵养水源	0.60	4.73	0.80	−7.74	20.38	15.53
	废物处理	1.64	2.73	1.31	−11.68	18.18	18.19
文化娱乐功能	娱乐文化	0.01	1.72	0.04	0	4.34	5.55
支持功能	生物多样性	0.71	4.95	1.09	0	2.49	2.84
总计		6.91	33.86	7.24	−19.42	45.97	63.12

风险源 j 针对生态系统 i 的暴露系数的计算公式为

$$E_{ij} = \frac{\sum_j V_{ij}}{V_i} \tag{6-4}$$

式中，V_i 为生态系统 j 的总生态服务价值；V_{ij} 为生态系统 i 受风险源 j 影响的各个生态服务价值。据此，得到各风险源与生态系统的暴露系数（表 6-10）。

表 6-10　风险源与生态系统的暴露系数

生态系统	旱灾	洪涝	大风	沙尘暴	病虫鼠害	污染	沙漠化	水土流失
林地	0.361	0.373	0.183	0.122	0.336	0.336	0.689	0.666
高草	0.852	0.320	0.175	0.192	0.835	0.347	0.852	0.703
中草	0.712	0.377	0.374	0.344	0.696	0.351	0.857	0.712
低草	0.712	0.551	0.380	0.380	0.697	0.171	0.859	0.712
水体	0.725	0.123	0.001	0.188	0.001	0.499	0.087	0.625
农田	0.781	0.787	0.140	0.222	0.478	0.478	0.764	0.764
荒漠	0.226	0.001	0.250	0.303	0.135	0.001	0.001	0.293
城镇	0.393	0.935	0.721	0.707	0.001	0.707	0.407	0.267

2. 风险源概率分布

1）气象灾害概率分布

根据《伊克昭盟志》、各旗区志以及鄂尔多斯历年统计资料，得到鄂尔多斯各旗区各乡镇气象风险源的概率统计资料（表 6-11），再结合旱灾、洪涝、大风、沙尘暴 4 种气象灾害对各生态系统的暴露系数，根据式（6-3），得到 4 类气象灾害的风险源概率。通过概率统计数据，结合各风险源的描述，对各旗区风险源发生概率进行数据标准化后在 ArcGIS 中按照 25、50、75 和 100 进行分级赋值，分别对应低、小、中、高 4 种等级，分值越高，表示在鄂尔多斯区域内，该旗区某种风险发生概率越大（图 6-14～图 6-17）。

表 6-11　气象灾害概率统计

地区	旱灾		暴雨		大风日数/（d/a）	沙尘暴日数/（d/a）
	发生次数/统计年数	频率	发生次数/统计年数	频率		
东胜区	16/41	0.390	38/47	0.809	14	23
达拉特旗	25/40	0.625	36/47	0.766	17	27
准格尔旗	16/20	0.800	45/47	0.957	10	17
鄂托克前旗	11/24	0.458	11/47	0.234	17	21
鄂托克旗	15/35	0.429	27/47	0.574	32	17
杭锦旗	19/32	0.594	26/47	0.553	30	27
乌审旗	16/22	0.727	41/47	0.872	16	17
伊金霍洛旗	29/40	0.725	43/47	0.915	3	17

资料来源：伊克昭盟地方志编纂委员会，1994b

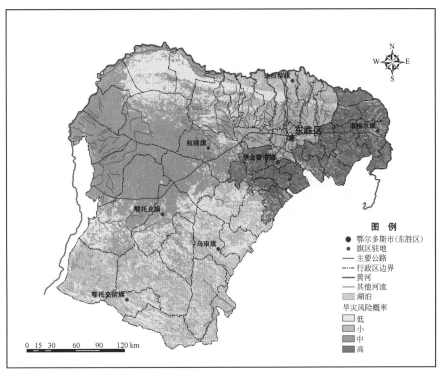

图 6-14　鄂尔多斯 2008 年干旱风险概率分布

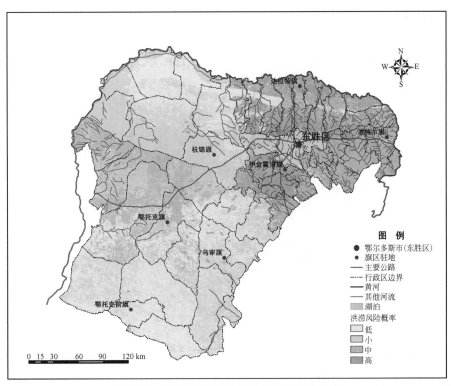

图 6-15　鄂尔多斯 2008 年洪涝风险概率分布

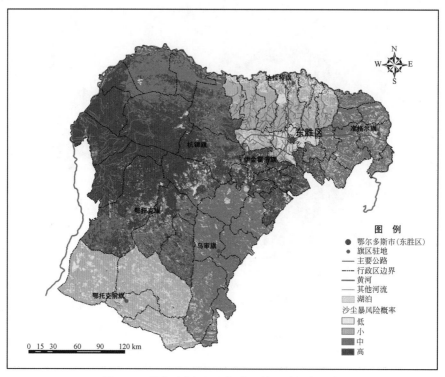

图 6-16　鄂尔多斯 2008 年沙尘暴风险概率分布

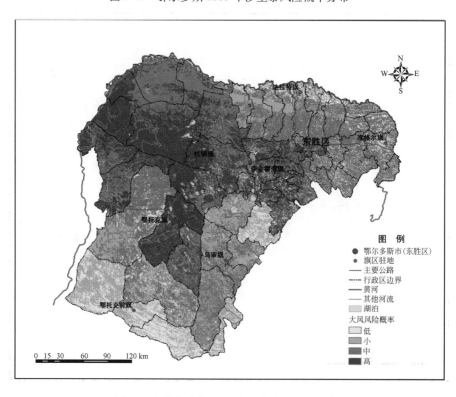

图 6-17　鄂尔多斯 2008 年大风风险概率分布

2）病虫鼠害概率

对于病虫鼠害的风险发生概率，目前并没有统一的标准和方法。本研究以各旗区各乡镇病虫鼠害防治面积与发生面积的比值作为评价依据（表6-12），再结合病虫害对各生态系统的暴露系数，根据式（6-3），得到病虫害的风险源概率。利用ArcGIS 9.2工具对各旗区各乡镇病虫鼠害风险源概率进行分级赋值，由于防治面积/发生面积值越高，代表病虫鼠害造成的损失越小，所以按照比例值，通过上述的逆向数据标准化及分级的方法，进行分级赋值，得分越高，表示在鄂尔多斯区域内，该旗区病虫鼠害风险发生概率越大（图6-18）。

表6-12　病虫鼠害风险统计

地区	2000 年			2008 年		
	发生面积 /km²	防治面积 /km²	防治/发生 面积比/%	发生面积 /km²	防治面积 /km²	防治/发生 面积比/%
全市	603.66	464.43	76.94	1347.4	744.75	55.28
东胜区	16.629	13	78.18	44	30.2	68.64
达拉特旗	229.92	184.22	80.12	296.1	163.96	55.37
准格尔旗	32.59	25.58	78.49	197.94	100.86	50.96
鄂托克前旗	42.5	34.5	81.18	71.7	50.19	70.00
鄂托克旗	19.168	16.337	85.23	299.05	154.48	51.66
杭锦旗	139.4	84.2	60.40	194.8	110.36	56.65
乌审旗	82.39	71.34	86.59	71.6	40	55.87
伊金霍洛旗	41.063	35.253	85.85	172.163	94.7	55.01

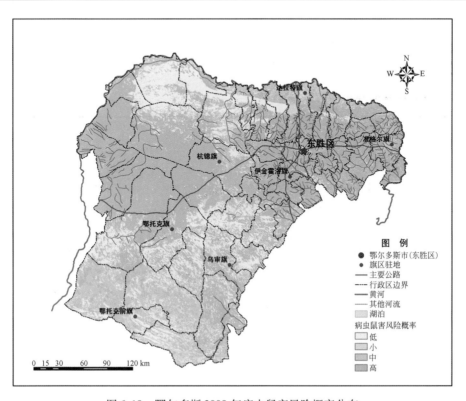

图6-18　鄂尔多斯2008年病虫鼠害风险概率分布

3）污染风险源概率评价

以包含 COD 排放量、SO_2 排放量和固体废物排放量的环境质量指数作为指标评价区域内受纳污染物负荷，用于反映评价区域所承受的环境污染压力，再结合污染对各生态系统的暴露系数，根据式（6-3），得到污染的风险源概率。对各旗区污染风险发生的概率进行数据标准化后在 ArcGIS 中按照 25、50、75 和 100 进行分级赋值，分别对应低、小、中、高 4 种等级，分值越高，表示在鄂尔多斯区域内，该旗区污染风险发生概率越大（图 6-19）。

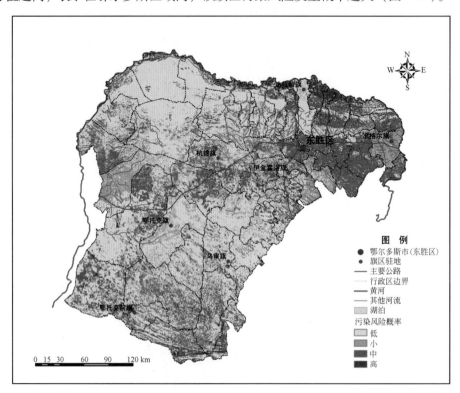

图 6-19　鄂尔多斯 2008 年污染风险概率分布

4）沙漠化概率

沙漠化危险度是指某地区沙漠化发展可能达到的程度，是沙漠化态势的基本指征，所以在进行沙漠化风险源概率衡量时既要考虑沙漠化现状分布，又要考虑引发进一步沙漠化的因素。本研究综合沙漠化现状和沙漠化驱动力指标进行分析，典型地区沙漠化因子的相关分析表明，许多因子均与沙漠化有较好的相关性，尤以牧畜密度、人口密度等与沙漠化的相关系数为高（王劲峰等，1993），所以在驱动力因子中引入了这两个指标（表 6-13）。

表 6-13　沙漠化概率评价指标

因素层	指标层
沙漠化现状指标	沙漠化轻度
	沙漠化中度
	沙漠化重度
	沙漠化剧烈

续表

因素层	指标层
沙漠化驱动力指标	年均风速/（m/s）
	大风日数/天
	年降雨量/mm
	蒸发量/mm
	年日照时数/h
	年沙尘暴日数/天
	人口密度/（人/km² ）
	牲畜密度/（头/km² 草原面积）

　　沙漠化现状分析采用沙漠化程度栅格图，根据字段属性描述，将沙漠化轻度、中度、重度、剧烈划分为一、二、三、四 4 个等级，分别赋值。沙漠化驱动力指标以旗区作为统计单元，运用 SPSS 13.0，计算因子得分，再结合沙漠化对各生态系统的暴露系数，根据式（6-3），得到沙漠化的风险源概率。通过上文提到的数据标准化及分级的方法，利用 ArcGIS 9.2 工具对各旗区各乡镇沙漠化风险发生概率进行分级赋值，得分越高，表明沙漠化驱动能力越大，两个因素层叠加，获得鄂尔多斯沙漠化概率分布（图 6-20）。

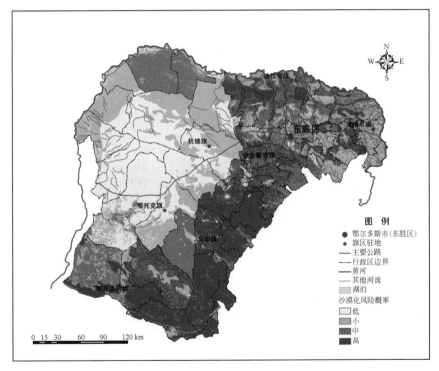

图 6-20　鄂尔多斯 2008 年沙漠化风险概率分布

5）水土流失概率

　　水土流失危险度定义为在各种自然和人文因子的驱动下，水土流失发展可能达到的程度，其大小主要取决于水土流失的现状和驱动力的大小（表 6-14）。

表6-14　水土流失概率评价指标

因素层	指标层
水土流失现状	土壤侵蚀轻度
	土壤侵蚀中度
	土壤侵蚀重度
	土壤侵蚀剧烈
水土流失驱动力指标	年降雨量/mm
	植被覆盖率/%
	人口密度/（人/km²）
	人均耕地面积/km²
	农村人纯收入/元

　　水土流失现状分析采用土壤侵蚀程度栅格图，根据字段属性描述，将土壤侵蚀轻度、中度、重度、剧烈划分为 4 个等级，分别赋值；水土流失驱动力指标以旗区作为统计单元，运用 SPSS 13.0，计算因子得分后，再结合水土流失对各生态系统的暴露系数，根据式（6-3），得到水土流失的概率。通过上文提到的数据标准化及分级的方法，利用 ArcGIS 9.2 工具对各旗区各乡镇水土流失风险发生概率进行分级赋值，得分越高，表明水土流失驱动能力越大，两个因素层叠加，获得鄂尔多斯水土流失概率分布（图 6-21）。

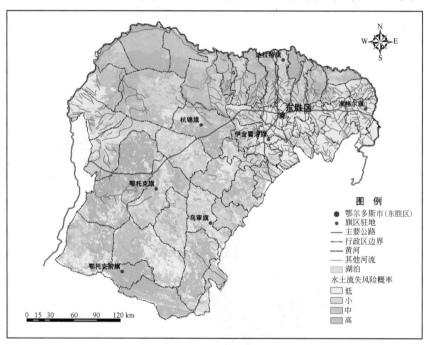

图 6-21　鄂尔多斯 2008 年水土流失风险概率分布

3. 综合风险源概率计算

$$ER = \sum_{j=1}^{8} ER_j \tag{6-5}$$

$$(i = 1,2,\cdots,6; j = 1,2,\cdots,8)$$

式中，ER 为综合风险源概率；ER_j 为 j 种风险源发生的风险源概率。通过 ArcGIS 9.2 工具叠加 8 种单风险源概率，得到整个鄂尔多斯综合风险源概率分布，产生基于生态系统类型的综合风险源概率分级图（图 6-22），级别越高，表示在鄂尔多斯区域内，风险发生概率越大。

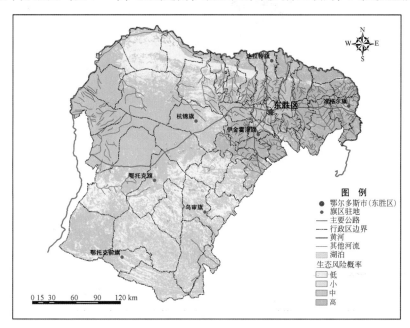

图 6-22　鄂尔多斯 2008 年生态风险源概率分布

由于鄂尔多斯地区草地和荒漠生态系统占据了其面积的绝大部分，是主导的生态系统，通过单独分析两者风险源概率的分布有助于对研究区进行进一步了解（图 6-23 和图 6-24）。

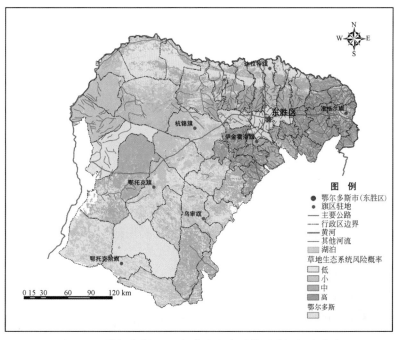

图 6-23　鄂尔多斯 2008 年草地生态系统风险源概率分布

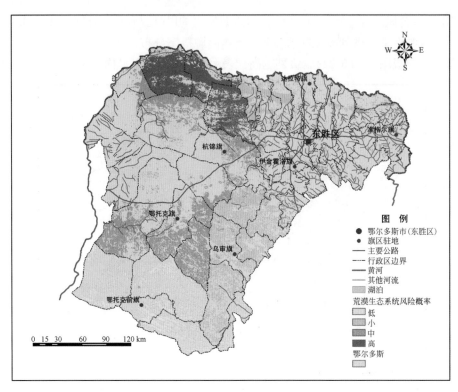

图 6-24　鄂尔多斯 2008 年荒漠生态系统风险源概率分布

6.3.5　生态脆弱度（易损度）计算

1. 生态环境质量指数

1）指标计算

本节根据国家环境保护总局 2006 年发布的《生态环境状况评价技术规范》（试行）中提出的方法来对鄂尔多斯市生态环境状态进行综合评价。每种指数的具体计算方法和权重设定如表 6-15 所示。

$$生物丰度指数 = A_{bio} × (0.35 × 林地 + 0.21 × 草地 + 0.28 × 水域湿地 + 0.11 × 耕地 \\ + 0.04 × 建设用地 + 0.01 × 未利用地) / 区域面积 \tag{6-6}$$

式中，A_{bio} 为生物丰度指数的归一化系数。

$$植被覆盖指数 = A_{veg} × (0.38 × 林地面积 + 0.34 × 草地面积 + 0.19 × 耕地面积 \\ + 0.07 × 建设用地 + 0.02 × 未利用地) / 区域面积 \tag{6-7}$$

式中，A_{veg} 为植被覆盖指数的归一化系数。

$$水网密度指数 = A_{riv} × 河流长度 / 区域面积 + A_{lak} × 湖库（近海）面积 / 区域面积 \\ + A_{res} × 水资源量 / 区域面积 \tag{6-8}$$

式中，A_{riv} 为河流长度的归一化系数；A_{lak} 为湖库面积的归一化系数；A_{res} 为水资源量的归一化系数。

表6-15 鄂尔多斯市生态环境质量指数各指标分权重

	生物丰度指数		植被覆盖度指数		土地退化指数		环境质量指数		生态环境状况指数	
权重	耕地	0.11	耕地	0.19	轻度侵蚀	0.05	二氧化硫	0.4	生物丰度指数	0.25
	林地	0.35	林地	0.38	中度侵蚀	0.25	化学需氧量	0.4	植被覆盖指数	0.2
	水域	0.28	水域	—					水网密度指数	0.2
	建设用地	0.04	建设用地	0.07					土地退化指数	0.2
	未利用地	0.01	未利用地	0.02	重度侵蚀	0.7	固体废物	0.2	环境质量指数	0.15
	高草	0.13	高草	0.2						
	中草	0.06	中草	0.1						
	低草	0.02	低草	0.04						

$$土地退化指数 = A_{ero} \times (0.05 \times 轻度侵蚀面积 + 0.25 \times 中度侵蚀面积$$
$$+ 0.7 \times 重度侵蚀面积)/区域面积 \quad (6-9)$$

式中，A_{ero}为土地退化指数的归一化系数。

$$环境质量指数 = 0.4 \times (100 - A_{SO_2} \times SO_2 排放量/区域面积)$$
$$+ 0.4 \times (100 - A_{COD} \times COD 排放量/区域年均降雨量)$$
$$+ 0.2 \times (100 - A_{sol} \times 固体废物排放量/区域面积) \quad (6-10)$$

式中，A_{SO_2}为SO_2的归一化系数；A_{COD}为COD的归一化系数；A_{sol}为固体废物的归一化系数。

2）生态环境状况指数计算

各项评价指标权重见表6-16。

表6-16 鄂尔多斯市生态环境质量指数各指标的权重

	生物丰度指数	植被覆盖指数	水网密度指数	土地退化指数	环境质量指数
权重	0.25	0.2	0.2	0.2	0.15

EI计算方法如下：
$$生态环境状况指数 EI_m = 0.25 \times 生物丰度指数 + 0.2 \times 植被覆盖指数 + 0.2 \times 水网密度$$
$$指数 + 0.2 \times 土地退化指数 + 0.15 \times 环境质量指数 \quad (6-11)$$

3）指标计算结果

根据生态环境状况指数，将生态环境分为4级，即优、良、中、差（表6-17）；根据分级标准得到鄂尔多斯市各乡镇的生态环境状况级别（表6-18）；根据生态环境状况指数在GIS中进行分级，得到各乡镇的生态环境质量指数分布图（图6-25）。

表 6-17　鄂尔多斯生态环境状况分级

级别	指数值	状态
高	EI≥75	植被覆盖度高，生物多样性丰富，生态系统稳定，最适合人类生存
中	55≤EI<75	植被覆盖度较高，生物多样性较丰富，基本适合人类生存
低	35≤EI<55	植被覆盖度中等，生物多样性一般水平，较适合人类生存，但有不适合人类生存的制约性因子出现
小	EI<35	植被覆盖较差，严重干旱少雨，物种较少，存在着明显限制人类生存的因素

表 6-18　鄂尔多斯 2008 年各乡镇生态环境状况分级

EI 指数分级	乡　镇
高	恩格贝镇、展旦召苏木、树林召镇、王爱召镇、吉格斯太镇、大路镇、塔拉壕镇、暖水乡、沙圪堵镇、准格尔镇、龙口镇、哈巴格希办事处
中	中和西镇、十二连城乡、布尔陶亥苏木、薛家湾镇、纳日松镇、纳林陶亥镇、罕台镇、泊尔江海子镇、苏布尔嘎镇、阿勒腾席热镇、乌兰木伦镇、伊金霍洛镇、札萨克镇、红庆河镇、锡尼镇、木凯淖尔镇、棋盘井镇、蒙西镇、巴拉贡镇、呼和木独镇、苏力德苏木、无定河镇、城川镇
低	阿尔巴斯苏木、上海庙镇、昂素镇、敖勒召其镇、嘎鲁图镇、东胜区、乌审召镇、图克镇、独贵塔拉镇、伊和乌素苏木、杭锦淖尔乡
小	吉日嘎朗图镇、昭君镇、乌兰镇、苏米图苏木、乌兰陶勒盖镇

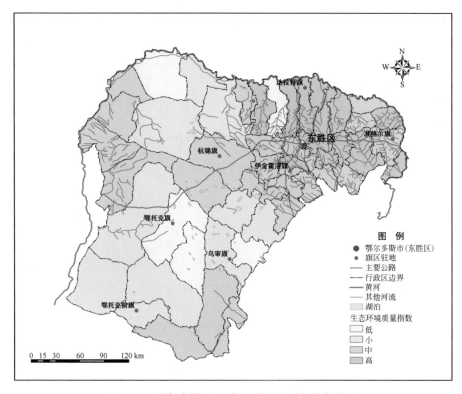

图 6-25　鄂尔多斯 2008 年生态环境质量指数分布

2. 社会经济系统脆弱度

根据鄂尔多斯市的实际情况以及数据获取状况，构建鄂尔多斯社会经济系统脆弱度指标体系（表 6-19）。

表 6-19　社会经济系统脆弱度指标

因素层	指标层
备灾能力指数	地均 GDP/万元
	人均 GDP/（万元/人）
	第一产业值/万元
	第二产业值/万元
	第三产业值/万元
灾后响应能力指数	地均粮食产量/（kg/km²）
	单位面积上拥有的床位数/（张/km²）
	人均城乡居民储蓄存款余额/（万元/人）
	地均财政收入/（万元/km²）
	人均财政收入/（万元/人）
	基本建设投资/（万元/a）
	综合通行能力/km
草场压力指数	牲畜密度/（头/km²）
经济压力指数	人均 GDP/（万元/人）
	人均粮食产量/（kg/人）

运用 SPSS 13.0，计算各因素层因子得分后，备灾能力指数和灾后响应能力指数通过上文提到的逆向数据标准化及分级的方法，草场压力和经济压力指数采用正向数据标准化及分级的方法，利用 ArcGIS 9.2 工具对各旗区各乡镇风险发生概率进行分级赋值（表 6-20），图层叠加，得分越高，表明社会经济系统易损性越大（图 6-26）。

表 6-20　鄂尔多斯 2008 年各乡镇社会经济系统脆弱度分级

EI 指数分级	乡镇
高	棋盘井镇、乌兰镇、上海庙镇、敖勒召其镇、嘎鲁图镇、图克镇
中	巴拉贡镇、蒙西镇、杭锦淖尔乡、锡尼镇、木凯淖尔镇、阿尔巴斯苏木、昂素镇、苏米图苏木、乌审召镇、乌兰陶勒盖镇、苏力德苏木、无定河镇
小	呼和木独镇、吉日嘎朗图镇、独贵塔拉镇、伊和乌素苏木、昭君镇、展旦召苏木、树林召镇、王爱召镇、苏布尔嘎镇、阿勒腾席热镇、伊金霍洛镇、纳林陶亥镇、乌兰木伦镇、红庆河镇、札萨克镇、城川镇
低	中和西镇、恩格贝镇、东胜区、泊尔江海子镇、罕台镇、塔拉壕镇、准格尔召镇、哈巴格希办事处、白泥井镇、吉格斯太镇、十二连城乡、布尔陶亥苏木、大路镇、薛家湾镇、沙圪堵镇、龙口镇、纳日松镇、暖水乡

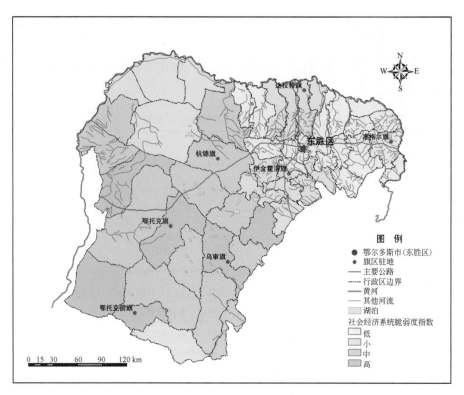

图 6-26　鄂尔多斯 2008 年社会经济系统脆弱度指数分布

3. 生态脆弱度（易损度）

按照上述的生态脆弱度评价的指标体系，根据鄂尔多斯统计年鉴的相关数据计算出了 2008 年鄂尔多斯生态系统和社会经济的脆弱度分布（图 6-27）。

$$EV_m = 0.5 \times EI_m + 0.5 \times SV_m \, (m = 1, 2, \cdots, 8) \tag{6-12}$$

式中，EV_m 为第 m 个旗区生态脆弱度（易损度）指数得分；EI_m 为第 m 个旗区生态环境质量指数得分；SV_m 为第 m 个旗区社会经济系统脆弱度指数得分。

根据计算结果，利用 ArcGIS 9.2 工具对各旗区各乡镇风险发生概率进行分级赋值（表 6-21），图层叠加，得分越高，表明社会经济系统易损性越大（图 6-27）。

表 6-21　鄂尔多斯市 2008 年各乡镇生态脆弱度分布

EI 指数分级	乡镇
高	吉日嘎朗图镇、巴拉贡镇、杭锦淖尔乡、锡尼镇、蒙西镇、棋盘进镇、乌兰镇
中	独贵塔拉镇、伊和乌素苏木、昭君镇、树林召镇、王爱召镇、木凯淖尔镇、阿尔巴斯苏木、上海庙镇、敖勒召其镇、昂素镇、苏米图苏木、乌审召镇、图克镇、嘎鲁图镇、乌兰陶勒盖镇
小	呼和木独镇、中和西镇、恩格贝镇、展旦召苏木、白泥井镇、吉格斯太镇、十二连城乡、苏布尔嘎镇、阿勒腾席热镇、纳林陶亥镇、伊金霍洛镇、乌兰木伦镇、红庆河镇、札萨克镇、苏力德苏木、城川镇、无定河镇
低	泊尔江海子镇、罕台镇、东胜区、塔拉壕镇、准格尔召镇、暖水乡、纳日松镇、沙圪堵镇、龙口镇、薛家湾镇、布尔陶亥苏木、大路镇

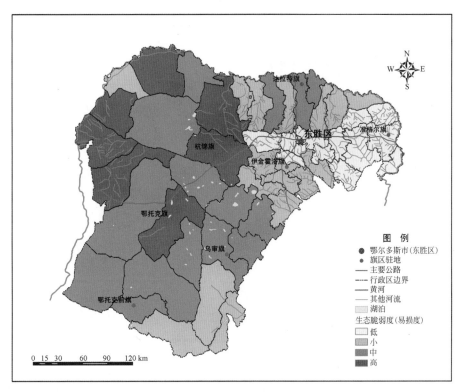

图 6-27　鄂尔多斯 2008 年生态脆弱度（易损度）分布

6.4　鄂尔多斯综合生态风险计算和分析

在众多风险度量式中，本研究在风险源概率和生态脆弱度的基础上，采用"风险 = 风险源概率 × 易损度（脆弱度）"来分析风险源对受体的风险度大小：

$$RV = ER \times EV \tag{6-13}$$

式中，RV 为区域生态风险值；ER 为综合风险源概率；EV 为生态脆弱度（易损度）。

区域生态风险结果计算出来后，利用 ArcGIS 工具进行分级，其中风险度一级、二级、三级、四级分别代表小风险、低风险、中风险和高风险（图 6-28）。

6.4.1　鄂尔多斯生态风险分析

1. 整体分布分析

从图 6-28 中可以看出，高生态风险多处于黄河沿岸的耕地地带以及伊旗工业污染比较严重的地区，其余零星分布在水域和荒漠生态系统；中生态风险多处于杭锦旗西南与东南部、鄂旗西北部等地区；小生态风险区域主要是各旗草地生态系统、达旗和准旗的大部分地区、鄂前旗的西部地区、鄂旗与杭锦旗交接地区；低生态风险分布区域为各区荒漠生态系统、杭锦旗北部、东胜区、鄂前旗东部等地区。

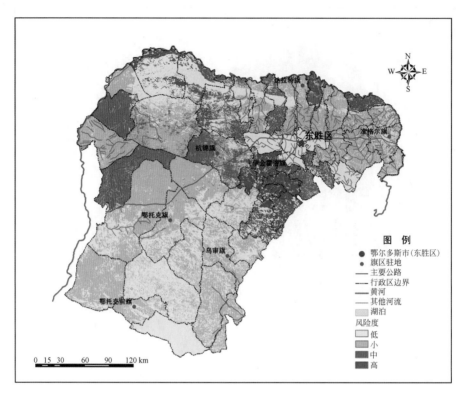

图 6-28　鄂尔多斯 2008 年风险度空间分布

由于鄂尔多斯生态系统类型以草地和荒漠生态系统为主，面积大，分布广，所以风险的分布在很多地区呈成片分布。大部分区域的风险度为低（37.3%）和小（39.08%），中风险度和高风险度所占比例分别为 15.03% 和 8.59%（表 6-22）。

表 6-22　鄂尔多斯市各级生态风险统计

	风险度级别			
	低	小	中	高
面积/km²	31 884.75	33 410.48	12 846.71	7 341.16
比例/%	37.30	39.08	15.03	8.59

20 世纪 90 年代到 2000 年，由于自然条件的变迁和人为的因素，鄂尔多斯生态环境急剧恶化，加上 90 年代连续几年罕见旱灾，鄂尔多斯的植被覆盖度下降到不足 30%；与此同时，国家能源战略西移，鄂尔多斯充分进行资源开发利用，一批煤炭、电力等重大项目落地实施，生态建设又面临着新压力。2000 年之后，鄂尔多斯市采取了一系列措施进行生态环境的建设与恢复，包括推行舍饲养殖，推进农牧业生产方式转变，实行禁牧、休牧和划区轮牧（表 6-23），转变粗放的农牧业生产方式；把为养而种、以种促养、以养增收作为调整农牧业产业结构的主要措施；把农牧民向第二、第三产业转移，降低农牧民人口数量、致富农牧民，减轻生态压力；调整农牧业生产区域布局、产业化发展思路和资金投入

方式；对于能源行业，要求煤炭生产企业实行采后复垦。这些措施一方面使整个鄂尔多斯生态环境转化，另一方面增加了区域的经济实力和农牧民收入，从而既降低了风险发生的可能性，又提高了区域抵抗风险的能力，降低了其易损性。

表6-23　鄂尔多斯市2008年草原禁牧、休牧统计情况表

类型	项目	合计	鄂前旗	鄂旗	杭锦旗	乌审旗	伊旗	东胜	达旗	准旗
	禁休合计/km²	8 984	1 395	2 345	2 000	910	590	304	720	720
禁牧	禁牧面积/km²	4 074.6	628.6	307	435	370	590	304	720	720
	农牧户/户	180 220	5 002	2 446	5 982	10 550	30 000	24 660	54 000	47 580
	人口/人	647 025	17 982	7 500	22 671	3 4800	108 000	74 800	168 000	213 272
	牲畜/头	536.22	39.63	11.24	35.65	45	65.8	20.7	210	108.2
休牧	休牧面积/km²	4 909.4	766.4	2 038	1 565	540				
	农牧户/户	50 256	5 262	13 700	23 694	7 600				
	人口/人	167 195	18 800	42 600	81 195	24 600				
	牲畜/头	431	40.07	130.5	174.4	86				

2. 各级风险在主要旗区的分布

高生态风险主要分布在工业污染较严重、发展较为迅速的伊旗，所占比例高达62.04%。此外，杭锦旗、乌审旗和准旗也零星分布着高生态风险区域；中生态风险主要分布在杭锦旗、鄂旗和伊旗，所占比例分别为32.34%、20.9%和20.82%；小生态风险主要分布在准旗、鄂旗和达旗，所占比例分别为60.49%、53.95%和51.29%；低生态风险分布的区域主要是东胜区、鄂前旗和乌审旗，其中东胜区达到99.96%（表6-24）。

表6-24　鄂尔多斯市各级风险主要分布的旗区

	级别						
	低		小		中		高	
比例/%	东胜	99.96	准旗	60.49	杭锦旗	32.34	伊旗	62.04
	鄂前旗	67.48	鄂旗	53.95	鄂旗	20.90		
	乌审旗	43.57	达旗	51.29	伊旗	20.82		

3. 各级风险面积在生态系统中的分布

从各级风险在生态系统中的分布来看（表6-25），由于草地是鄂尔多斯分别最广泛的生态系统，各级生态风险面积中，草地占了很大的比例，尤其是在小、中和高生态风险中，草地比例分别为94.17%、95.48%和84.62%。荒漠主要为低生态风险，占低生态风险的62.03%，而小、中和高生态风险的总和不超过2%。农田主要是高风险所占比例较大，达到12.61%，其次是小风险，所占比例为4.04%。林地以低风险为主，所占比例为11.49%，高、中、小风险所占比例总和不超过1%，表明林地整体风险较小。水域相比其他几种生态系统而言，面积较小，主要以低风险为主，所占比例为3.28%，而高、中、小风险所占比例总和不超过 1%。城镇主要以高、中风险为主，所占比例分别为 2.10% 与 1.99%，而低风险比例仅为 0.83%，表明城镇生态系统面临较大的风险压力。

表 6-25　各级风险的生态系统分布

生态系统	类型	低	小	中	高
农田	面积/km^2	263.11	1 307.53	278.69	854.08
	比例/%	0.80	4.04	2.08	12.61
林地	面积/km^2	3 786.43	38.71	12.56	10.83
	比例/%	11.49	0.12	0.09	0.16
水域	面积/km^2	1 080.91	14.14	6.50	2.91
	比例/%	3.28	0.04	0.05	0.04
城镇	面积/km^2	273.04	393.84	266.73	142.36
	比例/%	0.83	1.22	1.99	2.10
草地	面积/km^2	7 108.36	30 455.64	12 805.48	5 733.67
	比例/%	21.57	94.17	95.48	84.62
荒漠	面积/km^2	20 437.48	132.38	41.21	31.66
	比例/%	62.03	0.41	0.31	0.47

6.4.2　各生态系统风险分析

从各生态系统类型来看，风险度分布差别较大，集中在低风险度和小风险度上（表 6-26）。

表 6-26　基于生态系统的生态风险度分布

生态系统	类型	低	小	中	高
农田	面积/km^2	263.11	1 307.53	278.69	854.08
	比例/%	9.73	48.37	10.31	31.59
林地	面积/km^2	3 786.43	38.71	12.56	10.83
	比例/%	98.39	1.01	0.33	0.28
水域	面积/km^2	1 080.91	14.14	6.50	2.91
	比例/%	97.87	1.28	0.59	0.26
城镇	面积/km^2	273.04	393.84	266.73	142.36
	比例/%	25.38	36.60	24.79	13.23
草地	面积/km^2	7 108.36	30 455.64	12 805.48	5 733.67
	比例/%	12.67	54.29	22.82	10.22
荒漠	面积/km^2	20 437.48	132.38	41.21	31.66
	比例/%	99.01	0.64	0.20	0.15

1. 农田生态系统

农田生态系统主要是小风险度，面积为 1 307.53 km²，所占比例达 48.37%，接近一半；其次是高风险度，面积为 854.08 km²，所在比例 31.59%；中风险度面积为 278.69 km²，所占比例为 10.31%；低风险度面积为 263.11 km²，所在比例最小，为 9.37%。说明耕地高中风险度比例达 41.9%，整体风险度偏高，尤其是分布在黄河南岸冲积平原上的耕地，地势平坦，土壤肥沃，水分充足，处于水土流失风险源概率高的区域，其风险增加会影响区域粮食安全。

从农田生态风险度空间分布来看，低风险一般分布在两种类型的地区：一是沿河流、淡水湖泊和水库等水资源比较丰富的地区，包括北部黄河沿岸冲积平原区，北部十大孔兑（毛不拉孔兑、布日斯太沟、黑赖沟、西柳沟、罕台川、壕庆河、哈什拉川、母哈日沟、东柳沟、呼斯太河）下游沿岸平原区，西部摩仁河、都斯图河等河流沿岸以及东南部无定河水系沿岸等；二是城镇和乡村居民点附近，如泊尔江海子镇、锡尼镇、敖勒召其镇和无定河镇等。小风险主要分布在河流、淡水湖泊或水库沿岸水土条件适宜农作物生长的区域，包括北部十大孔兑中游的部分风沙区和上游的丘陵沟壑区、西部摩仁河沿岸和都斯图河沿岸、乌审旗南部无定河沿岸以及中部地区湖泊和水库周边可灌溉的区域。中风险主要分布在鄂尔多斯市北部壕庆河、母哈日沟、东柳沟和呼斯太河下游平原区。这些区域虽然水热配置较好，但是风蚀强烈，土壤为半固定风沙土和固定风沙土。高风险以达拉特旗北部黄河沿岸冲积平原区分布最为集中，是主要产粮区，该区地面较为平缓，受到十大孔兑和黄河洪水泥沙危害严重，土地存在潜在沙化危险，同时地下水位高，盐渍化、沼泽化严重，土地利用程度不高。

2. 林地生态系统

林地生态系统主要是低风险，面积达 3786.43 km²，所占比例高达 98.39%，而小、中、高风险所占比例很小，总和不超过 2%，其中小风险面积为 38.71 km²，所占比例为 1.01%，中风险面积为 12.56 km²，所占比例为 0.33%，高风险面积为 10.83 km²，所占比例为 0.28%。表明林地生态系统风险度整体较低。

从林地生态系统风险度分布空间来看，低风险一般分布在东部丘陵沟壑区（包括准格尔旗、东胜区和伊金霍洛旗，其中准格尔旗薛家湾镇较为集中）、北部黑赖沟和壕庆河沿岸、东南部（包括乌审旗西南部和鄂托克前旗东部），虽然能够较好适宜原生长环境，但面临着以下风险：一是采矿对林地的占用和破坏；二是农牧民对乔灌木过度樵采；三是受到风蚀、干旱和病虫兔鼠害等灾害的影响。中小风险一般分布在北部十大孔兑中游的风沙区和下游的平原区、库布齐沙漠和毛乌素沙地部分地区，面临较强的风蚀、水蚀以及干旱缺水。高风险主要分布在北部西柳沟和壕庆河之间的风沙区，在鄂托克旗东部、鄂托克前旗东南部、乌审旗南部有零星分布。面临的主要风险来自强烈的风力侵蚀。针对这种风险，应当采用防风固沙林营建技术，如前挡后拉、撵沙造林法；灌乔结合、以灌保乔造林法；乔、灌、草结合，全面治沙造林法等。

3. 水域生态系统

水域生态系统以低风险度为主，面积达 1080.91 km²，所占比例高达 97.87%，而小、中、高风险所占比例很小，总和不超过 3%。其中，小风险面积为 14.14 km²，所占比例为 1.28%，中风险面积为 6.50 km²，所占比例为 0.59%，高风险面积为 2.91 km²，所占比例为 0.26%。

鄂尔多斯地表水系集中分布在东部、东北部地区，中部和南部地区河流分布较少。无定河、窟野河等少数河川常年有清水流量，生态风险较小，而其他水系均属季节性洪沟，伴有旱季断流无水，汛期洪峰高、水流急的典型特征，生态风险较高。虽然湖泊数量多，但大部分湖泊水量少，水质差，水量随着降水的变化而变化，大多数湖水含有盐、碱、硝等。最大的湖泊为红碱淖，位于伊旗与陕西省神木县交界处，较大的还有北大池、大处湖和乌兰淖等湖泊。由于鄂尔多斯处于半干旱区域，水域生态系统对于维持整个生态系统平衡、人们的生产生活都至关重要。近年来，由于人口增长、牲畜增加、工业发展对水资源的需求日益增大，水域生态系统的风险也在增加，协调好之间的矛盾必须引起足够的重视。

4. 城镇生态系统

城镇生态系统在各级风险度均有分布，以低、小风险为主，高风险所占比例最小。其中，低风险面积为 273.04 km²，所占比例为 25.38%，小风险面积为 393.84 km²，所占比例为 36.60%，中风险面积为 266.73 km²，所占比例为 24.79%，高风险面积为 142.36 km²，所占比例为 13.23%。

从城镇生态系统风险度分布空间来看，中高风险主要分布在达旗、准旗、伊旗和鄂旗。其中，达旗主要分布在王爱召镇、展旦召苏木、昭君镇和吉格斯太镇等，准旗主要分布在龙口镇、准格尔召镇、沙圪堵镇和暖水乡等镇；伊旗主要分布在苏布尔嘎镇、红庆河镇、纳林陶亥镇以及伊金霍洛镇等；鄂旗主要分布在蒙西镇、棋盘井镇和木凯淖尔镇等。其余旗区也存在一些风险较高的镇，东胜区主要分布在塔拉壕镇和哈巴格希办事处；乌审旗主要分布在无定河镇、苏力德苏木和嘎鲁图镇等；杭锦旗主要分布在巴拉贡镇、呼和木独镇和伊和乌素镇等；鄂前旗主要分布在敖勒召其镇和上海庙镇。随着工业的发展，城镇生态系统环境污染压力日渐增大，将直接导致生态风险的增加，需要给予重点关注。

鄂尔多斯煤矿和天然气资源丰富，独立工矿也是鄂尔多斯市较为重要的生态系统类型。天然气主要分布在鄂尔多斯中西部的乌兰－格尔一带以及乌审旗南部等地区。煤炭资源主要分布在东部的准格尔煤田、南部的东胜煤田、西部的桌子山煤田以及北部的乌兰格尔煤田，目前，除了乌兰格尔煤田外，其余均在开采之中，未来将面临着大规模的开采所带来的风险。此外，一些采矿迹地也面临较大的风险，主要分布在东部的准格尔旗、东胜区、伊金霍洛旗和鄂托克旗等开发程度较高、开采时间相对较长的地区。存在的风险主要有以下几种：一是占用和破坏土地资源。目前，因矿业开发占用破坏土地面积 13 723.77 hm²，占用草地 1602.85 hm²、林地 165.64 hm²、耕地 135.50 hm²、其他 11 819.78 hm²。占用和破坏以草地为主，表现为植被破坏，使用价值丧失，导致水土流失、土地沙漠化等环境地质问题的发生。二是固体废弃物，包括露天开采剥离废石（土）、煤矸石等。目前，各类矿山固体废弃物年产出量 3951.77 万 t，年排放量 2791.51 万 t，累计积存量 44 254.90 万 t。带来了淋滤污染、风化扬尘与土壤污染等环境问题。三是地面塌陷。煤矿采空区地面塌陷，造成居民房屋开裂破坏、公路下陷、高压电杆倾斜，威胁矿井安全，以及对周围草场景观的破坏；四是地表水资源污染，如扎萨克镇、乌兰木伦镇等重要的水源保护地都受到了不同程度的污染。

5. 草地生态系统

草地生态系统的生态风险度以小风险度为主，中低风险度其次，高风险度最少。其中，小风险度面积达 30 455.64 km²，所占比例为 54.29%；低风险度面积为 7108.36 km²，所占比例为 12.67%；中风险度面积达 12 805.48 km²，所占比例为 22.82%；高风险度面积达 5733.67 km²，所占比例为 10.22%。表明草地生态系统风险度整体较低，但是中高风险度也占有较大的比例。

从草地生态系统风险度分布空间来看，小风险主要分布在除库布齐沙漠以外的西鄂尔多斯地区、东北部丘陵沟壑区和东南部，这些地区以中高覆盖度草地为主，草场质量相对较好。中风险主要分布在库布齐沙漠和毛乌素沙地的边缘地带以及西部都斯图河流域，这些地区虽有丰富的地下水或地表水资源以及适宜草类生长的土壤，但受到风沙影响，土地沙漠化风险较高。高风险分布较为集中的地区有库布齐沙漠内部与边缘地带、毛乌素沙地、西部的干旱硬梁区以及杭锦旗境内的丘陵沟壑区。受到水资源缺乏、风蚀、土地沙漠化、水土流失、过度放牧等风险，生态严重退化，环境恶劣，不具备农牧业生产条件，不宜人居和从事农牧业生产活动。

6. 荒漠生态系统

荒漠生态系统以低风险度为主，面积达 20 437.48 km²，所占比例高达 99.01%，而小、中、高风险所占比例很小，总和不超过 2%。其中，小风险面积为 132.38 km²，所占比例为 0.64%，中风险面积为 41.21 km²，所占比例为 0.20%，高风险面积为 31.66 km²，所占比例为 0.15%。表明荒漠生态系统风险度整体较低。

从荒漠生态系统风险度分布空间来看，低风险主要分布在鄂前旗、伊旗、准旗和东胜区。其中，东胜区为地级市，建成区面积所占比例较大，荒漠面积较小；准旗主要分布在北部的十二连城乡、布尔陶亥苏木及大路镇等；伊旗主要分布在南部的扎萨克镇和东部的纳林陶亥镇；鄂旗则在各乡镇均有零星分布。小风险主要分布在乌审旗和达旗，其中乌审旗集中在北部的乌审召镇、图克镇和乌兰陶勒盖镇等；达旗集中在西部靠近杭锦的中和西镇、恩格贝镇等。中风险主要分布在鄂旗和杭锦旗，其中鄂旗主要分布在阿尔巴斯苏木、乌兰镇和苏米图苏木的南部地区；杭锦旗主要分布在伊和乌素苏木北部、锡尼镇东北部和东南部。高风险集中分布在杭锦旗北部的吉日嘎朗图镇、独贵塔拉镇和杭锦淖尔乡，主要是受该地区广泛分布的库布齐沙漠的影响，导致该地区荒漠生态系统还处于较高风险的程度。库布齐沙漠的治理可以采取"锁住四周，渗透腹部，以路划区，分块治理，技术支撑，产业拉动"的防沙用沙战略方针，尝试"路、电、水、讯、网、绿"一体化的防沙绿化模式,用先进的技术和发展理论推进沙漠综合治理的步伐。

6.4.3 各旗区生态风险分析

从各旗区生态风险整体情况来看,东胜区、鄂前旗生态风险最低,其次是达旗、鄂旗、乌审旗与准旗,风险度最高的是伊旗和杭锦旗。

1. 达拉特旗

达旗以低、小风险为主,中、高风险所占比例较小。其中,低风险面积为 2223.76 km², 所占比例为 26.89%; 小风险面积为 4241.60 km², 所占比例为 51.29%; 中风险面积为 1440.33 km², 所占比例为 17.42%; 高风险面积为 364.55 km², 所占比例为 4.41%。

2. 东胜区

东胜区以低风险为主,比例高达 99.96%, 而高、中、小风险所占比例不到 1%。可以看出,东胜区的生态风险程度较低,作为市政府所在地,经济发展和城市建设速度相对较快,风险抵抗意识和能力强,所以处在风险低值区。

3. 鄂托克旗

鄂旗以低、小风险为主,所占比例约为 80%, 中风险所占比例约为 20%, 而高风险分布很少。其中,低风险面积为 4986.12 km², 所占比例为 25.09%; 小风险面积为 10 719.25km², 所占比例为 53.95%; 中风险面积为 4152.49 km², 所占比例为 20.90%; 高风险面积为 11.46km², 所占比例仅为 0.06%。但是,2000~2008 年,鄂托克旗高覆盖度草地退化为中、低覆盖度草地和中覆盖度草地退化成低覆盖度草地的现象较为明显。

4. 鄂托克前旗

鄂前旗的生态风险度集中在低风险和小风险之间,以低风险为主,高、中风险均为 0, 表明鄂前旗的生态环境质量较好。其中,低风险面积为 8064.34 km², 所占比例为 67.48%, 小风险面积为 3886.97 km², 所占比例为 32.52%。

5. 杭锦旗

杭锦旗经济发展滞后于其他旗区,且处于库布齐沙漠腹地,生态系统较为脆弱。以中、小风险为主,相比其他旗区而言,高风险比例相对较高。其中,低风险面积为 7004.22 km², 所占比例为 37.27%; 小风险面积为 4054.69 km², 所占比例为 21.58%; 中风险面积为 6077.03 km², 所占比例为 32.34%; 高风险面积为 1656.19 km², 所占比例为 8.81%。

6. 乌审旗

乌审旗以低、小风险为主,高、中风险所占比例相对较小。低风险面积为 4884.25

km²，所占比例为43.57%；小风险面积为4910.33 km²，所占比例为43.81%；中风险面积为554.25 km²，所占比例为4.94%；高风险面积为860.05 km²，所占比例为7.67%。近年来，随着位于西南部的世界级整装气田苏里格气田被国家确定为"西气东输"的先锋气田，乌审旗必将承受更大的环境压力；加之其地处毛乌素沙地的核心地带，生态环境本底较为脆弱，干旱风险源概率大；同时，当地贫困人口主要是蒙古族牧民，抵抗风险的能力弱。

7. 伊金霍洛旗

伊旗以高风险为主，小风险所占比例较小。高风险面积达3318.51 km²，所占比例高达62.04%；中风险面积为1113.81 km²，所占比例为20.82%；低风险面积为916.69 km²，所占比例为17.14%；小风险面积仅为0.29 km²。

伊旗的生态环境问题主要有以下几个方面：一是水土流失严重。由于乱垦乱挖，特别是对水土流失敏感区的开发利用，导致水土流失严重，河道淤积。目前，伊旗水土流失总面积5103.6 km²，占总面积的91.3%，主要分布在中东部地区和矿区。二是荒漠化突出。近年来，全旗荒漠化面积1237.22 km²，占总面积的22%，直接影响了土壤保持和生态屏障功能，造成农牧业减产。三是森林植被质量不高。森林单位面积蓄积量低，原生植被破坏严重。树种结构不合理，存在着乔木林少，灌木林多；成熟林少，中幼林多；混交林少，单纯林多；复层林少，单层林多的缺陷性结构。由于表土植被稀少，林草覆盖率低，大面积的裸露黄土，受日晒、雨冲、风蚀，流失极为严重。四是土地盐渍化严重。由于人口的增加，农业的粗放经营，农田的次生盐渍化现象较为严重，加之一些地区盲目开荒开矿，造成土地盐渍化面积达23.19 km²。

8. 准格尔旗

准旗以低、小风险为主，所占比例达90%以上，高、中风险所占比例不足10%。表明准旗整体的生态风险较低。其中，小风险面积为4528.70 km²，所占比例为60.49%；低风险面积为2320.37 km²，所占比例为31%；中风险面积为72.81 km²，所占比例仅为0.97%；高风险面积为564.35 km²，所占比例为7.54%。2001年，国家实施了易地扶贫搬迁试点工程，准旗与生态建设相结合，在生态自然恢复区、矿区等重点项目区，实行了移民搬迁，并对移民户给予合理的补贴，同时可以享受地方优惠政策。截至2008年，准旗已累计完成移民搬迁2159户共计5093人，保障了退耕还林等生态建设成果。

6.5　鄂尔多斯生态风险防范管理对策

生态风险防范是生态风险管理的重要手段。区域生态风险防范技术体系由生态风险防范系统、生态风险预警系统和生态风险预案系统构成（图6-29）。

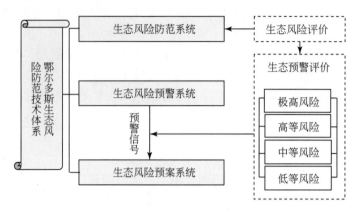

图 6-29 鄂尔多斯生态风险防范技术路线

6.5.1 鄂尔多斯市生态风险防范

鄂尔多斯位于中国北方干旱、半干旱区,该地区是中国生态环境最为脆弱的区域之一,多重风险因子共同作用于脆弱的生态本底,造成其生态风险的风险源包括水土流失、沙漠化、大风及沙尘暴、暴雨洪涝灾害、干旱、污染等,多风险源产生的综合生态风险结果表现为土地退化问题。通过生态风险评价反映的生态风险状况,决定了相应的生态风险防范系统和生态风险预警及预案系统。参考生态风险评价方法,通过综合风险源概率和生态脆弱度两个指标的计算来设计生态风险预警评价。

生态风险防范的主要任务是在对当前生态风险现状分析的基础上,针对区域内可能对生态系统产生不利影响的风险因子,提出科学有效的防范措施,尽可能降低区域生态风险发生、发展的可能性。生态风险评价是生态风险防范的基础。

土地退化风险防范系统遵循预防为主,防治并重的原则。根本目的是通过风险预防,降低土地退化风险发生、发展的可能性,同时也使区域资源保护利用与社会发展目标相协调,促进区域的可持续发展。土地退化风险防范分为两个部分:土地退化预防与土地退化治理。土地退化预防是大尺度的,是源头根治的措施,主要目标是在防治的土地上,以不影响植物生长和繁殖为前提,提倡科学的合理的利用,保证土地退化的预防与当地社会经济的发展同步进行;土地退化治理是在土地退化预防的基础上,促进土地退化地区的植物恢复。

6.5.2 鄂尔多斯市生态风险预警

生态风险预警系统主要对区域生态环境社会状况进行分析、评价和预测,从生态风险评价结果入手,划分生态风险预警等级,以反映主要风险发展变化的趋势、速度以及到达某一变化限度的时间等(图 6-30)。

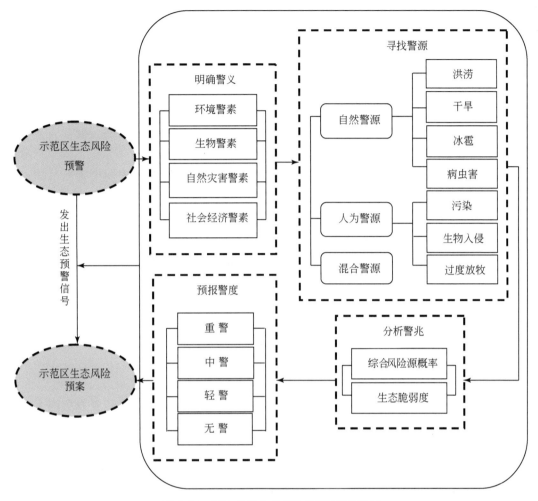

图 6-30 鄂尔多斯生态风险预警/预案体系

1. 生态风险预警/预案体系

1）明确警义

明确警义是预警的起点，包括警素的分析和确定。警素是指构成警情的指标，也就是出现了什么样的警情。土地退化的警素主要有四种：环境警素、生物警素、自然灾害警素、社会经济警素。环境警素是综合性的自然警素，是自然环境背景的综合反映；生物警素是指包括多种生物在内的植被状况；自然灾害警素是指由于气候、地质等自然灾害原因引起的土地退化现象；社会经济警素是对区域社会效益、生态效益和经济效益水平的辨识。

2）寻找警源

警源是警情产生的根源。各类生态风险源是产生土地退化的根源，包括水土流失、沙漠化、大风及沙尘暴、暴雨洪涝灾害、干旱、污染等。

3）分析警兆

警兆是警情爆发前的先兆。从警源到产生警情，包含警情的孕育、发展、扩大、爆发，警源只有经过一定的量变和质变过程，才能导致警情的爆发。而警情在爆发之前必有一定的征兆，分析警兆及其报警区间便可预报预测警情。警兆分析可以通过综合风险源概率和生态脆弱度评价来进行。

4）预报警度

警度是指警情处于什么状态，也就是其严重程度。土地退化危害预警，就是要对土地退化灾害"危险点"或"危险区"作出预测，发出警报，减少或排除灾害损失。预报警度是预警的目的，警度是预警系统输出的结果，也是预案实施的依据。通过建立关于警素的普通模型，先作出预测，然后根据警限转化为警度。在现有的评价体系中，依据土地退化系统运行与发展的警情区位，识别其相应的警度，可以将其划分为四个警区范围：无警、轻警、中警、重警。

2. 示范区生态风险预警评价

鄂尔多斯综合生态风险防范、预警及预案体系中的风险防范子系统是通过划分若干子区，针对各个子区内不同的生态风险源类型，制定不同的生态风险防范措施，而风险预警及预案子系统则结合全国生态风险预警及预案系统，针对示范区的风险特征，制定预警指标体系以及构建预警模型，划分预警等级，并且根据不同的预警等级制定相应的应急预案。

3. 示范区警源识别

鄂尔多斯的生态风险源，按性质可以分为自然风险源、人为风险源以及自然和人为因素叠加的风险源。自然风险源是以自然变异为主因造成的危害生态系统结构与功能的事件或现象，包括洪涝、干旱、冰雹、病虫鼠害等；人为生态风险源是指危害生态系统的人为活动如过度放牧、污染、生物入侵等；自然和人为因素叠加的风险源是指由于自然因素如气候、土壤和人为因素叠加给生态系统带来危害的活动。

4. 示范区警兆分析

1）综合风险源概率

综合风险源概率分布：由于区域生态风险源的复杂性，其绝对发生概率往往难以确定。环境问题和生态破坏的发生概率可以根据多年来自然灾害的发生频率统计，以及工农业发展状况和生态破坏的现状确定。本研究采用区域生态风险发生概率分级的方法，对各种生态风险在不同空间位置上的发生概率，在考虑其绝对发生概率的基础上，按照上述提到的数据标准化及分析赋值的方法，进行生态风险发生概率级别划分和赋值。

暴露系数（风险权重）计算：引入生态系统服务功能来计算暴露系数，作为综合风险源概率计算过程中，各生态系统多种风险源概率的权重。生态系统服务功能是指生态系统与生态过程所形成及维持的人类赖以生存的自然环境条件与效用。根据示范区的实际情况，将其生态系统服务功能归纳为 4 个方面：生产功能、调节功能、文化娱乐功能和支持功能。

综合风险源概率计算

$$ER_i = E_{ij} \times R_j \tag{6-14}$$
$$(i = 1,2,\cdots,6; j = 1,2,\cdots,8)$$

式中，ER_i 为生态系统 i 的综合风险源概率；E_{ij} 为生态系统 i 受风险源 j 影响的暴露系数；R_j 为 j 种风险源概率，这样就得到了 6 类生态系统的风险综合概率，通过 ARCGIS 9.2 工具叠加，得到整个鄂尔多斯综合风险源概率分布，产生基于生态系统类型的综合风险源概率分级图，级别越高，表示在鄂尔多斯区域内，风险发生概率越大。

2）生态脆弱度（易损度）

参考项目生态风险评价建立的评价指标体系，根据鄂尔多斯统计年鉴的相关数据计算出了 2008 年鄂尔多斯生态系统和社会经济的脆弱度分布。

$$EV_m = 0.5 \times EI_m + 0.5 \times SV_m \tag{6-15}$$
$$(m = 1,2,\cdots,8)$$

式中，EV_m 为第 m 个旗区生态脆弱度（易损度）指数得分；EI_m 为第 m 个旗区生态环境质量指数得分；SV_m 为第 m 个旗区社会经济系统脆弱度指数得分。

5. 示范区警度计算

因为风险预警的本质就是含有概率的预测值，而不是实际值，所以本研究在风险源概率和生态脆弱度的基础上，采用"警度＝风险源概率×易损度"公式来分析警源对受体的警度大小为

$$WV = ER \times EV \tag{6-16}$$

式中，WV 为区域生态风险警度；ER 为综合风险源概率；EV 为生态脆弱度（易损度）。

区域生态警度结果计算出来后，利用 ArcGIS 工具针对研究区域分为四级：无警、轻警、中警、重警。

6.5.3 鄂尔多斯市生态风险预案管理

生态风险预案系统主要对根据预警等级发出的预警信号，适时地发出针对生态风险变化和恶化的各种应急预案。

1. 生态风险预案管理

生态风险预案是依据示范区警度计算的结果，根据恰当的法规条例，选用有效的控制技术，进行消减风险的费用和效益分析，确定可接受风险度和可接受的损害水平，并进行政策分析及考虑社会经济和政治因素，决定适当的管理措施并付诸实施，以降低或消除事故风险度，保护人群健康与生态系统的安全。生态风险预案的制定是一个决策过程，应采取何种对策与行动，需要考虑如何在不影响其他社会价值的情况下实施生态风险预案。

生态风险预案管理是指人们综合利用法律、行政、经济、技术、教育与工程手段，通过整合的组织和社会协作，通过全过程的风险预案管理，提升政府和社会风险管理的能力，以有效预防、回应、减轻各种风险，从而保障公共利益以及人民的生命、财产安全，实现社会的正常运转和可持续发展。

2. 生态风险管理的整体思路

不同级别生态风险，采取的管理措施不同。Koob（1999）对照不同的风险等级制定了不同的行动路线（表6-27），在同一等级风险内也需要确定更为详细的顺序，对于研究得到的较高和高风险区域，需要进一步调查分析来确定其管理措施和策略。

表6-27　鄂尔多斯分等级风险管理策略

风险等级	可能的行动路线
极高风险	需要立即采取行动，需要行政关注，建议进一步调查假定分析或脆弱性
高等风险	需要高层管理者关注，可能要求进一步调查假定分析或脆弱性
中等风险	可能需要采取某些行动，必须详细说明管理职责
低等风险	不需要采取行动，按常规程序处理

不同的生态系统类型，其对应的主要风险源不同，采取的措施也不尽相同。结合鄂尔多斯地区的实际情况和各生态系统服务功能的评价结果，经过生态风险评价阶段的风险源识别，可得到各主要生态系统对应的主要风险源（表6-28）。在生态风险防范管理的过程中，应综合风险受体自身具有的特点、所处的风险等级和其遭受的特定风险采取对策。

表6-28　鄂尔多斯各生态系统对应的主要风险源

风险源	草地	林地	农田	城镇	水域	荒漠
大风沙尘暴	√√	√√	√√			
干旱	√	√	√			
洪涝	√	√	√	√	√	
水土流失	√	√	√			√
沙漠化	√	√				√
污染	√	√	√	√	√	
病虫鼠害	√	√	√			

由于风险评价得到的各级别的风险区域内部存在一种或生态系统，而每种生态系统除了遭受共同的风险源之外还存在自己特有的风险源，因此在鄂尔多斯地区具体的风险防范对策研究中，先确定由生态风险评价得到的不同等级的风险区域的风险预警和防范的等级与力度，给出定量化的标准，然后将各风险等级区域内部不同的生态系统作为保护和管理的对象，综合考虑草地、林地、农田、城镇、水域和荒漠自身的活力、调节及抵抗各种压力与干扰的能力，并结合其遭受的风险源的类别、发生频率和强度建立预警和防范机制。在各生态系统共有的风险源的防范上要注意采取综合措施，整合各种生态系统，协同抵抗风险（图6-31）。

在鄂尔多斯，针对不同警度的区域，采取的措施也不一样。根据风险预警评价结果，由于鄂尔多斯生态系统类型以草地和荒漠为主，面积大，分布广，所以风险的分布在很多地区呈现成片分布。大部分区域的为无警和轻警，重警区域的面积很小，主要分布在达拉特旗西北部处于黄河和库布齐沙漠的区域以及中部、西南角。从生态系统类型来看，无警分布区域为各旗区荒漠生态系统，轻警区域主要是各旗草地生态系统，中警和重警区域多

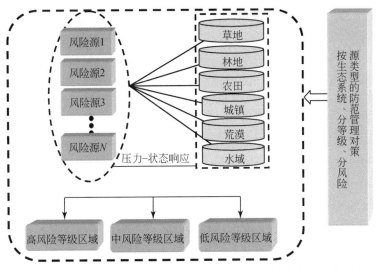

图 6-31　鄂尔多斯生态风险分等级、分风险类型防范管理示意图

处于黄河沿岸的耕地地带，其余零星分布在水域和荒漠。针对重警区域，需要立即采取行动，需要行政关注，建议进一步调查假定分析或脆弱性；针对中警区域，需要高层管理者关注，可能要求进一步调查假定分析或脆弱性；针对轻警区域，可能需要采取某些行动，必须详细说明管理职责；针对无警区域，不需要采取行动，按常规程序处理即可。

3. 基于全过程管理的具体风险防范管理框架

生态风险的发生是个复杂的、动态的、综合的过程，其实施过程也是一个不断循环和完善的过程，在具体风险的防范中应从整体上考虑风险来临前、风险中和风险过后的全过程。基于此，构建了鄂尔多斯地区具体的生态系统风险的全过程管理框架体系（图 6-32）。

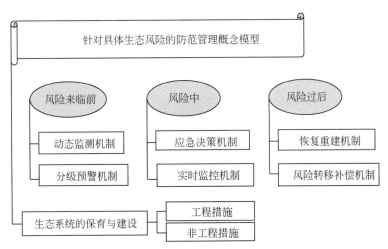

图 6-32　针对具体风险的防范管理框架体系

1）针对风险来临前的预防

在风险发生之前，实施各种对策，力求消除各种隐患，减少风险发生的诱因，将损失

减少到最低限度，属于"防患于未然"的方法。建立风险动态监测机制，在不同等级的风险区内建立长期的风险动态观测站，记录该区域发生的不同风险的频率和强度，为风险预警和决策提供依据；建立完善的生态风险分级预警机制：包括预警信息的生成（警源的识别、警情的检测、警兆的识别、警度的限定）、预警信息的发布和预案系统的实施。依据不同的生态风险类型形成的特点和发生的时间尺度可在该区域分类建立气象灾害（包括沙尘暴、干旱、雪灾、冻灾等）预警系统、地质灾害（地质坍塌等）预警系统、森林，草地病虫害预警系统等。通过降低各种风险源的危险度，即控制其强度和频度，实施防灾减灾措施，以及降低区域脆弱性，合理布局和统筹规划区域内的人口、资产来降低风险。

2）针对风险到来时的应对

针对风险到来时的应对而建立应急决策机制，包括应对方案与替代方案库，多方案比选与决策模型。应急救援机制包括及时向风险管理的各相关部门传递最新信息，使得各部门的信息公开透明，调配整合各种救灾措施，将风险带来的破坏和损失降到最低。在此期间，还应重视实时监控和收集风险的强度、等级和动态变化特征，完善风险信息数据库，为以后该风险的管理研究提供有力的资料支撑。

3）针对风险过后的恢复重建

要完善恢复重建规划机制，对风险造成的破坏和影响进行进一步评估，对破坏区的生态恢复建设进行重新调整和修正。同时，完善风险转移补偿机制，利用金融手段和保险、再保险手段将风险造成的损失从风险遭受者一方转移到多方承担，以减轻生态风险带来的危害性和社会不稳定性。

在整个体系构建的过程中，生态系统的保育与建设应贯穿始终，以增强生态系统自身抵御风险的能力。

4. 具体风险的生态风险防范管理具体对策

1）气象灾害防范管理对策

鄂尔多斯的气象灾害主要有洪涝、干旱、大风沙尘暴等。由气象部门牵头，综合林业、农牧业、国土等部门，对气象灾害发生、发展规律的进行研究，利用气象资料探测系统、卫星遥感系统、计算机系统，对灾害进行监测、信息收集、分析评估，建立预警机制，为政府决策者和各相关部门提供信息服务和决策支持。

（1）洪涝生态风险防范管理。鄂尔多斯地区洪涝灾害主要是黄河杭锦旗段春季发生的凌汛和各旗夏季暴雨引起的洪灾。对草地、农田、城镇和水域生态系统均有影响。发生的高风险源概率旗区主要是东胜区、准格尔旗、乌审旗、伊金霍洛旗。由于洪涝灾害的产生及其影响程度与多种人为和非人为因素密切相关，但最直接、最重要的因素则是降水，特别是区域性、连续性暴雨和大暴雨天气过程产生的降水，因此建立暴雨的监测、预报和警报服务系统，提高对暴雨灾害的监测、预报和服务能力，并采取有效的防御措施，是防治暴雨灾害，减少损失的重要途径。同时要坚持工程措施和非工程措施并重，定期检修河道和堤防，对黄河险段进行治理；加快区域防汛指挥系统的建设，做好洪灾应急撤离路线和安全避难所；在泛洪区退耕还河，恢复河道原样，同时疏浚排水内河，提高排涝能力、建设分流截洪沟、滞洪区等。

（2）干旱生态风险防范管理。干旱风险主要影响草地、林地、农田和水域生态系统，尤其对农牧业生产的威胁较大，产生的直接危害比较明显。旱灾风险源概率较大的旗区为准格尔旗、乌审旗、伊金霍洛旗。对于干旱风险的防范与管理，从以下几个方面着手：① 干旱灾害的预报和干旱的早期预警，减轻和避免干旱的威胁；② 根据气候条件、降雨多少、土壤情况、地质状况、经济发展水平、农作物类型等，基于水资源承载能力，因地制宜调整农牧业生产结构；③ 提高水资源利用率，发展低耗水、高效益、抗灾能力较强的耐旱作物种植，建立高效节水型农牧业生产结构；④ 加强水利设施和灌溉体系建设，兴建水库、水塘等设施，发展集雨生活用水和灌溉用水的水窖。

（3）大风和沙尘暴风险防范管理。人类活动对沙尘暴的影响，主要是通过对沙尘暴敏感区的土地利用改变土地覆被状况来实现的。在存在着疏松地表物质的干旱、半干旱地区，当人类通过耕垦或过度放牧，改变了土地覆被条件并导致土地退化，风蚀加剧，也使得沙尘暴发生的频率增大。沙尘暴的发生，既是一种加速土地荒漠化的过程，又是土地荒漠化发展到一定程度的具体表现。目前，沙尘暴预案主要是通过在干旱-半干旱生态脆弱区进行土地利用结构调整和退耕还草，恢复草原生态系统，以有效降低沙尘暴的发生频率。鄂托克旗和杭锦旗的大风概率大，杭锦旗和达拉特旗则处在沙尘暴风险高概率区，应该切实做好以下几点：① 继续加大生态环境建设，实施天然林保护工程、自然保护区建设和其他林沙重点工程项目的建设，实行风沙育林；② 积累土壤水分资料和跟踪度量下垫面条件的变化；③ 对丘陵沟壑区的坡耕地和风沙区耕地进行退耕；④ 改进沙尘暴减灾管理方法和手段。

2）水土流失与沙漠化风险防范管理

鄂尔多斯水土流失与荒漠化风险主要存在于草地、林地、农田和荒漠生态系统。导致水土流失的自然因素是气候、地形、土壤、地质和植被。人为原因主要是不合理的采矿活动、过度放牧、滥伐垦荒等。具体可以采取以下措施来应对水土流失与荒漠化风险：

（1）制定风沙防治的总体规划。切实做好地区风沙防治的总体规划是水土流失和荒漠化预案的关键内容。具体措施包括实施造林、退耕还林还草、草地保护和治理、小流域综合治理、水源及节水设施建设等，以及对荒漠化严重的荒滩荒草地、丘陵山地水源保护区沙地的重点治理。鄂尔多斯属于风源区，可通过新增林草面积，提高林草植被覆盖率，遏制荒漠化扩展的趋势，缓解风沙危害。

（2）制定基本农田、森林和草地利用专项规划。在土地利用总体规划的控制下，制定基本农田、森林和草地保护专项规划，保护生态用地。对丘间低地及丘外平地，地形较为平坦，土壤水分条件好，一般已被开辟为农地。营造防护林进行保护，并通过拉沙造田抬高田面，防止盐渍化、钙化等危害。对风沙区低洼碱地，规划在各流域中游修建引洪淤灌工程，通过洪水泥沙的引入，沿途拉沙治沙，用水用沙造田，同时能够减轻下游洪水危害。对于湖泊和水库周边的未利用地，通过拉沙造田抬高田面，防止耕地盐渍化。

（3）植被恢复和生态平衡重建。为有效控制因过度开垦引起的土地沙化，因地制宜确定土地利用方式。避免随意开垦、放牧，合理安排牲畜头数，集约经营。合理确定土地利用类型，对已发生严重退化的土地，尤其是在河滩、荒滩大力营造环村片林、固沙片林，条件好的地方与农民经济利益结合，搞经济林建设，以此固定本地沙丘、沙滩的流沙，杜绝风沙再起和荒漠化造成新的危害。适当采取封沙育林育草的措施。

（4）采矿区开采与整治相结合。在采矿区，要遵循"谁破坏、谁治理"的原则，坚持"谁治理、谁受益"的方针，创建文明生态矿区。实行矿山地质环境治理保证金制度和严格的矿山环境准入制度。借鉴其他矿区的成功经验，努力实现"边开采，边治理"。将矿产资源开采与其他产业结合起来，建设综合性能源重化工基地。

3）环境污染的风险防范管理

鄂尔多斯第二、第三产业对 GDP 的贡献率超过 80%，其中工业是最重要的部门。大气污染主要是近年来兴起的煤炭、电力和煤化工企业造成的空气煤烟污染、扬尘污染，水污染主要是工矿企业污水和居民生活污水造成的部分地区水质退化。伊金霍洛旗、准格尔旗、乌审旗、东胜区是污染发生概率较大的旗区。环境污染风险预案需要落实以下措施：

（1）实施安全开发战略。针对能源化工产业高耗能重污染问题，按照建设资源节约型、环境友好型和生态安全型的社会要求，规划设计人性化、生态化工业园区，推行安全生产、清洁生产。对于大气污染的防治，要严格水泥、合金、焦化等重污染行业的准入标准，对其实行在线监控。

（2）实施高效开发战略。摒弃常规的追求数量、出卖资源、初级产品的技术经济路线，走循环经济、机制创新、科技创新之路，引进国内外最先进技术、装备和顶尖人才，提高自主创新能力。

（3）合理规划工矿企业。合理规划布局工矿企业，鼓励产业集群，构建大产业基地，集中对污染进行防治；对火力发电厂推广实施脱硫工程，控制 SO_2 的排放。

（4）保护水资源，防治水污染。优先保护饮用水源地的水质，健全饮用水安全预警制度，严禁在水源地进行有毒有害的工业项目建设；鼓励企业推进循环经济，提高工业重复用水率；加强城市污水处理厂的建设与再生水资源利用工程监管；对已经遭受污染的水域、农田和草场要通过物理、化学和生物等手段进行综合治理。

4）病虫鼠害风险防范管理

建立健全病虫鼠害监测预警体系是鄂尔多斯草原保护的迫切需要。病虫鼠害风险在全市发生普遍，主要存在于草地、林地和农田生态系统。发生概率在鄂托克前旗、杭锦旗、乌审旗较大。由于草原虫害发生具有突发性和扩散性，虫害防治的关键更在于防。为摆脱应急防治的被动局面，提高预测预报水平是草原鼠虫害防治的关键，通过建立健全病虫鼠害监测预警体系，提高草原害情的测报水平，实现主动防灾。另外，合理使用农药，大力推广应用人工、仿生、生物等技术进行防治；加强林木检疫，严防外来危险性病虫传入，严格引种的程序、加强检疫监管、做好早期预警和已有有害生物的治理。

在对各生态系统进行风险防范管理时，应注意风险具有多种并发的特点和各生态系统空间上的相关性，从空间整体上把握；将政府、技术人员、风险承受者、社会公众统一纳入进来，注重各参与方信息和行为的及时沟通和交流；完善相应管理规章制度，加强舆论宣传，培养公众形成生态保护意识和风险意识；对管理措施进行动态实时的监测，不断地回馈和调整；加强区域、部门间的交流与技术合作，共建信息共享平台；措施管理与本地区的经济效益相结合，充分调动群众的积极性，使得生态风险管理的效益达到最佳。

第7章 综合食物安全风险识别与分类[*]

综合食物安全包括数量安全、质量安全及可持续供给安全三个方面，采用故障树分析法，分别从这三个方面对综合食物安全的风险源及风险因子进行识别与分类。在此基础上，根据风险来源及主导因素原则，将综合食物安全风险分为风险类、风险亚类和风险因子三级，建立综合食物安全风险分类体系。综合食物安全风险一级分类包括自然灾害风险类、资源约束风险类、生产投入风险类、国际贸易风险类和消费需求风险类 5 个风险类，二级分类包括 14 个风险亚类，三级分类包括 36 个风险因子。

7.1 综合食物安全风险识别

7.1.1 风险识别方法

因风险管理单位、风险管理阶段等不同，风险识别方法的选择也有所不同，主要有风险损失清单专家调查法、幕景分析法、流程图分析法、故障树分析法、事故树分析法、层次分析法等。

1. 专家调查法

专家调查法按照规定的程序对有关问题进行调查，可较准确地反映专家的主观估计能力，是经验调查法中比较可靠、具有一定科学性的方法，主要有专家个人调查法、头脑风暴法和德尔菲法。

专家个人调查法是通过专家个人进行调查、分析和判断的方法，能够充分利用专家个人的知识和经验，最大限度地发挥专家的创造能力，而且简便易行，但易受个人的知识面、知识深度、工作经验影响而产生片面性。

头脑风暴法是以专家的创造性思维来获取未来信息的一种直观预测和识别方法，一般是通过专家会议激发专家的创造性思维来获取未来信息。

德尔菲法主要采用函询的方式，依靠调查机构反复征求每个专家的意见，经过客观分析和多次反复征询，使各种不同意见逐步趋向一致。这种方法在一定程度上克服了畏惧权威及不愿听到不同意见等弊病，使专家能够充分地发表意见，最后取得较为客观实际的调查结果，但受管理者主观选择影响较大（孙长城，2008；田广明，2005）。

---

* 本章执笔人：中国农业大学的吴艳芳、刘亚彬、王莉、许月卿、安萍莉、张莉琴、刘黎明。

2. 幕景分析法

幕景分析法（情景分析法），是根据发展趋势的多样性，通过对系统内外相关问题的系统分析，设计出多种可能的未来情景，然后用类似撰写电影剧本的手法，对系统发展态势做出完整的情景和画面描述的分析方法。该方法能够帮助识别关键因素，提醒决策者注意某种措施可能引发的风险或危害性后果，提供需要进行监控的风险范围，研究某些关键性因素对环境以及未来的影响，处理各种相互矛盾的情形。

幕景分析法是开拓风险分析人员的视野、增强其预测未来能力的一种思维程序，但会因"隧道眼光"，即好像从隧道中观察外界事物一样看不到全面的情况，使得到的结论产生偏差（石香焕，2007）。

3. 流程图分析法

流程图分析法是对系统运转的每一阶段、每一环节逐一进行调查分析，找出导致风险发生的因素，分析风险产生后可能造成的损失以及不利影响的分析方法。借助于流程图，风险识别人员可以分析和了解风险所处的具体环节、各个环节之间存在的风险类型以及风险的起因和影响（王亦虹，2002）。

流程图分析法是一种动态的分析方法，它将系统内在的逻辑联系制成流程图，针对流程中的关键环节和薄弱环节进行调整和风险分析。流程图分析法是用以识别复杂系统风险最常用的方法之一，且系统越复杂、规模越大，越能体现其优越性。

4. 故障树分析法

故障树分析法（fault tree analysis，FTA）是利用图解的形式将大的故障分解成各种小的故障，并对各种引起故障的原因进行分解的分析方法。该方法适合于分析大型复杂系统的安全性和可靠性，是一个演绎分析工具，用以系统地描述导致达到"顶事件"——某一特定危险状态的所有可能故障。顶事件可以是一个事故序列，也可以是风险管理中认为重要的任一事故状态。在应用故障树之前，先将复杂的环境风险系统分解为比较简单、容易识别的小系统。分解的原则是将风险问题单元化、明确化。故障树可以从结果进行因果分析，也可以按照进程来进行分析。风险识别要减少系统运转的不确定性，就要分析清楚系统的组成、各个部分的性质和关系以及系统同外部环境之间的关系等。

5. 事故树分析法

事故树分析（accident tree analysis，ATA）方法起源于故障树分析，是安全系统工程的重要分析方法之一，它能对各种系统的危险性进行辨识和评价，不仅能分析出事故的直接原因，而且能深入地揭示出事故的潜在原因，是一种从原因到结果自上而下的分析方法，强调事故的结果。用它描述事故的因果关系直观明了、思路清晰、逻辑性强，既可定性分析，又可定量分析（郭骁和夏洪胜，2007）。

6. 层次分析法（AHP）

层次分析法是一种多指标、多方案的综合比较方法，是把问题的内在层次与联系量化并做出方案排序的方法。其基本思路是找到一种数学方法，使之从多方案比较过渡到两两之间的比较，从而解决多方案比较的问题。它将待评价的复杂系统的各元素按其关联隶属关系建立递阶层次结构，构造两两比较的判断矩阵，并据此求解各元素的重要性。这种方法要求信息量少，决策所需的时间短（刘凌，2008）。

通过对上述几种方法的研究，发现各个方法都有各自的特色，并有其缺点，比较结果见表 7-1。

表 7-1　风险识别的方法比较

方法	优点	缺点	适用范围
专家调查法	方便易行	受专家主观影响大，影响结果的可靠性	适用于短时间内难以用统计方法、因果论证研究的风险系统
幕景分析法	抓住主要风险	部分被忽略，识别结果不全面	适用于研究某些关键因素对环境以及未来的影响
故障树分析法	逻辑性强，强调原因，分析全面	受分析人员主观影响	适用于风险评价、系统的安全性等分析
事故树分析法	逻辑性强，强调结果，分析全面	受分析人员主观影响	适用于系统的安全可靠性分析
层次分析法	揭示系统的层次结构，分析全面	复杂且难以把握主要因素	适用于多目标、多准则或无结构特性的复杂系统

7.1.2　综合食物安全风险源及风险因子识别

综合食物安全包括数量安全、质量安全及可持续供给安全三个方面，本节将分别从这三个方面对食物安全的风险因子进行识别。食物不仅包括粮食，还包括肉、蛋、禽、水产品等动物性食物，由于各种风险产生的原因、环境、作用机制不尽相同，对比以上几种风险识别方法，结合综合食物安全系统的动态性、涉及因素的广泛性、系统内部的复杂性、系统与外部环境的紧密联系性等特点，运用故障树分析法对综合食物安全进行风险识别。

1. 方法概述

故障树是由各种符号和其连接的逻辑门组成的，包括事件符号、逻辑门符号和转移符号。具体符号如下。

1）事件符号

顶事件：是被分析系统不希望发生的事件，它位于故障树的顶端，用矩形符号表示。

底事件：位于故障树底部的事件，在已建成的故障树中不再要求分解，用圆形符号表示。

中间事件：位于顶事件和底事件之间，用符号表示。

未探明事件：表示原则上不需要进行下一步分析或者暂时不能探究其原因的事件，这些故障事件在定量分析中一般忽略不计，用菱形符号 ◇ 表示。

2）逻辑门符号

即连接各个事件，表示逻辑关系的符号。主要有与门、或门、条件与门、条件或门及限制门。

与门：当所有输入与门的事件同时发生时，门的输出事件才发生，用符号表示为 ⌓⊙ 。

或门：当输入事件中至少有一个发生时，则门的输出事件发生，用符号表示为 ⊕ 。

条件符号：只有当满足该条件时，门的输出事件才发生，用六边形符号表示为 ⬡ 。

3）转移符号

转入和转出符号：当事故树规模很大时，需要将某些部分画在别的纸上，这就要用转出和转入符号，标出从何处转出和向何处转入，用三角符号 △ 表示。

故障树顶端事件确定的原则：根据可能发生事故的危险程度，把对系统影响大的灾害或事故作为分析对象，即顶事件。顶事件是故障树分析的起点和主体。确定顶事件应针对分析对象的特点，抓住主要的危险（事故状态），按照一种事故编制一棵树的原则进行具体分析。

根据此原则，选择"综合食物安全风险"为顶事件，而数量风险、质量风险及可持续供给风险中的任何一个出现都会引起综合食物的不安全，故设为次顶事件，采用类似方法深入分析，直到找到代表各种故障事件的基本事件为止。图 7-1 为综合食物安全风险识别的故障树示意图。

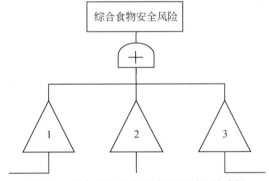

图 7-1　综合食物安全风险源识别的故障树

2. 食物数量安全风险识别故障树的建立

食物数量安全是指一个单位范畴能够生产或提供维持其基本生存所需的膳食需要，从数量上反映居民食物消费需求的能力（李哲敏，2003）。

本研究主要从供给和需求的角度，进行食物数量安全风险识别。食物生产首先依靠自然资源，并受自然灾害、生产投入、政治经济环境、自然环境的影响，食物需求与食物消费、国际贸易和政策等紧密关联。由此分析，分别建立粮食、肉禽蛋及水产品数量安全的风险识别故障树（图 7-2 ~ 图 7-4）。

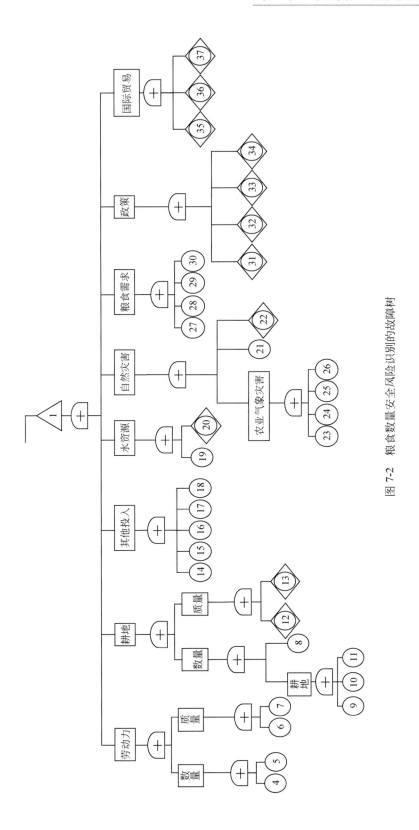

图 7-2　粮食数量安全风险识别的故障树

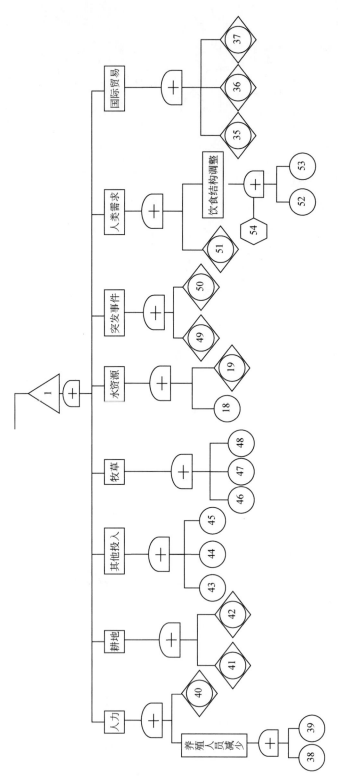

图 7-3　肉禽蛋等食物数量安全风险识别的故障树

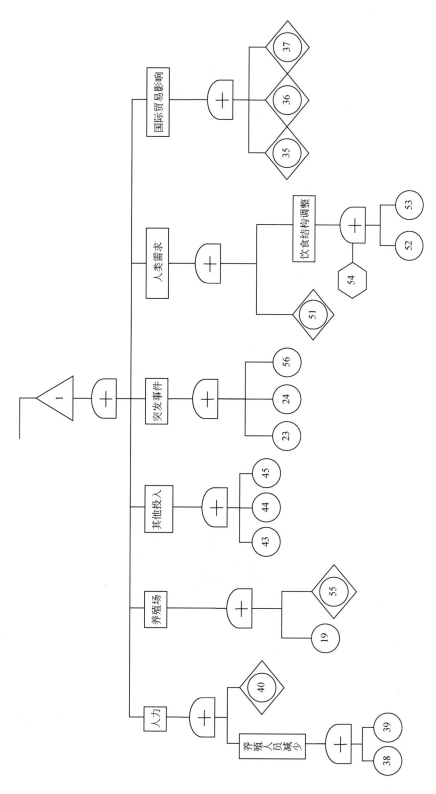

图 7-4　水产品数量安全风险识别的故障树

3. 食物质量安全风险识别故障树的建立

食物质量安全是指一个单位范畴从生产或提供的食物中获得营养充足、安全卫生的食物以满足其正常生理需要，即维持生存生长或保证由疾病、体力劳动等引起的疲乏中恢复正常的能力（李哲敏，2003）。

食物的生产、流通和消费过程，具有周期长、人工可控性差的特点。各个环节的客观条件变异或人为疏忽，都可能导致食物质量安全的不确定性。因此，对食物质量安全的风险识别，分为生产过程、加工流通过程、消费过程，从环境卫生、营养、消费者意识等不同方面，找出影响食物毒理安全和营养安全的可能因素（图7-5）。

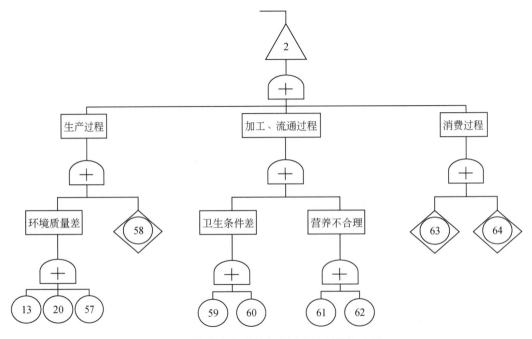

图 7-5　综合食物质量安全风险识别的故障树

4. 食物可持续供给安全风险识别故障树的建立

食物的可持续供给安全是指一个国家或地区，在充分合理利用和保护资源的基础上，采用一定的技术和管理方式以确保在任何时候都能够持续、稳定地提供食物，使食物供给既能满足现代人类的需要，又能满足人类后代的需要。即旨在不损害自然的生产能力、生物系统的完整性和环境质量的情况下，使所有人都能随时获得保持健康生命所需的食物。食物的可持续安全包含三个方面的内容，即生产的可持续性、经济的可持续性和资源环境的可持续性（李哲敏，2003）。

本研究仅从资源环境可持续发展这个角度来研究食物的可持续供给能力，即不考虑生产与经济领域多种复杂因素对食物可持续发展的影响。

资源环境是食物的直接来源，又是人口和社会经济活动的承载体。食物可持续供给安全以食物的可持续供给能力为保障，同时受到消费需求变化的影响。而可持续供给能力又以资源环境的可持续发展为必要条件，不仅受资源禀赋（如耕地资源、水资源）的约束，还受人类活动的影响。经上述分析，从资源、人口经济压力、污染、自然灾害等方面建立食物可持续供给安全的风险识别故障树（图7-6）。

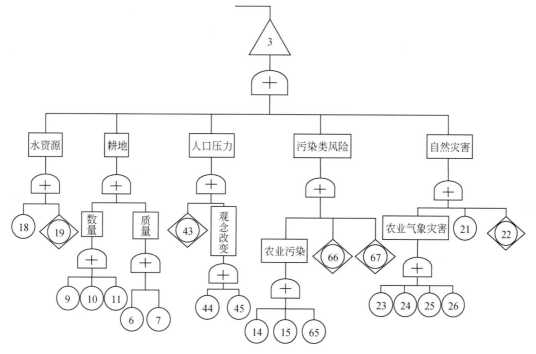

图 7-6　综合食物可持续供给安全风险识别的故障树

通过上述综合食物安全风险识别故障树的建立，得到食物数量安全、质量安全、可持续供给安全的风险因子及其影响因素（表7-2），表中序号分别与故障树中的序号相对应。

表 7-2　综合食物安全风险因子及其影响因素

序号	事件	序号	事件	序号	事件
1	数量风险	10	退耕还林还草	19	水资源减少
2	质量风险	11	建设用地占用耕地	20	水资源污染
3	可持续供给风险	12	土地退化	21	病虫害灾
4	农村人口减少	13	土壤污染	22	外来物种入侵
5	外出打工	14	农药	23	水灾
6	劳动人口老龄化	15	化肥	24	旱灾
7	时间和精力不足	16	农业机械动力	25	低温冷冻
8	复种指数	17	农用柴油	26	风雹灾
9	农业结构调整	18	地膜覆盖面积	27	口粮

序号	事件	序号	事件	序号	事件
28	饲料用粮	42	人为缩减养殖规模	56	鱼瘟
29	种子用粮	43	饲料成本增加	57	辐射污染
30	工业用粮	44	防治疫病收入增加	58	种子生长能力不高或者牲畜、家禽幼崽、鱼苗质量较差
31	土地政策	45	保险费用饮食观念	59	添加剂不合格
32	农业生产政策	46	草地减少	60	细菌含量超标
33	食物流通政策	47	草地退化	61	以次充好
34	食物消费监管政策	48	火灾	62	加工技术落后
35	进出口平衡	49	疯牛病、口蹄疫、禽流感等疫病	63	消费者辨识食物质量好坏的能力不足
36	国际粮价	50	地震、泥石流	64	消费观念不科学
37	贸易壁垒	51	人口增多	65	地膜污染
38	比较效益低且不稳定	52	收入增加	66	工业污染
39	怕脏、怕累的消极情绪	53	饮食观念	67	生活污染
40	养殖人员缺乏技术	54	有替代食物		
41	养殖场地紧缺	55	水域面积自然减少		

7.1.3　综合食物安全风险源及风险因子分类

根据综合食物数量安全、质量安全、可持续供给安全故障树的建立，结合风险因子的性质、特点、来源，对已识别的风险因子进行分类。

1. 食物数量安全风险源及风险因子分类

食物数量安全主要从供给和需求的角度去衡量，供给风险源主要涉及自然灾害、资源约束、生产投入约束、国际贸易约束，需求风险源主要是食物消费需求（表7-3）。自然灾害风险主要来源于农业气象灾害、农业生物灾害、外来生物入侵等致险因子；资源约束风险主要来源于资源禀赋的数量变化（如草地面积、水域面积、耕地面积等的变化）、土地退化、环境污染等致险因子；生产投入风险是指由生产投入改变所导致的生产性食物短缺风险，主要来源于播种面积、化肥使用量、劳动力投入以及其他投入变化等致险因子；消费需求风险主要来源于食物性消费需求和非食物性消费需求变化等致险因子；国际贸易风险主要来源于生产者面临的风险、消费者面临的风险以及国际市场价格等致险因子。

表7-3　食物数量安全风险源及风险因子归类

风险源	风险因子	风险描述及风险后果
自然灾害	农业气象灾害	旱灾、洪涝、冷冻害、台风、风雹等造成作物减产或绝收
	农业生物灾害	植物病害、虫害、草害、鼠害，畜禽疫病等造成农产品减产或绝收
资源约束	耕地资源	耕地数量减少：建设用地占用耕地、农业结构调整、退耕还林还草等引起；耕地质量下降：由于土地退化、土壤污染、水土流失等，耕地生产能力降低 耕地数量减少、质量下降，都将直接或间接导致粮食、蔬菜、油料等作物产量减少
	水资源	水资源污染加剧水资源短缺；行业间用水竞争、水资源利用率低，激化水资源供需矛盾；水土资源时空分布不平衡，耕地灌溉保证率低，降低食物的生产能力
	草地资源	火灾、病虫害等引起的草地面积减少以及水土流失、过度放牧等引起的草地退化，导致肉、奶等畜产品产量减少
生产投入约束	土地投入	由于耕地面积减少、农业比较利益下降，粮食播种面积下降，从而导致粮食、蔬菜、油料等作物产量减少
	劳动力投入	大量农民外出务工、农业人口老龄化等引起农业劳动力数量减少、质量下降，表现为对农地经营粗放、投入减少、生产盲目、接受农业新技术能力低，从而导致食物产量减少
	其他物质投入	化肥、农药、地膜、农用机械、农业用电等物质投入减少或投入不足引起作物单产下降，从而使农产品总产量降低
消费需求	食物性消费需求	人口数量增加引起食物消费需求的刚性增长，以及人口结构变化、饮食结构调整、收入增长、城镇化等引起肉禽食物的需求量增加，激化食物供需矛盾
	非食物性消费需求	饲养牲畜、家禽、水产品所需要的饲料粮以及因工业生产消耗的食物（以粮食需求为主）的需求增长，增加了对粮食的间接需求量，加剧粮食供需矛盾
国际贸易	市场供给	农产品丧失比较优势，国际市场供需结构性调整变化，从而改变国际市场供给；国际市场短期供给波动及其不确定性增加了食物进口国对食物有效获得的难度，影响食物供给平衡
	贸易流通	市场依从度增大、贸易壁垒、本国经济购买力下降、能源价格上涨等，增加了食物可获得难度
	市场价格	国际贸易价格变化增加食物进口国对食物有效获得的难度，影响食物供给状况

2. 食物质量安全风险源及风险因子分类

食物质量安全风险源包括产地环境风险源和生产投入风险源（表7-4）。产地环境风险源是指由食物生产环境污染引起的食物品质下降，甚至对人类产生毒害作用的风险因子的集合，如土壤污染、水质污染等。针对食物质量安全，生产投入风险源是指在食物生产过程中，生产投入品的过量使用及配套管理设施水平低下，造成食物品质下降，甚至对人类产生毒害作用的风险。

表 7-4 食物质量安全风险源及风险因子归类

风险源	风险因子	风险描述及风险后果
产地环境	土壤污染	工业废气沉降、污水灌溉、工业废渣露天堆放等导致土壤重金属污染，影响农产品品质，甚至危害人体健康
	水污染	矿山废水、工业废水、生活污水的肆意排放及化肥、农药的超量施用，对水资源造成重金属污染、有机物污染、致病微生物污染等，使农产品质量下降，对人体产生毒害作用
生产投入	生产投入品	农药残留、兽药残留等对人体的毒害作用；生长调节剂、饲料添加剂中的残留激素影响人体正常生长发育
	管理设施	畜禽饲养建筑简易、管理设施不配套、养殖密集、人畜混居、畜禽混养等，增加畜禽间疫病交叉感染的概率，影响农产品质量，甚至对人体产生危害

3. 食物可持续供给安全风险源及风险因子分类

食物可持续供给安全风险源包括资源约束风险源、环境污染风险源和自然灾害类风险源（表 7-5）。资源约束风险源是指引起资源环境退化，导致食物可持续生产能力下降，无法满足食物可持续供应需求的风险因子集合，包括资源禀赋、资源退化和人口经济压力三类风险因子。

表 7-5 食物可持续供给安全风险源及风险因子归类

风险源	风险因子	风险描述及风险后果
资源约束	资源禀赋	建设用地占用耕地，农业结构调整，退耕还林还湖、水资源减少
	资源退化	水土流失、土地荒漠化、土壤污染、水资源污染等
	人口经济压力	人口增长、城市建设加快等，对资源造成巨大压力，人地矛盾日益凸显，威胁资源环境的可持续发展，使食物的可持续有序供给能力降低
环境污染	农业自身污染	农药、化肥、地膜等过量使用破坏生态环境及农田生产环境，增加食物可持续生产风险
	工业点源污染	工业废水、废气、废渣的任意排放，污染农业生态环境，降低食物可持续供给能力
自然灾害	气象灾害	全球气候变化造成极端天气现象频发、自然灾害造成的生态环境退化，增加农业防灾减灾压力，影响农业的可持续发展，对食物安全持续保障造成严峻压力
	病虫害灾	

环境污染风险源是指农业化学品的过量使用及工业废弃物的不合理排放，对资源环境造成破坏而产生的食物安全风险，包括农业自身污染和工业点源污染。

自然灾害风险源是指由自然灾害造成的生态环境破坏而引发的食物可持续供给能力下降的风险。根据自然灾害形成的原因、对食物生产造成的影响大小以及对食物供给的致险频率和致险程度，确定灾害类风险的风险因子为气象灾害和病虫害灾。

7.2 综合食物安全风险分类

7.2.1 风险分类方法

根据风险的性质、特点、发生条件、形成过程及其后果对人类的影响等，风险有多种分类方法。

1. 按风险环境分类

静态风险：是指自然力的不规则变动或人们行为的错误或失当所导致的风险。一般与社会的经济、政治变动无关，如雷电、霜害、地震、暴风雪、瘟疫等由于自然原因发生的风险和疾病、伤害、夭折等由于人们疏忽发生的风险。

动态风险：是指由于社会经济或政治变动所导致的风险。例如，人口增加、资本增长、技术进步、产业组织效率提高、消费偏好转移、政治经济体制改革等引起的风险。

2. 按风险性质分类

纯粹风险：是指只有损失可能而无获利机会的风险。例如，交通事故只可能给人民的生命财产带来危害，而决不会有利益可得。纯粹风险是普遍存在的，如水灾、火灾、疾病、意外事故等。这种灾害事故何时发生、损害后果多大，往往无法事先确定，于是成为保险的主要对象。

投机风险：是指既可能造成损害，也可能产生收益的风险，如赌博、市场风险等。这种风险带有一定诱惑性，可以促使某些人为了获利而甘冒损失的风险。一般不列入可保风险之列。

3. 按风险来源分类

按照风险的来源，有多种分类方法。

（1）自然风险和人为风险。前者是指由自然灾害事故和不可抗拒力产生的风险；后者是指在人的行为或意识作用下产生的风险。

（2）基本风险和特定风险。基本风险是指由经济制度的不确定性、不正确性和不协调性以及社会政治变化和自然灾害造成的风险，即由非个人的，至少是个人不能阻止的因素所引起的风险；特定风险由特定因素引起，其前因后果与个人有关，通常由某些个人或群体承担不确定性后果的风险。

（3）自然风险和社会风险。自然风险源于自然界中对人类活动带来影响的自然现象；社会风险源于国家、集团、个人的政治、经济、文化状况的变化。社会风险表现在政治活动、政治斗争中就是政治风险；表现在生产、流通、交换、分配领域的各种经济活动中就是经济风险；表现在人类的生存环境中，就是环境风险（于川和潘振锋，1994）。

4. 按认知水平分类

2005 年北京年会上，国际风险管理理事会（IRGC）公布了风险的新型分类体系。该体系主要根据对风险相关知识和信息掌握的确定性和完备程度，将风险划分为简单风险、复杂风险、不确定风险和模糊风险（张月鸿等，2008）。各种风险的定义、特点和范例见表7-6。

表 7-6　IRGC 的风险分类体系

类别		定义与特点	范例
简单风险		指那些因果关系清楚并已达成共识的风险，其潜在的负面影响十分明显、价值观没有争议、不确定性很低，但简单风险并不等同于小风险和可忽略的风险	车祸、已知的健康风险
复杂风险		指很难识别或者很难量化风险源和风险结果之间的关系、常有大量潜在风险因子和可能结果的风险，其复杂性可能是由风险源各因子间复杂的协同或对抗作用、风险结果对风险源的滞后作用，以及多种干扰变量（intervening variable）等引起	大坝风险、典型传染病
不确定风险		指影响因素已经明确，但潜在的损害和可能性未知或高度不确定、对不利影响或其可能性还不能准确描述的风险；由于该风险的相关知识不完备、决策的科学和技术基础不清晰，在风险评估中往往需要依靠不确定的猜想和预测	地震、新型传染病
模糊风险	解释性模糊	指对同一评估结果的解释（如是否有不利影响）存在争议	电磁辐射
	标准性模糊	对存在风险的证据已经没有争议，但对可容忍或可接受的风险界限的划分还存在分歧	转基因食物、核电

7.2.2　综合食物安全风险分类方案

1. 综合食物安全风险类型

《综合风险防范关键技术研究与示范》项目中的《综合灾害风险分类标准》，主要依据《国家突发公共事件总体应急预案》，按照风险诱因制定分类标准，确定食物安全为综合风险（表 7-7）。

表 7-7　综合灾害风险分类标准及代码

分类依据	一级风险类型	二级风险类型
风险诱因	1 自然灾害风险	01 水旱灾害
		02 气象灾害
		03 地震灾害
		04 地质灾害
		05 海洋灾害
		06 生物灾害
		07 森林草原火灾
		08 其他自然灾害
	2 生产事故风险	01 工矿商贸等企业的各类安全事故
		02 交通运输事故
		03 公共设施和设备事故
		04 环境污染
		05 其他生产事故

续表

分类依据	一级风险类型	二级风险类型
风险诱因	3 公共卫生风险	01 传染病疫情
		02 群体性不明原因疾病
		03 食品安全
		04 职业危害
		05 动物疫情
		06 医药
		07 其他严重影响公众健康和生命安全的风险
	4 社会安全风险	01 恐怖袭击事件
		02 经济安全事件
		03 涉外突发事件
		04 其他社会安全
	5 综合风险	01 能源风险
		02 水资源风险
		03 生态风险
		04 食物安全
		05 气候变化
		06 其他新风险

2. 综合食物安全风险分类体系构建

综合食物安全内涵丰富，受自然环境、社会经济各方面因素影响，属于多诱因风险。按风险来源及主导因素原则，将综合食物安全风险分为风险类、风险亚类、风险因子三级。综合食物安全风险分类体系如表 7-8 所示。

表 7-8　综合食物安全风险分类体系及代码

一级分类 （风险类）	二级分类 （风险亚类）	三级分类 （风险因子）
1 自然灾害风险	101 农业气象灾害风险	10101 旱灾、10102 洪涝、10103 冷冻害、10104 台风、10105 风雹
	102 农业生物灾害风险	10201 植物病害、10202 虫害、10203 草害、10204 鼠害、10205 畜禽疫病
	103 其他农业灾害风险	
2 资源约束风险	201 资源数量风险	20101 耕地面积、20102 水资源总量、20103 草地面积、20104 其他
	202 资源质量风险	20201 土壤生产力、20202 资源退化、20203 环境污染
3 投入约束风险	301 生产资料投入约束风险	30101 播种面积、30102 化肥投入、30103 农药投入、30104 农业机械动力投入、30105 其他
	302 劳动力投入约束风险	30201 劳动力
	303 其他投入约束风险	30301 科技投入、30302 政策投入

续表

一级分类 （风险类）	二级分类 （风险亚类）	三级分类 （风险因子）
4 国际贸易风险	401 生产者面临的风险	40101 粮食生产比较优势丧失、40102 粮食出口竞争劣势
	402 消费者面临的风险	40201 进口粮食依赖程度
	403 价格风险	40301 国际市场粮食价格波动
5 消费需求风险	501 人口压力风险	50101 人口数量、50102 人口结构
	502 食物消费结构风险	50201 区域经济发展水平、50202 居民收入、50203 居民消费观念
	503 非食物性消费	50301 工业用粮，50302 其他用粮

（1）自然灾害风险。指对农业生产造成严重破坏、导致食物生产能力降低的农业气象灾害、农业生物灾害及其他灾害（如地震、泥石流、滑坡等）的集合。

（2）资源约束风险。指资源禀赋不足、资源环境本底突变或渐变导致食物生产能力降低的因素集合。

（3）投入约束风险。指来源于生产投入改变所导致的生产性食物短缺风险。

（4）国际贸易风险。指在国际贸易、市场流通中引起食物安全不确定性的各种风险因素的集合。

（5）消费需求风险。指一系列导致食物消费量或消费结构改变而使食物供需产生矛盾的社会经济因素的集合。

第8章 综合食物安全风险评估技术体系[*]

综合食物安全风险评估技术体系是进行食物安全风险评价与风险预警管理的基础。基于综合食物安全的风险源识别与分类，依据评估指标选取原则，分别从数量安全、质量安全和可持续供给安全三方面构建综合食物安全风险评价指标体系。从综合食物安全的数量角度，根据自然灾害、资源约束、生产投入、国际贸易、消费需求五大风险源的特点建立相应的风险评价方法，在此基础上，基于食物供需缺口率，构建不同供给和需求目标情景下的食物安全风险的综合评价技术体系。

8.1 综合食物安全风险评估指标体系

8.1.1 指标选取原则

评价食物安全风险水平的要素或变量的选择，是尽可能地找出涉及食物安全的相关因素，并根据现有统计数据资料，在众多的统计指标中，选择一套数量适中、最为可信的评价指标体系。根据食物安全这一系统目标，除了科学性、合理性、可行性等一般原则外，还应遵循系统性、动态性等原则。具体来说，应包括以下几点。

1. 科学性和可比性原则

科学性原则是指指标选取必须建立在对问题进行科学认识的基础上，以便客观和真实地反映食物安全的风险状况；可比性原则是使食物安全风险评价具有实用意义的体现，因为评价风险存不存在、发生概率大小、严重性程度大小等问题必须通过比较的过程才能得到合理的界定和承认。

2. 系统性和完整性原则

食物安全是一个复杂的系统性问题，要正确评价该系统的风险状况就需要对影响食物安全的自然资源、社会经济等因素及其之间的关系进行系统性分析；完整性原则是指指标体系的代表性要全面，不能只看到某些热点和敏感指标，也要考虑到潜在的风险点和一般指标。

---

* 本章执笔人：中国农业大学的吴艳芳、江丽、姚兰、许月卿、安萍莉、张莉琴、刘黎明。

3. 代表性和独立性原则

代表性是指评价指标选取的数量应适当，过多或过少都会影响研究的准确性和稳定性。因此，在全面系统设置指标的前提下，根据研究需要，有针对性地选择敏感程度高、贡献率大、代表性强的指标作为研究的实际指标，既全面又能准确、简明扼要地反映综合食物安全风险。独立性原则是指对于存在显著相关性、反映信息重复的指标，应当择优选用，否则不但加大工作量还影响研究结果的准确性。

4. 静态和动态相结合原则

风险和食物安全均为动态的概念，进行食物安全风险评价要突出风险的发展变化，包括风险的发展方向和发展速率，因此，客观评价食物安全风险，指标体系中不仅要有反映当前时间断面上的指标，也要有反映社会经济发展及资源环境变化趋势的指标。尤其在进行食物可持续安全风险评价时，应该根据可持续发展要求和基本规律，充分考虑自然、经济、社会、政治等因素对食物安全的长久影响，提出具有代表性意义的动态指标。

5. 可度量性和可表征性原则

风险应能以一种便于理解和应用的方式表示，其优劣程度应具有明显的可度量性，可用于地区之间的比较评价和直观反映（姚兰，2009）。

8.1.2　指标体系设计

鉴于综合食物安全的概念和内涵，结合中国综合食物安全特点，遵循以上评价指标设计原则，综合食物安全风险评价指标体系分为以下 4 个层次（表 8-1）。

表 8-1　综合食物安全风险评价指标体系框架

总体层	指数层	准则层	指标层
综合食物安全风险	食物数量安全风险指数	食物安全风险因子	基础评价指标
	食物质量安全风险指数		
	食物可持续安全风险指数		

1. 总体层

即综合食物安全风险评价的目标层，代表综合食物安全风险水平，是衡量食物安全风险水平高低的综合指标，它的数值由下一层指标计算确定。

2. 指数层

根据综合食物安全的内涵设立三个指数层，即食物数量安全风险指数、食物质量安全风险指数、食物可持续安全风险指数。指数层是支持综合食物安全风险水平的指数，其数值反映了食物安全各方面的风险状况。

3. 准则层

准则层在整个指标体系中起过渡作用，是对指数层的分解，从而为指标的选取设定方向。准则层数值反映不同来源的风险水平状况。

4. 指标层

指标层是评价体系中的基础评价指标，将从本质上反映综合食物安全各部分的风险状况。准则层具有可测性、可比性、可获得性的特点。

8.1.3　指标体系构建

基于第 7 章综合食物安全风险源及风险因子分类，遵照综合食物安全风险评价指标选取原则和指标体系设计，从数量安全、质量安全、可持续安全三方面，构建中国综合食物安全风险评价指标体系。

1. 食物数量安全风险指标

根据风险源识别与分类，确定食物数量安全风险源为自然灾害、资源约束、生产投入约束、消费需求和国际贸易五大类。

1）自然灾害风险指标

用于表征自然灾害的风险指标较多，考虑到统计数据的限制，基于科学性、数据易于获取性以及真实反映的原则，选取成灾率、因灾减产率、灾害发生频率作为自然灾害风险评估的指标。

（1）成灾率。指区域内成灾面积占农作物播种面积的比率。其计算公式如下：

$$P = \frac{\sum U_i}{W_i} \times 100\% \qquad (8\text{-}1)$$

式中，P 为成灾率；U 为成灾面积；W 为农作物播种面积；i 表示水灾、旱灾、病虫害等自然灾害。

（2）因灾减产率。指各种灾害引起的食物减产的比率。其计算公式如下：

$$I_D = \frac{D}{O} \times 100\% \qquad (8\text{-}2)$$

式中，I_D 为因灾减产率；D 为因灾食物减产量；O 为食物总产量。

（3）灾害发生频率。对于无法统计具体的食物减产量的灾害如风雹、霜冻及台风等，可以采用灾害的发生频率来定性描述该种灾害的大小。

$$f = \frac{T}{n} \qquad (8\text{-}3)$$

式中，f 为灾害发生频率；T 为灾害发生次数；n 为统计时间年数。

2）资源约束风险指标

（1）耕地数量变化率。耕地数量变化直接影响作物播种面积，进而影响作物产量。中国耕地面积目前呈现日益减少的趋势，耕地面积减少速度超过一定的预期，必将直接影响中国食物安全。

$$R_i = \frac{S_{ib} - S_{ia}}{S_{ia}} \times 100\% \tag{8-4}$$

式中，R_i 为第 i 个评价单元的耕地变化率；S_{ia} 为第 i 个评价单元研究初期的耕地面积；S_{ib} 为第 i 个评价单元研究末期的耕地面积。

（2）耕地面积相对变化率。由于各地自然条件、经济发展、人口增长状况和土地利用方式不同，在评价区域综合食物安全风险时，仅依靠各地区耕地面积的变化量比较，并不能准确地衡量各地耕地资源的变化强度。因此，可采用耕地面积相对变化率衡量耕地资源变化强度，以消除各地区间差异的影响。其计算公式为

$$R_r = \frac{\dfrac{K_b - K_a}{T \times K_a}}{\dfrac{C_b - C_a}{T \times C_a}} \tag{8-5}$$

式中，R_r 为某区域的耕地面积相对变化率；K_a、K_b 分别为期初、期末某区域的耕地面积；C_a、C_b 分别为初期、末期的全国耕地总面积；T 为时间。

（3）水土匹配指数。耕地是食物生产的基础，水资源是食物生产的限制性因素，二者缺一不可。区域水土资源状况共同决定区域耕地的自然生产能力。中国耕地资源、水资源分布不均，加上社会经济的影响，使中国各区域的食物总生产能力差异显著。因此水土匹配指数可用于评价食物生产力在资源方面面临的风险。其计算公式如下：

$$I_i = \frac{Rw_i}{Rl_i} \times 100\% \tag{8-6}$$

式中，I_i 为第 i 个评价单元的水土匹配指数；Rw_i 为各评价单元水资源总量占全国水资源量的比例；Rl_i 为各评价单元耕地面积占全国耕地面积的比例。

（4）有效灌溉面积率。中国水资源短缺，且时空分布不均匀，是影响食物生产能力提高的重要因素。有效灌溉面积率不仅反映了耕地的灌溉条件，而且可以反映食物生产在资源约束方面的风险。其计算公式为

$$\eta = \frac{I_e}{S} \times 100\% \tag{8-7}$$

式中，η 为有效灌溉面积率；I_e 为有效灌溉面积；S 为耕地面积。

（5）草地资源面积减少率。

$$V = \frac{S_m - S_n}{S_n} \times 100\% \tag{8-8}$$

式中，V 为草地资源面积减少率；S_m 为期初草地面积；S_n 为期末草地面积。公式为从时期 n 到时期 m 的草地资源面积减少率。

（6）草地灾害面积比例。

$$D = \frac{S_c + S_h}{S} \times 100\% \tag{8-9}$$

式中，D 为草地灾害面积比例；S_c 为草地鼠虫害发生面积；S_h 为草原火灾受害面积；S 为

该地区草地总面积。

（7）草地退化面积比例。

$$T = \frac{\sum \omega_i S_i}{S} \times 100\% \tag{8-10}$$

式中，T 为草地退化面积比例；S_i 为不同程度的草地退化面积；ω_i 为不同程度的草地退化指数；S 为该地区草地总面积。

（8）草地资源约束风险减产量。

$$U = (D + T) \times S_t \times Y_t \times p \times f \tag{8-11}$$

式中，U 为草地资源约束风险减产量；D 为草地灾害面积比例；T 为草地退化面积比例；S_t 为 t 时期的草地面积；Y_t 为 t 时期草地单产；p 为由退化和灾害造成的草地平均减产比例；f 为灾害发生频率。

3）生产投入约束风险指标

（1）生产投入要素变动率。食物生产中将各生产要素每年的实际投入量和当年趋势投入量的差值与趋势投入量的比值称为投入变动率。投入变动率表明食物生产投入偏离趋势投入量的波动幅值。实际投入量低于当年趋势投入量的百分率称为投入减少率；实际投入量高于趋势投入量的百分率称为投入增加率。投入减少（增加）率是一个相对比值，不受不同历史时期农业技术水平的影响，不受时间和空间影响，具有可比性。其计算公式如下：

$$X_i = \frac{Y_i - Y_{ti}}{Y_{ti}} \times 100\% \tag{8-12}$$

式中，X_i 为生产投入要素变动率；Y_i 为实际投入量；Y_{ti} 为趋势投入量；i 为食物生产中土地（播种面积）、资本、劳动力、化肥、农药、地膜等生产要素投入。

（2）生产投入平均减少率。基于上面生产投入要素变动率的计算，考虑到投入作为食物生产的约束风险源，投入不足或减少将导致食物产量降低从而导致食物生产风险。因此，投入减少率可反映食物生产投入约束风险程度。将某阶段某评价单元所有年份的投入减少率进行均值计算，得到生产投入平均减少率，该指标描述了投入量序列中负值集中位置，反映多年生产投入要素的平均减少水平。

对某一投入要素变动率序列（X_i），若 $X_i < 0$，则食物生产投入平均减少率计算公式如下：

$$d = \frac{\left(\sum\limits_{X_i < 0} X_i \right)}{n} \times 100\% \tag{8-13}$$

式中，d 为食物生产投入平均减少率；X_i 为投入变动率；n 为全部样本数。

（3）投入产量变动率。投入产量变动率是指投入要素变动引起的食物产量相对于基年食物产量的变动率。一般来说，投入变动引起的食物产量变动率越高，标志着投入要素对食物产量的约束程度越高，则其风险也越大。其计算公式如下：

$$\theta = \frac{Y_i - Y_0}{Y_0} \times 100\% \tag{8-14}$$

式中，θ 为投入产量变动率；Y_i 为研究期末年投入因素引起的食物产量；Y_0 为基年的食物产量。

4）消费需求风险指标

（1）恩格尔系数。从家庭消费结构来看，随着经济的增长，食物消费在居民生活总消费中所占的比例呈下降趋势，采用恩格尔系数来描述这一变化。国际上一般通过恩格尔系数来判断一个国家或地区处于食物消费的哪个阶段及其食物消费特征。其公式如下：

$$C = \frac{S_f}{S} \times 100\% \tag{8-15}$$

式中，C 为食物支出变动占总支出变动的比率；S_f 为食物支出变动百分比；S 为总支出变动百分比。

（2）人均食物消费增长率。随着经济的发展和居民生活水平的提高，人均食物消费发生变化，导致食物消费需求总量增加。采用人均食物消费增长率来表征食物消费需求的变化。

$$P_i = \frac{C_i - C_{i-1}}{C_{i-1}} \times 100\% \tag{8-16}$$

式中，P 为人均食物消费增长率；C 为人均食物消费量；i 为年份。

（3）非粮食消费系数。随着国民经济的发展和人们温饱问题的解决，用以维持生存的口粮的收入需求开始弹性下降，而用于提高生活质量的动物性食品的收入开始弹性上升，导致食物消费需求总量发生变化。因此，采用非粮食消费系数反映居民食物消费结构的变化和食物消费需求风险。其计算公式如下：

$$P = \frac{C}{F} \tag{8-17}$$

式中，P 为非粮食消费系数；C 为非粮食消费量；F 为食物消费量。

（4）食物消费变动率。是指某一地区年际之间食物消费量变化情况。通常，食物消费变动率越大，该地区产生供不应求或供过于求的概率就越高，其食物消费风险就越高。因此，食物消费变动率指标描述了食物消费需求的变动程度及风险状况。其计算公式如下：

$$V = \frac{D_t - D_{t-1}}{D_{t-1}} \times 100\% \tag{8-18}$$

式中，V 为食物消费需求变动率；D_t 为现年食物消费需求量；D_{t-1} 为上年食物消费需求量。

（5）食物消费增长率。是指某一地区研究期末年和研究期初年之间食物消费量的变化情况。通常，食物消费增长率越大，该地区产生供不应求的概率就越高，其食物消费风险就越高。因此，食物消费增长率指标描述了食物消费需求风险状况。其计算公式如下：

$$R = \frac{Q_t - Q_0}{Q_0} \times 100\% \tag{8-19}$$

式中，R 为食物消费需求增长率；Q_t 为研究期末年食物消费需求量；Q_0 为研究期初年食物消费需求量。

5）国际贸易风险指标

（1）食物自给率。食物自给率的高低反映出该国对国际市场的依存度大小。食物自给率越高，对国际市场的依存度越小，受国际市场环境波动的影响越小，所面临的国际贸易风险就越小；反之则越大。

（2）国际贸易依存度系数。国内食物缺口问题可通过国际食物贸易解决。国内供需出现缺口时需要从国际市场进口弥补，国内食物过剩时可以向国际市场输出，净进口（进口减去出口所得净额）反映一个国家对国际市场的依赖程度。选用国际贸易依存度系数作为国际贸易风险指标。该系数绝对值越大，表明受国际市场影响越大，即面临的国际贸易风险越大。其计算公式如下：

$$M = \frac{E}{D} \times 100\% \tag{8-20}$$

式中，M 为国际贸易依存度系数；E 为食物净进口需求；D 为国内食物总需求。

（3）进口市场占有率。进口市场占有率反映本国对某农产品的进口量占世界该种产品总进口量的比例，比例越大，说明该国对该农产品的进口依赖程度越高、受国际市场影响程度会越大，风险也较大；反之，则说明该农产品受国际贸易影响的风险较小。公式如下：

$$M_i = \frac{X_i}{X_{wi}} \times 100\% \tag{8-21}$$

式中，M_i 为进口市场占有率；X_i 代表本国农产品 i 在国际市场上的进口量（额）；X_{wi} 代表世界农产品 i 的总进口量（额）。

（4）贸易竞争力指数。贸易竞争力指数表明某种农产品是净进口还是净出口，以及净进口或净出口的相对规模，从而反映某种产品相对于世界市场上其他国家对该农产品的供给来说，处于生产效率的竞争优势还是劣势及其程度。贸易竞争力指数的计算公式为

$$Tc_i = \frac{X_i - M_i}{X_i + M_i} \times 100\% \tag{8-22}$$

式中，Tc_i 为农产品 i 的贸易竞争指数；X_i 与 M_i 分别表示农产品 i 的出口量（额）与进口量（额）。一般认为，Tc_i 大于 0，表示农产品 i 为净出口，Tc_i 越接近 1，说明农产品 i 越具有国际竞争力；Tc_i 值小于 0，表示农产品 i 为净进口，Tc_i 越接近 -1，说明农产品 i 越缺乏国际竞争力；Tc_i 等于 0，则表示农产品 i 的生产效率与国际水平相当。

（5）显示的进口强度。是指一个国家某种农产品的进口值占该国所有进口农产品总值的份额与世界该类农产品的进口值占世界所有农产品进口总值的份额的比例。

$$RMI_i = \frac{M_i / M_t}{M_{wi} / M_{wt}} \tag{8-23}$$

式中，RMI_i 为显示的进口强度；M_i 为本国农产品 i 的进口值；M_t 为本国所有农产品的进口总值；M_{wi} 为世界农产品 i 的进口总值；M_{wt} 为世界所有农产品的进口总值。

（6）显示出的竞争优势。显示出的竞争优势是通过计算某种农产品在世界上的出口占有率与其在世界上的进口占有率之差，来反映该农产品在国际市场上的贸易竞争力。

$$RC_i = \frac{X_i / X_{iw}}{X / X_w} - \frac{M_i / M_{iw}}{M / M_w} \tag{8-24}$$

式中，RC_i 为显示的竞争优势；X_i 表示本国农产品 i 的出口量（额），X_{iw} 为全世界农产品 i 的总出口量；X 为本国的总出口量，X_w 为世界的总出口量；M_i 表示本国农产品 i 的进口量（额），M_{iw} 为全世界农产品 i 的总进口量；M 为本国的总进口量，M_w 为世界的总进

口量。

（7）市场价格变动率。国际农产品市场价格变动一方面影响中国的进口能力，另一方面也会对国内食物价格有影响，进而影响到食物消费。故选用国际农产品市场价格变动率作为国际贸易风险的指标。

2. 食物质量安全指标

通过风险源识别，确定食物质量安全风险源来自产地环境和农业投入品使用。但除了这两方面的直接因素外，一个地区的社会经济发展程度、农产品生产者质量意识水平和整体素质高低对农产品质量安全也有重要影响。因此除产地环境、农业投入品使用外，增加社会经济发展水平指标。

1）社会经济发展水平

经济基础是决定一个国家或地区食物质量安全管理水平的重要方面。通常经济基础较好的地区，食物质量安全管理机构相对健全，人员配备相对齐全，检测监测手段相对先进，具有较强的控制和提升农产品质量安全水平的能力。

（1）农林牧渔业 GDP 比例。保障食物质量不仅是生产者的责任，更需要有关监管机构对其进行安全监管。而机构运转需要资金的支持，因此受当地经济发展水平的制约，更与农业对地区 GDP 的贡献份额直接相关。农林牧渔业 GDP 比例是激励政府加强食物质量安全管理工作的重要动力，故选取该指标用于评价食物质量安全风险。公式如下：

$$\theta = \frac{P_{a}}{P_{D}} \times 100\% \tag{8-25}$$

式中，θ 为农林牧渔业 GDP 比例；P_a 为农林牧渔业 GDP；P_D 为评估地区总 GDP。

（2）农民纯收入。农业投入品种类选择不当，是影响农产品质量安全水平的重要原因。农民收入水平对其选购何种农业生产资料有重要影响。一般地，低残留、高效的新型农药、兽药、渔药和生物农药等均以较高的价格出售，这对低收入农民是一个挑战。因此农民纯收入成为食物安全评价的风险评价指标之一。

（3）大专以上农民比例。农业劳动者参与了农产品生产的全过程，其工作质量的好坏，直接影响农产品的质量。大专以上学历的农村劳动力所占的比例既可反映其文化素质，又可反映其科技素质，是表征农产品生产者质量意识的重要指标（孙君茂，2007）。

2）环境污染

（1）单位面积化肥施用量。尽管化肥在粮食增产中有着不可替代的作用，但由于化肥使用量的逐年增加且无机化现象越来越普遍，化肥利用率下降，环境污染越来越严重。高量的化肥施用还会带来对农产品的污染，进而影响人体健康。由此，选用单位面积化肥施用量作为食物质量安全的风险指标之一。其计算公式如下：

$$R = \frac{T}{S} \tag{8-26}$$

式中，R 为单位面积化肥施用量；T 为化肥总施用量；S 为播种面积。

（2）单位面积农药施用量。随着栽培模式化学化的发展，农药的使用量呈增加趋势。农药施用的积极作用同化肥相类似，是最直接地保证和增加粮食产量的有效措施。但是，大量使用农药也造成了对粮食的污染，对食用安全性构成极大的威胁。因此，将单位面积农药施用量作为食物质量安全风险指标之一。其计算公式如下：

$$P = \frac{Q}{S} \tag{8-27}$$

式中，P 为单位面积农药施用量；Q 为农药总施用量；S 为播种面积。

（3）土壤重金属含量。与其他污染不同，重金属污染更多来自于工业生产中的污染排放，在复杂的生态圈循环过程中首先进入环境，然后通过食物链不断富集，最终危害人体健康（钱永忠等，2007）。土地是食物生产的自然基础，土壤环境是食物质量安全的首要保证。故选用土壤重金属含量表征工业污染带来的食物质量安全风险。

3）农业投入品使用

（1）农药残留量。农药在农业上的使用已经成为增加作物产量和降低产品价格的重要因素之一。但农药作为有毒化学品，被长期大量地使用，在得到效益的同时，也造成了一些负面效应。除了可能对生态环境生产危害外，过量残留的农药还会对人体产生毒害作用。因此，农药残留量是有效表征食物质量安全的指标之一。

（2）兽药残留量。兽药能有效促进动物生长、提高动物生产性能和饲料转化率，但由于滥用兽药，兽药残留事件时有发生。兽药残留对人体具有直接毒害、过敏反应、药物学效应等作用，危害人体健康。兽药残留量是食物质量安全的重要指标之一。

3. 食物可持续安全指标

食物可持续安全风险源包括资源类、污染类和自然灾害类三个方面。在每一类风险源中，又根据风险源成因确定了水土资源禀赋、水土资源退化、人口经济压力、农业污染、工业污染、气候灾害、病虫灾害七类风险因子。根据风险因子分类，选取食物可持续安全风险评价指标如下。

1）资源风险指标

（1）人均耕地面积。资源环境的可持续性是食物可持续安全的基本保障，但在经济发展、人口增长等压力下，耕地资源相对短缺的问题日益凸显。人均耕地面积是实现食物安全的重要保障。因此，选用人均耕地面积作为食物可持续安全的风险指标之一。其计算公式如下：

$$\bar{L} = \frac{S_L}{P_t} \times 100\% \tag{8-28}$$

式中，$\bar{L}$ 为人均耕地面积；S_L 为总耕地面积；P_t 为人口总量。

（2）灌溉水利用系数。除耕地资源外，农业生产还必须以充足的水资源为保障。但中国的水资源人均占有量很少且时空分布不均匀，严重影响耕地资源的充分、合理及有效利用。在目前的资源禀赋条件下，提高水资源的有效利用率是提高作物产量、保证农业可持续发展的重要出路。故选取灌溉水利用系数作为食物可持续安全的指标之一。其计算公式如下：

$$K = \frac{S_t}{M} \times 100\% \tag{8-29}$$

式中，K 为灌溉水利用系数；S_t 为有效实灌面积；M 为总灌溉面积。

（3）水土流失比例。水土流失是各种生态退化的集中反映，又是导致生态进一步恶化的根源。一方面，水土流失侵蚀耕地，使耕地面积减少；另一方面，水土流失剥蚀表土，使土壤结构恶化，降低土壤肥力和粮食生产能力（刘兴土和阎百兴，2009）。因此，用水土流失的面积与现有耕地面积相比，即水土流失比例，作为水土流失程度的指标。其计算公式如下：

$$K = \frac{Q}{S_n} \times 100\% \tag{8-30}$$

式中，K 为水土流失比例；Q 为水土流失面积；S_n 为耕地面积。

（4）人口承载指数和经济承载指数。人口密度增大，人均资源占有量必然相应减少，经济发展速度过快，必然会占用耕地、水资源等自然资源，一方面使资源总量减少，另一方面经济发展造成的污染会影响资源环境的可持续发展和未来食物可持续供给的能力。因此，选用人口承载率和经济承载率两个指标表征人口经济压力风险，评价食物可持续供给风险。

人口承载指数：区域单位面积的人口数量与全国单位面积的人口数量之比。

$$\beta_P = \frac{P_D/S_D}{P_C/S_C} \times 100\% \tag{8-31}$$

式中，β_P 为区域人口承载指数；P_D 为区域人口数量；S_D 为区域行政面积；P_C 为全国人口数量；S_C 为国土面积。

经济承载指数：区域单位面积 GDP 与全国单位面积 GDP 之比。

$$\beta_G = \frac{G_D/S_D}{G_C/S_C} \times 100\% \tag{8-32}$$

式中，β_G 为区域经济承载指数；G_D 为区域 GDP 总值；S_D 为区域行政面积；G_C 为全国 GDP 总值；S_C 为国土面积。

2）污染风险指标

（1）单位面积农业化学品负荷。农业生产过程中过量施用农业化学品，超出土壤健康的承受范围，就会造成土壤酸化、板结、地力下降或者随雨水冲刷进入水体造成污染、水体富营养化等。长期如此，就会破坏生态环境资源，影响食物的可持续供给。故选用单位面积农业化学品负荷作为食物可持续安全的风险指标。其计算公式如下：

$$B_i = \frac{U_i}{S} \tag{8-33}$$

式中，B 为单位面积农业化学品负荷；U 为农业化学品用量；S 为耕地面积；i 为化肥、农药、地膜等农业化学品。

（2）单位国土面积工业废弃物负荷。工业废弃物虽不会直接对农田造成污染，却直接威胁生态环境的健康发展，因此从可持续发展的角度来看，工业污染影响食物的可持续安全。由于工业污染是从宏观角度反映资源环境背景状况，不需要具体到农产品产地，因此选用单位国土面积工业废弃物负荷作为评价指标。公式如下：

$$C_i = \frac{E_i}{L} \tag{8-34}$$

式中，C 为单位面积工业废弃物负荷；E 为工业废弃物排放量；L 为国土面积；i 为废气、废水、废渣等工业废弃物。

3）自然灾害风险指标

成灾强度：各种气象灾害造成的单位面积食物减产量。公式如下：

$$\omega = \frac{P_r}{S} \times 100\% \tag{8-35}$$

式中，ω 为灾害成灾强度；P_r 为作物因灾减产量；S 为耕地面积。

4. 综合食物安全风险评价指标体系

基于以上数量安全、质量安全、可持续安全选取的指标，构建综合食物安全风险评价指标体系（表8-2）。

表 8-2 综合食物安全风险评估指标体系

总体层	指数层	准则层	指标层
综合食物安全风险	数量安全风险指数	自然灾害	成灾率、因灾减产率、灾害发生频率
		耕地资源	耕地数量变化率、耕地面积相对变化率
		水资源	水土匹配指数、有效灌溉面积率
		草地资源	草地资源面积减少率、草地灾害面积比例、草地退化面积比例、草地资源约束风险减产量
		生产投入	生产投入要素变动率、生产投入平均减少率、投入产量变动率
		消费需求	恩格尔系数、人均食物消费增长率、非粮食消费系数、食物消费变动率、食物消费增长率
		国际贸易	食物自给率、国际贸易依存度系数、进口市场占有率、贸易竞争力指数、显示的进口强度、显示出的竞争优势、市场价格变动率
	质量安全风险指数	社会经济发展水平	农林牧渔业 GDP 比例、农民纯收入、大专以上农民比例
		产地环境	单位面积化肥施用量、单位面积农药施用量、土壤重金属含量
		农业投入品使用	农药残留量、兽药残留量
	可持续安全风险指数	耕地	人均耕地面积
		水资源	灌溉水利用系数
		水土流失	水土流失比例
		人口经济压力	人口承载指数、经济承载指数
		环境污染	单位面积农业化学品负荷、单位国土面积工业废弃物负荷
		自然灾害	成灾率、成灾强度

8.2 综合食物安全风险评估方法和模型

本节从食物数量安全的角度，根据自然灾害、资源约束、生产投入、国际贸易、消费需求五大风险源的含义和特点建立相应的风险评估方法体系，在此基础上，以各地区为评估单元，通过计算各地区的食物供给量和需求量，以食物供需差缺口率作为衡量食物安全风险指标，进行食物数量安全风险的综合评估。其技术路线，如图 8-1 所示。

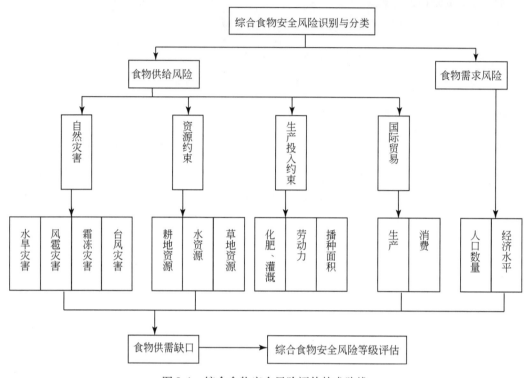

图 8-1　综合食物安全风险评估技术路线

8.2.1　自然灾害风险评估方法

自然灾害包括农业气象灾害，即水灾、旱灾、风雹、霜冻、台风等以及农业生物灾害，包括农作物病虫害、农作物草害和农作物鼠害等。

1. 水旱灾害造成的粮食减产的研究方法

由于无法准确获取各地由水旱灾害造成的粮食减产量，我们采用统计灾害发生频率、发生时间与作物主要生育期比对的方法，确定减产敏感性指标，并确定水旱灾害造成的粮食减产量，技术路线如图 8-2 所示。具体过程如下：

（1）以标准耕作制度一级分区为基础，确定水稻、小麦和玉米的主要生育期及其时间。

（2）根据各地区水旱灾害灾情数据，以标准耕作制度一级区为单元统计灾害发生的强度与频率。旱灾分为轻旱、中旱和重旱，水灾分为轻涝和重涝，按照灾害轻重程度，统计各个地区水旱灾害发生时间及发生频率。

（3）水旱灾害与作物生育期的耦合度分析。将两者结合，将主要作物生育期时间与灾

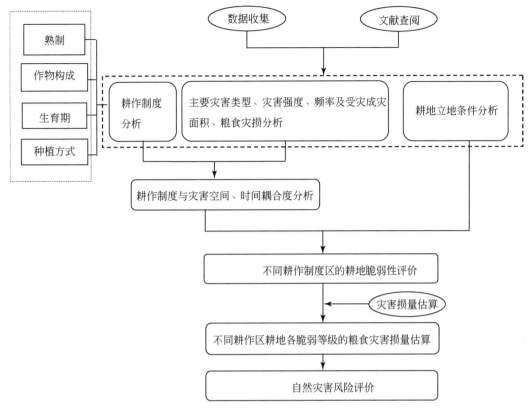

图 8-2　自然灾害风险评估技术路线

害发生时间、频率进行分析，得到水旱灾害和作物生育期的耦合度结果。

（4）确定作物生育期灾害敏感指数。根据作物的生物学特性，划分主要生育期，确定在不同旱涝条件下不同作物（小麦、玉米和水稻）各生育期的减产比例，即灾害敏感性指数。

（5）根据每年各作物（小麦、玉米和水稻）生育期的水旱发生频率和各生育期敏感指数，确定水旱灾害造成的粮食减产量。

2. 风雹、霜冻、台风风险评估

风雹、霜冻、台风灾害的地理分布和发生季节，根据 1980～1994 年各地区的实际风雹、霜冻、台风灾害发生的县次进行统计分析。

1）风雹、霜冻、台风导致粮食平均减产量

估算常年由于风雹等灾害产生的平均减产量（王桂英等，2004）。

$$平均减产量 = 期望粮食单产 \times 成灾面积 \times 0.65 \qquad (8\text{-}36)$$

2）风雹、霜冻、台风的粮食减产风险评估

计算粮食减产风险值，并进行粮食减产风险评估。

$$粮食减产风险值 = 平均粮食减产量 \times 概率 \times 系数 \qquad (8\text{-}37)$$

式中，系数为目前的粮食播种面积/未来当年的粮食播种面积，粮食单产根据正交多项式

预测。

3. 农作物病虫害、草害、鼠害风险

农业生物灾害主要是指由严重危害农作物的病、虫、草、鼠等有害生物在一定的环境条件下暴发或流行对农作物及其产品造成巨大损失的自然变异过程，从其成因上大体可分为农作物病害、农作物虫害、农作物杂草和农作物鼠害等几大类。

农作物病虫害、草害、鼠害造成的粮食减产量，采用式（8-36）、式（8-37）的计算方法，其中系数是指目前的粮食播种面积/未来当年的粮食播种面积，概率是过去 17 年农作物病虫害、草害、鼠害发生的概率。

4. 自然灾害风险值及其评估

将各类灾害粮食减产量按发生频率加和，得到各地灾害风险值，即

$$灾害风险值 = 灾害发生频率 \times 减产量 \tag{8-38}$$

汇总各灾害，得到区域自然灾害总风险值。即

$$
\begin{aligned}
自然灾害粮食总风险值 =\ &水旱灾害风险值 + 风雹灾害风险值 + 霜冻灾害风险值 \\
&+ 台风灾害风险值 + 农作物病虫害风险值 + 农作物草害风险值 \\
&+ 农作物鼠害风险值
\end{aligned}
\tag{8-39}
$$

8.2.2　资源约束风险评估方法

资源约束风险评估分为耕地资源约束风险、耕地与水资源匹配风险以及草地资源约束风险三个方面。

1. 耕地资源约束风险评估

耕地、耕地与水资源匹配风险包括指标定性评价与定量评价两类（图8-3）。

（1）定性评价利用耕地数量变化率和水土匹配指数两个指标分别表征耕地数量变化风险及水土匹配风险。

（2）定量评价分别采用耕地面积变化、水土匹配变化，同时考虑复种指数、粮食单产水平因素计算未来由于耕地面积损失、水土匹配不足造成的减产量，并将两者综合，得到耕地资源对粮食产量的综合影响量，确定风险等级。

2. 草地资源约束风险评估方法

草地采用单指标风险评估与综合风险评估两种。

（1）单风险评估方法。对于草地资源约束风险，主要选取草地资源面积减少率、草地灾害面积比例、草地退化面积比例等风险评估指标。

（2）综合风险评估方法。在对风险源进行风险评估的基础上，计算由草地资源约束风险带来的风险减产量，将产草量折算成载畜量，再根据载畜量折算成粮食产量，得到由草地资源约束风险带来的粮食风险减产量。

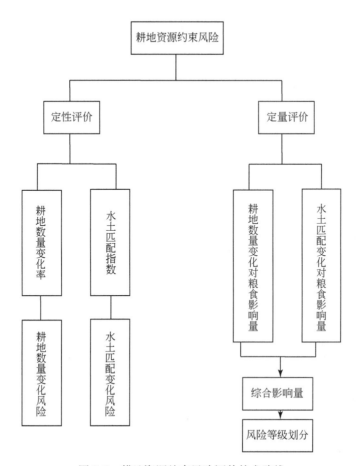

图 8-3　耕地资源约束风险评估技术路线

$$风险减产量 =（灾害面积 + 退化面积）× 草地单产 × 减产比例 \qquad （8\text{-}40）$$

式中，灾害面积和退化面积分别为由草地灾害风险和草地退化风险带来的草地资源数量的减少比例折算出的面积减少量；草地单产为根据草地生产能力预测的未来单产。

最后计算草地综合风险值。

$$风险值 = 风险减产量 × 风险频率 \qquad （8\text{-}41）$$

式中，风险频率为草地灾害、退化可能发生的频率，灾害发生频率根据草原火灾和鼠虫害发生情况统计而得，退化发生可能性按实际退化面积所占比例预测。根据草地综合风险值分别计算 2010 年和 2020 年的草地资源约束风险等级。

8.2.3　生产投入约束风险评估方法

生产投入作为粮食生产的重要影响因素，其投入程度的改变将会对粮食生产产生影响，对粮食生产起着约束限制作用。本研究中粮食生产投入约束风险主要从生产资料投入、劳动力投入等方面进行研究。其中生产资料投入选取粮食播种面积、化肥使用量、有效灌溉面积，劳动力投入方面选取粮食生产劳动力。生产投入约束风险评估技术路线，如

图 8-4 所示。

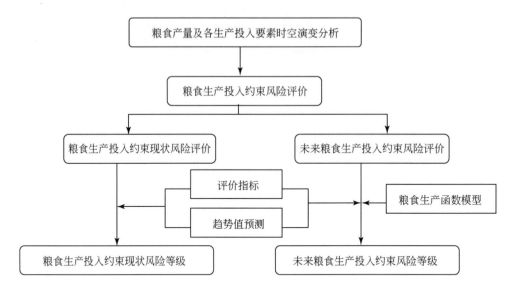

图 8-4　生产投入约束风险评估技术路线

1. 中国粮食生产投入约束现状风险评估

根据本研究中生产投入对粮食生产约束内涵的界定，选用粮食生产投入平均减少率进行中国粮食生产投入约束现状风险评估。其评估步骤如下：

（1）采用移动平均法、指数平滑法等单一模型预测各投入要素趋势值，在此基础上，采用组合预测模型对上述预测的各生产投入要素进行组合预测，确定各地区投入要素历年趋势值。

（2）基于各地区粮食生产各投入要素趋势预测值，计算各地区粮食生产投入要素平均减少率，进行各投入要素单因子风险评估。

（3）基于各地区粮食各生产投入要素平均减少率，采用均方差决策法确定各投入要素指标的权重系数，采用综合指数法对粮食生产投入要素约束风险进行综合评估，确定风险等级。

2. 中国未来粮食生产投入约束风险评估

利用各地区粮食生产历史数据，建立基于省域单元的粮食生产函数模型，采用组合预测模型，预测未来各地区投入要素量。根据各地区粮食生产函数模型和生产投入要素弹性系数，计算未来投入变动引起的粮食产量变动率，并由此进行生产投入约束风险等级划分。其计算公式如下：

$$\eta = \frac{Y'}{Y} - 1 = (1 + a\%)^{\alpha}(1 + b\%)^{\beta} - 1$$

$$\Delta Y = Y \times \eta \tag{8-42}$$

式中，η 为投入变动引起的粮食产量变动率；Y' 为未来年份投入产量；Y 为基年粮食产量；α、β 为投入要素弹性系数；$a\%$ 和 $b\%$ 为未来年份投入要素变动量；ΔY 为投入要素变动所带来的粮食产量变动量。

8.2.4 消费需求风险评估方法

本研究中食物消费风险是指由于各类原因导致的食物消费过程中消费需求的较大变化，可能导致食物供不应求等不利影响。在此讨论的食物消费需求风险，未考虑国内各地区间食物市场流通、国外食物贸易流通以及供给状况，仅仅从居民消费需求的角度进行各地区食物消费需求风险评估。食物消费需求风险评估技术路线，如图8-5所示。

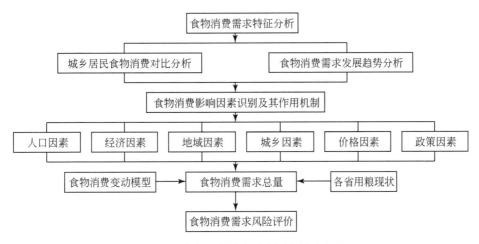

图 8-5 食物消费需求风险评估技术路线

1. 食物消费变动模型

根据新古典增长模型理论（鲁迪格·多恩布什等，2008；寒令香和付延臣，2007），得到食物消费变动公式：

$$\Delta Y = m\Delta I + n\Delta R + a\Delta I \times \Delta R \tag{8-43}$$

式中，ΔY 为食物消费变动；ΔR 为人口数量变动；ΔI 为人均收入变动；m 为人均收入变动系数；n 为人口数量变量系数；a 为乘积项系数。

食物消费变动可以定义为 $\Delta Y_i = (Y_i - Y_{i-1})/Y_{i-1}$。式中，$\Delta Y_i$ 为第 i 年食物消费变动；Y_i 为第 i 年食物消费量；Y_{i-1} 为第 $i-1$ 年食物消费量。

人均收入变动可以定义为 $\Delta I_i = (I_i - I_{i-1})/I_{i-1}$。式中，$\Delta I_i$ 为第 i 年人均收入变动；I_i 为第 i 年人均收入；I_{i-1} 为第 $i-1$ 年人均收入。

人口数量变动可以定义为 $\Delta R_i = (R_i - R_{i-1})/R_{i-1}$。式中，$\Delta R_i$ 为第 i 年人口数量变动；R_i 为第 i 年人口数量；R_{i-1} 为第 $i-1$ 年人口数量。

2. 未来各地区食物消费需求量预测

根据各地区城乡居民食物消费历史数据，建立城乡居民口粮和饲料用粮消费变动模型；根据以往相关研究成果、《国家粮食安全中长期规划纲要（2008~2020年）》以及各地区工业用粮、种子用粮等现状，预测未来全国及各地区口粮和饲料用粮、工业用粮、种子用粮和粮食损耗的情况。

3. 未来各地区食物消费需求风险评估

基于食物消费需求量预测结果，分别从各地区对全国食物消费需求增长量比例以及各地区食物消费需求相对增长率的角度进行未来食物安全风险评估，划分高、中、小、低四种风险等级。

8.2.5 国际贸易风险评估方法

食物安全的国际贸易风险一般采用多种指标来衡量，如粮食生产的国际贸易风险采用进口市场占有率、贸易竞争力指数、显示的进口强度、显示出的竞争优势、生产成本五个指标。同时用因子分析法解决指标间信息重叠、指标之间存在相关关系等问题，用聚类分析方法确定各地区相对风险水平。

1. 因子分析

因子分析的基本思路是：通过研究众多变量之间的内部依赖关系，探求调查数据中的基本结构，并用少数几个假想变量（因子）来表示这种结构。这些因子能够反映原来众多观测变量所代表的主要信息，并解释这些观测变量之间的相互依存关系。在因子载荷矩阵中，各行元素的平方和（共同度）表示每个指标被各个因素所解释的方差的总和，各列元素的平方和表示每个因子对方差的解释能力，即方差贡献率。方差贡献率越大，说明该因子所包含的信息越多。

因子分析应用的假设前提是观测变量能够转换为一系列潜在变量（因子）的线性组合。因子可以与两个以上的变量相关联，也可以只与其中的一个变量相关联。因子分析的数学模型可以表示为

$$x_i = \alpha_{i1}F_1 + \alpha_{i2}F_2 + \cdots + \alpha_{ij}F_j + \cdots + \alpha_{im}F_m + \alpha_i\varepsilon_i, \quad i = 1,2,\cdots,p \qquad (8\text{-}44)$$

式中，变量 F_1，F_2，$\cdots$，F_m 为公共因子，是不可观测的潜在变量；参数 $\alpha_{ij}(j = 1, 2,\cdots,m)$ 为因子载荷系数，其意义是第 i 个观测变量与第 j 个公共因子的相关系数，即 x_i 依赖 F_j 的比例。因子载荷以变量特征值作为计算基础。

得到初始因子载荷矩阵后，由于它所形成的因子可能会与很多变量相关，所以往往很难对因子作出合理解释，这时就需要对因子载荷矩阵进行旋转，以使因子与原始变量之间的关系清晰化，从而有助于对公共因子进行命名和解释。所谓旋转就是一种坐标变换，在旋转后的新坐标系中，因子载荷将得到重新分配，使公共因子符合系数尽可能地向0和1两个极值转换。最常用的因子旋转方法是方差最大正交化旋转方法。

应用因子分析方法应注意下列问题：①由于因子分析对变量之间的相关程度很敏感，为保证分析质量，首先需要进行稳健性比较。另外，由于异常值、缺失值和不规则分布均会对变量间的相关性产生影响，进行因子分析时，还需要事先对数据进行整理，如剔除异常值、插补缺失值等。②由于小样本相关系数的可靠性较差，因子分析要求观测数至少应是变量数的 5 倍，最好是 10 倍以上。③参与因子分析的变量必须是数值型变量。

2. 聚类分析

聚类分析又称群分析或类分析，它是依据某种准则对个体（样本或变量）进行分类的一种多元统计分析方法。聚类分析能够将一批样本数据（或变量）在没有先验知识的情况下，按照它们在性质上的亲疏程度进行自动分类。

聚类分析的实现方法有动态聚类和系统聚类两种。动态聚类的实质是分步聚类，即先选定一批凝聚点，让变量或样本向最近的凝聚点靠拢，形成初步分类；然后再对凝聚点的选点进行调整，重复前一步骤，直到得到比较合理的结果为止。系统聚类法相对复杂，首先需要对数据进行变换，变换的方法有平移变换、极差变换、标准化变换、对数变换等；然后再选取聚类方法，主要有最短距离法、最长距离法、中间距离法、重心法等。在聚类分析中，相似性测度的方法主要有三种：相关测度、距离测度和关联测度。三种方法从不同的角度测度了研究对象的相似性，其中相关测度和距离测度适用于定距或定比变量，关联测度适用于定类或定序变量。本研究将采用系统聚类和相关测度法。

应用聚类分析方法应注意以下问题：①如果聚类变量的计量单位不同，应对数据标准化后进行聚类分析。②选择不同的变量组合、聚类方法及标准化方法，所得出的聚类过程及结果可能会有所不同。其中，变量组合的差异对聚类过程及结果的可能性影响最大。

8.2.6　中国食物安全风险综合评估方法

基于前面食物安全五大风险源评估分析，分别计算未来各地区食物供给变化与食物需求变化，考虑不同供给和需求的目标情景下，计算未来各地区的食物缺口率，并以此作为风险评估指标，进行中国食物安全风险评估。

1. 缺口率

缺口率指目标年的食物供给相对于食物需求的短缺程度，反映了食物安全的风险程度。其计算公式如下：

$$缺口率 = （食物需求量 - 食物供给量）/ 食物需求量 \times 100\% \tag{8-45}$$

式中，食物供给量为目标年的食物总供给量，分为耕地供给量、草地供给量，食物供给总量由资源约束、生产要素投入、自然灾害因素共同决定；食物需求量由口粮、饲料用粮、工业用粮、种子用粮和损耗构成。

2. 风险等级划分

根据相关研究成果和国家政策相关规定，确定食物缺口率的风险等级标准（表 8-3）。

表 8-3　中国综合食物安全风险等级划分标准

等级	低风险区	小风险区	中风险区	高风险区
缺口率/%	<5	5~10	10~17	>17

中国综合食物安全风险等级说明：①常年缺口率<5%，符合国家95%自给率的目标，属于低风险区，风险较小。该地区重度灾害发生概率小，资源、消费需求变化小，粮食短缺可通过本地正常储备粮和市场进行调节。②常年缺口率为5%~10%，属于小风险区，有一定风险。该地区重度灾害、资源短缺、消费需求发生概率较大，粮食短缺须由地方政府通过当地储备粮周转调节。③常年缺口率10%~17%，属于中风险区，风险较大，由国家通过地区间调粮调节。④常年缺口率>17%，高于FAO规定的17%的粮食储备率，即常年缺口靠粮食储备不能解决当地食物需求，区域食物安全为高风险区。

3. 中国未来多情景食物安全风险评估

根据食物供给来源、食物消费结构以及国家宏观粮食调入调出控制等方面的不同，计算不同情景下的食物缺口率及食物安全风险等级，以期为国家制定食物安全相关政策和风险防范提供决策依据。

1）情景一：耕地食物供给与基本粮需求

这是对一个地区最基本的食物供给与最基本的食物需求的考证。这里基本粮需求包括口粮与饲料粮，是满足人们日常生活所必需的粮食需求。此情景下的食物缺口率计算公式如下：

$$缺口率1 = （基本粮需求量 - 耕地食物供给量）/基本粮需求量 \times 100\% \quad (8-46)$$

2）情景二：耕地食物供给与食物消费总需求

此情景考虑耕地的食物供给和食物消费的总需求，食物消费总需求除了口粮和饲料用粮基本粮外，还包括工业用粮、种子用粮和粮食损耗。此情景下食物缺口率计算公式如下：

$$缺口率2 = （食物消费总需求 - 耕地食物供给）/食物消费总需求 \times 100\% \quad (8-47)$$

式中，食物消费总需求 = 口粮 + 饲料用粮 + 工业用粮 + 种子用粮 + 粮食损耗。

3）情景三：耕地和草地食物总供给与基本粮消费需求

中国草地资源丰富，是耕地外最基本的食物供给来源之一。本情景下考虑耕地和草地总的食物供给和基本粮的供需差，其食物缺口率计算公式如下：

$$缺口率3 = [（口粮 + 饲料粮）-（耕地食物供给 + 草地食物供给）]/（口粮 + 饲料粮）$$
$$\times 100\% \quad (8-48)$$

4）情景四：耕地和草地食物总供给与食物消费总需求

在情景三的基础上，进一步考察食物消费总需求，即扩大的食物来源（耕地和草地食物总供给）是否可满足消费总需求。

$$缺口率4 = [食物消费总需求 -（耕地食物供给 + 草地食物供给）]/食物消费总需求$$
$$\times 100\% \quad (8-49)$$

5）情景五：粮食调入调出情况下，耕地供给与食物消费总需求

在考虑国家宏观粮食调入调出政策情况下，对供给最为紧缺的耕地与总消费需求进行进一步分析，考察现行可能调入调出量对粮食主产区的影响以及对缓解粮食主销区供需矛盾的作用。

$$缺口率5 = [食物消费总需求 - 调入(+调出)量 - 耕地食物供给] / 食物消费总需求 \times 100\% \tag{8-50}$$

6）情景六：调入调出情况下，耕地和草地总供给与食物消费总需求

基于情景五分析，进一步考察调入调出情况下耕地和草地总供给与食物消费总需求的对比。计算公式如下：

$$缺口率6 = [食物消费总需求 - 调入(+调出)量 - (耕地食物供给 + 草地食物供给)] / 食物消费总需求 \times 100\% \tag{8-51}$$

基于以上六种情景分析评估，得到不同情景目标中国各地区的食物供需缺口率及其风险等级，为国家食物安全风险防范和政策制定提供科学依据。

第9章 中国综合食物安全风险评估[*]

本章从综合食物数量安全风险的角度，对自然灾害、资源约束、生产投入约束、消费需求和国际贸易五大风险源进行风险评估分析，并在五大风险源分析的基础上采用食物供需缺口率指标，在不同的情景下进行综合食物安全的综合风险评价。研究结果表明，中国食物消费基本粮需求基本能得到满足，但日益增加的工业用粮等需求使食物供需矛盾不断加大。扩大利用草地资源是缓解这一矛盾的必然途径。虽然全国食物供需基本无缺口，但区域性食物供需矛盾很大，近1/3的地区处于高风险状态，给国家宏观粮食调控带来难题。北京、上海、广东是国家风险防范的重点地区，也是未来食物调入变化较大的区域。

9.1 中国综合食物安全的自然灾害风险分析

中国处在全球季风气候显著、自然灾害发生频繁的区域，耕地资源以及气候资源的分布特点决定了中国农业易遭受各种灾害。同时，中国农业防灾减灾体系建设以及硬件设施建设仍不健全，防灾减灾能力和灾后恢复能力相对较弱。1978~2005年粮食受灾统计结果表明，中国年均粮食受灾面积超过4000万 hm^2，食物损失超过1000万 t。各种灾害严重影响着中国的粮食生产，是威胁中国食物安全的重要风险因子。

9.1.1 自然灾害风险分析

1. 中国农业气象灾害分析

1）旱涝灾害发生时间分析

以1951~2005年的旱涝灾害数据为基础，将一级耕作制度区进行灾害发生季节统计。表9-1为各季节受涝频率占全年总受涝频率的百分比。

表9-1　1951~2005年各季受涝频率占年受涝总频率的百分比　　　　（单位:%）

地区名称	春		夏		秋		冬	
	涝	大涝	涝	大涝	涝	大涝	涝	大涝
东北区	8.60	0.00	91.40	100.00	0.00	0.00	0.00	0.00
黄淮海区	8.18	2.20	77.87	96.51	13.55	1.28	0.40	0.00
长江中下游区	26.97	15.95	47.90	69.54	21.80	14.51	3.32	0.00

* 本章执笔人：中国农业大学的江丽、薛翠翠、安萍莉、杨丽雅、张越、张立金、许月卿，孟繁盈、冯艳、张莉琴。

续表

地区名称	春		夏		秋		冬	
	涝	大涝	涝	大涝	涝	大涝	涝	大涝
江南区	43.64	31.68	44.20	63.19	9.05	0.00	3.10	5.13
华南区	34.84	40.01	48.13	52.71	17.03	0.00	0.00	7.28
内蒙古高原及长城沿线区	2.08	0.00	87.96	100.00	9.95	0.00	0.00	0.00
黄土高原区	2.03	0.00	77.28	83.33	20.70	0.00	0.00	0.00
四川盆地	12.21	0.00	69.37	100.00	17.29	0.00	1.13	0.00
云贵高原区	21.33	17.96	64.96	68.40	13.14	6.45	0.56	7.19
横断山区	12.96	0.00	62.96	100.00	24.07	0.00	0.00	0.00
西北区	14.67	0.00	60.00	80.00	5.33	0.00	0.00	0.00
青藏高原区	1.89	0.00	91.19	66.67	6.92	0.00	0.00	0.00

2）旱涝灾害持续时间分析

将旱涝灾害持续时间累加，得到旱涝灾害持续时间图，如图9-1所示。

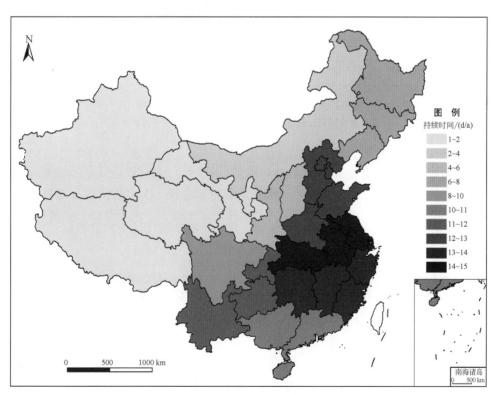

图9-1　中国旱涝灾害平均持续时间示意图

注：香港特别行政区、澳门特别行政区、台湾省资料暂缺

1951～2005 年干旱出现的平均月数，中国东部大部地区有 1～2 个月，黄淮海区、黄土高原区、内蒙古高原及长城沿线区和华南区的部分地区有 2～3 个月，江南东部、云贵高原东部、西北地区及青藏高原地区的干旱持续时间较短，如图 9-2 所示。

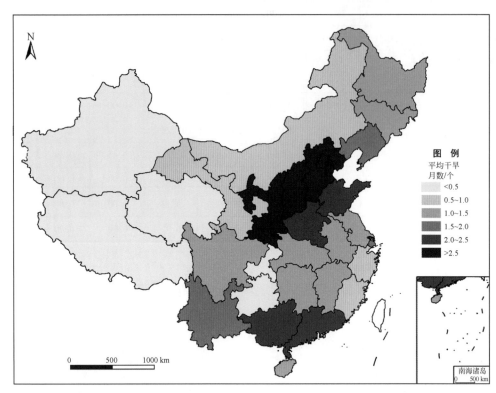

图 9-2　中国各地区平均干旱月数分布示意图

注：香港特别行政区、澳门特别行政区、台湾省资料暂缺

3）旱涝灾害发生次数分析

《中国主要气象灾害分析（1951～1980 年）》一书中，统计了 1951～1980 年中国各测站受涝的次数，根据雨涝区分布特征，将中国分为多涝区、次多涝区、少涝区和最少涝区。依据此分类，将 1951～2005 年的灾害数据按地区汇总，并进行分级，如图 9-3 所示。

2. 气象灾害成灾分析

计算 1988～2005 年各地区的农作物旱灾、水灾、风雹灾、霜冻灾及台风灾的平均成灾面积占总成灾面积的比例，可以得出对各地区影响较大的气象灾害，这在一定程度上可以确定影响各地区粮食产量的主要灾害，如图 9-4 所示。

从图 9-4 中可以看出，各地区的主要灾害类型略有不同，其中水灾和旱灾影响较大，波及范围较广；相对水旱灾害而言，风雹灾、霜冻灾和台风灾影响较小。中国东北地区、西北地区和华北地区各地区以旱灾为主；中国长江中下游地区、江南地区和华南地区以水灾为主，其次是旱灾影响较大；上海、新疆、青海受风雹灾害影响较大；西藏地区受霜冻灾害影响较大；海南和福建受台风灾害影响较大。

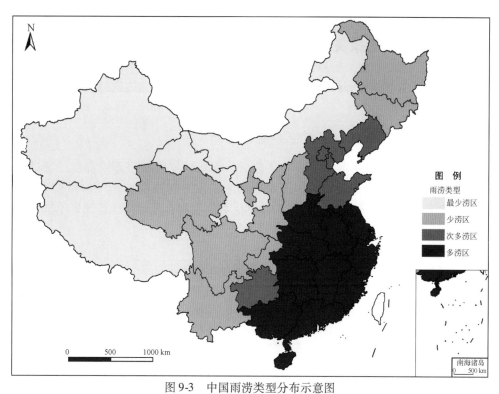

图 9-3　中国雨涝类型分布示意图

注：香港特别行政区、澳门特别行政区、台湾省资料暂缺

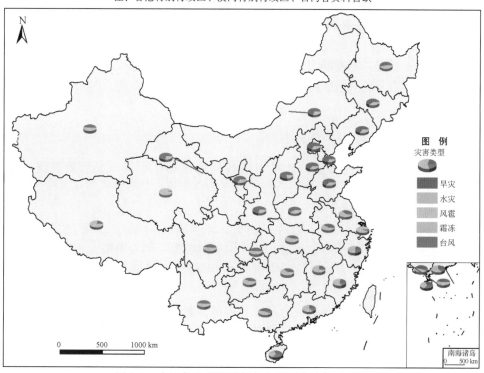

图 9-4　中国各地区不同气象灾害所占比例示意图

注：香港特别行政区、澳门特别行政区、台湾省资料暂缺

9.1.2　中国农业气象灾害风险评估

根据不同地区主导作物不同生育期的灾害敏感度，计算粮食因灾减产量，进行气象灾害风险评估。

1. 作物生育期与旱涝灾害时空耦合度分析

根据1951~2005年旱涝灾害灾情分区数据，将旱涝灾害按照不同程度，统计各个地区55年旱涝灾害的发生频率。根据中国农作物生长发育旬值数据集（2006年），以及粮食安全气象服务（宋迎波等，2006）中的作物生育期资料，统计中国各地区不同粮食作物的生育期时间。

1）旱涝灾害与水稻生育期耦合度

水稻主产区的洪涝灾害频发期为东北区的孕穗和抽穗期，长江中下游区、江南区和华南区的分蘖、孕穗和抽穗期，四川盆地和云贵高原的抽穗、孕穗期；其干旱灾害频发期在东北区的返青和分蘖期，长江中下游区、江南区的孕穗和抽穗期，华南区早稻的苗期和移栽期和晚稻的孕穗、抽穗和乳熟期，四川盆地、云贵高原的苗期。

2）旱涝灾害与小麦生育期耦合度

小麦干旱灾害的频发期为黄淮海区的返青、拔节和抽穗期，黄土高原区的拔节、抽穗和乳熟期，长江中下游区、四川盆地、云贵高原遭受旱灾的频率相对较低。中国小麦主产区生育期内遭到洪涝灾害的频率均较低，造成的粮食损失相对较小。

3）旱涝灾害与玉米生育期耦合度

玉米主产区的洪涝灾害频发期为黄淮海区的拔节、抽穗期，四川盆地和云贵高原的拔节和抽穗期；其干旱灾害频发期为东北区春玉米的三叶、七叶和拔节期，黄淮海区、黄土高原区和内蒙古高原及长城沿线地区夏玉米的拔节、抽穗和乳熟期。四川盆地和云贵高原玉米受旱影响较小。

2. 旱涝灾害减产量计算与分析

结合生育期旱灾敏感性指数，计算中国各地区水稻、小麦、玉米的旱灾、涝灾减产量。

1）水稻旱涝灾害减产量分析

中国水稻主产区在东北区、长江中下游区、江南区、华南区、云贵高原区和四川盆地。根据各地区耕作熟制不同，东北区和长江中下游区为一年一季稻、云贵高原区和四川盆地为一年一季或两季稻，江南区、华南区为一年两季或三季稻，水稻主产区的旱涝灾害减产量，如图9-5所示。

水稻旱涝灾害减产量较高的地区为辽宁、吉林、湖北、湖南、浙江、福建等省；这些地区水稻产量高，在各生育期，特别是关键生育期（孕穗、抽穗、乳熟）干旱、洪涝灾害发生较为频繁，对于水稻的生长发育和产量有着较显著的影响。

2）小麦旱涝灾害减产量分析

小麦主产区分布在黄淮海地区、长江中下游地区，均为一年一季麦。根据小麦生育期

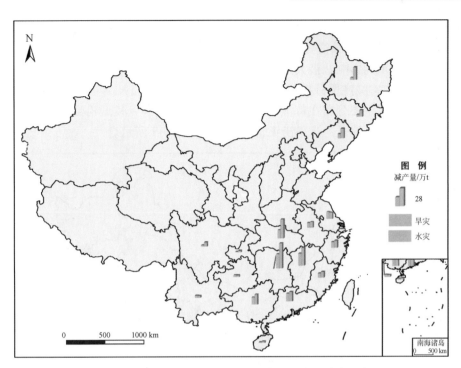

图 9-5　2005 年中国水稻主产区旱涝灾害减产量分布示意图

注：香港特别行政区、澳门特别行政区、台湾省资料暂缺

的减量和趋势产量得出小麦的减产量，如图 9-6 所示。

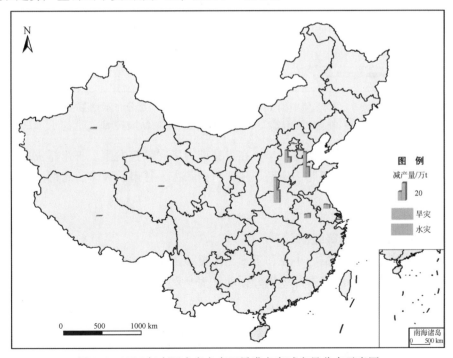

图 9-6　2005 年中国小麦主产区旱涝灾害减产量分布示意图

注：香港特别行政区、澳门特别行政区、台湾省资料暂缺

小麦减产量较多的是河南、山东、河北，其次江苏、安徽等地。由于冬小麦大多在4~5月抽穗开花，作物生长需要大量水分，是需水的关键时期。一旦发生灾害，将对小麦生长发育造成严重的影响，极大地降低产量。

3）玉米旱涝灾害减产量分析

中国玉米主产区主要分布在黄淮海地区、内蒙古高原区－长城沿线区和黄土高原区，均为一年一季。中国各地区玉米旱涝灾害减产量，如图9-7所示。

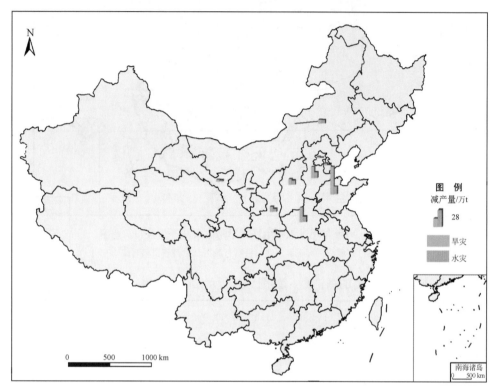

图9-7　2005年中国玉米主产区旱涝灾害减产量分布示意图

注：香港特别行政区、澳门特别行政区、台湾省资料暂缺

玉米生育期受到的灾害主要是干旱，在生育期内旱灾频繁发生。玉米旱灾减产量由高到低的地区是山东、河南、河北、山西、陕西、内蒙古、甘肃、天津、北京、宁夏。

3. 中国气象灾害风险评估

1）中国旱涝灾害风险等级图

根据旱涝灾害造成的水稻、小麦和玉米三大类粮食作物的减产量和减产比例，进行旱涝灾害风险评估。根据旱涝灾害等级划分标准（表9-2），确定2010年、2020年旱涝风险等级图（图9-8）。

表9-2　旱涝灾害风险等级划分标准

等级	高风险区	中风险区	小风险区	低风险区
灾害减产比例	>6%	3%~6%	1%~3%	≤1%

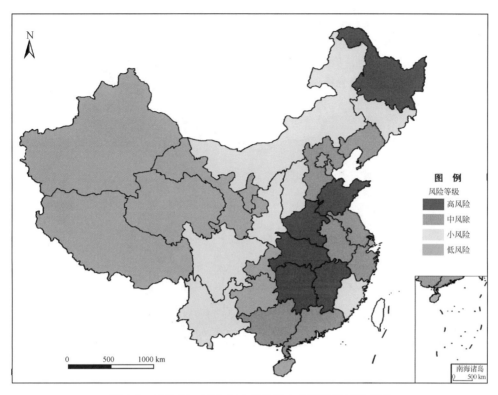

图 9-8　2010 年、2020 年中国旱涝灾害风险等级示意图

注：香港特别行政区、澳门特别行政区、台湾省资料暂缺

总体而言，中国北方地区旱灾风险度高，南方地区涝灾风险度高，旱灾更具有普遍性和长久性。旱涝灾害的高风险区分布于黑龙江、山东、河南、湖北、湖南和江西 6 省；中风险区主要分布在长江中下游区、华南区和东北区的部分地区，具体包括辽宁、河北、江苏、安徽、浙江、广东、广西 7 省；小风险区分布在内蒙古自治区及长城沿线区、黄土高原区、四川盆地和云贵高原区，具体包括吉林、内蒙古、山西、陕西、四川、云南、福建 7 省（自治区）；低风险区分布在青藏高原区、西北区、黄土高原部分地区，具体包括新疆、西藏、青海等 11 个地区。

2）中国台风灾害风险等级图

台风灾害造成的粮食减产量超过 200 万 t，主要分布于中国沿海地区。风险最高的地区是江苏、安徽、浙江、福建、广东、广西和海南 7 省（自治区），其减产量占总减产量的 89%；中风险区分布在江西，其减产量占总减产量的 5.5%；小风险区分布在山东、湖北；其他的地区均为低风险区，如图 9-9 所示。

3）中国风雹灾害风险等级图

风雹灾害造成的粮食减产量超过 700 万 t，其高风险区分布在黄淮海区等，具体包括河北、山东、河南、江苏和四川 5 省；中风险区分布在东北区、江南区，具体包括黑龙江、吉林、辽宁、内蒙古、安徽、湖北、湖南、贵州 8 省（自治区）；小风险区分布在黄土高原区、华南区、西南部分地区等，具体包含山西、陕西、甘肃、新疆、浙江、江西、重庆、广东、广西、云南 10 个地区；低风险区分布在西藏、青海、

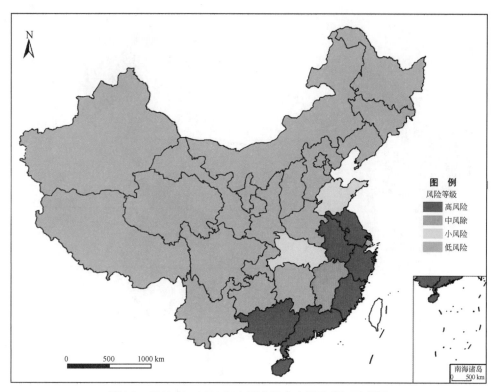

图 9-9　2010 年、2020 年中国台风灾害风险等级示意图
注：香港特别行政区、澳门特别行政区、台湾省资料暂缺

宁夏、北京、天津、上海、福建、海南 8 个地区，如图 9-10 所示。

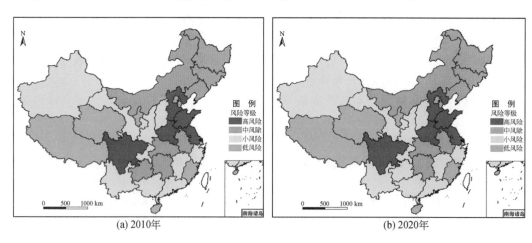

(a) 2010年　　　　　　　　　　　　　(b) 2020年

图 9-10　中国风雹灾害风险等级示意图
注：香港特别行政区、澳门特别行政区、台湾省资料暂缺

4）中国霜冻灾害风险等级图

霜冻灾害造成的年粮食减产量近 500 万 t，其高风险区分布在长江中下游地区等，具体包括黑龙江、江苏、安徽、湖北、河南等省；中风险区分布在东北区、黄淮海部分地

区、江南区等，具体包括吉林、辽宁、内蒙古、山东、湖南、江西、广东、四川、云南等省（自治区）；小风险区分布在黄土高原区、华南区、西南部分地区等，具体包含河北、山西、陕西等 10 个地区；低风险区分布在西藏、青海、宁夏等 7 个地区，如图 9-11 所示。

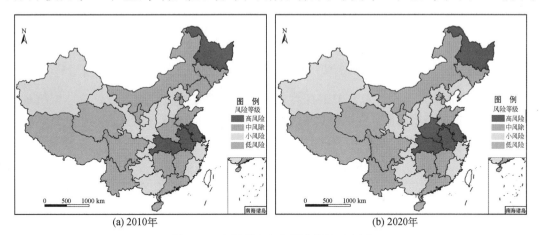

图 9-11 中国霜冻灾害风险等级示意图

注：香港特别行政区、澳门特别行政区、台湾省资料暂缺

9.1.3 中国农业生物灾害风险评估

根据农作物病虫害、草害、鼠害所致粮食减产量和生物灾害发生频率的乘积来确定 2010 年、2020 年农作物病虫害、草害和鼠害造成的粮食减产量，并确定其风险等级（图 9-12）。

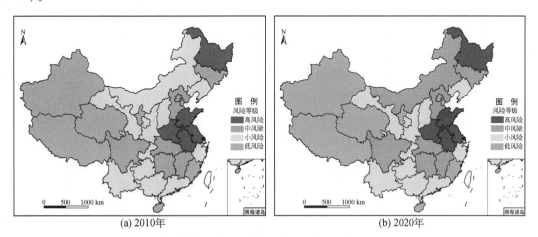

图 9-12 农田病虫草鼠害风险等级示意图

注：香港特别行政区、澳门特别行政区、台湾省资料暂缺

中国农业生物灾害造成的粮食损失将达到 1700 万 t，其高风险区分布在黑龙江、山东、河南、江苏和安徽 5 省，中风险区分布在吉林、河北、四川、湖北、湖南和江西，小风险区主要分布在黄土高原、云贵高原等地区，低风险区分布在西部地区等。

9.1.4 中国自然灾害风险评估

综合农业气象灾害、农业生物灾害造成的粮食减产，确定中国各地区的粮食灾害风险等级。

1. 基于自然灾害绝对减产量进行风险评估

从综合灾害结果来看，未来中国自然灾害减产量超过 4000 万 t，占粮食总供给量的 8.0% 左右。根据自然灾害对中国粮食供给总量的影响，即区域自然灾害减产比例，确定区域自然灾害风险等级，如表 9-3 和图 9-13 所示。

表 9-3 自然灾害风险等级划分标准

等级	高风险区	中风险区	小风险区	低风险区
灾害减产比例	>6%	3% ~ 6%	1% ~ 3%	≤1%

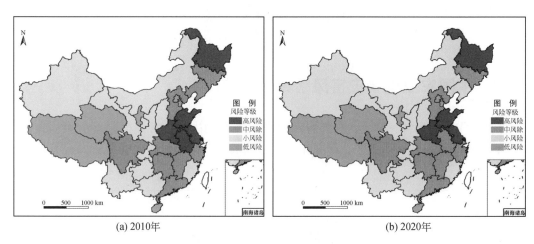

(a) 2010年   (b) 2020年

图 9-13 中国自然灾害绝对减产量及其风险等级示意图
注：香港特别行政区、澳门特别行政区、台湾省资料暂缺

在空间上，影响中国粮食总供给的高风险区分布在粮食主产区的东北区、黄淮海地区、长江中下游地区，由于耕地面积大、单产高，遭遇灾害后粮食减产量很大。按照省级分布来说，高风险区包括黑龙江、山东、江苏、安徽、河南等地区，年均减产量超过 250 万 t，超过中国灾害总减产量的 6%，灾害的类型以旱涝、病虫害为主；中风险区主要分布在吉林、辽宁、河北等 9 个地区，年均因灾减产量 120 万 ~ 250 万 t，占中国灾害减产量的 3% ~ 6%，灾害类型以病虫草鼠害、风雹、霜冻、台风为主；小风险区分布在内蒙古、新疆、山西等 10 个地区，年均因灾减产量 40 万 ~ 120 万 t；低风险区分布在西藏、青海、宁夏、海南、北京、天津和上海 7 个地区，年因灾减产量小于 40 万 t。

2. 基于自然灾害减产相对比例进行风险评估

中国各地区自然灾害减产相对比例，是指不同地区自然灾害减产量占各地区粮食供给量的比例，反映自然灾害风险在本地区相比其他风险的严重程度。其风险划分标准见表 9-4，划分结果见图 9-14。

表 9-4　自然灾害风险程度划分标准

等级	高风险区	中风险区	小风险区	低风险区
灾害减产比例	>15%	10% ~ 15%	5% ~ 10%	≤5%

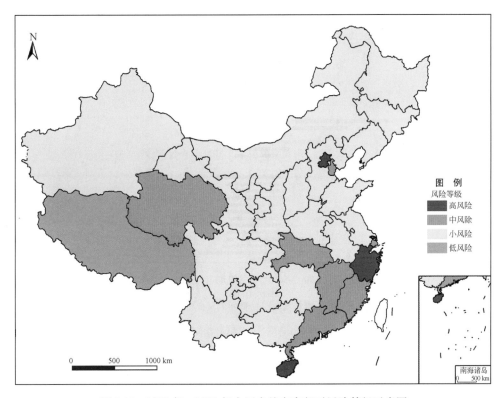

图 9-14　2010 年、2020 年中国自然灾害相对风险等级示意图
注：香港特别行政区、澳门特别行政区、台湾省资料暂缺

中国自然灾害总减产比例达 8.0%，其中北京、浙江、海南是减产比例最高的 3 个地区，因灾减产量超过本地粮食供给能力的 15%，灾害是该地区粮食生产风险防范的重要内容；中风险区主要分布在上海、天津、湖北、江西、福建、广东和青海 7 省（直辖市）；风险程度较小的地区为东北区、黄淮海区、西南区和黄土高原区；风险程度最低的是西藏。

9.2　中国综合食物安全的资源约束风险分析

耕地、草地与水资源是食物生产最基本的物质基础，由于资源的有限性、时间与空间分布的不均衡性以及资源匹配程度的差异性，成为食物安全风险的主要来源。

9.2.1 耕地资源约束风险分析

1. 中国耕地资源减少态势

建设占用、生态退耕、农业结构调整使中国耕地资源不断流失，而补充耕地严重不足，现总面积已逐渐接近 1.2 亿 hm^2 耕地红线。

从中国耕地占补的历史数据看（图 9-15），1984～2008 年中国累计耕地面积减少 $2.1614 \times 10^7\ hm^2$，累计增加耕地面积 $1.0351 \times 10^7\ hm^2$，净减少达 $1.1262 \times 10^7\ hm^2$。其中 1985 年、2002 年和 2003 年净减少耕地面积超过 $1 \times 10^5\ hm^2$，尤其是 2003 年达到 $2.537 \times 10^6\ hm^2$。

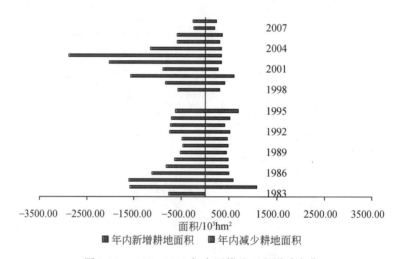

图 9-15　1983～2008 年中国耕地面积增减变化

资料来源：1984～1995 年耕地资源数据为国家统计局年报数据；1996 年（含）以后耕地
资源数据根据国土资源部各年国土资源公报整理

2. 耕地保有量风险定性评价

耕地保有量风险是指耕地面积不能达到预期保护面积的可能性。分别用中国耕地面积平均变化速率、各地区历年耕地面积变化平均值作为耕地变化预期进行耕地变化风险分析。

1）全国耕地面积变化平均速率

对耕地空间变化进行横向对比，耕地面积变化越快，风险越高。具体数据采用 1986～2007 年各地区耕地面积进行分析。按耕地减少速率超过全国耕地平均速率的程度，确定风险等级（图 9-16）。

从评价结果看，1986～2007 年中国耕地减少速率最快的区域为北京、宁夏和广东，属于高风险区，耕地减少速率为全国耕地平均变化速率的 3 倍以上。北京和广东与当地经济发展和城市化进程有直接联系，而宁夏则因退耕还林还草工程而造成大面积的耕地减少；

中风险区包括浙江、青海、四川和山西等，耕地减速为全国平均减速的 2~3 倍；小风险区包括河北、山东、河南、广西、贵州等地区，耕地减少速率为全国的 1~2 倍；耕地面积增加的区域主要出现在新疆、内蒙古、黑龙江和吉林等地。

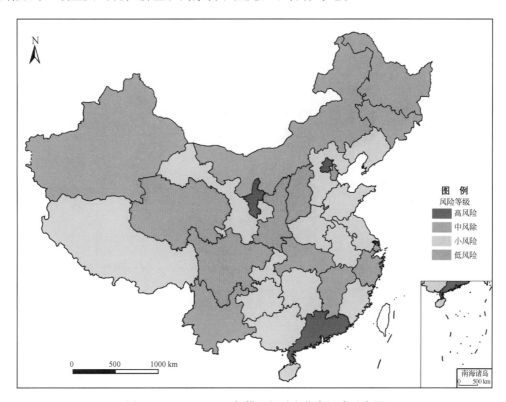

图 9-16　1986~2007 年耕地相对变化率风险示意图
注：香港特别行政区、澳门特别行政区、台湾省资料暂缺

2）各地区 1986~2007 年耕地面积变化平均值

从时间尺度上评价，评价各地耕地数量的历史变化。以各地区 1986~2007 年耕地变化平均值为参照依据，进行风险评价，评价结果，如图 9-17 所示。

从时间尺度上看，中国大部分地区均呈现耕地减少加速的现象，耕地保护形势极为严峻。近年来耕地减少速度不减反增，与人口攀升带来的巨大粮食需求量形成反差，成为影响中国粮食安全风险的重要因素。

北京、青海处于耕地资源约束高风险区，其耕地加速流失情况最为严重；其次为中部地区及西南沿海地区，处于中风险区；只有内蒙古、辽宁、山东、河南等低于历年平均值。

3）《全国土地利用总体规划纲要（1997~2010 年）》提出的耕地保护目标

根据《全国土地利用总体规划纲要（1997~2010 年）》，保障 18 亿亩耕地是中国当前及未来不变的保护目标，并为此下达各地区耕地保护目标。以该耕地保护目标为预期，用实际超出规划值，除以各地区总耕地面积的比值，即耕地相对预期减少比例（表9-5），作为衡量耕地变化风险指标，进行风险划分（图9-18）。

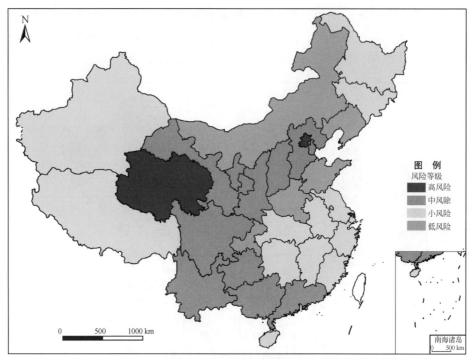

图 9-17 1986～2007 年耕地变化平均值为预期的耕地风险示意图

注：香港特别行政区、澳门特别行政区、台湾省资料暂缺

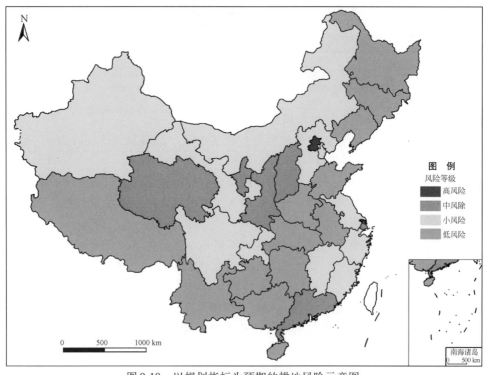

图 9-18 以规划指标为预期的耕地风险示意图

注：香港特别行政区、澳门特别行政区、台湾省资料暂缺

表 9-5 各地区耕地变化与规划纲要对比

地区	《全国土地利用总体规划（1997～2010 年）》中规划耕地年均变化量/10³ hm²	实际年均变化量/10³ hm²	实际超出规划值/10³ hm²	超出值占区域耕地面积比例/%	2007 年距《全国土地利用总体规划（2006—2020 年）》中 2010 年耕地指标的余量/10³ hm²
全国	-145.19	-813.12	-667.93	-0.55	535.20
北京	0.00	-11.13	-11.13	-4.79	6.19
天津	0.00	-4.12	-4.12	-0.93	1.68
河北	-2.14	-55.18	-53.04	-0.84	-18.16
山西	-2.57	-53.31	-50.74	-1.25	3.45
内蒙古	-31.66	-97.63	-65.97	-0.92	94.98
辽宁	0.00	-8.34	-8.34	-0.20	5.17
吉林	0.00	-1.44	-1.44	-0.03	5.02
黑龙江	4.76	4.32	-0.44	0.00	206.37
上海	0.00	-5.14	-5.14	-1.98	1.63
江苏	0.00	-28.81	-28.81	-0.60	1.77
浙江	-4.95	-20.19	-15.24	-0.79	1.54
安徽	0.00	-23.98	-23.98	-0.42	10.15
福建	-0.24	-9.48	-9.24	-0.69	9.08
江西	-0.95	-16.47	-15.52	-0.55	1.45
山东	0.00	-16.07	-16.07	-0.21	4.36
河南	0.00	-17.29	-17.29	-0.22	11.33
湖北	-13.34	-28.45	-15.11	-0.32	5.36
湖南	0.00	-16.32	-16.32	-0.43	1.67
广东	-1.05	-41.10	-40.05	-1.41	-66.34
广西	-3.81	-19.40	-15.59	-0.37	1.40
海南	-0.62	-3.64	-3.02	-0.41	4.80
重庆	-13.29	-29.84	-16.55	-0.74	22.38
四川	-19.62	-65.10	-45.48	-0.76	2.12
贵州	-21.76	-41.30	-19.54	-0.44	49.46
云南	-23.09	-34.99	-11.90	-0.20	23.66
西藏	0.48	-0.27	-0.75	-0.21	3.84
陕西	-27.81	-107.97	-80.16	-1.98	58.34
甘肃	-3.66	-36.69	-33.03	-0.71	3.75
青海	-0.71	-14.51	-13.80	-2.55	2.20
宁夏	0.00	-16.24	-16.24	-1.47	11.64
新疆	39.91	6.96	-32.95	-0.80	64.92

注：规划年均变化量为《全国土地利用总体规划 1997～2010 年》耕地净减指标；实际年均变化量为 1997～2007 年年均变化量；规划全国耕地数包括机动数 4.02 万 hm²

从评价结果来看，中国耕地减少风险最大的是北京市，超出指标部分占区域耕地面积的 4.79%，远远高于其他地区的超额水平，耕地减少速度和幅度都超过正常发展预期所引起的耕地面积减少。中风险区包括广东、上海、山西、陕西、宁夏和青海，其超出指标部分占辖区总耕地面积的1%~2%，其中广东省和上海市是中国经济发展较快的地区，耕地面积的减少与其经济发展有密切的联系，宁夏、青海以及陕西由于西部退耕还林还草工程的开展，耕地面积大量减少；小风险区包括内蒙古、四川、河南、山东等地区，其超出指标部分占其辖区内耕地面积的1%以下，存在较低风险。

3. 水土匹配变化风险定性评价

1）各地区水土匹配关系

农业水资源量包括耕地降水量和耕地灌溉量，即"蓝水"和"绿水"，表征了自然与人工共同作用下的农业用水情况。将"蓝水"与"绿水"分别与耕地面积进行匹配，得到各地区的耕地降水（绿水）和耕地灌溉水（蓝水）的分布规律（李保国和彭世琪，2009），如图9-19所示。

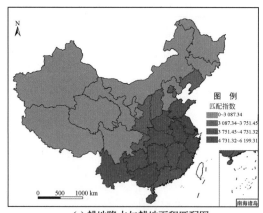
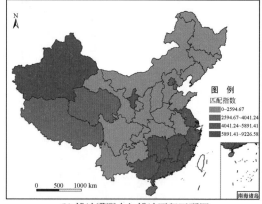

(a) 耕地降水与耕地面积匹配图　　　　　(b) 耕地灌溉水与耕地面积匹配图

图9-19　耕地降水、耕地灌溉水与耕地面积匹配图

注：香港特别行政区、澳门特别行政区、台湾省资料暂缺

中国耕地降水量与耕地面积比例出现由东南向西北逐渐减少的规律且南北相差巨大。其中海南省单位面积降水量最大，达到6199 m^3/hm^2，新疆维吾尔自治区降水最为贫乏，单位面积耕地降水量仅763 m^3/hm^2。与单位面积耕地降水量截然相反，新疆的灌溉用水最为丰富，单位面积耕地灌溉水达9227 m^3/hm^2。

综合农业水资源相对耕地面积最为充沛的是广东省和福建省（图9-20），单位耕地面积农业水资源量分别达到12 355 m^3/hm^2 和10 911 m^3/hm^2，约为全国平均水平的2倍。广西、湖南、江苏以及新疆单位耕地面积农业水资源量在9800 m^3/hm^2以上。中国单位耕地面积农业水资源量最少的为内蒙古自治区，仅3099 m^3/hm^2。

2）水土匹配变化风险评估

从图9-21可以看出，内蒙古、广西和江西属于高风险区，其中，内蒙古水土匹配值在全国处于较低水平，农业水资源相对于其广阔的耕地面积略显缺乏，而江西、广西则由于其水土匹配值波动性大，受水资源年际变化影响较大，存在较大不稳定因素；中风险区包括山西、河南、湖南、浙江、福建、广东和海南7省；小风险区包括黑龙江、吉林、北京、河北、云南、青海等地区；低风险区包括新疆、西藏、甘肃、四川、辽宁等地区。

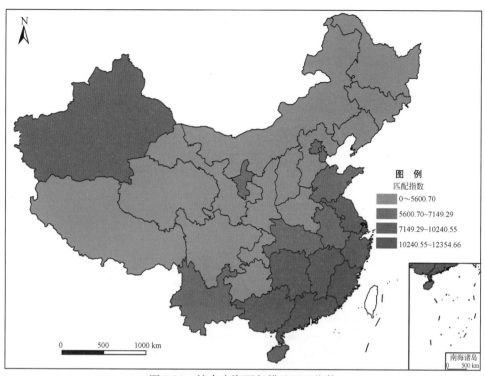

图 9-20　综合水资源与耕地匹配指数

注：香港特别行政区、澳门特别行政区、台湾省资料暂缺

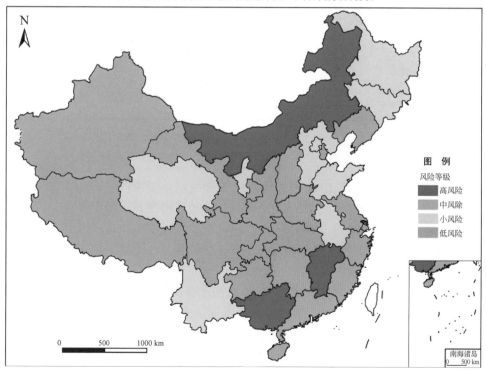

图 9-21　水土匹配变化风险示意图

注：香港特别行政区、澳门特别行政区、台湾省资料暂缺

4. 耕地保有量变化、水土匹配对粮食产量影响的定量评价

预测 2010 年和 2020 年耕地面积，计算耕地面积减少可能导致的粮食减产量。灌溉农业水资源对粮食产量的影响量 = 单位农业水资源粮食产量 × 农业水资源变化量，预测农业水资源变化量，并计算影响产量。按两者减产量大小进行风险分级（图 9-22）。

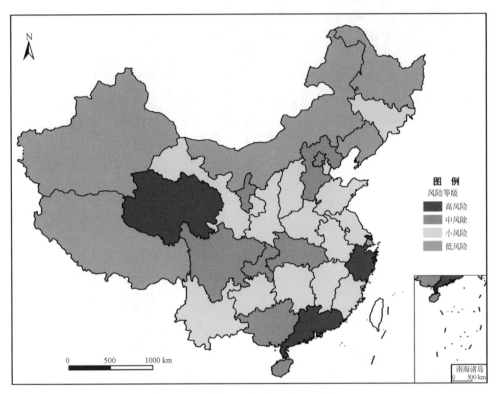

图 9-22　耕地资源约束风险示意图
注：香港特别行政区、澳门特别行政区、台湾省资料暂缺

计算结果显示，2007 ~ 2010 年中国因水资源导致的粮食减产量达到 4.3496×10^9 kg，2007 ~ 2020 年粮食减产量达 1.88483×10^{10} kg。从各地区情况看，河南省在全国因水资源导致的粮食减产量最高，达到 1.50845×10^{10} kg，湖北、湖南、广东、四川和吉林均超过 3.00×10^9 kg，而天津、山西、辽宁、上海、江苏、安徽、山东、云南、西藏、陕西、甘肃、新疆等地水资源对粮食产量起到一定的增产作用。

从耕地与水资源的综合影响来看，广东、青海和浙江属于高风险区，在耕地、水资源共同影响下减产比例为 6% ~ 8%，其主要减产因素是耕地数量变化风险；中风险区包括北京、河北、湖北、广西等地，减产比例为 4% ~ 6%。小风险区包括山西、陕西、湖南、贵州、云南等地，减产比例为 0 ~ 4%。低风险区包括黑龙江、内蒙古、新疆、西藏等地，不存在减产问题。

9.2.2 草地资源约束风险分析

1. 中国草地资源生产能力分析

草地资源是中国畜牧业发展的重要载体。在中国大部分牧区和半牧区，草地资源是畜牧业的重要饲料来源。因此，分析中国草地资源现状特点和存在的潜在风险，对于研究中国草食牲畜的安全具有重要意义。

1）中国草地资源面积

根据《中国畜牧业年鉴》中全国草地总面积的数据，2007年中国共有草地面积39 521万 hm²。其中，草地面积最大的是内蒙古自治区，约占全国草地总面积的22.27%，其次是西藏和新疆，占中国草地总面积的比例分别为20.75%和13.62%。内蒙古、新疆、西藏、青海、四川和甘肃六大牧区草地总面积22 280万 hm²，占中国草地总面积的75.74%。西部12地区草地总面积33 837万 hm²，占中国草地总面积的85.62%。

2）草地资源基础生产能力

牧草产草量是表示草地初级生产力状况的一个指标，是计算草地载畜量的基础，也是动物生产的基础，产草的数量和质量直接影响最终产品的生产情况。

2007年中国天然草原鲜草总产量达95 214万 t，折合干草约29 865万 t，载畜能力约23 369万羊单位。产草量居前十位的省（自治区）分别是内蒙古、新疆、四川、西藏、青海、云南、甘肃、广西、黑龙江、湖北，其天然草原鲜草产量约66 397万 t，占中国天然草原产草量的69.7%。西部12个地区的平均单产量为2522 kg/hm²，鲜草总产量67 021万 t，占中国天然草原总产草量的70.4%。中国六大牧区的平均单产为2078 kg/hm²，鲜草总产量达50 320万 t，占中国天然草原总产草量的52.8%。

3）草地资源粮食生产能力

中国草地放牧和饲喂家畜达250种之多，主要有绵羊、山羊、黄牛、牦牛、马、骆驼等。草地已成为中国畜产品生产的重要基础保障（表9-6）。

表9-6 六大牧区天然草地面积与草地食物产量

序号	地区	天然草地面积占中国总面积百分比/%	牛肉产量占中国总产量百分比/%	羊肉产量占中国总产量百分比/%	牛奶产量占中国总产量百分比/%	理论载畜量占中国总数的百分比/%
1	西藏	20.9	3.9	3.6	2.9	6
2	内蒙古	20.1	6.9	12.5	11	9.8
3	新疆	14.6	6.1	14	7	7.18
4	青海	9.3	3.8	4.6	4.2	6.5
5	四川	5.7	6.5	4.7	5.9	12.11
6	甘肃	4.56	2.2	3.2	1.7	2.46
	合计	75.16	29.4	42.6	32.7	44.05

资料来源：1980~2006年中国统计年鉴；农业部畜牧兽医司统计资料

根据农业部畜牧兽医司的统计资料，中国近 4 亿 hm² 天然草地理论载畜量为 4.5 亿羊单位，折合粮食产量约 2925 万 t，约占中国粮食总产量（2007 年）的 5.83%。

2. 草地资源约束风险评估

1）草地资源约束风险等级划分

根据草地资源约束风险评价指标进行草地资源约束风险各风险源的风险等级划分。

a. 草地面积减少风险

中国草地面积基本保持稳定，只有部分经济发展较为迅速的地区，草地面积减少较多。

草地面积减少风险的评估，主要根据《中国畜牧业年鉴》中 1998～2007 年草地面积数据以及《中国草地资源数据》中第一次草原资源调查数据进行整理，计算中国各地区 1996～2007 年草地资源面积减少率。

根据草地面积相对变化率计算结果，将中国草地面积变化风险分为四个等级，如图 9-23 所示。其中，上海、广东属于高风险区；北京、黑龙江、浙江、安徽、江苏、海南属于中风险区；内蒙古、山东、湖北、云南、陕西、青海属于低风险区，草地面积并未减少；其他 17 个地区属于小风险区，草地总面积有所减少，但减少率较低。

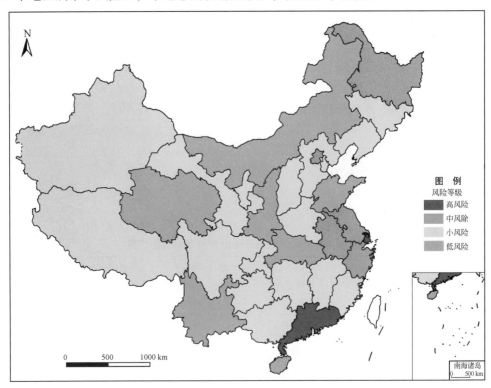

图 9-23　中国草地面积减少风险等级示意图

注：香港特别行政区、澳门特别行政区、台湾省资料暂缺

b. 草地灾害风险

根据《中国畜牧业年鉴》中 1998～2007 年草地灾害数据，计算中国各地区草地灾害和年平均受灾面积比例。

根据计算结果将草地灾害风险分为四个等级，如图 9-24 所示。其中，宁夏、甘肃、青海、西藏 4 个地区属于高风险区；内蒙古、黑龙江、辽宁、吉林、河北、陕西、四川 7 地区属于中风险区；新疆和山西属于低风险区；其他东南大部分地区属于低风险区。

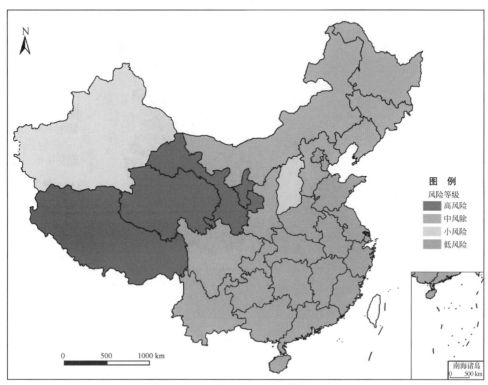

图 9-24　中国草地灾害风险等级示意图

注：香港特别行政区、澳门特别行政区、台湾省资料暂缺

c. 草地退化风险

此处主要采用草地退化面积比例作为评价指标。同时考虑重度退化、中度退化和轻度退化的不同影响。

从图 9-25 中可以看出，陕西、山西、辽宁属于高风险区；甘肃、宁夏、青海、新疆、吉林和河北属于中风险区；黑龙江、内蒙古和西藏属于较小风险区；其他地区属于低风险区。由于目前以统一标准对中国各地区草地退化面积进行全面统计的数据较少，因此本节分析结果采取的数据较为分散，主要根据农业部 1998 年统计资料编辑整理所得。

2）草地资源约束风险减产量预测

对 2010 年、2020 年草地资源可提供食物量进行的预测显示，内蒙古、四川、云南、西藏、青海和新疆草地总产量较高，折合粮食产量都达到 200 万 t 以上，已成为解决中国粮食安全不可缺少的一部分。但这些食物供给来源由于草地面积、灾害与退化，存在很大风险。

从风险评价结果看，内蒙古、青海、西藏和四川属于草地资源约束高风险区，这里草地面积较大，且灾害比例和灾害发生频率较高，退化较为严重，因灾害与退化的减产量相对较高。新疆、甘肃、黑龙江、吉林和陕西属于中风险区，其他地区属于小风险区和低风险区（图 9-26）。

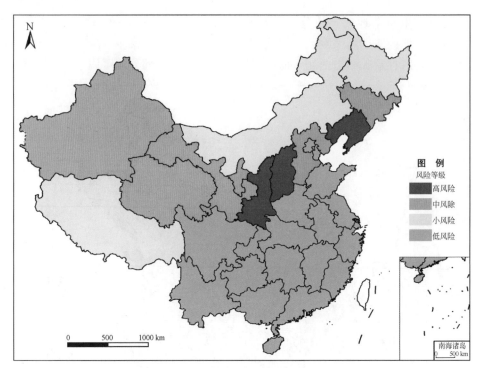

图 9-25　中国草地退化风险等级示意图

注：香港特别行政区、澳门特别行政区、台湾省资料暂缺

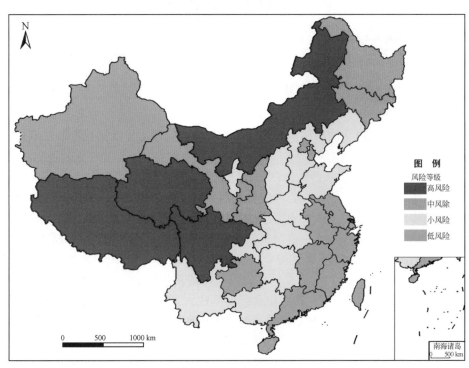

图 9-26　中国草地资源约束风险等级图

注：香港特别行政区、澳门特别行政区、台湾省资料暂缺

9.3 中国综合食物安全的生产投入约束风险分析

本节利用 1978~2005 年全国 31 个地区粮食播种面积、化肥使用量、有效灌溉面积、农林牧渔劳动力等投入要素数据，分析各地区单元投入要素的时空动态变化特征。在此基础上，选择粮食生产投入要素平均减少率和生产投入粮食产量变动率作为评价指标，对中国粮食生产投入约束现状和未来风险进行评价。

9.3.1 粮食生产投入要素时空演变分析

1. 粮食播种面积

河南、黑龙江的粮食播种面积最大，分别占中国粮食总播种面积的 8.78%、8.3%；其次是山东、四川、安徽，占中国粮食总播种面积的 6% 以上；海南、天津、青海、北京、西藏、上海粮食播种面积较小，占中国粮食总播种面积的比例不到 1%，其中，上海仅占中国粮食总播种面积的 0.16%（图 9-27）。

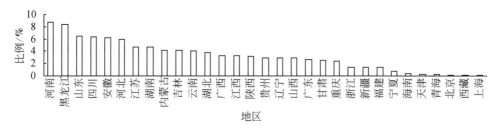

图 9-27 2005 年各地区粮食播种面积占全国粮食总播种面积的比例

由表 9-7 可见，1987~2005 年，除内蒙古、吉林、黑龙江、安徽、河南、贵州、云南、宁夏等地区粮食播种面积为正增长外，其他地区均在减少。其中，黑龙江增长最多，增幅 21.26%，吉林增长 19.18%。相反，上海、北京两地减幅最大，分别为 −68.79%、−65.76%。其次是浙江、广东、天津，其粮食播种面积减少率均在 50% 以上。从变异系数看，北京、上海的变异系数最高，分别为 0.3130、0.2976，说明其粮食播种面积变化较大，且不稳定。西藏粮食播种面积变异系数较小，仅为 0.0309，其次是河南，变异系数为 0.0488。

表 9-7 各地区 1987~2005 年粮食播种面积变化情况

地区	粮食播种面积		地区	粮食播种面积	
	变化率/%	变异系数		变化率/%	变异系数
北京	−65.76	0.3130	湖北	−29.18	0.1383
天津	−52.15	0.2081	湖南	−16.98	0.0750
河北	−21.5	0.0738	广东	−52.17	0.2438
山西	−17.85	0.1020	广西	−18.4	0.0805

续表

地区	粮食播种面积		地区	粮食播种面积	
	变化率/%	变异系数		变化率/%	变异系数
内蒙古	6.83	0.1096	海南	−34	0.1179
辽宁	−8.27	0.0691	重庆	−21.27	0.0629
吉林	19.18	0.0893	四川	−35.77	0.2038
黑龙江	21.26	0.1291	贵州	13.93	0.1255
上海	−68.79	0.2976	云南	15.66	0.0876
江苏	−22.21	0.1113	西藏	−11.72	0.0309
浙江	−56.49	0.2459	陕西	−27.27	0.1105
安徽	3.62	0.0664	甘肃	−13.7	0.0801
福建	−34.86	0.1718	青海	−43.5	0.1825
江西	−9.92	0.0733	宁夏	0.86	0.0830
山东	−23.8	0.0925	新疆	−36.08	0.1563
河南	0.33	0.0488			

注：变化率能反映一个地区某种指标因素的变化程度，公式为 $V = (T_t - T_0)/T_0 \times 100\%$，式中，$V$ 为某指标的变化率；T_t 为该指标末年的量；T_0 为该指标初始年的量

2. 化肥使用量

河南、山东两省的化肥使用量最大，分别占 2005 年中国化肥总使用量的 10.87%、9.81%。宁夏、天津、青海、北京、上海、西藏等地区的化肥使用量较低，占中国化肥总使用量的比例均不足 1%，其中，又以西藏化肥使用量最少，仅占中国化肥总使用量的 0.09%（图 9-28）。

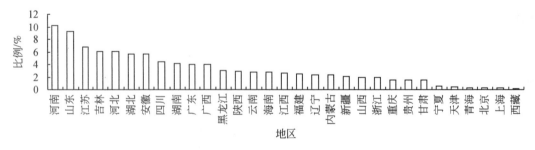

图 9-28　2005 年各地区化肥使用量占全国化肥总使用量的比例

海南省的单位面积化肥使用量居于全国之首，为 1764.55 kg/hm²，其次是吉林省，比全国平均水平高出 103.88%。新疆、宁夏、湖南、山西、江西、云南、四川、重庆、甘肃、内蒙古、西藏、贵州、黑龙江等地区的单位面积化肥使用量低于全国平均水平（图 9-29）。

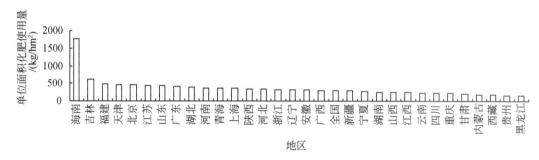

图 9-29　2005 年各地区及全国单位面积化肥使用量对比

1987～2005 年，天津、上海、江苏和湖南的化肥使用量的变化率为负值，其他地区化肥使用量均增加，新疆以增幅 1111.24% 居首。从单位面积化肥使用量看，除湖南、云南的单位面积化肥使用量变化率为负值外，其他地区均为正值（表 9-8）。

表 9-8　各地区 1987～2005 年化肥使用量、单位面积化肥使用量变化情况

地区	化肥使用量变化率/%	单位面积化肥使用量*变化率/%	地区	化肥使用量变化率/%	单位面积化肥使用量*变化率/%
北京	27.59	177.24	湖北	597.07	670.05
天津	−19.74	12.50	湖南	−22.80	−18.27
河北	364.62	395.59	广东	272.61	470.28
山西	168.82	210.86	广西	471.88	372.10
内蒙古	372.47	266.68	海南	1084.64	1112.55
辽宁	131.47	146.40	重庆	266.20	271.88
吉林	364.17	279.75	四川	253.44	344.40
黑龙江	762.29	607.96	贵州	316.13	175.36
上海	−0.76	103.74	云南	26.07	−13.87
江苏	−8.34	2.95	西藏	110.00	93.02
浙江	156.95	330.99	陕西	34.89	68.70
安徽	812.78	697.39	甘肃	466.42	433.28
福建	473.31	524.07	青海	8.23	16.92
江西	462.61	510.78	宁夏	315.28	242.26
山东	500.26	500.42	新疆	1111.24	881.99
河南	886.86	677.35			

* 单位面积化肥使用量为化肥使用量与农作物播种面积比值

3. 有效灌溉面积

河南、山东、河北、江苏、安徽、新疆的有效灌溉面积分别占全国总有效灌溉面积的比例超过 5%，宁夏、天津、上海、北京、青海、海南、西藏等地区的有效灌溉面积分别

占全国总有效灌溉面积的比例低于 1%，其中，又以西藏最少，仅占 0.3%（图 9-30）。

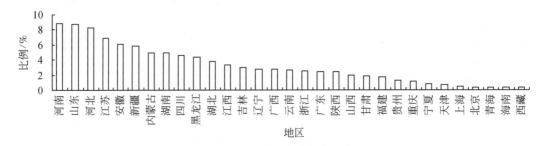

图 9-30　2005 年各地区有效灌溉面积占全国总有效灌溉面积的比例

新疆有效灌溉面积占农作物总播种面积的比例最高，为 85.88%，天津、西藏、上海、北京、河北的有效灌溉面积占农作物总播种面积的比例超过了 50%，江苏、浙江、山东、内蒙古、辽宁、宁夏、福建、青海、安徽的比例均在全国平均水平之上，其他地区则低于平均水平，其中又以贵州最低，仅为 14.81%（图 9-31）。

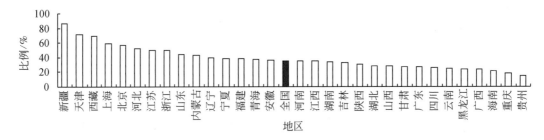

图 9-31　2005 年各地区及全国有效灌溉面积占农作物总播种面积的比例对比

1987~2005 年，北京、天津、山西、上海、浙江、湖北、湖南、广东的有效灌溉面积变化率为负值，其他地区有效灌溉面积均在增加；从有效灌溉面积占农作物总播种面积比例变化率来看，除湖北、广东、广西、贵州、西藏、新疆等地区为负值外，其他地区为正值（表 9-9）。

表 9-9　各地区 1987~2005 年有效灌溉面积占农作物总播种面积比例变化情况

地区	有效灌溉面积变化率/%	有效灌溉面积占农作物总播种面积比例变化率/%	地区	有效灌溉面积变化率/%	有效灌溉面积占农作物总播种面积比例变化率/%
北京	-46.88	15.42	湖北	-20.53	-12.21
天津	-4.23	34.23	湖南	-0.03	5.84
河北	24.25	32.53	广东	-38.41	-5.73
山西	-0.36	15.23	广西	3.34	-14.69
内蒙古	307.82	216.51	海南	3.14	5.57
辽宁	78.96	90.51	重庆	9.85	11.55
吉林	169.58	120.55	四川	26.11	58.56

续表

地区	有效灌溉面积变化率/%	有效灌溉面积占农作物总播种面积比例变化率/%	地区	有效灌溉面积变化率/%	有效灌溉面积占农作物总播种面积比例变化率/%
黑龙江	286.77	217.55	贵州	43.04	−5.35
上海	−33.02	37.50	云南	64.77	12.57
江苏	17.76	32.26	西藏	3.37	−4.99
浙江	−5.82	57.97	陕西	7.12	33.97
安徽	38.93	21.37	甘肃	20.84	13.77
福建	10.11	19.86	青海	14.98	24.22
江西	11.60	21.15	宁夏	82.15	50.12
山东	8.50	8.53	新疆	22.93	−0.34
河南	30.66	2.92			

4. 农林牧渔劳动力

河南省的农林牧渔劳动力在全国总量中所占的比例最高，为10.23%，其次是四川省、山东省，分别占7.58%、6.69%，而海南、宁夏、青海、西藏、天津、上海、北京等地区的农林牧渔劳动力最低，在全国总量中所占的比例尚不足1%（图9-32）。

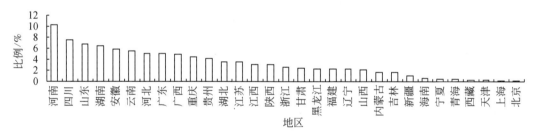

图9-32 2005年各地区农林牧渔劳动力占全国总量的比例

重庆市的单位面积农林牧渔劳动力位居全国之首，为3.97人/hm²。而新疆、内蒙古、黑龙江的单位面积农林牧渔劳动力均小于1人/hm²，其中，黑龙江省仅为全国平均水平的35.15%（图9-33）。

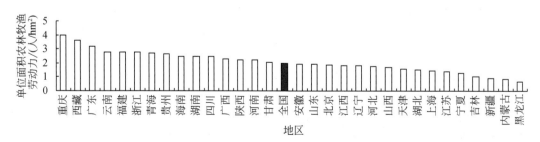

图9-33 2005年各地区及全国单位面积农林牧渔劳动力对比

1987~2005 年，北京、天津、河北、上海、江苏、浙江等地区的农林牧渔劳动力变化率为负值，其中又以四川省减幅最大，为 –41.17%，其他地区的农林牧渔劳动力变化率均为正值。从单位面积农林牧渔劳动力看，河北、内蒙古、吉林、江苏、浙江等地区的变化率为负值，其他地区单位面积农林牧渔劳动力变化率为正值（表9-10）。

表9-10　各地区1987~2005年农林牧渔劳动力、单位面积农林牧渔劳动力变化情况

地区	农林牧渔劳动力变化率/%	单位面积农林牧渔劳动力变化率*/%	地区	农林牧渔劳动力变化率/%	单位面积农林牧渔劳动力变化率*/%
北京	–31.14	29.49	湖北	–18.75	–16.96
天津	–11.46	1.77	湖南	–4.47	–10.49
河北	–4.41	–5.45	广东	–10.37	1.14
山西	11.36	17.12	广西	–0.09	–28.99
内蒙古	15.42	–16.92	海南	28.59	25.63
辽宁	17.37	11.94	重庆	15.36	8.55
吉林	12.91	–7.99	四川	–41.17	–25.85
黑龙江	65.8	40.01	贵州	14.43	–22.68
上海	–32.46	12.13	云南	22.41	–17.56
江苏	–34.64	–27.3	西藏	0.83	–9.9
浙江	–37.57	–3.77	陕西	5.93	20.88
安徽	0.16	–8.58	甘肃	23.06	18.21
福建	–4.48	–2.07	青海	17.97	25.71
江西	–10.49	–6.54	宁夏	24.65	–5.44
山东	–13.53	–12.3	新疆	33.32	4.34
河南	21.1	3.97			

* 单位面积农林牧渔劳动力指农林牧渔劳动力和农作物播种面积的比值

9.3.2　中国粮食生产投入约束现状风险评价

为了更准确地反映用于粮食生产的投入要素量，根据下面公式，计算得到粮食生产化肥使用量、粮食生产有效灌溉面积和粮食生产劳动力。

$$粮食生产化肥使用量 = 农业化肥使用总量 \times \frac{粮食播种面积}{农作物总播种面积}$$

$$粮食生产有效灌溉面积 = 农业有效灌溉总面积 \times \frac{粮食播种面积}{农作物总播种面积}$$

$$粮食生产劳动力 = 农林牧渔劳动力 \times \frac{农业产值}{农林牧渔总产值} \times \frac{粮食播种面积}{农作物总播种面积}$$

1. 粮食生产投入要素单因子评价

采用移动平均法、指数平滑、灰色GM（1，1）模型对1987~2005年各地区粮食播种面积、粮食生产化肥施用量、粮食生产有效灌溉面积、粮食生产劳动力四种要素进行逐年趋势预测，在此基础上，选择方差倒数法确定权重系数，对各投入要素进行组合预测，得

到各地区粮食生产投入各要素的历年趋势值。

根据第 8 章生产投入要素变动率计算公式，得到各地区 1987～2005 年粮食生产投入要素平均减少率，并将其按极大值进行标准化后，按等间距进行风险等级划分（图 9-34～图 9-37）。

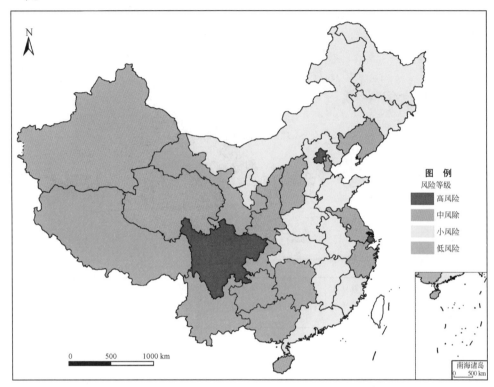

图 9-34　粮食播种面积风险等级划分
注：香港特别行政区、澳门特别行政区、台湾省资料暂缺

相对于其他生产投入要素而言，各地区域中粮食播种面积实际投入量低于其预测趋势值的年份较多。北京、上海、四川粮食播种面积平均减少率最大，为高风险区；低风险的主要位于西藏、云南、贵州、重庆、云南等西部地区。粮食生产化肥使用量在四个粮食生产投入要素中实际投入值低于其预测趋势值年数最少，绝大多数地区处于小风险和低风险，上海市粮食生产化肥使用量平均减少率最高，处于高风险。粮食生产有效灌溉面积高风险地区有上海、海南、湖北、西藏；处于低风险的主要分布于中国中部和西南等地区。各地区粮食生产劳动力平均减少率均较高。上海、广东处于高风险，粮食生产劳动力平均减少率大于 4%；北京、天津、西藏、青海、四川、江西、湖南、山东等地区处于中风险；处于低风险的省有甘肃、海南、云南、贵州。

2. 粮食生产投入约束风险综合评价

将各地区的生产投入要素按效益型指标进行无量纲化，依照均方差决策法原理，计算得到各评价指标的加权向量，由此计算得到各地区 1987～2005 年粮食生产投入状况的综合评价值，对其进行极大值标准化后，按等间距进行风险等级划分（图 9-38）。

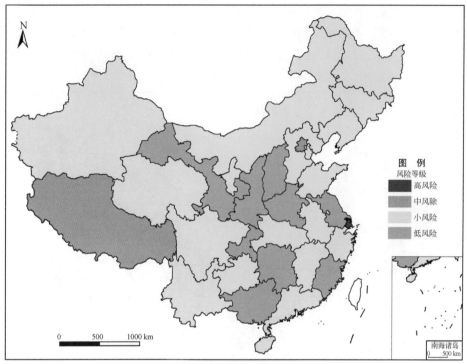

图 9-35　粮食生产化肥使用量风险等级划分

注：香港特别行政区、澳门特别行政区、台湾省资料暂缺

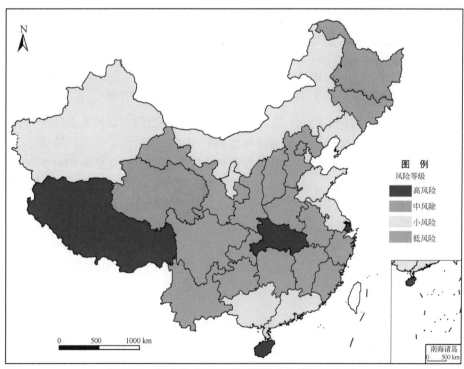

图 9-36　粮食生产有效灌溉面积风险等级示意图

注：香港特别行政区、澳门特别行政区、台湾省资料暂缺

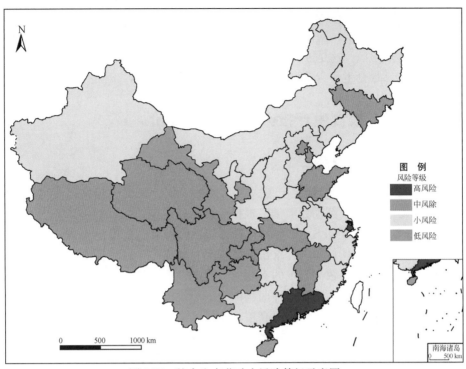

图 9-37 粮食生产劳动力风险等级示意图

注：香港特别行政区、澳门特别行政区、台湾省资料暂缺

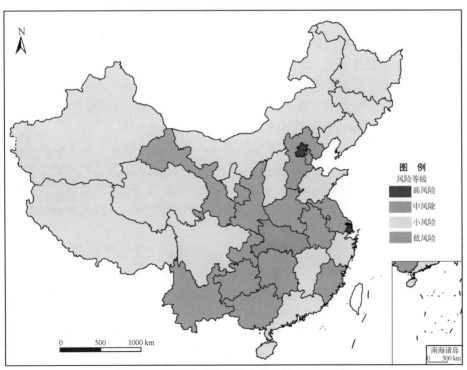

图 9-38 地区单元粮食生产投入综合评价结果

注：香港特别行政区、澳门特别行政区、台湾省资料暂缺

由图 9-38 可见,绝大多数地区处于小风险和低风险,处于小风险的主要分布于东北、东南沿海和西部地区,处于低风险的主要分布于中部和西南地区。北京、上海属于高风险区,天津、湖北属于中风险区。这是因为这些地区的粮食播种面积、粮食生产化肥使用量、粮食生产有效灌溉面积、粮食生产劳动力投入因素均有较高的减少率,因此,其风险等级较高。

9.3.3 中国未来粮食生产投入约束风险评价

1. 粮食生产函数模型建立

基于各地区 1987～2005 年粮食产量、粮食播种面积、粮食生产化肥使用量、粮食生产有效灌溉面积、粮食生产劳动力数据,根据生产函数模型结构,利用 Eviews 5.0 软件对模型进行广义最小二乘法(OLS)参数估计和逐步回归计算,并进行有交叉项的怀特异方差检验、杜宾－瓦森相关性检验等,求出最优模型,建立各地区粮食生产函数模型。

粮食播种面积的弹性系数大于 1 的有北京、黑龙江、安徽、河南、广西、海南、贵州等地区,弹性系数大于 1 说明粮食播种面积的投入为规模报酬递增。土地仍是影响粮食生产的重要因素,扩大粮食播种面积是提高粮食产量的最有效途径。粮食生产化肥使用量的弹性系数均小于 1,化肥投入增加对粮食产量的增加仍具有一定的作用,但提高的幅度空间已经不大。水资源与粮食生产具有一定的相关性。粮食生产劳动力相对于粮食播种面积与粮食生产化肥使用量等投入因素,对粮食生产的作用较小。

2. 未来粮食生产投入约束风险评价

基于各地区单元生产投入要素 1987～2005 年历史数据,采用组合预测模型法(指数平滑、线性回归、灰色模型),预测得到 2010 年、2020 年各地区粮食生产相关投入要素量。根据各地区粮食生产函数模型、生产投入要素弹性系数以及未来各投入要素量,结合《全国新增 500 亿公斤粮食生产能力规划(2009～2020 年)》分区增产任务,得到 2010 年、2020 年各地区由于投入变动引起的粮食产量变动率和变动量。

鉴于本研究对粮食生产投入约束涵义的界定,生产投入粮食产量变动量为正值的地区,其投入要素将会增加进而引起粮食产量增加,则这些地区的投入约束处于低风险,生产投入粮食产量变动量为负值的地区,因为投入要素减少进而引起产量降低,则投入对粮食产量产生约束风险。按照各地区生产投入粮食减少量占全国生产投入粮食减少量比例进行风险等级划分(图 9-39)。

可见,2010 年、2020 年中国粮食生产投入约束风险主要发生在广东、福建、浙江、广西以及北京、天津、上海、陕西和青海。历史统计数据分析显示,这些地区粮食播种面积均有较大的减幅,粮食生产化肥使用量和粮食生产有效灌溉面积均有较大变动,属于未来生产投入约束风险地区。其中,广东、福建、浙江处于高风险,其生产投入粮食产量减少量占全国生产投入粮食产量减少量的比例均在 15% 以上;陕西和广西投入粮食产量减少量占全国投入粮食产量减少量的比例为 5%～15%,处于中风险;天津、上海、青海等投入粮食产量减少量占全国投入产量减少量的比例均为 0%～5%,处于小风险。其他地区由投入变动引起的粮食产量在增加,处于低风险。

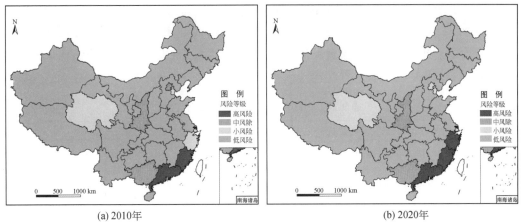

(a) 2010年　　　　　　　　　　(b) 2020年

图 9-39　粮食生产投入约束风险等级

注：香港特别行政区、澳门特别行政区、台湾省资料暂缺

9.3.4　未来生产投入粮食产量变动量

未来 15 年，相对于 2005 年，中国绝大多数地区的粮食产量有所增加，其中，黑龙江、河南、四川、内蒙古、山东、安徽等地区，是中国未来粮食增产的主要地区；粮食产量减少的地区主要分布于粮食非主产区，如北京、天津、上海、浙江、福建、广东等地。其中，广东、福建、浙江等地区减产最多（图 9-40）。

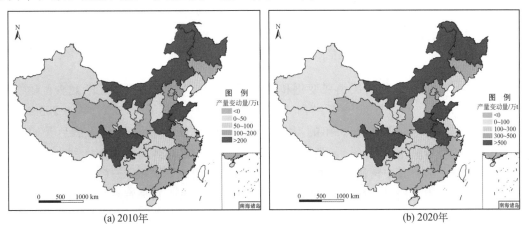

(a) 2010年　　　　　　　　　　(b) 2020年

图 9-40　投入变动引起的粮食产量变动量

注：香港特别行政区、澳门特别行政区、台湾省资料暂缺

9.4　中国综合食物安全的消费需求风险分析

9.4.1　中国城乡居民食物消费差异

1. 消费量差异

由表 9-11 可见，城镇居民对粮食消费的需求在减少，动物性消费量在增加。粮食人

均消费量从 1995 年的 114.12 kg/人降至 2006 年的 89.32 kg/人（-21.73%）；鲜菜人均消费量在 2004 年前呈上升趋势，随后下降；鲜蛋人均消费总体上比较平稳；动物性食物人均消费量均呈上升趋势，其中家禽类消费增长幅度最大，2006 年人均消费量比 1995 年增长了 4.37kg（110.08%）。

表 9-11　中国城镇居民人均食物消费量　　　　　（单位：kg/人）

年份	粮食（原粮）*	蔬菜	猪肉及其制品	牛羊肉及其制品	家禽	鲜蛋	水产品
1995	114.12	116.47	17.24	2.44	3.97	9.74	9.20
1996	111.39	118.51	17.07	3.29	3.97	9.64	9.25
1997	104.22	113.34	15.34	3.70	4.94	11.13	9.30
1998	102.02	113.76	15.88	3.34	4.65	10.76	9.84
1999	99.89	114.94	16.91	3.09	4.92	10.92	10.34
2000	96.84	114.74	16.73	3.33	5.44	11.21	11.74
2001	93.75	115.86	15.95	3.17	5.30	10.41	10.33
2002	92.33	116.52	20.28	3.00	9.24	10.56	13.20
2003	93.55	118.34	20.43	3.31	9.20	11.19	13.35
2004	91.98	122.32	19.19	3.66	6.37	10.35	12.48
2005	90.56	118.58	20.15	3.71	8.97	10.40	12.55
2006	89.32	117.56	20.00	3.78	8.34	10.41	12.95
变化率（%）**	-21.73	0.94	16.01	54.92	110.08	6.88	40.76

*城镇居民粮食消费的统计数据采用的是成品粮，而农村居民采用的是原粮，本节按 85∶100 的标准将人均成品粮消费折算成原粮。**变化率：末年与基期年人均消费量之差/基期年人均消费量×100%

由表 9-12 可见，农村居民消费变化和城镇居民类似，粮食消费量逐渐减少，动物性食物消费在增加。人均粮食消费量由 1995 年的 258.92 kg 降至 2006 年的 205.62 kg（-20.59%）。蔬菜消费由 1995 年的 104.62 kg 升至 2000 年 111.98 kg，然后又回落至 2006 年的 100.53kg（-3.91%）。蛋类及其制品人均消费量总体有所增加。动物性食物消费量均呈上升趋势，其中禽肉类消费量上升幅度最大，增长了 1.68 kg（91.8%）。

总体而言，农村居民在粮食人均消费量上高于城镇居民，其他食物的人均消费量均小于城镇居民。

表 9-12　中国农村人均居民食物消费量　　　　　（单位：kg/人）

年份	粮食（原粮）	蔬菜	猪牛羊肉及其制品	禽肉	蛋类及其制品	水产品
1995	258.92	104.62	11.29	1.83	3.22	3.36
1996	256.19	106.26	12.9	1.93	3.35	3.68
1997	250.67	107.21	12.72	2.36	4.08	3.75
1998	249.28	108.96	13.20	2.33	4.11	3.66
1999	247.45	108.89	13.87	2.48	4.28	3.82

续表

年份	粮食（原粮）	蔬菜	猪牛羊肉及其制品	禽肉	蛋类及其制品	水产品
2000	249.49	111.98	14.63	2.85	4.97	3.92
2001	237.98	109.30	14.50	2.87	4.72	4.12
2002	236.50	110.55	14.87	2.91	4.66	4.36
2003	222.44	107.40	15.04	3.20	4.81	4.65
2004	218.27	106.61	14.76	3.13	4.59	4.49
2005	205.62	102.28	17.09	3.67	4.71	4.94
2006	205.62	100.53	17.03	3.51	5.00	5.01
变化率/%	−20.59	−3.91	50.84	91.80	55.28	49.11

2. 地域差异

中国城乡居民食物消费量地域差异明显（图9-41、图9-42）。就城镇居民人均消费来看，粮食消费主要以青海、西藏、陕西、河南、江西等最多，消费量较少的为重庆、海南、上海、浙江、广东等。猪肉消费南部大于北部，牛羊肉消费以中国西部地区较多，家禽类消费以南部地区较多，蛋类消费以东北及华北地区较多，水产品消费量以东南部沿海地区较多。

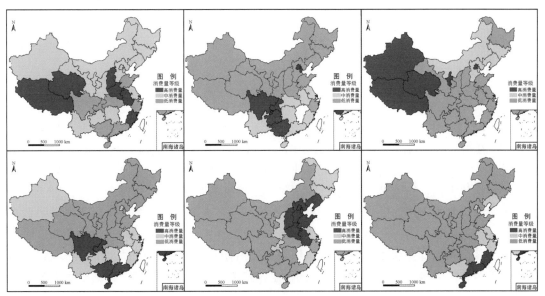

图9-41 中国城镇居民各种食物人均消费量等级示意图

注：香港特别行政区、澳门特别行政区、台湾省资料暂缺

从农村居民人均食物消费来看，各地区人均粮食消费大致相同，猪牛羊肉消费以西南地区较多，家禽类消费以东南部地区较多，蛋类消费在东部地区及东北地区较多，水产品消费量较多的地区主要集中在东南部沿海地区。

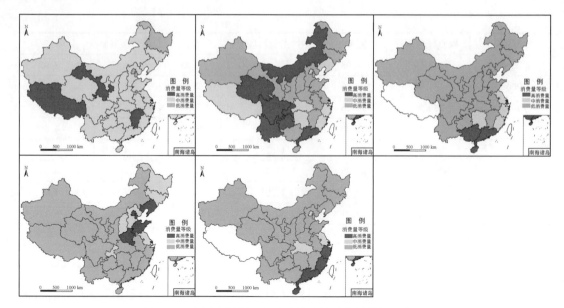

图 9-42　中国农村居民各种食物人均消费量等级示意图

注：香港特别行政区、澳门特别行政区、台湾省资料暂缺

9.4.2　中国城乡居民食物消费发展趋势

根据凯恩斯消费理论，收入是影响居民食物消费需求的重要因素，不同种类食物消费需求对收入增长具有不同的弹性系数。同时考虑食物价格、城乡差异、地区差异等因素，构建预测模型（周津春和秦富，2006；李哲敏，2008）：

$$\ln C_{it} = \alpha_i + \beta_{1i}\ln I_{it} + \beta_{2i}\ln P_{it} + \varepsilon_{it}$$

式中，C 为人均食物消费量，$i=1，2，\cdots，n$，为第 i 个地区，$t=1，2，\cdots，m$，为第 t 个时期；I 为城乡居民人均收入；P 为食物价格指数；α、β 为待估计参数，其中 α 表示自发性消费，β 为不同食物消费需求的收入弹性，体现地区差异；ε_{it} 为随机扰动项。

在 Eviews 3.0 软件支持下，利用各地区 1995～2006 年城乡居民人均食物消费数据，进行城乡居民人均食物消费的弹性系数预测，结果见表 9-13 和表 9-14。可见，对于城镇居民而言，随着收入增加，粮食的消费需求有所减少，水产品、家禽以及牛羊肉的消费需求会有较大的增长空间，鲜菜、猪肉、蛋类的需求弹性系数绝对值普遍较小，即随着居民收入增加将会增加这些食物的消费，但增长幅度有限；对于农村居民而言，随着收入增加，粮食消费需求将有所减少，鲜菜趋向稳定，猪肉、蛋类、水产品、家禽以及牛羊肉的消费需求将相当旺盛，有着较大的增长空间。

表 9-13　各地区城镇居民各类食物消费需求收入弹性系数

地区	粮食	鲜菜	猪肉及其制品	牛羊肉及其制品	家禽	鲜蛋	水产品
北京	-0.0610	0.3983	0.3983	0.9804	0.4299	0.4818	1.1843
天津	-0.4638	0.0152	0.0152	0.2015	0.7459	0.0167	0.4817

续表

地区	粮食	鲜菜	猪肉及 其制品	牛羊肉及 其制品	家禽	鲜蛋	水产品
河北	− 0. 1648	− 0. 0458	− 0. 0458	0. 2113	1. 6590	0. 0683	0. 6876
山西	− 0. 2750	0. 0127	0. 0127	0. 3331	0. 3720	0. 1297	0. 3044
内蒙古	− 0. 1472	− 0. 0357	− 0. 0357	0. 3090	0. 6326	0. 1433	0. 0616
辽宁	− 0. 6364	1. 7450	1. 7450	0. 7470	0. 3603	0. 1418	0. 4528
吉林	− 0. 2438	0. 0876	0. 0876	0. 4328	0. 4663	0. 1263	0. 3406
黑龙江	− 0. 1515	− 0. 1204	− 0. 1204	0. 3805	0. 2941	− 0. 0586	0. 2393
上海	− 0. 4067	− 0. 0866	− 0. 0866	0. 3771	− 0. 1079	− 0. 0707	0. 1750
江苏	− 0. 2977	0. 0643	0. 0643	0. 3069	0. 6144	0. 0278	0. 0154
浙江	− 0. 2429	0. 1598	0. 1598	0. 1798	0. 3993	− 0. 2753	0. 0671
安徽	− 0. 3964	0. 2002	0. 2002	0. 3362	1. 0503	0. 1774	0. 3211
福建	− 0. 5988	0. 3087	0. 3087	0. 8150	0. 5530	− 0. 0217	0. 1555
江西	− 0. 2617	0. 0411	0. 0411	− 1. 2833	—*	− 0. 0245	0. 0835
山东	− 0. 0968	0. 0774	0. 0774	− 0. 2949	− 0. 0953	0. 1857	0. 5712
河南	− 0. 3273	0. 3059	0. 3059	0. 1163	0. 1824	− 0. 1089	− 0. 0532
湖北	− 0. 2940	− 0. 0247	− 0. 0247	0. 2960	1. 1043	0. 2423	1. 4105
湖南	− 0. 2380	0. 0376	0. 0376	0. 4752	0. 9641	− 0. 1504	0. 3218
广东	− 0. 2579	0. 1988	0. 1988	0. 7257	0. 3272	− 0. 0030	− 0. 0137
广西	− 0. 2633	0. 1788	0. 1788	0. 5369	1. 0663	− 0. 1564	0. 5782
海南	− 0. 2841	− 0. 0110	− 0. 0110	0. 2717	0. 4194	0. 3236	0. 2692
重庆*	− 0. 1454	0. 5387	0. 5387	0. 3999	0. 5017	− 0. 2668	0. 2727
四川	− 0. 3928	− 0. 0198	− 0. 0198	− 0. 1532	− 0. 3438	− 0. 3761	− 0. 4453
贵州	− 0. 3992	− 0. 1658	− 0. 1658	0. 3128	0. 7981	− 0. 2869	− 0. 1895
云南	− 0. 1530	0. 7794	0. 7794	0. 3162	0. 5651	0. 3593	0. 4992
西藏*	0. 2639	0. 6792	0. 6792	− 0. 6702	3. 3704	1. 4454	− 0. 9572
陕西	− 0. 2124	0. 1865	0. 1865	0. 0782	0. 7890	0. 1648	0. 5143
甘肃	− 0. 2130	0. 0505	0. 0505	0. 2625	2. 3545	0. 2288	0. 3635
青海	− 0. 6523	− 0. 3698	− 0. 3698	− 0. 1878	1. 1784	− 0. 0290	0. 1916
宁夏	− 0. 3073	− 0. 0175	− 0. 0175	0. 5478	0. 4721	0. 3500	0. 0684
新疆	− 0. 2069	− 0. 0024	− 0. 0024	− 0. 2379	0. 5721	0. 2885	0. 3363
R-Squared	0. 9999	1. 0000	0. 9987	0. 9999	0. 9970	0. 9993	0. 9995
Durbin-Watson stat	2. 0157	1. 8817	1. 9063	2. 0029	2. 1716	2. 6468	2. 0406

* 江西家禽人均消费数据缺失

表 9-14　各地区农村居民各类食物消费需求收入弹性系数

地　区	粮食	蔬菜	猪牛羊肉及其制品	禽肉	蛋类及其制品	水产品
北京	-0.5427	-0.0903	0.3517	0.9012	0.4748	0.3323
天津	-0.6621	0.1964	0.3911	0.6892	0.3964	0.2912
河北	-0.1170	-0.5397	0.4053	1.0112	0.4295	0.4748
山西	-0.0589	-0.0353	0.3038	0.8498	0.8135	0.8297
内蒙古	-0.3992	-0.0212	0.4514	1.3393	0.4410	0.5237
辽宁	-0.4463	-0.1275	0.3968	0.5663	0.3682	0.2800
吉林	-0.5139	0.0089	0.3773	1.0349	0.3824	0.1390
黑龙江	-1.0295	0.1199	0.4745	0.8269	0.0326	0.0843
上海	-0.7605	-0.8240	0.3755	0.6944	0.1344	0.9055
江苏	-0.2267	-0.0731	0.0742	0.3357	-0.4186	0.2411
浙江	-0.4313	0.1401	0.2892	0.6766	0.2888	0.4565
安徽	-0.1978	-0.0198	0.3983	0.7287	0.3998	0.6727
福建	-0.4147	-0.4190	0.3113	0.0966	0.0955	0.5991
江西	-0.3347	-0.1625	0.2791	0.7216	0.2672	0.4748
山东	-0.1780	-0.4946	0.3884	1.0928	0.4779	0.2520
河南	-0.1049	1.2762	0.3367	1.7066	1.2327	1.0272
湖北	-0.3990	0.1413	0.4643	0.9915	0.2677	0.6389
湖南	-0.3068	0.3128	0.2909	0.8403	0.3466	0.3390
广东	-0.2342	0.2072	0.3543	0.4874	-0.2165	0.2559
广西	-0.4310	0.0657	0.4077	1.2338	0.1362	0.8248
海南	-0.4648	0.8681	1.1002	1.2967	0.7321	0.8619
重庆	-0.3020	-0.1604	0.3144	2.1323	0.5712	1.2205
四川	-0.1504	-0.0625	0.4062	1.2142	0.7863	0.9578
贵州	-0.4242	0.2341	0.9578	1.3254	0.6301	0.6129
云南	-0.3874	-0.3720	0.4320	0.5586	-0.0315	0.3244
西藏	-0.0045	-0.4445	-0.3780	1.1379	-0.6983	15.6492
陕西	-0.2187	0.1450	0.4967	1.0222	0.7917	1.2730
甘肃	0.0715	0.6530	1.0977	1.0808	0.8446	1.5364
青海	-0.2806	0.0511	0.8588	2.2032	0.9844	2.2361
宁夏	-0.2185	0.2869	0.3662	1.4721	1.0075	-0.2129
新疆	-0.0422	-0.1622	0.4632	0.4245	0.1644	-0.0559
R-Squared	0.9995	0.9996	0.9983	0.9887	0.9869	1.0000
Durbin-Watson stat	2.3349	1.6848	2.2768	2.3715	2.3407	2.2850

9.4.3　中国食物消费需求量预测

食物消费需求量通常包括口粮、饲料用粮、工业用粮、种子用粮和粮食损耗。根据第8章8.2.4中食物消费变动模型、已有相关研究成果以及各地区用粮现状对各地区未来口粮和饲料用粮、工业用粮、种子用粮及粮食损耗进行预测，得到2010年、2020年各地区食物消费需求总量。

1. 口粮和饲料用粮

本研究根据以往有关肉料比研究结果（肖国安，2002；郭书田，2001），将各地区1995~2006年城乡居民消费的猪肉、牛羊肉、禽肉、蛋类及水产品的人均需求量转化为间接粮食需求量，从而得到口粮和饲料用粮。同时，城镇居民在外饮食消费中的粮食消费按城镇居民人均在外饮食消费占食品消费总支出比例计算。根据第8章综合食物安全风险评估技术体系，建立城乡居民食物消费变动模型，预测未来各地区需求的口粮和饲料用粮。城乡居民消费的粮食、猪肉及其制品、牛羊肉及其制品、禽肉、蛋类、水产品数据以及城乡人均收入数据来源于1996~2007年《中国统计年鉴》、1996~2007年各地区统计年鉴、《新中国五十年农业统计资料》。城乡居民人口数据来源于中国自然资源数据库。

通过食物消费变动模型计算，得到2010年和2020年中国城乡居民口粮和饲料用粮消费量（图9-43）。广东、四川、河南三省口粮和饲料用粮最大，均大于3000万t；其次是安徽、湖南、江苏、山东，其口粮和饲料用粮均为2000万~3000万t；甘肃、内蒙古、陕西、山西、海南、新疆、天津等地区口粮和饲料用粮均在1000万t以下。

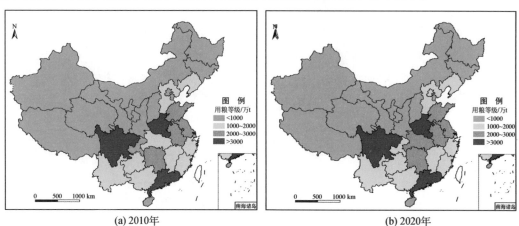

(a) 2010年　　　　　　　　　　　　(b) 2020年

图9-43　中国口粮和饲料用粮等级图

注：香港特别行政区、澳门特别行政区、台湾省资料暂缺

2. 工业用粮、种子用粮和粮食损耗

对于中国未来粮食需求和用途结构，许多机构和学者进行了预测研究，如农业部课题组预测中国2010年、2020年工业用粮分别为7000万t、8715万t；种子用粮分别是1035

万 t、1195 万 t；国家统计局预测中国 2010 年、2020 年工业用粮分别是 6550 万 t、8800 万 t；种子用粮分别是 1100 万 t、1100 万 t；马永欢和牛文元（2009）预测 2010 年、2020 年中国工业用粮分别为 7400 万 t、9329 万 t；种子用粮分别为 1211 万 t、1210 万 t。综合考虑以往预测研究结果，本研究采用农业部课题组和国家统计局对工业用粮和种子用粮预测结果的平均值分别作为 2010 年、2020 年中国工业用粮和种子用粮数量，即 2010 年中国工业用粮为 6775 万 t、种子用粮为 1067 万 t，2020 年工业用粮为 8757 万 t、种子用粮为 1147 万 t。在此基础上，根据各地区近三年工业用粮和种子用粮比例现状，得到 2010 年、2020 年各地区工业用粮量和种子用粮需求量。

根据以往相关研究成果（曹历娟和洪伟，2009；李波等，2008；常平凡，2005），目前粮食耗损占中国粮食需求总量比例大约 4%。《国家粮食安全中长期规划纲要（2008~2020 年）》中规定 2010 年、2020 年中国粮食损耗占中国粮食需求量比例分别为 6%、3%。考虑到随着农业产前、产中、产后环节的科技进步，中国的粮食损耗将继续呈现稳中有降的趋势。综上所述，本研究预测 2010 年、2020 年粮食耗损分别占中国总用粮比例的 4.0%、2.0%。

经上述分析和计算，得到各地区 2010 年、2020 年工业用粮、种子用粮和粮食损耗量。由图 9-44 可见，吉林、黑龙江、山东、河南、河北、四川工业用粮最大，其工业用粮均在 500 万 t 以上；其次是浙江、安徽、辽宁、陕西等地区，其工业用粮均在 200 万~500 万 t；青海、西藏、新疆、海南等地区工业用粮均小于 100 万 t。2010 年和 2020 年中国种子用粮分别是 1067 万 t 和 1147 万 t，其中山东、河南、江苏种子用粮较大，大于 100 万 t（图 9-45）。

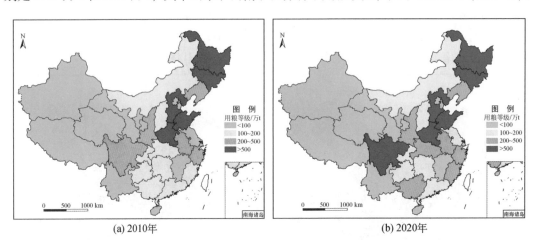

(a) 2010年   (b) 2020年

图 9-44　中国工业用粮等级图

注：香港特别行政区、澳门特别行政区、台湾省资料暂缺

3. 粮食总需求量

基于上述各地区口粮和饲料用粮、工业用粮、种子用粮、粮食损耗预测，得到 2010 年、2020 年各地区总的粮食需求量（图 9-46）。广东、河南、四川、山东四省粮食需求量最大，2020 年四省粮食需求量均在 4000 万 t 以上；其次是江苏、河北、湖南、安徽、湖北等地区，其粮食需求量均为 2000 万~4000 万 t；青海、西藏、宁夏、海南、内蒙古（自治区）等地区粮食需求量较小，分别占中国总需求量不足 1%。

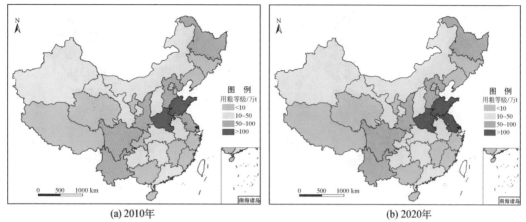

(a) 2010年　　　　　　　　　　(b) 2020年

图 9-45　中国种子用粮等级示意图

注：香港特别行政区、澳门特别行政区、台湾省资料暂缺

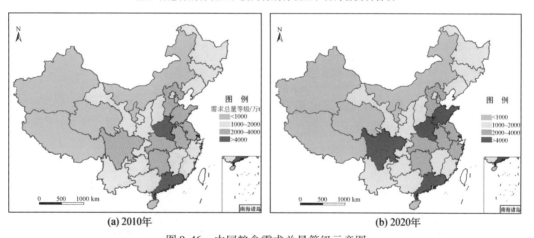

(a) 2010年　　　　　　　　　　(b) 2020年

图 9-46　中国粮食需求总量等级示意图

注：香港特别行政区、澳门特别行政区、台湾省资料暂缺

9.4.4　中国食物消费需求风险评价

食物消费需求是影响食物安全的重要风险源。一般而言，一个地区食物消费需求增长率越大，区域产生食物供不应求的风险就越大。从各地区对中国食物消费需求量增长比例以及本区域食物消费需求相对增长率的角度进行食物安全风险评价。

1. 基于中国粮食消费需求量增长比例的风险评价

根据各地区对中国粮食消费需求量增长比例，确定区域食物消费风险的空间分布状况，如图 9-47 所示。

从中国食物消费需求增长比例看，河南、广东、上海、山东、北京、江苏等占中国粮食消费增长量的比例均大于 5%，是引起中国食物消费需求增长和发生食物安全风险的主要区域，处于高风险区；浙江、安徽等地区占中国粮食消费增长量比例均为 3%～5%，是引起中国食物安全风险发生的重要区域，处于中风险区；辽宁、湖北、天津、江西、广西、黑龙江等地区占

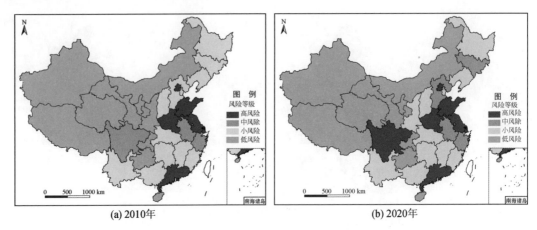

(a) 2010年 　　　　　　　　　(b) 2020年

图 9-47　中国食物消费需求量增长比例风险等级

注：香港特别行政区、澳门特别行政区、台湾省资料暂缺

中国粮食消费增长量的比例均为 1%～3%，属于小风险区；西部的西藏、青海、宁夏、甘肃、海南、新疆等地区粮食消费需求增长占中国比例均在 1% 以下，属于低风险区。

2. 基于本区域食物消费需求相对增长率的风险评价

根据 2020 年各区域食物消费需求相对增长率，确定区域食物消费风险的空间分布状况，如图 9-48。

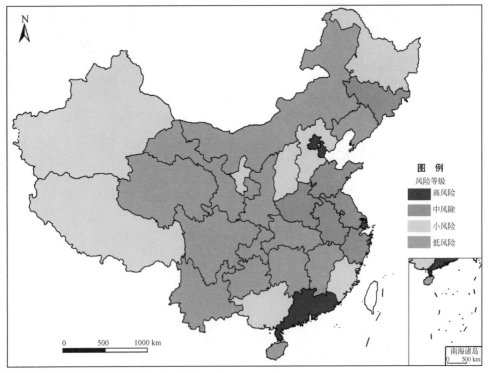

图 9-48　2020 年各地区食物消费需求相对增长率风险等级

注：香港特别行政区、澳门特别行政区、台湾省资料暂缺

从本地区食物消费相对增长率来看，2020年发生风险的区域主要分布在东部沿海地区，其中北京、上海、天津、广东经济发达，人口密集，人均收入水平较高，随着城市化的迅速发展，粮食消费需求出现大幅度增长，处于高风险；浙江、江苏、河南、山东、安徽等地区地处中国东部，人口众多，经济较发达，随着经济发展和城市化水平的提高，食物消费结构、数量和消费水平均出现显著变化，同时工业用粮需求比例也较大，导致粮食消费需求增长率较大，属于中风险；而新疆、西藏、宁夏由于经济发展水平较低，人均食物消费水平较低，随着未来人均收入的提高和城镇化的发展，其食物消费结构和数量出现明显变化，由于历史食物消费水平基数较小，粮食消费有着较大的增长率，食物消费出现小风险；属于低风险的地区主要分布在中国中部地区。

9.5　中国综合食物安全的国际贸易风险分析

近年来，国际粮食贸易格局演变和国际粮食市场行情发生了较大变化，国际贸易保护主义逐步抬头，国际市场粮食价格大幅波动，而加入WTO后中国农产品国内市场逐步开放，这样我们需要谨慎地评估国际贸易对中国食物安全的风险。

本研究总目标为确定国际贸易风险对中国食物安全的影响，在此基础上进行中国国际贸易风险评价，主要内容包括国际贸易对主要农产品生产和消费的风险评估，研究范围包括大米、小麦、玉米、大豆等农产品，研究层次既包括全国的综合风险评估，也包括各地区的风险评估。

9.5.1　国际贸易风险评价指标研究

1. 中国粮食生产的国际贸易风险指标

1) 进口品市场占有率

a. 中国粮食进口品市场占有率

2002~2004年，中国三种粮食（大米、小麦、玉米）的进口量均不大，占国际市场的比例也很低。而大豆进口量却非常大，到2004年，中国大豆进口占世界总进口量的38.1%，是国际市场最主要的大豆进口国（表9-15）。

表9-15　中国主要粮食品种进口量占世界总进口量的比例　（单位:%）

作物	2002年	2003年	2004年
大米	1.5	1.6	3.4
小麦	1.5	1.5	7.2
玉米	5.8	5.7	5.8
大豆	24.4	35.4	38.1

资料来源:《中国农业统计年鉴》2002~2004年

b. 各地区粮食进口量占中国总进口量的比例

(1) 大米。中国主要的大米进口地区是广东、北京、云南、福建和浙江。其中，广东省的大米进口量越来越大，2006 年其进口量占到中国总进口量的 86%（表 9-16）。

表 9-16　2002～2006 年中国主要大米进口地区所占比例　　　　　（单位：%）

地区	2002 年	2003 年	2004 年	2005 年	2006 年
广东	48.68	69.46	71.11	77.95	86.09
北京	45.36	25.68	13.49	7.49	4.68
云南	0.15	0.03	3.38	7.90	4.13
福建	3.74	2.73	2.31	3.46	3.60
浙江	0.25	0.00	4.29	0.47	0.33
广西	0.06	0.00	0.57	0.18	0.31
湖南	0.00	0.81	0.62	0.56	0.24
江苏	0.00	0.00	2.17	0.06	0.22
天津	0.00	0.00	0.00	0.06	0.21
上海	0.02	0.11	0.45	0.11	0.12
合计	98.26	98.82	98.39	98.24	99.93

注：按 2006 年数值从高到低排序的前 10 位

（2）小麦。中国主要的小麦进口地区包括北京、广东、天津、山东。其中，北京是最重要的小麦进口市（表 9-17）。

表 9-17　2002～2006 年中国主要小麦进口地区所占比例　　　　　（单位：%）

地区	2002 年	2003 年	2004 年	2005 年	2006 年
北京	42.93	50.79	97.48	94.53	83.27
广东	43.42	42.93	1.50	4.04	12.51
天津	0.50	0.07	0.02	0.14	1.56
山东	1.17	1.04	0.10	0.32	1.22
上海	0.00	0.00	0.55	0.00	0.48
福建	0.00	0.00	0.00	0.17	0.32
河北	0.00	0.00	0.00	0.00	0.23
浙江	0.00	0.00	0.00	0.00	0.20
辽宁	0.01	0.00	0.00	0.00	0.13
黑龙江	0.00	0.00	0.00	0.00	0.03
合计	88.03	94.83	99.65	99.20	99.95

注：按 2006 年数值从高到低排序的前 10 位

（3）玉米。中国主要的玉米进口地区包括山东、云南、四川、上海、广东和浙江。各个地区不同年间进口量波动较大（表 9-18）。

表 9-18 2002～2006 年中国主要玉米进口地区所占比例　　　（单位:%）

地区	2002 年	2003 年	2004 年	2005 年	2006 年
山东	0.00	0.01	0.18	1.20	79.56
云南	0.09	3.05	70.00	78.13	9.15
四川	0.00	0.00	0.00	0.00	5.97
上海	0.59	4.64	4.87	5.14	2.46
广东	75.89	0.22	0.00	0.10	1.28
浙江	0.00	0.00	10.46	10.73	1.02
辽宁	1.97	4.96	1.39	1.71	0.21
天津	0.00	0.03	0.00	0.00	0.20
北京	0.28	2.05	1.21	1.53	0.08
吉林	0.20	1.39	0.17	0.33	0.02
合计	79.02	16.35	88.28	98.87	99.95

注：按 2006 年数值从高到低排序的前 10 位

（4）大豆。中国主要的大豆进口地区包括江苏、山东、北京、广东、广西、上海、河北、福建、天津和辽宁。我们可以发现，这些地区均分布在沿海一带，这主要是因为植物油加工主要分布在这些地区（表 9-19）。

表 9-19 2002～2006 年中国主要大豆进口地区所占比例　　　（单位:%）

地区	2002 年	2003 年	2004 年	2005 年	2006 年
江苏	19.37	13.25	17.38	17.83	17.56
山东	15.11	15.93	16.80	10.50	12.09
北京	2.67	9.15	5.53	16.00	11.48
广东	14.67	15.53	17.26	9.49	11.37
广西	7.72	4.46	6.28	6.91	9.04
上海	7.42	8.86	5.43	7.11	8.12
河北	9.40	8.47	4.80	5.42	7.01
福建	1.55	4.20	6.82	6.85	6.21
天津	2.05	0.25	0.00	2.30	3.51
辽宁	9.19	8.45	7.38	6.07	3.36
合计	89.15	88.55	87.68	88.48	89.75

注：按 2006 年数值从高到低排序的前 10 位

2）贸易竞争力指数

贸易竞争力指数计算结果见表 9-20。可以发现，大豆处于高竞争劣势，它几乎是完全进口；而其他品种，则因情况不同而在不同年份要么选择进口、要么选择出口，进出口规模均不大，属于调剂余缺型。

表 9-20　1994～2006 年中国主要粮食品种的贸易竞争力指数　　（单位:%）

年份	稻谷	大豆	小麦	玉米
1994	100. 0	100. 0	− 100. 0	—
1995	100. 0	100. 0	− 100. 0	—
1996	− 43. 9	100. 0	− 100. 0	100. 0
1997	30. 8	100. 0	− 100. 0	100. 0
1998	77. 1	− 85. 4	− 99. 0	88. 7
1999	78. 6	− 87. 0	− 99. 5	96. 4
2000	66. 5	− 94. 5	− 99. 7	99. 9
2001	53. 8	− 94. 7	− 44. 3	98. 5
2002	65. 4	− 94. 0	− 18. 9	99. 7
2003	67. 3	− 96. 8	55. 2	100. 0
2004	− 3. 9	− 95. 9	− 100. 0	99. 5
2005	6. 8	− 95. 7	− 90. 8	99. 7
2006	17. 4	− 96. 2	19. 9	94. 4

3) 显示的进口强度

a. 中国粮食总体的显示的进口强度

总体而言，大米和大豆属于进口型；小麦和玉米属于出口型（表 9-21）。

表 9-21　1998～2003 年中国粮食显示的进口强度

年份	大米	小麦	玉米	大豆
1998	8. 35	0. 66	0. 12	3. 18
1999	7. 42	0. 19	0. 03	3. 52
2000	10. 76	0. 26	0. 00	6. 44
2001	9. 44	0. 20	0. 01	6. 30
2002	5. 70	0. 14	0. 00	4. 59
2003	3. 81	0. 08	0. 00	5. 93

b. 大米

总体而言，中国大米进口地区不是很多，其中，云南和广东进口强度较高（表 9-22）。

表 9-22　2002～2006 年各地区大米显示的进口强度

地区	2002 年	2003 年	2004 年	2005 年	2006 年
云南	0. 46	0. 04	8. 33	1. 29	6. 20
广东	1. 44	2. 20	2. 55	0. 29	3. 07
福建	0. 65	0. 91	0. 70	0. 13	1. 56

续表

地区	2002 年	2003 年	2004 年	2005 年	2006 年
湖南	—	2.13	1.52	0.18	0.88
广西	0.24	—	1.13	0.03	0.45
北京	3.40	2.06	1.06	0.55	0.32
四川	—	—	0.21	0.08	0.17
浙江	0.06	—	0.58	0.01	0.07
天津	—	—	0.00	0.00	0.05
江苏	—	—	0.10	0.00	0.01
上海	0.00	0.01	0.02	0.00	0.01
辽宁	0.05	0.01	0.03	—	0.00
海南	—	—	—	—	0.00
山东	—	0.01	0.06	—	0.00
河南	—	—	—	—	0.00
吉林	—	—	0.00	—	—
江西	3.23	0.59	—	—	—
湖北	0.32	0.56	—	—	—

注：按 2006 年数值从高到低排序

c. 小麦

与大米情况类似，中国进口小麦的地区并不太多，相对而言，北京、天津的小麦进口强度较高（表 9-23）。

表 9-23 2002~2006 年各地区小麦显示的进口强度

地区	2002 年	2003 年	2004 年	2005 年	2006 年
北京	3.43	4.34	7.40	6.67	5.73
西藏	—	—	—	—	3.07
天津	0.14	0.02	0.01	0.04	2.26
山东	0.29	0.29	0.02	0.07	0.84
河北	—	—	—	—	0.61
广东	1.25	1.40	0.04	0.13	0.53
辽宁	0.01	—	—	—	0.20
福建	—	—	—	0.05	0.14
浙江	—	—	—	—	0.07
上海	—	—	0.03	—	0.07
黑龙江	—	—	—	—	0.06
新疆	—	—	—	—	0.02
吉林	—	—	—	—	0.00

地区	2002 年	2003 年	2004 年	2005 年	2006 年
安徽	—	—	—	—	0.00
江苏	—	—	—	—	0.00
河南	23.06	—	—	—	—

注：按 2006 年数值从高到低排序

d. 玉米

相对大米、小麦来说，玉米的进口地区要更多一些，并且进口量也更集中在以下几个地区：云南、吉林、黑龙江等（表 9-24）。

表 9-24 2002~2006 年各地区玉米显示的进口强度

地区	2002 年	2003 年	2004 年	2005 年	2006 年
云南	—	—	79.46	83.65	16.84
山东	—	—	0.98	0.74	14.25
四川	—	—	—	—	8.40
吉林	12.25	43.82	6.92	23.10	3.26
黑龙江	—	—	21.47	0.18	2.64
浙江	—	—	2.86	3.15	0.54
辽宁	3.50	5.46	1.57	2.13	0.53
北京	1.69	2.95	1.53	1.69	0.47
上海	0.09	0.34	0.46	0.49	0.42
广西	—	—	3.49		0.41
新疆	—	—	—	0.00	0.21
广东	1.60	—	—	0.00	0.09
海南	—	—	—	—	0.05
天津	—	—	—	0.00	0.05
福建	—	—	—	0.00	0.01
甘肃	—	—	2.57	—	0.01
江苏	—	—	—	—	0.00
河北	—	—	—	4.65	—
湖南	—	—	21.29	—	—
陕西	—	—	0.04	1.21	—

注：按 2006 年数值从高到低排序

e. 大豆

大豆是中国农产品中进口量最大的，中国有 18 个地区常年进口大豆，进口量最集中的地区依次是：广西、河北、河南、湖南、重庆、吉林、山东、福建和黑龙江（表 9-25）。

表 9-25　2002～2006 年各地区大豆显示的进口强度

地区	2002 年	2003 年	2004 年	2005 年	2006 年
广西	24.99	15.25	17.86	19.70	23.23
河北	13.02	11.51	6.43	7.11	9.54
河南	14.23	10.50	8.62	7.39	7.48
湖南	1.57	2.02	3.76	3.41	5.06
重庆	—	—	1.31	6.47	3.73
吉林	—	0.32	1.61	3.68	2.75
山东	3.50	3.63	3.81	2.26	2.61
福建	0.45	1.28	2.16	2.30	2.25
黑龙江	—	0.00	0.00	0.95	1.91
辽宁	2.84	2.88	2.80	2.29	1.31
江苏	1.80	1.01	1.14	1.11	1.13
天津	0.53	0.07	—	0.57	0.93
北京	0.19	0.71	0.40	1.11	0.75
上海	0.53	0.56	0.35	0.49	0.57
四川	—	1.98	1.97	0.66	0.56
广东	0.43	0.50	0.59	0.33	0.41
浙江	1.15	0.94	0.83	0.54	0.33
湖北	—	0.46	0.46	0.33	0.11

4）显示出的竞争优势 RC

a. 中国粮食显示出的竞争优势

小麦既无优势，也不是处于劣势，属于基本自给；玉米略具优势，但不明显；大豆具有严重的竞争劣势（表 9-26）。

表 9-26　1998～2003 年中国粮食显示出的竞争优势

年份	小麦	玉米	大豆
1998	− 0.66	1.62	− 2.97
1999	− 0.19	1.48	− 3.28
2000	− 0.26	3.10	− 6.26
2001	− 0.12	1.63	− 6.13
2002	− 0.05	2.35	− 4.45
2003	0.20	2.71	− 5.83

b. 各地区大米显示出的竞争优势（相对全国平均水平）

相对全国平均水平来说，大米出口优势明显的地区是：吉林、黑龙江、北京、新疆、广西；大米出口劣势明显的地区是：广东、云南、福建（表 9-27）。

表 9-27　2002 ~ 2006 年各地区大米显示出的竞争优势

地区	2002 年	2003 年	2004 年	2005 年	2006 年
吉林	12.60	18.33	39.58	20.02	21.61
黑龙江	24.01	25.16	26.75	21.63	16.82
北京	4.81	6.30	12.56	16.23	16.81
内蒙古	1.17	0.44	0.05	0.88	3.79
新疆	9.54	4.36	0.73	2.48	3.10
广西	0.77	1.05	3.62	4.54	2.54
四川	0.33	0.17	1.62	2.43	1.35
湖北	4.35	6.66	3.18	1.16	1.29
安徽	16.20	11.18	1.04	0.31	0.89
辽宁	1.14	1.64	0.99	0.20	0.64
重庆	—	—	—	—	0.59
江西	19.11	16.53	31.51	—	0.30
河北	—	—	—	—	0.26
河南	—	—	—	—	0.22
山东	—	0.00	-0.05	—	0.03
海南	—	—	—	—	0.01
江苏	0.82	0.77	0.00	0.00	-0.01
上海	0.14	0.15	0.04	0.00	-0.01
天津	—	—	0.00	0.00	-0.05
浙江	-0.06	0.02	-0.56	-0.01	-0.05
湖南	0.26	-0.60	-0.97	1.01	-0.16
福建	-0.62	-0.91	-0.70	-0.11	-1.56
云南	6.77	4.86	-3.55	1.57	-2.91
广东	-1.43	-2.19	-2.55	-0.29	-3.06

注：按 2006 年数值从高到低排序

c. 各地区小麦显示出的竞争优势（相对全国平均水平）

相对全国平均水平来说，小麦出口优势明显的地区为北京、内蒙古；大米出口劣势明显的地区为广东（表 9-28）。

表 9-28　2002 ~ 2005 年各地区小麦显示出的竞争优势

地区	2002 年	2003 年	2004 年	2005 年
北京	-3.43	21.60	—	17.12
内蒙古	—	—	—	14.84
黑龙江	—	—	—	0.21
辽宁	0.23	0.01	—	0.00

续表

地区	2002 年	2003 年	2004 年	2005 年
河北	—	0.01	—	—
河南	− 23.06	—	—	—
天津	− 0.14	− 0.02	—	− 0.04
福建	—	—	—	− 0.05
山东	− 0.29	− 0.29	—	− 0.07
广东	− 1.25	− 1.40	—	− 0.13

注：按 2005 年数值从高到低排序

d. 各地区玉米显示出的竞争优势（相对全国平均水平）

相对全国平均水平来说，玉米出口优势明显的地区是吉林、内蒙古、山西、黑龙江，其中吉林是中国玉米主产区、也是出口最重要的地区；玉米出口劣势明显的地区为云南、山东、浙江（表9-29）。

表 9-29　2002 ~ 2006 年地区玉米显示出的竞争优势

地区	2002 年	2003 年	2004 年	2005 年	2006 年
吉林	111.57	76.57	197.99	109.11	112.68
内蒙古	51.41	43.61	46.27	41.60	54.28
山西	6.45	7.60	2.73	—	6.40
北京	− 1.66	− 2.92	1.37	4.29	5.96
辽宁	− 1.73	− 3.11	1.14	1.06	4.92
黑龙江	9.86	22.14	− 6.97	16.21	3.68
河北	2.73	1.57	—	− 4.36	0.61
安徽	0.01	0.02	0.05	0.01	0.00
湖北	0.04	0.00	—	0.01	0.00
湖南	—	—	− 21.25	0.01	—
陕西	—	—	− 0.04	− 1.21	—
江苏	—	—	—	—	0.00
甘肃	—	—	− 2.57	—	− 0.01
福建	—	—	—	0.00	− 0.01
天津	—	—	0.13	0.00	− 0.05
海南	—	—	—	0.00	− 0.05
广东	− 1.60	—	—	0.00	− 0.08
新疆	—	—	0.00	0.00	− 0.21
广西	—	—	− 3.49	—	− 0.41
上海	− 0.09	− 0.34	− 0.46	− 0.49	− 0.42
浙江	—	—	− 2.86	− 3.15	− 0.54
四川	—	—	—	0.00	− 8.40
山东	—	—	− 0.95	− 0.74	− 13.92
云南	0.01	0.02	− 79.39	− 83.65	− 16.84

注：按 2006 年数值从高到低排序

e. 各地区大豆显示出的竞争优势（相对全国平均水平）

相对全国平均水平来说，大豆出口优势明显的地区为吉林、辽宁、黑龙江、北京、内蒙古，其中东三省是中国玉米主产区，也是出口最重要的省份；大米出口劣势明显的地区为河北、河南、湖南、广西、重庆、山东、福建（表9-30）。

表9-30 2002~2006年各地区大豆显示出的竞争优势

地区	2002年	2003年	2004年	2005年	2006年
吉林	12.34	16.94	18.28	27.67	40.52
辽宁	2.09	2.51	3.56	7.11	10.21
黑龙江	54.67	43.83	21.27	16.58	9.40
北京	4.69	5.17	4.33	4.55	5.22
内蒙古	8.74	5.97	4.95	4.88	3.51
安徽	1.04	1.07	0.74	1.31	0.72
云南	0.33	1.14	2.47	—	0.46
宁夏	0.65	1.28	0.69	—	0.28
陕西	0.19	0.17	0.01	—	0.12
山西	0.18	0.04	0.01	0.06	0.06
甘肃	0.15	0.11	0.08	—	0.03
江西	—	—	0.00	—	0.02
湖北	0.12	-0.16	-0.21	-0.21	0.01
海南	0.05	0.17	0.01	—	—
贵州	—	0.17	—	13.08	
西藏	—	—	0.06	6.79	—
青海	—	0.74	—	1.32	
浙江	-1.15	-0.94	-0.83	-0.52	-0.32
广东	-0.41	-0.49	-0.59	-0.31	-0.37
四川	—	-1.90	-1.87	-0.66	-0.42
上海	-0.52	-0.53	-0.32	-0.42	-0.55
天津	-0.30	0.12	0.32	-0.28	-0.74
江苏	-1.67	-0.83	-1.00	-0.93	-1.05
福建	-0.44	-1.28	-2.16	-2.27	-2.22
山东	-3.27	-3.38	-3.53	-1.79	-2.37
重庆	—	—	-1.30	-6.16	-3.73
广西	-11.13	-1.05	-16.52	-18.07	-3.88
湖南	-1.57	-2.02	-3.76	-3.41	-5.06
河南	-8.60	-7.40	-3.39	1.00	-5.18
河北	-10.33	-7.83	-4.14	-3.51	-6.31

注：按2006年数值从高到低排序

5）生产成本比较

归一化处理后的成本计算结果如下。

a. 中国各地区水稻成本比较

以 2007 年数据为例，在水稻主产地区，广西成本最高，湖北和海南成本最低（表 9-31）。

表 9-31　2007 年各地区水稻成本比较

地区	成本归一化值
广西	1.000
福建	0.771
广东	0.693
湖南	0.355
江西	0.350
浙江	0.340
安徽	0.278
湖北	0.098
海南	0.000

资料来源：《全国农产品成本收益资料汇编》

b. 中国各地区小麦成本比较

以 2007 年数据为例，在小麦主产地区，内蒙古成本最高，湖北和黑龙江的成本最低（表 9-32）。

表 9-32　2007 年各地区小麦成本比较

地区	成本归一化值	地区	成本归一化值
内蒙古	1	山西	0.422
甘肃	0.778	江苏	0.404
青海	0.772	河南	0.338
北京	0.75	重庆	0.313
河北	0.747	云南	0.313
宁夏	0.669	四川	0.227
陕西	0.604	安徽	0.219
山东	0.602	上海	0.111
新疆	0.537	黑龙江	0.041
天津	0.49	湖北	0

c. 中国各地区玉米成本比较

以2007年数据为例，在玉米主产地区，甘肃成本最高，黑龙江、安徽和河南的成本最低（表9-33）。

表9-33　2007年各地区玉米成本比较

地区	成本归一化值	地区	成本归一化值
甘肃	1	四川	0.179
云南	0.589	宁夏	0.174
新疆	0.453	河北	0.165
吉林	0.445	山东	0.157
重庆	0.425	江苏	0.153
内蒙古	0.373	北京	0.07
贵州	0.359	天津	0.062
辽宁	0.351	河南	0.035
湖北	0.308	安徽	0.011
陕西	0.186	黑龙江	0
山西	0.185		

d. 中国各地区大豆成本比较

以2007年数据为例，在大豆主产地区，辽宁、云南成本最高，安徽和河南的成本最低（表9-34）。

表9-34　2007年各地区大豆成本比较

地区	成本归一化值	地区	成本归一化值
辽宁	1	陕西	0.364
云南	0.892	内蒙古	0.343
吉林	0.824	黑龙江	0.333
山西	0.777	山东	0.188
重庆	0.599	河南	0.107
河北	0.587	安徽	0

2. 中国粮食消费的国际贸易风险指标

一般情况下，某地区进口粮食比例越高，对国际市场依赖程度越大，相应的国际贸易风险也越高，中国各地区计算结果见表9-35。进口粮食消费比例最高的为北京，占62%；其次为广东占2.39%。其他地区进口粮食比例偏低的原因是各地区数据均包括城乡，各地农村居民粮食基本能做到自给有余。

表9-35　中国各地区进口粮食消费比例　　　　（单位:%）

地区	进口粮食消费比例	地区	进口粮食消费比例
全国	0.94	河南	0.04
北京	62.09	湖北	0.00
天津	0.17	湖南	0.02
河北	0.00	广东	2.39
山西	—	广西	0.01
内蒙古	—	海南	0.00
辽宁	0.00	重庆	—
吉林	0.00	四川	0.00
黑龙江	0.00	贵州	—
上海	0.22	云南	0.18
江苏	0.02	西藏	0.01
浙江	0.07	陕西	—
安徽	0.00	甘肃	—
福建	0.20	青海	—
江西	0.00	宁夏	—
山东	0.04	新疆	0.00

北京市进口粮食比例高达62%，对国际粮食市场消费依赖性偏大。这意味着当国际市场发生大的变动，北京的粮食市场就具有一定的风险，风险将主要反映在短期内价格波动大。这是消费习惯及营销渠道的缘故，当国际市场价格高涨时，北京粮食市场价格的波动较其他地区大。

9.5.2　国际贸易对中国典型区域的风险评价及成图

1. 粮食生产的国际贸易风险评价结果及成图

1）大米

应用因子分析和聚类方法，得到的中国大米生产的国际贸易风险评价结果（表9-36）和风险等级图（图9-49）。结果表明，高风险区域包括广东，中风险区域包括北京、江西和云南。总体来说，大米生产的国际贸易风险主要是由于比较优势，可以发现风险区域主要集中在大米生产缺乏比较优势的区域，而具有生产比较优势的黑龙江和吉林则处于低风险区域。

表9-36　中国大米生产的国际贸易风险评价结果

风险级别	地区
高风险区	广东
中风险区	北京、江西、云南
小风险区	安徽、福建、广西、海南、河北、河南、湖北、湖南、江苏、辽宁、内蒙古、山东、上海、四川、天津、新疆、浙江、重庆
低风险区	黑龙江、吉林

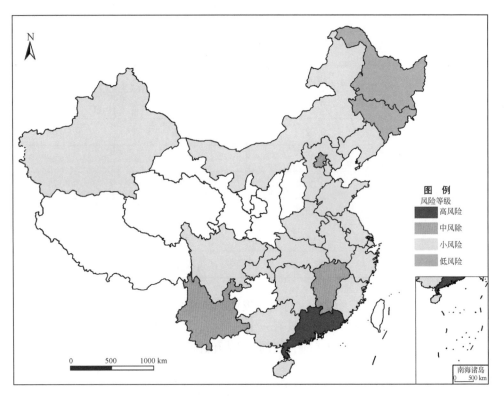

图9-49　中国大米生产的国际贸易风险等级图
注：香港特别行政区、澳门特别行政区、台湾省资料暂缺

2）小麦

小麦生产的国际贸易风险评价结果（表9-37）和风险等级图（图9-50）表明，高风险区包括北京，中风险区包括广东和西藏。与大米类似，各地区的国际贸易风险等级不同还是由于资源禀赋的不同，中国的小麦主产区均为低风险区和小风险区。

表 9-37　中国小麦生产的国际贸易风险评价结果

风险级别	地区
高风险区	北京
中风险区	广东、西藏
小风险区	甘肃、河北、内蒙古、宁夏、青海、山东、陕西、天津、新疆
低风险区	安徽、福建、河南、黑龙江、湖北、江苏、辽宁、山西、上海、四川、云南、重庆、浙江

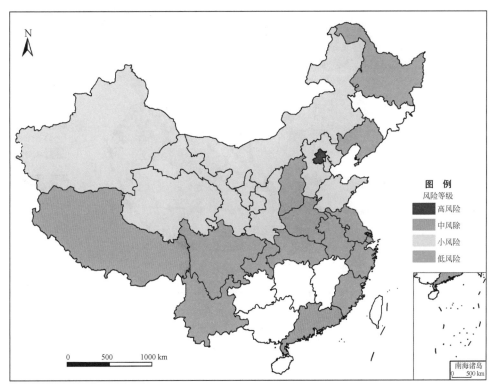

图 9-50　中国小麦生产的国际贸易风险等级示意图

注：香港特别行政区、澳门特别行政区、台湾省资料暂缺

3）玉米

玉米生产的国际贸易风险评价结果如表 9-38 所示，风险等级图如图 9-51 所示。结果表明，高风险区包括云南，中风险区包括广东、湖南和山东。风险区域主要集中在丧失玉米生产比较优势的区域，比较优势包括绝对比较优势和相对比较优势，丧失绝对比较优势的如广东、云南，而丧失相对比较优势如山东，因为在山东蔬菜生产比较优势很高，而玉米等大田作物生产则相对缺乏优势。

表 9-38　中国玉米生产的国际贸易风险评价结果

风险级别	地区
高风险区	云南
中风险区	广东、湖南、山东
小风险区	福建、甘肃、广西、海南、辽宁、上海、四川、浙江
低风险区	安徽、北京、河北、河南、黑龙江、湖北、吉林、江苏、内蒙古、陕西、山西、天津、新疆

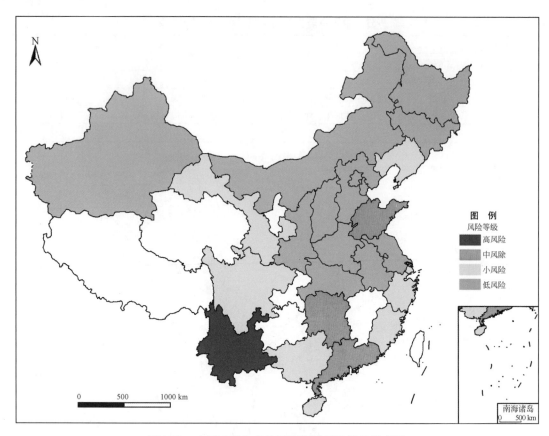

图 9-51　中国玉米生产的国际贸易风险等级示意图
注：香港特别行政区、澳门特别行政区、台湾省资料暂缺

4）大豆

大豆生产的国际贸易风险评价结果如表 9-39 所示，风险等级图如图 9-52 所示。结果表明，高风险区包括广西，中风险区包括广东、河北、河南和江苏，低风险区则是中国最具大豆生产比较优势的黑龙江和吉林。

表 9-39　中国大豆生产的国际贸易风险评价结果

风险级别	地区
高风险区	广西
中风险区	广东、河北、河南、江苏、山东
小风险区	安徽、北京、福建、甘肃、贵州、海南、湖北、湖南、江西、辽宁、内蒙古、宁夏、青海、山西、陕西、上海、四川、天津、西藏、云南、浙江、重庆
低风险区	黑龙江、吉林

2. 粮食消费的国际贸易风险评价结果及成图

应用 7.2.5 中的指标（进口量占消费量的比例）并使用聚类方法，得到的中国粮食消

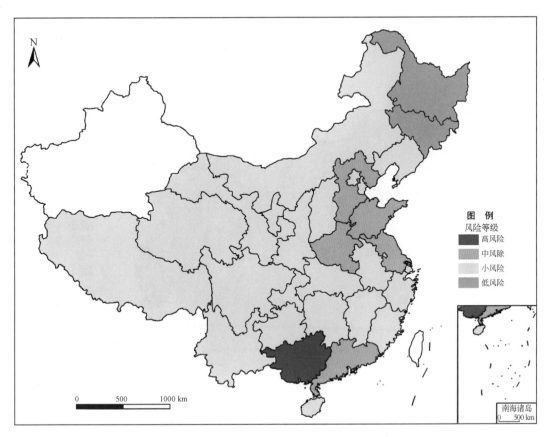

图 9-52　中国大豆生产的国际贸易风险等级示意图

注：香港特别行政区、澳门特别行政区、台湾省资料暂缺

费的国际贸易风险评价结果（表 9-40）和风险等级图（图 9-53）。由于中国粮食自给率较高（94%），因此对于大多数地区，粮食消费面临的国际贸易风险并不大。由此可以发现，存在风险区域的包括北京和广东，除此之外其他地区基本处于低风险状态。

表 9-40　中国粮食消费的国际贸易风险评价结果

风险级别	地区
高风险区	北京
中风险区	广东
小风险区	天津、上海、福建、云南
低风险区	河北、陕西、内蒙古、辽宁、吉林、黑龙江、江苏、浙江、安徽、江西、山东、河南、湖北、湖南、广西、海南、重庆、四川、贵州、西藏、陕西、甘肃、青海、宁夏、新疆

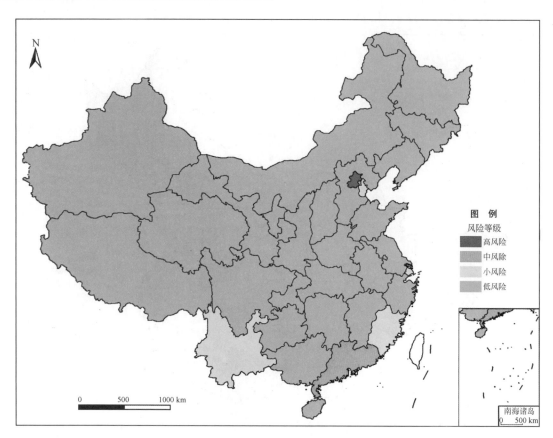

图 9-53　中国粮食消费的国际贸易风险等级示意图
注：香港特别行政区、澳门特别行政区、台湾省资料暂缺

9.5.3　国际贸易风险小结

总体而言，中国食物安全的国际贸易风险并不大。从粮食品种来看，大米、小麦、玉米的风险较低，而大豆的国际贸易风险很高。从区域来看，大部分地区的食物安全中国际贸易风险并不大，广东和北京则是例外，属于较高风险区域。

9.6　中国综合食物安全风险的综合评估与制图

本节将在前述 9.1～9.5 食物数量安全五大风险源分析评价的基础上，对中国综合食物安全进行定性综合对比分析；从供给与需求的角度，采用缺口率指标对中国综合食物安全风险进行定量评估。

9.6.1　中国综合食物安全风险定性综合分析

根据前面五大风险源在中国相对风险程度的定性评价分析结果，对五大风险源风险程度进行汇总对比，从整体上说明各风险源在中国的空间分布，为国家食物安全风险防范战略的制定提供依据。为避免各风险源的信息损失，本研究未将各风险源的定性风险等级进行加权综合，以更直观地反映影响中国食物数量安全各风险源状况。中国五大风险源定性评价对比结果，如图9-54所示。

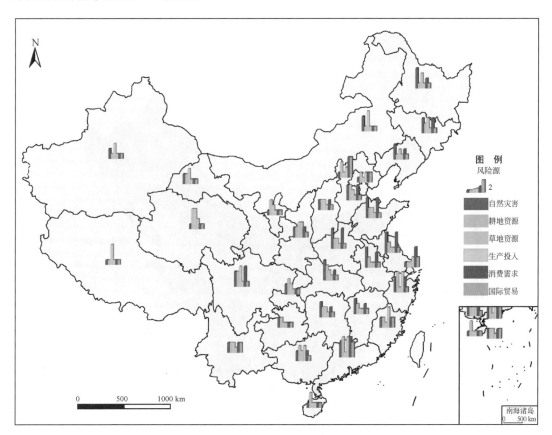

图9-54　中国综合食物安全风险源定性综合分析示意图

注：香港特别行政区、澳门特别行政区、台湾省资料暂缺

图9-54比较直观地表达了中国五大风险源的风险等级分布状况。从中国总体来看，灾害风险主要分布在黑龙江、山东、河南等粮食主产区，其灾害减产量较大，均在290万t以上；浙江、广东、海南等地区耕地约束风险较大，该区域经济发展较快，人均耕地资源和人均占有粮食较少，耕地资源约束风险较大；草地资源约束风险较大的地区是四川、内蒙古和青海；消费风险主要体现在北京、上海、广东、河南、山东、江苏等地区；北京、上海等大都市受国际贸易影响最大。

9.6.2　中国综合食物安全风险定量评估

伴随着经济社会的发展及科学技术的不断进步，各地用于食物生产的资源条件、投入水平、抗灾害能力不断发生变化，使得区域食物综合供给能力发生改变；同时随着人口及消费结构的改变，基本粮消费需求及消费总量也在不断发生变化。食物供需安全风险就是根据各地供给总量与消费需求总量的缺口，来定量评价各区域的食物供需风险程度。

1. 中国食物供给变化

基于前面各地区资源约束风险、自然灾害风险以及生产投入约束风险的共同影响以及其对未来食物的增产量和减产量影响计算，可得到中国 2020 年食物供给总量及空间分布。与 2005 年相比，2020 年各地区食物供给变化情况，如图 9-55 所示。

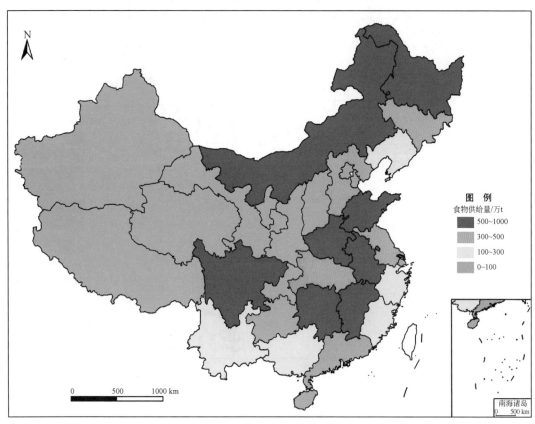

图 9-55　2020 年中国食物供给变化图
注：香港特别行政区、澳门特别行政区、台湾省资料暂缺

2020 年中国粮食供给增加量大于 300 万 t 的地区均在中国的粮食主产区。其中，黑龙江、内蒙古、山东、河南、安徽、江西、湖南、四川 8 省（自治区）的粮食供给增加量超过 500 万 t，8 省（自治区）粮食供给总增加量占中国粮食供给增加总量的 67.3%；吉林、河北、江苏、湖北 4 省的粮食供给增量为 300 万~500 万 t，4 省粮食供给增加总量占中国粮食供给增加量的 18.6%；辽宁、浙江、福建、广西、云南 5 省（自治区）的粮食供给增加量为 100 万~300 万 t，占中国粮食总供给增加量的 9.0%；新疆、西藏、甘肃、山西等 14 个地区的粮食供给增加量小于等于 100 万 t，基本保持平衡。

从粮食供给能力还可看出，中国传统的粮食主产区的粮食供给增量占总供给增量的 89.0%，对保障国家粮食安全具有举足轻重的作用；粮食平衡区的粮食供给增量占总供给增量的 7.2%；粮食主销区的粮食供给增加量占总供给增量的 3.8%。

2. 不同情景下食物供需风险定量评价

基于前面各风险源对未来食物的增产量和减产量计算和第 8 章中划分的六种情景，分别进行各地区 2010 年、2020 年的食物供需风险定量评价，结果如图 9-56～图 9-61 所示。

情景一：耕地食物供给与基本粮（口粮和饲料用粮）需求

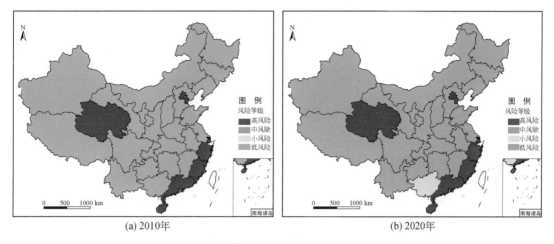

(a) 2010年　　　　　　　　　(b) 2020年

图 9-56　中国综合食物安全风险等级图（情景一）
注：香港特别行政区、澳门特别行政区、台湾省资料暂缺

本情景考虑了耕地的食物供给以及包括口粮和饲料用粮在内的食物基本粮的供需差。2010 年、2020 年中国耕地的食物供给能满足人们的基本粮需求，供需平衡有余。

中国绝大部分地区是基本粮需求低风险区：20 多个地区供需平衡有余。但仍有 8 个地区（北京、天津、上海、浙江、福建、广东、海南和青海）耕地不能满足人们最基本的生活需求，成为供不应求的高风险区（供需缺口超过 17%）。由于最基本的生活需求没有自给能力，必须靠国家宏观调控解决，这 8 个地区将是未来食物调入的重点保障区，同时也是中国食物安全风险考察的重点追踪区。

情景二：耕地食物供给与粮食消费总需求（口粮、饲料用粮、工业用粮、种子用粮和粮食损耗）

在情景一的基础上，进一步分析各地区耕地食物供给与食物消费总需求的供需差，即包括基本粮和工业用粮等的供给保证，评价结果如图 9-57 所示。

从全国看，耕地供给与食物总消费需求基本平衡，2010 年供给略大于需求，到 2020 年供给小于需求，缺口率为 0.8%。

从各地区看，中国大部分地区的耕地食物供给量能满足本地区包括工业发展用粮在内的粮食总需求。高风险地区除了不能满足口粮和饲料用粮需求的上述 8 个地区外，广西、陕西也处于高风险，甘肃、贵州 2 省处于中风险。可见，中国耕地供给风险主要分布于经济发展较快的东南沿海和西部地区。东北区、黄淮海区、长江中下游区、新疆等 16 个地区属低风险区。

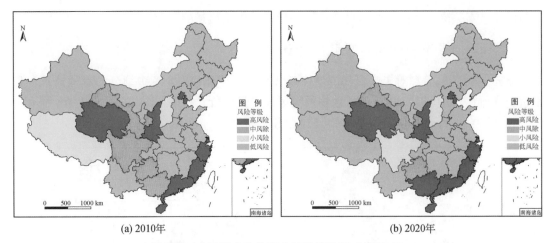

(a) 2010年   (b) 2020年

图 9-57　中国综合食物安全风险等级图（情景二）

注：香港特别行政区、澳门特别行政区、台湾省资料暂缺

情景三、情景四：耕地、草地食物总供给与消费需求

随着经济水平的提高和人均收入的增加，人们口粮消费在逐渐下降，而肉禽蛋奶等动物性食物消费在增长。除了耕地，草地、河流、海域等都是食物供给的重要来源。特别是草地资源，是食物供给的重要组成部分，不仅能缓解中国部分地区的食物供需缺口，对于丰富人们生活质量也具有重要意义。在此仅从总量供需缺口的角度研究草地资源对食物供给的作用。耕地草地食物总供给与食物消费基本粮对比（情景三）、耕地草地食物总供给与食物总消费需求对比（情景四），其供需风险如图 9-58、图 9-59 所示。

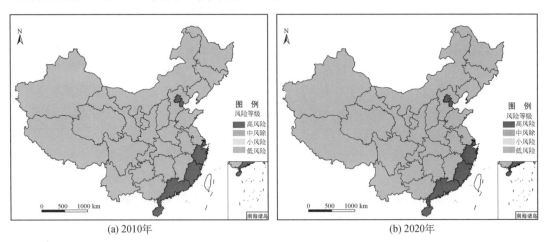

(a) 2010年   (b) 2020年

图 9-58　中国综合食物安全风险等级图（情景三）

注：香港特别行政区、澳门特别行政区、台湾省资料暂缺

根据 9.2 资源约束风险中的草地资源风险研究成果，到 2020 年草地可提供相当于 3979.37 万 t 的粮食（折算后），占当年粮食总量的 5%～6%，可极大地缓解中国特别是部分地区的食物供需紧张局面。

与情景一即耕地食物供给与基本粮供需风险对比，情景三显示了加入草地供给后的供

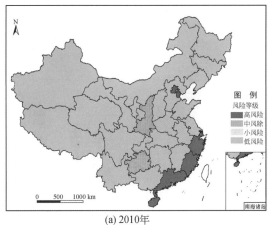 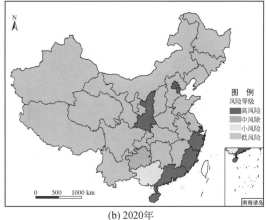

(a) 2010年　　　　　　　　　　　　　　(b) 2020年

图 9-59　中国综合食物安全风险等级图（情景四）

注：香港特别行政区、澳门特别行政区、台湾省资料暂缺

需变化。可以看出，原本处于高风险区的青海，因为加入草地供给，食物安全风险程度大大降低，从高风险区变为低风险区相似的还有广西。总体来看，2010 年、2020 年中国耕地和草地综合食物供给远远大于基本粮需求，但北京、天津、上海、浙江、福建、广东、海南 7 个地区由于需求过高，仍处于高风险区。

与情景二即耕地食物供给与粮食消费总需求供需风险对比，情景四也体现了相似的特点：总体上，2010 年、2020 年中国耕地和草地综合食物供给超过总消费需求，全国不存在供需缺口。但各地区风险等级发生了很大变化。高风险区由情景二的 10 个，变为北京、天津、陕西、上海、浙江、福建、广东、海南 8 个。受草地食物供给的影响，情景二中高风险的青海变为低风险区，广西变为小风险区；甘肃、山西则由情景二的中、小风险，变为低风险。

情景五：考虑粮食调入调出情景下的耕地对食物消费总需求

上面几种情景，未考虑粮食的调入调出。但现实中，由于自身资源禀赋和经济发展特点，地区之间存在大量的粮食调入调出，解决了缺粮食地区的需求。中国按传统分河北、山东、吉林等 13 个粮食主产区和北京、天津、上海、浙江等 7 个粮食主销区。由于无法获取历年各地区准确的粮食调入调出数据，本研究将 2005 年各地供需差作为调入调出的依据，在该调入调出的基础上考察供需变化及供需风险。分别在情景二和情景四两种情景下，引入 2005 年调入调出量，作为情景五（考虑粮食调入调出下的耕地对食物消费总需求）和情景六（考虑调入调出下的耕地和草地总供给对食物消费的总需求）食物安全风险评价结果如图 9-60 和图 9-61 所示。

相比情景二仅考虑耕地供给对食物消费总需求的供需缺口，加入可能的调入调出量的情景五，将极大地减轻高风险的产生，如图 9-60 所示，高风险、中风险、小风险地区个数分别由情景二的 10、2、2 减少为 3、2、6。2020 年粮食调入调出需要重点考察的高风险区包括北京、天津、上海、广东 4 个地区，中风险区分布在浙江、青海 2 省，小风险区分布在山西、陕西、江苏、福建、广西 5 个地区，其他地区属低风险区。

情景六：考虑调入调出下耕地和草地总供给对食物消费总需求

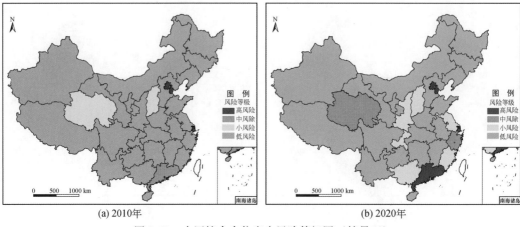

(a) 2010年　　　　　　　　　　　　(b) 2020年

图 9-60　中国综合食物安全风险等级图（情景五）

注：香港特别行政区、澳门特别行政区、台湾省资料暂缺

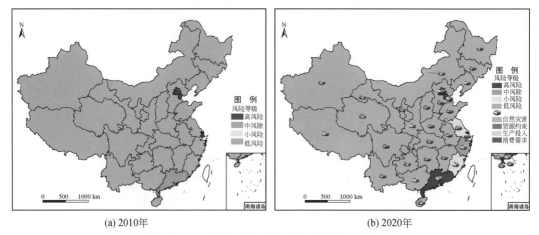

(a) 2010年　　　　　　　　　　　　(b) 2020年

图 9-61　中国综合食物安全风险等级图（情景六）

注：香港特别行政区、澳门特别行政区、台湾省资料暂缺

考虑耕地和草地的总供给后，情景五的供需缺口进一步减少，仅有北京、天津、上海和广东省属供需高风险，福建为小风险区。

各地区的柱状图体现了五大风险源在本地区食物安全风险等级中所起的作用。高风险的北京、上海与广东，都是加入调入粮后耕地草地总供给相对总消费需求的高风险区。资源约束与消费并列成为北京、天津高风险的主因。上海的风险主要来自消费，而广东的风险更多来自资源约束。

3. 六种情景下中国食物供需风险变化分析

从情景一至情景六的分析可以看出，中国食物消费基本粮需求基本能得到满足，但日益增加的工业用粮等需求使食物供需矛盾不断加大。扩大利用草地资源是缓解这一矛盾的必然途径。虽然全国食物供需基本无缺口，但区域性食物供需矛盾很大，近1/3的地区处于高风险状态，给国家宏观粮食调控带来难题。北京、上海、广东是国家风险防范的重点地区，也是未来食物调入变化较大的区域（图9-62）。

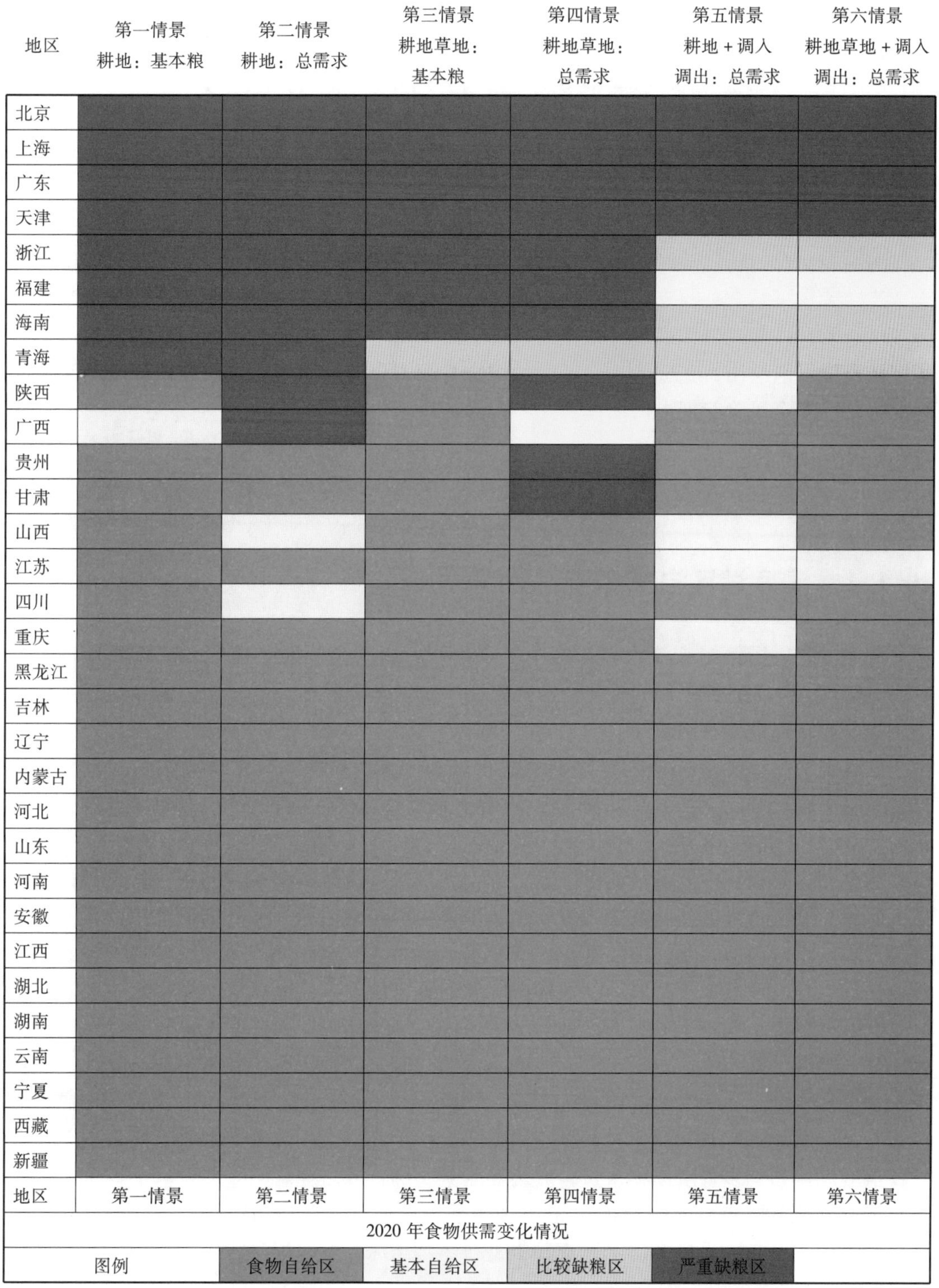

地区	第一情景 耕地：基本粮	第二情景 耕地：总需求	第三情景 耕地草地：基本粮	第四情景 耕地草地：总需求	第五情景 耕地+调入 调出：总需求	第六情景 耕地草地+调入 调出：总需求
北京						
上海						
广东						
天津						
浙江						
福建						
海南						
青海						
陕西						
广西						
贵州						
甘肃						
山西						
江苏						
四川						
重庆						
黑龙江						
吉林						
辽宁						
内蒙古						
河北						
山东						
河南						
安徽						
江西						
湖北						
湖南						
云南						
宁夏						
西藏						
新疆						
地区	第一情景	第二情景	第三情景	第四情景	第五情景	第六情景

2020 年食物供需变化情况

图例	食物自给区	基本自给区	比较缺粮区	严重缺粮区	

图 9-62　2020 年六种情景下食物供需风险变化

第10章 洞庭湖综合食物安全
风险识别与防范技术示范[*]

洞庭湖综合食物安全风险识别与防范技术示范研究以风险识别—风险评估—风险防范为主线,确定了综合食物安全风险的识别和分类体系,构建了综合食物数量安全风险和可持续供给安全风险的评估模型,并在此基础上以中国粮食主产区之一的洞庭湖区为例进行了区域尺度示范应用,完成了洞庭湖区的综合食物安全风险制图。该研究成果将为洞庭湖区综合食物安全风险管理提供依据。

10.1 示范区概况及数据来源

10.1.1 洞庭湖区自然概况

洞庭湖是中国第二大淡水湖,位于荆江南岸,跨湖南、湖北两省。洞庭湖自古就有"九州粮仓"和"鱼米之乡"的美誉,其食物产量在全国的食物生产中起着举足轻重的作用。本研究选取环洞庭湖的长沙、株洲、湘潭、岳阳、常德和益阳6市的47个县(市、区)作为研究区域。该选定区域位于洞庭湖东水面、西水面和南水面周围,地理坐标为110°29′~114°15′E,26°03′~30°08′N,所辖土地面积为7.35万 km²,占湖南省土地总面积的34.7%(图10-1)。

洞庭湖区是长江中游荆江河段以南,湘江、资水、沅江、澧水"四水"控制站以下的广大平原和湖泊水网区,其东面为幕阜山、罗霄山等湘赣边界山系,南面为南岭山系,西面为武陵、雪峰山脉,北临荆江河段。该区是一个由河、湖、港、汊以及河湖冲积平原、环湖岗地、丘陵和低山所组成的三面环山、向北开口的碟形盆地。

洞庭湖区处在东南季风与西南季风交绥地带,属于亚热带湿润气候区,其气候特征是:气候温和,降水充沛,雨热同期,四季分明。洞庭湖区年平均气温为16~18℃,日照为1348~1792 h,多年平均降雨量为980~1700 mm,无霜期为263~286天。洞庭湖区夏冬季长,春秋季短。春温变化大,夏初雨水多,伏秋高温久,冬季严寒少。良好的气候条件使洞庭湖区适宜多种农作物生长,成为名副其实的膏腴之地。

洞庭湖流域面积为2.63×10⁵ km²,多年平均年径流量为2.02×10¹² m³。洞庭湖区水系完整,河网密布,水量多,水能资源丰富,冬不结冰,洞庭湖区水资源为食物生产提供

---

* 本章执笔人:中国农业大学的刘亚彬、起晓星、季翔、王莉、姚兰、刘黎明。

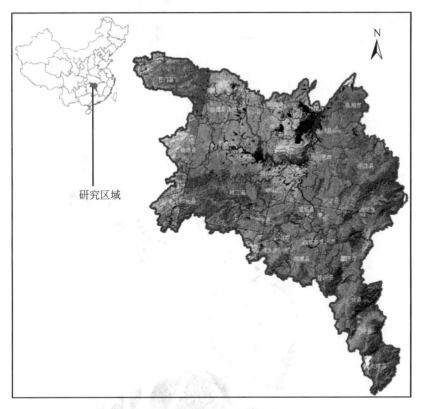

图 10-1　洞庭湖区地理区位示意图

了重要保障。

洞庭湖区耕地面积为 1.69×10^6 hm^2，耕地面积占土地总面积的 22.89%。湖区土壤肥沃，土壤种类多样，其中，以红壤、水稻土为主，其余还有菜园土、潮土、山地黄壤、黄棕壤、山地草甸土、石灰土、紫色土等，适宜多种农作物生长。

10.1.2　洞庭湖区社会经济概况

2006 年洞庭湖区总人口为 2911.2 万人，其中，城镇人口为 1269.65 万人，农村人口为 1641.55 万人，城市化率为 43.61%。1986～2006 年人口年均增长率为 8.35‰。洞庭湖区六市中城市化率最高的为长沙，城市化率为 56.50%，最低的是益阳，城市化率为 35.00%，六市中人口年均增长率最高的是长沙，为 10.26‰，最低的是常德，为 5.92‰。长沙、株洲、湘潭三市城市化率为 50.97%，年均人口增长率为 9.20‰，围湖三市（岳阳、常德和益阳）城市化率为 37.68%，年均人口增长率为 7.67‰。

2006 年洞庭湖地区生产总值为 4619.75 亿元，占湖南省地区生产总值的 61.04%。第一产业、第二产业和第三产业生产总值分别为 660.56 亿元、2051.19 亿元和 1908 亿元，三次产业的地区生产总值比例为 1:3.11:2.89。六市中，长沙的三次产业的地区生产总值比例差距最大为 1:6.42:7.18，益阳最小为 1:1.15:1.62。长沙、株洲、湘潭三市的 GDP 总值为 2826.3 亿元，是围湖三市 1793.45 亿元的 1.58 倍。但是长沙、株洲、湘潭三市第一产业生产总值仅为 259.45 亿元,围湖三市的第一产业生产总值为 401.11 亿元,围湖三市第一产业生产总值是长沙、株洲、湘潭三市的 1.55 倍。

10.1.3 洞庭湖区食物生产概况

1. 洞庭湖区粮食生产情况

2006 年洞庭湖区粮食总产量为 1.48×10^7 t,占湖南省粮食总产量的 54.6%,占全国粮食总产量的 3.0%。

洞庭湖区六市中,长沙、岳阳和常德粮食产量较高,均超过了 2.5×10^6 t,三市产量分别为 2.69×10^6 t、3.04×10^6 t 和 3.44×10^6 t,分别占洞庭湖区总产量的 18.2%、20.5% 和 23.2%。其余三市产量相对较低,益阳、株洲和湘潭的产量分别为 2.16×10^6 t、1.87×10^6 t 和 1.58×10^6 t,分别占洞庭湖区总产量的 14.6%、12.7% 和 10.7%。六市中围湖三市的粮食总产量为 8.64×10^6 t,占洞庭湖区总产量的 58.4%(图 10-2)。

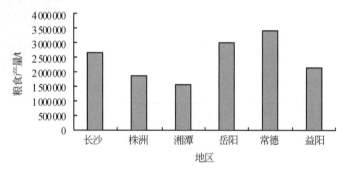

图 10-2　2006 年洞庭湖区各市粮食产量

如图 10-3 所示,就县域尺度而言,2006 年产量较高的县(市、区)有:长沙县、宁乡县、湘潭县、常德市辖区、桃源县和益阳市辖区。这些区域的粮食产量均超过了 6×10^5 t。其中在洞庭湖区的各县(市、区)中宁乡县的粮食产量最高,达到了 8.96×10^5 t。

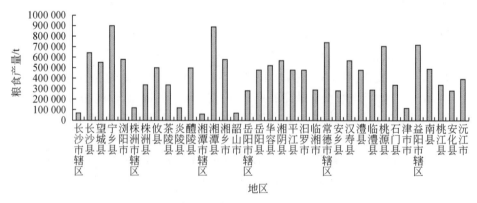

图 10-3　2006 年洞庭湖区各县(市、区)粮食产量

如图 10-4 所示,1986~2006 年洞庭湖区粮食产量呈现出明显类似"W"形的波动,

21 年间波峰最高值出现在 2006 年，当年洞庭湖区粮食总产量为 $1.48 \times 10^7 t$，波谷最低值出现在 2002 年，当年洞庭湖区粮食总产量为 $1.14 \times 10^7 t$。

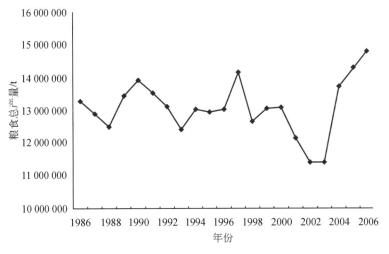

图 10-4　洞庭湖区粮食历年总产量变化

2. 洞庭湖区动物性食物生产情况

为便于比较，按照猪肉料比 1:4、牛羊肉料比 1:2、禽肉料比 1:2、蛋料比为 1:2.5、鱼料比为 1:0.8 的转化比率将动物性食物转化为原粮，可以得出 2006 年洞庭湖区动物性食物折合成原粮总产量为 $1.18 \times 10^7 t$，占湖南省总产量的 53.7%，占全国总产量的 3.8%。洞庭湖区六市中，长沙、岳阳和常德产量较高，动物性食物折合成原粮后产量均超过了 $2 \times 10^6 t$，三市产量分别为 $2.48 \times 10^6 t$、$2.67 \times 10^6 t$ 和 $2.28 \times 10^6 t$，分别占洞庭湖区总产量的 21.0%、22.6% 和 19.3%。其余三市产量相对较低，益阳、株洲和湘潭的产量分别为 $1.38 \times 10^6 t$、$1.37 \times 10^6 t$ 和 $1.63 \times 10^6 t$，分别占洞庭湖区总产量的 11.7%、11.6% 和 13.8%。六市中围湖三市的总产量为 $6.32 \times 10^6 t$，占洞庭湖区总产量的 53.5%（图 10-5）。

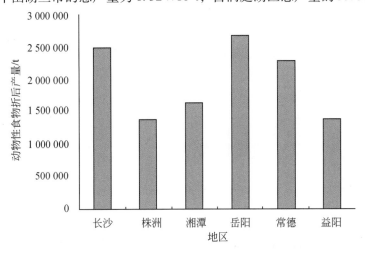

图 10-5　2006 年洞庭湖示范区各市动物性食物产量

如图 10-6 所示，就县域尺度而言，产量较高的县有长沙县、宁乡县、浏阳市、湘潭县、湘乡市、汨罗市。这些区域的产量均超过了 $5 \times 10^5 t$。其中在洞庭湖区的各县（市、区）中湘潭县的产量最高，达到 $7.6 \times 10^5 t$。

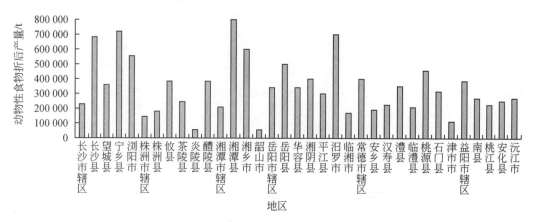

图 10-6　2006 年洞庭湖区各县（市、区）动物性食物产量水平

如图 10-7 所示，1986～2006 年洞庭湖区动物性食物产量呈现出逐年上升趋势，只有在 1999 年有小幅下降；1992～1997 年，区域动物性食物年产量增速较快，年均增长率维持在 8.0% 以上；1997～2006 年的年产量较前一时期增速放缓。

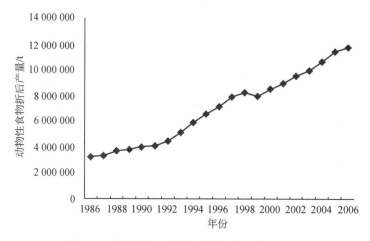

图 10-7　洞庭湖区动物性食物历年总产量变化

10.1.4　洞庭湖区食物消费情况

1. 洞庭湖区植物性食物消费情况

2006 年洞庭湖区口粮总消费量为 $8.52 \times 10^5 t$。洞庭湖区六市中，长沙、岳阳、常德和益阳口粮消费量较高，均超过了 $1.2 \times 10^5 t$，四市消费量分别为 $1.77 \times 10^5 t$、$1.58 \times 10^5 t$、$1.83 \times 10^5 t$ 和 $1.39 \times 10^5 t$，分别占洞庭湖区总消费量的 20.7%、18.6%、21.5% 和

16.3%。其余两市产量相对较低，株洲和湘潭的消费量分别为 $1.1 \times 10^5 t$ 和 $8.48 \times 10^4 t$，分别占洞庭湖区总消费量的 12.9%、10.0%。六市中围湖三市的粮食总消费量为 $4.8 \times 10^5 t$，占洞庭湖区总消费量的 56.4%（图 10-8）。

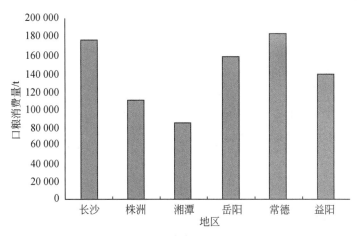

图 10-8　2006 年洞庭湖区各市口粮消费量

如图 10-9 所示，就县域尺度而言，消费量较高的县有长沙市辖区、宁乡县、浏阳市、湘潭县、平江县、常德市辖区、桃源县、益阳市辖区和安化县。这些区域的口粮消费量均超过了 $3 \times 10^4 t$。其中在洞庭湖区的各县（市、区）中长沙市辖区的口粮消费量最高，达到了 $5.24 \times 10^4 t$。

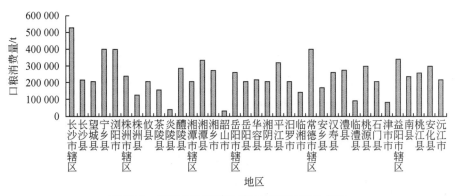

图 10-9　2006 年洞庭湖区各县口粮消费量水平

如图 10-10 所示，1990～2006 年洞庭湖区口粮消费量呈现出下降趋势，17 年间波峰最高值出现在了 1991 年，当年洞庭湖区植物性粮食总消费量为 $9.73 \times 10^5 t$，波谷最低值出现在 2006 年，当年洞庭湖区植物性粮食总消费量为 $8.52 \times 10^5 t$。该区域植物性粮食消费量呈下降趋势，由于生活水平提高，当地居民食物消费结构变化所致。

2. 洞庭湖区动物性食物消费情况

为便于比较，按上述肉粮转化比，将动物性食物消费量转化为原粮后得到 2006 年洞庭湖区动物性食物总消费量折合原粮量为 $4.04 \times 10^5 t$，占湖南省动物性食物总消费量的

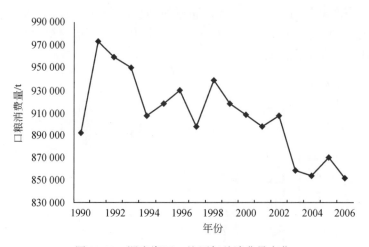

图 10-10　洞庭湖区口粮历年总消费量变化

53.9%，占全国动物性食物总消费量的 2.8%。

洞庭湖区六市中，长沙、岳阳、常德和益阳动物性食物消费量较高，均超过了 6 万 t，四市消费量分别为 6.73 万 t、7.57 万 t、9.73 万 t 和 7.4 万 t，分别占洞庭湖区动物性食物总消费量的 16.7%、18.7%、24.1% 和 18.3%。其余两市消费量相对较低，株洲和湘潭的消费量分别为 5.03 万 t 和 3.91 万 t，分别占洞庭湖区动物性食物总消费量的 12.5% 和 9.7%。六市中围湖三市的动物性食物总消费量为 2.47×10^5 t，占洞庭湖区总消费量的 61.14%（图 10-11）。

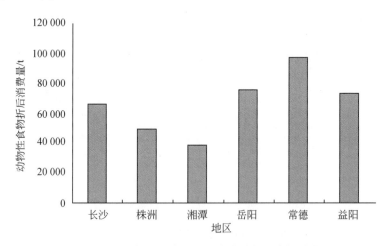

图 10-11　2006 年洞庭湖示范区各市动物性食物消费量

如图 10-12 所示，就县域尺度而言，洞庭湖区动物性食物消费量较高的县有长沙市辖区、宁乡县、浏阳市、常德市辖区和益阳市辖区。这些区域的动物性食物消费折合原粮量均超过了 1.5 万 t。其中在洞庭湖区的各县（市、区）中宁乡县的动物性食物消费折合原粮量量最高，达到了 3.07 万 t。

1990～2006 年洞庭湖区动物性食物消费量呈现出波动上升趋势，与该区域的粮食消费

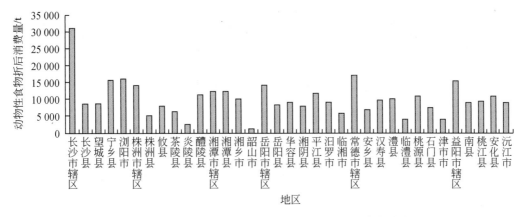

图 10-12　2006 年洞庭湖区各县（市、区）动物性食物消费量

量变化趋势恰好相反。17 年间波峰最高值出现在 2006 年，当年洞庭湖区动物性食物消费量为 $3.5 \times 10^5 t$，波谷最低值出现在 1993 年，当年洞庭湖区动物性食物消费量为 $2.39 \times 10^5 t$。变动趋势说明该区域居民对动物性食物需求呈增加态势（图10-13）。

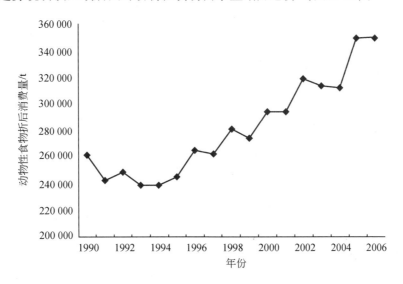

图 10-13　洞庭湖区动物性食物历年总消费量变化

10.1.5　数据来源

洞庭湖示范区数据来源于湖南省农村统计年鉴（1986 ~ 1992 年，1994 ~ 2007 年），湖南省统计年鉴（1986 ~ 2007 年），长沙市统计年鉴（1986 ~ 2007 年），株洲市统计年鉴（1986 ~ 2007 年），湘潭市统计年鉴（1986 ~ 2007 年），益阳市统计年鉴（1986 ~ 2007 年），常德市统计年鉴（1986 ~ 2007 年），岳阳市统计年鉴（1986 ~ 2007 年）。

10.2 洞庭湖区综合食物安全风险因子识别与分类

10.2.1 洞庭湖区综合食物安全风险识别故障树的建立

1. 故障树法

风险识别方法较多，主要有风险损失清单法、专家调查法、幕景分析法、流程图分析法、故障树分析法、事故树分析、层次分析法等。故障树分析法通过事件符号、逻辑门符号和转移符号等描述系统中各种事件之间的因果，具有逻辑性强、强调原因、分析全面等特点。因此洞庭湖区的风险识别采用故障树分析法进行风险识别。

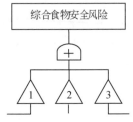

图 10-14 综合食物安全风险因子识别的故障树

根据故障树法的风险识别原理，选择洞庭湖区综合食物安全风险为顶事件，确定引起综合食物安全风险的主要原因是综合食物数量安全风险、质量安全风险及可持续供给安全风险，这三个风险中任何一个出现都会引起综合食物的不安全。图 10-14 为洞庭湖区综合食物安全的故障树示意图，其中，"1"代表数量安全风险，"2"代表质量安全风险，"3"代表可持续供给安全风险。采用类似方法深入分析，直到找到代表各种故障事件的基本事件为止，如图 10-15 ~ 图 10-18 所示。表 10-1 为故障树对应的基本事件列表，该表按照故障树建立时的层级关系将所有故障分为五个层级。

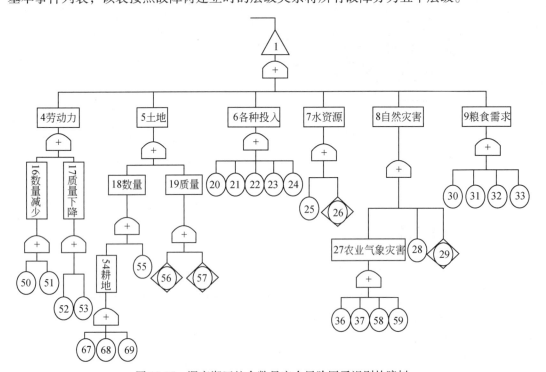

图 10-15 洞庭湖区粮食数量安全风险因子识别故障树

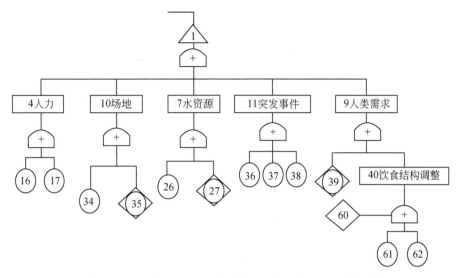

图 10-16　洞庭湖区动物性食物数量安全风险因子识别故障树

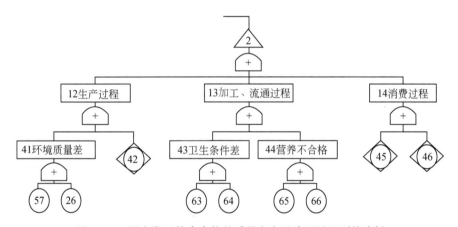

图 10-17　洞庭湖区综合食物的质量安全风险因子识别故障树

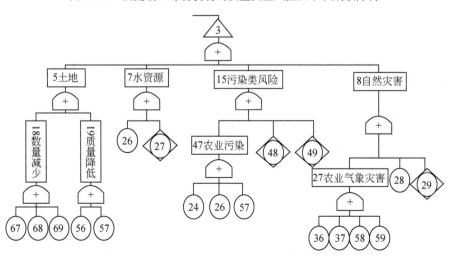

图 10-18　洞庭湖区综合食物的可持续供给安全风险因子识别故障树

2. 综合食物的数量安全风险因子识别的故障树

（1）粮食数量安全风险因子识别的故障树。
（2）动物性食物数量安全风险因子识别的故障树。

3. 综合食物的质量安全风险因子识别的故障树

内容如图 10-17 所示。

4. 综合食物的可持续供给安全风险因子识别的故障树

通过洞庭湖区综合食物安全风险因子识别故障树的建立，定性识别得出共五个层级的风险因子，见表 10-1。

表 10-1　洞庭湖区综合食物安全的风险因子

层级	序号	事件	序号	事件	序号	事件
第一层级	1	数量风险	2	质量风险	3	可持续风险
第二层级	4	劳动力	5	土地	6	各种投入
	7	水资源	8	自然灾害	9	粮食需求
	10	场地	11	突发事件	12	生产过程
	13	加工、流通过程	14	消费过程	15	污染类风险
第三层级	16	劳动力数量减少	17	劳动力质量下降	18	土地数量减少
	19	土地质量下降	20	农药投入	21	化肥投入
	22	农业机械动力	23	科技投入	24	地膜覆盖
	25	水资源减少	26	水资源污染	27	农业气象灾害
	28	病虫害灾	29	外来物种入侵	30	口粮
	31	饲料用粮	32	种子用粮	33	工业用粮
	34	养殖场地紧缺	35	人为缩减养殖规模	36	水灾
	37	旱灾	38	各种动物疫病	39	人口增加
	40	饮食结构调整	41	环境质量差	42	种子生长能力不高或者牲畜、家禽幼崽、鱼苗质量较低
	43	卫生条件差	44	营养不合格	45	消费者辨识食物质量好坏的能力不足
	46	消费观念不科学	47	农业污染	48	工业污染
	49	生活污染				
第四层级	50	农村人口减少	51	外出打工	52	劳动人口老龄化
	53	时间和精力不足	54	耕地减少	55	复种指数
	56	土地退化	57	土壤污染	58	低温冷冻
	59	风雹灾	60	有替代食物	61	收入增加
	62	食物价格上涨	63	添加剂不合格	64	细菌含量超标
	65	以次充好	66	加工技术落后		
第五层级	67	农业结构调整	68	退耕还林、还湖	69	建设用地占用耕地

· 310 ·

10.2.2　洞庭湖区风险因子识别指标的选取

1. 风险因子识别指标选取的原则

洞庭湖区综合食物安全风险因子识别指标体系的设置，应当反映食物供需状况、质量状况、食物的持续供给能力状况这三个方面的内容。在整个食物安全风险因子识别指标体系中，各类数据纷繁复杂，因此，风险因子识别指标的有效选取是关键问题，应以下五个原则作为确定指标的依据。

（1）科学性和可比性原则。科学性原则是指风险识别指标的选取必须以科学认识问题为前提，指标的选取能客观、真实地反映洞庭湖区综合食物安全在数量、质量、可持续方面的风险状况；可比性是使洞庭湖区综合食物安全的风险识别具有实用意义的体现。

（2）系统性和全面性原则。食物安全系统是一个复杂的综合体系，各个风险因子相互影响、相互联系，共同作用于食物安全系统，识别该系统的风险因子需要对系统中各个要素、各个组成部分以及它们之间的相互作用关系进行系统性分析得出各个风险因子是如何作用于整个食物安全系统的，因此选取的识别指标必须能形成一个完整的体系。同时，指标的选取还必须全面，全面包括两方面的涵义：第一，研究对象的全面性；第二，研究目标的全面性。

（3）代表性和独立性原则。指标选取的数量应适当，选取过多或过少，都影响研究的准确性和稳定性。因此，在全面系统设置指标的前提下，根据研究需要，有针对性地选择敏感程度高、贡献率大、代表性强的指标作为研究的实际指标，既全面又准确和简明扼要地反映综合食物安全风险因子；独立性原则是指对于存在显著相关性、反映信息重复的指标，应当择优选用，否则不但加大工作量还影响研究结果的准确性。

（4）静态和动态相结合原则。洞庭湖区综合食物安全的风险因子识别是在对食物安全系统进行历史风险识别的基础上，判断现在的、未来的食物安全风险，因此，食物安全研究必须考虑到时间因素，食物安全风险因子识别指标的选择要具有连贯性和动态性，要根据经济发展的动态规律，既有反映历史、当前风险的指标，也有能够反映社会经济发展及资源环境变化趋势的指标。

（5）一般性和特殊性原则。一般性是指所选的指标在洞庭湖区应该具有普遍适用性，通过这些指标能够反映洞庭湖区综合食物安全的整体情况；特殊性是相对于一般性而言的，是指在以其中任何地区为案例进行风险因子识别时，以洞庭湖区风险因子识别的指标体系为基础，根据当地的特点，可以因地制宜地增加或减少个别指标，求同存异，充分体现各地区的差异性。

2. 风险因子识别指标的选定

通过故障树法分析获得的风险因子全面而系统，共达五个层级，但指标识别时因数据统计、监测的局限性，难以获取较深层级的数据。因此，在现有数据基础上着重对第二、第三层级的因子进行识别，以第四层级因子的识别为补充，综合考虑第五层级的因子。经过识别建立示范区综合食物安全风险因子识别的指标体系，如表 10-2 所示。

表 10-2　洞庭湖区综合食物安全风险因子的识别指标

综合食物安全风险	风险因子	风险识别指标	风险事件
数量安全	耕地资源	粮食播种面积	播种面积减少
	水资源利用	有效灌溉面积比	有效灌溉面积减少
	劳动力	单位面积劳动力投入	劳动力数量减少
	各种投入	单位面积化肥施用量	化肥投入不足
		单位面积农药施用量	农药投入不足
		单位面积农业机械动力	农业机械动力不足
		地膜覆盖率	地膜使用不足
	自然灾害	因灾减产强度	因灾减产
	消费需求	人口数量	人口增多
		人均食物消费量	人均食物消费量增加
		人均收入	人均收入增加
质量安全	产地环境污染	单位面积化肥施用负荷	化肥施用过度
		单位面积农药施用负荷	农药施用过度
		单位面积废水负荷	废水排放量增加
		单位面积废气负荷	废气排放量增加
可持续安全	资源约束压力	人均耕地面积	人均耕地面积减少
		易涝耕地面积比	易涝耕地面积增加
		有效灌溉面积比	有效灌溉面积减少
		水土流失面积比	水土流失程度加重
	人口压力	人口增长率	人口增长率变高
	产地环境污染	单位面积化肥负荷	化肥施用过度
		单位面积农药负荷	农药施用过度
		单位面积废水负荷	废水排放量增加
		单位面积废气负荷	废气排放量增加
	自然灾害	自然灾害成灾面积比	成灾面积增大
		因灾减产强度	成灾后果加重

10.2.3　洞庭湖区综合食物安全风险因子的定量识别

1. 风险因子定量识别的方法

根据研究目标，本节重点针对综合的食物数量安全进行了风险因子的定量识别研究。数量安全的风险识别最直接的方法是针对各个指标确定风险阈值,这在工程管理中运用较为普遍。但是,食物安全系统是动态的,主观和客观因素相互作用并涉及多方面的复杂系统,而且对于不同的地区,农业生产、居民消费等习惯不同,因此难以统一确定一个阈值作为风险阈值。故结合各指标历年变动程度,及其对食物安全系统的敏感程度,将各个指标风险阈值的确定转化至风险系数阈值的确定。具体方法步骤如下。

1)趋势分析

在数量安全风险因子识别过程中,供给减少或需求增加,都可能导致食物数量不安全的发生。对综合食物数量安全的指标体系进行分析后可知,其他条件不变时,在生产供给环节中,除了灾害类风险因子识别指标属于逆指标外,其他都属于正指标;在需求环节中,人口数量、人均食物消费量及收入水平的上升都可能导致人类对食物需求量的上升,这些都是逆指标;对于粮食这一特殊产品来说,工业用粮、饲料用量的增加也可能导致粮食总需求量增加,因此这些也都属于逆指标。

对综合食物安全进行风险因子定量识别的第一步就是判断该指标是正指标还是逆指标。当正指标单调下降、逆指标单调上升时,对应的因子为风险因子。在实际情况中,指标值呈现单调的上升或下降情况是较少的,更多的是在波动中上升或下降,这对风险因子的识别增加了难度。除此以外,对于正指标,指标单调递减可以确定对应的因子是风险因子,但是反之,指标值在研究时段内有所增加并不能确定该因子不存在风险,因为存在以下两种情况使对应的因子也存在风险:第一,该指标稳定性差,年际间的变动率较大,呈现出起伏较大的增长;第二,该指标对食物安全这一事件的敏感度高,食物安全因该指标变化而变化明显。因此,对于此类风险因子需要进一步定量识别,由此引进风险系数。

2)计算风险系数

由于上述两种情况可能造成食物数量不安全,因此,需要同时考虑敏感性及稳定性,其中任何一个都能引起风险的发生,再次引入风险系数来度量。其中,敏感性用灰色关联度度量,稳定性用相对波动系数度量。以粮食数量安全为例,指标与粮食产量的灰色关联度越大,敏感性越强;指标的相对波动系数越大,稳定性越差。

a. 灰色关联度 ρ_i

灰色关联度分析法应用于各个学科领域,是通过对系统统计数列几何关系的比较来分析系统中多因素间的关联程度,即认为因素的变量之间所表示的曲线的几何形状越接近,则因素发展变化态势越接近,因而它们之间的关联程度越大(张赤,2008)。

以粮食生产为例,各指标与粮食产量的灰色关联度 ρ_i 的计算过程如下。

(1)以历年粮食产量为自变量,用 X_0 表示,以各影响粮食生产的因子为因变量,用 X_i 表示,形成 n 年的连续数据为数据矩阵,如下:

$$X_0 = (X_0^1, X_0^2, \cdots, X_0^n)$$
$$X_1 = (X_1^1, X_1^2, \cdots, X_1^n)$$
$$X_2 = (X_2^1, X_2^2, \cdots, X_2^n) \tag{10-1}$$

$$\vdots \qquad \vdots \qquad \vdots$$

$$\boldsymbol{X}_i = (X_i^1, X_i^2, \cdots, X_i^n)$$

（2）求绝对关联度。首先将各指标进行初始化，即令

$$\boldsymbol{X}_i^0 = \left[x_i(1) - x_i(1), x_i(2) - x_i(1), x_i(3) - x_i(1), \cdots, x_i(n) - x_i(1) \right]$$

$$(10\text{-}2)$$

再由

$$|s_i| = \left| \sum_{n=2}^{n-1} x_i^0(n) + \frac{1}{2} x_i^0(n) \right| \qquad (10\text{-}3)$$

$$|s_i - s_0| = \left| \sum_{n=2}^{n-1} \left[x_i^0(n) - x_0^0(n) \right] + \frac{1}{2} \left[x_i^0(n) - x_0^0(n) \right] \right| \qquad (10\text{-}4)$$

$$\varepsilon_{0i} = \frac{1 + |s_0| + |s_i|}{1 + |s_0| + |s_i| + |s_i - s_0|} \qquad (10\text{-}5)$$

计算得到绝对关联度 ε_{0i}。

（3）求相对关联度。先求出 X_i 的初值像

$$\boldsymbol{X}'_i = \left[x'_i(1), x'_i(2), x'_i(3), \cdots, x'_i(n) \right]$$

$$= \left[\frac{x_i(1)}{x_i(1)}, \frac{x_i(2)}{x_i(1)}, \frac{x_i(3)}{x_i(1)}, \cdots, \frac{x_i(n)}{x_i(1)} \right] \qquad (10\text{-}6)$$

再根据

$$|s'_i| = \left| \sum_{n=2}^{i-1} x_i^0(i) + \frac{1}{2} x_i^0(i) \right| \qquad (10\text{-}7)$$

$$|s'_i - s'_0| = \left| \sum_{n=2}^{i-1} \left[x_i^0(n) - x_0^0(n) \right] + \frac{1}{2} \left[x_i^0(i) - x_0^0(i) \right] \right| \qquad (10\text{-}8)$$

$$r_{0i} = \frac{1 + |s'_0| + |s'_i|}{1 + |s'_0| + |s'_i| + |s'_i - s'_0|} \qquad (10\text{-}9)$$

求得相对关联度 r_{0i}。

（4）求灰色关联度。取 $\theta = 0.5$，根据

$$\rho_{0i} = \theta \varepsilon_{0i} + (1 - \theta) r_{0i} \qquad (10\text{-}10)$$

计算得到灰色关联度 ρ_{0i}。

b. 相对波动系数 γ_i

为了能够较好地表现数据指标的变化、波动情况，本节特引入相对波动系数这个指标。相对波动系数是某一时期内年际间指标变化率和平均变化率之差值同平均变化率之比值的绝对值的算术平均值。相对波动系数能客观反映某一地区一定时期内所研究指标的波动程度。相对波动系数越大，说明波动性越大，稳定性越差。综合食物安全风险因子的波动性测定模型如下：

$$\gamma_i = \left(\sum_{i=1}^{n} \left| \frac{D_i - D}{D} \right| \right) / n \times 100\% \qquad (10\text{-}11)$$

$$D_i = \left[\frac{a_i - a_{i-1}}{a_{i-1}} \right] \times 100\% \qquad (10\text{-}12)$$

$$D = \left[\sqrt[n]{\frac{a_n}{a_0}} - 1 \right] \times 100\% \tag{10-13}$$

式中，γ_i 为相对波动系数；D_i 为当年与前一年相比的增长率；D 为整个时期内指标值年平均增长率；n 表示时间长度；a_i 表示第 i 年的指标值；a_n 为期末指标值；a_0 为期初指标值。

c. 风险系数 Φ_i

风险系数由关联度和相对波动系数共同决定，其计算公式如下：

$$\Phi_i = \rho_i \times \gamma_i \tag{10-14}$$

3）确定风险系数阈值

风险系数阈值的确定在风险识别过程中具有决定作用，风险系数阈值的准确、科学、客观是保证风险定量识别顺利进行的前提。

灰色关联度 ρ_i，一般认为小于 0.5 属于不相关，而达到 0.8 认为两者之间呈显著相关。对于食物安全系统来说，达到 0.8 以上，说明该指标反映的因子对于粮食生产敏感性强，即可以认为粮食数量安全状态随着该因子的变动而变动。相对波动系数 γ_i，本节所指的波动率反映的是每两年之间的变化率与长期的变化率之间的平均变化率。因此，在长期变化率为正的情况下，当 $\overline{|D_i - D|} > D$，也即每两年之间的变化率 D_i 在 D 值上下波动的平均幅度大于 D 值本身时，从长期来看，可以认为每两年之间的变化率 D_i 值不稳定；而当 $\overline{|D_i - D|} < D$，也即每两年之间的变化率 D_i 在 D 值上下波动的平均幅度小于 D 值本身时，从长期来看，可以认为 D 值可以抵消 D_i 值的变化幅度，而使整体趋于一种相对的稳定变化状况。因此，按照本节所提出的波动率计算公式，当 $\overline{|D_i - D|} = D$ 时，波动率处于稳定与不稳定的临界状态，也即波动率 γ_i 的风险阈值为 100%。

对于风险阈值，可以分别选取相对波动系数和敏感系数的风险阈值进行判断。即当灰色关联度 $\rho_i > 0.8$ 时，敏感性强，对应的因子为风险因子；相对波动系数 $\gamma_i > 100\%$ 时，波动性强，对应的因子为不稳定的风险因子。也可以采取风险系数进行判断，本节即采取这种方法，各指标风险系数的风险阈值 φ_i 计算如下：

$$\varphi_i = 0.8 \times 100\% = 80\% \tag{10-15}$$

4）比较判断指标，识别风险因子

比较 Φ_i 与 φ_i 的大小，结合指标的正逆性判断分析该指标所反映的因子是否为风险因子。

2. 数量安全风险因子的定量识别

在影响食物产量的众多因子中，根据指标选取的原则及方法，筛选可以全面反映粮食生产和需求的指标进行定量识别，共 11 个指标：X_1 播种面积，X_2 有效灌溉面积比，X_3 单位面积劳动力，X_4 单位面积化肥施用量，X_5 单位面积农药施用量，X_6 单位面积农业机械动力，X_7 地膜覆盖率，X_8 因灾减产量指数，X_9 人均收入，X_{10} 人口数量，X_{11} 人均食物消费量（表 10-3）。

表 10-3　粮食数量安全风险因子识别的指标分类

	指标类	指标	风险因子
数量安全	正向指标	X_1 播种面积	耕地资源
		X_2 有效灌溉面积比	水资源利用
		X_3 单位面积劳动力	劳动力
		X_4 单位面积化肥施用量	各种投入
		X_5 单位面积农药施用量	
		X_6 单位面积农业机械动力	
		X_7 地膜覆盖率	
	逆向指标	X_8 因灾减产量指数	自然灾害
		X_9 人均收入	消费需求
		X_{10} 人口数量	
		X_{11} 人均食物消费量	

1）对食物生产系统进行风险因子定量识别

对前 8 个指标进行分析，其中正指标有：X_1 播种面积，X_2 有效灌溉面积比，X_3 单位面积劳动力，X_4 单位面积化肥施用量，X_5 单位面积农药施用量，X_6 单位面积农业机械动力，X_7 地膜覆盖率；逆指标有：X_8 因灾减产量指数。

洞庭湖区水灾、旱灾、病虫害频繁发生，其严重程度在全国属于前列。自然灾害不仅造成粮食减产、农民收入降低，更重要的是挫伤了农民种植的积极性，尤其是近些年洞庭湖区发生的鼠灾、蝗虫灾，令大部分农民感到恐慌，对粮食生产失去信心，这必然导致农业生产存在较大的潜在危险。从客观分析，灾害的发生可以用概率论里的"0"和"1"来衡量，一旦发生了则概率为 1，不管是何种灾害，必然是粮食数量安全的风险因子，不存在灾害发生了对粮食生产未造成影响的情况，否则不能称该事件为"灾害"。因此，作为定量识别中较特殊的指标，因灾减产量指数的作用是衡量灾害因子的作用对粮食数量安全的危害程度，评价风险的大小。综上，可对除 X_8 因灾减产量指数以外的 7 个指标按照数量安全定量识别的方法进行分析。

第一步，趋势分析。由图 10-19 可以看出，在上述 7 个正指标中，没有指标呈现单调

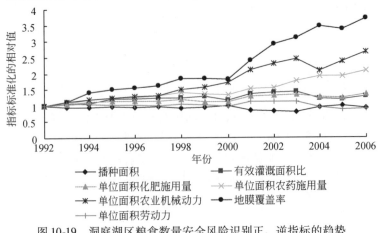

图 10-19　洞庭湖区粮食数量安全风险识别正、逆指标的趋势

上升或下降趋势，都存在一定的波动现象，通过正、逆指标的历史变动规律识别，第一步不能确定上述任何指标所反映的因子为风险因子。

第二步，风险系数计算。以洞庭湖区 1992~2006 年的数据为基础，以粮食产量为因变量 X_0，根据式（10-3）~式（10-15），对上述 7 个指标进行关联度、相对波动系数和风险系数的计算，结果如表 10-4 所示。

表 10-4　粮食生产系统的各指标风险系数

指标	关联度 ρ_i	相对波动系数 γ_i /%	风险系数 Φ_i /%	识别结果
X_1 播种面积	0.922	1247.23	1149.94	√
X_2 有效灌溉面积比	0.919	300.56	276.22	√
X_3 单位面积劳动力	0.872	588.49	513.17	√
X_4 单位面积化肥施用量	0.764	194.31	148.46	√
X_5 单位面积农药施用量	0.741	190.83	141.41	√
X_6 单位面积农业机械动力	0.712	195.23	139.01	√
X_7 地膜覆盖率	0.636	105.23	66.78	—

第三步，确定风险阈值。选取综合风险阈值进行风险识别，在对洞庭湖区为示范区研究中，风险系数的阈值 φ_i =80%。因此，当风险系数 Φ_i > 80% 时，该指标所反映的因子为风险因子（表 10-4）。

第四步，比较判断指标，识别风险因子。经过比较识别：X_1 播种面积、X_2 有效灌溉面积比、X_3 单位面积劳动力、X_4 单位面积化肥施用量、X_5 单位面积农药施用量、X_6 单位面积农业机械动力这 6 个指标的风险系数大于阈值，因此，其所对应的耕地资源约束、水资源利用程度、劳动力投入、农药投入、化肥投入、农业机械总动力投入是洞庭湖区粮食数量安全的风险因子。

2）对食物消费系统进行风险因子定量识别

根据经济学的需求理论及凯恩斯消费理论，在某种食物消费未饱和时，人均收入、人口数量和人均食物消费量的增加都会导致食物总需求量的增加，所以 X_9 人均收入、X_{10} 人口数量、X_{11} 人均食物消费量这 3 个指标都属于逆指标。

a. 第一步，趋势分析

由图 10-20 和图 10-21 可以看出，城镇人均可支配收入、农村人均纯收入和人口数量以一定的速率呈单调上升趋势，但是 X_9 人均收入、X_{10} 人口数量属于逆指标，即随着人均收入的增加、人口数量的增加，粮食需求量越大，粮食数量安全的风险越大。因此，在洞庭湖区，X_9、X_{10} 对应的收入水平、人口数量为风险因子。

由图 10-22 可以看出，城乡人均食物消费量都在波动中上升，需进一步分析。

b. 第二步，计算风险系数

（1）灰色关联度。以 1992~2006 年洞庭湖区食物总需求量为因变量，人均食物消费量为自变量，为了使食物总需求和人均食物消费相对应，此处的食物总需求量不包括工业用粮、种子用粮等，仅计算口粮消费量，各种肉类及其制品、禽蛋类及其制品和水产

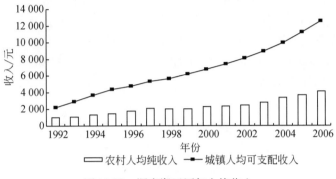

图 10-20　洞庭湖区历年人均收入

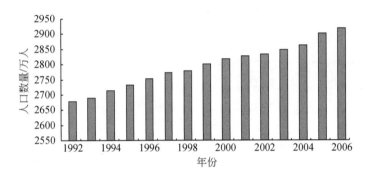

图 10-21　洞庭湖区历年人口数量

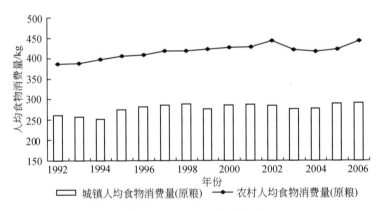

图 10-22　洞庭湖区历年城乡人均食物消费量

品的需求量。为了比较直观和系统地研究两者之间的关系，把各种肉类及其制品、禽蛋类及其制品和水产品的消费需求量按照一定比例转化为粮食的消费需求量（原粮）。本节结合郭书田和肖国安的研究结论，最终采取转化比率为猪肉料比为 1:4，牛羊肉料比为 1:2，禽蛋比为 1:2.5，鱼料比为 1:0.8，将所有动物性食物人均消费量转化成为人均粮食消费量。

根据式（10-3）～式（10-10），运用灰色关联系数计算法，计算城乡人均食物消费量与食物总需求量之间的灰色关联度分别为 $\rho_1 = 0.712$，$\rho_2 = 0.829$。

（2）相对波动系数。根据式（10-11）～式（10-14），计算城乡人均食物消费量的相对波动系数分别为 $\gamma_1 = 167.63\%$，$\gamma_2 = 146.44\%$。

（3）风险系数。根据式（10-15），计算城乡人均食物消费量的风险系数分别为 $\Phi_1 = 119.35\%$，$\Phi_2 = 121.39\%$。

c. 第三步，确定风险阈值

根据 10.2.3 可知，食物需求系统各因子风险系数的阈值 $\varphi_0 = 80\%$。

d. 第四步，比较判断指标，识别风险因子

因城乡人均食物消费量的风险系数均大于风险阈值，所以人均食物消费量为风险因子。

因此，从需求方面识别，洞庭湖区的人均食物消费量、收入水平、人口数量是影响粮食需求的风险因子。

3）综合食物的数量安全风险因子确定

经过食物数量安全风险因子的定量识别，将地膜投入从风险因子体系中剔除，确定自然灾害、耕地资源约束、水资源利用程度、劳动力投入、农药投入、化肥投入、农业机械总动力投入、人均食物消费量、收入水平、人口数量为洞庭湖区影响食物数量安全的风险因子。

10.2.4 洞庭湖区综合食物安全风险因子的分类

1. 风险因子分类的原则和方法

根据风险因子的性质、特点，发生的条件、形成的过程，不确定性，后果对人类的影响，有多种分类方式。主要介绍以下几种风险因子的分类方法。

1）按风险因子的环境分类

静态风险是指自然力的不规则变动或者人们行为的错误或失当所导致的风险。静态风险一般与社会的经济、政治变动无关，它是指社会经济正常情况下的风险，在任何社会经济条件下都是不可避免的，如雷电、霜害、地震、暴风雪、瘟疫等由于自然原因发生的风险和一些水灾、疾病、伤害、夭折等由于疏忽发生的风险，以及放火、欺诈等不道德造成的风险都属于静态风险。

动态风险是指由于社会经济的或政治的变动所导致的风险。例如，人口的增加、资本的增长、技术的进步、产业组织效率的提高、消费偏好的转移、政治经济体制的改革等引起的风险都属于动态风险。

2）按风险因子的性质分类

其分类标准是造成损害与造成损害或产生利益。

纯粹风险是指那些只有损失可能而没有获利可能的风险。自然灾害和意外事故，以及人的生老病死等均属此类风险。投机风险是指那些既有损失可能又有获利可能的风险。例如，商业上的价格投机等，就属于此类风险，其典型代表就是市场风险（牟英石和陈卓，2007）。

3）按风险因子的诱因分类

按照风险因子的诱因进行分类，有多种分法。可以分为自然风险和人为风险，自然灾害事故和不可抗拒的力量所产生的风险属于前者，而后者指人的作为下或在意识的作用下发生的风险。也可以把风险分为基本风险和特定风险，基本风险是指由于经济制度的不确定性、不正确性和不调和性，在社会上和政治上的变化，以及自然灾害造成的风险，即由非个人的，或至少是个人往往不能阻止的因素所引起的风险；特定风险是指由特定因素引起的，其前因和后果都与个人有关，通常是由某些个人或群体承担不确定性后果的风险。也可以把风险分为自然风险和社会风险，其中自然风险来源于自然界那些给人类活动带来影响的自然现象；社会风险来自于国家、集团、个人的政治、经济、文化状况的变化。社会风险表现在政治活动、政治斗争中就是政治风险；表现在生产、流通、交换、分配领域的各种经济活动中就是经济风险；表现在人类的生存环境中就是环境风险。

根据风险因子的性质、作用机制，结合综合食物安全风险因子的识别过程，采用按风险诱因分类的方法。风险源，即导致风险发生的客体以及相关的因果条件，可以是人为的，工程的，也可以是自然的；可以是物质的，也可以是能量的。它的产生是随机的，潜在的，具有相应概率，具有不确定性，具有物质上或能量上的强度（或剂量），它可以通过数学、物理、化学方法来确定。

2. 洞庭湖区综合食物数量安全风险因子分类的结果

根据10.2.2和10.2.3小节，并结合洞庭湖区综合食物安全风险因子的性质、来源及作用机制，采用按风险诱因进行分类的方法，将上述风险因子：自然灾害、耕地资源约束、水资源利用程度、劳动力投入、农药投入、化肥投入、农业机械总动力投入、人均食物消费量、收入水平、人口数量进行分类，共分为四大类风险源（图10-23）。

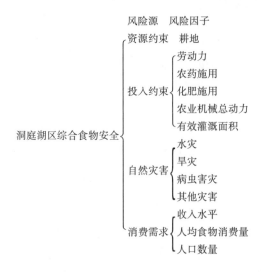

图10-23　洞庭湖区综合食物数量安全风险因子的分类图

各类风险源中包括具有相同点的风险因子，具体如下所示。

（1）资源约束风险。在洞庭湖区，水资源相对充足，资源约束风险主要体现在耕地方面，尤其是耕地数量远低于全国平均水平，耕地质量也因化肥、农药的过量投入而下降。

（2）生产投入性约束风险。洞庭湖区投入约束风险包括生产资料投入约束和人力投入约束两方面。一方面化肥、农药、农业机械总动力、有效灌溉面积的投入虽达到一定的值，但从敏感性和稳定性分析，仍是危害粮食数量安全潜在的风险因子；另一方面农业劳动人口投入变化也成为其风险因子之一。

（3）自然灾害风险。洞庭湖区自然灾害类风险主要以水灾、旱灾等气象灾害为主；病虫害灾有加重的趋势，都属于自然灾害类风险因子。

（4）消费需求风险。洞庭湖区为粮食主产区，农业生产是多数农户获得收入的主要方法，粮食供大于求，但是人均食物消费量、人口数量的增加及收入水平的增长在一定范围内可能会导致食物需求量持续增加，致使未来供不应求，成为潜在的风险。

10.3　洞庭湖区综合食物数量安全风险评估

研究应用因子综合法和缺口率法两种评估方法对洞庭湖区综合食物数量安全风险进行了评估。两种评估方案均以风险识别结果为基础，从每种风险源入手，在单风险源分析的基础上，进行了综合风险评估。由于洞庭湖区是中国传统的粮食主产区，国际贸易不直接对示范区粮食生产产生影响，故不考虑国际贸易对该区域的粮食生产影响，因此洞庭湖区的综合食物数量安全风险评估对象主要为自然灾害风险、资源约束风险、投入约束风险、消费需求风险以及在单风险源共同作用下的综合风险。

洞庭湖区包括长沙、株洲、湘潭、岳阳、常德和益阳 6 市的 47 个县（市、区），其中，长沙市市辖 5 区 4 县（市），株洲市市辖 4 区 5 县（市），湘潭市市辖 2 区 3 县（市），岳阳市市辖 3 区 6 县（市），常德市市辖 2 区 7 县（市），益阳市市辖 2 区 4 县（市）。由于数据约束，本研究将各市市辖区分别合并为一个单元进行评价研究，因此实际风险评价单元为 35 个。

10.3.1　基于因子综合法的综合食物数量安全风险评估方法

本节通过构建基于信息扩散理论的自然灾害风险评估模型，基于资源保障能力模型的资源约束风险评估模型，基于 C-D 生产函数模型的投入约束风险评估模型以及基于新古典增长模型的食物消费变动模型分别对洞庭湖区综合食物安全的自然灾害风险、资源约束风险、投入约束风险和消费需求风险进行了风险评估；在此基础上，构建了基于因子综合法的综合食物数量安全风险评价模型，对洞庭湖区不同风险源进行了综合食物数量安全风险评价。

1. 洞庭湖区综合食物数量安全的自然灾害风险评估

洞庭湖区是中国农业自然灾害频发的区域之一。根据统计数据显示，1986～2006

年的 21 年间因灾粮食减产 $2.12 \times 10^7 t$，其中水灾、旱灾、病虫害灾害和其他灾害减产量分别为 $1.13 \times 10^7 t$、$4.82 \times 10^6 t$、$3.43 \times 10^6 t$ 和 $1.59 \times 10^6 t$，分别占研究区域粮食总产量的 4.11%、1.76%、1.25% 和 0.58%。可以看出，洞庭湖区粮食生产受自然灾害影响较大，因此需要对其进行风险评估，并在此基础上作出预警和防范，使受灾损失降到最低。

1）自然灾害风险评估指标的确定

用于表征自然灾害的风险指标较多，考虑到统计数据的限制，基于科学性、数据易于获取性以及真实反映的原则，本节选取因灾减产强度作为自然灾害风险评估的指标。如式 (10-16) 所示：

$$X_D = \frac{D}{O} \tag{10-16}$$

式中，X_D 为因灾减产强度；D 为因灾粮食总减产量（t）；O 为粮食总产量（t）。

2）自然灾害风险评估模型的构建

在灾害风险评估研究中，以往多采用基于灾害重演的极值风险评估模型和基于统计理论的概率风险模型（任鲁川，1999）。其中基于大数定律的概率风险模型所需要计算的样本量较大，但水旱灾害数据主要依赖于年鉴和其他统计资料，时间序列相对较短，据此得到的风险评估结果与结论常表现出不稳定特征，甚至与实际状况相差甚远（黄崇福和刘新立，1998）。近年来，随着数理计算方法的不断发展，能够对小样本事件进行准确分析的信息扩散理论已应用于农业气象灾害风险评估中，取得了一些具有较好完备性和较强确定性的成果（罗伯良等，2009；汪金英和尚杰，2009；张丽娟等，2009；王积全和李维德，2007）。信息扩散是一种对小样本数据进行集值化处理的模糊数学方法，这种方法通过优先考虑对样本进行集值化处理，从而弥补了小样本数据信息的不足。信息扩散的原始形式是信息分配，即传统的概率统计样本点在信息扩散中并不仅仅是一个样本点，而是处理为一个集值，以此增加模型分析的样本量，解决样本量少的问题。信息扩散理论对于给定的样本，可以估计一个关系，并利用该估计关系使扩散估计值比非扩散估计值更为靠近真实关系，挖掘出尽可能多的有效信息，提高统计计算精度（Xu and Liu，2009；Feng and Huang，2008；Huang and Moroga，2005）。

在基于信息扩散理论的风险分析模型中，设 X 为某区域在过去 m 年内因灾减产强度的实际观测值样本集合（黄崇福，2005），

$$X = \{x_1, x_2, x_3, \cdots, x_{i-1}, x_i, x_{i+1}, \cdots, x_m\} \tag{10-17}$$

式中，x_i 为观测样本点；m 为样本观测总数。

设 U 为 X 内每个实际观测值样本进行信息扩散的范围集合，

$$U = \{u_1, u_2, u_3, \cdots, u_{j-1}, u_j, u_{j+1}, \cdots, u_n\} \tag{10-18}$$

式中，u_j 为区间 [0，1] 内以固定间隔离散得到的任意离散实数值；n 为离散点总数。

在样本集合 X 中，任意观测样本点 x_i 依下式将其所携带的信息扩散给 U 中的所有点，

$$f_i(u_j) = \frac{1}{h\sqrt{2\pi}} \exp\left(-\frac{(x_i - u_j)^2}{2h^2}\right) \tag{10-19}$$

式中，h 为扩散系数，其解析式表达如下：

$$h = \begin{cases} 0.8146 \times (b-a) & m = 5 \\ 0.5690 \times (b-a) & m = 6 \\ 0.4560 \times (b-a) & m = 7 \\ 0.3860 \times (b-a) & m = 8 \\ 0.3362 \times (b-a) & m = 9 \\ 0.2986 \times (b-a) & m = 10 \\ 2.6851 \times (b-a) & m \geq 11 \end{cases} \qquad (10\text{-}20)$$

其中 a 和 b 分别为样本集合 X 中的最小值和最大值。

若记

$$C_i = \sum_{j=1}^{n} f_i(u_j) \qquad (10\text{-}21)$$

则任意样本 x_i 的归一化信息分布可记为

$$\mu_{x_i}(u_j) = \frac{f_i(u_j)}{C_i} \qquad (10\text{-}22)$$

假设

$$q(u_j) = \sum_{i=1}^{m} \mu_{x_i}(u_j) \qquad (10\text{-}23)$$

$$Q = \sum_{j=1}^{n} q(u_j) \qquad (10\text{-}24)$$

则由式（10-23）和式（10-24）的比值可得到式（10-25）如下：

$$p(u_j) = \frac{q(u_j)}{Q} \qquad (10\text{-}25)$$

由式（10-25）可以得到不同减产情景风险源发生的概率。灾害风险系统是一个复杂模糊不确定性的系统，因此灾害风险的表征并不能通过简单的某一种风险情景的风险值来表达，而应该是一个代表不同情景风险的综合值，所以自然灾害风险值 R_D 指不同等级强度自然灾害后果 S 及其相应出现频率 P 的乘积后求和的函数，其表达式为

$$R_D = F(S_D, P_D) = \sum_{C=1}^{n} S_{DC} P_{DC} \qquad (10\text{-}26)$$

式中，R_D 为自然灾害风险值；S_{DC} 为不同自然灾害强度等级情境下的风险后果；P_{DC} 为不同自然灾害强度等级情境下的风险后果发生的概率，$C=1，2，3，\cdots，n$，指不同灾害等级情景。

中国民政部制订了农村自然灾害灾情分级标准，按农作物受灾程度分为四级，一级轻灾为减产 30% 以下，二级中灾为减产 30%~50%，三级重灾为减产 50%~80%，四级巨灾为减产 80% 以上（表 10-5）。

表 10-5　农村自然灾害分级标准

灾害等级	轻灾	中灾	重灾	巨灾
减产程度	$L < 30\%$	$30\% \leq L < 50\%$	$50\% \leq L < 80\%$	$L \geq 80\%$

自然灾害风险等级的划分是一个区间，根据系统性、代表性原则，本研究中选用不同灾害等级的灾害风险算术平均值表征不同灾害等级的风险。

3）风险等级的划分

为了使风险值等级划分具有可比性，对风险值进行了线性函数转化的标准化处理。其中线性函数标准化函数为

$$y = (x - \text{minvalue}) / (\text{maxvalue} - \text{minvalue}) \tag{10-27}$$

式中，x、y 分别为转换前、后的值；maxvalue、minvalue 分别为转换前风险值的最大值、最小值。

根据系统性、可比性原则，将自然灾害风险标准值等分划分为高风险、中风险、小风险和低风险四种风险等级（表10-6）。

表 10-6　自然灾害风险分级标准

风险等级	低风险	小风险	中风险	高风险
风险值	$R \leqslant 0.25$	$0.25 < R \leqslant 0.5$	$0.50 < R \leqslant 0.75$	$0.75 < R \leqslant 1$

4）风险评估分析

根据自然灾害的风险评估模型，可以确定洞庭湖各县（市、区）综合食物数量安全的自然灾害风险状况具体如表10-7、图10-24所示。

表 10-7　洞庭湖区综合食物数量安全的自然灾害综合风险表

地区	风险值	风险等级	地区	风险值	风险等级
长沙市辖区	0.06	低风险	湘阴县	0.52	中风险
长沙县	0	低风险	平江县	0.18	低风险
望城县	0.32	小风险	汨罗市	0.18	低风险
宁乡县	0.20	低风险	临湘市	0.64	中风险
浏阳市	0.15	低风险	常德市辖区	0.31	小风险
株洲市辖区	0.17	低风险	安乡县	0.64	中风险
株洲县	0.12	低风险	汉寿县	0.56	中风险
攸县	0.26	小风险	澧县	0.79	高风险
茶陵县	0.28	小风险	临澧县	0.64	中风险
炎陵县	0.59	中风险	桃源县	0.72	中风险
醴陵市	0.01	低风险	石门县	0.83	高风险
湘潭市辖区	0.09	低风险	津市市	0.59	中风险
湘潭县	0.13	低风险	益阳市辖区	0.38	小风险
湘乡市	0.08	低风险	南县	0.62	中风险
韶山市	0.20	低风险	桃江县	0.64	中风险
岳阳市辖区	0.67	中风险	安化县	0.78	高风险
岳阳县	0.54	中风险	沅江市	0.50	小风险
华容县	0.91	高风险			

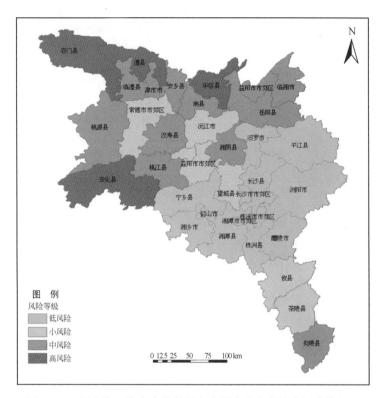

图 10-24　洞庭湖区综合食物数量安全的自然灾害综合风险等级图

　　由洞庭湖区自然灾害风险评估结果可以看出：洞庭湖区的岳阳市、常德市和益阳市所辖的各县（市、区）以中高风险为主，株洲南部以中小风险为主，株洲市北部以及中部的长沙市和湘潭市所辖各县（市、区）以低风险为主。其中高风险区 4 个，分别是石门县、澧县、华容县和安化县，均位于洞庭湖区北部；中风险区 12 个，除洞庭湖区最南部的炎陵县外，其余的均分布于洞庭湖区北部的岳阳市、常德市和益阳市所辖的各县（市、区）；小风险区域 6 个，分布于株洲市南部的茶陵县、攸县和洞庭湖区北部的常德市市辖区、益阳市市辖区、沅江市和望城县；低风险区 13 个，位于湖区的中部地区。从地形地貌角度看，洞庭湖区自然灾害风险较高的区域分布在洞庭湖区北部的湖区平原以及西部和南部的低山、丘陵县（市、区）。

　　根据不同灾种因灾减产量占各区域因灾减产总量的比例，可以确定洞庭湖各县（市、区）的主导灾种，由表 10-8 可以看出洞庭湖区岳阳、常德和益阳三市中除西北部的临澧县、桃源县和石门县等县（市、区）由于水旱灾害共同作用主导其风险外，其余环湖县市辖区以及湘潭市所辖的各县（市、区）自然灾害风险的主导因素均为水灾；长沙市主要表现为多灾种共同主导了综合自然灾害风险。株洲除最南部炎陵县和茶陵县是旱灾起到主要作用外，其余各县（市、区）以水、旱、病虫害灾害共同作用主导。

表 10-8　不同种灾害风险对自然灾害综合风险的贡献率分析　　（单位:%）

地区	水灾减产比例	旱灾减产比例	病虫害减产比例	其他灾害减产比例	主要作用灾种
长沙市辖区	18.38	2.35	73.61	5.66	病虫害灾
长沙县	14.89	33.44	41.75	9.92	旱灾、病虫害灾
望城县	46.75	28.10	18.95	6.21	水灾
宁乡县	26.42	24.89	22.44	26.26	水灾、旱灾、病虫害灾、其他灾害
浏阳市	26.99	38.06	12.80	22.16	水灾、旱灾、其他害灾
株洲市辖区	28.38	38.61	31.37	1.64	水灾、旱灾、病虫害灾
株洲县	19.38	39.48	29.92	11.21	旱灾、病虫害灾
攸县	33.55	39.86	26.59	0.00	水灾、旱灾、病虫害灾
茶陵县	33.08	51.41	11.99	3.52	旱灾
炎陵县	17.30	58.99	19.92	3.79	旱灾
醴陵市	36.11	23.45	33.45	7.00	水灾、病虫害灾
湘潭市辖区	54.67	23.46	7.18	14.69	水灾
湘潭县	57.16	14.17	15.04	13.63	水灾
湘乡市	48.08	14.50	16.49	20.93	水灾
韶山市	40.74	21.30	27.97	9.99	水灾
岳阳市辖区	62.68	9.93	23.61	3.78	水灾
岳阳县	81.32	10.00	7.07	1.60	水灾
华容县	66.26	12.82	11.53	9.39	水灾
湘阴县	58.07	16.48	11.39	14.06	水灾
平江县	47.69	15.47	23.60	13.24	水灾
汨罗市	58.56	20.76	15.60	5.08	水灾
临湘市	72.99	8.18	12.44	6.39	水灾
常德市辖区	60.35	21.41	14.78	3.46	水灾
安乡县	61.79	12.19	18.43	7.58	水灾
汉寿县	65.01	14.38	20.28	0.34	水灾
澧县	57.69	36.00	4.77	1.54	水灾
临澧县	49.01	35.55	14.55	0.88	水灾、旱灾
桃源县	49.10	41.53	8.83	0.54	水灾、旱灾
石门县	38.28	47.34	7.26	7.12	水灾、旱灾
津市市	50.31	35.37	13.27	1.06	水灾
益阳市辖区	72.59	15.11	8.91	3.40	水灾
南县	63.14	3.87	17.96	15.03	水灾
桃江县	64.14	13.98	13.72	8.15	水灾
安化县	65.07	26.15	2.54	6.24	水灾
沅江市	70.38	5.40	6.58	17.64	水灾

2. 洞庭湖区综合食物安全的资源约束风险评估

综合食物安全的资源约束风险是指资源环境背景条件约束导致的食物安全风险，资源约束风险的资源背景主要指耕地资源和水资源状况。洞庭湖区河网密布，水资源丰富，水资源总量及可利用量均较高。鉴于此，本研究重点对洞庭湖区的耕地资源约束进行风险评估。

洞庭湖区耕地面积占洞庭湖区总土地面积的 23%。耕地资源地区分布不均衡，如图 10-25 所示，宁乡县的耕地面积最大，超过了 90 000 hm²，其次为桃源县、常德市辖区、湘潭县、浏阳市、澧县、益阳市辖区以及华容县，耕地面积都在 70 000 hm² 左右。长沙市、株洲市、湘潭市以及岳阳市的市辖区耕地面积较少，而常德市和益阳市市辖区的耕地面积较大，这一方面与其行政所辖土地总面积的大小有关，另一方面主要是前四个市市辖区的经济发展较好，建设用地占用农用地而导致的结果。

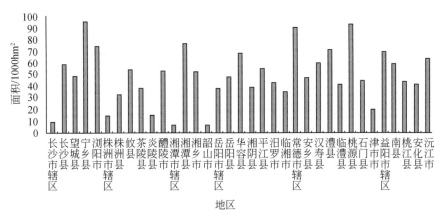

图 10-25　洞庭湖区各县（市、区）耕地面积分布图

洞庭湖区耕地资源时间上的变化比较大，如图 10-26 所示，图中显示洞庭湖区的耕地面积在 1999 年和 2000 年之间出现了跳跃性的变化，这主要是由于统计口径的改变。将图 10-26 中洞庭湖区耕地面积年际变化的走势分为 1986～1999 年和 2000～2005 年两个阶段。

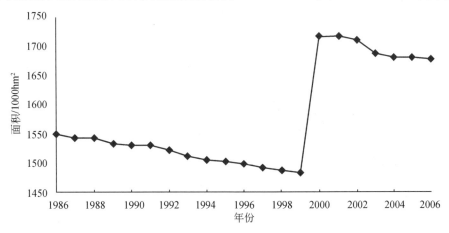

图 10-26　洞庭湖区耕地面积年际变化图

在这两个阶段中洞庭湖区的耕地面积均呈下降趋势。因此，洞庭湖区的耕地面积处于减少的趋势，平均每年减少 4920 hm^2，这一方面与工业发展建设用地占用耕地有一定关系，另一方面还与国家所施行的退耕还湖等政策有关。

1）资源约束风险评估指标的确定和估计模型的构建

耕地资源约束风险的风险事件是耕地资源的约束导致综合食物安全出现问题，即粮食产量无法满足粮食需求量（袁志刚，2005；胡靖，2003；朱泽，1998；Chung et al.，1997；Haddad et al.，1994；Maxwell and Frankenberger，1992）。因此，耕地资源约束风险是指粮食供给无法满足粮食需求的概率。本研究用区域耕地的粮食总生产能力表示该区域粮食的供给能力。对于区域的粮食需求量并非取区域自身的粮食需求量，而是全国综合食物安全对该区域粮食产量的需求，即粮食生产安全量。

a. 评估指标

选取的风险评估指标为粮食总生产能力趋势阈值和粮食生产安全量。其中粮食总生产能力趋势阈值又分为粮食单产趋势阈值和耕地面积趋势值。粮食单产趋势阈值是指粮食单产在未来可达到的值的区间，即粮食单产在未来最低可达到的值和最高可达到的值；耕地面积趋势值是指耕地面积在可预见的未来最低可达到的值和最高可达到的值。

粮食生产安全量是根据区域的耕地资源、气候资源以及社会经济影响分别在全国总量中所占的比例，计算该区域在全国综合食物安全的粮食生产中所应该承担的粮食产量比例。

b. 评估模型

（Ⅰ）粮食总生产能力趋势阈值

ⅰ. 粮食单产趋势阈值

粮食生产水平是粮食生产所能达到的理论单产，而粮食单产则是粮食生产的实际单产，它们之间的关系类似于经济学中价值与价格的关系（李方敏等，2007）。在粮食生产中，由于受自然气候等偶然因素的影响，粮食单产（实际值）往往在粮食生产水平（理论值）附近上下波动，即有丰年和歉年之分，如图 10-27 所示。

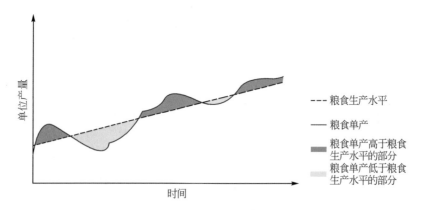

图 10-27　粮食单产与粮食生产水平示意图

将影响粮食单产高低的因素分为三类：第一类比较稳定，如耕地质量方面，称为基础因素，是粮食生产的基本条件，在同一区域内处于比较稳定的状态；第二类是可以控制的，如农药化肥投入等科学技术方面，称为可控因素，随着科学技术的进步，在同一区域内由可控因素影响的那部分粮食单产一般处于稳步上升的状态；第三类因素的发生比较偶然、随机，无法控制，如自然气候，称为偶然因素，它对粮食单产有正负两方面的影响，正影响使粮食单产高于粮食生产水平，负影响使粮食单产低于粮食生产水平。

因此，粮食生产水平是粮食单产中除去偶然因素的影响，与基础因素和可控因素对应的那部分粮食单产。粮食单产数据反映的是一整年的粮食生产情况，表现为分段函数。设粮食单产函数 $y = f(x)$，偶然因素对粮食单产的影响为 $h(x)$，粮食生产水平为 $y_0 = g(x)$，可知：

$$h(x) = f(x) - g(x) \tag{10-28}$$

由于偶然因素发生的随机性，根据古典概率模型可知，偶然因素对粮食单产产生正影响和负影响的概率相等。因此，偶然因素对粮食单产的长期正负影响也相等，即

$$\int_0^\infty h(x)\,\mathrm{d}x = 0 \tag{10-29}$$

在图 10-27 中表示为蓝色区域与黄色区域的面积相等。

粮食生产水平的发展符合生长曲线的特征，即初期增长缓慢，然后慢慢加快，经过发展时期，成熟时期的增长速度达到最快后逐渐变慢（王军宁，2005）。由于粮食生产发生时期的年代久远，数据无法获取。去掉发生时期，粮食生产水平的发展趋势符合"厂"形特征的对数曲线，即 $g(x) = a\ln x + b$（其中，a、b 为未知参数）。

利用最小二乘法及式（10-29）求得参数 a、b，最终求得 $g(x)$：

$$g(x) = \frac{\sum_{i=1}^n (\ln x_i - \overline{\ln x})(y_i - \bar{y})}{\sum_{i=1}^n (\ln x_i - \overline{\ln x})^2} \tag{10-30}$$

式中，第 i 年的粮食生产水平为

$$\int_{i-1}^i g(x)\,\mathrm{d}x \tag{10-31}$$

由此可得历年粮食生产水平的趋势值。

由于偶然因素对粮食单产的影响有正负影响两方面，所有影响的最大值表示偶然因素对粮食单产的极端增产量，最小值表示偶然因素对粮食单产的极端减产量。那么在粮食生产水平趋势值的基础上：

加上偶然因素对粮食单产的极端增产量得粮食单产趋势值的极端高值（y_{max}）；

加上偶然因素对粮食单产的极端减产量得粮食单产趋势值的极端低值（y_{min}）；

由此，粮食单产趋势阈值为（$y_{min} \sim y_{max}$）。

ⅱ. 耕地面积趋势值

影响耕地面积变化的因素多而复杂，有确定性因素，也有非确定因素，很难通过耕地面积与某些指标之间的关系建立模型预测未来耕地数量变化情况。灰色系统理论是介于黑色系统（信息缺乏的系统）和白色系统（信息充分的系统）之间的一种系统状态，耕地资源系统正是这样一个灰色系统（侯锐和李海鹏，2007；郭海洋，2006；谢俊奇等，2004）。

本节应用灰色模型 GM（1，1）预测未来耕地面积，即基期年后第 k 年的耕地面积预测值为 $\hat{x}^{(0)}(k+1)$。

iii. 粮食总生产能力趋势阈值

根据评价单元的粮食作物熟制以及历年各种粮食作物播种面积占农作物播种面积的比例确定该单元粮食作物的种植制度。根据粮食作物的单产以及种植制度中粮食作物的茬数等，求出耕地的粮食单产能力（郭燕枝等，2007），如式（10-32）所示：

$$y = \frac{\sum_{i=1}^{n} x_i}{t} \tag{10-32}$$

式中，y 为耕地的粮食单产能力；x_i 为种植制度中第 i 茬粮食作物的单产；n 为种植制度中粮食作物的茬数；t 为种植制度的周期。

由于水田与旱地的种植制度截然不同，在评价耕地的粮食单产能力时，将耕地分为水田和旱地两部分进行分析。旱地的粮食单产能力如式（10-33）所示：

$$y_d = \frac{\sum_{d=1}^{n} x_d}{t} \tag{10-33}$$

式中，y_d 为旱地的粮食单产能力；x_d 为种植制度中第 d 茬旱地粮食作物的单产；n 为种植制度中粮食作物的茬数；t 为种植制度的周期。

评价水田的粮食单产能力时只考虑中国主要水田粮食作物——水稻的单产，如式（10-34）所示：

$$y_p = \frac{x_p \times n}{t} \tag{10-34}$$

式中，y_p 为水田的粮食单产能力；x_p 为水稻的单产；n 为种植制度中粮食作物的茬数；t 为种植制度的周期。

在粮食生产中，耕地不仅用来种植粮食作物，还用来种植油料作物、糖料作物等其他农作物。所以，根据粮食播种面积占农作物播种面积的比例对耕地的粮食总生产能力进行修正（郭燕枝等，2007），如式（10-35）所示：

$$Y = (y_p a_p + y_d a_d) \times \frac{A_g}{A_p} \tag{10-35}$$

式中，Y 为耕地的粮食总生产能力；a_p、a_d 分别为水田和旱地的面积；A_g、A_p 分别为粮食播种面积和农作物播种面积。区域耕地的粮食总生产能力等于各评价单元耕地的粮食总生产能力之和。

根据粮食单产的趋势阈值及耕地面积的预测值代入粮食总生产能力的计算公式求得粮食总生产能力的趋势阈值：

代入粮食生产水平趋势值（y_0）及耕地面积预测值可得到粮食总生产能力的趋势值（Y_0）。

代入粮食单产趋势的极端低值（y_{min}）及耕地面积预测值可得到粮食总生产能力趋势的极端低值（Y_{min}）。

代入粮食单产趋势的极端高值（y_{max}）及耕地面积预测值可得到粮食总生产能力趋势

的极端高值（Y_{max}）。

由此，粮食总生产能力的趋势阈值为（$Y_{min} \sim Y_{max}$）。

（Ⅱ）粮食生产安全量

选取耕地面积和粮食单产代表耕地资源的禀赋，种植制度中粮食作物的茬数代表自然气候对粮食生产的影响，粮食播种面积占农作物播种面积的比例代表社会经济对粮食生产的影响，见式（10-36）：

$$d = \frac{a \times x \times n \times e}{A \times X \times N \times E} \times 100\% \qquad (10\text{-}36)$$

式中，d 为评价单元在全国粮食生产中所应该承担的比例；a、x、n、e 分别为评价单元的耕地面积、粮食单产、种植制度中粮食作物的茬数以及粮食播种面积占农作物播种面积的比例；A、X、N、E 分别为全国（除港、澳、台外）的耕地面积、粮食单产、种植制度中粮食作物的茬数以及粮食播种面积占农作物播种面积的比例。

再根据全国粮食需求量计算评价单元在全国粮食生产中所应该承担的粮食产量，即粮食生产安全量，见式（10-37）：

$$D = q \times d \qquad (10\text{-}37)$$

式中，D 为粮食生产安全量，q 为全国粮食需求量。

2）风险等级的划分

根据 Y_{min}、Y_{max} 和 Y_0 及粮食生产安全量估算该单元粮食产量安全国综合食物安全对其需求的概率，并划分出风险等级，如表 10-9 所示。

表 10-9　粮食生产安全量风险等级划分表

风险等级	划分范围
Ⅰ	$D \leqslant Y_{min}$
Ⅱ	$Y_{min} < D \leqslant Y_0$
Ⅲ	$Y_0 < D \leqslant Y_{max}$
Ⅳ	$D > Y_{max}$

（1）$D \leqslant Y_{min}$，即粮食总生产能力的极端低值能够满足全国综合食物安全对其粮食产量的需求，那么风险事件发生概率为 0，为低风险，记为Ⅰ级。

（2）$Y_{min} < D \leqslant Y_0$，即粮食总生产能力的极端低值无法满足全国综合食物安全对其粮食产量的需求，只有粮食总生产能力的趋势值才能满足。风险事件发生的概率较小，为小风险，记为Ⅱ级。

（3）$Y_0 < D \leqslant Y_{max}$，即粮食总生产能力的趋势值无法满足全国综合食物安全对其粮食产量的需求，只有粮食总生产能力的极端高值才能满足。风险事件发生的概率较大，为中风险，记为Ⅲ级。

（4）$D > Y_{max}$，即粮食总生产能力的极端高值无法满足全国综合食物安全对其粮食产量的需求，那么风险事件发生的概率为 1，为高风险，记为Ⅳ级。

具体分布如图 10-28 所示。

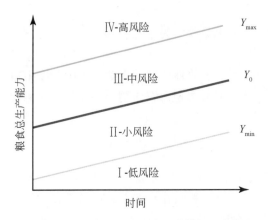

图 10-28　粮食总生产能力风险等级示意图

3）风险评估分析

根据洞庭湖区县（市、区）耕地的粮食总生产能力趋势阈值及粮食生产安全量对综合食物数量安全的约束风险进行划分，划分结果如表 10-10 和图 10-29 所示。

表 10-10　洞庭湖区综合食物数量安全的资源约束风险评估结果（2010 年、2015 年）

地区	2010 年	2015 年
长沙市辖区	小风险	高风险
长沙县	低风险	小风险
望城县	低风险	小风险
宁乡县	低风险	小风险
浏阳市	低风险	小风险
株洲市辖区	低风险	小风险
株洲县	小风险	小风险
攸县	低风险	小风险
茶陵县	低风险	小风险
炎陵县	低风险	小风险
醴陵市	小风险	小风险
湘潭市辖区	小风险	中风险
湘潭县	低风险	小风险
湘乡市	低风险	小风险
韶山市	小风险	小风险
岳阳市辖区	小风险	小风险
岳阳县	小风险	小风险
华容县	小风险	中风险
湘阴县	小风险	中风险
平江县	低风险	小风险
汨罗市	小风险	中风险
临湘市	低风险	小风险
常德市辖区	小风险	中风险

地区	2010 年	2015 年
安乡县	小风险	小风险
汉寿县	小风险	小风险
澧县	小风险	小风险
临澧县	小风险	小风险
桃源县	小风险	小风险
石门县	低风险	低风险
津市市	小风险	中风险
益阳市辖区	小风险	中风险
南县	小风险	中风险
桃江县	小风险	小风险
安化县	低风险	低风险
沅江市	小风险	中风险
洞庭湖区平均	小风险	小风险

(a) 2010年

(b) 2015年

图 10-29　洞庭湖区各县（市、区）资源约束风险

由图 10-29 可以看出，2010 年洞庭湖区耕地粮食总生产能力的一般低值可以满足全国综合食物安全对该区域粮食产量的需求，但粮食总生产能力的极端低值无法满足，即洞庭湖区耕地资源的平均约束风险等级为小风险；2015 年洞庭湖区耕地粮食总生产能力的趋势值可以满足综合食物安全对该区域粮食产量的需求，但粮食总生产能力的一般低值无法满足，即洞庭湖区耕地资源的平均约束风险等级为小风险。2010 年，洞庭湖各县（市、区）资源约束风险为小风险、低风险，没有高风险和中风险；但是到 2015 年，长沙市辖区耕地资源约束为高风险，洞庭湖区北部的常德市辖区、益阳市辖区、津市市、华容县、南县、沅江市、汨罗市、湘阴县以及中部的湘潭市辖区耕地资源约束为中风险，其余县（市、区）除石门县和安化县为低风险外均为小风险。2015 年的风险水平较 2010 年相比

呈现加重态势。

3. 洞庭湖区综合食物安全的投入性约束风险评估

投入性约束风险指来源于生产投入改变所导致的生产性食物短缺风险。本研究根据食物数量安全风险因子定量识别的结果构建了基于 C-D 生产函数的投入约束风险评估模型，对洞庭湖各县（市、区）投入约束风险进行了评估。

1）投入要素的确定

一般而言，在一定投入水平下的食物生产水平可由形成要素和表征要素两部分构成。形成要素反映了食物生产的投入情况，表征要素反映了食物的产出能力。就食物生产投入情况又可大致分为三类：生产资料投入、劳动力投入和其他投入。其中，其他投入要素主要指政策等要素的投入，由于政策的实施在一定时间内具有相对稳定的特点，故本研究根据系统性、可操作性、数据的可获取性等原则，针对生产资料投入和劳动力投入确定了投入要素的选取，并在此基础上确定了投入约束风险评价指标。

a. 生产资料投入

土地是食物生产的载体，这是对粮食生产起决定性作用的要素，在粮食的各种生产投入要素中具有不可替代性。中国的粮食生产是多熟制农业，包括一年两熟、三熟，两年三熟等方式，粮食播种面积是真正反映土地的投入水平，因此本研究选取了粮食播种面积表征在粮食生产中土地投入的状况。除了播种面积投入外，其他生产资料投入还包括化肥投入、农药投入、农业机械总动力投入和有效灌溉面积情况等内容，具体如下。

化肥施用量指本年度内实际用于农业生产的化肥数量，包括氮肥、磷肥、钾肥和复合肥的实物量。由于在统计年鉴数据中，化肥的施用量按照农作物总施用量进行统计，因此在实际应用中对统计数据进行了修正，即粮食化肥施用量是通过粮食播种面积占农作物总播种面积的比例对农业化肥总使用总量修正而得

$$粮食生产化肥使用量 = 农业化肥使用总量 \times \frac{粮食播种面积}{农作物总播种面积} \qquad (10\text{-}38)$$

农药使用量指本年度内实际用于农业生产的农药使用数量。农药使用量和化肥施用量在年鉴中的统计方式相同，均是以农作物总施用量进行统计的，因此实际应用中也对农药总施用量进行修正后得到粮食生产的农药使用水平，即粮食农药施用量是通过粮食播种面积占农作物总播种面积的比例对农药使用总量修正而得

$$粮食生产农药使用量 = 农药使用总量 \times \frac{粮食播种面积}{农作物总播种面积} \qquad (10\text{-}39)$$

农业机械总动力指主要用于农业生产的动力机械的动力总和，包括耕作机械、排灌机械、收获机械、农用运输机械、植物保护机械和其他农业机械［内燃机按引擎马力折成瓦（特）计算、电动机按功率折成瓦（特）计算］。农业机械总动力的投入大大提高了农业生产效率。由于农业机械总动力投入也是以农业整体投入水平进行统计，因此实际应用中也对农业机械总动力投入进行修正后得到粮食生产的农业机械总动力投入水平，即农业机械总动力投入量是通过粮食播种面积占农作物总播种面积的比例对农业机械总动力投入量修正而得，

$$粮食生产农业机械总动力投入用量 = 农业机械总动力投入量 \times \frac{粮食播种面积}{农作物总播种面积}$$

$$(10\text{-}40)$$

有效灌溉面积指具有一定水源，地块比较平整，灌溉工程或设备已经配套，在一般年景下当年能够进行正常灌溉的耕地面积。有效灌溉面积是农田水利化的重要指标，在不同地区，一定程度上对粮食高产具有促进作用，选取有效灌溉面积所占粮食总播种面积的比例能更好地体现相应地域的灌溉程度，以此分析更具有可比性。

b. 劳动力是粮食生产的主体，也是影响粮食生产水平的一个重要因素

作为投入要素的劳动力其主要体现在劳动力的数量上。由于《湖南农村统计年鉴》中没有关于专门从事粮食生产的劳动力数据，所以只有选择能够准确得到的较相近的劳动力人口作为粮食生产中所投入劳动力的替代变量，从最大限度上减少数据统计所带来的误差。为此本研究中选择的是从事农林牧渔业的劳动力数据，然后将农业产值占农林牧渔总产值的比例和粮食播种面积占农作物总播种面积的比例这两项作为第一产业中粮食生产的从业人员的权数，以其与农林牧渔劳动力的乘积近似替代投入到粮食生产中的劳动力，计算公式如下：

$$粮食生产劳动力 = 农林牧渔劳动力 \times \frac{农业产值}{农林牧渔总产值} \times \frac{粮食播种面积}{农作物总播种面积}$$

$$(10\text{-}41)$$

2）投入性约束风险评价指标以及风险估计模型的确定

对于各单一投入要素而言，确定的评价指标为投入要素的投入约束系数。各投入要素综合作用下的评价指标为综合投入约束风险系数。

通过构建 C-D 生产函数，可以确定各投入要素的弹性系数。当投入要素的弹性系数为正值时，表明随着投入要素的增加粮食产量也将提升。如果投入要素的弹性系数为正值，而评估年的投入低于历史投入水平的最高值时，表明该投入要素并没有达到最好的投入状态，从生产投入角度而言，约束了粮食生产能力，因此存在风险。当投入要素的弹性系数为负值时，则反之。因此可以确定各投入要素的投入约束系数计算模型：

$$当投入要素的弹性系数为正值时，T_{(a,f,p,l,m,i)} = \frac{\max\beta_{(a,f,p,l,m,i)} - \alpha_{(a,f,p,l,m,i)}}{\max\beta_{(a,f,p,l,m,i)}}$$

$$(10\text{-}42)$$

$$当投入要素的弹性系数为负值时，T_{(a,f,p,l,m,i)} = \frac{\alpha_{(a,f,p,l,m,i)} - \min\beta_{(a,f,p,l,m,i)}}{\min\beta_{(a,f,p,l,m,i)}}$$

$$(10\text{-}43)$$

式（10-42）、式（10-43）中，a 为播种面积状况；f 为化肥投入；p 为农药投入；l 为劳动力投入；m 为农业机械总动力投入；i 为有效灌溉面积状况；$T_{(a,f,p,l,m,i)}$ 为投入要素的投入约束风险系数；$\alpha_{(a,f,p,l,m,i)}$ 为预测年份各要素的实际投入量；$\max\beta_{(a,f,p,l,m,i)}$ 为每种投入要素历史投入最大值；$\min\beta_{(a,f,p,l,m,i)}$ 为每种投入要素历史投入最小值。

综合投入约束风险系数 Y 用以评价各投入要素综合作用下的投入约束风险水平。Y 指预测年各种投入水平下的粮食产量与历史上一定投入水平下粮食产量最高值之差占历史上

粮食产量最高值的比例。该投入约束风险系数计算模型为

$$Y = \frac{\max z_{(a,f,p,l,m,i)} - y_{(a,f,p,l,m,i)}}{\max z_{(a,f,p,l,m,i)}} \tag{10-44}$$

式中，$y_{(a,f,p,l,m,i)}$ 为预测年在一定投入水平下的粮食产量；$\max z_{(a,f,p,l,m,i)}$ 为在一定投入水平下的历史粮食最高产量。

3）C-D 生产函数模型的构建

C-D 生产函数是美国芝加哥大学数学家柯布（Charles Cobb）与经济学家道格拉斯（Paul Douglas）合作，根据美国 1899~1922 年的历史资料，研究了劳动力投入和资本投入与产出之间的关系，得出了著名的也是最常使用的生产函数模型。

生产函数是描述生产过程中投入的生产要素的某种组合同它产出量之间的依存关系的数学表达式，即

$$Y = f(A, K, L, \cdots) \tag{10-45}$$

式中，Y 为产出；A、K、L 分别为土地、其他生产资料、劳动力投入要素。这里投入要素是指生产过程中发挥作用、对产出量产生贡献的生产要素；产出量指的是这种要素组合应该形成的产出量。生产要素对产出量的作用与影响，主要是由一定的技术条件决定的。因此，实质上生产函数反映了生产过程中投入要素与产出量之间的技术关系。它表明了要素转变为产品的比例关系和各种要素对产品的贡献的相互配合比例关系，且这种关系是在一定的技术前提条件下进行的。

根据 C-D 生产函数的基本模型，本研究构建了洞庭湖区的 C-D 生产函数模型：

$$\ln Y = C + \lambda_1 \ln a + \lambda_2 \ln f + \lambda_3 \ln p + \lambda_4 \ln m + \lambda_5 \ln l + \lambda_6 \ln i + \mu \tag{10-46}$$

式中，Y 为粮食产量；C 为截距项；λ_1、λ_2、λ_3、λ_4、λ_5、λ_6 分别为粮食播种面积、化肥投入、农药投入、机械投入、劳动投入、有效灌溉面积投入的弹性系数；μ 为误差项，并假定它是白噪音。

由于本节所使用的数据受到获取的限制，时间序列较短，为了能够得到更好的拟合效果，本研究采用了面板数据进行分析。且考虑到数据的特点，在回归中采取了截面固定效应的方法构建了洞庭湖区 C-D 生产函数，所以最终的模型形式为

$$\ln Y_{nt} = C_n + \lambda_1 \ln a_{nt} + \lambda_2 \ln f_{nt} + \lambda_3 \ln p_{nt} + \lambda_4 \ln m_{nt} + \lambda_5 \ln l_{nt} + \lambda_6 \ln i_{nt} + \mu \tag{10-47}$$

式中，n 为截面，1~35 分别表示洞庭湖区 35 个评价单元；t 为时间，取值为 1992~2005 年。

在截面固定效应的模型中，对于所有的县（市、区）来说，各种投入要素的弹性系数是一样的，但它们的截距项是不一样的，也就是说每个县（市、区）除了所选取的各种投入要素变量外，还都有自己特有的影响粮食产量的因素。

4）风险等级的划分

为了使风险值等级划分具有可比性，对通过模型计算的风险值通过线性函数转化进行了标准化处理。其中线性函数标准化函数为

$$u = (v - \text{minvalue}) / (\text{maxvalue} - \text{minvalue}) \tag{10-48}$$

式中，u、v 分别为转换前、后的值；maxvalue 和 minvalue 分别为风险值转换前最大值和最小值。

根据系统性、可比性原则，将投入约束风险划分为高风险、中风险、小风险和低风险四种风险等级（表 10-11）。

表 10-11　洞庭湖区投入约束风险等级表

风险等级	低风险	小风险	中风险	高风险
风险值	$R \leqslant 0.25$	$0.25 < R \leqslant 0.5$	$0.5 < R \leqslant 0.75$	$0.75 < R \leqslant 1$

5）风险评估分析

a. 洞庭湖区 C-D 生产函数的构建结果

根据上述 C-D 生产函数模型，构建了洞庭湖区的 C-D 生产函数，其模型参数如表 10-12 和表 10-13 所示。

表 10-12　洞庭湖区 C-D 生产函数模型参数

投入变量	弹性系数	标准误	t 检验值	P 值
粮食播种面积	0.8856	0.0419	21.1259	0.0000
粮食生产化肥投入	0.0365	0.0268	1.3619	0.1739
粮食生产农药投入	0.0349	0.0121	2.8646	0.0044
农业机械总动力投入	0.0396	0.0115	3.4565	0.0006
粮食生产劳动力投入	−0.0718	0.0336	−2.1353	0.0333
粮食生产有效灌溉面积比	0.1873	0.0519	3.6081	0.0003
R-squared	0.9999	Adjusted R-squared	0.9998	

表 10-13　洞庭湖区各县（市、区）C-D 生产函数固定效应值

地区	固定效应值	地区	固定效应值
长沙市辖区	8.235	湘阴县	8.399
长沙县	8.402	平江县	8.364
望城县	8.326	汨罗市	8.261
宁乡县	8.405	临湘市	8.077
浏阳市	8.379	常德市辖区	8.204
株洲市辖区	8.397	安乡县	8.178
株洲县	8.472	汉寿县	8.238
攸县	8.530	澧县	8.229
茶陵县	8.449	临澧县	8.198
炎陵县	8.300	桃源县	8.155
醴陵市	8.555	石门县	7.900
湘潭市辖区	8.301	津市市	8.112
湘潭县	8.444	益阳市辖区	8.219
湘乡市	8.457	南县	8.238
韶山市	8.322	桃江县	8.144
岳阳市辖区	7.969	安化县	8.068
岳阳县	8.303	沅江市	8.216
华容县	8.329		

上述模型调整后的离差平方和（Adjusted R-squared）的值为 0.9998，表明模型拟合精度非常理想。由上述模型参数可以看出，各投入要素中播种面积、化肥施用量、农药使用量、农业机械总动力以及有效灌溉面积比均为正值，表明这些投入要素的增加，会提高粮食的产出水平，其中对粮食生产能力影响最大的因素是播种面积，弹性系数达到了 0.8856，即对于洞庭湖区而言，播种面积的变化对于洞庭湖区的粮食产量影响最为显著。而劳动力投入的弹性系数为 −0.0718，说明对于洞庭湖区而言劳动力的投入并不是促进产量增加的因素，这主要是由于利好的国家兴农政策、农业机械投入的增加等因素造成的。

b. 洞庭湖区各县（市、区）各生产要素的预测结果

大量社会经济现象的发展主要是渐进型的，其发展相对于时间具有一定的规律性，可以用趋势外推法揭示事物发展的未来，并定量地估计其功能特性。趋势外推法的假设条件：一是假设事物发展过程没有跳跃式变化，一般属于渐进变化；二是假设事物的发展因素也决定事物未来的发展，其条件是不变或变化不大，也就是说，假定根据过去资料建立的趋势外推模型能适合未来，能代表未来趋势变化的情况，即未来和过程的规律一样。趋势外推法的实质是利用某种函数分析描述预测对象某一参数的发展趋势，其常用的趋势模型有指数曲线预测模型、对数曲线预测模型、逆函数预测模型、幂函数预测模型、多项式线性预测模型和复合函数预测模型等。由于涉及的变量和评价单元较多，且数据颇为复杂，因此，首先，在利用 Eviews 6.0 软件预测中，当不能明确究竟哪种模型更适合于预测时，可在上述多种可选择的模型中选择所有模型；然后，Eviews 6.0 自动完成模型的参数估计，并输出回归方程显著性检验的 F 值和概率 P 值、判定系数 R^2、T 值检验等统计量；最后，以判定系数为主要依据并根据所预测的数据本身的特点选择其中的最优模型，并进行预测分析。根据上述预测方法对洞庭湖区 35 个评价单元的 2010 年和 2015 年投入情况进行了预测分析。

c. 洞庭湖区投入性约束风险评估结果

将预测结果代入上述评估模型，可以得到洞庭湖区各投入要素以及各投入要素综合以后的投入约束风险评估结果。具体评估结果如下。

（1）粮食播种面积投入约束风险约束分析。由图 10-30 可以看出，2015 年与 2010 年相比，洞庭湖区播种面积投入约束风险有加重的态势。2010 年的高风险区仅有 1 个，为长沙市辖区；中风险区有 6 个，分别为石门县、澧县、安化县、桃江县、浏阳市和炎陵县；其余县（市、区）主要为低风险。2015 年高风险区增加为 4 个，分别是长沙市辖区、安化县、澧县和炎陵县；由于安化县、澧县和炎陵县风险等级的增加，中风险区域减为 3 个，分别是石门县、桃江县和浏阳市；其他县（市、区）仍主要为低风险。长沙市辖区资源约束的高风险主要是经济发展以及城市化水平提高后，建设用地需求增加，导致耕地减少造成的。洞庭湖区西部和南部县（市、区）投入约束为高风险、中风险，主要是这些县（市、区）为低山、丘陵县，耕地资源和食物生产条件有限，造成播种面积投入约束，形成了较大风险。

（a）2010 年   （b）2015 年

图 10-30 洞庭湖区播种面积投入约束风险

（2）粮食生产化肥投入约束分析。由图 10-31 可以看出，2015 年与 2010 年相比，洞庭湖区化肥投入约束风险变化不大。洞庭湖各县（市、区）化肥投入约束的高风险、中风险区位于洞庭湖区北部的华容、湘阴、安乡、南县和沅江，小风险区位于洞庭湖区的中、北部大部分县（市、区），这说明对于洞庭湖大部分县（市、区）而言，还可以通过增加化肥投入增加粮食产量，降低化肥投入约束风险。

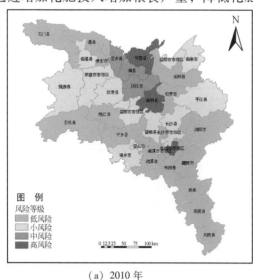
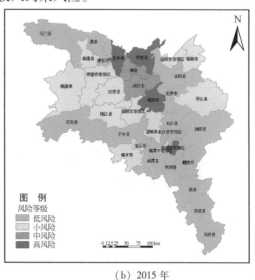

（a）2010 年   （b）2015 年

图 10-31 洞庭湖区化肥投入约束风险

（3）粮食生产农药投入约束分析。由图 10-32 可以看出，洞庭湖区 2015 年各县（市、区）农药投入约束风险和 2010 年相比几乎没有变化。中高风险区主要位于湖区中北部的临澧、湘阴、桃源、华容、汉寿、平江和沅江，中南部的株洲市辖区也属于高风险区；小风险区位于洞庭湖区中部及中北部大部分县（市、区），这说明对于洞庭湖区大部分县

（市、区）而言，还可以通过增加农药投入，降低由于病虫害灾害带来的减产，从而增加粮食产量。

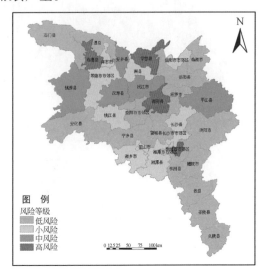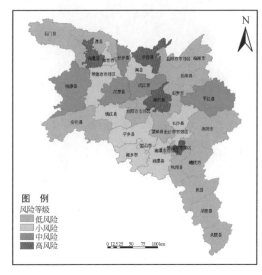

（a）2010 年　　　　　　　　　　　　　（b）2015 年

图 10-32　洞庭湖区农药投入约束风险

（4）粮食生产的农机总动力投入约束分析。由图 10-33 可以看出，2015 年与 2010 年相比，洞庭湖区农业机械总动力投入约束风险呈现减轻的态势。洞庭湖区 2010 年和 2015 年各县（市、区）农机总动力投入约束的中、高风险区主要位于湖区中北部的岳阳市辖区、华容、汉寿、安乡和沅江；小风险区位于洞庭湖区中部及中北部半数县（市、区），其余大部分县（市、区）为低风险，这说明对于洞庭湖区绝大多数县（市、区）而言，农机总动力投入的不断增加，其并不是影响粮食产量的主要制约因素。

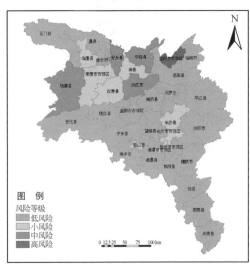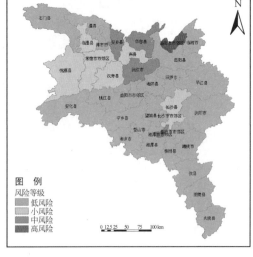

（a）2010 年　　　　　　　　　　　　　（b）2015 年

图 10-33　洞庭湖区农机总动力投入约束风险

（5）粮食生产劳动力投入约束分析。由图 10-34 可以看出，洞庭湖区 2015 年各县（市、区）劳动力投入约束风险区与 2010 年相比没有变化。仅有长沙市辖区为高风险区，其余各县（市、区）均为低风险，这说明对于洞庭湖区各县（市、区）而言，劳动力投入将不会是影响粮食产量的主要制约因素。

（a）2010 年　　　　　　　　　　　　　　　　（b）2015 年

图 10-34　洞庭湖区劳动力投入约束风险

（6）粮食生产有效灌溉面积投入约束分析。由图 10-35 可以看出，洞庭湖区 2015 年各县（市、区）有效灌溉面积的高风险、中风险、低风险区均在 2010 年的基础上有所减少，到 2015 年只有南县属于高风险区，岳阳县属于中风险区。小风险区位于洞庭湖区中部、西部及北部的部分县（市、区），说明对于洞庭湖区大部分县（市、区）而言，耕地的灌溉条件均较好，有效灌溉面积对于大多数县（市、区）而言将不会是影响粮食产量的制约因素。

（a）2010 年　　　　　　　　　　　　　　　　（b）2015 年

图 10-35　洞庭湖区有效灌溉面积投入约束风险

（7）综合投入约束风险分析。由图 10-36 可以看出，洞庭湖区 2015 年各县（市、区）综合投入约束风险区与 2010 年相比并无显著变化。到 2015 年除长沙市辖区持续为高风险外，其余各县（市、区）均为低风险或小风险。这说明从整体上看，投入因素对洞庭湖区各县（市、区）粮食生产而言有一定的制约，但影响并不严重，通过增加各要素的投入可以实现粮食继续增产。

（a）2010 年

（b）2015 年

图 10-36　洞庭湖区综合投入约束风险

4. 洞庭湖区综合食物安全的消费需求风险评估

食物消费需求风险主要是城乡居民食物消费需求发生比较明显的变动造成该区域食物供不应求，从而导致地区食物消费发生风险，由 10.2.3 定量识别出的人口数量、人均食物消费量和人均收入 3 个食物消费需求风险评价指标和区域食物总消费量之间都存在密切关系，因此本节采用一个能把三者联系起来的复合指标——食物消费需求变动来衡量所发生风险的大小。

食物消费需求变动指某区域年际之间食物消费量变化情况，它包括食物消费量的正变动和负变动：如果食物消费需求发生正变动，一般来说，食物消费变动越大，那么该地区产生供不应求的概率就越高，其食物消费需求风险就越高；如果食物消费需求发生负变动，则说明食物消费量减少（这里假定供给量恒定），食物将供过于求，对于粮食主产区来说，供过于求正是我们希望看到的，食物消费需求不存在风险。所以，本节仅研究食物消费需求发生正向变动时的风险状况。由于研究区域各县（市、区）的农业基础设施条件、自然资源、社会经济情况等各不相同，因而其能够承受的食物消费变动的范围也不一样。为了能够说明食物消费变动情况所能造成的风险等级，本节以食物消费变动作为食物消费需求风险研究的主线，对研究区域各县的现状和未来食物消费需求风险进行评价。

1）食物消费需求风险评估指标的确定和估计模型的构建

食物消费是现代人类一种最为基本的经济活动，整个食物消费过程符合经济学中的各种基本前提和假设（如理性人假设、信息完全假设、完全竞争市场假设等），因而可以借鉴一些基本的经济学模型来建立食物消费需求变动模型。

通过比较两个著名的经济增长模型，即哈罗德－多马经济增长模型和新古典增长模型（厉以宁和章铮，2005；寒令香和付延臣，2007），可以看出：哈罗德－多马模型作为一种早期的增长理论，虽然模型比较简单、明确，但该模型假定劳动和资本要素不可相互替代，在很大程度上限制了其对现实的解释，而且由于储蓄率、产出－资本比率和劳动力增长率这三个因素分别由不同的因素决定，很难确保稳态的出现；而新古典增长模型假定了生产要素之间可以相互替代，使其更加贴近现实，对生产函数的三个假设，也保证了经济路径并不发散，无论起点在何处，总会收敛于一个平衡增长路径——稳态。

食物消费需求变动状况主要受人口增长和人均收入变化的影响，从中长期来看，中国的人口增长率和人均收入变化率相对比较稳定，因而食物消费变动模型是一种趋于稳态的模型，而新古典增长模型的经济路径最终将趋于稳态。国内外很多学者的相关研究结果表明，一个地区的人口和人均收入之间是存在着密切关系的，这也比较接近于新古典增长理论中各要素可以相互替代（作用）的假设，因此，本节借助新古典增长理论及模型来建立食物消费变动模型。

根据新古典增长模型理论，资本存量的增加：$\Delta k = sy - (n + \zeta)k$　　　　　(10-49)

将其变形为　　　　　　　　　$sy = \Delta k + (n + \zeta)k$　　　　　　(10-50)

式（10-49）、式（10-50）中，s 为储蓄率；y 为一定技术水平上的人均产出；sy 为人均储蓄，即人均资本的增长；Δk 为存量资本的增加量；n 为人口增长率；k 为人均资本；ζ 为折旧率；$(n + \zeta)k$ 为保持人均资本水平不变所要求的投资。

为了将这个模型引入本节中，结合食物消费的影响因素及消费特点，可将上述公式中的字母理解为：k 为人均食物消费量；Δk 为人均食物消费变动；n 为人口数量变动；sy 为人均消费量的变动。

设 A 是人口数，则代入式（10-50）得

$$sy \times A = \Delta k \times A + (n + \zeta)k \times A \qquad (10\text{-}51)$$

式中，$sy \times A$ 为人均资本增长乘以人口数，即总资本的增长，这里可以理解为总消费量的变化；$\Delta k \times A$ 为人均资本增长乘以人口数，就是在深度上的由人均资本增长引起的资本量的增长，这里理解为在深度上由人均收入增长引起的消费量的增长；$n \times A$ 为人口增长数量，$n \times k \times A$ 为在广度上的由人口增长引起的资本量增长，这里理解为在广度上由人口数量增加引起的消费量的增长。

令 $\Delta Y = sy \times A$，$\Delta Q = \Delta k$，$R = A$，$\Delta R \times (Q + \Delta Q) = (n + \zeta)k \times A$，

由此得出新的公式：　　$\Delta Y = \Delta Q \times R + \Delta R \times (Q + \Delta Q)$　　　(10-52)

即食物消费变动＝人均食物消费变动×原人口数＋人口数量变动×（原人均消费量＋人均食物消费变动）。

式中，ΔY 为食物消费变动；ΔQ 为人均食物消费变动；R 为原人口数；ΔR 为人口数量变动；Q 为原人均消费量。

又因为　　　　　　　　　　　$Q = aI + b$　　　　　　　　(10-53)

所以　　　　　　　　　　　　$\Delta Q = a \times \Delta I$　　　　　　　(10-54)

式中，ΔI 为人均收入变动；a、b 均为参数。

将式（10-54）

代入式（10-52）得　　$\Delta Y = a\Delta I \times R + \Delta R(Q + a\Delta I)$

整理得　　　　　　　$\Delta Y = aR \times \Delta I + Q \times \Delta R + a\Delta I \times \Delta R$

令 $aR = m$，$Q = n$

则　　　　　　　　　$\Delta Y = m\Delta I + n\Delta R + a\Delta I \times \Delta R$　　　　　　（10-55）

由此，求出系数 m、n、a 便可以得出人均收入变动、人口数量变动与食物消费变动之间的数量关系。

式中，食物消费变动可以定义为 $\Delta Y_i = (Y_i - Y_{i-1})/Y_{i-1}$　　　　　　　（10-56）

式中，ΔY_i 为第 i 年食物消费变动；Y_i 为第 i 年食物消费量；Y_{i-1} 为第 $i-1$ 年食物消费量。

人均收入变动可以定义为　　$\Delta I_i = (I_i - I_{i-1})/I_{i-1}$　　　　　　（10-57）

式中，ΔI_i 为第 i 年人均收入变动；I_i 为第 i 年人均收入；I_{i-1} 为第 $i-1$ 年人均收入。

人口数量变动可以定义为　　$\Delta R_i = (R_i - R_{i-1})/R_{i-1}$　　　　　　（10-58）

式中，ΔR_i 为第 i 年人口数量变动；R_i 为第 i 年人口数量；R_{i-1} 为第 $i-1$ 年人口数量。

2）食物消费变动模型数据来源及处理

由于统计年鉴数据的局限性，研究中采用了 1991～2006 年 16 年间的城镇居民以及农村居民食物消费中的粮食、猪肉、牛羊肉、禽蛋类及其制品、水产品五类食物的统计数据，计算出 1991～2005 年洞庭湖区各县（市、区）城乡居民粮食、猪肉、牛羊肉、禽蛋类及其制品、水产品的年际人均消费量变动量；采用 1991～2006 年城乡居民人口数据和人均收入数据，计算出年际城乡居民人均收入变动量、城乡居民人口数量变动量。

为了比较直观和系统地观察研究区域食物消费需求的变动状况，本节将猪肉、牛羊肉、禽蛋类及其制品、水产品的人均需求量按照一定比例转化为粮食需求量（原粮），再加上人均粮食消费量，从而得出人均食物需求量。关于肉粮比，郭书田（2001）曾经做过系统的研究，他认为考虑到未来畜牧业规模经营和饲养水平的提高，肉料比为 1∶4，蛋料比为 1∶2.5，鱼料比为 1∶0.8。虽然这个比率比较合理，但本节所涉及的肉类进行了具体分类，因此结合肖国安（2002）所得出的猪肉料比 1∶4，牛羊肉料比 1∶2，禽肉料比 1∶2 的结论，本节最终采取转化比率为猪肉料比 1∶4，牛羊肉料比 1∶2，禽蛋料比为 1∶2.5，鱼料比为 1∶0.8，将所有动物性食物人均消费量转化成为人均粮食消费量。

由于洞庭湖区各县（市、区）没有城镇人均收入的统计数据，且岳阳没有食物消费量方面的统计数据，株洲、湘潭、常德、益阳也有部分食物消费统计数据缺失。因此，本节采用各市历年的城镇平均收入数据作为其地域范围内各县的统计数据；对于岳阳的食物消费数据，本节分别依据岳阳历年人均收入和其余各市人均收入的比值乘以各市的食物消费量，然后求平均值得到。而有数据缺失的其余各市则对历年的粮食、猪肉、牛羊肉、禽蛋类及其制品、水产品消费数据进行了二次函数平滑处理，并剔除了异常值，从而提高了数据的可用性。

3）食物消费变动模型计算结果

根据食物消费变动模型式（10-47）和洞庭湖区各县（市、区）的年际食物消费变动量、人口数量变动量和人均收入变动量数据，利用 Eviews 6.0 软件，采用广义最小二乘法估计模型参数,每个样本个体都赋予不同的截面系数(cross section specific coefficient),异常值的出现以及个别数据的缺失会造成参数估计误差较大,因此选用平衡样本(balanced sample)进行估计。将以上数据代入式(10-51)求出系数 m、n、a,其中,m 为人均收入变动系数;n 为人口数量变动系数;a 为乘积项系数,结果见表 10-14 和表 10-15。

表 10-14　洞庭湖区城镇居民食物消费变动模型系数结果

地区	城镇居民		
	m	n	a
长沙市辖区	− 0. 3465	− 0. 1463	9. 1119
长沙县	− 0. 2905	1. 0654	− 0. 3420
望城县	− 0. 0552	0. 7574	1. 0589
宁乡县	0. 0242	0. 8888	0. 5178
浏阳市	− 0. 0211	0. 7583	0. 9300
株洲市辖区	− 0. 0373	0. 9666	0. 8369
株洲县	0. 0001	0. 9574	0. 0878
攸县	− 0. 0037	1. 0232	− 0. 1262
茶陵县	− 0. 0262	0. 9920	1. 2387
炎陵县	− 0. 0253	1. 0328	0. 8675
醴陵市	0. 0027	0. 9787	0. 7155
湘潭市辖区	− 0. 0069	1. 1321	− 0. 4136
湘潭县	− 0. 0613	1. 0255	− 0. 2215
湘乡市	− 0. 0267	1. 0539	− 0. 4777
韶山市	− 0. 0562	1. 0465	− 0. 0519
岳阳市辖区	0. 0060	1. 0278	0. 2433
岳阳县	0. 0078	1. 1251	− 0. 3133
华容县	− 0. 0288	1. 0684	0. 1858
湘阴县	0. 0178	1. 1262	− 0. 4720
平江县	0. 0061	1. 1418	− 0. 4735
汨罗市	0. 0138	1. 1203	− 0. 2766
临湘市	0. 0058	1. 0751	− 0. 0638
常德市辖区	− 0. 0170	0. 8870	0. 8705
安乡县	0. 0071	1. 0475	0. 0727
汉寿县	0. 0532	1. 0734	− 0. 5632
澧县	0. 0162	1. 1196	− 0. 1709
临澧县	0. 0276	1. 0669	− 0. 0614

地区	城镇居民		
	m	n	a
桃源县	0.0499	1.1086	− 0.6429
石门县	0.0040	1.0637	− 0.2244
津市市	− 0.0019	1.0636	− 0.0314
益阳市辖区	0.0060	1.0278	0.2433
南县	0.0163	1.0384	0.2073
桃江县	− 0.0167	1.0203	0.5825
安化县	0.0130	0.9739	− 0.0243
沅江市	0.0708	1.0678	− 0.3361

表 10-15　洞庭湖区农村居民食物消费变动模型系数结果

地区	农村居民		
	m	n	a
长沙市辖区	− 0.0058	0.9815	− 0.3691
长沙县	− 0.0825	0.9952	− 0.9138
望城县	0.0009	0.6213	1.3067
宁乡县	− 0.0335	0.8642	0.3266
浏阳市	− 0.0517	0.9927	− 0.5891
株洲市辖区	0.0200	1.0759	− 0.2665
株洲县	0.0193	0.7379	3.4290
攸县	− 0.0272	− 4.6269	34.9254
茶陵县	0.0055	0.9666	0.1285
炎陵县	0.0200	0.9664	0.6371
醴陵市	0.0004	1.8597	− 8.4209
湘潭市辖区	0.0014	0.9819	2.7245
湘潭县	− 0.0289	1.7753	− 6.7357
湘乡市	− 0.0684	2.6207	− 5.5743
韶山市	0.1368	1.0475	1.9233
岳阳市辖区	0.2012	10.1348	− 38.5152
岳阳县	− 0.0665	1.8846	− 6.7981
华容县	0.0467	1.1812	− 0.4761
湘阴县	0.0049	1.7150	− 7.9958
平江县	0.1097	1.2317	12.3652
汨罗市	− 0.0156	1.6198	− 2.8701
临湘市	− 0.0813	2.4818	− 8.4326

续表

地区	农村居民		
	m	n	a
常德市辖区	−0.1868	4.5460	−15.4751
安乡县	−0.1743	1.4687	−4.0394
汉寿县	−0.1628	1.3075	0.5166
澧县	−0.2488	2.1706	−15.0511
临澧县	−0.0906	1.5199	−6.8149
桃源县	−0.1018	2.0079	−19.6481
石门县	−0.0475	0.6647	−1.5989
津市市	−0.1695	1.0953	0.8421
益阳市辖区	0.2012	10.1348	−38.5152
南县	0.0372	0.9843	−4.1620
桃江县	0.0040	2.2089	−12.1453
安化县	−0.0410	0.9952	−10.0168
沅江市	0.1380	0.9101	4.9464

　　为了进一步检验模型估计参数的有效性，本节采用残差图检验法进行判断。由于经济活动的错综复杂性，一些经济现象的变动和同方差性的假定经常是相悖的，所以在计量经济分析中，往往会出现某些因素随其观测值的变化而对被解释变量产生不同的影响，导致随机误差项的方差相异，即异方差性。如果对异方差模型进行最小二乘法估计，则会产生参数估计量方差变大、解释变量的显著检验失效以及估计预测精度降低等问题。因此在具体应用中确定是否存在异方差就显得至关重要。本节采用的 Eviews 6.0 软件提供残差图检验，经检验，洞庭湖区城乡居民食物消费模型并不存在异方差性，模型估计所得系数精度较为理想。

4）风险等级的划分

　　由于洞庭湖区属于粮食主产区，所以采用多数原则（梅方权等，2006），选择占总数的 2/3 的食物需求波动数据区间作为低风险区域，然后将剩下 1/3 的区域按等距划分为小风险、中风险、高风险。

　　以长沙市辖区城乡居民食物消费需求变动百分比为例，根据 1992~2006 年城乡居民食物消费总变动的百分比制作折线图，长沙市辖区的城乡居民 15 年间食物需求消费变动基本在 −1%~8%，只有 1996 年出现异常，变动幅度较大；其中 1993 年和 1998 年食物消费变动为负变动，即食物需求有所减少（图10-37）。

　　根据主产区多数原则，假设 1/3 年份的食物消费量变动是正常的，如有异常值的剔除异常值之后，1992~2006 年 15 年间有 10 年是低风险，5 年是小风险、中风险或高风险。将食物消费变动百分比按照从小到大原则排列，如果风险界限为上限值，那么 2002 年的4.53% 为低风险的风险限值，即食物消费波动量小于 4.53% 为低风险，由于最大波动（风险上界）为 1996 年的 16.09%，那么将大于 4.53% 小于 16.09% 的区间划分为两部分，得到低风险、小风险、中风险和高风险的风险区间。其他县（市、区）的风险等级划分以此

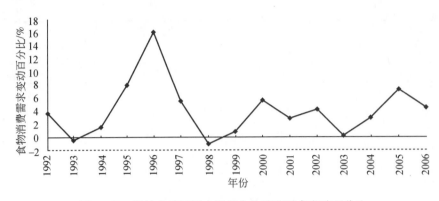

图 10-37　长沙市辖区城乡居民食物消费需求变动百分比

类推，结果见表 10-16。

表 10-16　洞庭湖区城乡居民食物消费需求风险区间表　（单位：%）

地区	低风险	小风险	中风险	高风险
长沙市辖区	<4.53	[4.53，10.31)	[10.31，16.09)	≥16.09
长沙县	<5.57	[5.57，10.47)	[10.47，15.38)	≥15.38
望城县	<6.00	[6.00，8.36)	[8.36，10.72%)	≥10.72
宁乡县	<4.06	[4.06，8.32)	[8.32，12.59)	≥12.59
浏阳市	<7.55	[7.55，9.30)	[9.30，11.05)	≥11.05
株洲市辖区	<5.85	[5.85，9.10)	[9.10，12.34)	≥12.34
株洲县	<6.95	[6.95，8.54)	[8.54，10.13)	≥10.13
攸县	<5.90	[5.90，10.27)	[10.27，14.63)	≥14.63
茶陵县	<6.39	[6.39，11.53)	[11.53，16.66)	≥16.66
炎陵县	<7.41	[7.41，9.77)	[9.77，12.13)	≥12.13
醴陵市	<4.79	[4.79，10.44)	[10.44，16.09)	≥16.09
湘潭市辖区	<5.96	[5.96，8.95)	[8.95，11.94)	≥11.94
湘潭县	<2.10	[2.10，5.74)	[5.74，9.38)	≥9.38
湘乡市	<4.14	[4.41，6.80)	[6.80，9.18)	≥9.18
韶山市	<5.20	[5.20，7.22)	[7.22，9.24)	≥9.24
岳阳市辖区	<5.40	[5.40，7.52)	[7.52，9.65)	≥9.65
岳阳县	<5.68	[5.68，10.83)	[10.83，15.97)	≥15.97
华容县	<4.83	[4.83，7.98)	[7.98，11.14)	≥11.14
湘阴县	<5.61	[5.61，11.15)	[11.15，16.70)	≥16.70
平江县	<4.05	[4.05，7.34)	[7.34，10.64)	≥10.64
汨罗市	<4.35	[4.35，7.53)	[7.53，10.70)	≥10.70
临湘市	<4.65	[4.65，9.74)	[9.74，14.83)	≥14.83

续表

地区	低风险	小风险	中风险	高风险
常德市辖区	<6.06	[6.06, 9.15)	[9.15, 12.25)	≥12.25
安乡县	<5.35	[5.35, 7.38)	[7.38, 9.42)	≥9.42
汉寿县	<7.33	[7.33, 9.30)	[9.30, 11.26)	≥11.26
澧县	<5.25	[5.25, 7.70)	[7.70, 10.14)	≥10.14
临澧县	<6.89	[6.89, 10.55)	[6.74, 10.55)	≥14.20
桃源县	<4.47	[4.47, 8.01)	[6.14, 8.01)	≥11.56
石门县	<4.99	[4.99, 9.17)	[9.17, 13.36)	≥13.36
津市市	<4.69	[4.69, 9.06)	[9.06, 13.42)	≥13.42
益阳市辖区	<5.90	[5.90, 8.77)	[8.77, 11.65)	≥11.65
南县	<4.60	[4.60, 9.06)	[9.06, 13.53)	≥13.53
桃江县	<3.83	[3.83, 6.61)	[6.61, 9.39)	≥9.39
安化县	<4.41	[6.15, 9.23)	[9.23, 14.05)	≥14.05
沅江市	<4.31	[4.31, 8.20)	[8.20, 12.01)	≥12.01

由表 10-16 可以看出，洞庭湖区各县城乡居民食物消费需求的风险区间的下界一般为 4%~6%，而上界都大于 9%，但都没超过 17%。这说明近些年来洞庭湖区各县城乡居民的食物消费波动情况相对比较稳定，且研究区域各县（市、区）的食物消费变动相似程度较大，有很好的区域代表性。

5）风险评估分析

根据前面的分析以及式（10-51）可知，对食物消费需求的风险可用食物消费需求变动率这一指标来进行评价。为了对未来洞庭湖区城乡居民食物消费需求的风险作出评价，需要知道未来洞庭湖区城乡居民的人口数量和人均收入的变动情况。因此，先进行人口数量和人均收入预测。

a. 洞庭湖区城乡居民人口数量和人均收入预测

城乡居民人口数量变动和人均收入变动是一个复杂的社会经济过程，具有众多不确定性，本研究采用 Eviews 6.0 软件，选用 ARMA 模型来进行人口数量和人均收入的预测。

在进行人口预测时，选用洞庭湖区各县（市、区）1991~2005 年的城乡人口数据作为样本集来进行预测。为了测试模型的拟合效果，选用了 2006 年的各县（市、区）的城乡人口实际数据来与预测结果进行误差比较，从测试结果来看，2006 年城乡居民人口数量的样本值与实际值之间的相对误差比较小，城镇人口数量的相对误差绝对值的平均值在 4% 左右，农村居民人口数量相对误差绝对值的平均值在 3% 左右；且任何一个县（市、区）城乡居民人口数量样本值与实际值之间相对误差的绝对值均未超过 10%，可以说明拟合效果较好。

在进行人均收入预测时，本节选用洞庭湖区各县（市、区）1991~2005 年的城乡人均收入数据作为样本集来进行预测，由于缺少历年来各县城镇人均收入数据，因此用各市的平均值作为该区域内各县（市、区）的人均收入。为了测试模型的拟合效果，选用了

2006 年的各县（市、区）的城乡人均收入实际数据来与预测结果进行误差比较，从测试结果来看，2006 年城乡居民人均收入的样本值与实际值之间的相对误差比较小，城镇人均收入的相对误差绝对值的平均值在 3% 左右，农村居民人均收入相对误差绝对值的平均值还不到 3%；且任何一个县（市、区）城乡居民人均收入样本值与实际值之间相对误差的绝对值均未超过 9%，可以说明拟合效果较好。

b. 洞庭湖区城乡居民食物消费变动预测及风险评估结果

根据洞庭湖区城乡居民人口数量和人均收入预测值可算出预测年份的城镇和农村居民人口数量及人均收入变动的百分比，把百分比代入消费需求风险估计模型即可分别求得历年来城镇和农村居民食物消费需求变动的百分比，从而可以分别算出预测年城镇和农村居民食物消费需求量，最终得出相应年份洞庭湖区各县（市、区）城乡居民食物消费变动百分比和对应的风险等级（表 10-17）。

表 10-17　洞庭湖区城乡居民食物消费需求变动及风险等级预测表　（单位：%）

地区	2010 年		2015 年	
	消费需求变动	风险等级	消费需求变动	风险等级
长沙市辖区	5.14	小风险	6.22	小风险
长沙县	−2.64	低风险	−2.49	低风险
望城县	0.04	低风险	0.75	低风险
宁乡县	1.76	低风险	4.34	小风险
浏阳市	3.42	低风险	7.38	低风险
株洲市辖区	4.91	低风险	5.98	小风险
株洲县	1.01	低风险	1.21	低风险
攸县	−0.13	低风险	−0.17	低风险
茶陵县	1.63	低风险	4.13	低风险
炎陵县	1.55	低风险	3.13	低风险
醴陵市	−0.57	低风险	−0.89	低风险
湘潭市辖区	3.38	低风险	6.68	小风险
湘潭县	2.16	小风险	5.74	小风险
湘乡市	−2.52	低风险	1.33	低风险
韶山市	1.08	低风险	1.76	低风险
岳阳市辖区	6.09	小风险	7.40	小风险
岳阳县	−1.02	低风险	0.96	低风险
华容县	−1.53	低风险	−1.12	低风险
湘阴县	1.34	低风险	2.68	低风险
平江县	1.55	低风险	3.14	低风险

地区	2010 年		2015 年	
	消费需求变动	风险等级	消费需求变动	风险等级
汨罗市	0.15	低风险	1.54	低风险
临湘市	0.29	低风险	1.49	低风险
常德市辖区	5.44	低风险	6.45	小风险
安乡县	1.52	低风险	3.72	低风险
汉寿县	−0.44	低风险	0.37	低风险
澧县	−0.65	低风险	0.25	低风险
临澧县	1.13	低风险	3.24	低风险
桃源县	0.83	低风险	2.92	低风险
石门县	−0.53	低风险	−0.48	低风险
津市市	2.21	低风险	3.95	低风险
益阳市辖区	1.37	低风险	1.40	低风险
南县	1.34	低风险	1.93	低风险
桃江县	0.63	低风险	2.23	低风险
安化县	0.57	低风险	0.78	低风险
沅江市	2.43	低风险	3.63	低风险

由洞庭湖区各县食物消费需求风险评价结果可知，2010 年和 2015 年洞庭湖区各县（市、区）城乡居民食物消费需求状况比较乐观，2010 年除了长沙市辖区、岳阳市辖区和湘潭县是小风险外，其余各县（市、区）均为低风险；2015 年除了长沙市辖区、宁乡县、株洲市辖区、湘潭市辖区、湘潭县、常德市辖区和岳阳市辖区是小风险外，其余各县（市、区）均为低风险。这是由于历年来洞庭湖区各县（市、区）城乡居民的人均粮食消费和人口增长率比较稳定，城市人口增长的过程中伴随着相应辖区内农村人口的减少，虽然人均收入增加比较明显，但人均收入变动对于食物消费量的影响程度远小于人口变动对其的影响（从食物消费变动模型的系数可以明显地看出）。

因此，在中短期内洞庭湖区各县（市、区）城乡居民的食物消费需求将处以一个比较稳定的状态，粮食主产区食物消费需求的稳定将对中国的食物安全起到积极作用，作为中国粮食主产区之一的洞庭湖区，低风险是我们比较希望看到的（表 10-17 和图 10-38）。另外，由洞庭湖区各县食物消费需求风险评价结果可以看出，未来食物消费需求风险较可能发生在各市辖区内，且食物安全现状的风险评价结果表明六个市辖区中有四个存在小风险，说明洞庭湖区大中城市的食物消费需求状况比较不稳定。这是由于过去一段时期和未来中短期内是中国城市化飞速发展的阶段，洞庭湖区内各大、中城市内城镇的人口增长速率远高于洞庭湖区人口的平均增长率，使得食物消费需求比较不稳定，虽然就整个区域来说，其应对食物消费需求变动的能力较强，但还是应该建立更好的食物流通机制以确保食物消费需求安全。

（a）2010 年　　　　　　　　　　　　　　　（b）2015 年

图 10-38　洞庭湖区食物消费需求风险等级图

5. 洞庭湖区综合食物数量安全风险的综合评估——因子综合法

1）综合食物数量安全风险评估模型的构建——因子综合法

a. 综合食物数量安全风险值的估计

依据各风险源风险评估结果，对其进行赋值后等权求和得到综合风险值。各风险源风险分为高风险、中风险、小风险和低风险四个等级，分别赋值为 4，3，2，1。

定性评价中综合风险值的计算模型为

$$R_i = r_{di} + r_{ri} + r_{ci} + r_{ti} + r_{ei} \tag{10-59}$$

式中，R_i 为第 i 个评价单元综合风险值；r_{di} 为第 i 个评价单元自然灾害风险值；r_{ri} 为第 i 个评价单元资源约束风险值；r_{ci} 为第 i 个评价单元投入约束风险值；r_{ti} 为第 i 个评价单元国际贸易风险值；r_{ei} 为第 i 个评价单元消费需求风险值；i 为不同的评价单元。

b. 风险等级的确定

本节根据科学性、系统性、可比性原则，将综合风险值等分，确定了洞庭湖区综合食物安全风险定性评估的风险等级，具体如表 10-18 所示。

表 10-18　综合风险定性风险评估等级的划分

风险等级	低风险	小风险	中风险	高风险
分值	$R_i \leqslant 6$	$7 \leqslant R_i \leqslant 9$	$10 \leqslant R_i \leqslant 12$	$13 \leqslant R_i$

2）洞庭湖区综合食物数量安全风险的综合评估——因子综合法

根据各风险源评估结果，按上述综合食物数量安全风险定性风险评估模型，可得到洞庭湖区 2010 年和 2015 年综合食物数量安全风险水平，具体如表 10-19 和表 10-20 所示。

表 10-19　2010 年综合食物数量安全风险评估结果

地区	自然灾害		资源约束		投入约束		消费需求		综合风险值	
	风险水平	分值	风险水平	分值	风险水平	分值	风险水平	分值	风险水平	分值
长沙市辖区	低风险	1	小风险	2	高风险	4	小风险	2	小风险	9
长沙县	低风险	1	低风险	1	低风险	1	低风险	1	低风险	4
望城县	小风险	2	低风险	1	低风险	1	低风险	1	低风险	5
宁乡县	低风险	1	低风险	1	低风险	1	低风险	1	低风险	4
浏阳市	低风险	1	低风险	1	低风险	1	低风险	1	低风险	4
株洲市辖区	低风险	1	低风险	1	低风险	1	低风险	1	低风险	4
株洲县	低风险	1	小风险	2	小风险	2	低风险	1	低风险	6
攸县	小风险	2	低风险	1	小风险	2	低风险	1	低风险	6
茶陵县	小风险	2	低风险	1	低风险	1	低风险	1	低风险	5
炎陵县	中风险	3	低风险	1	小风险	2	低风险	1	小风险	7
醴陵市	低风险	1	小风险	2	低风险	1	低风险	1	低风险	5
湘潭市辖区	低风险	1	小风险	2	低风险	1	低风险	1	低风险	5
湘潭县	低风险	1	低风险	1	小风险	2	小风险	2	低风险	6
湘乡市	低风险	1	低风险	1	低风险	1	低风险	1	低风险	4
韶山市	低风险	1	小风险	2	低风险	1	低风险	1	低风险	5
岳阳市辖区	中风险	3	小风险	2	低风险	1	小风险	2	小风险	8
岳阳县	中风险	3	小风险	2	低风险	1	低风险	1	小风险	7
华容县	高风险	4	小风险	2	低风险	1	低风险	1	小风险	8
湘阴县	中风险	3	小风险	2	低风险	1	低风险	1	小风险	7
平江县	低风险	1	低风险	1	低风险	1	低风险	1	低风险	4
汨罗市	低风险	1	小风险	2	低风险	1	低风险	1	低风险	5
临湘市	中风险	3	低风险	1	低风险	1	低风险	1	低风险	6
常德市辖区	小风险	2	小风险	2	低风险	1	低风险	1	低风险	6
安乡县	中风险	3	小风险	2	低风险	1	低风险	1	小风险	7
汉寿县	中风险	3	小风险	2	低风险	1	低风险	1	小风险	7
澧县	中风险	4	小风险	2	小风险	2	低风险	1	小风险	9
临澧县	中风险	3	小风险	2	低风险	1	低风险	1	小风险	7
桃源县	中风险	3	小风险	2	低风险	1	低风险	1	小风险	7
石门县	高风险	4	低风险	1	低风险	1	低风险	1	小风险	7
津市市	中风险	3	小风险	2	低风险	1	低风险	1	小风险	7
益阳市辖区	小风险	2	小风险	2	低风险	1	低风险	1	低风险	6
南县	中风险	3	小风险	2	低风险	1	低风险	1	小风险	7
桃江县	中风险	3	小风险	2	低风险	1	低风险	1	小风险	7
安化县	中风险	4	低风险	1	小风险	2	低风险	1	小风险	8
沅江市	小风险	2	小风险	2	低风险	1	低风险	1	低风险	6

表 10-20　2015 年综合食物数量安全风险评估结果

地区	自然灾害		资源约束		投入约束		消费需求		综合风险值	
	风险水平	分值	风险水平	分值	风险水平	分值	风险水平	分值	风险水平	分值
长沙市辖区	低风险	1	高风险	4	高风险	4	低风险	2	中风险	11
长沙县	低风险	1	小风险	2	低风险	1	低风险	1	低风险	5
望城县	小风险	2	小风险	2	低风险	1	低风险	1	低风险	6
宁乡县	低风险	1	小风险	2	低风险	1	小风险	2	低风险	6
浏阳市	低风险	1	小风险	2	低风险	1	低风险	1	低风险	5
株洲市辖区	低风险	1	小风险	2	低风险	1	小风险	2	低风险	6
株洲县	低风险	1	小风险	2	小风险	2	低风险	1	低风险	6
攸县	小风险	2	小风险	2	小风险	2	低风险	1	小风险	7
茶陵县	小风险	2	小风险	2	低风险	1	低风险	1	低风险	6
炎陵县	中风险	3	小风险	2	小风险	2	低风险	1	小风险	8
醴陵市	低风险	1	小风险	2	低风险	1	低风险	1	低风险	5
湘潭市辖区	低风险	1	中风险	3	低风险	1	小风险	2	小风险	7
湘潭县	低风险	1	小风险	2	小风险	2	小风险	2	小风险	7
湘乡市	低风险	1	小风险	2	低风险	1	低风险	1	低风险	5
韶山市	低风险	1	小风险	2	低风险	1	低风险	1	低风险	5
岳阳市辖区	中风险	3	小风险	2	低风险	1	小风险	2	小风险	8
岳阳县	中风险	3	小风险	2	低风险	1	低风险	1	小风险	7
华容县	高风险	4	中风险	3	低风险	1	低风险	1	小风险	9
湘阴县	中风险	3	中风险	3	低风险	1	低风险	1	小风险	8
平江县	低风险	1	小风险	2	低风险	1	低风险	1	低风险	5
汨罗市	低风险	1	中风险	3	低风险	1	低风险	1	低风险	6
临湘市	中风险	3	小风险	2	低风险	1	低风险	1	小风险	7
常德市辖区	小风险	2	中风险	3	低风险	1	小风险	2	小风险	8
安乡县	中风险	3	小风险	2	低风险	1	低风险	1	小风险	7
汉寿县	中风险	3	小风险	2	低风险	1	低风险	1	小风险	7
澧县	中风险	4	小风险	2	低风险	1	低风险	1	小风险	8
临澧县	中风险	3	小风险	2	低风险	1	低风险	1	小风险	7
桃源县	中风险	3	小风险	2	低风险	1	低风险	1	小风险	7
石门县	高风险	4	低风险	1	小风险	2	低风险	1	小风险	8
津市市	中风险	3	中风险	3	低风险	1	低风险	1	小风险	8
益阳市辖区	小风险	2	中风险	3	低风险	1	低风险	1	小风险	7
南县	中风险	3	中风险	3	低风险	1	低风险	1	小风险	8
桃江县	中风险	3	小风险	2	低风险	1	低风险	1	小风险	7
安化县	中风险	4	低风险	1	小风险	2	低风险	1	小风险	8
沅江市	小风险	2	中风险	3	低风险	1	低风险	1	小风险	7

　　由表 10-19 和表 10-20 可以看出，洞庭湖区未来综合食物数量安全风险处于小风险、低风险水平；洞庭湖区 2015 年综合食物安全风险水平同 2010 年相比有加重的态势。其中2010 年，湖区的北部风险高于南部，整体以低风险水平为主；但是 2015 年，湖区综合风

险水平增加，以小风险水平为主，北部环湖县（市、区）的小风险区增加，并向南部延伸。风险水平提高主要是由资源约束风险和自然灾害风险造成。因此应根据不同区域风险等级和风险诱因进行风险预警和防范。

10.3.2 基于缺口率法的综合食物数量安全风险评估方法

缺口率法将情景分析和趋势预测相结合，以引起食物供需缺口的各风险源为研究对象，预测未来各食物供需风险源变化后可能产生的食物缺口率水平，进而对综合食物安全风险状况进行定量风险评估。

1. 综合食物数量安全风险的定量评估模型构建

为定量判断分析综合食物数量安全风险，本节引入了食物缺口率作为综合食物数量安全风险的定量评估的指标。综合食物数量安全风险定量评估模型包括缺口率估计模型和缺口率评价标准的确定两部分内容。食物缺口率估计模型的构建确定了风险评价指标值的大小，食物缺口率评价标准确定了综合食物数量安全风险的等级标准及其现实意义。

1）缺口率估计模型

a. 食物缺口率估计模型

食物缺口率指食物供给不能满足需求的缺口量占食物需求的比例。缺口率反映了供给在多大程度上不能满足需求，该指标属于逆向指标，即指标值越大，则综合食物数量安全风险越大，指标值越小则综合食物数量安全风险程度越低。缺口率计算模型如下式所示，

$$K = (X - S)/X \tag{10-60}$$

式中，K 为食物缺口率；X 为在消费需求风险源影响下的食物需求水平；S 为在不同供给性风险源作用下的食物供给水平。

b. 食物供给估计模型

由于中国幅员辽阔，食物生产条件差异大，因此区域食物的供给水平估计模型分为两种。其一是粮食主销区的供给估计模型，其二是粮食主产区和产销平衡区的供给估计模型。如式（10-61）、式（10-62）所示：

$$粮食主销区： \qquad S = J - D \pm Z \pm T + M \tag{10-61}$$
$$粮食主产区和产销平衡区： \qquad S = J - D \pm Z \pm T \tag{10-62}$$

式中，S 为在不同供给性风险源作用下的食物供给水平；J 为基期年假设没有自然灾害发生下的食物产量，即 J 为基期年食物产量与当年食物因灾减产量之和；D 为评估年因灾减产量；Z 为与基期年相比由于评估年资源禀赋变化引起的食物产量提高或降低的数量；T 为与基期年相比由于评估年生产投入变化引起的食物产量提高或降低的数量；M 为国际贸易和国内区域间调剂后的粮食净调入量。

c. 食物需求估计模型

由于相同原因，食物需求估计模型也分为两种。其一是粮食主销区和产销平衡区的供给估计模型，其二是粮食主产区的供给估计模型。如式（10-63）、式（10-64）所示，

$$粮食主销区和产销平衡区： \qquad X = P \times Q \tag{10-63}$$

粮食主产区： $$X = P \times Q + C \qquad (10\text{-}64)$$

式中，X 为在消费需求风险源影响下的食物需求水平；P 为未来的区域人口规模；Q 为随着经济发展，食物消费结构变化后的未来人均粮食需求量；C 为粮食主产区的粮食净调出量。

2）综合食物数量安全风险评价标准的确定

根据粮食自给率和粮食储备率等指标标准，本研究确定将区域食物缺口率风险划分为四级，分别是低风险、小风险、中风险和高风险（表10-21）。

表10-21 区域综合食物安全食物缺口率风险等级划分

风险等级	低风险	小风险	中风险	高风险
缺口率/%	$K \leqslant 5$	$5 < K \leqslant 10$	$10 < K \leqslant 17$	$K > 17$

低风险指常年食物缺口率≤5%，即食物自给率达到95%以上，当处于这一水平时，资源、消费需求变化小，粮食短缺可通过本地正常储备粮进行调节，风险较小。该地区重度灾害发生概率小。

小风险指常年食物缺口率为5% < K≤10%，即食物自给率达到90%以上，当处于这一水平时有一定风险。该地区中度灾害、资源短缺发生概率较大，粮食短缺须由地方政府通过当地储备粮周转调节。

中风险指食物缺口率为10% < K≤17%，该地区中度、重度灾害、资源短缺发生概率较大，粮食需求增长较快，风险较大，需在区域自身储备调节的基础上，再通过国家地区间调粮调节平衡。

高风险指食物缺口率 > 17%。该地区风险一般由重度灾害、资源短缺和粮食需求增长较快等因素引起。当处于这一水平时，按照国际粮食及农业组织确定的17% ~ 18%的标准食物储备量已经不能平衡缺口，有产生饥荒的可能性，须完全由国家通过地区间调粮紧急调节平衡缺口；而对于国家层面来说，则必须超出常年贸易水平大量地进口粮食来弥补缺口，但是有可能导致国际粮食市场恐慌的风险。

2. 洞庭湖区综合食物供给的预测分析

洞庭湖区是中国重要的粮食主产区之一，因此对洞庭湖区的食物数量安全定量评估可采用上述评估模型中适用于粮食主产区的模型进行分析。

由粮食主产区食物供给评估模型可知，食物供给估计可分为基期年粮食产量确定、评估年因灾减产量确定、评估年资源约束变化引起粮食产量变化的确定、评估年生产投入引起粮食产量变化的确定四部分，具体计算过程及结果如下。

1）基期年食物产量

本研究以2005年为基期年，确定了基期年粮食供给量，即2005年洞庭湖各县（市、区）粮食供给量是在一定的投入水平下，假设没有自然灾害发生时的粮食供给水平。具体结果如表10-22所示。

表 10-22　洞庭湖区 2005 年食物基期产量

地区	粮食产量/t	因灾减产量/t	基准产量/t
长沙市辖区	50 893	0	50 893
长沙县	609 448	15 210	624 658
望城县	508 069	14 000	522 069
宁乡县	886 766	84 970	971 736
浏阳市	567 641	43 661	611 302
株洲市辖区	112 434	377	112 811
株洲县	328 135	51 300	379 435
攸县	506 878	24 095	530 973
茶陵县	344 185	962	345 147
炎陵县	93 493	962	94 455
醴陵市	472 497	8 820	481 317
湘潭市辖区	46 609	0	46 609
湘潭县	877 899	24 262	902 161
湘乡市	562 047	31 465	593 512
韶山市	68 993	4 020	73 013
岳阳市辖区	187 397	6 360	193 757
岳阳县	524 622	14 000	538 622
华容县	498 826	91 000	589 826
湘阴县	540 200	79 392	619 592
平江县	476 310	15 000	491 310
汨罗市	465 247	6 240	471 487
临湘市	277 834	18 000	295 834
常德市辖区	691 323	26 900	718 223
安乡县	266 522	34 000	300 522
汉寿县	502 612	7 000	509 612
澧县	448 118	34 200	482 318
临澧县	261 932	44 329	306 261
桃源县	617 339	87 589	704 928
石门县	320 526	6 980	327 506
津市市	114 523	1 380	115 903
益阳市辖区	671 613	11 363	682 976
南县	459 396	10 901	470 297
桃江县	296 160	63 200	359 360
安化县	256 737	2 400	259 137
沅江市	361 439	31 101	392 540

2）自然灾害对评估年粮食供给影响的预测

由于自然灾害的发生具有模糊性和不确定性，因此很难对未来自然灾害的因灾减产量进行预测。本节选取自然灾害的三种不同情境分析了评估年自然灾害引起的粮食供给量变化情况。这三种情景分别是一般情景、悲观情景和乐观情景。其中，自然灾害的一般情景指评估年自然灾害的因灾减产量为历史数据的平均值，自然灾害的悲观情景指评估年自然灾害的因灾减产量为历史数据的最高值，自然灾害的乐观情景指评估年自然灾害的因灾减产量为历史数据的最低值。根据 1986～2005 年洞庭湖各县（市、区）自然灾害因灾减产量数据确定了评估年不同情境下的因灾减产状况。具体如表 10-23 所示。

表 10-23　洞庭湖区不同情景下的自然灾害因灾减产量

地区	一般情景/t	悲观情景/t	乐观情景/t
长沙市辖区	1 567	16 820	0
长沙县	11 164	39 500	0
望城县	33 681	128 900	120
宁乡县	38 949	121 000	275
浏阳市	23 737	75 000	0
株洲市辖区	3 888	17 154	377
株洲县	11 329	51 300	564
攸县	29 063	103 092	6 234
茶陵县	19 292	52 000	0
炎陵县	9 878	54 185	962
醴陵市	10 087	31 732	2 060
湘潭市辖区	1 214	5 035	0
湘潭县	28 872	152 425	0
湘乡市	17 176	50 835	0
韶山市	26 36	13 160	0
岳阳市辖区	11 816	76 270	709
岳阳县	34 680	227 300	1 148
华容县	55 439	189 557	1 009
湘阴县	39 117	150 166	0
平江县	21 727	80 435	5 096
汨罗市	22 630	62 700	1 908
临湘市	24 363	120 402	2 046
常德市辖区	46 308	162 332	3 450
安乡县	25 991	78 009	3 669
汉寿县	39 043	127 900	132
澧县	47 413	156 366	2 356
临澧县	32 650	85 080	6 156

续表

地区	一般情景/t	悲观情景/t	乐观情景/t
桃源县	72 877	195 000	3 040
石门县	35 566	122 085	2 903
津市市	11 914	37 299	0
益阳市辖区	41 108	158 662	1 690
南县	37 060	166 400	1 100
桃江县	35 901	110 235	323
安化县	40 229	91 300	235
沅江市	26 023	93 200	1 350

3）资源约束和投入约束风险源对粮食产量的影响

a. 资源约束分析

由定性分析可知，洞庭湖区资源约束风险主要来自于耕地资源的约束。引起洞庭湖区耕地变化的主要原因为非农建设占用、生态退耕和土地开发整理复垦。本研究根据《湖南省土地节约集约利用研究（2008～2020）》提供的相关数据，确定了洞庭湖区六市未来耕地面积分析预测结果（表10-24）。

表 10-24　洞庭湖区六市耕地面积分析预测结果　　　　　　　（单位：km²）

地区	2008 年耕地面积	2008～2020 年非农建设占用耕地	2008～2020 年土地开发整理复垦	2008～2020 年生态退耕面积	2020 年耕地面积
长沙市	2804.1	93.24	39.67	18.55	2731.98
株洲市	2025	11.81	21.52	11.47	2023.24
湘潭市	1392.3	42.08	11.53	5.63	1356.12
岳阳市	3198.5	54.1	59.92	21.97	3182.35
常德市	4618.1	48.29	69.91	37.61	4602.11
益阳市	2739.4	33.36	54.88	23.71	2737.21

通过该结果可以看出，未来洞庭湖区六市尽管采取开发、整理和复垦等措施增加耕地面积，但由于受到经济发展带来的非农建设占用耕地以及生态退耕的影响，未来十年，洞庭湖区六市的耕地面积均呈现减少态势，这种态势势必会对粮食播种面积产生影响，从而进一步影响粮食产量。

b. 投入要素分析

生产投入的目的是稳产和增产，科学合理的投入可以增加食物单产水平，提高食物品质，降低综合食物安全风险水平。近 20 年来，洞庭湖区化肥投入量整体呈现出上升趋势，投入量由 1986 年的 $2.44 \times 10^6 t$，增加到 2005 年的 $3.95 \times 10^6 t$，20 年间共增加投入 $1.51 \times 10^6 t$，年均增加 7.55 万 t，年均增长率为 2.44%。农药使用量整体也呈上升趋势，由 1994 年的 3.29 万 t 上升到 2005 年的 5.57 万 t，共增加 2.28 万 t，年均增加 $0.21 \times 10^4 t$。农业机械动力投入量整体上也表现出增长趋势，由 1986 年的 6.05×10^6 kW 增加到 2005 年的 1.68×10^7 kW，共增加 1.08×10^7 kW，年均增加 5.68×10^5 kW。农业劳动力投入量呈现降低的趋势，由 1986 年的 836.59 万人下降到 2005 年的 727.79 万人。20 年间农业劳动力投入量共减少 108.8 万人。有效灌溉面积也呈现增加趋势，但是增加幅度不大，由 1992 年的 1.31×10^7 hm^2 增加到 2005 年的 1.34×10^7 hm^2，共增加 3.0×10^5 hm^2。在这样的投入水平和趋势下，未来洞庭湖区的粮食单产势必发生变化，进而改变食物供给水平。

c. 资源约束和投入要素对粮食产量的影响预测

当不考虑自然灾害对粮食产量造成的影响时，未来粮食产量的变化主要来自于播种面积的变化以及粮食的单产水平。由上述分析可知，耕地资源减少会影响粮食播种面积，投入变化决定单产，为了预测未来由于资源禀赋变化和投入变化对食物供给造成的影响，本研究构建了由于资源约束和投入约束变化而引起粮食产量变化的 C-D 生产函数，具体如下。

C-D 生产函数的回归模型为

$$\ln Y = \alpha + \beta \ln a + \gamma \ln f + \delta \ln p + \rho \ln m + \mu \ln l + \tau \ln i \tag{10-65}$$

式中，Y 为粮食产量；a、f、p、m、l、i 分别为粮食播种面积和用于粮食生产的化肥投入、农药投入、农业机械总动力投入、劳动力投入和有效灌溉面积比；α 为生产函数回归模型中的固定效应值；β、γ、δ、ρ、μ、τ 分别为粮食播种面积、化肥投入、农药投入、农业机械总动力投入、劳动力投入和有效灌溉面积比的投入弹性系数。

假设到 2010 年洞庭湖各县（市、区）粮食播种面积和用于粮食生产的化肥投入、农药投入、农业机械总动力投入、劳动力投入和有效灌溉面积比相对于基期年的变化率分别为 $u\%$、$v\%$、$w\%$、$x\%$、$y\%$、$z\%$，即未来 2010 年的投入与 2005 年相比存在如下函数关系：

$$\begin{aligned}
a_{2010} &= a_{2005}(1 + u\%) \\
f_{2010} &= f_{2005}(1 + v\%) \\
p_{2010} &= p_{2005}(1 + w\%) \\
m_{2010} &= m_{2005}(1 + x\%) \\
l_{2010} &= l_{2005}(1 + y\%) \\
i_{2010} &= i_{2005}(1 + z\%)
\end{aligned} \tag{10-66}$$

式中，a_{2005}、f_{2005}、p_{2005}、m_{2005}、l_{2005}、i_{2005} 分别为 2005 年洞庭湖各县（市、区）粮食播种面积投入和用于粮食生产的化肥投入、农药投入、农业机械总动力投入、劳动力投入和有效灌溉面积比；a_{2010}、f_{2010}、p_{2010}、m_{2010}、l_{2010}、i_{2010} 分别为 2010 年洞庭湖各县（市、区）粮食播种面积和用于粮食生产的化肥投入、农药投入、农业机械总动力投入、劳动力投入和有效灌溉面积比的预计量。

设 2010 年的预计产量为 Y_{2010}，则有

$$\ln Y_{2010} = \alpha + \beta \ln a_{2010} + \gamma \ln f_{2010} + \delta \ln p_{2010} + \rho \ln m_{2010} + \mu \ln l_{2010} + \tau \ln i_{2010} \tag{10-67}$$

将式（10-66）分别代入式（10-67），经整理后即可得

$$\begin{aligned}
\ln Y_{2010} = {} &\ln Y_{2005} + \beta \ln(1 + u\%) + \gamma \ln(1 + v\%) + \delta \ln(1 + w\%) + \rho \ln(1 + x\%) \\
&+ \mu \ln(1 + y\%) + \tau \ln(1 + z\%)
\end{aligned} \tag{10-68}$$

亦即

$$Y_{2010} = Y_{2005} \times (1 + u\%)^{\beta} \times (1 + v\%)^{\gamma} \times (1 + w\%)^{\delta} \times (1 + x\%)^{\rho} \times (1 + y\%)^{\mu} \times (1 + z\%)^{\tau}$$

(10-69)

所以 2010 年的粮食产量相对于 2005 年预计可变化：

$$\Delta Y_{2010} = Y_{2005} \times \big[(1 + u\%)^{\beta} \times (1 + v\%)^{\gamma} \times (1 + w\%)^{\delta} \times (1 + x\%)^{\rho} \times (1 + y\%)^{\mu}$$
$$\times (1 + z\%)^{\tau} - 1 \big]$$

(10-70)

2015 年的资源约束和投入约束引起的粮食产量变化的数值，以此类推。

根据上述模型，将各投入要素预测值结果代入上述各式可得到如下结果（表 10-25），其中各投入要素的预测分析，详见 10.3.1 节中的洞庭湖区综合食物安全的投入性约束风险评估相关内容。

表 10-25　洞庭湖区 2010 年、2015 年投入要素变化导致产量变化的预测结果　（单位：t）

地区	2010 年	2015 年	区域	2010 年	2015 年
长沙市辖区	12 505.15	27 078.83	湘阴县	44 842.82	99 223.48
长沙县	14 855.38	93 330.71	平江县	-15 833.7	9 970.296
望城县	-17 022	-12 157.1	汨罗市	19 657.85	62 406.97
宁乡县	16 224.03	67 082.43	临湘市	10 778.79	35 712.93
浏阳市	29 822.33	59 134.13	常德市辖区	89 832.96	168 604.2
株洲市辖区	-339.4	2 113.793	安乡县	75 777.41	142 931.7
株洲县	20 998.85	44 125.33	汉寿县	84 253.44	170 302.2
攸县	17 009.55	46 724.48	澧县	-42 33.34	7 874.952
茶陵县	11 738.93	26 144.52	临澧县	30 348.92	45 129.23
炎陵县	-6 417.73	-9 013.85	桃源县	97 145.72	164 247.9
醴陵市	9 210.27	27 367.82	石门县	9 319.792	28 249.65
湘潭市辖区	1 930.93	7 828.084	津市市	-7 978.71	-8 150.62
湘潭县	22 835.85	68 581.79	益阳市辖区	80 938.52	155 961.2
湘乡市	-10 034.7	5 839.93	南县	46 472.12	120 250.4
韶山市	5 672.32	10 250.99	桃江县	13 811.9	31 176.72
岳阳市辖区	37 865.52	68 654.42	安化县	7 666.21	7 601.91
岳阳县	-10 872.3	26 654.94	沅江市	77 536.24	150 170.3
华容县	104 562.6	231 092.6			

3. 洞庭湖区食物需求的预测分析

由上述估计模型可知，洞庭湖区的食物需求预测分析包括未来人口预测分析、未来人均食物消费量分析以及未来食物净调出量分析三个部分。

1）洞庭湖区的人口预测

同 10.3.1 中的洞庭湖区综合食物安全的消费需求风险评估相关内容，本节采用 Eviews 6.0 软件，选用 ARMA 模型来进行人口数量的预测。

本节选用洞庭湖区各县（市、区）1991～2005 年的城乡人口数据作为样本集来进行预测，为了测试模型的拟合效果，选用了 2006 年的各县（市、区）人口实际数据来与预测结果进行误差比较，结果如表 10-26 所示。

表 10-26　洞庭湖区 2006 年人口预测对比分析

地区	2006 年		
	实际值/万人	样本值/万人	相对误差/%
长沙市辖区	215.60	219.60	1.856
长沙县	75.05	74.08	−1.295
望城县	71.11	70.81	−0.424
宁乡县	133.01	131.59	−1.066
浏阳市	135.02	134.48	−0.399
株洲市辖区	96.89	98.42	1.574
株洲县	42.42	42.86	1.029
攸县	75.10	75.14	0.060
茶陵县	53.41	54.14	1.361
炎陵县	17.80	17.91	0.609
醴陵市	98.23	96.81	−1.446
湘潭市辖区	86.09	86.65	0.655
湘潭县	107.50	111.28	3.512
湘乡市	88.15	89.26	1.263
韶山市	9.90	10.23	3.343
岳阳市辖区	103.95	102.29	−1.593
岳阳县	68.68	72.60	5.701
华容县	72.19	71.77	−0.576
湘阴县	70.55	70.27	−0.402
平江县	103.78	104.18	0.390
汨罗市	72.24	72.19	−0.063
临湘市	48.87	48.36	−1.042
常德市辖区	139.47	136.96	−1.803
安乡县	59.13	59.53	0.677
汉寿县	82.72	82.65	−0.086
澧县	89.96	89.48	−0.533
临澧县	44.04	44.35	0.701
桃源县	97.57	98.21	0.660
石门县	68.91	69.70	1.141
津市市	26.70	27.19	1.842
益阳市辖区	130.49	129.83	−0.503
南县	78.22	79.12	1.152
桃江县	83.33	83.04	−0.346
安化县	97.20	97.43	0.239
沅江市	73.76	73.76	0.006

从测试结果来看，2006 年人口数量的样本值与实际值之间的相对误差比较小，人口数量的相对误差绝对值的平均值在 0.46% 左右，且任何一个县（市、区）城乡居民人口数量样本值与实际值之间相对误差的绝对值均未超过 6%，可以说明拟合效果较好。

人口数量预测结果的 MAPE、TIC、BP、VP、CP 等各项指标均较为理想，说明预测精度较高。

洞庭湖区人口数量的预测结果如表 10-27 所示。

表 10-27　洞庭湖区 2010 年、2015 年人口预测结果　　（单位：万人）

地区	2010 年	2015 年	地区	2010 年	2015 年
长沙市辖区	245.61	290.91	湘阴县	72.3	80.95
长沙县	67.88	61.95	平江县	105.37	118.02
望城县	58.03	60.09	汨罗市	71.57	75.16
宁乡县	136.4	143.39	临湘市	50.59	55.49
浏阳市	155.8	166.74	常德市辖区	141.47	149.05
株洲市辖区	102.29	113.47	安乡县	67.76	79.81
株洲县	43.62	43.54	汉寿县	79.27	82.15
攸县	75.04	75.31	澧县	90.95	94.7
茶陵县	52.32	65.54	临澧县	42.85	50.19
炎陵县	18.72	21.75	桃源县	102.73	111.5
醴陵市	99.31	99.35	石门县	65.99	63.64
湘潭市辖区	95.29	109.19	津市市	33.84	41.96
湘潭县	116.04	128.46	益阳市辖区	134.35	139.65
湘乡市	91.19	99.75	南县	82.36	89.86
韶山市	10.36	11.08	桃江县	86.45	98.76
岳阳市辖区	106.36	108.76	安化县	99.06	103.24
岳阳县	67.22	69.42	沅江市	79.84	92.17
华容县	60.49	56.67			

2）食物需求量的预测

a. 洞庭湖区自身粮食需求预测

粮食需求包括口粮、饲料用粮、工业用粮、种子用粮和粮食损耗五个部分组成。由于统计年鉴数据中对分县的饲料用粮、工业用粮，以及种子用粮的数据没有涉及，所以无法通过对粮食需求中不同组成部分的粮食需求量进行统计分析和预测得到未来的粮食需求量。但是可以通过确定未来人均食物消费量的期望值来确定洞庭湖区未来食物需求。

为保障国家食物安全和人民身体健康，国家食物与营养咨询委员会在联合多部门、跨学科专家进行研究的基础上，提出了基本小康社会（2010 年，人均粮食占有 391 kg）、全面小康社会（2020 年，人均粮食占有 437 kg）、向富裕阶段过渡时期（2030 年，人均粮食占有 472 kg）三个阶段的人均食物消费量。根据对近年洞庭湖人均食物消费量分析发现，湖南省 2005~2007 年人均食物消费量为 434 kg 左右，已经接近全面小康社会的粮食占有水平，因此本节确定 2010 年和 2015 年洞庭湖区食物消费水平按照人均 437 kg 和人均 455 kg 计算较为适宜，即 2010 年和 2015 年洞庭湖区人均食物消费已提前达到了全面小康社会的食物消费水平。

b. 洞庭湖区粮食外调预测

湖南省是中国13个粮食主产区之一，洞庭湖区是湖南省的重要粮食产区，也就意味着洞庭湖区的粮食生产，不仅要满足自身的需求，还要调出一定数量的粮食到区域以外，以满足整个区域对粮食数量和品种的需求。洞庭湖区主产稻谷，稻谷产量可达到湖区粮食总产量的85%以上，这也决定了洞庭湖区需要调出稻谷，满足其他区域对稻谷的需求，同样洞庭湖区也要调入小麦、玉米等进行粮食品种的调剂。

由于粮食的区域间调拨数据涉密，所以洞庭湖区调拨的详细数据无法获得。但通过研究发现，湖南省的调拨数据在一些已有研究中略有涉及，因此本节在对湖南省粮食调拨情况分析的基础上，确定了洞庭湖区粮食净调出系数。

湖南省每年需要向外调出大量的粮食，但是近年来湖南省的调出水平以及净调出量却发生了很大的变化。"六五"到"八五"（1980～1995年）湖南省年均调出量基本持平，但调入量不断增加，调入量增加的原因，一是全国粮食产量普遍提高，地区间的调剂能力增强；二是饲料工业的起步和发展使原料需求量大为增加。尤其是饲料工业因全省粮食品种上的极不平衡，每年都要从省外调入玉米、麦子等粮食7万t以上。"九五"期间（1996～2000年）平均每年调出粮食13.7万t，平均每年调入粮食9.2万t，净调出量为4.5万t，净调出量占湖南省粮食总产量的16‰；2003年，净调出粮食1.4万t，净调出量占湖南省粮食总产量的5.7‰；但从2005年开始出现调入多于调出，2005年净调出量为-7.7万t，净调入量占湖南省粮食总产量的14.3‰；2006年净调出量为-7.8万t，净调入量占湖南省粮食总产量的14.4‰；2007年净调出量为-4.2万t，净调入量占湖南省粮食总产量的7.1‰。由上述分析可以看出，湖南省近些年粮食需求增加由净调出省变为净调入省，但是随着湖南省粮食产能的恢复性增长，净调出量在2007年出现了拐点，净调入量表现为减少趋势，且随着近年来粮食产量连续增长，湖南省将恢复性转变为净调出省。按照此态势，本节确定洞庭湖区2010年粮食净调出量为0，2015年洞庭湖区的粮食净调出量达到"九五"期间粮食净调出水平，净调出量占该区域粮食总产量的16‰。

由上述分析，可以确定洞庭湖各县（市、区）食物总需求量，如表10-28所示。

表10-28　洞庭湖区2010年、2015年食物需求量预测　　（单位：t）

地区	2010年	2015年	地区	2010年	2015年
长沙市辖区	1 073 316	1 323 641	湘阴县	315 951	368 322.5
长沙县	296 635.6	281 872.5	平江县	460 466.9	536 991
望城县	253 591.1	273 409.5	汨罗市	312 760.9	341 978
宁乡县	596 068	652 424.5	临湘市	221 078.3	252 479.5
浏阳市	680 846	758 667	常德市辖区	618 223.9	678 177.5
株洲市辖区	447 007.3	516 288.5	安乡县	296 111.2	363 135.5
株洲县	190 619.4	198 107	汉寿县	346 409.9	373 782.5
攸县	327 924.8	342 660.5	澧县	397 451.5	430 885
茶陵县	228 638.4	298 207	临澧县	187 254.5	228 364.5
炎陵县	81 806.4	98 962.5	桃源县	448 930.1	507 325

地区	2010 年	2015 年	地区	2010 年	2015 年
醴陵市	433 984.7	452 042.5	石门县	288 376.3	289 562
湘潭市辖区	416 417.3	496 814.5	津市市	147 880.8	190 918
湘潭县	507 094.8	584 493	益阳市辖区	587 109.5	635 407.5
湘乡市	398 500.3	453 862.5	南县	359 913.2	408 863
韶山市	45 273.2	50 414	桃江县	377 786.5	449 358
岳阳市辖区	464 793.2	494 858	安化县	432 892.2	469 742
岳阳县	293 751.4	315 861	沅江市	348 900.8	419 373.5
华容县	264 341.3	257 848.5			

4. 洞庭湖区综合食物数量安全风险的定量评估结果

根据上述分析，将食物供需计算结果分别代入缺口率计算模型可得出不同自然灾害情境下的洞庭湖各县（市、区）2010 年和 2015 年粮食供需缺口率。在此基础上，根据区域粮食供需缺口率的风险等级划分标准将洞庭湖区食物缺口风险分为低风险、小风险、中风险和高风险四级。具体风险评估结果如下。

1) 自然灾害一般情景下的综合食物数量安全风险水平分析

当自然灾害为一般情景时，2010 年长沙市辖区、株洲市辖区、湘潭市辖区、岳阳市辖区、津市市和安化县为高风险区，即缺口率 >17%；桃江县为中风险，缺口率为 10 < K ≤ 17%；浏阳市缺口率为 5% < K ≤ 10%，为小风险；其余地区均为低风险。2015 年与 2010 年相比，风险有加重趋势，其中桃江县、平江县、浏阳市和炎陵县风险水平均呈明显升高态势。造成长沙市辖区、株洲市辖区、湘潭市辖区、岳阳市辖区为高风险区的主要原因是这些区域人口多、食物需求量大且资源约束较大；造成津市市、安化县、桃江县、炎陵县、平江县和浏阳市为高风险、中风险区的主要原因是因灾减产量较高和投入约束的限制（图 10-39）。

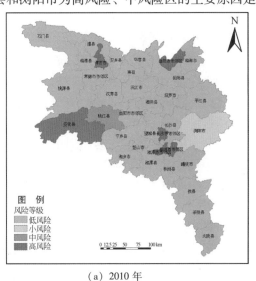

(a) 2010 年

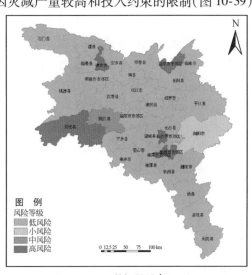

(b) 2015 年

图 10-39 洞庭湖区综合食物数量安全风险等级（一般情景）

2）自然灾害悲观情景下的综合食物数量安全风险水平分析

当自然灾害为悲观情景时，2010 年，长沙市辖区、株洲市辖区、湘潭市辖区、岳阳市辖区、炎陵县、澧县、石门县、津市市、桃江县和安化县为高风险区，即缺口率 >17%，平江县、临湘市和浏阳市为中风险，缺口率为 10% < K ≤17%，其余地区均为低风险。造成长沙市辖区、株洲市辖区、湘潭市辖区和岳阳市辖区为高风险区的主要原因是这些区域人口多、食物需求量大、资源约束影响大；造成炎陵县、澧县、石门县、津市市、桃江县、平江县、浏阳市和安化县为高风险区的主要原因是因灾减产量较高。2015 年与 2010 年相比，除平江县和浏阳市由中风险升为高风险外，其他各县（市、区）风险等级没有变化（图 10-40）。

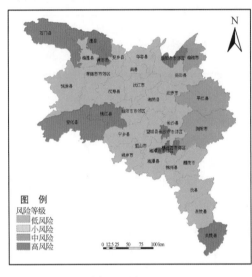 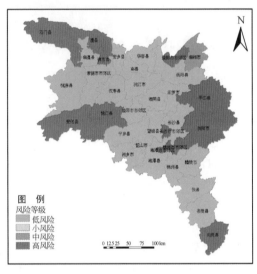

（a）2010 年　　　　　　　　　　　　　　　　（b）2015 年

图 10-40　洞庭湖区综合食物数量安全风险等级（悲观情景）

3）自然灾害乐观情景下的综合食物数量安全风险水平分析

当自然灾害为乐观情景时，洞庭湖区 2015 年与 2010 相比，各县（市、区）风险等级有加重趋势。2015 年，长沙市辖区、株洲市辖区、湘潭市辖区、岳阳市辖区、津市市和安化县为高风险区，即缺口率 >17%；炎陵县、桃江和浏阳市为中风险，缺口率为 10% < K ≤17%；平江为小风险，缺口率为 5% < K ≤10%；其余地区均为低风险。造成长沙市辖区、株洲市辖区、湘潭市辖区和岳阳市辖区为高风险区的主要原因是这些区域人口多、食物需求量大、资源约束影响大；造成津市市、安化县、炎陵县、桃江县和浏阳市为中风险、高风险区的主要原因是因灾减产量较高和投入约束的限制（图 10-41）。

5. 小结

由上述根据粮食缺口率进行的综合食物数量安全风险的定量分析和预测可以看出，洞庭湖区的长沙市辖区、株洲市辖区、湘潭市辖区、岳阳市辖区在三种不同自然灾害情景下均呈现高风险，这主要是这些地区经济的高速发展和人口的刚性增长导致了消费需求增加和资源约束风险加大；当自然灾害为悲观情景时，洞庭湖区北部高风险县（市、区）个数

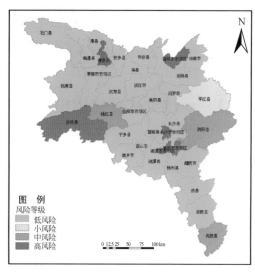

（a）2010 年　　　　　　　　　　　　　　　　（b）2015 年

图 10-41　洞庭湖区综合食物数量安全风险等级（乐观情景）

多于南部县（市、区），说明围湖地区受自然灾害的影响大于洞庭湖区的南部县（市、区）。因此要加强北部县（市、区）的自然灾害风险预警和管理。虽然洞庭湖区有些县（市、区）由于人口刚性增长、资源约束、投入约束或自然灾害等原因造成风险较高，即缺口率较大，但是可以通过这些区域以外的县（市、区）进行地区间的粮食调剂满足这些高风险地区的食物消费需求，调剂后，这些高风险地区均可由高风险降为低风险。也就是说从洞庭湖区整体角度而言，并不存在食物缺口。

2010～2015 年这一时期，洞庭湖区粮食生产受到"十一五"国家宏观政策的干预，仍将延续目前呈现恢复并增长的态势，食物在满足自己的前提下，可以保证一定数量的食物净调出。

10.3.3　因子综合法和缺口率法评估方法的比较与评述

洞庭湖区分别采用了因子综合法和缺口率法进行综合食物数量安全风险评估。但两种评估方法所得结果存在差异，经分析，造成结果差异的主要原因在于以下两个方面。

（1）由于自然灾害具有模糊性和不确定性，因此很难通过缺口率法研究确定自然灾害的未来因灾减产数量。本研究虽然在缺口率模型分析中设定了三种自然灾害发生情景，但是这仅能够说明因灾减产的区间值，并不能确定未来发生自然灾害的准确情景。而因子综合法分析从自然灾害发生的概率和后果出发，确定了一个相对全面的风险程度表达。

（2）基于因子综合法分析的消费需求以消费需求变动率为评价指标，反映了由于人口和收入变化引起的食物消费需求变动。而在缺口率法分析中，由于数据的约束，食物消费需求量以及食物净调出量需设定期望值计算，尽管对这种期望值的设定已经进行了推敲，但仍包含较大的主观成分。

因此，受到数据约束，应用缺口率法分析受到较大的限制，即对于数据不完备的区域而言，因子综合法更为适宜，对于数据完备的区域来说，缺口率法更为合适。

10.4 洞庭湖区综合食物可持续供给安全风险评估

10.4.1 综合食物可持续供给安全风险评估指标体系的建立

衡量综合食物可持续供给安全风险的指标体系达到 3 个目标：①指标体系能完整准确地反映区域综合食物可持续安全风险状况；②对区域综合食物可持续供给安全系统状况和人类胁迫进行监测，寻求自然、人为压力与食物生产生态系统状况变化之间的联系，并探求其变化的趋势及主要驱动力；③定期地为政府决策、科研及公众要求等提供区域综合食物可持续供给安全风险现状、变化及趋势的统计总结和解释报告。

根据上述目标，并结合风险识别结果，本研究选取了 11 个指标评价洞庭湖区综合食物可持续供给安全风险，如表 10-29 所示。

表 10-29 洞庭湖区综合食物可持续供给安全风险评价指标体系

目标层	风险源	致险因子	评价指标
综合食物可持续供给安全风险评价指标体系	资源类风险	人口压力风险	人口增长率
		资源禀赋风险	人均耕地面积
			有效灌溉面积比
		资源退化风险	水土流失面积比
			易涝耕地面积比
	污染类风险	农业污染风险	单位面积化肥负荷
			单位面积农药负荷
		工业污染风险	单位面积废水负荷
			单位面积废气负荷
	灾害类风险	气候灾害风险	自然灾害成灾面积比
			因灾减产强度

资源类风险源反映了人口压力、资源禀赋和资源退化的风险因素，具体指标包括人口增长率、人均耕地面积、有效灌溉面积比、水土流失面积比、易涝耕地面积比；

污染类风险源反映了农业污染风险和工业污染风险的状况，具体指标包括单位面积化肥负荷、单位面积农药负荷、单位面积废水负荷、单位面积废气负荷；

灾害类风险反映了影响综合食物可持续供给安全风险的农业气候灾害风险，具体指标包括自然灾害成灾面积比和因灾减产强度。

10.4.2 评价指标权重和阈值的确定

1. 评价指标权重的确定

权重的确定是综合评价的基础，权重的合理性关系到评价结果的科学性和准确度。指标权重确定方法有主观法和客观法两大类。本研究采用客观权重确定方法——主成分分析法确定权重。各指标权重确定结果详见表 10-30。

表 10-30　洞庭湖区食物可持续供给安全风险评价指标权重

目标层	风险指标	权重
综合食物可持续供给安全风险评价指标体系	人口增长率	0.1
	人均耕地面积	0.1
	有效灌溉面积比	0.087
	水土流失面积比	0.096
	易涝耕地面积比	0.097
	单位面积化肥负荷	0.1
	单位面积农药负荷	0.095
	单位面积废水负荷	0.096
	单位面积废气负荷	0.097
	自然灾害成灾面积比	0.085
	因灾减产强度	0.047

2. 评价指标阈值的确定

进行风险评价工作，需要确定每个风险指标的风险阈值，通过各个指标实际作用值与风险阈值相比较来判断该指标是否存在风险。对于正向指标，指标数值高于风险阈值则认为该指标不存在风险，低于风险阈值，则通过与风险阈值的比较来确定风险指数和风险等级的高低；对于负向指标，指标数值低于风险阈值则认为不存在风险，高于风险阈值，则通过风险阈值与该指标实际值的比较来确定风险的高低。

目前，学术界对于指标阈值的确定还处在实践和探索阶段，尤其对于资源与生态环境方面的指标。在这种局限下，采用各风险指标的全省平均值作为风险阈值，这样做主要是基于三方面的考虑：其一，总体上湖南省的资源环境状况和食物的可持续供给能力在中国处于中上水平，耕地质量较好，农业生产能力高，森林资源、水资源丰富，丰富的湿地资源进行生态系统功能的调节，未发生非常严重的污染等现象，资源环境系统较为健康，食物生产较为稳定，在中国食物的生产中处于举足轻重的地位，因此全省平均值能代表一个比较好的水平，而环洞庭湖区这六个城市人口和经济压力大，属于省内资源禀赋和生态环境较为脆弱的地区，未来食物的可持续保障能力风险较高，因此以湖南省平均水平作为风险阈值具有一定的对比意义；其二，本节中所采用的各个指标的风险阈值尚未出现权威的数据，且在不同评价目标下风险阈值的选取存在很大的差距，避免盲目选值所造成的人为影响；其三，数据获取简便可靠，能够把洞庭湖各县（市、区）的基本情况与全省平均情况进行准确比较，获得准确可靠的对比数据，反映出正确的发展趋势。

10.4.3 综合食物可持续供给安全风险评价方法

1. 状态评价模型

1）单指标的度量

正向指标风险指数
$$r_i = \begin{cases} x_i/z_i & x_i < z_i \\ 1 & x_i \geqslant z_i \end{cases} \tag{10-71}$$

逆向指标风险指数
$$r_i = \begin{cases} 1 & x_i \leqslant z_i \\ z_i/x_i & x_i > z_i \end{cases} \tag{10-72}$$

式（10-71）、式（10-72）中，x_i 为第 i 个风险指标的实际值；z_i 为第 i 个风险指标的风险阈值；r_i 为第 i 个风险指标的风险指数。

2）多指标综合食物安全风险的度量

多指标综合风险指数
$$S = \sum_{i=1}^{n} r_i \times w_i \tag{10-73}$$

式中，S 为区域食物可持续供给能力风险的综合指数；r_i 为各风险指标的风险指数；w_i 为各指标的重要性权重。

3）综合食物可持续供给安全风险等级的确定

不同的风险等级的界线是一个相对的概念，具有模糊性，因此研究应用模糊数学的方法进行风险等级的划分（Verbruggen and Zimmermenu，1999；Shi et al.，2006）。本节设置了四个风险等级分别为低风险，小风险，中风险，高风险。其相应的函数曲线如图 10-42 所示。

$$F_{\mathrm{L}}(u) = \begin{cases} 0 & 0 \leqslant u \leqslant 0.8 \\ \dfrac{u - 0.8}{0.1} & 0.8 < u \leqslant 0.9 \\ 1 & 0.9 < u \leqslant 1 \end{cases} \tag{10-74}$$

$$F_{\mathrm{F}}(u) = \begin{cases} 0 & 0 \leqslant u \leqslant 0.6 \\ \dfrac{u - 0.6}{0.1} & 0 < u \leqslant 0.7 \\ 1 & 0.7 < u \leqslant 0.8 \\ \dfrac{0.9 - u}{0.1} & 0.8 < u \leqslant 0.9 \\ 0 & 0.9 < u \leqslant 1 \end{cases} \tag{10-75}$$

$$F_{\mathrm{V}}(u) = \begin{cases} 0 & 0 \leqslant u \leqslant 0.4 \\ \dfrac{u - 0.4}{0.1} & 0.4 < u \leqslant 0.5 \\ 1 & 0.5 < u \leqslant 0.6 \\ \dfrac{0.7 - u}{0.1} & 0.6 < u \leqslant 0.7 \\ 0 & 0.7 < u \leqslant 1 \end{cases} \tag{10-76}$$

$$F_{\rm H}(u) = \begin{cases} 1 & 0 \leqslant u \leqslant 0.2 \\ \dfrac{0.5 - u}{0.3} & 0.2 < u \leqslant 0.5 \\ 0 & 0.5 < u \leqslant 1 \end{cases} \qquad (10\text{-}77)$$

式中，u 为综合食物可持续供给安全风险指数，既可以表示单指标的安全风险的指数 r_i，也可表示多指标安全风险的综合指数 S；F 为综合食物可持续供给安全风险指数对应各安全等级的隶属度。

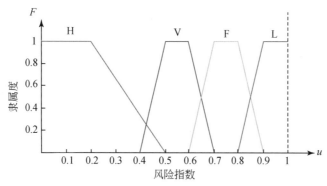

图 10-42　综合食物可持续供给安全风险等级隶属度函数

由隶属度函数可以确定综合食物可持续供给安全风险评价等级序列，如图 10-43 所示，安全等级序列分成四个区域：高风险（H）对应区域 A 和 G1，中风险（V）对应 B、G1 和 G2，小风险（F）对应 C、G2 和 G3，低风险（L）对应 D 和 G3。由此可以判定单指标综合食物可持续供给安全风险指数及多指标综合食物可持续供给安全风险指数的安全等级。例如，假设指标 1 的综合食物可持续供给安全风险指数 $r_1 = 0.3$，落入区域 A，则判定该指标属于高风险等级（H），同理假设多指标综合食物可持续供给安全风险指数 $S = 0.55$，落入区域 B，则可判定综合食物可持续供给安全风险指数属于中风险（V），此外，灰色区域 G1、G2 和 G3 是相邻等级间的共有模糊区域，也是相邻等级间的过渡临界带，当生态安全指数落入这些区域中，则根据式（10-74）~式（10-77）计算隶属度的大小来判定生态安全指数的隶属等级。

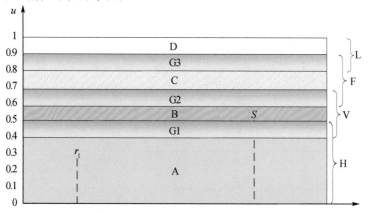

图 10-43　综合食物可持续供给安全风险等级序列图

2. 趋势分析模型

应用 DPS 9.5 数据处理系统软件构建了线性回归模型，对洞庭湖区可持续供给安全综合风险指数进行了预测。通过预测分别得到了洞庭湖各县（市、区）2010 年和 2015 年的综合风险指数。洞庭湖各县（市、区）构建的线性回归模型参数及拟合优度指标值详见表 10-31。

表 10-31 洞庭湖区综合食物可持续供给安全风险趋势预测系数

地区	a	b	R^2
长沙市辖区	0.5473	-0.0038	0.819
长沙县	0.8442	0.0052	0.746
望城县	0.8911	-0.0119	0.796
宁乡县	0.8930	-0.0056	0.7236
浏阳市	0.9325	-0.0044	0.7393
株洲市辖区	0.6247	0.0256	0.9289
株洲县	0.8513	-0.0260	0.9355
攸县	0.9261	-0.0072	0.7894
茶陵县	0.9142	-0.0044	0.7009
炎陵县	0.9919	-0.0007	0.8830
醴陵市	0.8344	-0.0004	0.8360
湘潭市辖区	0.5658	0.0058	0.8897
湘潭县	0.8420	-0.0008	0.8593
湘乡市	0.7915	-0.0073	0.8129
韶山市	0.8209	-0.0012	0.7783
岳阳市辖区	0.5973	-0.0007	0.6910
岳阳县	0.9225	-0.0092	0.8809
华容县	0.7475	0.0037	0.9454
湘阴县	0.8237	-0.0033	0.7623
平江县	0.8243	-0.0203	0.9321
汨罗市	0.7934	0.0225	0.8550
临湘市	0.8524	-0.0026	0.9454
常德市辖区	0.6981	-0.0199	0.8484
安乡县	0.7985	-0.0100	0.8736
汉寿县	0.8466	-0.0191	0.8302
澧县	0.8399	-0.0045	0.7158
临澧县	0.8562	-0.0096	0.7303
桃源县	0.8914	0.0012	0.9566
石门县	0.9177	-0.0005	0.8023
津市市	0.8327	-0.0065	0.8290
益阳市辖区	0.6575	-0.0073	0.9649
南县	0.8268	0.0015	0.8251
桃江县	0.8626	-0.0093	0.8854
安化县	0.9064	0.0067	0.7928
沅江市	0.7599	-0.0194	0.8650

10.4.4　洞庭湖区综合食物可持续供给安全风险评估结果

根据上述风险评价模型，对洞庭湖各县（市、区）综合食物可持续供给安全风险进行了评价，评价结果如表 10-32 所示。

表 10-32　洞庭湖区 2010 年、2015 年可持续供给安全风险指数和风险等级

地区	2010 年	风险等级	2015 年	风险等级
长沙市辖区	0.5281	中风险	0.5089	中风险
长沙县	0.8184	小风险	0.7977	小风险
望城县	0.8436	小风险	0.7842	小风险
宁乡县	0.9152	低风险	0.9437	低风险
浏阳市	0.9047	低风险	0.8925	低风险
株洲市辖区	0.4793	中风险	0.4695	中风险
株洲县	0.7473	小风险	0.6713	中风险
攸县	0.8901	低风险	0.8612	低风险
茶陵县	0.8965	低风险	0.8743	低风险
炎陵县	0.9890	低风险	0.9854	低风险
醴陵市	0.8328	小风险	0.8307	小风险
湘潭市辖区	0.5427	中风险	0.5138	中风险
湘潭县	0.8454	小风险	0.8496	小风险
湘乡市	0.8202	小风险	0.8571	低风险
韶山市	0.8161	小风险	0.8101	小风险
岳阳市辖区	0.5946	中风险	0.5912	中风险
岳阳县	0.8855	低风险	0.8392	小风险
华容县	0.7621	小风险	0.7804	小风险
湘阴县	0.8106	小风险	0.7941	小风险
平江县	0.7433	小风险	0.6419	中风险
汨罗市	0.7035	小风险	0.5913	中风险
临湘市	0.8421	小风险	0.8292	小风险
常德市辖区	0.6186	中风险	0.5192	中风险
安乡县	0.7484	小风险	0.6982	小风险
汉寿县	0.7704	小风险	0.6751	小风险
澧县	0.8221	小风险	0.7998	小风险
临澧县	0.8080	小风险	0.7695	小风险
桃源县	0.8962	低风险	0.9022	低风险
石门县	0.9157	低风险	0.9131	低风险

地区	2010 年	风险等级	2015 年	风险等级
津市市	0.8065	小风险	0.7738	小风险
益阳市辖区	0.6281	中风险	0.5914	中风险
南县	0.8329	小风险	0.8404	小风险
桃江县	0.8254	小风险	0.7789	小风险
安化县	0.9333	低风险	0.9670	低风险
沅江市	0.6627	小风险	0.5255	中风险

通过 2010 年和 2015 年的洞庭湖区食物可持续供给安全风险评估结果可以看出，2010 年洞庭湖区的中风险地区有 6 个，分别是长沙、株洲、湘潭、岳阳、常德和益阳 6 市的辖区，2015 年中风险区域增加到 10 个，除 2010 年已经处于中风险的 6 个区域外，又增加了株洲县、平江县、汨罗市和沅江市。2015 年小风险区域有所减少，主要是由于上述 4 个县市风险等级由小风险变为中风险。2015 年低风险区域基本没有变化，还是主要分布在洞庭湖区西部和南部的低山、丘陵区县（市）。洞庭湖区的可持续供给安全风险呈现加重趋势。湖区六市的市辖区风险程度较大，主要是由于人口压力、资源禀赋约束和工业污染风险较大；湖区的中、北部的大部分地区为小风险、中风险，主要是人口压力、资源禀赋约束、农业污染和农业自然灾害等原因对未来食物的可持续供给能力有一定的影响。

10.5　基于综合食物安全的耕地保障能力评估

耕地的粮食生产保障力是指耕地生产的粮食对粮食需求的满足程度。区域耕地粮食生产保障力则是指区域的粮食产量对于该区域在全国综合食物安全中所承担的粮食需求量的满足程度，即区域耕地的粮食供应量与全国综合食物安全对该区域的粮食需求量之间的数量关系，在本研究中用耕地的粮食总生产能力与粮食生产安全量表示粮食供需双方的关系。

10.5.1　评估指标的选取

（1）粮食单产趋势值。粮食单产趋势阈值是指粮食单产在未来可达到的值的区间，即粮食单产在未来最低可达到的值和最高可达到的值。

（2）耕地面积趋势值。耕地面积趋势值是指耕地面积在可预见的未来最低可达到的值和最高可达到的值。

（3）粮食生产安全量。中国耕地资源、气候资源分布不均，社会经济对粮食生产的影响较大，使中国各区域的粮食总生产能力存在着不可忽视的差异。因而，各地在全国综合食物安全的粮食生产中所应该承担的比例也不同。根据区域的耕地资源、气候资源以及社会经济影响分别在全国总量中所占的比例，计算该区域在全国综合食物安全的粮食生产中所应该承担的粮食产量比例。

10.5.2　评估模型的建立

根据耕地的粮食总生产能力趋势值和粮食生产安全量计算得到耕地的粮食生产保障力，如式（10-74）所示，

$$g = \frac{Y_0}{D} \times 100\% \tag{10-74}$$

式中，g 为粮食生产保障力；Y_0 为粮食总生产能力趋势值；D 为粮食生产安全量。

粮食总生产能力趋势值（Y_0）和粮食生产安全量（D）的计算详见 10.3.1 节中的洞庭湖区综合食物安全的资源约束风险评估相关内容。

10.5.3　评估结果

将洞庭湖各县（市、区）耕地的粮食总生产能力趋势值及粮食生产安全量代入式（10-74）求得洞庭湖各地区耕地粮食生产保障水平，可以看出，2010 年洞庭湖区各县（市、区）耕地的粮食生产保障力都在 100% 以上，其中以安化县和石门县最高（＞150%），常德市辖区最低。2015 年洞庭湖区耕地的粮食生产保障力平均高于 100%，但已有一些县（市、区）耕地粮食生产保障力低于 100%，其中以长沙市辖区最低。具体分析如表 10-33 所示。

表 10-33　洞庭湖区各县（市、区）2010 年和 2015 年耕地保障能力

地区	2010 年		2015 年	
	评价值/%	意义	评价值/%	意义
长沙市辖区	107.81	可充分满足综合食物安全对其粮食产量的需求，但存在一定风险，当粮食单产达到一般低值时，无法充分满足	80.42	无法满足综合食物安全对其粮食产量的需求
长沙县	121.07	可充分满足综合食物安全对其粮食产量的需求，无风险	110.37	可充分满足综合食物安全对其粮食产量的需求，但存在较小风险，当粮食单产达到极端低值时，无法充分满足
望城县	115.81	可充分满足综合食物安全对其粮食产量的需求，无风险	104.89	可充分满足综合食物安全对其粮食产量的需求，但存在较小风险，当粮食单产达到极端低值时，无法充分满足
宁乡县	116.06	可充分满足综合食物安全对其粮食产量的需求，无风险	108.76	可充分满足综合食物安全对其粮食产量的需求，但存在较小风险，当粮食单产达到极端低值时，无法充分满足

地区	2010 年		2015 年	
	评价值/%	意义	评价值/%	意义
浏阳市	128.07	可充分满足综合食物安全对其粮食产量的需求，无风险	117.15	可充分满足综合食物安全对其粮食产量的需求，但存在较小风险，当粮食单产达到极端低值时，无法充分满足
株洲市辖区	118.81	可充分满足综合食物安全对其粮食产量的需求，无风险	106.60	可充分满足综合食物安全对其粮食产量的需求，但存在较小风险，当粮食单产达到极端低值时，无法充分满足
株洲县	119.89	可充分满足综合食物安全对其粮食产量的需求，但存在较小风险，当粮食单产达到极端低值时，无法充分满足	109.65	可充分满足综合食物安全对其粮食产量的需求，但存在较小风险，当粮食单产达到极端低值时，无法充分满足
攸县	116.43	可充分满足综合食物安全对其粮食产量的需求，无风险	105.30	可充分满足综合食物安全对其粮食产量的需求，但存在一定风险，当粮食单产达到一般低值时，无法充分满足
茶陵县	123.35	可充分满足综合食物安全对其粮食产量的需求，无风险	113.83	可充分满足综合食物安全对其粮食产量的需求，但存在较小风险，当粮食单产达到极端低值时，无法充分满足
炎陵县	118.92	可充分满足综合食物安全对其粮食产量的需求，无风险	103.57	可充分满足综合食物安全对其粮食产量的需求，但存在较小风险，当粮食单产达到极端低值时，无法充分满足
醴陵市	113.08	可充分满足综合食物安全对其粮食产量的需求，但存在较小风险，当粮食单产达到极端低值时，无法充分满足	101.81	可充分满足综合食物安全对其粮食产量的需求，但存在一定风险，当粮食单产达到一般低值时，无法充分满足
湘潭市辖区	111.95	可充分满足综合食物安全对其粮食产量的需求，但存在较小风险，当粮食单产达到极端低值时，无法充分满足	98.01	可满足《纲要》要求，风险较大，当粮食单产达到一般高值时，才能充分满足

续表

地区	2010 年		2015 年	
	评价值/%	意义	评价值/%	意义
湘潭县	120.87	可充分满足综合食物安全对其粮食产量的需求，无风险	110.59	可充分满足综合食物安全对其粮食产量的需求，但存在较小风险，当粮食单产达到极端低值时，无法充分满足
湘乡市	116.27	可充分满足综合食物安全对其粮食产量的需求，无风险	105.47	可充分满足综合食物安全对其粮食产量的需求，但存在较小风险，当粮食单产达到极端低值时，无法充分满足
韶山市	115.77	可充分满足综合食物安全对其粮食产量的需求，但存在较小风险，当粮食单产达到极端低值时，无法充分满足	103.43	可充分满足综合食物安全对其粮食产量的需求，但存在一定风险，当粮食单产达到一般低值时，无法充分满足
岳阳市辖区	115.75	可充分满足综合食物安全对其粮食产量的需求，但存在较小风险，当粮食单产达到极端低值时，无法充分满足	105.85	可充分满足综合食物安全对其粮食产量的需求，但存在一定风险，当粮食单产达到一般低值时，无法充分满足
岳阳县	115.33	可充分满足综合食物安全对其粮食产量的需求，但存在较小风险，当粮食单产达到极端低值时，无法充分满足	101.35	可充分满足综合食物安全对其粮食产量的需求，但存在一定风险，当粮食单产达到一般低值时，无法充分满足
华容县	107.71	可充分满足综合食物安全对其粮食产量的需求，但存在一定风险，当粮食单产达到一般低值时，无法充分满足	97.51	可满足《纲要》要求，风险较大，当粮食单产达到一般高值时，才能充分满足
湘阴县	112.04	可充分满足综合食物安全对其粮食产量的需求，但存在较小风险，当粮食单产达到极端低值时，无法充分满足	98.86	可满足《纲要》要求，风险较大，当粮食单产达到一般高值时，才能充分满足
平江县	119.05	可充分满足综合食物安全对其粮食产量的需求，无风险	106.41	可充分满足综合食物安全对其粮食产量的需求，但存在较小风险，当粮食单产达到极端低值时，无法充分满足

地区	2010 年		2015 年	
	评价值/%	意义	评价值/%	意义
汨罗市	111.98	可充分满足综合食物安全对其粮食产量的需求，但存在较小风险，当粮食单产达到极端低值时，无法充分满足	97.62	可满足《纲要》要求，风险较大，当粮食单产达到一般高值时，才能充分满足
临湘市	115.74	可充分满足综合食物安全对其粮食产量的需求，无风险	103.11	可充分满足综合食物安全对其粮食产量的需求，但存在一定风险，当粮食单产达到一般低值时，无法充分满足
常德市辖区	106.37	可充分满足综合食物安全对其粮食产量的需求，但存在一定风险，当粮食单产达到一般低值时，无法充分满足	93.83	可勉强满足综合食物安全对其粮食产量的需求，风险较大，当粮食单产达到极端高值时，才能充分满足
安乡县	118.19	可充分满足综合食物安全对其粮食产量的需求，但存在较小风险，当粮食单产达到极端低值时，无法充分满足	109.70	可充分满足综合食物安全对其粮食产量的需求，但存在较小风险，当粮食单产达到极端低值时，无法充分满足
汉寿县	112.47	可充分满足综合食物安全对其粮食产量的需求，但存在较小风险，当粮食单产达到极端低值时，无法充分满足	102.36	可充分满足综合食物安全对其粮食产量的需求，但存在一定风险，当粮食单产达到一般低值时，无法充分满足
澧县	112.21	可充分满足综合食物安全对其粮食产量的需求，但存在一定风险，当粮食单产达到一般低值时，无法充分满足	102.26	可充分满足综合食物安全对其粮食产量的需求，但存在一定风险，当粮食单产达到一般低值时，无法充分满足
临澧县	114.31	可充分满足综合食物安全对其粮食产量的需求，但存在较小风险，当粮食单产达到极端低值时，无法充分满足	104.10	可充分满足综合食物安全对其粮食产量的需求，但存在一定风险，当粮食单产达到一般低值时，无法充分满足
桃源县	116.58	可充分满足综合食物安全对其粮食产量的需求，但存在较小风险，当粮食单产达到极端低值时，无法充分满足	106.17	可充分满足综合食物安全对其粮食产量的需求，但存在一定风险，当粮食单产达到一般低值时，无法充分满足

续表

地区	2010 年		2015 年	
	评价值/%	意义	评价值/%	意义
石门县	150.91	可充分满足综合食物安全对其粮食产量的需求，无风险	139.28	可充分满足综合食物安全对其粮食产量的需求，但存在较小风险，当粮食单产低于一般低值时，无法充分满足
津市市	107.93	可充分满足综合食物安全对其粮食产量的需求，但存在一定风险，当粮食单产达到一般低值时，无法充分满足	98.46	可满足《纲要》要求，风险较大，当粮食单产达到一般高值时，才能充分满足
益阳市辖区	107.23	可充分满足综合食物安全对其粮食产量的需求，但存在较小风险，当粮食单产达到极端低值时，无法充分满足	97.31	可满足《纲要》要求，风险较大，当粮食单产达到一般高值时，才能充分满足
南县	108.81	可充分满足综合食物安全对其粮食产量的需求，但存在较小风险，当粮食单产达到极端低值时，无法充分满足	99.33	可满足《纲要》要求，风险较大，当粮食单产达到一般高值时，才能充分满足
桃江县	113.98	可充分满足综合食物安全对其粮食产量的需求，但存在较小风险，当粮食单产达到极端低值时，无法充分满足	102.30	可充分满足综合食物安全对其粮食产量的需求，但存在一定风险，当粮食单产达到一般低值时，无法充分满足
安化县	152.59	可充分满足综合食物安全对其粮食产量的需求，无风险	138.89	可充分满足综合食物安全对其粮食产量的需求，但存在较小风险，当粮食单产低于一般低值时，无法充分满足
沅江市	107.95	可充分满足综合食物安全对其粮食产量的需求，但存在一定风险，当粮食单产达到一般低值时，无法充分满足	99.23	可满足《纲要》要求，风险较大，当粮食单产达到一般高值时，才能充分满足
洞庭湖区	116.59	可充分满足综合食物安全对其粮食产量的需求，但存在较小风险，当粮食单产达到极端低值时，无法充分满足	105.71	可充分满足综合食物安全对其粮食产量的需求，但存在一定风险，当粮食单产达到一般低值时，无法充分满足

注：表中《纲要》是指国家发展和改革委员会发布的《国家粮食安全中长期规划纲要》，其中要求粮食自给率不得低于95%

10.6 洞庭湖区综合食物安全风险防范与管理

10.6.1 洞庭湖区综合食物安全风险分析

1. 自然灾害风险

洞庭湖区自然灾害高风险区主要分布在西部、北部和南部，西部、南部丘陵山区以旱灾为主；北部平原区以水灾为主。中部经济发达区农业基础设施相对发达，抵抗自然灾害的能力较强，粮食生产的自然灾害风险较低。华容县、澧县、石门县、安化县为高风险区；岳阳市辖区、岳阳县、湘阴县、临湘市、安乡县、汉寿县、临澧县、桃源县、津市市、南县、桃江县为中风险区；其余为小风险和低风险区。高风险区中华容县、澧县、安化县以水灾为主；石门县以旱灾为主。中风险区中岳阳市辖区、岳阳县、湘阴县、临湘市、安乡县、汉寿县、临澧县、桃源县、津市市、南县、桃江县都以水灾为主，其中汉寿县、临澧县、桃源县旱灾也较严重。病虫害贡献率较大的区域主要是长沙市辖区、长沙县、株洲市辖区、株洲县等大城市辖区和大城市邻近的县，这些区域经济发达，人口密度大，大部分耕地用于蔬菜和高附加值的经济作物的生产，粮食生产主要为了满足自身需要，因此农药使用量少，病虫害危害大。

2. 资源约束风险

2010 年，洞庭湖各县（市、区）资源约束风险为小风险、低风险，没有高风险和中风险区域。2015 年，长沙市辖区耕地资源约束为高风险；常德市辖区、益阳市辖区、津市市、华容县、南县、沅江市、汨罗市、湘阴县以及湘潭市辖区耕地资源约束为中风险，其余县（市、区）除石门县和安化县为低风险外均为小风险。产生风险的主要原因是城市化和工业化导致耕地面积快速减少，人口的增长使得人均耕地面积进一步下降。

3. 投入性约束风险

洞庭湖区到 2015 年除了长沙市辖区为高风险，其余各县（市、区）均为低风险或小风险。长沙市辖区投入约束为高风险主要是因为长沙市经济发达，人口多，辖区农业生产以蔬菜、水果等高收益农产品生产为主，种粮的比较效益低。其余投入约束风险较高的区域是西部和南部经济落后的丘陵山区。

4. 消费需求风险

洞庭湖区消费需求主要是市辖区风险较高，为小风险，其余县（市、区）多数为低风险。市辖区风险较高的主要原因是城市化水平快，城镇居民的消费水平比农村居民消费水平高。

5. 食物可持续供给风险

食物可持续供给风险主要来自人类对资源的不合理利用导致耕地、水资源等自然资源的风险；工业"三废"的排放以及农药化肥的过量使用等导致农业生态系统破坏的生态风险；对农业投入不足导致的农业经济再生产不可持续的风险。洞庭湖区可持续供给高风险区主要分布在经济发达同时也是污染严重的长沙、株洲、湘潭经济区和人口密集的洞庭湖平原区。

10.6.2　洞庭湖区综合食物安全风险防范

1. 自然灾害风险的防范

针对洞庭湖区自然灾害风险的特点采取相应的防范措施。在西部和南部以旱灾为主的丘陵山区应重点加强灌溉水利设施建设，积极推广节水农业，通过节水灌溉示范和政策鼓励，引导农民采用节水灌溉技术，大力发展节水农业。在以水灾为主的洞庭湖平原区加强农田水利建设，重点是加强防洪排水设施建设；积极发展"避洪农业"，洞庭湖区 7 月、8 月的洪涝灾害频率最大，以夏涝为主，秋涝只占涝年的 10% ~ 25%。为了减少洪涝灾害对农业生产带来的损失，应充分利用冬、春土地温光等自然资源，开发冬季农业，调整粮食作物品种结构。为避开 7 月中下旬特大洪涝易发期，可选择特早熟早稻品种，并用温室育秧办法提早插下，在 7 月上旬收获。将 6 ~ 7 月被淹频率高、暂无法退田还湖的低湖田耕作制度由目前的"稻、稻、油"三熟制改为"麦、稻"和"油、稻"两熟制，让低湖田在高水位期间休耕。若不返洪水，亦可种植一些周期短的蔬菜，形成"避洪农业"。

2. 资源约束风险防范

耕地资源是保障粮食综合生产能力最为重要的资源要素，确保一定数量的耕地是实现综合食物安全的前提条件。洞庭湖平原区的津市市、华容县、南县、沅江市、汨罗市、湘阴县等主要粮食生产大县 2015 年耕地资源的约束风险达到中风险，将对洞庭湖区综合食物安全构成较大的影响。因此，在粮食生产大县必须实行最严格的耕地保护制度，不得随意占用耕地，严格执行耕地占补平衡、先补后占制度，不得占优补劣，严禁占水田补旱地。切实加强基本农田保护，特别是要优先划定国家投资建设的高产稳产粮田，明确粮田保护责任人，严禁随意征占或改变用途，确保基本农田面积不减少、用途不改变、质量有提高。同时通过土地开发整理增加耕地面积，加强中低产田改造，建设标准农田，增强抗御自然灾害能力，提高单产，增强粮食综合生产能力，防范耕地资源约束风险。

洞庭湖示范区还重点对桃江县进行了耕地资源约束风险的长效示范研究，完成了《桃江县耕地粮食生产保障能力建设规划》。该规划衔接了《国家粮食安全中长期规划纲要（2008 ~ 2020 年)》和《全国新增 1000 亿斤粮食生产能力规划（2009 ~ 2020 年)》，主要从耕地保护，推进农田基础设施建设和中低产田改造、提高粮食综合生产能力，严控产地环境再污染和生产投入品污染，防范食物质量安全风险等方面阐述了桃江县耕地资源约束风险的长效防范措施。

3. 投入约束风险防范

建立农业投入的长效机制，创新农业科研投入体制，化解农业投入约束风险。加大对粮食生产大县的粮食直补力度，提高种粮的比较效益，调动粮食生产大县农民的种粮积极性，保障稳定的粮食供给。同时要进一步加大农业科研资金投入力度，建立持续、稳定的财政支农科技"投入－分配"长效机制并强化监督职能。财政科技支农投入总量的不足造成了农业科研人员流失、农业科技成果产出下降，严重制约了农业生产水平的提升。建立新型农业科技推广服务体系，确保农业科技成果尽快转化为现实生产力，以建立粮食生产大县和优质粮食产业带的科技研发体系、培训体系和科技示范基地为纽带，改革农业科技转化方式，组建以科研院所、高等院校、企业为主的多元化农业科技转化、推广应用和服务体系，提高科技进步和科技成果转化对农业的贡献率。指导农民科学施肥、合理用药，实现农业生产过程病虫害防治预测模型化和控制化。

4. 消费需求风险防范

随着经济的发展、居民收入水平的提高，消费结构不断升级，合理的消费需求应当给予鼓励。但应科学地引导居民理性消费，转变大吃大喝的消费观念。吸取西方膳食消费模式的教训，发挥以植物性食物消费为主、适度增加动物性消费的东方膳食模式的优越性，走中国特色的食物与营养发展道路。使科学合理的消费理念深入人心，形成科学、合理、节约消费的良好社会风气，防范消费需求风险。

5. 食物可持续供给风险防范

（1）加快循环经济发展，促进环湖经济圈的可持续发展。在统筹考虑区域内各地市经济发展差异的基础上，科学制定区域循环经济发展规划，统一协调完善政策支撑体系，健全环湖生态补偿制度、资源环境有偿使用制度、财政信贷鼓励制度、排污权交易制度、环境标志制度等。以长沙、株洲、湘潭城市群等地为科技龙头，借助外来智慧，发挥科技的支撑作用，开发、建立一整套循环经济"绿色技术支撑体系"，包括清洁生产技术、管理技术、信息技术、能源综合利用技术、回收和再循环技术、资源重复利用和替代技术、环境监测技术以及网络运输技术等。

湖区特色循环农业的有效模式主要有：①立体种植模式。就是把多年生木本植物与一年生草本植物在空间上科学合理组合，对土地资源进行综合利用，如农林间作、林药间作以及农—林—药—菌多种植物间作等。湖区在发展小规模农—林—药结合模式的基础上，应逐渐形成规模较大且具有湖区特色的气候、地形、土壤、水体、生物资源综合开发利用模式，以实现多级生产、稳定高效的复合循环生态体系，真正实现发展农业循环经济的目的。②立体种养结合模式。通过对湖区养殖的动物、种植的植物和微生物进行生物种群的有效组合，形成一个良性的减耗型环状食物链。例如，林牧间作方式即是其中一种，所谓林牧间作就是在种植经济林、水果、蘑菇等经济作物的同时，应在林区内放养鸡鸭等家禽，用家禽消灭杂草虫害，粪便排放在林区内利于林木生长，这样既减少了化肥和农药的使用，控制了农业污染，保护了生态环境，又增加了农民收入。水田大力推广稻－鸭、稻－鱼种养模式。③以秸秆为纽带的循环利用模式。对湖区农业生产过程中的主要副产品——农作物秸秆进行综合利用，变废为宝，通过加工处理后转变为资源加以利用。如可以将秸秆作为生物能源的原材料，也可以将秸秆作为生物肥料的原材料，还可以将秸秆作为动物饲料的原材料等。因此，农作物秸秆完全可以实现资源化利用。

（2）对于洞庭湖平原区人口密度大、人均耕地面积少的县（市、区），要积极引导劳动力输出，减少当地人口压力、就业压力和生态压力，确保食物可持续供给安全。一方面要大力发展当地经济，加快农业产业化发展步伐，支持龙头企业和品牌农产品做大做强做特做优，支持农业产业化经营组织由低级向高级发展，增加就业机会，提高居民收入，另一方面要积极引导劳动力输出，减少当地人口压力和就业压力，建立农业循环经济生成机制，按照高产、优质、高效、生态、安全的要求，优化品种品质结构，发展特色农业、畜牧养殖，推进农村沼气建设、秸秆综合利用。

（3）严格控制环境再污染和生产投入不当导致的农业生态风险，防范因农业生态环境恶化导致食物可持续供给安全风险。具体可采取以下措施：①严格控制农业面源污染，加强对工业"三废"的综合治理，防止农田的再污染。大力推广平衡施肥技术，指导农民合理施肥，提高化肥的利用率；全面普及病虫综合防治技术，逐步实施农业废弃物集中分类回收，减轻农业面源污染。对工业"三废"的排放进行综合治理，严格按《中华人民共和国环境保护法》的规定达标排放，对工艺落后、污染严重且效益差的企业应依法关停。对新建企业一定要有环境效益评价报告，严格控制新的污染源的产生。②加强对农业投入品的质量管理，农业投入品是造成耕地潜在污染的主要原因，特别是要加强对禁用农药的管理，严格控制高毒、高残农药的使用。在肥料质量管理上要加大对重金属含量的检测，严格控制重金属超标的肥料进入农田，尽量减少农药肥料对基本农田的污染。③进行产业结构调整，对于已经污染的农田要逐步进行修复，引无污染的水源进行农田灌溉。对污染严重的耕地，在短期内无法彻底修复的，要动员农民改种花卉、苗木等非食用经济作物。建立健全耕地质量监测网络，实施耕地环境定位监测，建立田间档案，进行长期跟踪，及时掌握耕地质量现状与变化情况。

第 11 章　综合食物安全风险防范和管理机制[*]

综合食物安全的风险预警和防范体系是国家安全战略及其综合风险管理体制的重要组成部分。构建科学的综合食物安全风险预警体系是开展区域综合食物安全风险防范和管理的基础。由于人口的增长、水资源短缺、城市化和水土流失导致耕地面积减少、气候变化的影响，中国食物安全形势仍然面临许多不确定性的风险因子，要确保中国综合食物安全，必须建立科学的预警机制，采取有效的应对和防范措施，控制综合食物安全风险的发生。本章在总结过去相关研究和实地调查的基础上，将综合食物安全提高到风险管理的高度，运用风险管理理论、预警理论对区域综合食物安全进行预警研究，并以粮食主产区洞庭湖区为例，构建了区域综合食物安全风险预警和防范体系。

11.1　综合食物安全风险预警理论

11.1.1　经济预警理论

经济预警系统是为了预防经济运行过程中可能偏离正常轨道或出现危机而建立的报警和实施系统。经济预警系统是按照系统科学理论和经济学原理，在掌握经济发展历史资料的基础上，运用自然规律和经济规律，以经济发展的正常轨道和科学的预期目标为参照物，全面分析各种影响因素，确定警限，以便明确警情，查找警源，采取对策，降低警情风险，减少危害程度。经济预警系统的作用，是加强宏观经济调控，为决策服务，具体可分为四个方面：一是"报警器"作用，发生警情后，该系统将迅速启动及时报警，为减少损失赢得时间和空间，争取做到防患于未然；二是"调节器"作用，根据警情预报，可以快速查找警源，采取相应对策，及时作出调整，恢复无警状态；三是"安全阀"作用，在没有重大警情出现时，即在相对安全的范围以内，经济运行偶尔的偏差都是正常的；四是"方向盘"作用，根据预警报告，可以把握宏观经济运行的方向，识别判断方向性偏差，并作出及时调节。经济预警在逻辑上由以下几个部分构成：明确警情、寻找警源、分析警兆、预报警级、排除警患。

明确警情是预警的前提：明确警情就是要明确预警的对象。警情需要用一系列同步或近似同步的指标反映，其指标主要有两类，一类反映经济增长速度，一类反映经济增长质量。当这些指标低于一定合理水平时，就代表警情出现。

---

[*] 本章执笔人：中国农业大学的刘黎明、钟来元、刘亚彬、王兴、起晓星、麻翠红。

寻找警源是预警的起点：寻找警源即寻找引起警情的各种可能因素。警源可以分为内生警源和外生警源两类。内生警源指所研究对象内部的影响因素，就食物安全来说，主要包括影响食物产量和供给的有关因素；外生警源主要针对影响研究对象的外部因素，如自然灾害、外部经济干扰等，外生警源具有突发性特点，一旦发生，不易在短期内快速调整和控制。

分析警兆是预警过程的关键一环：警兆就是从警源发展到警情过程中出现的警情先兆，是以警源为基础而选定的具体的预见性因素。只有找准警兆，才能准确把握警情变化方向，才能做到早期预警，真正为宏观管理和调控提供依据。

预报警级是预警的核心：警级预报一般有两种方法，一种是建立关于警情的普通模型或者利用统计方法先作出预测，然后根据警限确定警级；另一种是建立关于警情的警级模型，直接由警兆和警情预测警情的警级，这是一种等级回归技术。

排除警患是预警的目的：警情出现后要根据警级的大小给出相应的解决对策，也就是要给出排警决策。排警的决策一方面依赖于对警源和警兆的分析，另一方面要参考相关专家的意见和建议。因此，开展综合食物安全风险预警研究需要建立专家库和专家决策系统，为及时采取正确的排警决策提供智力支持。排除综合食物安全风险警患是一个非常复杂的系统工程，必须构建综合食物安全风险防范体系，根据预警的结果采取相应的防范措施。

11. 1. 2　经济预警方法

经济预警的方法依据其机制可以分为：黑色预警方法，即根据警情的时间序列波动规律，不借助于警兆直接预警；黄色预警方法，即依据警兆进行预警；红色预警方法，即依据警兆以及各种环境社会因素进行估计；绿色预警方法，即依据警情的生长态势，特别是农作物生长的绿色程度（绿色指数）预测经济及农业的未来状况；白色预警方法，即在基本掌握警因的条件下用计量技术进行预测。这五种预测方法中，绿色方法主要借助于遥感技术，白色方法目前还处于探索阶段，以下介绍其他三种方法（杨艳涛，2009）。

黑色预警方法：这种预警方法不引入警兆，只考察警素指标的时间序列变化规律，即循环波动特性。根据这种宏观经济波动的周期性、递增或者递减的特点，就可以对警情的走势进行预测。

黄色预警方法：这种预警方法是最近的预警方法，也称为灰色分析。它根据警兆的经济预报警情的警度，是一种由因到果的分析。这种方法具体又包括三种预警方式。

（1）指数预警系统。这种方式利用警兆的某种反映警级的指数来进行预警，由于对应某一个警情有若干警兆指标，因此需要对警兆进行综合。综合的方法有扩散指数法、合成指数法。扩散指数是指全部警兆指标个数中处于上升的警兆指标个数所占的比例，合成指数是对所有警兆指标的变动值进行标准化加权综合处理，所以也称为警兆指数。

（2）统计预警系统。这种预警方式对警兆和警情之间的相关关系进行综合处理，然后根据警兆的警级预测警素的警度。

（3）模型预警系统。这种预警方式在统计预警的基础上对预警进一步分析，是对统计预警的补充，实质是建立滞后模型进行回归预测。

红色预警方法：这是一种环境社会分析方法。其特点是重视定性分析。主要内容是对影响警素变动的有利因素与不利因素进行全面分析，然后进行不同时期的对比研究，最后结合预测者的直觉、经验及其他有关专家学者的估计进行预警。这种方法在实际应用中预测效果也较好。

食物安全预警是宏观经济预警的一个组成部分。食物安全预警就是要对未来的食物安全状况作出评估和预测，并提前发布警报，以便有关部门采取相应的长期和短期对策，防范和化解食物不安全风险。在区域综合食物安全预警的过程中，运用的方法和研究过程同样遵循宏观经济预警的理论和方法研究，首先要明确综合食物安全警情，即从数量上来说是食物产量的增长能不能满足社会需求的增长，从质量上来说是食物所提供的膳食营养状况和食品安全状况能不能满足社会需求，从可持续供给上来说是食物生产消费的现状是否影响到子孙后代对食物的需求。然后根据食物安全的警情，寻找产生警情的原因，利用预警理论构建预警指数模型，确定警限警级，判断是否存在警情。通过食物安全警情分析，一方面我们可以提前采取各种措施防范食物安全风险的发生，另一方面我们可以在食物安全风险不可避免的情况下，有针对性地采取相应措施，减轻风险带来的损失。

11.1.3　供需平衡理论

社会产品的总供给与总需求的平衡，是社会资本再生产顺利进行的前提。总供给大于总需求或者总供给小于总需求，都会直接影响社会资本再生产的正常进行。只有通过宏观调控手段，努力保持总供给和总需求的平衡，才能促进宏观经济持续和健康的发展。

既然社会总产品的实现是通过市场交换进行的，这样就包含了两个层次的问题，一是总供给量与总需求量的平衡问题，二是供求总量内部构成比例平衡问题。这双重平衡的要求是制约社会总产品的实现及社会资本再生产的关键。社会再生产这种供求平衡的过程也就是市场配置资源的过程。同样，食物安全问题作为宏观经济问题的一部分，在讨论食物数量安全的时候，既要考虑到食物供给量和需求量的总量平衡，又要考虑到国内各区域之间以及食物品种结构之间的供需平衡。

食物供需平衡的警源来自供需两方面。其中食物需求的变动主要来自人口的变化和消费结构的改变，食物需求弹性较小，变化相对稳定和有规律。而食物的供给则受自然灾害、生产投入、资源约束、食物储备和食物净进口能力等因素的影响。由于作为食物主要组成部分的粮食生产年间变动较大，所以，影响食物供需平衡的主导因素是食物供给。

11.1.4　膳食营养平衡理论

膳食营养平衡的理论，就是强调由多种食物相互搭配所组成的膳食，能促进人体正常生长发育，满足各种生理需要，并能够维持良好的健康状态，预防营养不良的同时，减少营养过剩相关疾病的发生。不同食物含有不同的营养素，不同营养素完成不同的功能。自然界中，除母乳外，任何一种天然食物都不能提供人体所需的全部营养素，人们为了维持生命活动，必须从多种食物中获取各种营养素，才能满足人体各种营养需要，达到合理营养、促进健康的目的。

人体吸收的各种物质都以某种特定的方式组织结构并相互发生作用。对各种物质的配比情况、补充消耗速度都有一定的要求。当人们的膳食结构合理、营养平衡时，必能满足机体对热能和各种营养素的需要，促进机体的抗病能力，提高工作与劳动效率，而且还能预防和治疗某些疾病；当膳食结构不合理，摄入的热能营养素不平衡，即营养失调时，因某个或某些营养素摄入不足，不能满足机体的需要。因此，平衡膳食、合理营养，是维持人体健康与生存的重要条件。

在进行区域综合食物安全研究的时候，不仅要考虑到食物的数量是否能够满足需要，更要考虑食物的质量安全问题。从膳食营养角度，食物质量安全包括两个方面：首先是能否保障居民食物的供给，这些食物中所提供的营养素是否满足人体的需求；其次是人们所摄入的膳食是否平衡，以保证身体健康。中国作为一个发展中的人口大国，其膳食结构的发展具有其自身特点，属于热量基本上满足人体需要、蛋白质和脂肪供给不足的营养不足类型。近年来随着国民经济的发展、粮食产量和个人收入的稳定提高，食物消费已经从满足吃饱向吃好转变，食物的品质和营养成为食物安全的重要内容。对于各个不同的区域来说，由于区域之间生产能力和经济发展水平的差异，居民的膳食营养需求和满足的程度也不同，但是其食物质量的好坏同样可以运用最主要的几种营养物质和能量物质来衡量，通过对这些物质的控制与分析，就可以达到对食物营养安全与否的判断与预测的目的。

11.1.5　食品安全理论

食品安全是指食品在生产和消费过程中没有达到危害程度的一定剂量的有毒、有害物质或因素的加入，从而保证人体按正常剂量和以正确方式摄入这样的食品时不会受到急性或者慢性的危害，这种危害包括对摄入者本身及其后代的不良影响。任何食物成分，尽管是对人体有益的成分或其毒性极低，若食用数量过多或者食用条件不当，都有可能引起毒害或者损害健康。

食品的安全性可以分为绝对安全性和相对安全性。绝对安全性是指确保不可能因食用某种食品而危害健康或者造成伤害，这种安全性只存在于理想状态中，绝对安全性或者零风险是很难达到的；相对安全是指一种食物或成分在合理使用方式和正常食量的情况下不会导致对健康损害的实际确定性。食品的绝对安全性和相对安全性，在很大程度上反映的是消费者和生产者之间在认识角度上的差异。消费者要求的是完全没有风险的食品，而生产者则是从实际出发，在提供最丰富营养和最佳品质的同时，力求把可能存在的任何风险降至最低限度。

食品安全监测预警是食物质量安全研究的重要内容，通过全面检测，进行风险分析和预警，并快速制订有效的控制措施，是保证食物质量安全的重要环节。

11.1.6　可持续发展理论

可持续发展的概念包括两个关键性的内涵：其一，人类的需要特别是穷人的需要，这些基本需要应该置于压倒一切的优先地位；其二，环境限度，如果突破了这个限度必将使当代人和后代人的生存能力受到影响。可持续发展理论是生态、经济、社会三个系统层面上的统一发展理论以及提高人类生存和生活质量的总体性的社会发展理论。

中国是一个人口大国，人均资源占有量远远低于世界平均水平，过去几十年里，中国政府已经努力利用有限资源生产出来的食物满足了庞大人口的基本需求，但对资源掠夺性的开发、环境的污染、生态的破坏已经显现出越来越严重的后果，这已经成为中国农业生产和食物可持续供给的重要制约因素。我们所面临的是不仅要满足当代人的食物需求，还要为子孙后代留下生存之路。因此，研究区域综合食物安全，必须运用可持续发展理论，分析区域食物供给与需求特征，解决资源匮乏和持续发展之间的矛盾，建立区域食物可持续供给安全的预测和预警系统。

11.1.7　综合食物安全风险预警与防范的研究思路

本研究在综合分析中国区域综合食物安全风险特征的基础上，应用风险管理学的基本理论和方法，以综合食物安全风险的识别—预测预警—防控为研究线索，选择中国粮食主产区洞庭湖区为案例区，剖析洞庭湖区综合食物安全的风险源、风险程度、风险发生规律，从食物数量安全、食物质量安全、食物可持续供给安全三个方面建立综合食物安全预警指标体系，构建综合食物安全风险预警模型，并对洞庭湖区以县（市、区）为单位，进行了综合食物安全风险的预测预警，在此基础上构建了区域综合食物安全的风险防范体系。具体包括以下研究内容：

第一，通过对洞庭湖区食物安全状况的实地调查，对影响洞庭湖区综合食物安全的风险因子进行识别，分析洞庭湖区综合食物安全风险因子形成和作用的机理。

第二，在分析影响区域综合食物安全的主要风险因子的基础上，从食物数量安全、食物质量安全、食物可持续供给安全三个方面，分别构建相应的预警指标体系。

第三，构建区域综合食物安全风险预警模型，确定综合食物安全风险预警警限和警级，对洞庭湖区以县域为研究单元对食物数量安全和可持续供给安全风险进行预测和预警。

第四，建立区域综合食物安全风险防范体系。根据预警结果，寻找致险因子，提出相应的风险防范对策，同时构建了风险发生时的应急处理系统。

研究思路和技术路线见图 11-1。

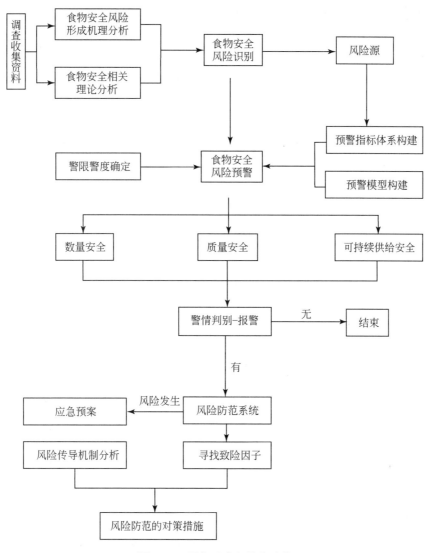

图 11-1 研究思路和技术路线

11.2 综合食物安全风险预警指标体系设计

11.2.1 综合食物安全风险预警指标选取原则

1. 针对性原则

综合食物安全风险预警指标选取应当具有针对性,分别针对影响食物数量安全、质量安全、可持续供给安全的风险因素选取相应的预警指标,分别建立食物数量安全、食物质量安全、食物可持续供给安全预警指标体系,使指标的选取既具有整体性又具有系统性。

针对性原则是整个综合食物安全风险预警指标体系构建的基本原则。

2. 可操作性原则

指标体系建立的目标在于对区域综合食物安全状况进行衡量和检测，同时要为预警模型的构建、预警结果的量化表达服务，所以选取的指标必须具有较强的可操作性，具体包括两层含义：第一，选取的指标数据应该具有较强的可获得性，尽量采用国际国内公布的权威性数据资料，或者通过调查获得的第一手数据，使选取的指标能够进行数量化处理；第二，指标体系最终要运用到预警实践中，因此指标必须易于操作，在使用的过程中具有较强操作性。

3. 全面性和重要性相结合的原则

概念指标体系，应是全面的、客观的、准确的。坚持全面性的原则，即坚持综合食物安全预警的系统性和整体性。按照全面性原则建立起来的概念指标体系，是及时、准确预警的前提。因此，概念指标的选取，要尽可能地全面考虑反映综合食物安全。但是也应该看到，在综合食物安全这个复杂的系统中，由于人们认识的局限性，真正做到面面俱到、一个不漏地选取指标，显然是不现实的、不客观的，也是不科学的。过多的指标在实际运用中难免造成操作的困难和工作的负担，这就要求我们抓住事物、现象的主要矛盾和矛盾的主要方面，考虑选取指标的重要性。重要性的原则，是指概念指标的选取力争最大限度地反映综合食物安全的发展变化和未来安全状态，或者说所选概念指标的权重较大。

如果仅考虑指标的全面性，而忽略指标的重要性，就可能分不清问题的主次，找不到问题的关键，既增加了预警的难度，也降低了预警的准确性。如果仅考虑指标的重要性，而忽略指标的全面性，就可能看不到问题的整体性、系统性，导致一叶障目、不见泰山。因此，选取指标时，应将全面性、重要性有机地结合起来。

在分析概念指标体系全面性和重要性相结合的时候，还要兼顾各指标之间的独立性。独立性要求所选择的每一指标都要能准确、有效地反映综合食物安全风险某一方面的影响因素，每一指标都有其特定的功能和作用，尽可能避免重复和交叉。换而言之，概念指标体系中，任何一个指标与其他指标之间都相对独立，关联性尽可能小。

4. 代表性原则

由于不同指标之间相互交叉和重叠，应选取相互交叉和重叠较少、代表性较强的指标。同时指标选取的数量应适当，选取过多，会造成操作困难和工作量的加重，选取过少，有可能不能全面反映问题，影响研究结果的准确性和稳定性。因此，在全面系统设置指标的前提下，根据研究需要，有针对性地选择敏感程度高、贡献率大、代表性强的指标作为研究的实际指标，这样在全面反映食物安全本质特征的基础上，又能做到准确和简明扼要。

5. 动态性原则

食物安全预警是要对未来的食物安全状况作出监测和预报，因此，食物安全研究必须考虑到时间因素，食物安全预警指标的选择要具有连贯性和动态性，要根据经济发展的动态规律，既能够反映现实状况，也能够反映未来的发展趋势。例如，选取食物可持续供给安全预警指标时，应该根据可持续发展要求和基本规律，充分考虑自然、经济、社会、政治等因素对食物安全的长久影响，选取具有代表意义的动态指标。

6. 因地制宜原则

中国地域辽阔，不同区域自然条件、社会经济条件和居民的生活习惯差别很大，因此，设定区域综合食物安全预警指标必须考虑区域因素：一方面，根据综合食物安全本质特征构建在大部分区域都适用的基本指标，另一方面，设置能够反映区域特定特征的指标，作为指标体系补充。这样，通过构建一套统一的指标体系进行区域一般性研究，又能完成对不同区域内特殊情况进行专门的分析和界定。

11.2.2　区域综合食物安全风险预警指标体系框架

预警本身是一个明确警情、寻找警源、分析警兆、预报警级和排除警患的过程（吕新业，2006），选择和确定预警指标，是预警系统研究的核心问题之一。警情产生于警源，同时在爆发之前又必然会产生警兆。寻找警源是分析警兆的基础，同时也是排除警情的前提。因此，预警要以警情指标为对象，以警源为依据，以警兆指标为主体。影响区域综合食物安全的因素十分复杂，对于食物数量安全和质量安全采取警情指标，对于食物可持续安全采用警兆指标，前两者主要研究食物中短期的安全，后者主要研究食物的长期安全。

警情指标的确定：食物安全的警情是对食物安全状态的客观描述，是食物安全的基本指标。要确定警情，就必须借助于一些统计指标来描述。就区域综合食物安全风险预警来说，警情指标是反映食物安全与否的指标。

警兆指标确定：对于区域综合食物安全来说，警兆指标是与食物安全相关的先兆性指标，它预示着食物安全警情指标的发展状况和未来趋势。食物安全与否的警兆指标并非独立于警源和警情指标之外，它是警源和警情指标中更具有敏感性、能够预示食物安全走势和导致食物安全状况发生明显变化的指标。

综上所述，将食物安全预警指标体系划分为食物数量安全指标体系、食物质量安全指标体系、食物可持续供给安全指标体系，三个指标体系共同构成区域综合食物安全风险预警指标体系（图11-2）。

11.2.3　区域综合食物安全风险预警指标说明

1. 食物数量安全指标

1）食物膳食能量供求差率

通过区域单元内人均每日能量的供给量和人均每天膳食能量需求量的平衡关系，反映区域内食物能量供给满足食物能量需求的程度，是反映区域内食物获取能力的重要指标。在具体计算中将所有食物转化为能量。

$$\Delta D = (\text{DES} - \text{DER})/\text{DER} \times 100\% \tag{11-1}$$

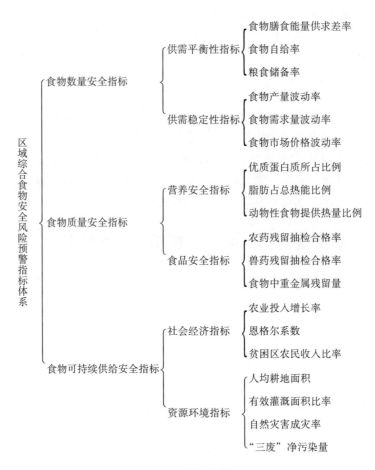

图 11-2　预警指标体系图

式中，DES 为人均膳食能量供给；DER 为人均膳食能量需求；ΔD 为膳食能量供求差率。

2）食物自给率

食物自给率指食物总生产量占总消费量的比例，它能够反映出在正常情况下研究区域对食物需求所能提供的自我保障能力的大小和对外贸易依存度的大小。食物自给率能够衡量在本区农业自然资源基础条件下食物总供给水平，食物自给率越高，研究区的生产供给能力越强。计算公式如下：

$$Z = S/W \times 100\%　\tag{11-2}$$

式中，Z 为食物自给率；S 为区域食物总生产量；W 为食物总的消费量。

3）粮食储备率

粮食储备率是指研究区域内当年粮食的储备数量占当年粮食消费数量的比率。粮食储备可用来调节一个区域单元粮食生产的季节性和地区性短缺，使需要粮食的人们在任何时候，用较短的时间能够得到所需要的粮食，从而减少对区外粮食市场的依赖、对稳定国内粮食市场价格和满足居民需要起到重要的作用。中国作为人口大国、粮食生产和消费大国，粮食储备率的高低对中国的食物安全状况会产生直接的影响。粮食储备率是国际国内衡量粮食安全的重要指标。计算公式如下：

$$K = R/D \times 100\% \tag{11-3}$$

式中，K 为粮食储备率；R 为当年粮食储备量；D 为当年粮食消费量。

4）食物产量波动率

食物产量波动率是反映区域食物供给稳定性的指标。这里的食物主要包括粮食、畜产品、水产品等，将所有的食物折合成热量后进行计算，食物产量波动率即指研究区域内本年度食物产量与上一年度食物产量之差占上一年度产量的百分比。某一区域食物生产往往是该区域食物总供给的主体部分，食物产量波动影响食物的供给，从而影响食物供求平衡和食物安全状况。食物产量在一定范围内的波动是正常的，但是如果波动剧烈，无论是大幅度减产还是大幅度增产，从食物安全的角度看都是不正常的。该指标反映食物生产的稳定性，波动系数越小，生产越稳定，食物安全水平越高，波动系数越大，生产稳定性越差，表示食物安全水平越低。计算公式如下：

$$V_y = (Y_t - Y_{t-1})/Y_{t-1} \times 100\% \tag{11-4}$$

式中，V_y 为食物产量波动率；Y_t 为本年度食物产量；Y_{t-1} 为上一年度食物产量。

5）食物需求量波动率

食物需求量波动率是反映区域食物需求稳定性的指标。指研究区域内本年度食物需求量与上一年度食物需求量之差占上一年度需求量的百分比，食物需求量的变动和偏离程度对食物供求关系有重要影响，需求量变动幅度越大，其安全性越小。计算公式如下：

$$V_d = (D_t - D_{t-1})/D_{t-1} \times 100\% \tag{11-5}$$

式中，V_d 为食物需求变动率；D_t 为本年食物需求量；D_{t-1} 为上年食物需求量。

6）食物价格波动率

食物价格波动率是反映食物市场供需稳定性的指标。对不同的区域来说，其对食物贸易的依赖程度不同，而衡量贸易对其影响及其稳定程度，采用食物价格波动率来分析是一种非常好的方法，通过不同年度之间的价格比较可以得出食物供需平衡之间的紧张程度。计算公式如下：

$$V_p = \left[(P_t - P_{t-1})/P_{t-1}\right] \times 100\% \tag{11-6}$$

式中，V_p 为食物价格变动率；P_t 为本年食物价格；P_{t-1} 为上年食物价格。

2. 食物质量安全指标

1）优质蛋白质所占比例

优质蛋白质所占比例是指食物中动物性食物和植物性食物中的豆类食物所含蛋白质占食物中所含蛋白质总量的比例。蛋白质是人体所必需的营养物质，也是能量来源之一，其中最重要的优质蛋白质含量能够充分反映人体的膳食平衡和营养均衡状况，优质蛋白质含量越高，代表食物质量安全状况越好。营养学和临床医学研究表明，优质蛋白质（动物性食物和豆类来源的蛋白质）占总蛋白质的比例应在一定的范围才能避免一些慢性营养不良或营养过剩等引发的疾病，保证人体健康。本节用优质蛋白质占蛋白质总量的比例作为衡量食物质量安全的指标之一。计算公式如下：

$$P_u = H_u / T_u \times 100\% \tag{11-7}$$

式中，P_u 为优质蛋白质所占比例；H_u 为优质蛋白质质量；T_u 为总蛋白质质量。

2）脂肪占总热量比例

脂肪是提供人体所必需能量的主要来源之一，脂肪摄入量过低或过高都不利于人体健康，因此把脂肪占总热量比例作为食物营养安全指标之一。中国作为发展中国家，处在刚刚迈入小康社会的国情，脂肪占总热量比例除少数发达地区脂肪比例过高会产生一些"富贵病"外，在国内大多数研究区内应着重考虑脂肪含量是否足够。其计算公式如下：

$$P_f = F_h / T_f \times 100\% \tag{11-8}$$

式中，P_f 为脂肪占总热能比例；F_h 为食物中脂肪产热量；T_f 为食物中总热能。

3）动物性食物提供热量比例

动物性食物提供热量比例是指动物性食物所能提供的热量占食物总热量的比例。对于一个国家或者一个地区，热量主要来源于动物性食物和植物性食物两个方面，而动物性食物提供的热能是充分表征食物结构的合理性和人民生活水平的高低的重要指标。其计算公式如下：

$$P_r = C_r / T_r \times 100\% \tag{11-9}$$

式中，P_r 为动物性食物提供热量比例；C_r 为动物性食物提供热量；T_r 为食物总热量。

4）农药残留抽检合格率

中国是一个种植业发达的农业大国，农药的广泛使用有效地防治病虫灾害，使得农作物产量得到提高，但同时也造成了农药在食物中的残留。农药残留对人体健康产生危害极大，中国已经制定了相关的规程并且成立了专业的机构对其进行检测。农药残留抽检合格率是反映植物性食物质量安全的重要指标。

5）兽药残留抽检合格率

对于动物性食品来说，其污染的直接来源主要是各种兽药以及饲料添加剂，兽药主要残留在畜禽产品、水产品和乳品当中，对人体健康产生危害。兽药残留抽检合格率是衡量动物性食物质量安全的重要指标。

6）食物中重金属残留量

中国近年来环境问题日趋凸现，农用化学品污染状况不容乐观，其污染来源主要有农药、农膜、固体废弃物和污水等，这些污染最终会在食物中产生或多或少的残留，而食物中重金属残留是对人体危害最大的，而重金属残留在对蔬菜、水果等食物的检测中尤为重要，因此将食物中重金属残留量也作为衡量质量安全的一个重要指标。

3. 食物可持续供给安全指标

1）农业投入增长率

食物的可持续供给离不开农业现代化水平和机械化水平的提高，不断加大农业投入是保证食物的可持续供给的前提。因此，将农业投入增长率作为一个衡量食物可持续供给安全的重要指标。其计算公式如下：

$$V_i = (I_t - I_{t-1}) / I_{t-1} \times 100\% \tag{11-10}$$

式中，V_i 为农业投入增长率；I_t 为本年度农业投入额；I_{t-1} 为上年度农业投入额。

2）恩格尔系数

恩格尔系数是反映居民生活水平高低的指标，恩格尔系数越高，说明人们获取食物的能力越强。其计算公式如下：

$$E_g = F_e/T_e \times 100\% \tag{11-11}$$

式中，E_g 为恩格尔系数；F_e 为食物消费支出；T_e 为总消费支出。

3）贫困区农民收入比率

指一个区域内所有的国家级贫困区和省级贫困区农民人均收入占研究区人均收入的比率，它是反映贫困人口食物获取能力的指标。其计算公式如下：

$$R_p = P_c/T_i \times 100\% \tag{11-12}$$

式中，R_p 为贫困区农民收入比率；P_c 为贫困区农民人均收入；T_i 为区域人均收入。

4）人均耕地面积

耕地是食物生产的基本物质基础，要保证中国的食物安全，尤其是保证食物的可持续供给安全，必须保证中国在人口高峰时保持一定数量的人均耕地面积。

5）有效灌溉面积比率

水资源是区域食物生产能力的重要制约因素，对于食物的可持续供给能力来说，必须将农田有效灌溉面积比率作为一个衡量指标。计算公式如下：

$$P_s = S_i/S_t \times 100\% \tag{11-13}$$

式中，P_s 为有效灌溉面积比率；S_i 为有效灌溉面积；S_t 为耕地总面积。

6）自然灾害成灾率

自然灾害成灾率是指一个国家或者区域内自然灾害成灾面积占粮食播种总面积的比率。计算公式如下：

$$P_n = S_n/T_n \times 100\% \tag{11-14}$$

式中，P_n 为自然灾害成灾率；S_n 为自然灾害成灾面积；T_n 为总播种面积。

7）"三废"净污染量

人类对农业生产环境的破坏主要来自工业"三废"污染，"三废"净污染量是衡量食物可持续供给安全的重要环境类指标。计算公式如下：

$$P_w = W_t - W_h \tag{11-15}$$

式中，P_w 为"三废"净污染量；W_t 为"三废"总污染量；W_h 为"三废"治理量。

11.3　综合食物安全风险预警模型构建及警限确定

11.3.1　综合食物安全风险预警模型构建

根据上述指标体系，把单指标预警和综合指数预警相结合对区域综合食物安全风险进行预警。由于各指标数据的含义不同，量纲不同，没有可比性，因此计算综合指数时必须对各指标实际值进行无量纲化处理。首先分别对单个指标根据警限划分原则进行警限的划分，据此建立隶属函数进行指标的无量纲化处理。采用层次分析法确定各指标的权重，采用综合指数法对各单指标数值进行加权，最后计算出食物安全的综合指数。

不同的研究区，同一指标对综合食物安全的重要性程度不同，其指标的权重值也不相同。同时，同一指标在不同的研究区，其警限划分的原则也不同，如主产区多数指标采用多数原则划分警限，而主销区多数指标采用少数原则或均数原则划分警限。因此针对食物主产区、主销区和平衡区分别构建综合指数模型。

采用隶属函数进行指标的归一化处理后各指标值用加权算数平均法计算综合指数，针对食物主产区、食物主销区和产销平衡区分别构建六个综合指数模型。加权算数平均法计算公式如下：

$$Z_i = \sum z_{ij} w_j / \sum w_j \tag{11-16}$$

式中，w_j 为第 j 个指标 z_{ij} 的权重；Z_i 为综合指数，$i = 1, 2, \cdots, 6$。其中，Z_1 为粮食主产区的食物数量安全指数预警模型，Z_2 为粮食主产区的食物质量安全指数预警模型，Z_3 为粮食主产区的食物可持续供给安全指数预警模型，Z_4 为食物主销区和平衡区的食物数量安全指数预警模型，Z_5 为食物主销区和平衡区的食物质量安全指数预警模型，Z_6 为食物主销区和平衡区的食物可持续供给安全指数预警模型。

11.3.2 区域综合食物安全风险预警指标权重的确定

利用统计学方法将各种监测数据转变为能够揭示观察对象本质的有关指标，将每个指标值变换为分数值，并确定各指标的权重，从而计算出各指标的综合分值，确定预警的警级。因此，确定指标的权重是食物安全风险预警的重要环节，本节采用层次分析法确定各指标权重值，以 1~9 的标准尺度得到各指标权重值如表 11-1、表 11-2 所示。

表 11-1　主产区各指标权重

数量安全	食物膳食能量供求差率	食物自给率	粮食储备率	食物产量波动率	食物需求量波动率	食物市场价格波动率	
权重	0.3953	0.2133	0.2133	0.0458	0.0749	0.0574	
质量安全	优质蛋白质所占比例	脂肪占总热能的比例	动物性食物提供热量比例	农药残留抽检合格率	兽药残留抽检合格率	食物中重金属含量	
权重	0.1163	0.1087	0.0640	0.3135	0.2217	0.1758	
可持续供给安全	农业投入增长率	恩格尔系数	贫困区农民收入比率	人均耕地面积	有效灌溉面积比率	自然灾害成灾率	"三废"净污染量
权重	0.1299	0.0438	0.1092	0.2729	0.2430	0.1006	0.0925

表 11-2　主销区和平衡区各指标权重

数量安全	食物膳食能量供求差率	食物自给率	粮食储备率	食物产量波动率	食物需求量波动率	食物市场价格波动率	
权重	0.3424	0.2749	0.1576	0.0304	0.1284	0.0663	
质量安全	优质蛋白质所占比例	脂肪占总热能的比例	动物性食物提供热量比例	农药残留抽检合格率	兽药残留抽检合格率	食物中重金属含量	
权重	0.1205	0.1003	0.0956	0.3096	0.2147	0.1593	
可持续供给安全	农业投入增长率	恩格尔系数	贫困区农民收入比率	人均耕地面积	有效灌溉面积比率	自然灾害成灾率	"三废"净污染量
权重	0.1457	0.0447	0.1457	0.2533	0.2256	0.0925	0.0925

11.3.3　区域综合食物安全风险预警警限警级的确定

警限，即判断各指标警级的标准，用数值区间表示，又叫阈值。警限的划分也包括对各单一指数警限和对综合指数警限的划分。食物安全是一个动态性和相对性的概念，经过指标选取、模型构建、调查数据的无量纲化处理，就可以对食物安全及其各指标进行量化表达，得出具体的数值。

预报警级分为两个层次：第一层次是定量处理，找出反映警情指标的数量特征标志；第二个层次是定性描述，把警情指标量值的最大值与最小值之间的最大可能区间分为若干个性质不同的区间，即不同的警限，每个警级对应一个警限区间。

警限的确定必须把握好尺度，如果设置得过于宽松，会造成在实际应用中虚报漏报，不能够正确地发出警情预报；如果设置得过于严格，则会造成误报、谎报，加大实践工作量。因此，在警限确定的工作中，必须有效排除暂时性的波动情况和偶然性因素的影响。

综合食物安全预警警限的确定采用描述统计的方法，这种方法是以时间序列数据的统计为基础，根据研究区多年的数据序列，依据一定的统计原则，确定出各指标警限区间。部分指标根据国家出台的相关标准确定警限区间。

1. 警限确定的原则

警限是对警情程度的合理测度，作为提出预警对象运行是否正常的衡量标准，并以此判断预警对象运行中是否出现警情及其严重程度。警限确定的主要原则有：

（1）多数原则。这一原则认为预警对象的警情指标在过去相当长一段时间是处于无警状态的。比如，一个有 N 个时点的时间序列，按警情指标的大小排序，取该序列 1/3 处或 1/4 处的指标大小即为无警或有警警限。

（2）半数或中数原则。这一原则认为预警对象的警情指标在过去一半以上时间是处于无警状态。如前所述，按警情指标大小排序，取该序列中间的指标大小为无警或有警警限。

（3）均数原则。这一原则认为预警对象的运行状态没有理由与历史平均水平差别太大，历史水平是一个分水岭。例如，对于指标越高警情越低的情况，按简单算术平均的算法计算的年增长速度即为无警警限。

（4）众数原则。这一原则认为预警对象的警情指标的无警警限的下限应是一个序列年平均增长水平。在指标越小警情越低的情况下，无警警限下限应是一个序列年平均降低水平。

（5）负数原则。这一原则认为凡是零增长或负增长均属于有警警限。

（6）参照原则。这一原则认为预警对象的运行状态不应该与其他国家相差太大，中国是一个发展中国家，因此可以参照发展中国家的平均发展水平作为有警或无警警限。

2. 警限确定的统计方法

对于食物主产区来说，其区域内的食物供求一般都能够满足自身需求，还担负着部分食物主销区对食物的需求量。因此，在确定食物主产区的食物安全时，采用多数原则的统计方法，多数原则又称乐观法则（赵予新，2007；闻海燕和杨万江，2006），其基本思想是假设在大多数年份处于一种健康、良好的无警状态，只有少数年份处于食物不安全的有警状态。在具体的计算过程中，多数原则要求将食物安全预警各指标的时间序列数据，按照从小到大的顺序排列，然后从最大值开始计数，选择占总数的 2/3 的数据区间作为无警区域，然后将剩下的 1/3 的区域按等距划分为轻警、中警、重警、巨警。

对于产销平衡区，正常情况下其产销量是平衡的，在确定食物安全警限时一般采用均数原则。均数原则认为食物安全的平均水平是正常水平，它将整个时期的预警指标时间序列数据的平均数作为一个临界值，作为无警的警限。

对于食物主销区，其区域内的食物供需平衡状况通常是供给小于或等于需求的，也即意味着食物安全较多地依赖于外部因素，不稳定性增强。但主销区大多是中心城市，其经济发达，交通方便，从区外调剂的能力强。因此，在确定食物主销区的食物安全时，本节采用半数原则的统计方法。半数原则选择占总数的 1/2 的数据区间作为无警区域，然后将剩下的 1/2 的区间按等距划分为轻警、中警、重警、巨警。

3. 综合警限警级的确定

分别针对数量安全、质量安全、可持续安全构建的综合预警指数，是各指标经隶属函数公式计算后的指数值进行加权平均所得，综合指数的警限区间和单指标指数警限区间是一致的，如表 11-3 所示。

表 11-3　综合指数警限

警级	无警	轻警	中警	重警	巨警
警限	$0.8 \leqslant X \leqslant 1$	$0.6 \leqslant X < 0.8$	$0.4 \leqslant X < 0.6$	$0.2 \leqslant X < 0.4$	$0 \leqslant X < 0.2$

11.4　洞庭湖区综合食物安全风险预警实证研究

本研究的洞庭湖区包括长沙、株洲、湘潭、常德、岳阳、益阳 6 个地级市共 35 个县（市、区），是中国重要的商品粮基地，也是湖南省的食物主产区。根据区域综合食物安全风险预警框架，对洞庭湖区 35 个研究单元进行预警，以桃江县为例说明综合食物安全风险警限警级的划分。

11.4.1　各指标警限的划分

警限划分是预警效果好坏的关键，本节以洞庭湖区的桃江县为例，对综合食物安全各指标进行警限的划分。

1. 食物数量安全指标警限的划分

1）食物膳食能量供求差率

本研究的食物主要包括研究区内生产的植物性食物：粮食（包括谷类、薯类）、豆类、油料；动物性食物：畜产品（猪、牛羊肉）、禽肉、蛋、水产品（洞庭湖区的水产品主要是鱼）。在计算过程中将所有食物按其发热量统一转换成能量。食物膳食能量供给量的计算：将年人均城镇和农村居民动物性食物的消费量，根据表 11-4 转换成人均城镇居民消费的动物性食物的发热量和人均农村居民消费的动物性食物的发热量，再分别乘以同期研究区的城镇人口和农村人口并相加，得出研究区动物性食物消费的总能量。因为动物性食物主要是由饲料粮转化来的，根据肖国安（2002）的研究：猪肉料比为 1∶4、羊牛肉料比为 1∶2、禽肉料比为 1∶2、蛋料比为 1∶2.5、鱼料比为 1∶0.8。因此在计算区域食物膳食能量总供给量时应将植物性食物产生的总能量减去饲料粮转化过程中的能量损失量。但考虑到该区域生产动物性食物消耗的饲料不一定全部是由该区域的粮食转化而来，可能从外区域调入，该区域生产的动物性食物也不是全部由该区域消费。因此，从该区域的生产量满足该区域需求量的角度考虑，减去的动物性食物生产中损失的能量，应该只包括由该区域居民消费的动物性食物部分。因此，食物膳食能量总供给量应等于研究区生产的植物性食物的总能量减去研究区居民消费的动物性食物在生产过程中损耗的能量。

表 11-4　中国主要食物消费品种类型及其单位热量　　　　（单位：kcal/kg）

食物类别	粮食	豆类	油料	猪肉	牛羊肉	禽肉	蛋	水产品
单位热量	3590	3956	9000	5278	2083	627	1468	782

资料来源：中国中长期食物发展战略研究课题组，1991

食物膳食能量总需求量的计算：根据联合国粮农组织确定的最低食物热值水平为 2300 kcal，相对舒适水平为 2600 kcal，国家统计局等单位制定的《小康社会的基本标准》中要求实现总体小康社会的人均热能日摄入量应达到 2600 kcal（孙立强，2000），因此本研究将人均日膳食能量需求值定为 2600 kcal（中国中长期食物发展战略研究课题组，1991）。膳食能量总需求量等于同期研究区总人口数乘以 2600 kcal 再乘以 365 天。根据式

（11-1）计算出桃江县1986~2006年食物膳食能量供求差率。

根据多数原则，假设2/3的膳食能量供需是正常，1986~2006年21年中有14年无警，7年有警，即1996年的33.23%为无警的下限，将－17.13%~33.23%等分成四部分，得出警限区间，不安全状态依次为轻警、中警、重警、巨警四个等级。具体警限、警级划分结果如表11-5所示。

表11-5　桃江县食物膳食能量供求差率的警限

警级	无警	轻警	中警	重警	巨警
警限/%	$33.23 \leqslant X$	$20.64 \leqslant X < 33.23$	$8.50 \leqslant X < 20.64$	$-4.54 \leqslant X < 8.50$	$X < -4.54$

2）食物自给率

食物自给率反映区域食物生产满足自身需求的能力，也表征区域对食物贸易依存度的大小。区域食物能量的总供给量的计算与食物膳食能量供求差率相同，需求量按实际消费量计算，即将按城镇居民与农村居民实际消费的植物性食物和动物性食物转化为能量相加。根据式（11-2）计算。

对于食物自给率这个指标，不同学者的认同标准并不相同，联合国粮农组织认为区域的食物自给率应该达到85%，而《中国的粮食问题》白皮书将中国的食物自给率定为95%以上（中华人民共和国国务院新闻办公室，1996），中国很多学者也提出95%的水平才能表征食物自给率，而90%是可以接受的安全水平，70%是最低安全水平。以此作为粮食主产县食物自给率警限划分依据，其警限、警级划分结果如表11-6所示。

表11-6　食物自给率的警限

警级	无警	轻警	中警	重警	巨警
警限/%	$95 \leqslant X$	$90 \leqslant X < 95$	$85 \leqslant X < 90$	$70 \leqslant X < 85$	$X < 70$

3）粮食储备率

粮食是食物最重要的组成部分，其在所有食物中所占比例最大，因此粮食储备率是表征食物安全的重要指标。20世纪70年代，联合国粮农组织提出，以一个国家的粮食安全储备要相当于当年粮食消费量的17%~18%（其中周转储备粮占12%，后备储备粮占5%~6%）此作为粮食储备的安全线，以一个国家或区域的粮食储备量相当于当年粮食消费量的14%~15%作为警戒线。国内学者朱泽的著作《中国粮食安全问题：实证研究与政策选择》中，提出中国从1960~1996年平均粮食储备率为24.65%，其中60年代自然灾害期间为平均最低15.35%，在这期间中国粮食储备水平稳定提高。

综上所述，依据联合国粮农组织通用标准，结合中国人口众多、自然灾害频繁、农业生产基础薄弱等因素，可适当提高粮食储备率标准，确定粮食储备率警限区间如表11-7所示。

表11-7　粮食储备率警限

警级	无警	轻警	中警	重警	巨警
警限/%	$24.65 \leqslant X$	$18 \leqslant X < 24.65$	$15 \leqslant X < 18$	$12 \leqslant X < 15$	$X \leqslant 12$

中国国家粮食局科学研究院丁声俊研究员在 2008 年研究中表示,目前中国的粮食储备占当年全国粮食消费总量的比例超过 35%,远高于联合国粮农组织(FAO)提出的 17% ~18% 的粮食安全线。洞庭湖区是中国的粮食主产区,其粮食储备率远高于全国的平均值,由于粮食储备率属于保密数据无法获得,所以本研究认为研究区的粮食储备率是无警的,指数值取 1。

4)食物产量波动率

由于动物性食物的产量缺少饲料调入调出数据,也缺少动物性食物调入调出资料,所以该区域的动物性食物的总产能不具有可比性,而动物性食物主要由植物性食物(饲料)转化而来,为了使数据具有可比性,只计算植物性食物产生的总能量。根据式(11-4)计算出桃江县每年食物产量波动率。

根据多数原则,假设 2/3 年份的食物产量波动是正常的,1987 ~2006 年 20 年间有 13 年无警,7 年有警,2003 年的 9.45% 为无警的上限。因为食物产量波动率是在一定范围内波动,越接近 0 越安全,所以设定无警警限区间为 -9.45% ~9.45%,由此可得,小于 -9.45% 或大于 9.45% 的范围都为不安全状态。本研究认为食物产量正向波动过大也会产生风险,中国就曾经出现过农民卖粮难的问题,一方面产量大于实际需求必然导致价格下跌,生产利润下降,下一年的投入减少,加剧产量的波动;另一方面产量大于需求必然增加储备,加大储备的压力和成本。考虑到桃江县食物生产的波动状况,该县的食物产量波动率属于安全状态范围以外的警情值等分成四部分。警限的划分结果如表 11-8 所示。

表 11-8 桃江县食物产量波动率警限

警级	无警	轻警	中警	重警	巨警
警限/%	$\lvert X\rvert \leqslant 9.45$	$9.45 < \lvert X\rvert \leqslant 11.4$	$11.4 < \lvert X\rvert \leqslant 13.35$	$13.35 \leqslant \lvert X\rvert < 15.3$	$\lvert X\rvert > 15.3$

5)食物需求量波动率

通过人均实际消费食物的能量乘以人口数量,可得研究区城市和农村食物消费总能量即食物总需求量。该年食物需求波动率等于该年的食物总需求能量减去前一年食物总需求能量再除以前一年的食物总需求能量。根据式(11-5)计算出桃江县 1987 ~2006 年食物需求波动率。

根据多数原则,假设 2/3 年份的食物需求量波动是正常的,1987 ~2006 年 20 年间有 13 年无警,7 年有警,1988 年的值 3.78% 为无警的分界点,设定无警警限区间为 -3.78% ~3.78%。桃江县食物需求量波动率警限划分结果如表 11-9 所示。

表 11-9 桃江县食物需求量波动率的警限

警级	无警	轻警	中警	重警	巨警
警级/%	$\lvert X\rvert \leqslant 3.78$	$3.78 < \lvert X\rvert \leqslant 5.30$	$5.30 < \lvert X\rvert \leqslant 6.82$	$6.82 < \lvert X\rvert \leqslant 8.34$	$\lvert X\rvert > 8.34$

6)食物市场价格波动率

不同种类的食物其价格是不相同的,因此不具备可比性,同时缺少每年县级物价资料。本研究的食物市场价格用食物单位能量的市场价格来表示。用食物消费总能量除以食物消费支出分别计算城镇居民和农村居民消费食物的单位能量价格，根据城镇化率加权平均得出各研究区每年的单位能量价格，再根据式（11-6）计算食物市场价格波动率。

根据桃江县 1987～2006 年食物市场价格波动率计算结果，按多数原则，假设 2/3 年份的桃江县食物价格波动是正常的，1987～2006 年 20 年间有 13 年无警，7 年有警，2003年的值 10.23% 是无警的分界点。因为食物产量波动率是在正负范围内波动，越接近 0 越安全，所以设定无警警限区间为 -10.23%～10.23%，将小于 -10.23% 或大于 10.23% 到最大波动率之间划分出轻警、中警、重警、巨警的警限区间。桃江县食物价格波动率的警限划分结果如表 11-10 所示。

表 11-10　桃江县食物价格波动率警限

警级	无警	轻警	中警	重警	巨警
警限/%	$\|X\| \leq 10.23$	$10.23 < \|X\| \leq 16.37$	$16.37 < \|X\| \leq 22.51$	$22.51 < \|X\| \leq 28.65$	$\|X\| > 28.65$

2. 食物质量安全指标警限的划分

1）优质蛋白质所占比例

优质蛋白质所占比例指食物中动物性食物和农作物中的豆类食物中所含有蛋白质占食物中所含总蛋白质的比例（郭红卫，2004；彭萍，2006）。各种食物的蛋白质含量见表 11-11。

表 11-11　主要食物类型蛋白质含量

食物类别	蛋白质含量/%	食物类别	蛋白质含量/%	食物类别	蛋白质含量/%	食物类别	蛋白质含量/%
稻谷	8.00	豆类	40.00	牛肉	19.30	奶品	3.00
小麦	11.9	红薯	1.10	羊肉	19.00	水产品	18.00
玉米	4.00	马铃薯	2.00	禽肉	21.50		
高粱	7.70	猪肉	13.20	蛋类	12.50		

注：蛋白质含量为平均值

资料来源：中国营养学会，2007；郭红卫，2004；中国疾病预防控制中心营养与食品安全所，2002；彭萍，2006

根据表 11-11 算出各类食物中蛋白质的量，并求和得出动物性食物蛋白质总量和植物性食物蛋白质总量。优质蛋白质的量等于动物性食物蛋白质与豆类蛋白质之和。食物中优质蛋白质的量除以总蛋白质的量得出优质蛋白质所占比例。只有优质蛋白质达到了一定的比例，才能够预防和避免一些因营养不良或过剩引发的疾病。1992 年全国豆类及动物性食物提供的优质蛋白质占总蛋白质的 28.2%。上海营养学会提出优质蛋白质比例应为54.3%，美国食物金字塔中推荐动物性蛋白质比例为 62.5%，《中国居民膳食指南（2007）》建议豆类和动物蛋白质比例为 62.5%，而中国 2000 年的营养目标中则将动物性蛋白质和豆类蛋白质占总蛋白质比例标准定为 40%。因此，本节认为优质蛋白质占总蛋白质的比例大于 40% 作为无警的警限，大于 62.5% 为绝对安全，由此得出优质蛋白质所占比例警限区间如表 11-12 所示。

表 11-12　优质蛋白质所占比例警限

警级	无警	轻警	中警	重警	巨警
警限/%	$X \geqslant 40$	$30 \leqslant X < 40$	$20 \leqslant X < 30$	$10 \leqslant X < 20$	$X < 10$

2）脂肪占总热能的比例

脂肪是人体所需能量的最主要物质来源之一，中国作为一个发展中国家，刚刚迈入小康社会，脂肪占总热能比例是必须考虑的重要指标之一，除少数发达地区脂肪比例过高会产生一些"富贵病"外，在国内大多数研究区内应着重考虑脂肪含量是否足够。各种食物的脂肪含量见表 11-13。

表 11-13　主要食物类型脂肪含量

食物类别	脂肪含量/%	食物类别	脂肪含量/%	食物类别	脂肪含量/%
稻谷	0.80	豆类	17.50	羊肉	14.10
小麦	1.30	蛋	13.00	牛肉	8.87
高粱	3.30	马铃薯	0.70	禽肉	20.00
玉米	1.20	红薯	0.20	水产品	2.00
植物油	100.00	猪肉	37.00		

注：脂肪含量为平均值

资料来源：中国营养学会，2007；郭红卫，2004；中国疾病预防控制中心营养与食品安全所，2002；彭萍，2006

根据统计年鉴中动物性食物（猪、牛、羊、禽、蛋、水产品）的产量和植物性食物（稻谷、小麦、玉米、高粱、豆类、红薯、马铃薯、油料作物）的产量，计算出各类食物中脂肪总含量，转换成脂肪的发热量，同时计算食物的总发热量。两者相除即得脂肪占总热能的比例。

脂肪的摄入量对于人体作用巨大，作为三大营养要素之一，脂肪的摄入量既不能过低，也不能过高，根据世界卫生组织 1990 年提出的脂肪实际摄入量应占膳食总能量的 15%～30%，而美国营养与膳食专家也同样提出了 15%～30% 的标准，欧洲则以 20%～30% 为目标（中国营养学会，2001）。而中国的营养专家提出，中国居民热能摄入量应控制为 2300～2600 kcal，其脂肪提供热能的比例应为 20%～30%。

因此，结合中国人的饮食特点和国内外对营养安全的界定标准，确定脂肪占总热量的比例警限（表 11-14）。

表 11-14　脂肪占总热量比例警限

警级	无警	轻警	中警	重警	巨警
警限/%	$20 \leqslant X < 30$	$15 \leqslant X < 20$ $30 \leqslant X < 40$	$10 \leqslant X < 15$ $40 \leqslant X < 50$	$5 \leqslant X < 10$ $50 \leqslant X < 60$	$X < 5$ $60 \leqslant X$

3）动物性食物提供的热量比例

动物性食物提供的热量比例指动物性食物提供的热量占食物总热量的比例。对于一个国家或者一个地区，热量主要来源于动物性食物和植物性食物两大类食物，而动物性食物提供的热能是表征食物结构的合理性和人民生活水平高低的重要指标。各类食物的单位热量见表11-15。

表11-15　主要食物发热量　（单位：kcal/kg）

食物类别	发热量	食物类别	发热量	食物类别	发热量	食物类别	发热量
谷物	3590	植物油	9000	家禽	627	水产品	782
豆类	3590	猪肉	5278	蛋类	1468		
薯类	3590	牛羊肉	2083	奶	540		

资料来源：中国中长期食物发展战略研究课题组，1991

　　根据统计年鉴中动物性食物（猪、牛、羊、禽、蛋、水产品）的产量和植物性食物（稻谷、小麦、玉米、高粱、豆类、红薯、马铃薯、油料作物）的产量，计算出动物性食物的热量和食物总热量，两者相比得到动物性食物提供的热量比例。根据桃江县1986～2006年每年食物生产总量，计算出各年动物性食物提供热量所占比例。

　　当今发达国家动物性食物所占比例为35%，世界平均水平为15%，在1988年10月中国营养学会修订的《推荐每日膳食中营养素供给量》中，拟订动物性食物供给能量占总能量比例为10%（中国营养学会，2001），权威机构对2030年中国动物性食物值比例的预测为24%～26%，因此，根据东方饮食习惯植物性食物偏重的特点，确定10%～20%为无警区间，而且15%是最安全的，越接近15%越安全。据此确定动物性食物提供的热量比例警限（表11-16）。

表11-16　动物性食物提供的热量比例警限

警级	无警	轻警	中警	重警	巨警
警限/%	$10 \leq X < 20$	$20 \leq X < 25$ $7.5 \leq X < 10$	$25 \leq X < 35$ $5 \leq X < 7.5$	$35 \leq X < 50$ $2.5 \leq X < 5$	$50 \leq X$ $X < 2.5$

4）农药残留抽检合格率

　　随着农药使用量的不断增长，如果没有科学指导，不合理使用农药，可能导致农产品中农药残留超标，引发食物质量安全事故。本研究由于没有完整的农药残留抽检合格率历史监测数据，因此用单位面积农药使用量替代。

　　中国农药使用量比发达国家多，农作物的农药污染较严重，本节采用少数悲观原则来确定警限，根据桃江县单位播种面积农药使用量计算结果，1986～2006年21年间有7年无警，14年有警，那么2000年的6.905 t/10^3hm^{2}为无警警限，即单位播种面积农药使用量小于6.905 t/10^3hm^{2}为无警，最大值为9.941 t/10^3hm^2，那么将大于6.905 t/10^3hm^{2}小于9.941 t/10^3hm^{2}的等分为4个区间，得出警限区间（表11-17）。

表11-17　桃江县单位播种面积农药使用量警限

警级	无警	轻警	中警	重警
警限/（t/10^3hm^2）	$X \leq 6.905$	$6.905 < X \leq 7.663\,95$	$7.663\,95 < X \leq 8.442\,9$	$8.442\,9 < X \leq 9.181\,8$

5）兽药残留抽检合格率

兽药残留是指动物性食物在生产过程中用药后，动物产品的任何食用部分中与所有药物有关的物质的残留，包括原型药物或/和其代谢产物（农业部，2002）；而兽药残留总量是指对食用动物用药后，动物产品的任何食用部分中药物原型或/和其所有代谢产物的总和。为了保障城乡居民的身体健康和生命安全，中国规定了兽药最高残留限量（maximum residue limit，MRL）以及有关的日允许摄入量（acceptable daily intake，ADI）。兽药最高残留限量是指对食品动物用药后产生的允许存在于食物表面或内部的该兽药残留的最高量/浓度（以鲜重计，表示为 μg/kg）（孔繁涛，2008）。畜产品中常见的兽药残留的种类及其代表药物见表 11-18。

表 11-18　常见兽药残留的种类与代表性药物

兽药种类	代表性药物
抗生素类	β-内酰胺类抗生素、四环素、链霉素、氯霉素、金霉素、泰乐菌素
合成抗生素类	磺胺类、喹诺酮类、卡巴氧、喹乙醇等
抗寄生虫和杀虫类	苯并咪唑类、咪唑并噻唑类、阿维菌素类、环丙氨嗪
促生长剂	雌二醇、β-兴奋剂、己烯雌酚、生长激素等

国家农业部自 2001 年开展对全国 37 个城市主要农产品（蔬菜、畜产品、水产品）中农（兽）药残留的例行监测工作以来，主要农产品中农（兽）药残留检测合格率逐年改善，从 2001 年的 67% 提高到 2007 年的 97.8%。由于缺少各县兽药残留抽检合格率具体的抽检数据，因此该指标以全国的抽检结果替代，2001 年前没有监测数据，以拟合数据来代替。

农药残留主要是针对植物性食物提出的，而兽药残留更多存在于动物性食物中，最终残留都会对人体造成影响或者产生一些病变，参照学者李哲敏的研究中提出的警限区间来划分兽药残留抽检合格率警限区间（表 11-19）。

表 11-19　药残留抽检合格率警限

警级	无警	轻警	中警	重警	巨警
警限/%	$95 \leqslant X$	$80 \leqslant X < 95$	$65 \leqslant X < 80$	$50 \leqslant X < 65$	$X < 50$

6）食物中重金属残留量

参照中华人民共和国农业行业标准 NY861-2004 中对粮食及其制品中八种重金属元素的限量，如表 11-20 所示，提出重金属残留量警限，因为重金属的巨大危害性，认为只要重金属元素中任意一种元素超标，那么就发出中警，如果有两种为重警，三种及以上为巨警。

表 11-20　粮食及其制品中铅等八种元素及其限量

项目	谷物及制品	豆类及其制品	鲜薯类（甘薯、马铃薯）	薯类制品
铜/（mg/kg）	10	20	6	20
锌/（mg/kg）	50	100	15	50
铅/（mg/kg）	0.4	0.8	0.4	1.0

续表

项目	谷物及制品	豆类及其制品	鲜薯类（甘薯、马铃薯）	薯类制品
镉/（mg/kg）	大米0.2 面粉0.1 玉米0.5	0.2	0.2	0.5
砷/（mg/kg）	0.7	0.5	0.2	0.5
铬/（mg/kg）	1.0	1.0	0.5	1.0
硒/（mg/kg）	0.3	0.3	0.1	0.3
汞/（mg/kg）	0.02	0.02	0.01	0.02

资料来源：中华人民共和国农业行业标准，NY 861-2004

根据 2007 年对桃江县稻谷实地采样监测结果表明，只有镉超标，土壤中重金属元素超标不是短期内产生的，也不可能在短期内消除。同时由于没有每年食物中重金属含量监测数据，因此该指标统一按一种重金属超标来处理，指数值为 0.5，警级为中警。

3. 食物可持续供给安全指标警限的划分

1）农业投入增长率

从可持续发展的理念出发，从经济角度研究影响食物安全的最主要的因素为农业投入增长率，它表征一个区域范围内保证食物稳定供给的持久因素。根据 1986~2006 年每年农业投入水平，按照公式计算出桃江县 1986~2006 年各年农业投入增长率。

根据多数原则，假设 2/3 年份的农业投入增长率是正常的，1986~2006 年 21 年间有 14 年无警，7 年有警，那么 1995 年的 7.61% 为无警的最低警限，即农业投入增长率大于 7.61% 为无警，那么将大于 7.61% 小于最小值 -9.76% 的区间划分为四部分，分别划为轻警、中警、重警、巨警得出警限区间（表11-21）。

表11-21　桃江县农业投入增长率警限

警级	无警	轻警	中警	重警	巨警
警限/%	7.61≤X	3.26≤X<7.61	-1.07≤X<3.27	-5.41≤X<-1.07	X<-5.41

2）恩格尔系数

恩格尔系数是食物消费支出总额占个人消费支出总额的比例。19 世纪德国统计学家恩格尔根据统计资料，得出消费结构变化的一个规律：一个家庭收入越少，家庭总消费性支出中用来购买食物的支出所占的比例就越大，随着家庭收入的增加，家庭总消费支出中用来购买食物的支出比例则会下降。推而广之，一个国家越穷，每个国民的平均消费支出中用于购买食物的支出所占比例就越大，随着国家的富裕，这个比例呈下降趋势。

国际上常常用恩格尔系数来衡量一个国家和地区人民生活水平的状况。根据联合国粮农组织提出的标准，恩格尔系数在 59% 以上为贫困，50%~59% 为温饱，40%~50% 为小康，30%~40% 为富裕，低于 30% 为最富裕。以此作为恩格尔系数的警限标准，如表11-22所示。

表 11-22　恩格尔系数警限

警级	无警	轻警	中警	重警	巨警
警限/%	$X \leq 40$	$40 < X \leq 50$	$50 < X \leq 59$	$59 < X \leq 70$	$70 < X$

3）贫困区农民收入比率

贫困区农民收入比率指一个区域内所有国家级贫困区和省级贫困区农民平均收入与全区域人均收入的比率，它是一个反映贫困人口获取食物能力的指标。对于区域内食物安全来说，最敏感的人群是贫困人口，其收入水平直接影响其获取食物的能力。由于中国贫困区划分只到县级，因此指标以地级市为统计单元，桃江县属益阳市，根据益阳市贫困县农民人均收入和益阳市全市人均收入计算出 1986～2006 年每年益阳贫困区农民人均收入比率。

根据多数原则，假设 2/3 年份贫困区农民收入比率是正常的，1986～2006 年 21 年间有 14 年无警，7 年有警，那么 1999 年的 43.29% 为无警的最低警限，即贫困区农民收入比率大于 43.29% 为无警，那么将大于最小值 35.97% 小于 43.29% 的区间划分为四部分，分别划为轻警、中警、重警、巨警得出如表 11-23 所示的警限区间。

表 11-23　益阳市贫困区农民收入比率警限

警级	无警	轻警	中警	重警	巨警
警限/%	$43.29 \leq X$	$41.46 \leq X < 43.29$	$39.63 \leq X < 41.46$	$37.8 \leq X < 39.63$	$X < 37.8$

4）人均耕地面积

人均耕地面积是食物可持续供给安全的重要资源类指标，根据联合国粮农组织人均耕地面积 0.053 hm^2/人的警戒线，一定区域范围内的人均耕地面积必须保持在警戒线以上，才能够实现区域食物可持续供给安全。

考虑中国不同区域人均耕地面积差异很大，区域间食物可以相互调剂。警限的划分按多数原则，假设 2/3 的年份人均耕地面积是正常的，根据桃江县统计数据 1986～2006 年 21 年间有 14 年无警，7 年有警，那么 1993 年的 0.0519 hm^2 为无警的警限，即人均耕地面积大于等于 0.0519 hm^2 为无警，那么将 0.0519 hm^2 到最小值 0.0495 hm^2 的区间等分为四部分，分别为轻警、中警、重警、巨警，划分警限区间（表 11-24）。

表 11-24　桃江县人均耕地面积警限　　　　　　（单位：hm^2/人）

警级	无警	轻警	中警	重警	巨警
警限	$0.0519 \leq X$	$0.0513 \leq X < 0.0519$	$0.0507 \leq X < 0.0513$	$0.0501 \leq X < 0.0507$	$X \leq 0.0501$

5）有效灌溉面积比率

水利是农业的命脉，对农业生产来说水资源和土地资源同等重要，有效灌溉是农业旱涝保收的保障。根据桃江县 1986～2006 年每年有效灌溉面积和农作物播种面积，计算出有效灌溉面积比率。

根据多数原则，假设 2/3 年份的有效灌溉面积比率是无警的，1986～2006 年 21 年间有 14 年无警，7 年有警，1986 年的 37.51% 为无警的最低警限，即有效灌溉面积比率大于等于 37.51% 为无警，那么将最小值 34.79% 到 37.51% 的区间等分为四部分，分别为轻警、中警、重警、巨警，划分出桃江县有效灌溉面积比率警限（表 11-25）。

表 11-25　桃江县有效灌溉面积比率警限

警级	无警	轻警	中警	重警	巨警
警限/%	$37.51 \leqslant X$	$36.83 \leqslant X < 37.51$	$36.15 \leqslant X < 36.83$	$35.47 \leqslant X < 36.15$	$X < 35.47$

6）自然灾害成灾率

根据 1986~2006 年桃江县自然灾害成灾面积和农作物播种面积，计算出桃江县 1986~2006 年各年自然灾害成灾率。根据多数原则，假设 2/3 年份的自然灾害成灾率是正常的，1986~2006 年 21 年间 14 年无警，7 年有警，那么 2005 年的 13.40% 为无警的最低警限，即自然灾害成灾率小于等于 13.40% 为无警，那么将大于 13.40% 的区间等分为四部分，分别为轻警、中警、重警、巨警，桃江县自然灾害成灾率警限区间如表 11-26 所示。

表 11-26　自然灾害成灾率警限

警级	无警	轻警	中警	重警	巨警
警限/%	$X \leqslant 13.40$	$13.40 < X \leqslant 26.785$	$26.785 < X \leqslant 40.17$	$40.17 < X \leqslant 53.555$	$53.555 < X$

7）"三废"净污染量

由于历史数据中没有各个县的"三废"污染量数据，"三废"主要是指工业"三废"，工业"三废"主要是由第二产业产生。鉴于中国第二产业的发展是粗放型的增长，第二产业对环境污染贡献最大，本节采用第二产业产值来替代"三废"净污染量。经过统计数据计算出桃江县 1986~2006 年第二产业产值。

根据多数原则，假设 2/3 的年份第二产业产值对于食物的污染是正常的，1986~2006 年 21 年间有 14 年无警，7 年有警，那么 2000 年的 65 636 万元为无警的最低警限，即第二产业产值小于等于 65 636 万元为无警，那么将大于 65 636 万元的区间划分为四部分，得出如表 11-27 所示的警限区间。

表 11-27　桃江县第二产业产值警限

警级	无警	轻警	中警	重警	巨警
警限/万元	$X \leqslant 65\,636$	$65\,636 < X \leqslant 87\,407$	$87\,407 < X \leqslant 109\,178$	$109\,178 < X \leqslant 130\,949$	$130\,949 < X$

11.4.2　指标隶属函数构建

综合食物安全受多种因素的影响，影响食物安全的任一因素的警情等级构成一个模糊集合，其隶属函数取值 0~1。根据隶属度的大小，规定：

$$\begin{cases} \text{无警} & 1 \geqslant Z_i \geqslant 0.8 \\ \text{轻警} & 0.8 > Z_i \geqslant 0.6 \\ \text{中警} & 0.6 > Z_i \geqslant 0.4 \\ \text{重警} & 0.4 > Z_i \geqslant 0.2 \\ \text{巨警} & 0.2 > Z_i \geqslant 0 \end{cases}$$

以桃江县为例分别对食物数量安全、质量安全、可持续供给安全构建综合预警指标隶属函数。

1. 桃江县食物数量安全指标隶属函数

1）食物膳食能量供求差率

根据桃江县食物膳食能量供求差率警限，将大于等于历史最大值87.95%设为绝对安全赋予1，无警警限区间 $33.23\% \leqslant \Delta D < 87.95\%$ 赋值 $0.8\sim1$，轻警 $20.64\% \leqslant \Delta D < 33.23\%$ 赋值 $0.6\sim0.8$，中警 $8.50\% \leqslant \Delta D < 20.64\%$ 赋值 $0.4\sim0.6$，重警 $-4.54\% \leqslant \Delta D < 8.50\%$ 赋值 $0.2\sim0.4$，巨警 $-17.13\% \leqslant \Delta D < -4.54\%$ 赋值 $0\sim0.2$，并令 $\Delta D < -17.13\%$ 的指数值为0，构建隶属函数。

警级	指数值	实际值	
无警	$C11 = 1$	$\Delta D \geqslant 87.95\%$	(11-17)
	$C11 = 1 - (87.95\% - \Delta D)/283.6\%$	$33.23\% \leqslant \Delta D < 87.95\%$	(11-18)
轻警	$C11 = 0.8 - (33.23\% - \Delta D)/62.95\%$	$20.64\% \leqslant \Delta D < 33.23\%$	(11-19)
中警	$C11 = 0.6 - (20.64\% - \Delta D)/62.95\%$	$8.50\% \leqslant \Delta D < 20.64\%$	(11-20)
重警	$C11 = 0.4 - (8.50\% - \Delta D)/62.95\%$	$-4.54\% \leqslant \Delta D < 8.50\%$	(11-21)
巨警	$C11 = 0.2 - (-17.13\% - \Delta D)/62.95\%$	$-17.13\% \leqslant \Delta D < -4.54\%$	(11-22)
	$C11 = 0$	$\Delta D < -17.13\%$	(11-23)

2）食物自给率

根据桃江县食物自给率警限，将大于等于100%设为绝对安全赋予1，无警警限区间 $95\% \leqslant Z < 100\%$ 赋值 $0.8\sim1$，轻警 $90\% \leqslant Z < 95\%$ 赋值 $0.6\sim0.8$，中警 $85\% \leqslant Z < 90\%$ 赋值 $0.4\sim0.6$，重警 $70\% \leqslant Z < 85\%$ 赋值 $0.2\sim0.4$，巨警 $50\% \leqslant Z < 70\%$ 赋值 $0\sim0.2$，$Z < 50\%$ 的指数赋值为0，构建隶属函数。

警级	指数值	实际值	
无警	$C12 = 1$	$Z \geqslant 100\%$	(11-24)
	$C12 = 1 - (105\% - Z)/25\%$	$95\% \leqslant Z < 100\%$	(11-25)

轻警	$C12 = 0.8 - (100\% - Z)/50\%$	$90\% \leqslant Z < 95\%$	(11-26)
中警	$C12 = 0.6 - (90\% - Z)/25\%$	$85\% \leqslant Z < 90\%$	(11-27)
重警	$C12 = 0.4 - (85\% - Z)/25\%$	$70\% \leqslant Z < 85\%$	(11-28)
巨警	$C12 = 0.2 - (70\% - Z)/100\%$	$50\% \leqslant Z < 70\%$	(11-29)
	$C12 = 0$	$Z < 50\%$	(11-30)

3）粮食储备率

根据粮食储备率警限，构建指标隶属函数。

警级	指数值	实际值	
无警	$C13 = 1$	$K \geqslant 35\%$	(11-31)
	$C13 = 1 - (35\% - K)/52.5\%$	$24.5\% \leqslant K < 35\%$	(11-32)
轻警	$C13 = 0.8 - (24.5\% - K)/32.5\%$	$18\% \leqslant K < 24.5\%$	(11-33)
中警	$C13 = 0.6 - (18\% - K)/15\%$	$15\% \leqslant K < 18\%$	(11-34)
重警	$C13 = 0.4 - (15\% - K)/5\%$	$14\% \leqslant K < 15\%$	(11-35)
巨警	$C13 = 0.2 - (14\% - K)/70\%$	$0 \leqslant K < 14\%$	(11-36)

4）食物产量波动率

根据桃江县食物产量波动率警限，将小于等于历史最小绝对值0.12%设为绝对安全赋予1，无警警限区间$0.12\% \leqslant |V_y| < 9.45\%$赋值0.8～1，轻警$9.45\% \leqslant |V_y| < 11.4\%$赋值0.6～0.8，中警$11.4\% \leqslant |V_y| < 13.35\%$赋值0.4～0.6，重警$13.35\% \leqslant |V_y| < 15.3\%$赋值0.2～0.4，巨警$15.3\% < |V_y| \leqslant 17.25\%$赋值0～0.2，并令$|V_y| > 17.25\%$的指数值为0，构建隶属函数。

警级	指数值	实际值	
无警	$C14 = 1$	$|V_y| \leqslant 0.12\%$	(11-37)
	$C14 = 1 - (|V_y| - 0.12\%)/46.65\%$	$0.12\% \leqslant |V_y| < 9.45\%$	(11-38)
轻警	$C14 = 0.8 - (|V_y| - 9.45\%)/9.75\%$	$9.45\% \leqslant |V_y| < 11.4\%$	(11-39)
中警	$C14 = 0.6 - (|V_y| - 11.4\%)/9.75\%$	$11.4\% < |V_y| \leqslant 13.35\%$	(11-40)
重警	$C14 = 0.4 - (|V_y| - 13.35\%)/9.75\%$	$13.35\% < |V_y| \leqslant 15.3\%$	(11-41)
巨警	$C14 = 0.2 - (|V_y| - 15.3\%)/9.75\%$	$15.3\% < |V_y| \leqslant 17.25\%$	(11-42)
	$C14 = 0$	$17.25\% < |V_y|$	(11-43)

5）食物需求量波动率

根据桃江县食物需求量波动率警限，将小于等于历史最小绝对值0.46%设为绝对安全赋予1，无警警限区间 $0.46\% \leqslant |V_d| < 3.78\%$ 赋值0.8~1，轻警 $3.78\% < |V_d| \leqslant 5.30\%$ 赋值0.6~0.8，中警 $5.30\% < |V_d| \leqslant 6.82\%$ 赋值0.4~0.6，重警 $6.82\% < |V_d| \leqslant 8.34\%$ 赋值0.2~0.4，巨警 $8.34\% < |V_d| \leqslant 9.87\%$ 赋值0~0.2，并令 $|V_d| > 9.87\%$ 的指数值为0，构建隶属函数。

警级	指数值	实际值	
无警	$C15 = 1$	$|V_d| \leqslant 0.46\%$	（11-44）
	$C15 = 1 - (|V_d| - 0.46\%)/16.6\%$	$0.46\% < |V_d| \leqslant 3.78\%$	（11-45）
轻警	$C15 = 0.8 - (|V_d| - 3.78\%)/7.6\%$	$3.78\% < |V_d| \leqslant 5.30\%$	（11-46）
中警	$C15 = 0.6 - (|V_d| - 5.30\%)/7.6\%$	$5.30\% < |V_d| \leqslant 6.82\%$	（11-47）
重警	$C15 = 0.4 - (|V_d| - 6.82\%)/7.6\%$	$6.82\% < |V_d| \leqslant 8.34\%$	（11-48）
巨警	$C15 = 0.2 - (|V_d| - 8.34\%)/7.65\%$	$8.34\% < |V_d| \leqslant 9.87\%$	（11-49）
	$C15 = 0$	$9.87\% < |V_d|$	（11-50）

6）食物价格波动率

根据桃江县食物价格波动率警限，将小于等于历史最小绝对值0.61%设为绝对安全赋予1，无警警限区间 $0.61\% < |V_p| \leqslant 10.23\%$ 赋值0.8~1，轻警 $10.23\% < |V_p| \leqslant 16.37\%$ 赋值0.6~0.8，中警 $16.37\% < |V_p| \leqslant 22.51\%$ 赋值0.4~0.6，重警 $22.51\% < |V_p| \leqslant 28.65\%$ 赋值0.2~0.4，巨警 $28.65\% < |V_p| \leqslant 34.79\%$ 赋值0~0.2，并令 $|V_p| > 34.79\%$ 的指数值为0，构建隶属函数。

警级	指数值	实际值	
无警	$C16 = 1$	$|V_p| \leqslant 0.61\%$	（11-51）
	$C16 = 1 - (|V_p| - 0.61\%)/48.1\%$	$0.61\% < |V_p| \leqslant 10.23\%$	（11-52）
轻警	$C16 = 0.8 - (|V_p| - 10.23\%)/30.7\%$	$10.23\% < |V_p| \leqslant 16.37\%$	（11-53）
中警	$C16 = 0.6 - (|V_p| - 16.37\%)/30.7\%$	$16.37\% < |V_p| \leqslant 22.51\%$	（11-54）
重警	$C16 = 0.4 - (|V_p| - 22.51\%)/30.7\%$	$22.51\% < |V_p| \leqslant 28.65\%$	（11-55）
巨警	$C16 = 0.2 - (|V_p| - 28.65\%)/30.7\%$	$28.65\% < |V_p| \leqslant 34.79\%$	（11-56）
	$C16 = 0$	$34.79\% < |V_p|$	（11-57）

2. 桃江县食物质量安全指标隶属函数

1）优质蛋白质所占比例

根据桃江县优质蛋白质所占比例警限，将大于等于 62.5% 设为绝对安全赋予 1，无警警限区间 $40.00\% \leqslant P_u < 62.50\%$ 赋值 $0.8 \sim 1$，轻警 $30.00\% \leqslant P_u < 40.00\%$ 赋值 $0.6 \sim 0.8$，中警 $20.00\% \leqslant P_u < 30.00\%$ 赋值 $0.4 \sim 0.6$，重警 $10.00\% \leqslant P_u < 20.00\%$ 赋值 $0.2 \sim 0.4$，巨警 $P_u < 10.00\%$ 赋值 $0 \sim 0.2$，构建隶属函数。

警级	指数值	实际值	
无警	$C21 = 1$	$P_u \geqslant 62.50\%$	（11-58）
	$C21 = 1 - (62.5\% - P_u)/112.5\%$	$40.00\% \leqslant P_u < 62.50\%$	（11-59）
轻警	$C21 = 0.8 - (40.00\% - P_u)/50\%$	$30.00\% \leqslant P_u < 40.00\%$	（11-60）
中警	$C21 = 0.6 - (30.00\% - P_u)/50\%$	$20.00\% \leqslant P_u < 30.00\%$	（11-61）
重警	$C21 = 0.4 - (20.00\% - P_u)/50\%$	$10.00\% \leqslant P_u < 20.00\%$	（11-62）
巨警	$C21 = 0.2 - (10.00\% - P_u)/50\%$	$0 \leqslant P_u < 10.00\%$	（11-63）

2）脂肪占总热能的比例

根据桃江县脂肪占总热能的比例警限，将等于 25% 设为绝对安全赋予 1，越接近 25% 越安全，无警警限区间 $20\% \leqslant P_f < 25\%$ 或 $25\% \leqslant P_f < 30\%$，赋值 $0.8 \sim 1$，轻警 $15\% \leqslant P_f < 20\%$ 或 $30\% \leqslant P_f < 40\%$ 赋值 $0.6 \sim 0.8$，中警 $10\% \leqslant P_f < 15\%$ 或 $40\% \leqslant P_f < 50\%$ 赋值 $0.4 \sim 0.6$，重警 $5\% \leqslant P_f < 10\%$ 或 $50\% \leqslant P_f < 60\%$ 赋值 $0.2 \sim 0.4$，巨警 $P_f < 5\%$ 或 $P_f \geqslant 60\%$ 赋值 $0 \sim 0.2$，构建隶属函数。

警级	指数值	实际值	
无警	$C22 = 1 - (25\% - P_f)/25\%$	$20\% \leqslant P_f < 25\%$	（11-64）
	$C22 = 0.8 + (30\% - P_f)/25\%$	$25\% \leqslant P_f < 30\%$	（11-65）
轻警	$C22 = 0.8 - (20\% - P_f)/25\%$	$15\% \leqslant P_f < 20\%$	（11-66）
	$C22 = 0.6 + (40\% - P_f)/50\%$	$30\% \leqslant P_f < 40\%$	（11-67）
中警	$C22 = 0.6 - (15\% - P_f)/25\%$	$10\% \leqslant P_f < 15\%$	（11-68）
	$C22 = 0.4 + (50\% - P_f)/50\%$	$40\% \leqslant P_f < 50\%$	（11-69）
重警	$C22 = 0.4 - (10\% - P_f)/25\%$	$5\% \leqslant P_f < 10\%$	（11-70）
	$C22 = 0.2 + (60\% - P_f)/50\%$	$50\% \leqslant P_f < 60\%$	（11-71）
巨警	$C22 = 0.2 - (5\% - P_f)/25\%$	$P_f < 5\%$	（11-72）

$$C22 = 0.2 - (P_f - 60\%)/200\% \qquad\qquad P_f \geqslant 60\% \qquad\qquad (11\text{-}73)$$

3）动物性食物提供的热能比例

根据桃江县动物性食物提供的热能比例警限，将等于 15% 设为绝对安全赋予 1，越接近 15% 越安全，无警警限区间 $10.00\% \leqslant P_r < 15.00\%$ 或 $15.00\% \leqslant P_r < 20.00\%$ 赋值 $0.8 \sim 1$，轻警 $7.50\% \leqslant P_r < 10.00\%$ 或 $20.00\% \leqslant P_r < 25.00\%$ 赋值 $0.6 \sim 0.8$，中警 $5.00\% \leqslant P_r < 7.50\%$ 或 $25.00\% \leqslant P_r < 35.00\%$ 赋值 $0.4 \sim 0.6$，重警 $2.50\% \leqslant P_r < 5.00\%$ 或 $35.00\% \leqslant P_r < 50.00\%$ 赋值 $0.2 \sim 0.4$，巨警 $P_r < 2.50\%$ 或 $P_r \geqslant 50.00\%$ 赋值 $0 \sim 0.2$，构建隶属函数。

警级	指数值	实际值	
无警	$C23 = 1 - (15\% - P_r)/25\%$	$10.00\% \leqslant P_r < 15.00\%$	(11-74)
	$C23 = 0.8 + (20\% - P_r)/25\%$	$15.00\% \leqslant P_r < 20.00\%$	(11-75)
轻警	$C23 = 0.8 - (10\% - P_r)/12.5\%$	$7.50\% \leqslant P_r < 10.00\%$	(11-76)
	$C23 = 0.6 + (25\% - P_r)/25\%$	$20.00\% \leqslant P_r < 25.00\%$	(11-77)
中警	$C23 = 0.6 - (7.5\% - P_r)/12.5\%$	$5.00\% \leqslant P_r < 7.50\%$	(11-78)
	$C23 = 0.4 + (35\% - P_r)/50\%$	$25.00\% \leqslant P_r < 35.00\%$	(11-79)
重警	$C23 = 0.4 - (5\% - P_r)/12.5\%$	$2.50\% \leqslant P_r < 5.00\%$	(11-80)
	$C23 = 0.2 + (50\% - P_r)/75\%$	$35.00\% \leqslant P_r < 50.00\%$	(11-81)
巨警	$C23 = 0.2 - (2.5\% - P_r)/12.5\%$	$P_r < 2.50\%$	(11-82)
	$C23 = 0.2 - (P_r - 50\%)/250\%$	$P_r \geqslant 50.00\%$	(11-83)

4）农药残留抽检合格率

根据农药残留抽检合格率警限，将小于等于 0 设为绝对安全赋予 1，无警警限区间 $0 < P_e \leqslant 6.905$ 赋值 $0.8 \sim 1$，轻警 $6.905 < P_e \leqslant 7.663\,95$ 赋值 $0.6 \sim 0.8$，中警 $7.663\,95 < P_e \leqslant 8.442\,9$ 赋值 $0.4 \sim 0.6$，重警 $8.442\,9 < P_e \leqslant 9.181\,85$ 赋值 $0.2 \sim 0.4$，巨警 $9.181\,85 < P_e \leqslant 9.940\,8$ 赋值 $0 \sim 0.2$，并令大于历史最大值 9.9408 的指数值为 0，构建隶属函数。

警级	指标值	实际值	
无警	$C24 = 0.8 + (6.905 - P_e)/34.525$	$P_e \leqslant 6.905$	(11-84)
轻警	$C24 = 0.6 + (7.66395 - P_e)/3.6725$	$6.905 < P_e \leqslant 7.663\,95$	(11-85)
中警	$C24 = 0.4 + (8.4429 - P_e)/3.6725$	$7.663\,95 < P_e \leqslant 8.4429$	(11-86)
重警	$C24 = 0.2 + (9.18185 - P_e)/3.6725$	$8.4429 < P_e \leqslant 9.181\,85$	(11-87)

巨警	$C24 = 0.2 - (P_e - 9.9408)/3.6725$	$9.18185 < P_e \leqslant 9.9408$	(11-88)
	$C24 = 0$	$P_e > 9.9408$	(11-89)

5）兽药残留抽检合格率

根据兽药残留抽检合格率警限，将等于 100% 设为绝对安全赋予 1，无警警限区间 $95\% \leqslant D_r < 100\%$ 赋值 $0.8 \sim 1$，轻警 $80\% \leqslant D_r < 95\%$ 赋值 $0.6 \sim 0.8$，中警 $65\% \leqslant D_r < 80\%$ 赋值 $0.4 \sim 0.6$，重警 $50\% \leqslant D_r < 65\%$ 赋值 $0.2 \sim 0.4$，巨警 $0 < D_r < 50\%$ 赋值 $0 \sim 0.2$，并令 $D_r = 0$ 的指数值为 0，构建隶属函数。

警级	指标值	实际值	
无警	$C25 = 1$	$D_r = 100\%$	(11-90)
	$C25 = 1 - (100\% - D_r)/25\%$	$95\% \leqslant D_r < 100\%$	(11-91)
轻警	$C25 = 0.8 - (95\% - D_r)/75\%$	$80\% \leqslant D_r < 95\%$	(11-92)
中警	$C25 = 0.6 - (80\% - D_r)/75\%$	$65\% \leqslant D_r < 80\%$	(11-93)
重警	$C25 = 0.4 - (65\% - D_r)/75\%$	$50\% \leqslant D_r < 65\%$	(11-94)
巨警	$C25 = 0.2 - (50\% - D_r)/250\%$	$0 \leqslant D_r < 50\%$	(11-95)

6）食物中重金属残留量

由于重金属残留量不能分出取值范围，所以不能客观准确地构建其指标隶属函数，只进行定性分析。考虑到重金属含量对人体的危害严重，本节假设食物中重金属残留量有一种元素超标，指数值取中警平均值 0.5000；如果有两种元素超标，指数值取 0.3000；三种元素超标，指数值为 0.1000；三种以上超标的，指数值为 0。

3. 桃江县食物可持续供给安全指标隶属函数

1）农业投入增长率

根据桃江县农业投入增长率警限，将大于等于历史最大值 41.19% 赋值 1，无警 $7.61\% \leqslant V_i < 41.19\%$ 赋值 $0.8 \sim 1$；轻警 $3.26\% \leqslant V_i < 7.61\%$ 赋值 $0.6 \sim 0.8$；中警 $-1.07\% \leqslant V_i < 3.27\%$ 赋值 $0.4 \sim 0.6$；重警 $-5.41\% \leqslant V_i < -1.07\%$ 赋值 $0.2 \sim 0.4$；巨警 $-9.76\% \leqslant V_i < -5.41\%$ 赋值 $0 \sim 0.2$，小于历史最小值 -9.76% 赋值 0，建立隶属函数。

警级	指标值	实际值	
无警	$C31 = 1$	$41.19\% \leqslant V_i$	(11-96)
	$C31 = 1 - (41.19\% - V_i)/167.9\%$	$7.61\% \leqslant V_i < 41.19\%$	(11-97)
轻警	$C31 = 0.8 - (7.61\% - V_i)/21.71\%$	$3.26\% \leqslant V_i < 7.61\%$	(11-98)

中警	$C31 = 0.6 - (3.26\% - V_i)/21.71\%$	$-1.07\% \leqslant V_i < 3.26\%$　（11-99）
重警	$C31 = 0.4 - (-1.0\% - V_i)/21.71\%$	$-5.41\% \leqslant V_i < -1.07\%$　（11-100）
巨警	$C31 = 0.2 - (-5.41\% - V_i)/21.71\%$	$-9.76\% \leqslant V_i < -5.41\%$　（11-101）
	$C31 = 0$	$V_i < -9.76\%$　（11-102）

2）恩格尔系数

根据恩格尔系数警限警级，将 $E_g < 30\%$ 赋值 1，无警 $30\% \leqslant E_g \leqslant 40\%$ 赋值 0.8～1；轻警 $40\% < E_g \leqslant 50\%$ 赋值 0.6～0.8；中警 $50\% < E_g \leqslant 59\%$ 赋值 0.4～0.6；重警 $59\% < E_g \leqslant 70\%$ 赋值 0.2～0.4；巨警 $70\% < E_g \leqslant 80\%$ 赋值 0～0.2，$80\% < E_g$ 赋值 0，构建隶属函数。

警级	指标值	实际值	
无警	$C32 = 1$	$E_g \leqslant 30\%$	（11-103）
	$C32 = 1 - (E_g - 30\%)/50\%$	$30\% < E_g \leqslant 40\%$	（11-104）
轻警	$C32 = 0.8 - (E_g - 40\%)/50\%$	$40\% < E_g \leqslant 50\%$	（11-105）
中警	$C32 = 0.6 - (E_g - 50\%)/50\%$	$50\% < E_g \leqslant 59\%$	（11-106）
重警	$C32 = 0.4 - (E_g - 60\%)/50\%$	$59\% < E_g \leqslant 70\%$	（11-107）
巨警	$C32 = 0.2 - (E_g - 70\%)/50\%$	$70\% < E_g \leqslant 80\%$	（11-108）
	$C32 = 0$	$80\% < E_g$	（11-109）

3）贫困区农民收入比率

根据贫困区域农民收入比率警限，将大于或等于 64.05% 赋值 1，无警 $43.29\% \leqslant R_p < 64.05\%$ 赋值 0.8～1；轻警 $41.46\% \leqslant R_p < 43.29\%$ 赋值 0.6～0.8；中警 $39.63\% \leqslant R_p < 41.46\%$ 赋值 0.4～0.6；重警 $37.8\% \leqslant R_p < 39.63\%$ 赋值 0.2～0.4；巨警 $35.97\% \leqslant R_p < 37.8\%$ 赋值 0～0.2，小于历史最小值 $R_p < 35.97\%$ 赋值 0，构建隶属函数。

警级	指标值	实际值	
无警	$C33 = 1$	$64.05\% \leqslant R_p$	（11-110）
	$C33 = 1 - (64.05\% - R_p)/103.8\%$	$43.29\% \leqslant R_p < 64.05\%$	（11-111）
轻警	$C33 = 0.8 - (43.29\% - R_p)/9.15\%$	$41.46\% \leqslant R_p < 43.29\%$	（11-112）
中警	$C33 = 0.6 - (41.46\% - R_p)/9.15\%$	$39.63\% \leqslant R_p < 41.46\%$	（11-113）
重警	$C33 = 0.4 - (39.63\% - R_p)/9.15\%$	$37.8\% \leqslant R_p < 39.63\%$	（11-114）
巨警	$C33 = 0.2 - (37.8\% - R_p)/9.15\%$	$35.97\% \leqslant R_p < 37.8\%$	（11-115）

$$C33 = 0 \qquad\qquad R_{\mathrm{p}} < 35.97\% \qquad (11\text{-}116)$$

4）人均耕地面积

根据人均耕地面积警限，将 $0.0576 \leqslant S_{\mathrm{p}}$ 赋值 1，无警 $0.0519 \leqslant S_{\mathrm{p}} < 0.0576$ 赋值 0.8 ~ 1；轻警 $0.0513 \leqslant S_{\mathrm{p}} < 0.0519$ 赋值 0.6 ~ 0.8；中警 $0.0507 \leqslant S_{\mathrm{p}} < 0.0513$ 赋值 0.4 ~ 0.6；重警 $0.0501 \leqslant S_{\mathrm{p}} < 0.0507$ 赋值 0.2 ~ 0.4；巨警 $0.0495 \leqslant S_{\mathrm{p}} < 0.0501$ 赋值 0 ~ 0.2，小于历史最小值 0.0495 赋值 0，构建隶属函数。

警级	指标值	实际值	
无警	$C34 = 1$	$0.0576 \leqslant S_{\mathrm{p}}$	(11-117)
	$C34 = 1 - (0.0576 - S_{\mathrm{p}})/0.0285$	$0.0519 \leqslant S_{\mathrm{p}} < 0.0576$	(11-118)
轻警	$C34 = 0.8 - (0.0519 - S_{\mathrm{p}})/0.003$	$0.0513 \leqslant S_{\mathrm{p}} < 0.0519$	(11-119)
中警	$C34 = 0.6 - (0.0513 - S_{\mathrm{p}})/0.003$	$0.0507 \leqslant S_{\mathrm{p}} < 0.0513$	(11-120)
重警	$C34 = 0.4 - (0.0507 - S_{\mathrm{p}})/0.003$	$0.0501 \leqslant S_{\mathrm{p}} < 0.0507$	(11-121)
巨警	$C34 = 0.2 - (0.0501 - S_{\mathrm{p}})/0.003$	$0.0495 \leqslant S_{\mathrm{p}} < 0.0501$	(11-122)
	$C34 = 0$	$S_{\mathrm{p}} < 0.0495$	(11-123)

5）有效灌溉面积比率

根据有效灌溉面积比率警限，将 $49.58\% \leqslant P_{\mathrm{s}}$ 赋值 1，无警 $37.51\% \leqslant P_{\mathrm{s}} < 49.58\%$ 赋予 0.8 ~ 1；轻警 $36.83\% \leqslant P_{\mathrm{s}} < 37.51\%$ 赋值 0.6 ~ 0.8；中警 $36.15\% \leqslant P_{\mathrm{s}} < 36.83\%$ 赋值 0.4 ~ 0.6；重警 $35.47\% \leqslant P_{\mathrm{s}} < 36.15\%$ 赋值 0.2 ~ 0.4；巨警 $34.79\% \leqslant P_{\mathrm{s}} < 35.47\%$ 赋值 0 ~ 0.2，小于历史最小值 34.79% 赋予 0，构建隶属函数。

警级	指标值	实际值	
无警	$C35 = 1$	$49.58\% \leqslant P_{\mathrm{s}}$	(11-124)
	$C35 = 1 - (60.84\% - P_{\mathrm{s}})/116.65\%$	$37.51\% \leqslant P_{\mathrm{s}} < 49.58\%$	(11-125)
轻警	$C35 = 0.8 - (37.51\% - P_{\mathrm{s}})/3.4\%$	$36.83\% \leqslant P_{\mathrm{s}} < 37.51\%$	(11-126)
中警	$C35 = 0.6 - (36.83\% - P_{\mathrm{s}})/3.4\%$	$36.15\% \leqslant P_{\mathrm{s}} < 36.83\%$	(11-127)
重警	$C35 = 0.4 - (36.15\% - P_{\mathrm{s}})/3.4\%$	$35.47\% \leqslant P_{\mathrm{s}} < 36.15\%$	(11-128)
巨警	$C35 = 0.2 - (35.47\% - P_{\mathrm{s}})/3.4\%$	$34.79\% \leqslant P_{\mathrm{s}} < 35.47\%$	(11-129)
	$C35 = 0$	$P_{\mathrm{s}} < 34.79\%$	(11-130)

6）自然灾害成灾率

根据自然灾害成灾率警限，将 $P_{\mathrm{n}} \leqslant 0.25\%$ 赋值 1，无警 $0.25\% < P_{\mathrm{n}} \leqslant 13.40\%$ 赋值 0.8 ~

1；轻警 13.40% $< P_n \leq$ 26.785% 赋值 0.6~0.8；中警 26.785% $< P_n \leq$ 40.17% 赋值 0.4~0.6；重警 40.17% $< P_n \leq$ 53.555% 赋值 0.2~0.4；巨警 53.555% $< P_n \leq$ 66.94% 赋值 0~0.2，并令大于历史最大值 66.94% 赋值 0，构建隶属函数。

警级	指标值	实际值	
无警	$C36 = 1$	$P_n \leq 0.25\%$	(11-131)
	$C36 = 1 - (P_n - 0.25\%)/65.75\%$	$0.25\% < P_n \leq 13.40\%$	(11-132)
轻警	$C36 = 0.8 - (P_n - 13.40\%)/66.925\%$	$13.40\% < P_n \leq 26.785\%$	(11-133)
中警	$C36 = 0.6 - (P_n - 26.785\%)/66.925\%$	$26.785\% < P_n \leq 40.17\%$	(11-134)
重警	$C36 = 0.4 - (P_n - 40.17\%)/66.925\%$	$40.17\% < P_n \leq 53.555\%$	(11-135)
巨警	$C36 = 0.2 - (P_n - 53.555\%)/66.925\%$	$53.555\% < P_n \leq 66.94\%$	(11-136)
	$C36 = 0$	$P_n > 66.94\%$	(11-137)

7）三废净污染量

根据第二产业产值警限，将 $S_v \leq 10\ 254$ 赋值 1，无警 $10\ 254 < S_v \leq 65\ 636$ 赋值 0.8~1；轻警 $65\ 636 < S_v \leq 87\ 407$ 赋值 0.6~0.8；中警 $87\ 407 < S_v \leq 109\ 178$ 赋值 0.4~0.6；重警 $109\ 178 < S_v \leq 130\ 949$ 赋值 0.2~0.4；巨警 $130\ 949 < S_v \leq 152\ 720$ 赋值 0~0.2，并令大于历史最大值 152 720 赋值 0，构建隶属函数。

警级	指标值	实际值	
无警	$C37 = 1$	$S_v \leq 10\ 254$	(11-138)
	$C37 = 1 - (S_v - 10\ 254)/276\ 910$	$10\ 254 < S_v \leq 65\ 636$	(11-139)
轻警	$C37 = 0.8 - (S_v - 65\ 636)/108\ 855$	$65\ 636 < S_v \leq 87\ 407$	(11-140)
中警	$C37 = 0.6 - (S_v - 87\ 407)/108\ 855$	$87\ 407 < S_v \leq 109\ 178$	(11-141)
重警	$C37 = 0.4 - (S_v - 109\ 178)/108\ 855$	$109\ 178 < S_v \leq 130\ 949$	(11-142)
巨警	$C37 = 0.2 - (S_v - 130\ 949)/108\ 855$	$130\ 949 < S_v \leq 152\ 720$	(11-143)
	$C37 = 0$	$S_v > 152\ 720$	(11-144)

11.4.3 综合指数计算

1. 桃江县综合指数的计算

以桃江县为例说明综合指数的计算方法。通过上述隶属函数将各指标实际值转化为指数值，运用综合指数计算式（11-16）分别计算桃江县1986～2006年食物数量安全综合指数、食物质量安全综合指数和食物可持续供给安全综合指数。如图11-3～图11-5所示。

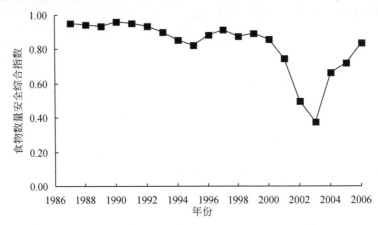

图11-3 桃江县1986～2006年食物数量安全综合指数

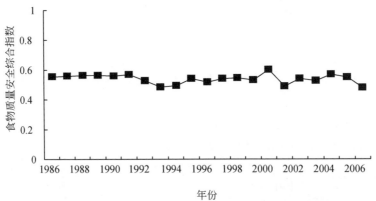

图11-4 桃江县1986～2006年食物质量安全综合指数

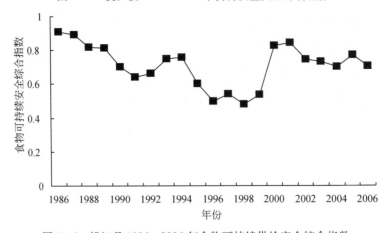

图11-5 桃江县1986～2006年食物可持续供给安全综合指数

分析结果表明：桃江县食物数量安全基本处于稳定安全阶段，1986～2006年21年中，2001年、2004年、2005年3年出现轻警，2002年为中警，2003年为重警，其余年份为无警。这与全国的粮食生产状况是吻合的，1998 年以后粮食产量持续下降，主要是种粮的比较效益低，耕地抛荒现象严重，2004 年中央农业政策调整，取消农业税实行粮食直补政策，粮食生产开始恢复。其中，2001～2004 年食物数量安全出现警情主要是由于食物膳食能量供求差率、食物自给率、食物产量波动率出现重警或巨警，其余指标相对稳定。因此食物安全防范的重点就是加大农业投入力度，提高农民种粮的比较效益，从而提高农民种粮的积极性，增加粮食产量。

从食物质量安全综合指数警情来看，桃江县 1986～2006 年食物质量安全均出现中警。说明该区域过去对于食物质量安全问题并不是很注重，所以食物的质量安全问题长年以来并没有得到很好的解决。分指标来看，动物食物提供热能比例基本处于无警状态，这主要与当地居民的膳食习惯有关，同时洞庭湖区水产品产量大；优质蛋白质所占比例、脂肪占总热量比例、兽药残留抽检合格率呈稳定上升；由于单位面积农药使用量逐年增加，食物农药残留风险加大。

桃江县食物可持续供给安全呈波动状态，总体呈下降趋势。1986～2006 年 21 年中 4 年出现中警，11 年轻警，6 年无警。其中 1986～1991 年逐年下降，警情从无警到轻警，主要是有效灌溉面积比率下降，有效灌溉面积比率单指标出现了巨警，1991 年有效灌溉面积比率达到历史最低值。1993～1994 年由于恩格尔系数偏低，人民生活处于温饱状态，获取食物的能力偏低，综合警情仍处于轻警状态。1996 年由于贫富差距拉大，人均耕地面积的减少，综合警情跨越轻警的底线进入中警状态。1996～1999 年由于农业投入增长率的下降，人均耕地面积的进一步减少，造成综合警情停留在中警。2000 年和 2001 年耕地面积增加，人民生活水平提高，恩格尔系数降低，警情出现了好转，没有大的自然灾害，综合警情达到无警状态。2002～2003 年贫困区农民收入比率偏低加上自然灾害的影响，综合警情出现轻警。2005～2006 年由于第二产业的发展造成的"三废"污染，影响到食物的可持续供给安全，出现了轻警。

2. 洞庭湖区食物安全综合指数

同样的方法对洞庭湖区其他县（市、区）各指标分别划分警限，构建隶属函数计算综合指数。在计算过程中，把 2/3 的年份食物自给率低于 100% 且食物膳食能量供求差率 2/3 的年份为负值的区域作为主销区。把 1/2 的年份食物自给率低于 100% 且食物膳食能量供求差率 1/2 的年份为负值的区域作为主产区。除六个市辖区都是主销区外，其他各县都是主产区。结果见表 11-28～表 11-30。

表 11-28 洞庭湖区 1987～2006 年食物数量安全综合指数及警级

地区	1987 年		1996 年		2006 年	
	综合指数值	警级	综合指数值	警级	综合指数值	警级
长沙市辖区	0.6822	轻警	0.7453	轻警	0.3368	重警
长沙县	0.9059	无警	0.8982	无警	0.9714	无警
浏阳市	0.9479	无警	0.9300	无警	0.7638	轻警

地区	1987 年		1996 年		2006 年	
	综合指数值	警级	综合指数值	警级	综合指数值	警级
宁乡县	0.9282	无警	0.8907	无警	0.9170	无警
望城县	0.9014	无警	0.8435	无警	0.9448	无警
常德市辖区	0.7737	轻警	0.9083	无警	0.9058	无警
汉寿县	0.9065	无警	0.8956	无警	0.9743	无警
澧县	0.9904	无警	0.8980	无警	0.5791	中警
石门县	0.9444	无警	0.8788	无警	0.9798	无警
安乡县	0.9395	无警	0.8995	无警	0.9178	无警
津市市	0.9232	无警	0.9090	无警	0.5574	中警
临澧县	0.9205	无警	0.9041	无警	0.9164	无警
桃源县	0.9170	无警	0.8611	无警	0.9668	无警
湘潭市辖区	0.9617	无警	0.6612	轻警	0.1685	巨警
湘潭县	0.9268	无警	0.9713	无警	0.5189	中警
韶山市	0.8539	无警	0.9660	无警	0.5337	中警
湘乡市	0.9287	无警	0.9576	无警	0.5215	中警
益阳市辖区	0.9360	无警	0.8504	无警	0.5964	中警
桃江县	0.9522	无警	0.8827	无警	0.8368	无警
沅江市	0.7030	轻警	0.5470	中警	0.9441	无警
南县	0.8595	无警	0.8876	无警	0.8669	无警
安化县	0.7311	轻警	0.4545	中警	0.9197	无警
岳阳市辖区	0.5240	中警	0.4136	中警	0.7169	轻警
湘阴县	0.8803	无警	0.8940	无警	0.9639	无警
汨罗市	0.8856	无警	0.7148	轻警	0.2259	重警
岳阳县	0.8745	无警	0.8283	无警	0.9275	无警
华容县	0.9137	无警	0.9047	无警	0.9447	无警
临湘市	0.8745	无警	0.8283	无警	0.9275	无警
平江县	0.9848	无警	0.9159	无警	0.7797	轻警
株洲市辖区	0.6430	轻警	0.5419	中警	0.5861	中警
醴陵县	0.9440	无警	0.9377	无警	0.6435	轻警
攸县	0.5688	中警	0.9873	无警	0.8267	无警
茶陵县	0.8867	无警	0.9689	无警	0.5431	中警
炎陵县	0.7988	轻警	0.9923	无警	0.5023	中警
株洲县	0.8305	无警	0.9926	无警	0.9272	无警

表 11-29　洞庭湖区 1987～2006 年食物质量安全综合指数及警级

地区	1987 年		1996 年		2006 年	
	综合指数值	警级	综合指数值	警级	综合指数值	警级
长沙市辖区	0.6503	轻警	0.6690	轻警	0.4655	中警
长沙县	0.5236	中警	0.5993	中警	0.5600	中警
浏阳市	0.5266	中警	0.4722	中警	0.5569	中警
宁乡县	0.5311	中警	0.4751	中警	0.6055	轻警
望城县	0.4893	中警	0.5975	中警	0.5582	中警
常德市辖区	0.6707	轻警	0.6440	轻警	0.7456	轻警
汉寿县	0.4658	中警	0.6304	轻警	0.7619	轻警
澧县	0.5972	中警	0.5275	中警	0.5118	中警
石门县	0.6452	轻警	0.7326	轻警	0.3804	重警
安乡县	0.5795	轻警	0.5533	中警	0.6933	轻警
津市市	0.5796	中警	0.3985	重警	0.5912	中警
临澧县	0.3283	重警	0.5907	中警	0.7740	轻警
桃源县	0.3650	重警	0.6235	轻警	0.7755	轻警
湘潭市辖区	0.6264	轻警	0.6182	轻警	0.6630	轻警
湘潭县	0.5040	中警	0.4259	中警	0.5450	中警
韶山市	0.5314	中警	0.4854	中警	0.5220	中警
湘乡市	0.5961	中警	0.5799	中警	0.6358	轻警
益阳市辖区	0.4636	中警	0.5780	中警	0.5043	中警
桃江县	0.5579	中警	0.5141	中警	0.4801	中警
沅江市	0.5859	中警	0.5322	中警	0.6110	轻警
南县	0.5527	中警	0.5174	中警	0.5321	中警
安化县	0.6018	轻警	0.6915	轻警	0.5407	中警
岳阳市辖区	0.4842	中警	0.6600	轻警	0.7425	轻警
湘阴县	0.3696	重警	0.6816	轻警	0.8413	无警
汨罗市	0.5305	中警	0.5933	中警	0.5060	中警
岳阳县	0.5305	中警	0.5115	中警	0.6218	轻警
华容县	0.5812	中警	0.7015	轻警	0.5665	中警
临湘市	0.5590	中警	0.5523	中警	0.5273	中警
平江县	0.4408	中警	0.5759	中警	0.6487	轻警
株洲市辖区	0.4712	中警	0.3845	重警	0.7402	轻警
醴陵县	0.4699	中警	0.4524	中警	0.2424	重警
攸县	0.5693	中警	0.5900	中警	0.3232	重警
茶陵县	0.3894	重警	0.5933	中警	0.6801	轻警
炎陵县	0.6245	轻警	0.6189	轻警	0.5214	中警
株洲县	0.4974	中警	0.4555	中警	0.4688	中警

表 11-30　洞庭湖区 1987~2006 年食物可持续供给安全综合指数及警级

地区	1987 年		1996 年		2006 年	
	综合指数值	警级	综合指数值	警级	综合指数值	警级
长沙市辖区	0.7384	轻警	0.6189	轻警	0.7343	轻警
长沙县	0.8142	无警	0.6397	轻警	0.7435	轻警
浏阳市	0.6750	轻警	0.6909	轻警	0.7828	轻警
宁乡县	0.8644	无警	0.5906	中警	0.7884	轻警
望城县	0.8551	无警	0.8116	无警	0.6996	轻警
常德市辖区	0.7190	轻警	0.7937	轻警	0.5190	中警
汉寿县	0.6399	轻警	0.7921	轻警	0.5612	中警
澧县	0.6977	轻警	0.7885	轻警	0.7769	轻警
石门县	0.7162	轻警	0.7354	轻警	0.7555	轻警
安乡县	0.7979	轻警	0.6322	轻警	0.7386	轻警
津市市	0.8496	无警	0.6947	轻警	0.5637	中警
临澧县	0.7701	轻警	0.6664	轻警	0.7896	轻警
桃源县	0.7522	轻警	0.6576	轻警	0.6590	轻警
湘潭市辖区	0.7851	轻警	0.6590	轻警	0.7203	轻警
湘潭县	0.8758	无警	0.7118	轻警	0.7618	轻警
韶山市	0.8558	无警	0.6737	轻警	0.7071	轻警
湘乡市	0.7862	轻警	0.6289	轻警	0.7156	轻警
益阳市辖区	0.8622	无警	0.6439	轻警	0.2802	重警
桃江县	0.8915	无警	0.4988	中警	0.7074	轻警
沅江市	0.8444	无警	0.4665	中警	0.6072	轻警
南县	0.9094	无警	0.6170	轻警	0.2206	重警
安化县	0.8183	无警	0.3556	重警	0.7590	轻警
岳阳市辖区	0.6525	轻警	0.6294	轻警	0.5441	中警
湘阴县	0.9120	无警	0.7915	轻警	0.3154	重警
汨罗市	0.9211	无警	0.7128	轻警	0.3371	重警
岳阳县	0.9008	无警	0.7253	轻警	0.7294	轻警
华容县	0.9222	无警	0.7690	轻警	0.5642	中警
临湘市	0.8615	无警	0.6217	轻警	0.5020	中警
平江县	0.8834	无警	0.7157	轻警	0.6252	轻警
株洲市辖区	0.8239	无警	0.6376	轻警	0.7257	轻警
醴陵县	0.8145	无警	0.6680	轻警	0.7180	轻警
攸县	0.8679	无警	0.8465	无警	0.6384	轻警
茶陵县	0.7722	轻警	0.5809	中警	0.7566	轻警
炎陵县	0.8282	无警	0.7387	轻警	0.6723	轻警
株洲县	0.7625	轻警	0.7422	轻警	0.7550	轻警

11.4.4　区域综合食物安全风险预警

1. 预测方法

预警效果的好坏取决于预测的准确程度。预测是预警系统的基础，预警系统之所以能够发挥预警功能，就是因为有预测系统的支持，所以选择合理的预测方法以保障预测的准确性是预警成败的关键。由于食物质量安全的多数指标是监测指标，对未来难以预测，因此只对食物数量安全和食物可持续供给安全进行预测，分指标分别建立不同的预测模型对洞庭湖区 35 县（市、区）食物安全进行预测。

首先，采用霍尔特（Holt）双参数线性指数平滑法对时间数据进行平滑。

然后，用趋势外推法建立以时间 t 为自变量，时序数值 y 为因变量的趋势预测模型：

$$y = f(t) \tag{11-146}$$

在不能明确究竟哪种曲线模型更适合预测时，在 SPSS 软件中选择自动模式，自动完成模型的参数估计，并输出回归方程显著性检验的 F 值和概率 P 值、判定系数 R^2、T 值检验等统计量。

最后，以判定系数为主要依据并根据所预测数据本身的特点选择最优拟合曲线作为预测模型。

2. 洞庭湖区综合食物安全风险预警

利用洞庭湖区 35 个县（市、区）1986~2006 年各指标数据，借助 SPSS 软件对 2010 年、2015 年、2020 年的综合食物安全进行趋势预测。采用趋势外推法，并通过回归方程拟合优度检验、回归方程显著性检验、回归系数显著性检验等统计检验，对预测结果进行评价，寻求较科学合理的预测函数和结果。并根据预测的结果，计算出洞庭湖区各县（市、区）2010 年、2015 年和 2020 年的食物安全综合指数值，依据警限确定警级。结果如图 11-6~图 11-9 所示。

1）洞庭湖区食物数量安全风险预警结果

洞庭湖区 35 个研究单元预警结果表明洞庭湖区食物数量安全风险不大，2010 年湘潭市辖区为重警、长沙市辖区为中警、浏阳市等 9 县（市、区）为轻警，其余县（市、区）为无警；2015 年湘潭市辖区为重警、长沙市辖区等 4 县（市、区）为中警、浏阳市等 9 县（市、区）为轻警，其余县（市、区）为无警；2020 年湘潭市辖区为重警、长沙市辖区等 4 县（市、区）为中警、浏阳市等 10 县（市、区）为轻警，其余县（市、区）为无警。可以看出，总体警情态势有加重的趋势。

从洞庭湖区食物数量安全警情的空间分布来看：警情较重的主要是 6 个市辖区，由于城市化和人口的机械迁移，人口增长快，食物膳食能量供求差率和食物自给率出现警情。

 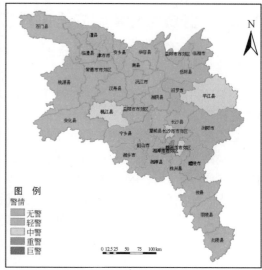

　　　　　（a）2010 年　　　　　　　　　　　　　　　（b）2015 年

图 11-6　洞庭湖区食物数量安全预警示意图

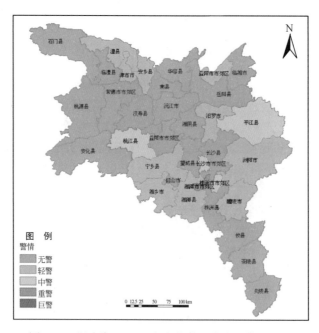

图 11-7　洞庭湖区 2020 年食物数量安全预警示意图

2）洞庭湖区食物可持续供给安全风险预警结果

　　洞庭湖区 35 个研究单元食物可持续供给安全风险预警结果表明洞庭湖区食物可持续供给安全警情比数量安全警情重。35 个研究单元 2010 年 17 个县（市、区）为中警，其余都为轻警；2015 年 3 个县（市、区）为重警，16 个县（市、区）为中警，其余为轻警；2020 年 5 个县（市、区）为重警，16 个县（市、区）为中警，其余为轻警，总体警情有加重趋势。

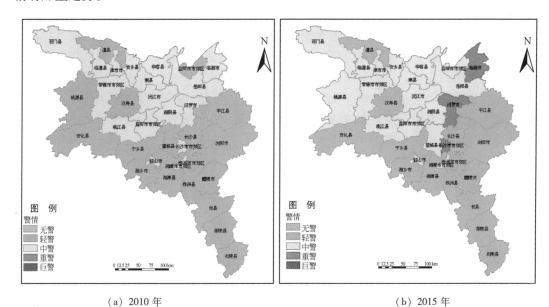

（a）2010 年　　　　　　　　　　　　（b）2015 年

图 11-8　洞庭湖区 2010 年（左）、2015 年（右）食物可持续供给安全预警等级示意图

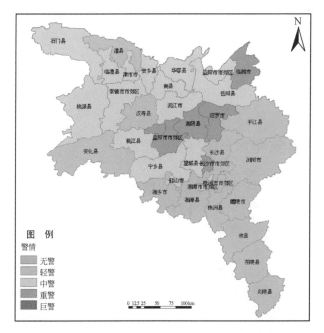

图 11-9　洞庭湖区 2020 年食物可持续供给安全预警等级示意图

11.5　综合食物安全风险防范和预案机制

由于人口的增长、耕地和水资源的制约，中国未来的综合食物安全仍然存在着巨大的

风险。我们必须居安思危，提前对综合食物安全风险进行预警，构建综合食物安全风险防范体系，确保中国综合食物安全，并将其纳入到中国国家安全战略及其风险管理体制中。综合食物安全风险防范首先要研究食物安全风险传导的机理，再根据预警的结果，有针对性地进行防范。综合食物安全风险防范体系由综合食物安全风险防范系统和风险发生状况下的应急处理系统构成。从数量安全、质量安全、可持续安全三个方面，从食物生产、加工、流通、消费各个环节，分级（国家级、省级、县级）对综合食物安全风险进行有效的防范。综合食物安全风险防范系统应由组织领导子系统、信息发布子系统、法律支持子系统、决策子系统构成，如图 11-10 所示。

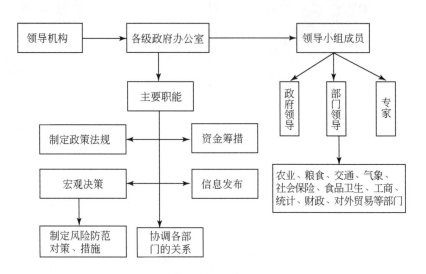

图 11-10　综合食物安全风险防范系统结构图

11.5.1　综合食物安全风险应急处理系统

从一定程度上说，一个国家和区域的食物是否安全，关键在于发生突发事件等紧急情况时，政府能否保证食物的有效供给、缓解食物安全危机。高效的食物安全应急保障机制能够在国家或区域发生食物安全突发事件等紧急情况时，及时地做出反应，维持食物供需平衡的稳定和社会的稳定。

综合食物安全风险应急处理系统包括综合食物安全风险应急指挥系统、应急物资保障系统、应急资金保障体系、应急加工系统、应急供应系统、特殊人群保障机制。综合食物安全风险应急预案是指当食物安全风险发生时政府应采取的紧急应对方案。按照粮食工作各级政府负责制的原则，根据事件的可控性和影响范围等因素，将食物安全风险应急状态分为三个等级：国家级（Ⅰ级）、省级（Ⅱ级）和市级（Ⅲ级），其中，省级（Ⅱ级）是指两个以上地级市出现食物应急状态，以及超出事发地地级以上市人民政府处置能力和省人民政府认为需要按照省级粮食应急状态对待的情况。

处理意外事件的最常用手段是制订应急预案，想象可能发生的情况，分析它们的影响，并制订消除消极影响和促进积极影响的策略。因此，食物安全风险应急预案是建立在充分准备的基础之上的，这样才能够在出现警情时有的放矢、合理调控。食物安全风险应急预案包括食物安全应急指挥系统和应急调控措施。

食物安全应急指挥系统按照中央和省级政府职责划分，实行中央和地方政府分级负责制，中央主要负责全国性的或者数个省以上的区域性的食物应急状态的调控工作，而地方政府则负责自己辖区范围之内的应急调控。

应急调控措施在实施的过程中，必须综合运用经济手段、法律手段和行政手段，以经济手段为主要方式，在必要的情况下辅之法律手段和行政手段。具体措施如下：①建立应急物资保障系统。必须建立健全的食物储备体系尤其是粮食储备体系，确保在风险发生时有充足的物资供应。②建立应急资金保障体系。政府必须在每年的预算中划分出食物安全风险的配套资金，以保证在应急情况下政府掌握必要的调节资金，当危机发生时，能够做到资金迅速落实到位，减缓风险危害，稳定市场，保障社会的良性发展。③建立应急加工系统。扶持一些靠近粮源和重点销售区域的粮油加工骨干企业，当食物安全危机发生时，能够迅速将库存粮食转化为可以食用的食物，以满足紧急状况下食物应急加工的需要。④建立应急供应网络。食物最终到达消费者手中要通过销售网络来完成，必须借助行政的手段，从国家和区域角度出发利用现有信誉良好的零售、军供、连锁超市、地方重点企业进行销售布网，完成在突发状况下的食物储运循环和供应正常化。⑤建立特殊人群保障机制。发生食物安全危机后，受影响最大的人群往往是处于社会最低保障线以下贫困人口和特殊人群，因此民政等部门要利用行政手段进行应急派发和扶助，实现社会主义的公平性和优越性。

11.5.2　综合食物安全风险传导机制分析

1. 综合食物数量安全风险传导机制分析

1）食物供需平衡性风险传导机制

（1）供需不平衡风险。食物供需平衡性安全风险主要体现在"供"的风险，因为食物需求弹性小。当供需不平衡时，即供给不足，必然引起价格上涨，使贫困人口不能获得足够的食物。当年的食物产量不能满足需求时，可以通过动用食物储备来平抑，这必然导致食物储备率下降，加大食物供需的不平衡风险。粮食价格的上涨会导致其他食物价格的上涨，猪肉价格的上涨会引起粮食价格的上涨。因此，重点要防范粮食和猪肉的供需不平衡风险。

（2）供需不匹配风险。供需不匹配导致无效供给的产生。随着经济的发展，人民生活水平的提高，逐步进入小康阶段，对食物的品质、口感、营养价值要求提高，而供给如果仍停留在温饱阶段，必然产生供需不匹配的风险。中国曾经出现过一方面农民卖粮难，另一方面从国外大量进口优质大米。农民种的粮食卖不出去，粮价下跌，种粮的比较效益下降，必然导致粮食产量下降，产生食物供需不平衡风险。因此，食物供需不平衡风险和食物供需不匹配风险可以相互传导。

2）食物供需稳定性风险传导机制

食物供需的稳定性也主要体现在食物供给的稳定性上，它和食物供需平衡性是紧密相连的。食物供需稳定性指标之间相互影响、相互制约，食物产量波动必然导致食物价格的波动，食物价格的波动也直接影响食物产量。食物价格影响食物消费，消费者的消费偏好影响食物价格。食物供需稳定性指标与食物供需平衡性指标之间也存在相互制约的关系。当食物供不足需时，价格必然上涨，食物价格的上涨反过来促进食物生产，增加供给。相反，当食物供大于需时，价格必然下跌，供给量减小。

事实上，在市场经济条件下，食物安全风险时时存在，各风险因子之间相互影响、相互制约、循环波动。食物安全风险防范不是消灭风险，而是加强风险管理，时刻监测风险，在必要的时候采取措施干预和防范风险的发生，把风险可能造成的损失降到最低。

2. 综合食物质量安全风险传导机制

食物质量安全包括食物膳食营养安全和食品质量安全，这里主要分析食品质量安全。食物质量安全问题可以说是社会经济发展的必然结果。在工业尚未发达、以农业为主的农耕阶段，食物生产以自给自足为主，生产者与消费者合二为一，农业生产的投入品主要是农家肥，没有农药化肥等各种化学污染；畜产品以天然的青饲料饲养，或者天然放牧，没有畜药的残留，威胁食物质量安全的因素基本局限在微生物污染上。没有现代工业的污染也就没有产地环境风险，从这个意义上讲，食物质量安全问题是随着食物经济体系的复杂化而产生的，并随其发展而发展。食物经济体系的复杂化主要体现在食物生产、加工、流通和消费环节的复杂化，食物质量安全风险主要在这四个环节中传导，最终危害消费者的健康。

1）食物生产环节

在生产环节，产地环境、投入品及生产管理都影响食物质量安全。中国有2亿多农户，农户生产经营规模小而分散。分散的农户很少遵守管理部门制定的各项生产操作规范，过度使用化肥、农药等农用化学物质，这些物质通过在土壤和水体中的残留，造成有毒、有害物质的富集，并通过物质循环进入农作物、牲畜和水生动植物体内，一部分作为原料进入到食物加工环节，造成食物污染，最终损害人类健康。据有关资料统计，中国每年受农药和"三废"污染的粮食达828亿kg以上，经济损失达230亿~260亿元（孙君茂，2007）。

食物产地环境的恶化也是造成食物质量安全的主要原因。工业"三废"通过引污水灌溉、大气降尘、酸雨等污染耕地，土壤中重金属等有害物质含量超标。工矿区污水的任意排放，使得工矿区周围的土地污染。这些有毒有害物通过生物富集传导到加工和消费环节，最终危害人体健康。

2）食物加工环节

食物加工环节涉及面多而广，大量家庭作坊式的个体生产加工点大多数规模小，根本不具备生产合格食品的工艺、设备和条件，极易引发食物质量安全问题。食品生产经营者为牟取暴利，不顾消费者的安危，在食物生产经营中滥用、过量添加增白剂、防腐剂、色素等；有的利用工业用化学品生产加工有毒有害食物，用矿物油抛光大米，用硫黄、过氧化氢、甲醛等化学原料加工食物等。这些危害因素形成了一条在食品领域流行的"毒流"。

加工环节引起的食物质量安全问题通过流通环节、消费环节最终危害消费者健康。

3）食物流通环节

食物流通环节安全风险的发生主要是食用鲜活农产品在运输、储藏、销售等过程中，为了保鲜，防止腐烂、霉变和病虫害，过量使用保鲜剂、防腐剂乃至农药，给食物带来安全隐患。为了降低成本，使用不合格的食品包装袋，引发食品污染事件等。流通环节产生的食物质量安全风险传导到消费环节，最终危害消费者。

4）食物消费环节

消费环节是食物质量安全风险的最后一道防线，然而随着经济的发展，人们在外进餐的机会越来越多，熟食占饮食消费的比例不断上升，食物需求日益呈现出多样化、方便化、高级化，这为食源性疾患的传播和流行创造了条件。同时，由于消费者缺乏食物从原料到成品的信息，消费者对食物的认知程度、鉴别水平等信息量不足是导致其购买和消费不安全食物重要原因。许多熟食、半制成品等食物受到一些不稳定因素如烹调方法、操作方式、食用方式、食物搭配方式、存放时间等的影响，可能再一次产生有毒物质，直接危害人体健康。另外，低收入阶层，购买力差，往往为了满足温饱等基本需要，而忽视了食物的质量安全。

11.5.3　综合食物安全风险防范措施

1. 控制风险源

1）食物数量安全风险防控

（1）建立严格的耕地保护制度，加大土地整理复垦力度，确保耕地面积不减少；不断优化土地利用结构，提高土地集约利用水平，防范耕地资源约束风险。科学规划，合理调整农业结构和空间布局，以科学发展观推进节水农业建设，积极引导农民采用节水设备和技术，大力发展节水农业，防范水资源约束风险。

（2）建立农业投入的长效机制，创新农业科研投入体制，化解农业投入性约束风险。进一步完善粮食直补机制，提高种粮比较效益，保护农民种粮的积极性。特别要加大对粮食主产区的投入，调动粮食主产区农民的种粮积极性，保障稳定的粮食供给。加大农业科研资金投入力度，着手建立持续、稳定的财政支农科技"投入—分配"长效机制并强化监督职能。财政科技支农投入总量的不足造成了农业科研人员流失、农业科技成果产出下降，严重制约了农业生产水平的提升。建立新型农业科技推广服务体系，确保农业科技成果尽快转化为现实生产力，以建立粮食主产区和优质粮食产业带的科技研发体系、培训体系和科技示范基地为纽带，改革农业科技转化方式，组建以科研院所、高等院校、企业为主的多元化农业科技转化、推广应用和服务体系，提高科技进步和科技成果转化对农业的贡献率。

（3）兴修水利，加强农业基础设施建设，增强农业抵抗自然灾害的能力，防范自然灾害风险。积极发展农业保险业，消除农业自然灾害风险给农业系统带来的不利影响。

（4）控制非食物性消费需求，倡导理性消费，防范消费需求风险。科学引导居民理性消费，转变大吃大喝的消费观念。吸取西方膳食消费模式的教训，发挥以植物性食物消费为主、适度增加动物性消费的东方膳食模式的优越性，走中国特色的食物与营养发展道路，使科学合理的消费理念深入人心，形成科学、合理、节约消费的良好社会风气。

2）食物质量安全风险防控

（1）严格控制"三废"排放，保护和改善粮食产地环境。对已污染的土地进行修复，暂时不能修复的要引导农民调整种植结构，改种棉花、花卉等非食用经济作物，防止有质量安全问题的食物产出，从源头上防范食物质量安全风险发生。

（2）严格控制面源污染，引导农户科学使用化肥、农药和农膜，大力推广使用有机肥料、生物肥料、生物农药、可降解农膜，合理使用生长调节剂、除草剂等农用化学品，从源头上防范因生产投入导致的食物质量安全风险发生。

（3）建立严格的市场准入制度，严格企业生产条件审查，严格按标准组织生产，严格产品出厂检验，关闭和取缔不具备食物质量安全生产条件的加工企业。继续推进"无公害食品行动计划"，建立统一规范的农产品质量安全标准体系，开展农产品和食物质量认证工作。全面落实市场巡查制度，严格实行不合格食品退市制度，强化食物质量安全标识和包装管理，坚决堵塞食品流通领域的监管漏洞。从源头上防范食物质量安全风险。

3）食物可持续供给安全风险防控

调整优化农业结构，发展集约型、节约型农业和循环农业、生态农业，不断提高土地等农业资源的利用效率，全面提升粮食生产综合效益，实现农业可持续发展。要健全农业生态环境补偿机制，多渠道筹集生态效益补偿资金，逐步提高补偿标准，形成有利于保护耕地、水域、森林、草原、湿地等自然资源和农业物种资源的激励机制。

大力发展生态农业，使农业系统自协调、自组织，预防农业自然风险。要因地制宜地发展农业生产，尽可能将传统农业技术与现代实用技术及新兴科学技术组装配套，把经济发展目标与资源合理利用及环境保护目标有机结合，最大限度地提高农业综合生产能力，最有效地保护生态环境。通过建立符合当地情况的农业生态经济系统，实现农业系统的自组织和自协调，使农业系统向有序化方向发展，从源头上防范综合食物安全风险。

2. 切断风险传播途径

1）数量安全风险防范

（1）加大对粮食主产区的投入，调动粮食主产区农民的种粮积极性，保障稳定的粮食供给。粮食主产区一直在国家粮食生产中扮演了一个重要角色，而且粮食生产向粮食主产区集中的趋势也越来越明显，其地位和作用也日益重大。粮食主产区也要通过结构调整，向粮食生产的广度和深度进军，实现由一般的产品向优质和加工专用品种转变，由单纯提供初级产品向发展农副产品深加工转变，逐步建立起以粮食为基础的高效经济体系，满足人们消费结构升级的需要，防范食物供需不匹配风险。

（2）加强食物市场监测，及时掌握市场供需动态，充分利用食物储备调节市场供需状况，防范不同品种食品价格风险的传导。特别要加大粮食和猪肉等主要食物的国家储备量，防范粮食和猪肉等主要食物安全风险的相互传导，确保食物供需稳定。

（3）利用农产品期货市场规避价格风险。期货市场的主要功能是风险转移和价格发现。在农产品期货市场上，农产品生产经营者在买进或卖出现货时，再买进或卖出与现货数量一致但交易方向相反的期货合约，就可以避免或补偿现货市场因价格变动而带来的风险。此外，因现货市场价格与期货市场价格的趋同性，农产品期货市场具有价格发现功能，有助于农业生产者对生产经营活动作出安排，达到预防农业市场风险之目的。因此，有条件的企业和农民可积极谨慎地参与国内农产品期货市场，为农业发展安加"稳定器"。但是，对于国际农产品期货市场的参与则应慎之又慎。因为国际农产品期货市场套头交易的费用较高，期货合同期限较短，不仅需要硬通货进行交易，还要具备金融和管理技能与信息。若不具备相应条件，农产品期货市场对农产品国际贸易的作用则十分有限。

2）质量安全风险防范

（1）建立食物质量安全信息可追溯制度，实行全程一体化管理，切断食物质量安全风险传播途径。按照欧盟《食品法》的规定，食品、饲料、供食品制造用的家畜，以及与食品、饲料制造相关的物品，在生产、加工、流通各个阶段必须确立食物质量信息可追溯系统。建立食物质量安全信息可追溯制度，实行全程一体化管理。由于食物产业链包含了从农田生产到储运加工、市场流通和终端消费的所有链条，同时涉及生产者、加工商、贸易商等多个利益主体，食物安全风险危害和品质的损失可能发生在食物产业链的任一环节。由于食物生产周期长、参与主体多、风险产生环节多、物流地转换大等，这种相对开放性的物流链更增加了食物质量安全的风险性。对于果蔬、肉类、禽蛋和水产品等生鲜食物，产业链包括从种苗培育到大田管理、农畜产品加工、保鲜直至流通、市场销售等所有环节和整个流程。由于食物产业链上的各个生产或经营组织，需要按照不同环节、不同的技术规范进行质量控制，所以，对产品质量安全管理进行分段管理，不利于控制食物质量安全隐患，必然要求实行从农田到餐桌全程一体化的管理模式。

（2）强化食物质量安全监督执法力度。要加强对重点地区和重点食品的监管，加大对食物生产源头治理工作的力度。加强卫生行政措施，建立严厉的违法处罚制度，对违反《中华人民共和国食品卫生法》构成犯罪的，及时移送公安部门处理，并落实卫生行政执法部门的责任，实行责任追究制。

（3）建立食物质量安全预警信息交流和发布机制。食物质量安全信息是国家制定食物质量安全政策、法规的基础，是风险管理有效实施的重要手段。加强食物质量预警信息、监管信息的披露，是完善食物质量安全风险管理的有效措施。建立一个全方位、统一、权威、高效的食物质量安全信息管理体制和工作机制，以保障其组织实施，使食物质量安全信息为中国食物质量安全监管和科学决策提供服务、提高食物质量安全风险监管效能和科学水平。

3. 保护弱势群体

（1）发挥政府再分配调节能力，缩小居民收入差距。收入是约束居民膳食营养水平的主要因素，因此，应切实加强居民收入管理调控工作，提高居民收入水平，并在完善居民社会保障体系的基础上，提高农村居民整体膳食营养水平。通过政府对低收入者进行直接财富转移，实现收入的再分配，可以起到缩小贫富差距的作用。应加大对城镇下岗职工和低收入者的转移支付力度，对低收入户和贫困户在住房及信贷方面给予适当照顾，特别是注意通过转移支付切实保证中低收入群体的子女免费享受九年义务教育，使中低收入者的食物结构得到改善。要完善税收体制，规范居民收入渠道，加强税收征管，完善个人所得税征管工作，减少贫富矛盾，如开征遗产税、赠与税，完善个人所得税，使高收入者能够依法为改善收入分配的不均、救助弱者作出贡献。要特别重视发展农村经济，切实减轻农民负担，提高农民收入水平。要进一步完善就业和再就业政策，努力扩大中低收入群体的就业，尽快建立最低生活保障制度。

（2）大力发展经济，提高城乡居民收入水平。经济增长是居民收入增长的决定性因素，增加居民收入关键是要促进经济快速增长、扩大经济总量规模、提高经济增长的质量和效益。扩大就业，提高人民可支配的工资收入。在此基础上，使国民收入的分配向老百姓倾斜，减缓国家财政的增长速度和资源性产品的涨幅，并使财政支出优先满足老百姓的需要，增强国家提供公共产品和服务的能力，使老百姓能够享受到改革发展的成果。重点是提升农民和城镇低收入者的生活水平。通过减免农业税、对种粮发放各种补贴，如良种补贴、使用农机具补贴、农村生产资料综合补贴等，促进农民收入增长。另外，对于城镇居民，特别是很多企业员工工资水平比较低的事实，制定和实施最低工资和最低小时工资的标准，建立最低工资制度。通过建立最低工资制度来促使企业保证和提升员工的工资水平。

（3）尽快完善社会保障体系，稳定居民的支出预期。未来预期的不确定性，不仅会对中国居民的即期消费产生负面影响，也会制约消费需求水平及其提升。近年来，住房、医疗、教育等费用占居民家庭支出比例的迅速提高，进一步刺激了中国居民的防御性心态，导致储蓄增加、消费减少。从目前中国情况来看，广大低收入群体最担心的就是收入预期不稳定。收入预期不稳定，就不敢花钱，把更多的钱用在以后养老、医疗、孩子上学等方面，政府如果完善了这方面的制度建设，减除了他们的一些后顾之忧，就可以提升他们的消费水平和现在的消费能力。因此，应继续完善社会保障制度，扩大社会保障的覆盖率，逐步形成社会保险、社会救济、社会福利、优抚安置和社会互助、个人储蓄积累保障相结合的多层次社会保障制度。完善社会保障资金筹措运营机制，调整财政支出结构，增加社会保障资金的预算安排，并确保社会保障资金专款专用；建立社会保障管理和社会化服务体系，实行社会保障待遇的社会化；加强社会保障资金管理和操作的规范性，增强社会保障制度改革的透明度，稳定居民的支出预期。建立健全公务员工资制度和正常的工资增长机制，将各种福利、补贴、实物统统纳入工资中，实现职工工资收入货币化，减少工资以外收入的比例，通过提高居民持久性收入比例，刺激居民消费需求的增长。

参 考 文 献

安建等 . 2006. 中华人民共和国农产品质量安全法释义 . 北京：法律出版社 .

白海玲，黄崇福 . 2000. 自然灾害的模糊风险 . 自然灾害学报，9（1）：47-93.

曹历娟，洪伟 . 2009. 世界粮食危机背景下我国的粮食安全问题 . 南京农业大学学报（社会科学版），9
    （2）：32-37.

常平凡 . 2005. 我国动物蛋白食物消费与饲料用粮供求分析 . 中国食物与营养，（02）：35-37.

陈辉，李双成，郑度 . 2005. 基于人工神经网络的青藏公路铁路沿线生态系统风险研究 . 北京大学学报
    （自然科学版），41（4）：585-592.

陈辉，刘劲松，曹宇，等 . 2006. 生态风险评价研究进展 . 生态学报，26（5）：1558-1566.

陈鹏，潘晓玲 . 2003. 干旱区内陆流域区域景观生态风险分析——以阜康三工河流域为例 . 生态学杂志，
    22（4）：116-120.

陈颙，史培军 . 2007. 自然灾害 . 北京：北京师范大学出版社 .

程胜高，鱼红霞 . 2001. 环境风险评价的理论与实践研究 . 环境保护，（9）：23-25.

丁力 . 2000. 加入 WTO 与农业产业化经营 . 地方政府管理，（5）：20-23.

丁声俊 . 2006. 国外关于"食物安全"的论述及代表性定义 . 世界农业，322（2）：4-6.

丁声俊 . 2008. 实施"以粮食为重点的综合化食物安全"新战略 . 粮食问题研究，（3）：10-21.

付在毅，许学工 . 2001. 生态风险研究进展 . 地理科学进展，16（2）：267-271.

傅伯杰，刘国华，陈利顶，等 . 2001. 中国生态区划方案 . 生态学报，21（1）：1-6.

傅泽强，蔡运龙，杨友孝 . 2001. 中国食物安全基础的定量评估 . 地理研究，20（5）：555-563.

高帆 . 2005. 中国粮食安全的测度：一个指标体系 . 经济理论与经济管理，（12）：5-10.

顾海兵，刘明 . 1994. 中国粮食生产预警系统的探讨 . 经济理论与经济管理，（1）：37-42.

郭海洋 . 2006. 河北省耕地变化与粮食产量灰色关联分析 . 安徽农业科学，34（21）：5740-5741，5744.

郭红卫 . 2004. 营养与食品安全 . 上海：复旦大学出版社 .

郭怀成，刘永，戴永立 . 2004. 小型城市湖泊生态系统预警技术——以武汉市汉阳地区为例 . 生态学杂
    志，23（4）：175～178.

郭丽英，刘彦随，任志远 . 2005. 生态脆弱区土地利用格局变化及其驱动机制分析——以陕西榆林市为
    例 . 资源科学，27（2）128－133.

郭书田 . 2001. 粮食安全问题 . 北京：中国农业出版社 .

郭玮，赵益平 . 2003. 威胁粮食安全的主要因素及应对政策 . 管理世界，（11）：98-112.

郭骁，夏洪胜 . 2007. 中小房地产企业风险测量与评估 . 商业时代，（27）：52-53.

郭燕枝，郭静利，王秀东 . 2007. 我国粮食综合生产能力影响因素分析 . 农业经济问题，（S1）：22-27.

郭宗楼，刘肇 . 1997. 人工神经网络在环境质量评价中的应用 . 武汉水利电力大学学报，30（2）：75-78.

国家发展和改革委员会 . 2008. 国家粮食安全中长期规划纲要（2008—2020 年）. http：//www. gov. cn/
    jrzg//content_ 1148414. htm.

国家发展和改革委员会产业经济研究所课题组 . 2006. 中国中长期粮食安全若干重大问题研究综述 . 经济
    研究参考，（73）：37-39.

国土资源部 . 1999. 全国土地利用总体规划纲要（1997—2010 年）. http：//www. mlr. gov. cn/.

国土资源部 . 2008. 全国土地利用总体规划纲要（2006—2020 年）. http：//news. xinhuanet. com/.

国务院发展研究中心课题组 . 2009. 我国粮食生产能力与供求平衡的整体性战略框架 . 改革，（6）：5-35.

韩纯儒 . 2001. 中国的食物安全与生态农业 . 中国农业科技导报，（5）：17-21.

寒令香，付延臣 . 2007. 宏观经济学 . 北京：中国林业出版社 .

何焰，由文辉 . 2004. 水环境生态安全预警评价与分析——以上海市为例 . 安全与环境工程 . 11（4）：1 – 4.

何焰，由文辉 . 2004. 水环境生态安全预警评价与分析——以上海市为例 . 安全与环境工程，11（4）：1-4.

侯锐，李海鹏 . 2007. 粮食综合生产能力影响因素实证分析 . 商业经济研究，（5）：7-8.

胡宝清，王世杰，李玲，等 . 2005. 喀斯特石漠化预警和风险评估模型的系统设计——以广西都安瑶族自治县为例 . 地理科学进展，24（2）：122-130.

胡靖 . 2003. 入世与中国渐进式粮食安全 . 北京：中国社会出版社 .

胡庆和，等 . 2007. 非线性 FCA 模型在流域水资源冲突风险评价中的应用 . 水利水电科技进展，27（2）：6-9.

黄崇福，刘新立 . 1998. 以历史灾情资料为依据的农业自然灾害风险评估方法 . 自然灾害学报，（02）：1-9.

黄崇福 . 2005. 自然灾害风险评价理论与实践 . 北京：科学出版社 .

黄崇福 . 2006. 自然灾害风险评价 . 北京：科学出版社 .

黄季焜，杨军 . 2006. 中国经济崛起与中国食物和能源安全及世界经济发展 . 管理世界，（1）：67-74.

黄黎慧，黄群 . 2005. 中国粮食安全问题与对策 . 粮食与食品工业，12（5）：1-5.

黄秋昊，蔡运龙，王秀春 . 2007. 我国西南部喀斯特地区石漠化研究进展 . 自然灾害学报，16（2）：106-111.

科技部国家计委国家经贸委灾害综合研究组 . 2004. 中国重大自然灾害与社会图集 . 广州：广东科技出版社 .

孔繁涛 . 2008. 畜产品质量安全预警研究 . 北京：中国农业科学院 .

李保国，彭世琪 . 2009. 1998—2007 年中国农业用水报告 . 北京：中国农业出版社 .

李边疆 . 2007. 土地利用与生态环境关系研究 . 南京：南京农业大学 .

李波，张俊飚，李海鹏 . 2008. 我国中长期粮食需求分析及预测 . 中国稻米，（03）：23-25.

李道亮，傅泽田 . 1998. 系统分析方法与中国可持续食物安全 . 科学对社会的影响，（4）：44-49.

李道亮，傅泽田 . 2000. 中国可持续食物安全的综合评判 . 农业技术经济，（3）：1-6.

李方敏，秦巧燕，程彩虹，等 . 2007. 宜昌市耕地生产潜力和人口承载力研究 . 农业系统科学与综合研究，23（3）：342-346V

李生，姚小华，任华东，等 . 2009. 喀斯特石漠化成因分析 . 福建林学院学报，29（1）：84-88.

李双成，郑度 . 2003. 人工神经网络模型在地学研究中的应用进展 . 地球科学进展，18（1）：68-76.

李伟，范庆安，张峰 . 2008. 汶川大地震对外来入侵种的影响与管理对策 . 生态学报，28（12）.

李晓俐 . 2007. WTO 与中国粮食安全 . 粮食问题研究，（05）：9-13.

李哲敏 . 2003. 食物安全的内涵分析 . 中国食物与营养，（8）：10-13.

李哲敏 . 2007. 中国城乡居民食物消费及营养发展研究 . 北京：中国农业科学院研究生院 .

李哲敏 . 2008. 影响居民食物消费与膳食营养的因素分析 . 中国食物与营养，（07）：35-37.

李志强，赵忠萍 . 1998. 中国粮食安全预警分析 . 中国农村经济，（1）：27-31.

李自珍，李维德，石洪华 . 2002. 生态风险灰色评价模型及其在绿洲盐渍化农田生态系统中的应用 . 中国沙漠，12（6）：617-612.

厉以宁，章铮 . 2005. 西方经济学（第二版）. 北京：高等教育出版社 .

刘凌. 2008. 关于粮食安全预警系统的设计. 粮食流通技术,（5）：28-31.

刘明光. 1998. 中国自然地理图集. 北京：中国地图出版社.

刘兴土,阎百兴. 2009. 东北黑土区水土流失与粮食安全. 中国水土保持,（1）：17-19.

卢宏玮,曾光明,谢更新. 2003. 洞庭湖流域区域生态风险评价. 生态学报,23（12）：2520-2530.

卢良恕,许世卫,孙君茂. 2003. 中国农业发展新阶段与食物安全. 中国农业综合开发,（2）：4-8.

卢良恕. 2004. 中国的食物安全体系及阶段食物安全目标. 农业产业化,（4）：11-12.

卢良恕. 2008. 保证粮食与食物安全. 农产品加工,（6）：1-5.

鲁迪格·多恩布什,斯坦利·费希尔,理查德·斯塔兹. 2008. 宏观经济学（翻译本）. 王志伟译. 大连：东北财经大学出版社.

陆铭锋,徐彬,杨旭昌. 2008. 太湖水质评价计算方法及近年来水质变化分析. 水资源保护,24（5）：30-33.

吕爱清,卞新民. 2007. 江西省可持续食物安全评价. 土壤通报,38（1）：185-187.

吕爱清,曾秋珍,邓小刚,等. 2006. 基于因子分析的宜春市食物安全评价. 安徽农业科学,34（21）：5707-5708,5710.

吕新业,王济民,吕向东. 2006. 中国粮食安全状况及预警系统研究. 农业经济问题,（增刊）：34-40.

罗伯良,张超,黄晚华. 2009. 基于信息扩散法的湖南水稻生产水灾风险评估. 中国农业气象,（03）：458-462.

马红波,褚庆全. 2007. 中国粮食生产波动及其影响因素分析. 安徽农业科学,35（27）：35-37.

马九杰,张象枢,顾海兵. 2001. 粮食安全衡量及预警指标体系研究. 管理世界,（1）：154-162.

马永欢,牛文元. 2009. 基于粮食安全的中国粮食需求预测与耕地资源配置研究. 战略与决策,（03）：11-16.

马宗晋. 1994. 中国重大自然灾害及减灾对策. 北京：地震出版社.

马宗晋. 1995. 中国重大自然灾害及减灾对策（年表）. 北京：海洋出版社.

毛小苓,倪晋仁. 2005. 生态风险评价研究述评. 北京大学学报（自然科学版）,41（4）：646-654.

毛新伟,徐枫,徐彬,等. 2009. 太湖水质及富营养化变化趋势分析. 水资源保护,25（1）：48-51.

梅方权,张象枢,黄季焜,等. 2006. 粮食与食物安全早期预警系统研究. 北京：中国农业科学技术出版社.

蒙吉军,赵春红. 2009. 区域生态风险评价指标体系. 应用生态学报,20（4）：983-990.

牟英石,陈卓. 2007. 风险识别逻辑. 中国石油企业,（12）：77-79.

内蒙古伊克昭盟统计局. 1997. 鄂尔多斯市辉煌的五十年（1949—1997）. 北京：中国统计出版社.

彭萍. 2006. 营养与卫生. 湖北：武汉大学出版社.

钱永忠. 2007. 农产品质量安全风险评估——原理.方法和应用. 北京：中国标准出版社.

屈宝香. 2004. 从粮食生产周期变化看中国粮食安全. 作物杂志,（1）：6-9.

任鲁川. 1999. 区域自然灾害风险分析研究进展. 地球科学进展,（03）：20-23.

石香焕. 2007. 企业财务风险的识别与评估研究. 江苏：江苏科技大学硕士学位论文.

石璇,杨宇,徐福留. 2004. 天津地区地表水中多环芳烃的生态风险. 环境科学学报,24（4）：619-623.

史培军,杨明川,陈世敏. 1999. 中国粮食自给率水平与安全性研究. 北京师范大学学报,（6）：74-80.

史培军. 2003. 中国自然灾害系统地图集. 北京：科学出版社.

宋迎波,王建林,杨霏云. 2006. 粮食安全气象服务. 北京：气象出版社.

孙长城. 2008. 县级房地产开发项目风险识别与防范. 合肥：合肥工业大学.

孙君茂. 2007. 区域食物质量安全风险评估研究. 北京：中国农业科学院.

孙立强. 2000. 中国小康社会居民消费质量研究. 成都：西南财经大学.

谭向勇,辛贤. 2000. 加入WTO对中国农业的影响. 中外管理导报,（2）：22-23.

唐忠. 2000. 加入WTO对中国农业的影响分析. 中国农村信用合作,（3）：17-18.

田广明. 2005. 航空项目运行过程中的风险识别及应对. 西安：西北工业大学.

汪金英，尚杰. 2009. 基于信息扩散理论的黑龙江省农业旱灾风险分析. 生态经济，(06)：129-131.

王丹，于法稳. 2009. 我国粮食主产区及其气候变化的特点. 生态经济，(08)：115-117.

王桂英，王慧军，陶佩君，等. 2004. 河北省种植业科技进步贡献率测算与分析. 河北农业科学，3：39-42.

王积全，李维德. 2007. 基于信息扩散理论的干旱区农业旱灾风险分析——以甘肃省民勤县为例. 中国沙漠，(05)：826-830.

王劲峰. 1993. 中国自然灾害影响评价方法研究. 北京：中国科学技术出版社.

王静爱，史培军，王平. 2006. 中国自然灾害时空格局. 北京：科学出版社.

王军宁. 2005. 西宁市耕地生产潜力预测. 农林科技，34（2）：45.

王丽平，顾国平，章明奎. 2006. 中国农产品产地环境质量现状及存在问题. 安徽农学通报，12（12）：49-51.

王世杰，李阳兵. 2007. 喀斯特石漠化研究存在的问题与发展趋势. 地球科学进展，22（6）：573-582.

王世杰. 2002. 喀斯特石漠化概念演绎及其科学内涵的探讨. 中国岩溶，21（2）：101-105.

王亦虹. 2002. 公共政策的风险识别与控制研究. 天津：天津大学.

温克刚. 2008. 中国气象灾害大典. 北京：气象出版社.

闻海燕，杨万江. 2006. 主销区粮食安全预警指标体系的构建与测度. 农业经济，(8)：6-8.

吴泽宁，王敬，赵南. 2002. 水资源系统灰色风险计算模型. 郑州大学学报（工学版），23（9）：22-25.

夏军. 1999. 区域水环境与生态环境质量评价. 武汉：武汉水利电力大学出版社.

向言词，彭少麟，任海，等. 2002. 植物外来种的生态风险评估和管理. 生态学杂志，21（5）：40-48.

向颖佳. 2008. 国际贸易对粮食安全的影响. 重庆工学院学报（社会科学版），(06)：83-84，100.

肖笃宁，陈文波，郭福良，2002. 论生态安全的基本概念和研究内容. 应用生态学报，13（3）：354-358.

肖国安. 2002. 中国粮食市场研究. 北京：中国农业出版社.

谢高地，鲁春霞，冷允法，等. 2003. 青藏高原生态资产的价值评估. 自然资源报，18（2）：189-196.

谢俊奇，蔡玉梅，郑振源，等. 2004. 基于改进的农业生态区法的中国耕地粮食生产潜力评价. 中国土地科学，18（4）：2-37.

许世卫. 2003. 新时期中国食物安全发展战略研究. 济南：山东科学技术出版社.

许学工，林辉平，付在毅. 2001. 黄河三角洲湿地生态风险评价. 北京大学学报（自然科学版），37（1）：111-120.

颜磊，许学工. 2010. 区域生态风险评价研究进展. 地域研究与开发，29（1）：113-118.

阳文锐，王如松，黄锦楼. 2007. 生态风险评价及研究进展. 应用生态学报，18（8）：1869-1876.

杨娟，蔡永立，李静，等. 2007. 崇明岛生态风险源分析及其防范对策研究. 长江流域资源与环境，16（5）：615-619.

杨明洪. 2000. WTO与中国的粮食安全问题. 经济问题，(1)：38-41.

杨思全，陈亚宁. 1999. 基于模糊模式识别理论的灾害损失等级划分. 自然灾害学报，8（2）：56-60.

杨艳涛. 2009. 加工农产品质量安全预警与实证研究. 北京：中国农业科学院研究生院.

姚兰. 2009. 基于综合食物安全的可持续供给能力的风险评价方法的研究. 北京：中国农业大学.

姚学慧，尚爱军. 2005. 粮食安全现状与粮食安全因素浅论. 西北农业学报，(1)：176-179.

伊克昭盟地方志编撰委员会. 1994a. 伊克昭盟志（第一册）. 北京：现代出版社.

伊克昭盟地方志编撰委员会. 1994b. 伊克昭盟志（第二册）. 北京：现代出版社.

伊克昭盟土壤普查办公室. 1989. 伊克昭盟土壤. 呼和浩特：内蒙古人民出版社.

殷浩文. 1995. 水环境生态风险评价程序. 上海环境科学，14（11）：11-14.

殷贺，王仰麟，蔡佳亮，等.2009.区域生态风险评价研究进展.生态学杂志，28（5）：969-975.

于川，潘振锋.1994.风险经济学导论.北京：中国铁道出版社.

于文金.2008.地震灾害对四川省区域生态系统危害及损失评价.生态学报，28（12）：5785-5794.

袁道先.1993.中国岩溶学.北京：地质出版社.

袁志刚.2005.中国粮食安全的理论研究与实证分析.上海：上海人民出版社.

臧淑英，毕雪梅.2006.GIS支持的绿色食品产地环境质量预警系统研究——以黑龙江省安庆县国家级生态农业示范区为例.中国生态农业学报，14（2）：220-223.

曾辉，刘国军.1999.基于景观结构的区域生态风险分析.中国环境科学，19（5）：454-457.

张赤.2008.对我国粮食产量的灰色关联分析.现代商贸工业，20（4）：19-20.

张吉祥.2007.贸易自由化与中国粮食安全目标实现的条件.调研世界，（03）：12-15.

张兰生，史培军，王静爱，等.1995.中国自然灾害区划.北京师范大学学报（自然科学版），31（3）：415-421.

张丽娟，李文亮，张冬有.2009.基于信息扩散理论的气象灾害风险评估方法.地理科学，（02）：250-254.

张丽萍，张妙仙.2008.环境灾害学.北京：科学出版社.

张远，樊瑞莉.2006.宏观经济环境对中国食物安全的影响.安徽农业科学，34（1）：148-150.

张月鸿，武建军，吴绍洪，等.2008.现代综合风险治理与后常规科学.安全与环境学报，（5）：116-121.

赵松乔.1983.中国综合自然地理区划的一个新方案.地理学报，38（1）：1-10.

赵予新.2007.粮食价格预警模型与风险防范机制研究.经济经纬，（1）：125-128.

赵跃龙.1999.中国脆弱生态环境类型分布及其综合整治.北京：中国环境科学出版社.

郑文瑞，王新代，纪昆非.2003.确定数学方法在水污染状况风险评价中的应用.吉林大学学报，1（33）：59-63.

赵桂久，刘燕华.1995.生态环境综合整治与恢复技术研究：退化生态系统综合整治、恢复与重建示范工程技术研究（第二集）.北京：科学技术出版社.

中国疾病预防控制中心营养与食品安全所.2002.中国食物成分表2002（第一册）.北京：北京大学医学出版社.

中国科学院《中国自然地理》编辑委员会.1985.中国自然地理总论.北京：科学出版社.

中国营养协会.2001.中国居民膳食营养素参考摄入量.北京：中国轻工业出版社.

中国营养学会.2007.中国居民膳食指南.拉萨：西藏人民出版社.

中国中长期食物发展战略研究课题组.1991.中国中长期食物发展战略研究.北京：农业出版社.

中华人民共和国国务院新闻办公室.1996.中国的粮食问题.http://www.china.com.cn/ch-book/liangshi/liangshi.htm.

衷平，沈珍瑶，杨志峰.2003.石羊河流域生态风险敏感性因子的确定.干旱区研究，20（3）：180-186.

周国富.2003.生态安全与生态安全研究.贵州师范大学学报（自然科学版），21（3）：105-108.

周津春，秦富.2006.我国城乡居民食物消费的影响因素及启示.调研世界，（07）：42-44.

周平，蒙吉军.2009.区域生态风险管理研究进展.生态学报，29（4）：2097-2106.

周云，李伍平，等.2007.防灾减灾工程学.北京：中国建筑工业出版社.

朱桂英，邓廷勇，李鸿鹏.2005.影响中国粮食产量的主要因素分析.内蒙古科技与经济，（27）：7-8.

朱文泉，张锦水，潘耀忠.2007.中国陆地生态系统生态资产测量及其动态变化分析.应用生态学报，18（3）：586-594.

朱泽.1998.中国粮食安全问题：实证研究与政策选择.湖北：湖北科学技术出版社.

Miller Jr G T. 2004. Living in the environment（影印版）. 北京：高等教育出版社.

AIRMIC（The Association of Insurance and Risk Managers），ALARM（The National Forum for Risk Management），IRM（The Institute of Risk Management），et al. 2002. A Risk Management Standard. London：The Institute of Risk Management.

Bayarjargala Y，Karnielia A，Bayasgalan M，et al. 2006. A comparative study of NOAA-AVHRR derived drought indices using change vector analysis. Remote Sensing of Environment，105（1）：9-22.

Bhuiyana C，Singha R P，Koganc F N. 2006. Monitoring drought dynamics in the Aravalli region（India）using different indices based on ground and remote sensing data. International Journal of Applied Earth Observation and Geoinformation，8（4）：289-302.

Bouis H. 1993. Food consumption surveys：how random are measurement errors? In：von Braun J，Puetz D. Data Needs for Food Policy in Developing Countries. Washington D. C.：International Food Policy Research Institute：219-231.

Brown L R. 1995. Who will feed China? New York：W. W. Norton & Co.

Burton G A，Chapman P M，Smith E P. 2002. Weight-of-evidence approaches for assessing ecosystem impairment. Human and Ecological Risk Assessment，8（7）：939-972.

Chow T E，Gaines K F，Hodgson M E，et al. 2005. Habitat and exposure modeling of raccoon for ecological risk assessment：a case study in Savannah River Site. Ecological Modeling，189：151-167.

Chung K，Haddad L，Ramakrishna J，et al. 1997. Identifying the Food Insecure：The Application of Mixed-Method Approaches in India. Washington D C.：International Food Policy Research Institute.

Cordell D，Drangert J O，White S. 2009. Global food security and food for thought. Global Environment Change，19：292-305.

Costanza，et al. 1997. The value of the world's ecosystem services and natural capital. Nature，387：253-260.

Doren R F，Richards J H，Volin J C，et al. 2009. A conceptual ecological model to facilitate understanding the role of invasive species in large-scale ecosystem restoration. Ecological Indicators，9（6，Supplement 1）：S150-S160.

Douangsavanh L，Polthanee A，Katawatin R. 2006. Food security of shifting cultivation systems：case studies from luang prabang and oudomxay. Journal of Mountain Science，3（1）：48-57.

Droogers P. 2004. Adaptation to climate change to enhance food security and preserve environmental quality：example for southern Sri Lanka. Agricultural Water Management，（66）：15-33.

Ehlers E. 1999. Environment and geography：International programs on global environmental change：A survey. IGU Bulletin，49（1）：5-8.

Enea M，Salemi G. 2001. Fuzzy approach to the environmental impact evaluation. Ecological Modeling，135：131-147.

Fan M，Thongsri T，Axe L. 2005. Using a probabilistic approach in an ecological risk assessment simulation tool：test case for depleted uranium. Chemosphere，60：111-125.

FAO. 1974 . World Food Report. Rome：FAO.

FAO. 1983. Approaches to World Food Security. Rome：FAO.

FAO. 1999. GIEWS-The Global information and Early Warning System on Food and Agriculture. Rome：FAO Internet Publication.

Feng L H，Huang C F. 2008. A risk assessment model of water shortage based on information diffusion technology and its application in analyzing carrying capacity of water resources. Water Resour Manage，22：621-633.

Haddad L，Kennedy E，Sullivan J. 1994. Choices of indicators for food security and nutrition monitoring. Food Policy, 19 (3): 329-343.

Haimes Y Y. 2004. Risk Modelling, Assessment, and Management. Hoboken: John Wiley & Sons, Inc.

Hakanson L. 1980. An ecology risk index for aquatic pollution control: a sediment logical approach. Water Resources, 14: 975-1001.

Hamilton W, Cook J T, Thompson W, et al. 1997. Household Food Security in the United States in 1995, Office of Analysis and Evaluation, Food and Consumer Service. Washington D C.: United States Department of Agriculture.

Hayes E H, Landis W G. 2002. Regional ecological assessment of a near shore marine environment: Cherry Point, WA. Human and Ecological Risk Assessment, 10: 299-325.

Helton J C, Davis F J, Johnson J D. 2005. A comparison of uncertainty and sensitivity analysis results obtained with random and Latin hypercube sampling. Reliability Engineering & System Safety, 89: 305-330.

Helton J C, Davis F J. 2002. Illustration of sampling-based methods for uncertainty and sensitivity analysis. Risk Analysis, 22: 591-622.

Helton J C, Johnson J D, Sallaberry C J, et al. 2006. Survey of sampling-based methods for uncertainty and sensitivity analysis. Reliability Engineering & System Safety, 91: 1175-1209.

Heuvelink G B, Burrough P A. 1993. Error propagation in cartographic modeling using Boolean logic and continuous classification. International Journal of Geographical Information Systems, 7: 231-246.

Hooper B P, Duggin J A. 1996. Ecological riverine floodplain zoning: its application to rural floodplain management in the Murray Darling Basin. Land Use Policy, 13: 87-99.

Huang C F, Moraga C. 2005. Extracting fuzzy if-then rules by using the information matrix technique. Journal of Computer and System Sciences, 70 (1): 26-52.

Hunsaker C T, Goodchild M F, Friedl M A, et al. 2001. Spatial uncertainty in ecology. New York: Springer.

Hunsaker C T, Graham R L, Suter G W II, et al. 1990. Assessing ecological risk on a regional scale. Environment Management, 14: 324-332.

IGBP/ IHDP. 2005. Global Land Project – Science Plan and Implementation Strategy. IGBP Report NO. 53/ihdp Report NO. 19. Stockholm: IGBP Secretariat.

IRGC. 2005. White Paper of Risk Governance: Towards an Integrative Risk Management. Geneva: International Risk Government Council.

Iscan M. 2004. Hazard identification for contaminants. Toxicology, 205 (3): 195-199.

Koob P. 1999. Tasmania State Emergency Service: Emergency Risk Management. Commonwealth of Australia: Emergency Management Australia (EMA).

Landis W G, Wiegers J A, 1997. Design considerations and a suggested approach for regional and comparative ecological risk assessment. Human and Ecological Risk Assessment, 3: 289-297.

Landis W G, Wiegers J A. 2007. Ten years of the relative risk model and regional scale ecological risk assessment. Human and Ecological Risk Assessment, 13 (1): 25-38.

Landis W G. 2003. The frontiers in ecological risk assessment at expanding spatial and temporal scales. Human and Ecological Risk Assessment, 9 (6): 1415-1421.

Landis W G. 2005. Regional Scale Ecological Risk Assessment: Using the Relative Risk Model. Boca Raton, FL: CRC Press.

Lin W T, Chou W C, Lin C Y, et al. 2005. Vegetation recovery monitoring and assessment at landslides caused by earthquake in Central Taiwan. Forest Ecology and Management, 210 (1-3): 55-66.

Liu J G, Dietz, Carpenter S R, et al. 2007. Complexity of coupled human and natural systems. Science, 317

（5844）：1513-1516.

Lubchenco J. 1998. Entering the century of the environment：A new social contract for science . Science, 279 （5350）：491-497.

Manetsch T J. 1984. An approach to early warning of slowly evolving crises with reference to food shortage forecasting. IEEE Transactions on Systems, Man and Cybernetics, 14 （3）：391-397.

Martin C M, Guvanasen V, Saleem Z A. 2003. The 3RMA Risk assessment framework：a flexible approach for performing multimedia, multipathway, and multireceptor risk assessments under uncertainty. Human and Ecological Risk Assessment, 9 （7）：1655-1677.

Maxwell D, Caldwell R, Langworthy M. 2008. Measuring food insecurity：Can an indicator based on localized coping behaviors be used to compare across contexts? Food Policy, 33：533-540.

Maxwell S, Frankenberger T. 1992. Household Food Security：Concepts, Indicators, Measurements, A Technical Review. New York：UNICEF, Rome：IFAD.

Meade B, Rosen S. 2002. Measuring Access to Food in Developing Countries：The Case of Latin America. California：2002AAEA-WAEA meetings.

Moraes R, Molander S. 2004. A procedure for ecological tiered assessment of risks （IETAR）. Human and Ecological Risk Assessment, 10 （2）：349-371.

Morgan M G, Henrion M, Small M. 1990. Uncertainty：a Guide to Dealing with Uncertainty in Quantitative Risk and Policy Analysis. Cambridge：Cambridge University Press.

Palmer M A, Bernhard E S, Chornesky E A, et al. 2005. Ecological science and sustainability for the 21st century . Front Ecological Environment, 3 （1）：4-11.

Preston B L. 2002. Hazard prioritization in ecological risk assessment through spatial analysis of toxicant gradients. Environmental Pollution, 117 （3）：431-445.

Preuss P W, Vandenberg J J, Tuxen L, et al. 2007. Risk assessment at the U. S. EPA：the science behind the assessments. Human and Ecological Risk Assessment, 13 （1）：41-45.

Rosana M, Sverker M. 2004. A Procedure for ecological tiered assessment of risks （PETAR）. Human and Ecological Risk Assessment, 10：349.

Rose D, Oliveira V. 1997. Validation of a Self-Reported Measure of Household Food Insecurity with Nutrient Intake Data, Economic Research Service Technical Bulletin NO. 1863. Washington D C. ：US Department of Agriculture.

Saaty T L. 1980. The Analytic Hierarchy Process. Columbus：McGraw-Hill, Inc.

Shi X Q, Zhao J Z, Ouyang Z Y. 2006. Assessment of eco-security in the knowledge grid e-science environment. The Journal of System and Software, 79：246-252.

Staurt N L. 2003. Numerical Modelling in Physical Geography：Understanding, Explanation and Prediction//Nicholas J. Clifford, Gill Valentine. Key Methods in Geography. London：SAGE Publications：263-280.

Suter G W. 1993. Ecological Risk Assessment . Boca Ration：Lewis Publishers.

Turner B L, Matson P A, McCarthy J J, et al. 2003. Illustrating the coupled human environment system for vulnerability analysis：three case studies. Proceedings of the National Academy of Sciences of the United States of Am Erica, 100 （14）：8080-8085.

USEPA. 1975. Committee on Methods for Acute Toxicity Tests with Aquatic Organisms：Methods for acute Toxicity, Macroinvertebrates and Amphibians. EPA-660/3-75-009. Washington D. C. ：US Environmental Protection Agency.

USEPA. 1992. Framework for Ecological Risk Assessment. EPA/630/R-92/001. Washington D. C. ：US Environmental Protection Agency.

USEPA. 2000. Stressor Identification Guidance Document. Washington D. C. : Washington D. C. : U. S Environmental Protection Agency, Risk Assessment Forum.

USEPA. 2003. Framework for Cumulative Risk Assessment Risk Assessment. Washington D. C. : U. S Environmental Protection Agency, Risk Assessment Forum.

USEPA. 1975. Tests with Aquatic Organisms: Methods for acute Toxicity, Macroinvertebrates and Amphibians. EPA-660/3-75-009. Washington D. C. : Committee on Methods for Acute Toxicity.

USEPA. 1997-05-10. Ecological Risk Assessment Guidance for Superfund: Process for Designing and Conducting Ecological Risk Assessment - Interim Final. http://www. epa. gov/oswer/riskassessment/ecorisk/pdf/appb. pdf. [2009-03-25].

USEPA. 1998. Guidelines for Ecological Risk Assessment. Washington D. C. : Office of Water .

Verbruggen H B, Zimmermenu H J. 1999. Fuzzy Algorithms for Control. Boston: Kluwer Academic Publishers.

Vijendra K B, Arthur P C, Ronald L H. 2005. Monitoring and Predicting Agriculture Drought. New York: Oxford University Press.

Vitousek P M, Mooney H A, Lubchenco J, et al. 1997. Human domination of Earth's ecosystems. Science, 277 (5325): 494-499.

Walker R, Landis W, Brown P. 2001. Developing a regional ecological risk assessment: a case Study of a Tasmania agricultural catchment . Human and Ecological Risk Assessment, 7: 431-442.

Wallack R N, Hope B K. 2002. Quantitative consideration of ecosystem characteristics in an ecological risk assessment: a case study. Human and Ecological Risk Assessment, 8: 1805-1814.

Xu L Y, Liu G Y. 2009. The study of a method of regional environmental risk assessment. J Environ Manage, 90: 3290-3296.

后 记

　　《综合风险防范——中国综合生态与食物安全风险》是作者在完成国家"十一五"科技支撑课题——"综合生态与食物安全风险防范关键技术示范"的基础上撰写的。

　　生态风险（ecological risk）是生态系统及其组分所承受的风险，主要关注一定区域内，具有不确定性的事故或灾害对生态系统及其组分可能产生的不利作用，从而在目前和将来减小该系统健康、生产力、遗传结构、经济价值和美学价值的一种状况，具有不确定性、危害性、客观性、复杂性和动态性等特点。综合生态风险评价（integrated ecological risk assessment）强调综合分析生态风险在大尺度范围内可能产生的影响，在区域尺度上描述和评估环境污染、人为活动或自然灾害对生态系统及其组分产生不利作用的可能性和大小的过程。20多年来，生态风险评价研究经历了从最初的环境风险评价到生态风险评价、再到区域生态风险评价的发展历程，风险源由单一风险源扩展到多风险源，风险受体由单一受体发展到多受体，评价范围由局地扩展到区域景观水平。由于综合生态风险评价在生态系统管理和生态风险防范中具有重要的作用，近年来受到了国内外的普遍关注。

　　食物安全（food security）包括食物数量安全、食物质量安全、食物可持续供给安全。在数量上要求人们既能买得到、又能买得起维持正常生活所需要的基本食物，保障人们正常积极、健康生命活动的能量需要；在质量上要求人们所获取的食物营养全面、结构合理、卫生健康，保障食物的营养安全和卫生安全；在保障食物的可持续供给基础上要求食物的获取必须注重生态环境的保护和资源利用的可持续性，在保障满足当代人食物需求的同时，不影响后代人对食物的需求。综合食物安全风险（integrated food security risk）是指一定区域内，在可预见的未来，具有不确定性的自然、社会、经济等因素可能造成的食物供需失衡的程度。"综合"的涵义既指食物来源的广泛性和多样性，又指风险源或风险因子的复杂性和综合性。目前，强调不同风险源和风险因子对食物安全影响的风险评价和防范的综合研究，制定综合性的风险管理体制和风险预警防范预案，越来越受到政府和科研学者的关注。

　　针对中国综合风险防范体系建设中亟待解决的问题，中国科学技术部于2006年设立了"综合风险防范（IRG）关键技术研究与示范"（2006BAD20B00）项目，其中把"综合生态与食物安全风险防范关键技术示范"（2006BAD20B07）作为七个课题之一来进行技术攻关。该课题由北京大学主持并承担综合生态风险防范部分，中国农业大学协作完成综合食物安全风险防范部分。2006～2010年，经过两所高校数十位教师、多名研究生和本科生近五年的研究，完成了综合生态与食物安全风险两类新风险源的识别、风险评价的模型、风险防范技术体系、全国风险的评价与制图以及鄂尔多斯市（综合生态风险）和洞庭湖流域（综合食物安全风险）的区域示范。本书是课题研究的最终成果，是所有研究人员的辛勤劳动和智慧结晶，为中国综合生态与食物安全风险防范提供了较为全面的最新研究结果。

综合生态与食物安全风险属于新型风险，也是灾害风险科学研究的新方向。在北京大学和中国农业大学的共同努力下，我们顺利地完成了国家科技部"十一五"科技支撑课题——综合生态与食物安全风险防范关键技术示范，并取得了一系列原创性的成果。比如综合生态风险防范关键技术系统构建了综合生态风险评价的指标体系，并设计了综合生态风险评价方法与风险分类标准，首次完成了1∶400万全国综合生态风险图，系统揭示了中国综合生态风险的空间分布特征，首次在鄂尔多斯地区进行了综合生态风险的识别、评价、制图和防范系统的构建，针对不同的风险源提出了相应的防范对策；综合食物安全风险防范关键技术以风险识别—风险评估—风险预警防范为主线，确定了综合食物安全风险的识别和分类体系、构建了综合食物数量安全风险和可持续供给安全风险的评估模型、建立了综合食物安全风险预警模型以及风险防范系统，并在此基础上首次完成了全国综合食物安全风险图和洞庭湖流域综合食物安全风险评价、制图与防范。然而，生态风险和食物安全风险毕竟是新型风险，目前还处于探索阶段，在评价的指标和模型方面还需进一步完善。为此，仍然需要我们认真了解本领域的国际动态，结合中国国情积极开展诸如脆弱性曲线等关键科学内容的研究，为提高中国综合生态和食物安全风险防范研究水平作出贡献，为提高国家综合减轻灾害风险能力献计献策。

在课题研究过程中，北京大学、中国农业大学及课题组所在的学院均给予了积极的配合。在野外调研过程中，得到了内蒙古自治区土地整理中心、鄂尔多斯市政府及其各旗区政府、湖南省农业科学院、桃江县农业局、湘阴县农业局及相关部门的大力支持。除了各章所列主要作者之外，北京大学和中国农业大学还有诸多博士生、硕士生和本科生参与了野外调研、数据整理和地图编制等工作。作为课题的顾问，北京大学王恩涌教授和中国农业大学张凤荣教授提供了宝贵的意见。项目组及其他课题组也为本课题的完成提供了部分数据、良好的建议及一些帮助。在课题立项、年度报告及验收评审中，与会的专家学者都给予了非常有益的意见和建议。此外，因篇幅所限，在书末仅列出一些主要参考文献，对于那些在本书中引用过但未列出的文献资料作者，在此表示深深的歉意。在本书出版过程中，科学出版社张月鸿等编辑付出了辛勤的劳动。在此，一并表示诚挚的谢意！

王仰麟　蒙吉军　刘黎明
北京大学
2010 年 10 月 9 日